JACK VANCE

DE OUDE AARDE

De Oude Aarde

Jack Vance

Verzameld Werk 56

De Kronieken van Cadwal

Boek 2

Vertaling Annemarie van Ewyck
Omslagillustratie Luc Desmarchelier

Uitgegeven door Spatterlight, Amstelveen 2020
Oorspronkelijk verschenen als *Ecce and Old Earth*,
Underwood-Miller, Lancaster 1991
Deze vertaling verscheen eerder bij Meulenhoff, Amsterdam 1991

ISBN 978-1-61947-286-0

www.spatterlight.nl

Jack Vance

De Oude Aarde

Inleiding

1. Het stelsel Purperen Roos

(Uittreksel uit: *De werelden der Mensheid*, 48e editie.)

Halverwege de Arm der Perseïden heeft een grillige werveling van de galactische gravitatie tienduizend sterren bijeen gegrepen en schuins uitgestrooid in een lange vaan, met een sierlijke krul aan het einde. Dit is Mircea's Vleug.

Terzijde van het krulletje en op gevaar af in de leegte te verdwijnen, ligt het stelsel Purperen Roos, bestaande uit drie sterren: Lorca, Sing en Syrene. Lorca, een witte dwerg, en Sing, een rode reus, bewegen zich op korte afstand van elkaar om hun gezamenlijk zwaartepunt: de wals van een corpulent, roze aangelopen oud heertje met een teer jong meisje in het wit. Syrene, een geelwitte ster van gemiddelde omvang en helderheid, loopt op discrete afstand rond het kokkebijnende paar.

Syrene beheerst drie planeten, waaronder Cadwal, een Aardgelijke planeet met een doorsnede van elf en een half duizend kilometer en een zwaartekracht die die van de Aarde nabijkomt.

(De opgave en analyse van natuurkundige gegevens zijn hier achterwege gelaten.)

2. Het Genootschap van Natuurkenners

De eerste die Cadwal verkende was plaatsbepaler R. J. Neirmann, een lid van het Aards Genootschap van Natuurkenners. Naar aanleiding van zijn verslag zond men een officiële expeditie uit, die bij terugkeer op Aarde de aanbeveling deed, Cadwal ten eeuwigen dage af te palen als natuurreservaat en te behoeden voor exploitatie en kolonisatie door de mensheid.

Te dien einde liet het Genootschap Cadwal registreren als haar eigendom. Na de Akte van Eigendom te hebben verkregen, werd het Genootschap tot in lengte van dagen aangemerkt als enig eigenaar en gebruiker van de planeet Cadwal, zonder verdere verplichtingen, buiten de periodieke hernieuwing van de registratie, een taak die de secretaris van het Genootschap ten deel viel.

Het Genootschap vaardigde ogenblikkelijk een decreet tot natuurbehoud uit, het grote Handvest, aan hetwelk een reglement van natuurbehoud werd toegevoegd, samen de grondslag vormend voor Cadwals politieke structuur. Het Handvest, het Reglement en de Akte van Eigendom werden opgeborgen in de gewelven van het Genootschap, terwijl naar Cadwal een contingent bestuursfunctionarissen werd afgevaardigd.

3. De planeet Cadwal

Het landschap van Cadwal was eindeloos gevarieerd, dikwijls spectaculair en naar menselijke maatstaven vrijwel altijd lieflijk, inspirerend, ontzagwekkend of idyllisch schoon. Toeristen die een tocht langs de buitenhuizen in de wildernis hadden gemaakt, vertrokken altijd met spijt en velen keerden telkens weer terug.

De flora en fauna boden vrijwel eenzelfde verscheidenheid als die van de Oude Aarde, hetgeen wilde zeggen dat ze met hun soortenrijkdom een ware uitdaging betekenden voor hele generaties biologische onderzoekers en taxonomen. De grotere dieren waren voor het overgrote deel gevaarlijk; weer andere gaven blijk van een zekere intelligentie of zelfs van gevoel voor schoonheid. Zekere leden van de familie der andorils bezigden een taal die de linguïsten niet vermochten te ontraadselen, hoezeer ze ook hun best deden.

De drie continenten van Cadwal heetten Ecce, Deucas en Throy. Ze werden van elkaar gescheiden door uitgestrekte, lege watervlakten, die op een enkele, onbetekenende uitzondering na, niet werden onderbroken door eilanden of kleinere landmassa's.

Ecce, dat smal en langgerekt was, lag op de evenaar. Het was een vlak gebied van drasland en oerwoud, doorsneden door een netwerk van trage rivieren. Ecce vibreerde van hitte, stank, kleur en hongerende levenskracht. Overal lagen verscheurende schepsels op de loer, hetgeen het gebied ongeschikt maakte voor menselijke bewoning; het Genootschap had zelfs niet getracht een buitenhuis op Ecce te vestigen. Slechts op drie plaatsen werd het vlakke landschap onderbroken, en wel door een slapende en twee werkende vulkanen.

De eerste ontdekkingsreizigers besteedden niet al te veel aandacht aan Ecce. Latere onderzoekers al evenmin en zo bleef Ecce, na de eerste opwinding van de biologische en topografische inventarisatie, grotendeels een veronachtzaamd en onbekend land.

Deucas, viermaal zo groot als Ecce, nam het grootste deel van de noordelijke gematigde zone op het andere halfrond in beslag. Kaap Journaal, de uiterste zuidpunt van het werelddeel, was gelegen aan het eind van een langgerekt, smal schiereiland dat zich nog twaalfhonderd kilometer ten zuiden van de evenaar voortzette. De fauna van Deucas was weliswaar niet zo afzichtelijk en monsterlijk als die van Ecce, doch in vele opzichten zeer woest en ontzagwekkend, en omvatte een aantal semi-intelligente soorten. De flora leek in vele gevallen op die van de Oude Aarde — zo sterk, dat de agronomen van het eerste uur diverse nuttige Aardse soorten wisten te introduceren op Station Araminta — de bamboe, de kokospalm, de wijndruif en diverse vruchtbomen — zonder voor ecologische rampen beducht te hoeven zijn.*

Throy, ten zuiden van Deucas gelegen en in omvang bijna gelijk aan Ecce, strekte zich uit van het poolijs tot ver in de zuidelijke gematigde zone. Throy bood het meest dramatische landschap van Cadwal. Ruige rotspunten verhieven zich boven diepe kloven, donkere wouden bogen zich onder de gierende storm.

Drie kleine eilandjes, alle ontstaan door vulkanische werking in het verre verleden, lagen voor de kust van Deucas. Dit waren Thurben, het atol van Lutwen en Oceaaneiland. Voor het overige lagen de oceanen weids en leeg rondom de wereld.

4. Station Araminta

Op de oostkust van Deucas, halverwege Kaap Journaal in het zuiden

---

* De biologische technieken voor het overbrengen van soorten en rassen naar een andere omgeving, zonder gevaar voor het gastmilieu, waren reeds lang geleden geperfectioneerd.

en de Kop van Marmion in het noorden, werd een enclave van vijftienduizend hectare ingericht. Hier lag Station Araminta, het Secretariaat, dat waakte over het natuurbehoud en op de navolging van het Handvest toezag. Zes bureaus verrichtten de diverse noodzakelijke taken:

A: Archief en informatieverwerking.
B: Patrouilledienst; ordehandhaving en bewaking.
C: Taxonomie, cartografie, biologische dienst.
D: Huishoudelijke dienst.
E: Financiën, import en export.
F: Accommodatie voor bezoekers.

De oorspronkelijke Bureauhoofden waren: Deamus Wook, Shirry Clattuc, Saul Diffin, Claude Offaw, Marvell Veder en Condit Laverty. Elk mocht maximaal veertig personeelsleden in dienst nemen, die allen werden geworven binnen familie- en gildeverband, hetgeen het eerste Secretariaat een hechte samenhang schonk, die anders waarschijnlijk zou hebben ontbroken.

Na vele eeuwen was er veel veranderd maar ook veel hetzelfde gebleven. Het Handvest was de opperste wet, hoewel zekere splinterpartijen erop gebrand waren de bepalingen te doen bijstellen. Anderen — met name de Yips van het atol Lutwen — trokken zich van het Handvest in het geheel niets aan. Op Station Araminta was het oorspronkelijke onbehouwen kampement uitgegroeid tot een nederzetting die werd gedomineerd door zes fraaie gebouwen: de Huizen. Hierin woonden de afstammelingen van respectievelijk de Wooks, de Offaws, de Clattucs, de Diffins, de Veders en de Laverty's.

In de loop der tijd ontwikkelden de Huizen elk een geheel eigen persoonlijkheid, waaraan de bewoners deel hadden, zodat de wijze Wooks duidelijk verschilden van de nonchalante Diffins, net zoals de behoedzame Offaws zich onderscheidden van de roekeloze Clattucs.

Het Station had al in een vroeg stadium een hotel verworven om bezoekers onder te brengen, alsmede een vliegveld, een ziekenhuis, scholen en een theater: het Orpheum. Toen de subsidie van het Genootschapskantoor op de Oude Aarde allengs minder werd en ten slotte geheel ophield, werd de behoefte aan deviezen urgent. De wijngaarden, die achter in de enclave waren aangelegd, begonnen fraaie wijnen voort te brengen ten behoeve van de export. Toeristen werden aangemoedigd een of liefst alle buitenhuizen in de ongerepte wildernis aan te doen. Deze buitenhuizen waren opgetrokken op interessante punten en werden dusdanig beheerd dat er geen aanslag werd gepleegd op het milieu.

Door de eeuwen heen waren zekere problemen steeds nijpender geworden. Hoe moesten al die activiteiten verwezenlijkt worden met niet meer dan tweehonderdveertig personen? Enige rekkelijkheid was geboden. Om te beginnen werd aan collateralen* toegestaan posities in het middenkader te bekleden.

Door een wat vrije uitleg van het Handvest werden kinderen, gepensioneerden, huisbedienden en 'tijdelijke, niet ter plaatse gevestigde arbeidskrachten' uitgezonderd van de limiet van veertig. De betiteling 'tijdelijke arbeidskracht' werd steeds ruimer geïnterpreteerd, zodat boerenarbeiders zowel als hotelpersoneel en vliegtuigmonteurs — ja, werknemers op elk niveau — eronder konden worden begrepen. De Conservator kneep intussen een oogje toe, zolang die tijdelijke werkers maar geen permanente bewoners werden.

Er was op Station Araminta altijd behoefte geweest aan goedkope, volgzame arbeidskrachten. Wie kwamen hiervoor meer in aanmerking dan de bewoners van het atol Lutwen, dat vijfhonderd kilometer noordelijker lag? Dit waren de Yips, afstammelingen van weggelopen bedienden, vluchtelingen, illegale immigranten,

---

* Collateralen: slechts veertig Wooks, Offaws, Clattucs, Diffins, Laverty's en Veders genoten secretariaatsstatus. De overigen werden collateralen, dus co-Wooks, co-Laverty's, co-Clattucs, enzovoorts. Op hun eenentwintigste verjaardag waren ze verplicht hun geboortehuis te verlaten en hun heil elders te zoeken. Deze gelegenheid gaf aanleiding tot hartverscheurend verdriet, soms woede en niet zelden zelfdoding. De situatie werd als wreed en harteloos gekenschetst, in het bijzonder door de LVV'ers van Stroma, maar voor een remedie of een betere procedure was geen ruimte binnen de bepalingen van het Handvest, dat Station Araminta omschreef als een secretariaat, een zakelijk instituut, en niet als een woonoord.

kruimeldieven en dergelijke, die zich eerst heimelijk en later ongegeneerd op Lutwen hadden gevestigd.

De Yips voorzagen in een behoefte en mochten dus op Station Araminta verblijven op grond van werkvergunningen die maximaal zes maanden geldig waren. Tot hiertoe wilden de milieubehoeders nog wel toegeven, maar verder weigerden ze nog een strobreed te wijken.

5. De Conservator en de biologen van Stroma

Op Rivierstate, anderhalve kilometer ten zuiden van het Secretariaat, woonde de Conservator, algemeen directeur van Station Araminta. Volgens het Handvest moest hij een werkend lid zijn van het Genootschap van Natuurkenners, geboortig uit Stroma, de kleine nederzetting van natuurvorsers op Throy. Naarmate het Genootschap ineenschrompelde tot weinig meer dan een herinnering, werd deze bepaling uit pure noodzaak ruimer geïnterpreteerd en werden — althans voor dit doel, aangezien er geen realistisch alternatief voorhanden was — alle biologen te Stroma beschouwd als leden van het Genootschap.

Een factie van deze lieden, die een 'progressieve' ideologie aanhing en zich de Partij voor Leven, Vrede en Vrijheid noemde, begon zich sterk te maken voor de zaak van de Yips, wier levensomstandigheden ze als onhoudbaar aanmerkte, een smet op aller geweten. Deze situatie kon slechts verbeterd worden door de Yips toe te staan zich te vestigen op het vasteland van Deucas. Een andere factie, de Handvesters, erkende het probleem, maar stelde een oplossing voor waarbij het Handvest geen geweld werd aangedaan, namelijk het afvoeren van de gehele Yip-bevolking naar een andere planeet. Onrealistisch, riepen de LVV'ers uit. Hun kritiek op het Handvest werd categorisch scherper. Ze betitelden het concept van Natuurbehoud als archaïsch, anti-humanitair en hopeloos achtergebleven bij het progressieve denken. Het Handvest, zo stelden ze, was dringend aan herziening toe, al was het maar om het lot van de Yips te kunnen verbeteren.

De Handvesters brachten hiertegen in, dat het Handvest en het Reglement van natuurbehoud eeuwigheidswaarde bezaten. Zij gaven uiting aan sarcastische vermoedens, namelijk dat de ijver van de LVV voor een groot deel onwaarachtig was en slechts diende tot eigenbaat. En dat de LVV'ers de vestiging van Yips op de Voorkust van Marmion wilden toestaan, opdat daarmee een precedent werd geschapen, op grond waarvan een aantal verdienstelijke biologen — en ongetwijfeld zouden alleen de krachtigste en vurigste LVV-activisten als verdienstelijk worden aangemerkt — zelf landgoederen zou kunnen afpalen in het fraaie landschap van Deucas, waar ze de Yips konden gebruiken als bedienden en landarbeiders en zelf als heren zouden leven. Die beschuldiging ontlokte de LVV'ers zulk een heftige, krampachtige verontwaardiging, dat cynische Handvesters beweerden dat de felheid van het protest slechts hun verholen ambities onderstreepte.

Op Station Araminta nam men de progressieve ideologie niet serieus. Het Yip-vraagstuk werd erkend als wezenlijk en dringend, maar de LVV-oplossing werd noodzakelijkerwijs verworpen, aangezien officiële instemming hiermee automatisch de aanwezigheid van Yips op Cadwal zou legaliseren, terwijl aller inspanningen juist in tegenovergestelde richting dienden te worden aangewend, te weten, het overbrengen van de gehele Yip-bevolking naar een wereld waar hun aanwezigheid nuttig en gewenst was.

Deze overtuiging werd versterkt toen Eustace Chilke, de bedrijfsleider van de luchthaven van Araminta, ontdekte dat de Yips al een tijd bezig waren stelselmatig het magazijn van het vliegveld leeg te roven. Hun buit bestond voornamelijk uit onderdelen van zwevers, waarmee te gelegener tijd in Yipton complete zwevers konden worden gebouwd. Tevens ontvreemdden ze wapens, gereedschappen, munitie en energiecapsules, kennelijk met stilzwijgende medewerking van een zekere Namour co-Clattuc, Coördinator voor Tijdelijke Werkgelegenheid, die ter zake met Chilke handgemeen raakte. Ze vochtten een epische tweekamp uit. Namour streed als Clattuc met de typerende Clattucse flair en moed. Chilke streed op de wijze van een kroegvechter, een techniek die er in essentie op neerkomt, dat de tegenstander met de rug tegen de muur wordt gedreven en vervolgens bewerkt, tot hij vanzelf op de grond valt, zoals Namour na verloop van tijd dan ook deed.

Chilke was geboren vlak bij de stad Idola, in Big Prairie, op de Oude Aarde. In het begin van zijn bestaan was de kleine Eustace sterk beïnvloed door zijn grootvader Floyd Swaner, een verzamelaar van opgezette dieren, oude curiosa, opzichtige bric-à-brac, zeldzame boeken en allerlei dat zijn oog bekoorde. Toen Eustace Chilke klein was, had zijn grootvader hem een prachtige atlas van het universum cadeau gedaan, waarin alle werelden in het Gaiaanse Bereik stonden afgebeeld, inclusief Cadwal. Die atlas had de jonge Eustace zodanig geïnspireerd dat hij later reiziger werd, een zwerver die van alle markten thuis was.

Hij was op Station Araminta terechtgekomen langs een vreemd kronkelige weg, maar niet geheel bij toeval. Op een dag had Chilke de omstandigheden die ertoe leidden als volgt aan Glawen beschreven.

“Ik organiseerde toentertijd bustochtjes vanuit Zevensteden op John Prestons Wereld.” Chilke vertelde hoe hem op een gegeven moment een dame was opgevallen: “een forse dame met een papwit gezicht en een heleboel boezem, met een hoge zwarte hoed,” die vier dagen achtereen had deelgenomen aan Chilke’s ochtendtripje. Ten slotte had ze hem aangesproken en zich gunstig uitgelaten over zijn optreden.

“Dat is niets mevrouw,” had Chilke bescheiden geantwoord. “Dat hoort bij het vak.”

De dame had zich vervolgens voorgesteld als Madame Zigonie, weduwe en afkomstig van Rosalia, een wereld achter in de Pegasusrechthoek. Na even gepraat te hebben stelde ze voor dat Chilke met haar zou lunchen en Chilke zag geen reden die uitnodiging af te slaan.

Madame Zigonie koos een uitstekend restaurant uit waar een voortreffelijke lunch werd opgediend. Tijdens de maaltijd moedigde ze Chilke aan te vertellen over zijn jeugd in Big Prairie en zijn achtergronden. Na een tijdje onthulde Madame Zigonie, als gaf ze gevolg aan een plotselinge ingeving, haar helderziende gaven, aan de influisteringen waarvan zij gehoor diende te geven, wilde zij gevaar voor lijf en goed, van haarzelf zowel als van anderen die in haar visioenen een rol speelden, vermijden. “Misschien hebt u zich verwonderd over mijn belangstelling voor uzelf. Maar het ligt zo, dat ik behoefte heb aan een opzichter voor mijn veeboerderij en dat mijn innerlijke stem mij met klem zegt dat u daarvoor de juiste en meest geschikte persoon bent."

"Belangwekkend," zei Chilke met enige behoedzaamheid. "Ik neem aan dat hierbij een hoog salaris hoort en een ruim voorschot?"

"U zult worden beloond naar geldende maatstaven, nadat u het werk hebt verricht dat ik van u zal verlangen."

"Hm," zei Chilke. Het was een opmerking die voor velerlei uitleg vatbaar was en van de zwaargebouwde Madame Zigonie, met haar overdadige kleding en haar kleine, smalle, priemende oogjes in het grote gezicht met de pafferige wangen, die de kleur hadden van stopverf, ging niets aanlokkelijks uit.

Ten slotte hadden Madame Zigonie's beloften zijn aarzeling echter weten te overwinnen en was Chilke opzichter geworden op de boerderij in de Schaduwvallei op Rosalia.

Tot Chilke's taak behoorde het leidinggeven aan het werk van een grote groep contractarbeiders, allemaal Yips, die naar Rosalia waren verscheept door een koppelbaas, genaamd Namour. Chilke's verbijstering over de hele zaak werd tot het uiterste opgedreven toen Madame Zigonie verklaarde dat ze voornemens was hem te huwen. Chilke bedankte voor de eer, waarop Madame Zigonie hem in dolle woede ontsloeg, echter zonder uitbetaling van salaris.

In het stadje Lippewilg aan de Grote Modderrivier werd Chilke vervolgens benaderd door Namour, die hem de betrekking van bedrijfsleider van de luchthaven op Station Araminta aanbood. Namour overschreed daarmee verre zijn bevoegdheden, maar Chilke wist de functie te verwerven op grond van zijn eigen bekwaamheden. De romantische bevlieging van Madame Zigonie, die even snel weer was verdwenen, en Namours meelevendheid en hulp, vormden een mysterie waarvoor hij geen voor de hand liggende oplossing kon aandragen.

Andere, veel dringender mysteries waren intussen aan de orde. Hoeveel illegale zwevers hadden de Yips al gebouwd met de gestolen onderdelen? Hoeveel hadden ze op andere manieren weten te bemachtigen? En als dat zo was, waar bevonden die zwevers zich dan?

Het hoofd van Bureau B was Bodwyn Wook, een kleine kale man met een gele huid; mager, actief en fel als een fret. Bodwyn

Wook stond bekend om zijn scherpe tong, zowel als om zijn volslagen onverschilligheid ten opzichte van elegante omgangsvormen. De ontdekking van de diefstallen bracht bij hem onmiddellijk een reactie teweeg. Er werd een overval uitgevoerd op Yipton en twee zwevers en een zweverwerkplaats werden vernietigd.

Een tweede sinistere ontdekking volgde direct op de eerste. Yips die op Araminta werkten, bleken in het bezit te zijn van een grote verscheidenheid aan wapentuig, alsof ze zich opmaakten voor een grootscheepse moordpartij op het secretariaatspersoneel.

De werkvergunningen werden onverwijld ingetrokken en de Yips werden teruggestuurd naar Yipton. Toen Namour dienaangaande werd ondervraagd, trok hij zijn schouders op en ontkende elke betrokkenheid bij de zaak. Niemand kon het tegendeel aantonen en daar het ook moeilijk te geloven was dat de sympathieke en populaire Namour zich zou inlaten met misdaden van zulk afgrijselijk allooi, slepen de scherpe kantjes van de verdenkingen er na verloop van tijd weer af, al bleven ze wel bestaan. Namour ging intussen zijn gebruikelijke gang, ongevoelig voor resterende twijfels.

Namour was onmogelijk in een of andere categorie onder te brengen. Hij was sterk, met een aangeboren gratie, en bezat een goedgebouwd figuur en regelmatige, klassieke gelaatstrekken. Hij droeg zijn kleren met zwier en scheen alles te weten wat de moeite waard was. Te allen tijde gedroeg Namour zich met een innemende, beheerste kalmte en matigheid, hetgeen leek te duiden op grote hartstocht die nauwlettend in bedwang werd gehouden, een eigenschap die vele dames zeer aantrekkelijk vonden. Namours naam werd dan ook aan deze en gene gekoppeld, onder wie zowel Spanchetta als Smonny, die hij naar het scheen permanent van dienst was als deeltijdminnaar, tot bevrediging van beide dames.

Namour was niet overal even geliefd, zeker niet op Bureau B. Degenen die kritiek op hem hadden, beschouwden hem als een bikkelharde opportunist, gespeend van enige medemenselijkheid en tot elk misdrijf in staat. Deze mening bleek ten slotte de juiste te zijn geweest, maar voordat Namours euveldaden hem aangewreven konden worden, was hij heimelijk Station Araminta ontvlucht, tot diepe spijt van Bodwyn Wook.

6. De Yips en Yipton

De doorsnee Yip was verre van mismaakt of afstotelijk; integendeel, op het eerste gezicht maakten Yips een buitengewoon aantrekkelijke indruk met hun grote, glanzende bruine ogen en hun goudkleurige huid en haren, hun welgevormde gezicht en hun prachtige lichaamsbouw. De Yipse meisjes waren in heel Mircea's Vleug befaamd om hun aanvalligheid, meegaandheid en zachte karakter, alsmede om hun volstrekte kuisheid, tenzij een gepast honorarium werd neergeteld.

Om een nog niet geheel doorgronde reden bleken Yips en gewone Gaianen over en weer niet vruchtbaar te zijn. Sommige biologen opperden dat de Yips een mutatie waren en een nieuwe mensensoort vertegenwoordigden; anderen vermoedden dat het Yipse voedingspatroon, dat zekere schelpdieren omvatte uit de sliklaag onder Yipton, aan de situatie ten grondslag lag. Ze wezen erop dat Yips die als contractarbeider op andere werelden gingen werken, na verloop van tijd hun normale vermogen tot menselijke voortplanting herkregen.

Yipton was al sinds jaar en dag een toeristenattractie. Veerboten brachten de toeristen van Station Araminta naar Yipton, waar ze werden ondergebracht in het Arkadia Hotel, een wankel bouwsel van vijf verdiepingen dat geheel uit bamboe staken en palmbladeren was opgetrokken. Op het terras serveerden Yipse meisjes gin slings, slaapmutsjes en kokostoddy's, allemaal samengesteld, gebrouwen of gestookt in Yipton, uit grondstoffen naar de aard waarvan niemand wenste te informeren. Er werden rondvaarten geboden door de stinkende en toch vreemd bekoorlijke kanalen van Yipton en tochtjes naar andere bezienswaardigheden, zoals de Caglioro, het Vrouwenbad, en de straat met Oude Ambachten. Diensten van intiemere aard waren voor mannen zowel als vrouwen te bekomen in het Poesjespaleis, dat op vijf minuutjes lopen van het Arkadia Hotel lag — een tocht door krakende bamboe gangetjes. Het personeel van het Poesjespaleis was minzaam en gewillig, hoewel de dienstverlening spontaniteit ontbeerde en werd verricht op een nauwgezette, zij het enigszins afwezige, methodische wijze.

Niets was er gratis. Wie in Yipton na het maal om een tandenstoker vroeg, vond die op zijn rekening terug.

Naast de winsten uit het toeristenverkeer, ontving de huidige Oomphaw* van de Yips, een zekere Titus Pompo, inkomsten uit de buitenwereldse verhuur van contractarbeiders. De Oomphaw Titus Pompo werd in deze en andere minder frisse ondernemingen bijgestaan door Namour co-Clattuc.

7. Stroma

Gedurende de eerste jaren van het natuurbeheer op Cadwal maakten bezoekende Genootschapsleden als vanzelfsprekend hun opwachting op Rivierstate, in de verwachting onderdak aangeboden te krijgen. Soms was de Conservator verplicht wel twintig tot vijfentwintig lieden tegelijk gastvrijheid te verlenen; sommigen van hen rekten hun verblijf tot in het oneindige om hun onderzoekingen voort te kunnen zetten of eenvoudig om van de onbekende natuur van Cadwal te genieten.

Een van de Conservatoren kwam ten slotte in opstand en eiste dat bezoekende natuurvorsers voortaan in tenten zouden huizen aan het strand en hun potje zouden koken boven een kampvuurtje.

Op het jaarlijks conclaaf van het Genootschap werd een aantal plannen voorgelegd om het vraagstuk op te lossen. De meeste van die projecten ondervonden tegenstand van de verstokte natuurbehoeders, die klaagden dat het Handvest door de ene kunstgreep na de andere werd uitgehold. Anderen wierpen tegen: "Alles goed en wel, maar als wij Cadwal bezoeken voor legitiem onderzoek, moeten we dan werkelijk in kommerlijke omstandigheden bivakkeren? We zijn tenslotte leden van dit Genootschap!"

Ten slotte aanvaardde de vergadering een listig voorstel dat door een van de meest extreme natuurbehoeders was ingediend. Het plan behelsde een vergunning voor een nieuwe, kleine nederzetting op een nauwkeurig aangegeven plaats, waar geen schade aan het milieu kon worden toegebracht. Deze plaats bleek een steile rotswand te zijn boven de Stroma Fjord op Throy, een bijna lachwekkend

* Deze titel, van oorsprong een spottende benaming, was afkomstig van een toerist van Clarendon, Algenib IV. De mannen van het elitecorps van de Oomphaw werden Oomps geheten.

ongeschikte plaats voor menselijke bewoning; dit was overduidelijk een list om voorstanders te ontmoedigen.

De uitdaging werd echter aanvaard. Stroma ontstond: een stadje met hoge smalle huizen, klein en grillig opgezet, zwart of donkerbruin van kleur, met wit, blauw of rood geschilderde deuren en kozijnen. Vanaf de overkant van de fjord gezien leken de huisjes van Stroma aan de klippen te zijn vastgegroeid als eendenmosselen.

Vele leden van het Genootschap ontdekten, na een tijdelijk verblijf in Stroma, dat het leven hen daar beviel en vormden, onder het voorwendsel van langlopende onderzoeksprojecten, de kern van een permanente bevolking die bij tijd en wijle wel twaalfhonderd zielen telde.

Op Aarde viel het Genootschap van Natuurkenners ten prooi aan zwakke leiders, de malversaties van een secretaris met te lange vingers en een volledig gemis aan visie. In een laatste conclaaf werden alle gegevens en documenten officieel overgedragen aan de Bibliotheek der Archieven en sloot de voorzitter met een klap op de gong voor het laatst de vergadering.

Op Cadwal werd er door de natuurvorsers in Stroma niet officieel op gereageerd, ofschoon de stad voor haar inkomsten nu geheel op privéinvesteringen op andere werelden was aangewezen. Het Handvest bleef de grondwet van Cadwal en Station Araminta zette het werk voort, zoals gebruikelijk.

8. Personen van belang, gevestigd te Station Araminta, Stroma, of elders

Spanchetta en Simonetta Clattuc van Huis Clattuc waren zusters, die meer wel dan niet met elkaar gemeen hadden, hoewel Spanchetta de meest materialistische was van de twee en Simonetta — 'Smonny' zoals ze genoemd werd — meer verbeeldingskracht en ongedurigheid bezat. Ze groeiden samen op tot stevige jonge vrouwen met forse boezems, weelderige krullenpartijen en kleine priemende oogjes met half geloken oogleden. Ze waren allebei hartstochtelijk, hooghartig, bazig en ijdel, alsook ongegeneerd en in het bezit van een onbegrensde energie. In hun jeugd hadden Spanny en Smonny allebei een obsessie ontwikkeld voor de persoon van Scharde

Clattuc; beiden trachtten schaamteloos en om het hardst hem te verleiden of te huwen of op welke manier dan ook voor zichzelf te krijgen. Helaas voor hun hoopvolle verwachtingen, vond Scharde Spanny en Smonny allebei even onaantrekkelijk om niet te zeggen weerzinwekkend. Hij ontweek hun avances zo hoffelijk als hij kon en bij gelegenheid zelfs met groot gebrek aan hoffelijkheid.

Scharde werd naar een buitenwereldse trainingscursus van de IPCC* gestuurd, in Sarsenopolis op Alphecca Negen. Daar ontmoette hij Marya Aragone, een donkerharige jonge vrouw met grote charme, gratie, waardigheid en intelligentie. Hij werd verliefd op haar en zij op hem. Ze trouwden in Sarsenopolis en keerden na verloop van tijd samen terug naar Station Araminta.

Spanchetta en Smonny waren diep verontwaardigd en hevig op Scharde gebeten. Zijn gedrag was een persoonlijke afwijzing van hen en ook — op een dieper niveau — een brutaliteit en een blijk van gebrek aan respect. Ze vonden een makkelijker aanvaardbare reden voor hun woede toen Smonny voor haar eindexamen van het Lyceum zakte, daardoor tot collaterale status verviel en gedwongen werd Huis Clattuc te verlaten — net rond de tijd dat Marya arriveerde, zodat de schuld kon worden afgeschoven op Marya en Scharde.

Zwaar teleurgesteld vertrok Smonny van Station Araminta. Een tijdlang zwierf ze door heel het Gaiaanse Bereik en hield zich met uiteenlopende zaken bezig. Ten slotte huwde ze Titus Zigonie, eigenaar van de Schaduwvallei, een veeboerderij van vier miljoen morgen lands op de planeet Rosalia, alsmede van een Clayhacker ruimtejacht. Voor de mankracht die hij voor het werk op zijn ranch nodig had, begon Titus Zigonie, op aanstichting van Smonny, groepen Yipse contractarbeiders in te zetten, die naar Rosalia werden gebracht door niemand minder dan Namour, die de opbrengst hieruit deelde met Calyactus, Oomphaw van Yipton.

---

* IPCC, de Interwereldlijke Politie Coördinatie Compagnie, dikwijls omschreven als het allerbelangrijkste instituut in het Gaiaanse Bereik. Bureau B op Station Araminta was geaffilieerd met de IPCC en gediplomeerd personeel van Bureau B werd, in theorie zowel als in de praktijk, agent van de IPCC.

Op aandringen van Namour bracht Calyactus een bezoek aan de Schaduwvallei op Rosalia, alwaar hij werd vermoord, ofwel door Smonny, ofwel door Namour, ofwel door deze twee in vereniging. Titus Zigonie, een onschadelijk manneke, werd 'Titus Pompo de Oomphaw', hoewel Smonny het gezag geheel in handen had.

Nooit had ze haar haat laten varen jegens Station Araminta in het algemeen en Scharde Clattuc in het bijzonder en het was haar liefste wens een helse vernietiging van deze twee vijanden te bewerkstelligen.

Intussen had Namour met ongehoorde koelbloedigheid zijn taak als minnaar van zowel Spanchetta als Smonny weer opgevat.

En intussen had Marya Scharde een zoon geschonken, Glawen. Toen Glawen twee jaar was, verdronk Marya tijdens een ongeluk met een zeilboot, onder verdachte omstandigheden. Een tweetal Yips, Selious en Catterline, was er getuige van geweest dat Marya verdronk. Ze verklaarden beiden dat ze de zwemkunst niet machtig waren en dus niet in staat waren geweest Marya te hulp te komen. Bovendien ging het hun niet aan. En zo verdween bijna alle vreugde uit Scharde's leven. Hij ondervroeg Selious en Catterline uitvoerig, maar het tweetal gedroeg zich stug en wilde niets meer loslaten en ten slotte werd Scharde het zat en stuurde ze terug naar Yipton.

Glawen groeide op tot schooljongen en vervolgens tot jongeman, en bereikte op de leeftijd van 21 jaar zijn secretariaatsstatus. Net als zijn vader Scharde had hij voor Bureau B gekozen. Glawen aardde ook in andere opzichten naar zijn vader. Ze waren allebei slank van bouw, smal in de heupen en stevig in de schouders, niet zozeer voorzien van dikke spierbundels, maar wel pezig en snel. Glawens gezicht — mager, met het vel strak over de wangen — was net als dat van Scharde streng en compromisloos. Zijn haar was dik en donker en steeds kortgeknipt, zijn huid was gebruind maar lang niet zo verweerd en bruin als die van Scharde. Beide mannen bewogen zich zonder overbodige energie te gebruiken en beiden leken op het eerste gezicht cynisch en bitter, maar hun karakter was een stuk minder grimmig en streng dan de eerste indruk deed vermoeden. Ja, als Glawen aan Scharde dacht, zag hij een liefhebbend en toegeeflijk iemand voor zich, volstrekt onkreukbaar en van onbesproken moed.

Wanneer Scharde aan Glawen dacht, kostte het hem moeite zijn trots en genegenheid in toom te houden.

De huidige Conservator, Egon Tamm, was van Stroma naar Rivierstate gekomen met zijn echtgenote Cora en hun zoon Milo en dochter Wayness. Wel tien jongelieden van het Station, waaronder ook Glawen, waren ogenblikkelijk verliefd geworden op Wayness, die tenger was en donker van haar, met donkergrijze ogen in een gezichtje dat geanimeerd werd door een dichterlijk intellect.

Een jongeman die allang naar haar dong, was Julian Bohost, ook afkomstig uit Stroma, een toegewijd en uitstekend van de tongriem gesneden lid van de LVV. Wayness' moeder Cora bezag Julian met welgevallen. Het werd door al haar vriendinnen voetstoots aangenomen dat Julian een jongeman was voor wie een grote toekomst was weggelegd in de politiek. Op grond daarvan had ze Julian aangemoedigd zich verloofd te wanen met Wayness, ofschoon Wayness met zorg had uiteengezet dat haar gedachten een heel andere kant opgingen. Julian weigerde glimlachend naar haar te luisteren en ging gewoon door met plannetjes maken voor hun gezamenlijke toekomst.

Julians tante was Dame Clytie Vergence, Waarder van Stroma en een vooraanstaand lid van de LVV. Dame Clytie was een omvangrijke, bazige vrouw met een bekrompen geest, die vastbesloten was het overduidelijke gelijk van de LVV-denkbeelden te doen zegevieren, in weerwil van alle tegenstand en met name in weerwil van zekere verwijzingen naar de decreten van "dat misselijke, achterhaalde vod papier; dat stuk krentenwegerij" — waarmee ze doelde op het Handvest. "Het heeft zijn nut verre overleefd! Ik ben voornemens deze geestesvertroebeling weg te blazen en het nieuwe denken over Cadwal vaardig te doen worden!"

Tot nog toe was de LVV niet bij machte geweest hervormingsplannen door te voeren, aangezien het Handvest nog steeds de geldende wet was, die de LVV niet op legale wijze kon overtreden.

Op een LVV-conferentie werd een scherpzinnig plan ontwikkeld. Vlak bij het buitenhuis op Dolleberg raakten trekkende banjeehordes geregeld bloedig met elkaar slaags. Hieraan nu wilden de

LVV'ers een eind maken, of het ecologisch evenwicht daardoor nu verstoord zou worden of niet. Dit was een zaak, meenden de theoretici van de LVV, waar elk rechtgeaard mens wel achter moest staan, al raakten de principes van het natuurbehoud erbij in het gedrang.

Als officieel vertegenwoordiger van Dame Clytie vertrok Julian naar Dolleberg om de omgeving te inspecteren alvorens praktische maatregelen voor te stellen. Hij nodigde Milo en Wayness uit mee te gaan voor de gezelligheid. Wayness zorgde ervoor dat Glawen de zwever zou besturen, tot Julians grote weerzin, want hij had aversie opgevat jegens Glawen.

Het uitstapje liep uit op een ramp. Wayness wist Julian eindelijk van haar gebrek aan belangstelling te doordringen. De volgende dag kwam Milo om het leven bij een ongeval, dat opzettelijk was veroorzaakt door drie Yips, mogelijk op aanstichting van Julian, ofschoon de ware omstandigheden duister bleven.

Terug op Station Araminta, deelde Wayness Glawen mee dat ze zeer binnenkort naar de Oude Aarde zou vertrekken, waar ze een tijdlang bij haar oom, Pirie Tamm, ging logeren — een van de weinige overlevende leden van het Genootschap. Milo zou met haar mee zijn gegaan, maar Milo was dood; nu moest ze, voor het geval zij op Aarde om het leven mocht komen, Glawen een geheim meedelen — een geheim van ontzaglijk gewicht.

Bij een vorig bezoek aan de Aarde was ze er bij toeval achter gekomen dat het oorspronkelijke Handvest en de geregistreerde Akte, die in feite het eigendomsbewijs van de planeet Cadwal was — verdwenen waren. Ze was nu van plan de verloren documenten te gaan zoeken, voor iemand anders ze vond — er waren namelijk aanwijzingen dat andere, onbekende partijen naar precies dezelfde documenten op zoek waren.

Zonder Milo zou Wayness het alleen moeten opknappen. Glawen zou zielsgraag met haar mee zijn gegaan, maar Bureau B maakte aanspraak op zijn tijd en het ontbrak hem aan geld. Voorlopig kon hij niet anders doen dan haar op het hart te binden voorzichtig te zijn.

Op Station Araminta had Floreste co-Laverty, een figuur met een flamboyante levensstijl, kunstzinnig en creatief, sinds jaar en dag de leiding van de Mommers, een gezelschap waarin jonge talenten van Station Araminta dansten, zongen en acteerden. Floreste had de Mommers goed opgeleid en hen met zijn geestdrift aangestoken, zodat ze met groot succes tournees maakten langs de werelden van Mircea's Vleug en zelfs daarbuiten.

Floreste's grote droom was de bouw van een magnifiek nieuw Orpheum, als vervanging voor de krakende oude gehoorzaal die nu voor hun optredens werd gebruikt. Alles wat de Mommers verdienden verdween in het bouwfonds, waarvoor Floreste ook gedurig bijdragen bijeen schooide.

Een reeks afgrijselijke misdrijven werd ontdekt op Thurben, een eiland in de oostelijke oceaan ten zuidoosten van het atol van Lutwen. De oorsprong van deze misdrijven was buitenwerelds en Glawen werd uitgestuurd om de zaak te onderzoeken. Hij keerde terug met het bewijs dat Floreste verantwoordelijk was, in samenwerking met Namour en Smonny. Namour verliet Station Araminta met de noorderzon, voor hij in staat van beschuldiging kon worden gesteld. Smonny was vooralsnog onbereikbaar in Yipton, maar Floreste werd ter dood veroordeeld.

Gedurende Glawens afwezigheid buitenwerelds was zijn vader Scharde niet teruggekeerd van een patrouillevlucht. Er waren geen noodsignalen ontvangen en het wrak werd nooit gevonden. Glawen wilde niet geloven dat Scharde dood was en Floreste liet doorschemeren dat zijn vermoedens juist waren. Hij beloofde Glawen alles te vertellen wat hij wist, als Glawen hem in ruil daarvoor de garantie wilde geven dat al zijn, Floreste's, geld gebruikt zou worden voor het doel dat hem voor ogen had gestaan: de bouw van een nieuw Orpheum. Glawen stemde in deze overeenkomst toe en Floreste stelde een testament op, waarin hij alles wat hij bezat aan Glawen vermaakte.

Floreste's kapitaal stond op een depositorekening bij de Bank van Mircea, in de stad Soumjiana op de nabijgelegen wereld Soum. Smonny had haar inkomsten op dezelfde rekening laten staan omdat dat haar beter uitkwam. Het was als tijdelijke regeling bedoeld geweest, maar Smonny was net iets te laks. Het gehele kapitaal ging over in het bezit van Glawen op het ogenblik van Floreste's dood.

Floreste's laatste daad was het opstellen van een brief, waarin hij alles onthulde wat hij met betrekking tot Scharde wist.

Glawen heeft de brief zo-even geopend en vernomen dat Scharde Clattuc, voor zover Floreste bekend, nog in leven is. En waar? Dat zal Glawen pas weten wanneer hij de hele brief heeft gelezen.

Hoofdstuk I

1

De zon was ondergegaan. Nat en huiverend keerde Glawen Clattuc zich af van de oceaan en draafde de Wanseyweg op door de schemering. Bij Huis Clattuc aangekomen duwde hij de voordeur open en schoot de ontvangsthal binnen. Tot zijn ergernis ontdekte hij daar Spanchetta Clattuc, aan de voet van de monumentale trap.

Spanchetta bleef staan en nam de staat waarin hij verkeerde met kritische blik in zich op. Op deze avond had ze haar majestueuze torso omkleed met een dramatische japon van vuurrood en zwart gestreepte tafzij, met een zwart bolerootje en zilveren sandaaltjes. Een snoer zwarte parels was rond haar enorme tulband van zwarte krullen gewikkeld, zwarte parels bengelden aan haar oren. Spanchetta bleef slechts een ogenblik staan om Glawen van hoofd tot voeten op te nemen. Toen schreed ze met afgewende blik en minachtend vertrokken mond in de richting van de eetzaal.

Glawen liep naar de kamers die hij deelde met zijn vader, Scharde Clattuc. Ogenblikkelijk ontdeed hij zich van zijn vochtige kleren, nam een hete douche en begon droge kleren aan te trekken, maar daarbij werd hij gestoord door de telefoonbel. "Spreek maar!" riep Glawen.

Het gezicht van Bodwyn Wook verscheen op het scherm. Met zure stem zei hij: "De zon is allang onder. Je moet Floreste's brief nu toch wel uit hebben. Ik zit op je telefoontje te wachten."

Glawen lachte schamper. "Ik heb nog pas twee regels van die brief gelezen. Kennelijk is mijn vader nog in leven."

"Dat is goed nieuws. Vanwaar het oponthoud?"

"Ik kreeg moeilijkheden met Kirdy aan het strand. We geraakten ten slotte in zee. Ik heb het overleefd. Kirdy is verdronken."

Bodwyn Wook sloeg zich voor het hoofd. "Zeg maar niets meer! Dat is onthutsend nieuws. Hij was tenslotte een Wook."

"Hoe dan ook, ik stond net op het punt om u te bellen."

Bodwyn Wook slaakte een zucht. "We zullen een rapport opmaken van dood door ongeval en de hele onsmakelijke affaire verder uit ons hoofd zetten. Begrepen?"

"Ja, meneer."

"Ik ben niet helemaal tevreden over de manier waarop je je gedragen hebt. Je had op een dergelijke aanval verdacht moeten zijn."

"Dat was ik ook, meneer, daarom ging ik juist naar het strand. Kirdy had een afkeer van de zee en ik meende dat hij wel uit de buurt van het water zou blijven. Maar ten slotte is hij dus gestorven op de manier waarvoor hij het meest bang was."

"Hm," zei Bodwyn Wook. "Je hebt een ongevoelige natuur. Stel dat hij vanuit een hinderlaag op je had geschoten en Floreste's brief had vernietigd, wat dan?"

"Dat zou Kirdy nooit hebben gedaan. Hij wilde dat ik hem in de ogen keek als hij me doodde."

"En als Kirdy nu eens van zijn vaste manier van doen zou zijn afgeweken, bij deze bijzondere gelegenheid?"

Glawen dacht na, haalde dan even zijn schouders op. "In dat geval zou uw berisping welverdiend zijn geweest."

"Hm," zei Bodwyn Wook met een lelijk gezicht. "Ik ben inderdaad streng, maar ik heb het nooit zover overdreven dat ik een lijk heb berispt." Hij leunde achterover. "We hoeven niet verder over deze zaak te praten. Kom met de brief naar mijn kantoor, dan lezen we hem samen."

"Goed, meneer."

Glawen wilde het appartement al verlaten, maar bleef met zijn hand op de deurkruk staan. Hij dacht een ogenblik na, draaide zich toen om en liep naar de zijkamer die als kantoor en opslagruimte dienst deed. Hier maakte hij een kopie van Floreste's brief. Hij vouwde de kopie op en legde hem in een la; het origineel stopte hij in zijn zak. Toen vertrok hij.

Tien minuten later arriveerde Glawen bij de kantoren van Bureau B, op de tweede verdieping van het Nieuwe Secretariaat, en werd onmiddellijk tot Bodwyn Wooks privékantoor toegelaten. Zoals gewoonlijk zat Bodwyn Wook in zijn massieve met leer beklede leunstoel. Hij stak zijn hand uit. "Als je zo goed wilt zijn..." Glawen gaf hem de brief. Bodwyn Wook gebaarde naar een stoel. "Ga zitten."

Glawen gehoorzaamde, Bodwyn Wook haalde de brief uit de envelop en begon hem voor te lezen op neuzelende zeurtoon, een toon die volstrekt niet strookte met de buitensporigheden en trouvailles in Floreste's taalgebruik.

De brief was wijdlopig en dwaalde soms zo ver af, dat hij een uiteenzetting van Floreste's levensfilosofie werd. Hij beleed *pro forma* berouw om zijn wandaden, maar de overtuiging achter de woorden ontbrak en Floreste scheen zijn schrijven eerder als rechtvaardiging voor zijn daden te hebben bedoeld. "Het lijdt geen twijfel, en ik zeg dit met grote stelligheid," schreef Floreste. "Ik ben een van die zeer zeldzamen die zich met recht de betiteling 'Bovenmens' mogen aanmeten: ja, er zijn er maar zeer weinigen zoals ik! In mijn geval zouden de gebruikelijke beperkingen van de algemeen geldende moraal niet van toepassing behoren te zijn, waar zij mijn superieure creativiteit dreigen te smoren. Maar helaas! Ik ben als immer gelijk een vis in een aquarium, zwemmend tussen de andere vissen, aan wier formaliteiten ik mij dien te houden, anders bijten ze me de vinnen af!"

Floreste beaamde dat zijn toewijding aan de kunst hem tot onregelmatigheden had aangezet. "Op de lange, saaie trek naar mijn doel heb ik getracht kortere wegen te bewandelen. Ik ben daarbij betrapt en nu zullen mijn vinnen worden afgebeten.

"Als ik het allemaal nog eens over mocht doen," peinsde Floreste, "dan zou ik zeker voorzichtiger te werk gaan. Nu is het natuurlijk dikwijls mogelijk de lof der samenleving te verwerven, terwijl men toch de heiligste dogma's, waaraan zij met hart en ziel verknocht is, hooghartig beschimpt en door het slijk haalt! Wat dat aangaat is de samenleving als een groot, laf dier. Hoe meer men het mishandelt, des te meer zal het overlopen van genegenheid. Maar ach, het is nu te laat om zich het hoofd te breken over deze finesses van het menselijk gedrag."

Vervolgens overdacht Floreste zijn wandaden. "Het gewicht van mijn overtredingen is moeilijk te bepalen met enige mate van exactheid, of af te wegen tegen het goede dat mijn zogeheten 'misdaden' hebben opgeleverd. De vervulling van mijn grootse doel zou heel wel de opoffering kunnen rechtvaardigen van luttele onbeduidende mensjes, wier bestaan anders geen enkel nut zou hebben gehad."

Bodwyn Wook zweeg even om een blad om te slaan. "Die onbeduidende mensjes zouden het niet met Floreste eens zijn geweest," merkte Glawen op.

"Vanzelfsprekend niet," zei Bodwyn Wook. "Voor zijn stelling is in het algemeen wel iets te zeggen; we kunnen echter niet toestaan dat elke rondreizende charlatan die zich 'kunstenaar' heet, lage misdaden begaat bij het najagen van zijn Muze."

Floreste besteedde nu enige aandacht aan Simonetta. Ze had hem veel over zichzelf en haar wedervaren verteld. Nadat ze dol van woede Station Araminta had verlaten met opgestoken zeilen, had ze verre omzwervingen gemaakt door heel het Gaiaanse Bereik. Ze kwam daarbij op onorthodoxe wijze aan de kost, trouwde en hertrouwde, ging de ene relatie na de andere aan en leidde over het geheel genomen een eigenzinnig, avontuurlijk bestaan. Toen ze lid was van de Monomantici, had ze Zadine Babs ofwel Zaa ontmoet en ook een bruut van een vrouw die Sibil de Vella was geheten. Ze vormden een drievrouwschap, noemden zich Ordenes en namen de macht in de sekte over.

Smonny werd de rituelen en beperkingen al spoedig beu en verliet het seminarie. Een maand later kwam ze Titus Zigonie tegen, een kleine mollige man met een inschikkelijk karakter. Titus Zigonie was eigenaar van de Schaduwvallei op de planeet Rosalia, alsmede van een omvangrijk Clayhacker ruimtejacht — attributen die Smonny onweerstaanbaar vond. En voor Titus Zigonie wist wat er gebeurde, was hij met Smonny getrouwd.

Een paar jaar later bezocht Smonny de Oude Aarde, waar ze een zeker iemand tegen het lijf liep, die lid was geweest van het Genootschap van Natuurkenners. In de loop van hun gesprek maakte deze persoon, van wie Smonny de naam niet prijsgaf, gewag van de vroegere secretaris Frons Nisfit en diens malversaties. Haar zegsman vermoedde dat Nisfit zelfs zover was gegaan het oorspronkelijke Handvest te verkwanselen aan een verzamelaar van oude documenten. "Niet dat dat iets uitmaakt," had hij er haastig aan toegevoegd. "Het natuurreservaat Cadwal drijft allang op eigen kracht en zal als zodanig onbeperkt kunnen blijven bestaan, met of zonder Handvest, althans zo is mij verzekerd."

"Vanzelfsprekend," zei Smonny. "Natuurlijk! Ik vraag me af met wie die veile Nisfit zijn handeltje heeft bedreven."

Smonny won inlichtingen in onder handelaars in oudheden en ontdekte een van de gestolen documenten. Het maakte deel uit van een pakket dat was verkocht door een verzamelaar genaamd Floyd Swaner. Smonny had hem weten op te sporen maar ze kwam te laat; Floyd Swaner was dood. Zijn erfgenaam en kleinzoon Eustace Chilke was er naar men zei eentje die niet wou deugen. Hij kon het zwerven niet laten en trok van her naar der. Zijn huidige verblijfplaats was niet bekend.

Op Rosalia waren arbeidskrachten schaars. Smonny sloot een overeenkomst met Namour voor een lading Yipse contractarbeiders en haalde op die manier haar banden met Cadwal weer aan.

Namour en Smonny smeedden een fantastisch nieuw plan. Calyactus, de Oomphaw van Yipton, was inmiddels oud en dwaas. Namour haalde hem ertoe over Rosalia te bezoeken voor een medische behandeling die hem zijn jeugd zou teruggeven. Op de boerderij in de Schaduwvallei werd Calyactus vergiftigd; Titus Zigonie werd Oomphaw in zijn plaats en noemde zich voortaan Titus Pompo.

Smonny's speurders wisten ten slotte Eustace Chilke op te sporen, die in die periode bustochtjes organiseerde vanuit Zevensteden op John Prestons Wereld. Smonny zorgde ervoor zo snel mogelijk kennis met hem te maken en nam hem in dienst als opzichter van de veeboerderij in de Schaduwvallei. Ten slotte besloot ze met hem te trouwen maar Chilke bedankte hoffelijk voor de eer. Op haar teentjes getrapt ontsloeg Smonny Chilke daarop. Namour had hem ten slotte naar Station Araminta gehaald.

"Smonny en Namour zijn een verbazingwekkend tweetal," schreef Floreste. "Ze kennen in het geheel geen scrupules, ofschoon Namour zich graag voordoet als een heer van beschaving en zeer zeker een aantrekkelijk personage is met vele merkwaardige talenten. Hij kan zijn lichaam dwingen naar het staal van zijn wil. Denk eens aan! Hij heeft de rol van inschikkelijke minnaar gespeeld tegenover zowel Spanchetta als Smonny en beide affaires met groot aplomb behandeld. Namour, ik groet u met hoogachting, al was het maar om uw superbe durf.

"Zo weinig tijd rest mij nog! Ware het me vergund in leven te blijven, dan zou ik een heroïsch ballet componeren voor drie figuren, voorstellende Smonny, Spanchetta en Namour! Ah, hoe statig ontwikkelen zich de bewegingen van mijn drie figuren! Ik zie de patronen duidelijk voor me, ze wiegen en draaien, en komen en gaan met de ijselijke rechtvaardigheid van het Noodlot! De muziek die ik verneem met mijn geestesoor — o, hoe schrijnend; en de kostuums zijn waarlijk buitengewoon! Ja, zo verloopt de dans! De drie dansers stralen intelligentie uit en volvoeren hun bewegingen door de ruimte met nauwlettendheid. Ik zie ze voor me: ze cirkelen om elkaar heen, gaan af en aan, trippelend, pronkend, elk met zijn of haar geëigende gang. Hoe zal de finale er nu uitzien?

"Ach, het is alles een bagatel! Waarom zou ik mijn arme hersens afbeulen met die vraag? Ik zal er niet zijn om de voorstelling te leiden!"

Opnieuw hield Bodwyn Wook op met voorlezen. "Misschien hadden we Floreste toch de tijd moeten gunnen dit laatste stuk te voltooien. Het klinkt fascinerend!"

"Ik vind er niets aan," zei Glawen.

"Dan ben je nog te jong, of veel te nuchter om zoiets te appreciëren. Floreste's geest kookt over van boeiende denkbeelden."

"Hij doet er een hele tijd over om ter zake te komen, dat in elk geval."

"Aha, maar niet vanuit het gezichtspunt van Floreste! Dit is zijn testament, zijn gehele bestaansreden. Dit is geen achteloze frivoliteit die je hier beluistert; het is een jammerklacht van diepste smart." Bodwyn Wook nam de brief weer op. "Ik lees verder. Misschien is hij nu in de stemming om iets tastbaars te debiteren."

Inderdaad, Floreste's stijl werd nu matter. Voor Glawens terugkeer op Station Araminta had Floreste een bezoek gebracht aan Yipton om een nieuwe ronde van illegaal vertier te organiseren. Het eiland Thurben kon daarvoor niet meer gebruikt worden; er moest een andere, beter bereikbare plaats worden uitgezocht. In de loop van een gesprek had Titus Pompo, wiens tong losser was geworden als gevolg van een overmaat aan Trelawnyslemp, laten vallen dat Smonny eindelijk een oude rekening had kunnen vereffenen. Ze had Scharde Clattuc gevangen, zich zijn zwever toegeëigend en hem in haar gevangenis opgesloten. Titus Pompo schudde ernstig het hoofd. Scharde zou duur moeten betalen voor zijn hovaardige houding die Smonny zoveel verdriet had berokkend! En wat die zwever betrof, die betekende een gedeeltelijke compensatie voor de zwevers die vernietigd waren bij de overval door Bureau B. Na nog een slok uit zijn coupe stelde Titus Pompo dat dit niet de laatste zwever was die zou worden geconfisqueerd!

"Dat zullen we nog weleens zien!" zei Bodwyn Wook.

Scharde was naar een gevangenis gebracht die zijn weerga niet kende, waar 'buiten' 'binnen' was en 'binnen' 'buiten'. De gevangenen kregen alle gelegenheid te ontsnappen wanneer de lust ze bekroop.

Bodwyn Wook onderbrak het voorlezen van de brief om twee kroezen bier in te schenken.

"Een vreemde gevangenis," zei Glawen. "Waar zou men die moeten zoeken?"

"Laten we verder lezen. Floreste is misschien wat vergeetachtig, maar ik vermoed dat hij dat belangrijke brokje informatie niet achterwege zal laten."

Bodwyn Wook las verder. En bijna onmiddellijk gaf Floreste de plaats van deze unieke gevangenis prijs: de dode vulkaan Shattorak in het hartje van Ecce. Een oude vulkaankegel die zich zevenhonderd meter boven de moerassen en oerwouden verhief. De gevangenen verbleven op een strook grond buiten de omheining, die rond de top liep en het gevangenispersoneel beschermde. Oerwoud tierde welig tot hoog op de hellingen; de gevangenen verbleven 's nachts in boomhutten of achter geïmproviseerde omheiningen om de roofdieren uit het woud buiten te houden. Dankzij Smonny's rancune was Scharde niet botweg doodgeschoten.

Titus Pompo, die inmiddels volslagen dronken was, had verder nog onthuld dat er vijf zwevers op de Shattorak waren opgeslagen plus een voorraadje wapens. Nu en dan, als Smonny een buitenwerelds reisje wilde maken, streek Titus Pompo's Clayhacker ruimtejacht op de Shattorak neer om de radar van Station Araminta te ontlopen. Titus Pompo was dik tevreden met het aangename leventje in Yipton: een overvloed van weelderig eten, slemp, toddy, sling en punch, en de niet aflatende massages en strelingen die de Yipse meisjes hem deden ondergaan.

"En meer weet ik niet," schreef Floreste. "In weerwil van mijn gelukkige betrekkingen met Station Araminta, waar ik gehoopt had mijn grootse monument te doen optrekken, had ik, terecht of ten onrechte, het gevoel dat ik de beschonken vertrouwelijkheden van Titus Pompo niet mocht verraden en wel om de volgende reden: dit alles zou spoedig genoeg uit zichzelf en zonder mijn tussenkomst bekend raken. Misschien beschouwt u mijn gewetensbezwaar als zwak of sentimenteel en houdt u vol dat er over wat juist is, niet te twisten valt, en dat elke zijsprong, elke heimelijkheid, elk tekortschieten in de plicht de last van de deugd te torsen, verkeerd is. Ik zal u op dit ogenblik niet tegenspreken.

"Om nog een zwak protest tot mijn verdediging te laten horen, wil ik erop wijzen, dat ik niet volstrekt trouweloos ben. Ik ben zo goed ik kon mijn verplichtingen jegens Namour nagekomen, hetgeen hij van zijn kant jegens mij zeker niet zou hebben gedaan. Van alle betrokkenen heeft hij de minste consideratie verdiend en daarbij is hij niet minder schuldig dan ik. Maar eenzaam en dwaas als ik ben, heb ik niettemin op mijn manier woord gehouden en hem de tijd gegeven om te vluchten. Ik hoop en vertrouw dat hij Station Araminta nimmer meer zal verontrusten, want het is een oord dat mij na aan het hart ligt, de plaats waar ik mijn Centrum voor Podiumkunsten wilde doen verrijzen: het nieuwe Orpheum. Ik heb de wet overtreden, weliswaar, maar hiermede rechtvaardig ik mijn pekelzonden.

"Het is te laat voor tranen van berouw. Ze zouden immers toch niemand overtuigen, zelfs mij zelve niet. Maar nu alles gezegd is, zie ik in dat ik niet zozeer om mijn veilheid, als wel om mijn dwaasheid het leven laat. Het zijn de treurigste woorden die de mens kent: 'O, was ik maar verstandiger geweest, dan had ik... !'

"Dit is mijn gehele apologie. Doe ermee naar u goeddunkt. Ik voel me overmand door vermoeidheid en een grote droefenis; ik ben niet in staat verder te schrijven."

2

Bodwyn Wook legde de brief met zorg op zijn bureau. "Dat was dan Floreste. Hij heeft zich eindelijk uitgesproken. Hij wist in ieder geval de meest verfijnde excuses te bedenken. Maar nu verder. De situatie is ingewikkeld en wij moeten onze reactie zorgvuldig overwegen. Ja, Glawen? Jij had iets bij te dragen?"

"We moeten ogenblikkelijk een overval op de Shattorak op touw zetten."

"Hoezo?"

"Om mijn vader te redden natuurlijk!"

Bodwyn Wook knikte wijs. "Dat denkbeeld is in elk geval eenvoudig en ongecompliceerd, dat heeft het alvast voor."

"Prettig dat te horen. En wat is er mis aan mijn idee?"

"Het is een reflex, teweeggebracht door Clattucse emotie in plaats van koel Wooks intellect." Glawen gromde binnensmonds maar Bodwyn Wook sloeg er geen acht op. "Ik mag je eraan herinneren dat Bureau B in de grond een administratief bureau is, dat bij gebrek aan alternatieven gedwongen is semimilitaire taken uit te voeren. Op z'n best kunnen we twintig, dertig manschappen inzetten; goed getrainde en waardevolle mensen. En hoeveel Yips zijn er? Zestigduizend? Tachtigduizend? Honderdduizend? Veel te veel.

"Goed. Floreste maakt gewag van vijf zwevers op de Shattorak, dat zijn er meer dan ik zelf zou hebben verwacht. Wij kunnen ten hoogste zeven of acht zwevers inzetten en geen van alle met zware bewapening. De Shattorak wordt ongetwijfeld beschermd door luchtdoelgeschut. Stel, we vallen met open vizier aan. In het ergste geval lijden we dusdanige verliezen dat Bureau B wordt weggevaagd, waarop de Yips volgende week met horden tegelijk de zee oversteken naar de Voorkust. En in het beste geval? Dan hebben we nog rekening te houden met Smonny's spionnen. We bestormen de Shattorak, landen met grote overmacht en ontdekken geen fraaie gevangenis, geen zweverhangar, niets dan lijken. Geen Scharde, geen zwevers, niets. Fiasco."

Glawen was nog niet tevreden. "En dat noemt u in het beste geval? Dat lijkt er niet veel op."

"Binnen de beperkingen van jouw voorstel wel."

"Wat stelt u dan voor?"

"Ten eerste: een afwegen van alle opties. Ten tweede: een verkenning van het terrein. Ten derde: de aanval, met de grootst mogelijke steelsheid." Hij liet een beeld verschijnen op het wandscherm. "Daar heb je de Shattorak, een nietig puistje in het moeras. Zevenhonderd meter hoog, overigens. De rivier ten zuiden is de Vertes." Het beeld werd groter en bood nu een uitzicht over de top van de Shattorak: een onvruchtbare vlakte, enigszins schotelvormig, met een oppervlak van grof grauw zand en ribbels zwarte rots. Een meertje met koperblauw water lag in het midden. "De krater is ongeveer vier hectare groot," zei Bodwyn Wook. "De opname is tenminste honderd jaar oud; ik geloof dat we er sindsdien niet meer geweest zijn."

"Het is er heet, zo te zien."

"Ja en dat is het er ook. Ik zal het perspectief laten zwenken. Je ziet nu een strook van zo'n honderdvijftig meter breed rond de kegelrand, net waar die steil begint af te lopen. De grond is daar nog kaal, op een paar grote bomen na. Dat zijn dus kennelijk de bomen waar de gevangenen overnachten. Verder naar beneden begint het oerwoud. Als Floreste het bij het rechte eind had, dan verblijven de gevangenen op die strook land en staat het hen elk ogenblik vrij te vluchten door het oerwoud en de moerassen."

Glawen bestudeerde het beeld zwijgend.

"We moeten het terrein met grote zorgvuldigheid verkennen en pas dan tot handelen overgaan," zei Bodwyn Wook. "Zijn we het daarover eens?"

"Ja," zei Glawen. "Daar zijn we het over eens."

Bodwyn Wook vervolgde: "Ik begrijp Floreste's opmerkingen betreffende Chilke niet zo goed. Het schijnt dat hij alleen op Araminta is beland, dankzij Smonny's listen en lagen om het Handvest in haar bezit te krijgen. Ik zet ook vraagtekens bij het Genootschap op de Oude Aarde. Waarom ondernemen die mensen niets om de verloren documenten op te sporen?"

"Er zijn niet veel leden meer over, heb ik me laten vertellen."

"Staan ze dan onverschillig tegenover het principe van natuurbehoud? Dat kan ik maar moeilijk geloven! Wie is de huidige secretaris?"

Behoedzaam antwoordde Glawen: "Een neef van de Conservator, meen ik. Ene Pirie Tamm."

"Werkelijk! Is dat meisje van Tamm niet onlangs naar de Oude Aarde vertrokken?"

"Inderdaad."

"Kijk eens aan! Aangezien die... hoe heet ze ook weer?"

"Wayness."

"Precies. Aangezien Wayness nu op de Oude Aarde is, kan zij ons misschien helpen inzake de documenten die uit de archieven van het Genootschap zijn verdwenen. Schrijf haar een brief en stel haar voor dat ze wat informatie ter zake inwint. Leg er de nadruk op dat ze volstrekt discreet te werk dient te gaan en geen blijk mag geven van haar doeleinden. Want werkelijk, ik voorzie dat dit zich kan ontwikkelen tot een zaak van groot belang."

Glawen knikte bedachtzaam. "Eerlijk gezegd is Wayness al doende met naspeuringen in die zin."

"Aha! En heeft ze al iets ontdekt, en zo ja wat?"

"Dat weet ik niet. Ik heb geen brief van haar ontvangen."

Bodwyn Wook trok zijn wenkbrauwen op. "Heeft ze je niet geschreven?"

"Ik ben ervan overtuigd dat ze me heeft geschreven, maar ik heb haar brieven niet ontvangen."

"Merkwaardig. De portier van Huis Clattuc heeft ze waarschijnlijk achter zijn wijnkoeler gestopt."

"Dat is een mogelijkheid, hoewel ik nu verdenkingen begin te koesteren tegen een heel ander iemand. In elk geval, zodra we met de Shattorak hebben afgerekend, ga ik bij Chilke te rade en vertrek dan naar de Aarde om de documenten te zoeken."

"Hm. Ja. Ahum. Laten we ons eerst maar houden bij wat we nu omhanden hebben, met name de Shattorak. Te gelegener tijd spreken we hier nog wel verder over." Bodwyn Wook pakte Floreste's brief van het bureau. "Die neem ik onder mijn hoede."

Glawen bracht er niets tegenin en verliet het Nieuwe Secretariaat. Hij keerde terug naar Huis Clattuc op een drafje en duwde de voordeur open. Aan de zijkant van de hal lag een bescheiden appartement, bewoond door Alarion co-Clattuc, de hoofdportier, met een vestibule van waaruit deze zo nodig komen en gaan kon gadeslaan. Onder Alarions taken vielen de ontvangst van de inkomende post en het sorteren ervan, alsmede het afgeven van pakjes, brieven en Huismemoranda aan de appartementen in kwestie.

Glawen drukte op een schel en Alarion kwam uit zijn privévertrekken tevoorschijn: een witharige, magere, gebogen man, wiens enige ijdelheid scheen te bestaan uit een klein sikje. "Goedenavond Glawen! Wat kan ik vanavond voor je doen?"

"Je zou wat licht kunnen werpen op de zaak van zekere brieven die voor mij moeten zijn aangekomen van de Oude Aarde."

"Ik kan je alleen iets meedelen over datgene wat mij met zekerheid bekend is," zei Alarion. Je zou immers niet willen dat ik verhaaltjes uit mijn duim zoog aangaande niet-bestaande pakketjes of op gouden tabletten gegraveerde boodschappen die door de aartsengel Sersimanthes zijn afgeleverd."

"Ik neem aan dat er niets van dien aard is aangekomen?"

Alarion blikte over zijn schouder naar de tafel waar de post werd gesorteerd. "Nee Glawen, en verder ook niets."

"Zoals je weet ben ik enkele maanden weg geweest van Araminta. In die tijd zou ik een aantal brieven hebben moeten krijgen van buiten Cadwal; ik kan ze echter niet vinden. Herinner je je of er soms dergelijke post is gearriveerd tijdens mijn afwezigheid?"

Langzaam zei Alarion: "Ik meen me iets van brieven van dien aard te herinneren. Ze zijn afgeleverd bij je appartement — ook nog nadat Scharde omkwam. Zoals gewoonlijk heb ik ze in de brievenbus gedaan. Arles heeft uiteraard nadien een tijdje jouw appartement bewoond maar die zal toch zeker goed op je brieven hebben gepast. Ongetwijfeld heeft hij je post ergens veilig opgeborgen."

"Ongetwijfeld," zei Glawen. "Bedankt voor de informatie."

Opeens drong het tot Glawen door dat hij rammelde van de honger; geen wonder, want hij had vanaf die ochtend niets meer gegeten. In de eetzaal werkte hij snel een maaltijd naar binnen, bestaand uit bruin brood, bonen en komkommer, waarna hij naar zijn appartement ging. Hij zette zich voor de telefoon en drukte een aantal toetsen in, maar kreeg van een besliste, gezaghebbende stem te horen: "U hebt een verboden nummer gekozen; deze verbinding is voorbehouden aan bevoegde personen."

"Ik ben kapitein Glawen Clattuc van Bureau B. Dat lijkt me bevoegd genoeg."

"Sorry kapitein Clattuc, maar uw naam komt niet voor op de lijst."

"Zet hem er dan op! Trek het desnoods na bij Bodwyn Wook als je wil."

Er verstreken enkele ogenblikken. Toen was de stem weer terug. "Uw naam is aan de lijst toegevoegd, meneer. Met wie wilde u spreken?"

"Arles Clattuc."

Vijf minuten gingen voorbij, voor Arles' pafferige gezicht hem hoopvol vanuit het scherm aanblikte. Bij het zien van Glawen echter, maakte de hoop plaats voor een knorrige trek. "Wat moet je, Glawen? Ik dacht dat het een belangrijk gesprek was. Het is hier al erg genoeg, zonder dat ik voortdurend door jou op mijn huid gezeten word."

"En het kan nog erger worden, Arles. Dat hangt af van wat je met mijn post hebt uitgevoerd."

"Je post?"

"Mijn post. Die bij mijn appartement is bezorgd en die nu verdwenen is. Wat is ermee gebeurd?"

Het was een onverwachte vraag voor Arles. Zijn stem sloeg ervan over en gebelgd zei hij: "Ik herinner me niets van jouw post. Wel van een heleboel rommel. Het was een zwijnenstal toen we erin trokken."

Glawen lachte verbeten. "Als jij mijn post hebt weggegooid, dan zal je heel wat langer dan vijfentachtig dagen stenen moeten kloppen! Denk maar eens serieus na, Arles!"

"Nou, je hoeft heus niet zo'n toon tegen me aan te slaan! Als er post is geweest dan is die waarschijnlijk met al je andere spullen ingepakt en opgeslagen in dozen."

"Ik heb al mijn dozen doorzocht en ik heb geen brieven gevonden. En waarom? Omdat jij ze hebt opengemaakt en gelezen."

"Dat is onzin! Niet met opzet in elk geval! Als ik enveloppen heb zien liggen met de naam Clattuc erop, dan kan het zijn dat ik er automatisch in gekeken heb."

"Ja, en toen?"

"Dat zeg ik toch: ik herinner me er niets meer van!"

"Heb je ze aan je moeder te lezen gegeven?"

Arles likte langs zijn lippen. "Nou, misschien dat ze je post heeft meegenomen om goed op te bergen."

"En zij heeft die gelezen waar jij bij was!"

"Dat heb ik niet gezegd. Trouwens, dat weet ik niet meer. Ik ben mijn moeders hoeder niet. Was dat alles wat je wilde zeggen?"

"Niet alles, maar voorlopig hou ik het hierbij, tot ik erachter ben wat er met mijn post is gebeurd." Glawen verbrak de verbinding.

Een ogenblik bleef hij midden in de kamer staan, verzonken in somber gepeins. Toen trok hij het officiële uniformjasje van Bureau B aan en liep de gang af naar Spanchetta's appartement.

Een dienstmeisje deed open op zijn bellen en liet hem binnen in de ontvangstsalon, een achthoekig vertrek met in het midden een achthoekige sofa, bekleed met groene zijde. In vier nissen stonden vermiljoenen urnen met hoge boeketten purperen lelies.

Spanchetta kwam het vertrek binnen. Vanavond wenste ze kennelijk haar majestueuze, hooggeboezemde lichaam te benadrukken met een japon van glansloos zwart, die nog door geen zilveren knoopje opgeluisterd werd. De rok reikte tot op de vloer, lange mouwen verhulden haar armen. Haar haren verhieven zich op haar schedel in een verbijsterende piramidale opstapeling van zwarte krullen van minstens dertig centimeter hoogte. Haar huid had ze krijtwit geblanket. Vijf tellen bleef ze in de deuropening staan en staarde Glawen aan met oogjes die fonkelden als scherven zwart glas, toen kwam ze verder de kamer in. "Wat heb je hier te zoeken in je speelgoeduniform?"

"Dit is een officieel uniform en ik ben hier in het kader van een officieel onderzoek."

Spanchetta slaakte een spottende lach. "En waarvan word ik dit keer weer beschuldigd?"

"Ik wens u te ondervragen met betrekking tot het ontvreemden en onrechtmatig achterhouden van poststukken, en wel de post die gedurende mijn afwezigheid voor mij is binnengekomen."

Spanchetta maakte een geringschattend gebaar. "Wat moet ik van jouw post afweten?"

"Ik heb gesproken met Arles. Tenzij u deze poststukken ogenblikkelijk tevoorschijn brengt, zal ik opdracht geven tot onverwijlde huiszoeking. In dat geval zal er tevens een beschuldiging tegen u worden ingediend, onafhankelijk van het feit of de betreffende poststukken wel of niet worden aangetroffen, aangezien op grond van het getuigenis van Arles is vastgesteld dat deze post u ter hand is gesteld."

Spanchetta dacht een ogenblik na, draaide zich toen om en liep de kamer uit. Glawen volgde haar op de voet. Spanchetta bleef staan en bitste hem over haar schouder toe: "Dit is huisvredebreuk! Je begaat een zwaar strafbaar feit!"

"Niet onder de huidige omstandigheden. Ik wens te zien waar u de brieven hebt bewaard. Bovendien heb ik er geen zin in een uur lang te antichambreren in uw vestibule terwijl u uw gemak ervan neemt."

Spanchetta wist een grimmig lachje op te brengen en liep door. In de gang bleef ze staan voor een hoge kussenkast. Uit een van de laden haalde ze een pakje brieven die met een touwtje bijeen waren gebonden. "Dit is wat je zoekt. Ik was ze vergeten, zo eenvoudig ligt dat."

Glawen bladerde het pakje brieven door; het waren er vier. Ze waren allemaal opengemaakt. Spanchetta stond het zwijgend aan te zien.

Glawen kon niets bedenken dat bevredigend uitdrukking zou geven aan zijn verontwaardiging. Hij slaakte een diepe zucht. "U hoort hier mogelijk nog van."

Spanchetta's zwijgen was ronduit beledigend. Glawen draaide zich met een ruk om en vertrok, opdat hij niet iets zou zeggen of doen dat zijn waardigheid zou schaden. Het dienstmeisje hield beleefd de deur voor hem open. Glawen beende naar buiten, de gang in.

3

Glawen keerde terug naar zijn vertrekken en bleef een tijdje midden in de zitkamer staan, ziedend van woede. Spanchetta's optreden was meer dan onverdraaglijk: het was ongelofelijk! En zoals altijd, wanneer Spanchetta een van haar karakteristieke streken had uitgehaald, scheen er geen redelijk of waardig antwoord op denkbaar te zijn. Door de jaren heen was immer spijtig te beluisteren geweest: "Spanchetta is Spanchetta! Ze is als een natuurkracht, je kunt niets tegen haar beginnen! Laat haar maar haar gang gaan, dat is de enige manier!"

Glawen keek naar de brieven die hij in zijn hand hield. Ze waren allemaal geopend en slordig weer dichtgeplakt, zonder rekening te houden met zijn gevoelens. Het was alsof ze waren bezoedeld en besmeurd. Hij kon er niets aan doen; hij kon de brieven immers niet weggooien. Hij moest de vernedering gewoon slikken.

"Ik moet praktisch zijn," zei Glawen bij zichzelf. Hij liep naar de bank en plofte erop neer. Een voor een bekeek hij de brieven.

De eerste was gepost op Andromeda 6011 IV, het station waar Wayness zou overstappen op een pakketboot van de Ontdekkersroute voor de rest van de reis naar de Oude Aarde. De tweede en derde waren gepost in Yssinges, een dorpje bij Shillawy op Aarde, en de vierde in Mirky Porod in Draczeny.

Glawen las de brieven snel door, de een na de ander, en las ze toen nog eens langzaam van begin tot eind. In haar eerste brief beschreef ze haar reis langs de Vleug naar Waterstad, de ruimtehaven van Andromeda 6011 IV. De tweede brief meldde haar aankomst op de Oude Aarde. Ze vertelde over Pirie Tamm en zijn grappige oude huis vlak buiten Yssinges. Het huis was weinig veranderd sinds haar laatste bezoek en ze had bijna het gevoel gehad dat ze thuis was gekomen. Pirie Tamm was verdrietig geweest toen hij hoorde van Milo's dood en had zijn diepe bezorgdheid uitgesproken met betrekking tot de situatie op Cadwal. "Oom Pirie is min of meer tegen zijn zin secretaris van het Genootschap geworden. Hij heeft geen zin met mij over de aangelegenheden van het Genootschap te praten en vindt me misschien ook te nieuwsgierig en soms zelfs een lastpak. Waarom zou ik me, op mijn leeftijd, zo druk maken over oude documenten en waar ze uithangen, schijnt hij zich af te vragen. Hij heeft een paar maal een bijna scherpe opmerking geplaatst en ik moet dus heel voorzichtig te werk gaan. Ik krijg het idee dat hij het hele probleem het liefst onder tafel wil werken, uitgaande van de theorie dat het vanzelf wel weggaat als hij net doet of het niet bestaat. Oom Pirie heeft wat moeite met de oude dag, vrees ik."

Wayness schreef in behoedzame termen over haar 'onderzoekingen' en de struikelblokken en hinderpalen die ze voortdurend op haar weg vond. Andere omstandigheden vond ze niet alleen onbegrijpelijk maar ook een tikje angstaanjagend — temeer daar ze er geen greep op kon krijgen en maar niet kon vaststellen of ze het zich verbeeld had, ja of nee. De Oude Aarde, zo schreef Wayness, was in vele opzichten even zoet en fris en onschuldig als misschien in archaïsche tijden, maar soms kwam ze haar ook duister en bedompt voor, doortrokken van mysteriën. Wayness zou Glawens gezelschap zeer op prijs hebben gesteld, om diverse redenen.

"Maak je geen zorgen," zei Glawen tegen de brief. "Zo gauw als ik kan, kom ik eraan."

In de derde brief gaf Wayness uitdrukking aan haar ongerustheid over het uitblijven van bericht van Glawens kant. Ze schreef nog omzichtiger dan voorheen over haar onderzoekingen die haar, zo liet ze doorschemeren, mogelijk naar verre uithoeken van de wereld zouden voeren. "De vreemde voorvallen waarover ik schreef blijven zich voordoen," schreef Wayness. "Ik ben er vrijwel zeker van dat... maar nee, ik schrijf dat niet op; ik wil het zelfs niet denken."

Glawen trok een lelijk gezicht. "Wat kan daar toch aan de hand zijn? Waarom is ze ook niet voorzichtiger; tot ik bij haar ben, tenminste?"

De vierde brief was kort en ronduit wanhopig van toon. Alleen het poststempel van Draczeny in de Moholc was een aanwijzing voor het feit dat ze nog steeds op zoek was. "Ik schrijf niet meer, tot ik iets van jou gehoord heb! Of mijn brieven, of de jouwe zijn zoek geraakt en anders is er iets verschrikkelijks met je gebeurd!" ze gaf geen adres op en schreef alleen: "Ik vertrek hier morgen, hoewel ik op dit moment nog niet precies weet waar ik heen ga. Zodra ik iets definitievers weet zal ik mijn vader op de hoogte stellen; die zal het jou wel laten weten. Ik durf je niet met naam en toenaam verslag te doen, uit angst dat deze brieven in verkeerde handen vallen."

Spanchetta's handen mocht je bepaald wel de verkeerde noemen, dacht Glawen. De brieven bevatten geen uitgesproken verwijzingen die Wayness' onderzoek in gevaar zouden kunnen brengen, hoewel vele van haar bedekte toespelingen een persoon met Spanchetta's instelling vast nieuwsgierig zouden hebben gemaakt.

Wayness repte maar één keer over het Handvest, maar dat was in het kader van haar verhaal over het zieltogende Genootschap. Allemaal heel onschuldig, meende Glawen. Ze schreef bedroefd over Pirie Tamms ontgoocheling ten opzichte van het hele idee van natuurbehoud. De tijd daarvoor, zo meende hij, was voorbij — althans waar het Cadwal betrof, waar generaties veel te plooibare natuurkenners omwille van het gemak de zaak zo ver uit de hand hadden laten lopen dat de huidige problemen konden ontstaan. "Oom Pirie is pessimistisch gestemd," schreef Wayness. "Hij is van mening dat de natuurbehoeders op Cadwal het Handvest op eigen kracht dienen te beschermen, aangezien het huidige Genootschap noch de kracht, noch de wil meer heeft om hen bij te staan. Ik heb hem horen verklaren dat in de aard van het denkbeeld van Natuurbehoud besloten ligt, dat het niet meer dan een voorbijgaande fase kan zijn in de levenscyclus van een wereld als Cadwal. Ik heb geprobeerd hem op andere gedachten te brengen en heb erop gewezen dat er geen structurele factoren zijn die een rationeel bestuur, gesteund door een krachtig Handvest, zouden belemmeren het principe van het reservaat ten eeuwigen dage in stand te houden en dat de huidige problemen op Cadwal veroorzaakt zijn door, laten we gerust zeggen: de laksheid van vroegere bestuurders. Die wilden een overvloedige bron van goedkope arbeidskrachten. Daarom hebben ze toegestaan dat de Yips op Lutwen bleven wonen in duidelijke tegenspraak met het Handvest. Het is de huidige generatie die door de zure appel zal moeten heen bijten en de zaak zal moeten rechtzetten. En hoe? Het ligt voor de hand dat de Yips moeten worden overgeplaatst van Cadwal naar een gelijkwaardige of betere buitenwereldse locatie: een zware, kostbare en zenuwslopende operatie waartoe wij op het ogenblik niet bij machte zijn. Oom Pirie luisterde maar met een half oor, alsof mijn welonderbouwde argumenten kindergebrabbel waren. Arme oom Pirie! Ik wou dat hij wat vrolijker was! Ik wou dat ik wat vrolijker kon zijn! En bovenal wou ik dat jij hier was."

Glawen belde Rivierstate en het gezicht van Egon Tamm verscheen op het scherm. "Met Glawen Clattuc. Ik heb zojuist de brieven gelezen die Wayness me van de Aarde heeft gestuurd. Spanchetta had ze onderschept en achtergehouden. Ze was niet van plan ze aan mij te geven."

Egon Tamm schudde verbijsterd het hoofd. "Wat een merkwaardige vrouw! Waarom doet ze nu zoiets?"

"Het is een uiting van haar minachting voor alles wat met mij of mijn vader van doen heeft."

"Toch vind ik het welhaast irrationeel! De wereld wordt met de dag onbegrijpelijker. Wayness brengt me in verwarring; haar gedrag gaat mijn bevattingsvermogen te boven. Maar ze weigert mij in vertrouwen te nemen, op grond van het feit dat mijn geweten me ertoe zou brengen mijn mond open te doen." Egon Tamm richtte een onderzoekende blik op Glawen. "En jij? Jij zult toch zeker wel een vermoeden hebben van wat er aan de hand is!"

Glawen ontweek de vraag handig. "Ik heb er geen idee van waar ze is of wat ze doet. Ze heeft geen brieven van mij ontvangen — om voor de hand liggende redenen — en ze heeft gezegd dat ze me niet meer zal schrijven tot zij iets van mij hoort."

"Ik heb de afgelopen tijd geen brieven meer gekregen. Ze vertelt me trouwens toch niets. Maar ik krijg het gevoel dat er een zekere macht of druk aan het werk is, die haar prest tot dingen die ze niet echt wil. Ze is nog veel te jong en onervaren om serieuze moeilijkheden het hoofd te bieden. Ik ben diep bezorgd."

"Dat is ook ongeveer mijn gevoel," zei Glawen bedrukt.

"Waarom doet ze zo geheimzinnig?"

"Kennelijk heeft ze iets ontdekt dat grote schade kan aanrichten als het algemeen bekend werd. Wat dat betreft zou ik u een suggestie aan de hand willen doen..."

"Je suggereert maar een eind weg!"

"Het is misschien beter als we geen van beiden in het openbaar zelfs maar trachten te raden naar wat Wayness aan het doen is."

"Een interessant idee, waarvan ik niet kan zeggen dat ik het helemaal vat. Maar ik zal het ter harte nemen—hoewel ik er nog steeds niet bij kan wat dat kind zo aangegrepen kan hebben, dat ze zo ver weg moest gaan. Problemen hebben we ontegenzeggelijk, maar die zijn hier, op Cadwal!"

"Ik ben ervan overtuigd dat ze goede redenen heeft voor wat ze doet," zei Glawen, ietwat onbehaaglijk.

"Ongetwijfeld! Misschien dat ze meer vertelt in haar eerstvolgende brief."

"En hopelijk ook haar huidige adres. Over brieven gesproken, ik neem aan dat Bodwyn Wook u ingelicht heeft over het laatste geschrift van Floreste?"

"Hij heeft me de hoofdpunten meegedeeld en me aanbevolen de brief nauwgezet te bestuderen. Wat dat betreft—laat ik je vertellen hoe het hier op Rivierstate gesteld is. Elk jaar moet ik een officieel inspectiebezoek van een tweetal Waarders ondergaan. Dit jaar zijn het Wilder Fergus en Dame Clytie Vergence, die je je wel zult herinneren, denk ik. Haar neef Julian Bohost is hier ook."

"Die twee herinner ik me nog heel goed."

"Ze zijn ook onvergetelijk. Ik heb daarbij nog een paar ongewone gasten—dat wil zeggen: ongewoon voor Rivierstate. Het zijn Lewyn Barduys en zijn reisgenote—een schepseltje met uiteenlopende talenten dat luistert naar de naam Flitz."

"Flitz?"

"Niet meer en niet minder. Barduys is een gefortuneerd man en kan zich dergelijke frivoliteiten veroorloven. Ik weet verder niets van hem af, behalve dat hij een vriend schijnt te zijn van Dame Clytie."

"En Dame Clytie is nog geheel de oude?"

"Meer dan ooit. Ze heeft nu Titus Pompo verheven tot volksheld — een nobele, onbaatzuchtige revolutionair, een voorvechter van de onderdrukten."

"En ze meent dat?"

"Dat meent ze."

Glawen glimlachte nadenkend. "Floreste's brief gaat uitgebreid op Titus Pompo in."

"Ik zou wel willen horen wat er in die brief staat," zei Egon Tamm. "Misschien zijn mijn gasten ook wel geïnteresseerd. Misschien zou je morgenmiddag bij ons kunnen lunchen en de brief dan voorlezen?"

"Met veel plezier."

"Mooi, tot morgen dan. Even voor twaalven."

4

De volgende ochtend belde Glawen de luchthaven en werd verbonden met Chilke. "Goeiemorgen Glawen," zei Chilke. "Wat heb je op je lever?"

"Ik zou graag even met je komen praten, als het je schikt."

"Mij schikt het altijd."

"Ik kom eraan."

Op de luchthaven aangekomen liep Glawen naar het met glas afgeschutte kantoortje in de grote hangar. Daar trof hij Chilke aan, een onverbeterlijk nonchalant type, veteraan van wel duizend escapades, waarvan sommige nog eerbaar ook. Chilke was van middelbare lengte, met een stevig postuur en forse schouders, een open gezicht en een onhandelbare pruik zandgrauwe krullen en wangen die doorgroefd waren met littekenweefsel.

Chilke stond bij een tafeltje langs de wand thee in een mok te schenken. Hij keek achterom. "Ga zitten Glawen. Wil je ook thee?"

"Alsjeblieft."

Chilke schonk nog een mok vol. "Dit is authentiek, van de verre heuvels van de Oude Aarde, dus niet een of ander plaatselijk zeewier."

Chilke maakte het zich gemakkelijk in zijn leunstoel. "En wat brengt je hier zo vroeg op de ochtend?"

Glawen keek door de ruiten van de scheidingswand de hangar in. "Kunnen we hier praten zonder afgeluisterd te worden?"

"Denk ik wel. Niemand kan hier met zijn oor tegen de deur staan. Dat is het voordeel van glazen wanden. Vreemd gedrag valt meteen op."

"En microfoons?"

Chilke zwenkte om met zijn stoel en draaide aan een paar knopjes tot er een wild gehuil uit de luidsprekers jankte. "Dat moet elke microfoon binnen gehoorsafstand blokkeren, zolang je niet probeert een deuntje te zingen. En wat is er dan wel, dat het zo geheim is?"

"Dit is de kopie van een brief die Floreste gistermiddag heeft geschreven. Hij zegt daarin dat mijn vader nog leeft. Hij heeft het ook over jou." Glawen gaf Chilke de brief. "Lees zelf maar."

Chilke pakte de brief aan, leunde achterover en begon te lezen. Halverwege keek hij op. "Dat is toch al te gek! Smonny gelooft nog steeds dat ik ergens een enorme hoeveelheid kostbaarheden van grootvader Swaner heb opgeslagen."

"Het is alleen maar te gek, als je ze echt niet hebt. En je hebt ze dus niet?"

"Bij mijn weten niet."

"Heb je ooit een inventaris gemaakt van wat je geërfd had?"

Chilke schudde zijn hoofd. "Waarom zou ik al die moeite doen? Het is een hoop rotzooi die thuis in de hooischuur staat. En dat weet Smonny heel goed; ze heeft er tenslotte al vier keer ingebroken."

"Weet je zeker dat Smonny dat gedaan heeft?"

"Verder heeft er niemand ooit enige belangstelling getoond voor die handel. Ik wou dat ze zich een beetje beheerste. Ik word er doodzenuwachtig van dat ik het mikpunt ben van haar hebzucht of genegenheid of gram — wat het ook mag zijn." Chilke nam de brief weer ter hand. Hij las hem uit, bleef een ogenblikje zitten peinzen en wierp Glawen toen de brief weer toe. "En nu wil je de rimboe in stormen om je vader te redden."

"Zoiets."

"Bodwyn Wook gaat met je mee?"

"Dat betwijfel ik. Hij is overdreven voorzichtig."

"Met reden, vermoed ik zo."

Glawen haalde zijn schouders op. "Hij is ervan overtuigd dat de Shattorak zwaar verdedigd wordt en dat een luchtaanval ons vijf, zes zwevers zou kosten en de helft van het inzetbare personeel."

"En dat noem jij overdreven voorzichtig? Ik noem dat gezond verstand."

"Maar een overval hoeft toch niet vanuit de lucht te worden uitgevoerd? We zouden ergens op de helling van de Shattorak een groep manschappen kunnen neerzetten en dan van beneden af aanvallen. Maar hij blijft spoken zien."

"Ik ook," zei Chilke. "Waar moeten die zwevers landen? In het oerwoud?"

"Er zullen toch wel open plekken zijn?"

"Dat kan. Om te beginnen moeten we dan de landingsinstallaties in al onze zwevers aanpassen, hetgeen geredelijk door de spionnen zal worden opgemerkt. Die geven dan ook meteen het bericht van ons vertrek door, zodat Smonny vijfhonderd Yips voor ons klaar kan hebben staan."

"Ik dacht dat je alle spionnen de deur uit gegooid had."

Chilke breidde zijn handen uit in een gebaar van machteloze, vermoorde onschuld. "Wat moet ik, als ik dringend monteurs nodig heb? Ik pak wat ik krijgen kan. Ik weet dat ik hier spionnen heb, zoals een hond weet dat-ie vlooien heeft. Ik weet zelfs wie het zijn. Dat is een van mijn voornaamste kandidaten, de knul die aan de deur van het laadplatform bezig is; een magnifiek exemplaar dat naar de naam Benjamie luistert."

Glawen keek naar het laadplatform en zag er een forse jongeman staan met een magnifieke lichaamsbouw, smetteloze gelaatstrekken, koolzwart haar en een gave bronsbruine huid. Glawen sloeg hem een tijdje gade en vroeg toen: "Hoe kom je erbij dat hij een spion is?"

"Hij werkt hard, doet alles wat ik hem opdraag, glimlacht vaker dan nodig is en houdt alles in de gaten. Zo haal ik de spionnen d'r altijd uit: ze werken het hardst en ze veroorzaken de minste problemen — afgezien van hun spionagewerk natuurlijk. Als ik een doorgefourneerd cynicus was zou ik zeggen: geef mij maar allemaal spionnen."

Glawen had intussen naar Benjamie zitten kijken. "Hij ziet er toch niet uit als een typische spion."

"Misschien niet, nee. Maar hij ziet er al helemaal niet uit als een typische arbeider. Ik heb er altijd zo'n donkerbruin vermoeden van gehad dat Benjamie degene is geweest die je vader erin heeft laten vliegen."

"Maar je hebt geen bewijzen."

"Als ik bewijzen had, zou Benjamie niet zo opgewekt lopen te grijnzen."

"Nou ja, zolang Benjamie niet meeluistert... ik had het volgende gedacht." Glawen zette zijn plan uiteen.

Chilke hoorde hem aan met een gezicht vol twijfel. "Wat mijn kant van de zaak betreft is dat wel haalbaar, maar ik kan nog geen kraan opendraaien zonder toestemming van Bodwyn Wook."

Glawen knikte zuur. "Ik dacht al dat je dat zou zeggen. Goed; ik ga nu meteen naar hem toe om het hem voor te leggen."

Glawen liep haastig de Wanseyweg weer op naar het Nieuwe Secretariaat, om van Hilda, het zure bureauhoofd, te moeten horen dat Bodwyn Wook zich nog niet had laten zien. Hilda bezag Glawen met rancune en achterdocht en vond dat hij veel te veel voorrechten genoot. "Je wacht maar gewoon, net als ieder ander," zei Hilda.

Glawen was verplicht een vol uur te hangen voor Bodwyn Wook arriveerde. Hij negeerde Glawen straal, bleef staan bij Hilda's bureau om haar een paar afgemeten woorden toe te voegen en marcheerde toen langs Glawen heen, zonder op of om te kijken.

Glawen wachtte nog tien minuten en zei toen tegen Hilda: "Je kunt de chef verwittigen dat kapitein Glawen Clattuc is gearriveerd en hem graag zou spreken."

"Hij weet best dat je er bent."

"Ik kan niet veel langer meer wachten."

"Ach...!" zei Hilda sarcastisch. "Je hebt zeker een belangrijke afspraak elders, niet?"

"De Conservator heeft me voor de lunch uitgenodigd op Rivierstate."

Hilda trok een lelijk gezicht. Ze boog zich over het rooster van de intercom. "Glawen wordt ongedurig."

Bodwyn Wooks stem mompelde schor iets ten antwoord. Hilda draaide zich om naar Glawen. "Je mag naar binnen."

Glawen marcheerde waardig het kantoor binnen. Bodwyn Wook

keek op van zijn bureau en wees met zijn duim naar een stoel. “Ga zitten, wil je. Wat was dat, over een lunch bij de Conservator?”

“Ik moest die vrouw toch iets vertellen, anders zou ze me de hele dag stokstijf op een stoel hebben laten wachten. Het is wel duidelijk dat ze een diepgaande hekel aan me heeft.”

“Mis!” verklaarde Bodwyn Wook. “Ze is dol op je, maar ze durft het niet te laten blijken.”

“Dat kan ik maar moeilijk geloven,” zei Glawen.

“Doet niet ter zake! Laten we geen tijd verspillen met een verhandeling over Hilda en haar kuren. Waarom ben je hier? Heb je me iets nieuws mee te delen? Zo niet, ga dan weg.”

Glawen zei op beheerste toon: “Ik wilde u vragen naar uw voornemens met betrekking tot de Shattorak.”

“De zaak is in beraad. Op het ogenblik zijn er nog geen besluiten genomen,” verklaarde Bodwyn Wook op ferme toon.

Glawen trok zijn wenkbrauwen op, alsof hij ietwat verbaasd was. “Ik zou toch denken dat deze zaak prioriteit had en dat haast geboden was.”

“We hebben zo veel prioriteiten! Ik zou bijvoorbeeld heel graag het ruimtejacht van Titus Pompo vernietigen, of buitmaken, wat nog mooier zou zijn. Dat soort kleinigheden.”

“Maar u bent niet van plan op zeer korte termijn iets te ondernemen om mijn vader te redden?”

Bodwyn Wook hief zijn magere armen ten hemel. “Of ik een bliksemaanval op de Shattorak van plan ben, met inzet van alle manschappen? Nee. Vandaag niet. En morgen ook niet.”

“Wat moet er dan naar uw mening worden gedaan?”

“Dat heb ik je toch uiteengezet? We willen het terrein in het geheim en met grote voorzichtigheid verkennen. Zo doen we dat bij Bureau B, waar het intellect het wint van de hysterie — doorgaans, tenminste.”

“Ik heb een plan dat wel op uw zienswijze zou aansluiten.”

“Haha! Als dat plan een eenmansactie behelst, doortrokken van Clattucse zwier en brutaliteit, bespaar je dan de moeite. We hebben geen zwevers over voor dergelijke krankzinnige uitstapjes.”

“Ik was niets overhaasts van plan, meneer. En ik wilde er ook niet een van de zwevers van het Bureau voor gebruiken.”

“Was je van plan te gaan lopen of zwemmen?”

"Nee, meneer. Achter op de luchthaven staat nog een oude Skyrie reservezwever. De bovenbouw is eraf gesloopt, het is in feite niet meer dan een zwevend plateau. Chilke gebruikt hem soms nog wel om vracht naar Kaap Journaal te vervoeren. Het ding is geknipt voor wat ik in gedachten heb."

"En dat is, om precies te zijn?"

"Ik wilde Ecce vrijwel op zeeniveau naderen, de Vertes opvliegen tot aan de voet van de Shattorak, daar de Skyrie neerzetten en naar de gevangenis klimmen. Daar zou ik dan op verkenning uit kunnen gaan."

"Mijn beste Glawen, jouw voorstel lijkt als twee druppels water op een afgrijselijke poging tot zelfdoding."

Glawen schudde glimlachend zijn hoofd. "Ik hoop van harte van niet."

"Maar dat is immers niet te vermijden. Het gedierte is daar levensgevaarlijk."

"Chilke zal me helpen om de Skyrie aan te passen."

"Aha! Je hebt Chilke dus al in vertrouwen genomen!"

"Dat kon niet anders. We zullen drijvers monteren en een overkapping over het voorste gedeelte en ook een stel G-ZR-kanonnen op draaibare voet."

"En wanneer je de Skyrie eenmaal aan de grond hebt gezet, wat dan? Dacht je dat je ongehinderd tegen die heuvel op komt? Het oerwoud is even vilein als het moeras."

"Volgens de naslagwerken worden de dieren gedurende de namiddag vadsig en slaperig."

"Ja, vanwege de hitte. En jij wordt natuurlijk ook vadsig en slaperig."

"Ik wilde de kleine moerasrups meenemen, op het achterdek van de Skyrie. Hij zal de klim naar de top van de Shattorak zeker makkelijker maken en misschien ook een stuk veiliger."

"Gemakkelijk en veilig! Dat zijn woorden die op Ecce niet opgaan!"

Glawen staarde uit het raam. "Ik hoop dat ik het overleef."

"Dat hoop ik ook," zei Bodwyn Wook.

"U keurt het plan dus goed?"

"Niet zo haastig. Laten we aannemen dat je de Shattorak weet te beklimmen, wat dan?"

"Dan ga ik naar de strook land voor de gevangenen, die rond de omheining ligt. Met een beetje geluk vind ik mijn vader meteen, waarop we gezamenlijk de helling weer afdalen onder zo weinig mogelijk opschudding. Mocht zijn afwezigheid worden opgemerkt, dan zal men aannemen dat hij wilde proberen te ontsnappen via de rimboe."

Bodwyn Wook bromde wat. "Ja, dat is dus in het allergunstigste geval. Stel dat je gezien wordt, of dat je een of ander alarm doet afgaan?"

"Datzelfde gaat ook op voor een eventuele verkenningspoging."

Bodwyn Wook schudde zijn hoofd. "Scharde is een begenadigd mens. Ik vraag me af wie mij zou komen redden als ik was ontvoerd."

"Ik, meneer."

"Goed dan, Glawen. Ik zie dat je vastbesloten bent je zin door te drijven. Neem de voorzichtigheid in acht! Waag je niet aan ongelijke kansen. Het Clattucse elan is zinloos op de hellingen van de Shattorak. En ten tweede: mocht je er niet in slagen je vader te redden, breng dan een ander mee, die ons informatie kan verschaffen."

"Heel goed, meneer. En de radiocommunicatie?"

"We hebben geen 'plippers'.*; we hebben nooit behoefte gehad aan dergelijke dingen. Je zult het zonder moeten stellen. Wat nog meer?"

"U kunt Chilke bellen om te zeggen dat hij aan de Skyrie mag beginnen."

"Goed. Verder nog iets?"

"Ik moet u nog zeggen dat Egon Tamm me op Rivierstate heeft uitgenodigd. Hij wil dat ik Floreste's brief voorlees aan Dame Clytie Vergence en nog een aantal LVV'ers."

"Hm. Beweeg jij je even in de betere kringen! Je wilt natuurlijk een kopie van de brief."

"Die heb ik al, meneer."

"Dan kun je nu gaan, Glawen. En gauw wat."

5

Even voor twaalf uur arriveerde Glawen op Rivierstate, waar hij door Egon Tamm in eigen persoon werd binnengelaten in de schemerige

* Plippers: zenders die de boodschap eerst coderen en dan samenballen tot een enkele 'plip', met een tijdsduur van een miljardste seconde, die kan worden overgeseind zonder dat men voor ontdekking behoeft te vrezen.

ontvangsthal. In de laatste paar maanden was Egon Tamm merkbaar ouder geworden, zo leek het Glawen. Het donkere haar was aan de slapen bepoederd met grijs en zijn gave olijfkleurige huid was hier en daar bleek als ivoor. Hij begroette Glawen met meer dan gebruikelijke warmte. "In alle oprechtheid, Glawen, ik geniet niet bepaald van mijn huidige gasten. Het valt me moeilijk mijn officiële onpartijdigheid te handhaven."

"Dame Clytie is kennelijk goed in vorm."

"Op haar best. Ze is op dit ogenblik weer bezig. Ze beent de salon op en neer, stelt overtreders aan de kaak, legt principeverklaringen af en geeft in het algemeen een grondige uiteenzetting van haar nieuwe pantologie. Julian roept van tijd tot tijd 'Bravo!' en probeert de ene wereldse pose na de andere uit, opdat Flitz maar aandacht aan hem zal besteden. Lewyn Barduys luistert met een half oor. Ik heb er geen flauw idee van wat hij ervan denkt; zijn geest is ondoorzichtig. Waarder Fergus en Dame Larica zijn degelijke, fatsoenlijke lieden en zitten erbij in waardig stilzwijgen. Ik ben er niet op gebrand onder Dame Clytie's vuur te liggen en dus stel ik me eveneens discreet op."

"Waarder Ballinder is dus niet aanwezig?"

"Helaas niet. Dame Clytie heeft het slagveld voor zich alleen."

"Hm," zei Glawen. "Misschien dat mijn verschijning haar afleidt."

Egon Tamm glimlachte. "Floreste's brief in elk geval. Je hebt hem toch meegebracht, neem ik aan?"

"Hij zit in mijn zak."

"Kom mee dan. Het is bijna tijd voor de lunch."

Het tweetal liep door een gang met een boogplafond naar een ruime, lichte salon met hoge ramen op het zuiden en westen, die uitzagen over een weidse lagune. De wanden waren wit geschilderd, net als het plafond, met uitzondering van de balken, die hun natuurlijke, door de eeuwen verdiepte kleur hadden mogen behouden. Drie karpetjes met patronen in groen, zwart, wit en rosbruin lagen op de vloer; de banken en stoelen waren bekleed met matgroene keperstof. Tegen de ene wand stond op planken en in kabinetten een wonderbaarlijke verscheidenheid aan curiosa, rariteiten en kunstvoorwerpen uitgestald: de verzamelingen van tientallen Conservatoren van weleer. Aan het westelijke eind van de kamer stond een tafel, waartegen Julian Bohost stond geleund in een zorgvuldig bevallige pose, en waarop boeken en tijdschriften lagen en een boeket roze bloemen stond, in een zacht blauwgroene celadonvaas.

Er waren zes aanwezigen in het vertrek. Dame Clytie ijsbeerde door de kamer met de handen op haar rug en Julian stond tegen de tafel geleund. Bij het raam zat een jonge vrouw met steil zilverkleurig haar en vlekkeloze gelaatstrekken, die geheel in haar eigen gedachten opging en niet de minste aandacht voor Julian had. Ze droeg een zilverkleurige pantalon die strak om haar lichaam spande, een kort wijd zwart bloesje en zwarte sandalen aan haar blote voeten. Naast haar stond een man van gemiddelde lengte of zelfs iets korter, gedrongen van bouw, met een korte nek, smalle lichtgrijze ogen, een korte stompe neus en een smalle, benige, kale schedel. Waarder Fergus en Dame Larica Fergus zaten stijfjes op een bank en sloegen Dame Clytie gade met de gezichtsuitdrukking van vogeltjes die een slang in de gaten houden. Ze waren beiden van middelbare leeftijd en droegen de sombere kleding van Stroma.

Dame Clytie beende heen en weer met gebogen hoofd. "—onvermijdelijk, om niet te zeggen hoogstnoodzakelijk! Natuurlijk zal niet iedereen er blij mee zijn, maar wat maakt dat uit? We hebben reeds gesteld dat hun gevoelens niet ter zake doen. De vloedgolf van de vooruitgang—" Ze bleef halverwege staan en keek met grote ogen naar Glawen. "Hallo! Wat hebben we hier?"

Julian Bohost, die nog tegen de tafel geleund stond en net een roemer wijn naar zijn mond bracht, trok zijn wenkbrauwen hoog op. "Bij de negen goden en de zeventien duivels! Dat is Glawen, de kloeke Clattuc die ons tegen de Yips beschermt!"

Glawen negeerde hem. Egon Tamm stelde hem allereerst aan het middelbare echtpaar voor. "Waarder Wilder Fergus en Dame Larica Fergus." Glawen boog beleefd. Egon Tamm liep verder. "En dat is Flitz, fonkelend in het zonlicht." Flitz keek vanuit haar ooghoek opzij, en wijdde zich dan weer aan de bestudering van haar zwarte sandalen.

Egon Tamm vervolgde: "Ter zijde van Flitz ziet u haar goede vriend en zakenpartner Lewyn Barduys. Zij brachten dezer dagen juist een bezoek aan Dame Clytie te Stroma."

Barduys groette Glawen hoffelijk. Glawen zag dat Barduys toch niet kaal bleek te zijn; korte, fijne, vlasblonde stoppeltjes bedekten zijn schedel. Hij bewoog zich behendig en met gezag; hij leek bijna antiseptisch proper.

Na haar eerste geschrokken uitroep was Dame Clytie star uit het raam gaan staan kijken. Egon Tamm zei minzaam: "Dame Clytie, ik vraag me af of u zich kapitein Glawen Clattuc nog herinnert? U hebt elkaar al eens ontmoet naar ik meen."

"Natuurlijk weet ik wel wie hij is. Hij is een van de plaatselijke koddebeiers of hoe men die hier ook noemt."

Glawen glimlachte beleefd. "Doorgaans noemt men het Bureau B. Het is overigens ook aangesloten bij de IPCC."

"Zo! Julian, was dat jou bekend?"

"Ik heb dat horen verluiden, ja."

"Merkwaardig. Ik had altijd begrepen dat de IPCC de hoogste eisen stelt aan zijn agenten."

"Dan bent u correct ingelicht," zei Glawen. "En het zal u een opluchting zijn, te horen dat het personeel van Bureau B eerder te hoog dan te laag gekwalificeerd is."

Julian lachte. "Lieve Tante Clytie, ik vrees dat u daar met open ogen ingelopen bent."

Dame Clytie gromde: "Het laat me volkomen koud," en wendde zich af.

Julian riep: "En wat voert jou hierheen, Glawen? De ster van het gezelschap ontbreekt — die is ergens op Aarde naar men ons vertelt. Weet jij misschien waar?"

"Ik kwam de Conservator en Dame Cora een bezoek brengen," zei Glawen. "Maar het is een aangename verrassing jou en Dame Clytie hier te treffen."

"Fraai gezegd! Maar daarmee heb je wel mijn vraag ontweken."

"Wat Wayness betreft? Voor zover ik weet is ze op bezoek bij haar oom Pirie Tamm in Yssinges."

"Juist ja." Julian nipte van zijn wijn. "Cora Tamm heeft me verteld dat jij ook al buitenwereldse snoepreisjes hebt gemaakt."

"Ik ben inderdaad buitenwerelds geweest, ja — voor het Bureau."

Julian lachte. "Zo zal het zeker ook wel op je onkostendeclaraties staan."

"Ik hoop het van harte. Het zou groot onrecht zijn als ik ook nog zelf zou moeten betalen voor wat er allemaal gebeurd is."

"Dus je tocht was geen groot succes?"

"Ik heb mijn taak uitgevoerd en het er levend afgebracht. Ik ontdekte dat de impresario Floreste betrokken is geweest bij een aantal afschuwelijke misdrijven. Floreste is nu dood. Mijn missie was dus een succes."

"Heb jij Floreste vermoord, jullie meest vooraanstaande artiest?" vroeg Dame Clytie op hoge toon.

"Ik heb hem niet persoonlijk gedood. Men heeft een dodelijke damp in zijn cel gespoten. Maar wat Floreste aangaat, hij heeft mij tot curator van zijn nalatenschap benoemd."

"Uiterst merkwaardig."

Glawen knikte. "Hij zet zijn beweegredenen uiteen in een brief, die ook uitvoerig op Titus Pompo ingaat. Die twee kenden elkaar goed."

"Werkelijk! Die brief zou ik dan wel willen zien."

"Het geval wil dat ik hem bij me heb. Ik zal hem na de lunch voorlezen."

Dame Clytie stak haar hand uit. "Ik zal die brief nu vast even inzien. Als je zo goed wilt zijn..."

Glawen glimlachte en schudde zijn hoofd. "Er staan zaken van vertrouwelijke aard in."

Dame Clytie wendde zich af en begon weer te ijsberen. "Die brief kan ons niets vertellen wat we al niet weten. Titus Pompo is een geduldig mens, maar ook aan zijn geduld is een grens. Er staat een grote tragedie voor de deur, tenzij wij handelend optreden!"

"Geheel mee eens," zei Glawen.

Dame Clytie wierp hem een achterdochtige blik toe. "En daarom zal ik bij de volgende algemene ledenvergadering een voorstel doen voor een proefproject tot hervestiging."

"Dat zou wat prematuur zijn," zei Glawen. "Diverse praktische bezwaren staan daarbij in de weg."

"En wat zijn die?"

"Om te beginnen kunnen we de Yips niet doen verhuizen voordat we een wereld hebben gevonden die in staat en bereid is hen op te nemen. Ook het transport vormt een groot probleem."

Dame Clytie keek hem ongelovig aan. "Dat kun je niet menen!"

"Natuurlijk wel. De Yips zullen zich ontworteld voelen, maar een alternatief is er niet."

"Het alternatief is dat zij zich vestigen aan de Voorkust van Land Marmion, gevolgd door de instelling van universele democratie!" Ze wendde zich tot Egon Tamm. "Bent u het met me eens of niet?"

Waarder Fergus zei verontwaardigd: "U weet heel goed dat de Conservator gehouden is het Handvest te handhaven!"

"Wij dienen de feiten onder ogen te zien zoals ze liggen," gaf Dame Clytie bits ten antwoord. "De LVV staat op democratische hervormingen en niemand van goede wil kan op dit punt tegen ons zijn!"

"Maar ik wel, ik ben er vierkant tegen!" reageerde Dame Larica Fergus op scherpe toon. "En ik verfoei de huichelachtigheid van die Lievers!"

Dame Clytie keek nijdig en verbijsterd. "In welk opzicht huichel ik dan? Heb ik mijn gevoelens soms verheeld?"

"O, nee, waarom zou u? De Lievers maken nu al plannen voor de prachtige landgoederen waar ze aanspraak op zullen maken zodra het Handvest opgedoekt is!"

"Dat is een onverantwoordelijke en tendentieuze uitspraak!" kreet Dame Clytie. "Bovendien is het laster!"

"Maar het is wel waar! Ik heb het uit hun eigen mond gehoord! Julian Bohost, uw neef, heeft al diverse gebieden genoemd die hem wel aangenaam lijken."

"Werkelijk, Dame Larica," zei Julian gladjes. "U blaast het nu wel heel erg op. Het was op z'n hoogst wat achteloos gebabbel."

"Dit punt is in genen dele relevant voor de zaak waar het hier om gaat en mag dus niet aan de orde worden gesteld," verkondigde Dame Clytie.

"Waarom niet? De Lievers zijn immers van plan het Natuurbehoud om hals te helpen? Geen wonder dat u partij trekt voor de Yips."

"Heus, Dame Larica, u ziet het helemaal verkeerd," zei Julian. "De leden van de LVV — en niet de Lievers, als het u hetzelfde is — zijn praktisch ingestelde idealisten. Wij geloven dat wat het zwaarst is, ook het zwaarst moet wegen! Voordat wij soep gaan koken, zorgen we ervoor dat we een pan hebben!"

"Goed gesproken, Julian!" verklaarde Dame Clytie. "Ik heb nog nooit zulke bizarre, wonderlijke beschuldigingen gehoord!"

Julian maakte een sierlijk, nonchalant gebaar met zijn wijnglas. "In een wereld waar het aantal keuzes oneindig is, is alles mogelijk. Alles vloeit. Niets ligt vast."

Lewyn Barduys keek Flitz eens aan. "Julian waagt zich aan de hogere abstractie! Brengt hij je in verwarring?"

"Nee."

"Aha! Je bent vertrouwd met deze denkbeelden?"

"Ik luisterde niet."

Julian deinsde geschokt achteruit. "Wat een zonde en jammer! Je hebt een aantal van mijn meest geïnspireerde uitspraken gemist!"

"Misschien herhaal je ze nog eens op een ander tijdstip."

Egon Tamm zei: "Ik zie dat Dame Cora ons aan tafel roept. Ze zal het op prijs stellen wanneer we ons van politiek onthouden tijdens de lunch."

Het gezelschap dromde het beschaduwde terras op, een constructie van donker moerolmenhout, dat uitstak boven het water van de lagune. Op een tafel met een lichtgroen tafellaken was gedekt met groene en blauwe aardewerk borden en hoge wijnglazen van donkerrood glas met wervelstrepen.

Dame Cora maakte haar tafelschikking met een minzaam voorbijgaan aan bestaande antipathieën, zodat Glawen kwam te zitten met Dame Clytie aan zijn rechter- en Dame Cora aan zijn linkerhand en tegenover Julian.

De conversatie verliep aanvankelijk aarzelend en roerde een verscheidenheid van onderwerpen aan, hoewel Dame Clytie er het merendeel van de tijd somber het zwijgen toedeed. Julian informeerde opnieuw naar Wayness. "Wanneer wordt ze weer thuis verwacht?"

"Dat kind is me een volslagen raadsel," zei Dame Cora. "Ze geeft toe dat ze heimwee heeft naar huis, maar toch schijnt ze zich geen tijdslimiet of werkschema gesteld te hebben. Kennelijk houdt haar onderzoek haar bezig."

"En wat voor soort onderzoek verricht ze?" vroeg Barduys.

"Ik heb begrepen dat ze vroegere natuurbehoudprojecten bestudeert, om vast te stellen waarom sommige daarvan succes hadden en andere niet."

"Interessant," zei Barduys. "Het lijkt me een omvangrijk project."

"Dat vind ik ook," zei Dame Cora.

"Maar het kan geen kwaad en ze kan er veel van leren," zei Egon Tamm. "Ik ben zelf van mening dat iedereen die er maar enigszins toe in staat is, eens in zijn leven een pelgrimage naar de Oude Aarde zou moeten ondernemen."

"De Aarde is de bron van alle ware cultuur," zei Dame Cora.

Dame Clytie zei met sombere, klankloze stem: "Ik vrees dat de Oude Aarde vermoeid, decadent en moreel geheel bankroet is."

"O, ik meen dat je daar overdrijft," zei Dame Cora. "Ik ken Pirie Tamm persoonlijk en die is volstrekt niet decadent of immoreel. En als hij vermoeid is, dan komt dat doordat hij op leeftijd is."

Julian tikte met zijn lepel tegen zijn glas om de aandacht te vragen. "Ik ben tot de conclusie gekomen dat alles wat men over de Oude Aarde zegt tegelijk waar en onwaar is. Ik zou de Oude Aarde graag zelf eens bezoeken."

"En wat is uw mening?" vroeg Egon Tamm aan Barduys.

"Ik vorm mij maar zelden een mening over iets, iemand of ergens," zei Barduys. "Op zijn minst beperk ik daarmee het gevaar, absurde uitspraken te verkondigen."

Julian kneep zijn lippen op elkaar. "Desalniettemin kennen ervaren reizigers heel wel het verschil tussen de ene plaats en de andere. Men heet dat 'onderscheidingsvermogen'."

"Mogelijk heb je gelijk. Flitz, wat vind jij?"

"Je mag me nog wat wijn inschenken."

"Een verstandig antwoord, al komt de boodschap niet helemaal duidelijk over."

Dame Cora vroeg aan Barduys: "Ik maak daaruit op, dat u zelf de Aarde hebt bezocht?"

"O ja, vele malen zelfs."

Dame Cora schudde verwonderd haar hoofd. "Dan verbaast het me dat u en, eh, 'Flitz', deze afgelegen, nietige vlek aan het eind van de Vleug hebben weten te vinden."

"In de grond zijn wij toeristen. Cadwal is niet geheel onbekend wanneer het gaat om het pittoreske en unieke."

"En met wat voor zaken houdt u zich in het algemeen bezig?"

"Voornamelijk ben ik ondernemer in de ouderwetse zin des woords, daarin verregaand bijgestaan door Flitz. Zij is zeer scherpzinnig."

Iedereen keek nu naar Flitz die lachte en daarbij prachtige witte tanden liet zien.

"En is 'Flitz' inderdaad de enige naam die u gebruikt?" vroeg Dame Cora.

Flitz knikte. "Meer niet."

"Flitz heeft ontdekt dat een enkelvoudige naam haar behoeften dekt en ziet dus geen aanleiding om zich te belasten met een reeks overbodige en onnutte lettergrepen," legde Barduys uit.

" 'Flitz' is een ongebruikelijke naam," zei Dame Cora. "Ik vraag me af waarvan die kan zijn afgeleid."

"Heette u oorspronkelijk soms Flitzenpoef of iets dergelijks?" vroeg Julian aan Flitz.

Flitz wierp hem een korte zijdelingse blik toe die niets verried. "Nee." Ze wijdde zich weer aan de bestudering van haar wijnglas. Dame Cora richtte zich opnieuw tot Barduys. "Is er een speciale branche waarin u in het bijzonder bent geïnteresseerd?"

"Tot op zekere hoogte," antwoordde Barduys. "Een tijdlang werd ik in beslag genomen door de logistiek van het openbaar vervoer. Ik was betrokken bij de aanleg van onderzeese verkeerstunnels. De laatste tijd heb ik interesse opgevat voor herbergen en hotellerie rond een bepaald thema, zoals ik het noem."

"Daar hebben we er een aantal van, her en der over Deucas verspreid," zei Egon Tamm. "We noemen ze landelijke buitenhuizen."

"Als de tijd het toestaat, zal ik er graag enkele bezoeken," zei Barduys. "Ik heb Hotel Araminta al bezichtigd. Helaas is het verre van interessant en zelfs een tikje archaïsch."

"Zoals alles op Station Araminta," snoof Dame Clytie.

Glawen merkte op: "Het hotel is ons inderdaad een doorn in het oog. Het is bij stukjes en brokjes gebouwd; telkens werd er weer een uitbouw aangeplakt. Na verloop van tijd zullen we wel een nieuw hotel laten neerzetten, maar ik verwacht toch dat het nieuwe Orpheum er eerder zal staan, al was het maar omdat Floreste de financiering goeddeels rond heeft weten te krijgen."

"Misschien is dit een goed ogenblik om de brief van Floreste voor te lezen," zei Egon Tamm tegen Glawen. "Zeker, als men daar belang in stelt."

"Ik stel er groot belang in," zei Dame Clytie.

"Ik ook," zei Julian.

"Zoals u wilt." Glawen haalde de brief tevoorschijn. "Ik zal bepaalde stukken weglaten, om diverse redenen, maar ik meen dat u hetgeen overblijft zeker interessant zult vinden."

Dame Clytie's stekels stonden meteen overeind. "Wees zo goed de brief in zijn geheel voor te lezen! Ik zie geen enkele reden voor inkortingen. Wij zijn hier allen ofwel gezagsdragers, ofwel lieden van de hoogst mogelijke integriteit."

"Lieve Tante Clytie," zei Julian voorzichtig. "Ik hoop toch dat het geen kwestie is van of/of."

Glawen zei: "Ik zal zo veel van de brief voorlezen als me mogelijk is." Hij maakte de envelop open, nam de brief eruit en begon hem voor te lezen, waarbij hij de stukken met betrekking tot de Shattorak en alle opmerkingen over Chilke wegliet. Julian zat toe te luisteren met een hooghartig glimlachje. Dame Clytie maakte zo nu en dan klakkende geluiden met haar tanden. Barduys luisterde met beleefde aandacht terwijl Flitz over de lagune uitkeek. Waarder Fergus en Dame Larica slaakten nu en dan kleine kreetjes van ontzetting.

Glawen las de brief ten einde. Hij vouwde hem op en stak hem weer in zijn zak. Waarder Fergus wendde zich tot Dame Clytie. "En die weerzinwekkende lieden zijn *uw* bondgenoten? Dwazen zijn het, die Lievers, en u erbij!"

"LVV'ers, graag," mompelde Julian.

Dame Clytie zei op gewichtige toon: "Ik vergis mij zelden in mijn inschatting van het menselijk bestel! Floreste heeft overduidelijk de gebeurtenissen onjuist weergegeven, of heeft opgeschreven wat Bureau B dicteerde. Ja, deze brief kan heel wel een brutale vervalsing zijn."

"Dame Clytie," zei Egon Tamm. "U moet dergelijke beschuldigingen niet uitspreken als u ze niet kunt staven. U belastert in feite kapitein Clattuc."

"Hm! Afgezien van vervalsingen, dan, maar het feit blijft dat deze brief niet strookt met mijn zienswijze over de zaak."

Glawen informeerde onschuldig: "Bent u bekend met Titus Zigonie en zijn vrouw Simonetta — geboren Clattuc, moet ik daar helaas aan toevoegen?"

"Ik ken geen van beiden persoonlijk. Hun moedige gedrag verschaft me alle bewijzen die ik van node heb. Het is klaar dat zij krachtig de goede strijd voeren voor gerechtigheid en democratie!"

Glawen draaide zich om naar Egon Tamm. "Mijnheer, wilt u me nu verontschuldigen? Ik moet weer terug naar het Secretariaat. Dame Cora, ik dank u voor deze lunch." Glawen boog in de richting van de andere aanwezigen en vertrok.

Hoofdstuk II

1

Het was twee uur na middernacht; Station Araminta lag er stil en duister bij, met uitzondering van een paar gele lantaarns langs de Wanseyweg en de strandweg. Lorca en Sing waren achter de westelijke heuvels ondergegaan; dwars over de zwarte hemel liep de fonkelende, veelkleurige lichtstroom van Mircea's Vleug.

In de schaduw aan de zijkant van de hangar op de luchthaven bewoog iets. Een deur werd geopend; Glawen en Chilke duwden de aangepaste Skyrie naar buiten. Het onderstel was uitgerust met drijvers en een stuurhut; de moerasrups was op het achterdek vastgesnoerd; waar mogelijk waren stroomlijnplaten bevestigd.

Glawen liep om het voertuig heen en zag niets dat zijn optimisme de kop in kon drukken. Chilke zei: "Een laatste opmerking nog, Glawen. Ik heb in mijn kantoortje een fles heel fraaie, heel dure Damar Amber; die drinken we leeg als je terugkomt."

"Dat lijkt me een prima idee."

"Bij nader inzien... misschien moesten we hem nu maar aanbreken. Dan hebben we alvast wat gehad, zeg maar."

"Ik ga er liever van uit dat ik weer terugkom."

"Dat is de positieve benadering," zei Chilke. "Misschien moest je nu dan maar gaan. Het is een heel eind en de Skyrie is traag. Ik zal Benjamie hard aan het werk houden; ik laat hem de inventaris opnemen in het magazijn. Van die kant heb je dus niks te duchten."

Glawen klom de stuurcabine in. Hij wuifde naar Chilke en steeg op.

De lichtjes van Station Araminta werden snel kleiner. Glawen zette koers naar het westen, een koers die hem langs het hoge Muldoongebergte zou voeren, dwars over het vasteland van Deucas en de grote Westelijke Oceaan, naar de kusten van Ecce.

De lichtjes verflauwden en gleden weg naar het oosten; de Skyrie zweefde door de nacht met de grootste snelheid die ze kon opbrengen. Aangezien hij niets beters te doen had, ging Glawen maar op de bank liggen, sloeg zijn mantel om zich heen en probeerde wat te slapen.

Het lichter worden van de ochtendhemel wekte hem. Hij keek uit het raampje en zag beboste heuvels beneden zich: de Syndicaatsheuvels volgens zijn kaart, met in het zuiden de hoge piek van de Pam Pameijer.

Laat die middag liet Glawen de westkust van Deucas achter zich — een rij lage klippen aan de voet waarvan luie blauwe golven in witte schuimlinten uiteenvielen. Kaap Tierney Thys strekte zich nog westwaarts uit, daar voorbij lag de oceaan. Glawen paste zijn hoogte aan en verder vloog de Skyrie, in westzuidwestelijke richting, op veertig meter boven de lange blauwe golven van de Westelijke Oceaan. Met die koers zou hij de kust van Ecce bereiken op de plaats waar de machtige Vertes in zee stroomde.

De middag verstreek; Syrene zakte weg achter een heldere horizon en liet de heerschappij van de westelijke hemel aan de nuffige witte Lorca en de bombastische rode Sing. Twee uur later schoven ook die twee zijdelings weg achter de einder en werd de hemel donker.

Glawen controleerde zijn instrumenten, verifieerde zijn positie ten opzichte van de tevoren uitgezette koers en probeerde opnieuw wat te slapen.

De volgende dag zag Glawen om een uur voor de middag verre wolken, die zich hoog aan de westelijke hemel verhieven. Een uur later verscheen er een donker streepje aan de horizon: de kust van Ecce. Glawen verifieerde opnieuw zijn positie met behulp van de kaart en stelde vast dat hij zich inderdaad recht tegenover de monding van de machtige Vertes bevond, die op dit punt zo'n vijftien kilometer breed moest zijn. Het was onmogelijk dit met exactheid vast te stellen gezien de onzekerheid van de grens tussen water en drasland.

Naarmate Glawen de kust naderde, begon de kleur van het water beneden te veranderen en kreeg het een olieachtige, olijfgroene glans. Recht vooruit kwam het estuarium van de Vertes in zicht; Glawen zwenkte een eindje naar het noorden, want hij was van plan de noordelijke rivieroever te volgen. Dode bomen, stammen, stronken en strengelingen van riet en struiken werden door de stroom meegevoerd. Beneden hem verscheen een modderbank, begroeid met riet: hij had de kust van het continent Ecce bereikt.

De rivier stroomde door kwalijk riekend moerasland en drijvende, half verdronken vegetatie, dofblauw, groen en leverbruin van kleur; hier en daar droegen smalle zompige slikdammen een groepje wijdvertakte bomen, die gebladerte van allerlei vorm en omvang ten hemel hieven. Door de lucht zwermden en scheerden wel honderd verschillende gevleugelde dieren, die nu eens neerdoken in het water, dan weer in de modder om met een kronkelende witte paling boven te komen; en een enkele keer stortten zij zich op elkaar. Verder bovenstrooms dreef een dode boom. In een van de takken zat een troosteloze slikloper, een magere, aapachtige andoril van twee en een halve meter lengte, met bottige armen en benen en een smalle, langgerekte kop. Tuiltjes wit vachthaar omgaven een gezicht dat bestond uit kraakbeenkronkels en plaatjes been. Op de spichtige borstkas prijkten twee oogstelen en een slurfneus. Het water vlak naast de drijvende boom kwam in beweging en een lange dikke nek met een zware kop dook op. De slikloper krijste van afgrijzen; de slurf op zijn borst sproeide vloeistof in de richting van de kop, maar tevergeefs. De kop opende een gapende gele muil, schoot naar voren, slokte de slikloper naar binnen en verdween weer onder het oppervlak. Nadenkend trok Glawen de Skyrie een eindje op, zodat hij op grotere hoogte boven de rivier vloog.

Het was het ogenblik van de dag dat de hitte zijn drukkend hoogtepunt bereikte en de wezens die op Ecce woonden doorgaans hun activiteiten staakten. Glawen voelde zichzelf ook onbehaaglijk, naarmate de hitte in de stuurhut doordrong en de koeleenheid die Chilke had geïnstalleerd, tot het uiterste belastte. Glawen trachtte de dampende hitte te negeren en zich te concentreren op wat er nu gedaan diende te worden. De Shattorak lag nog vijftienhonderd kilometer verder naar het westen; Glawen mocht niet hopen de voet voor donker te bereiken en de nacht leek hem niet de meest gunstige tijd om aan te komen. Hij minderde vaart tot de Skyrie met een gangetje van honderdvijftig voortzweefde boven de rivier, hetgeen hem tevens de kans gaf het panorama in ogenschouw te nemen dat zich voor hem ontvouwde.

Een tijdlang bestond het landschap uit de olijfgroene rivier links van hem en de moerassen aan zijn rechterkant. Op de slikken bewogen families van grijze platte dieren zich glibberend voort met behulp van de vinnen aan hun zes poten. Ze vraten van het malse riet en bewogen zich log en traag, tot een dikke tentakel met een oog aan het eind ineens door de modder omhoog werd gestoken, waarop ze met verbazingwekkende snelheid uiteen schoten zodat de tentakel verslagen terugzakte in de modder.

De rivier begon nu aan een reeks wijdlopige bochten, eerst ver naar het zuiden afzwenkend en dan weer het hele eind terugbuigend naar het noorden. Glawen raadpleegde zijn kaarten en vloog vervolgens dwars over de tussenliggende landtongen, waardoor hij de bochten eenvoudig afsneed. Het land bestond voor het overgrote deel uit dicht, verstikkend oerwoud. Hier en daar verhief zich een rond, glooiend heuveltje tot een hoogte van wel honderdvijftig meter. Soms was de top geheel onbegroeid en in die gevallen werd hij steeds bewoond door een roofdier met een geweldige kop en een soepel leigrijs lijf, een dier dat veel leek op de bardicant van Deucas, dacht Glawen. Terwijl de Skyrie zoetjes over een van de heuveltjes zweefde, zag hij hoe de kruin werd kaalgevreten door een troep waggelende roodbruine knaagdieren met op hun rug korte, dikke stekels die naar alle kanten uitstonden. De steentijger bezag de dieren met verwaande afzijdigheid en keerde zich om, kennelijk niet geïnteresseerd, hetgeen Glawen verbaasde. Op Deucas verslonden de bardicanten alles wat ze voor de muil kwam, met een vraatzucht die geen onderscheid kende.

Vanuit het westen dreven grote grauwe wolkenbanken aan, die regengordijnen achter zich aansleepten over het land. Een plotselinge windvlaag trof de Skyrie en wierp haar bokkend en afglijdend opzij, even later gevolgd door een regen die in stromen omlaag kwam, zodat Glawen al gauw niets meer zag, zelfs de rivier beneden niet.

Een uur lang stortte de regen zich uit over het land, toen dreef de bui verder naar het oosten en werd de hemel weer helder. Syrene zweefde laag aan de hemel, op weg naar een dreigend zwarte wolkenpartij; Lorca en Sing zetten hun eigen grillige dans terzijde voort.

In het noordwesten kon Glawen al de omtrek van de Shattorak ontwaren, een vage, sombere schaduw aan de horizon. Glawen bracht de Skyrie schuin omlaag en vloog dicht onder de rechteroever verder, bijna rakelings over het wateroppervlak, om de Skyrie zo goed mogelijk buiten het bereik te houden van mogelijke detectoren op de top van de Shattorak.

Glawen vloog voort, terwijl Syrene onderging in een woelende wolkenmassa. Het stroombed was hier zo'n drie kilometer breed. Op de deinende grijze slikken aan weerszijden stonden pluimen zwart riet, bekroond door blauwe, donzige pompoenen, en ook sponsachtige dendrons die elk een tweetal enorme zwarte bladeren torsten. Over het oppervlak schoten veelpotige scheerders heen en weer, op zoek naar insecten en modderpieren. Onder het slik lag weer een andere diersoort op de loer, onzichtbaar, op het ene periscoopoog na, dat net boven het oppervlak uitstak of zich soms verdekt had opgesteld in het riet. Wanneer een onfortuinlijke scheerder zich in de buurt waagde, verhief zich de tentakel, om dan met een vaart op het slachtoffer neer te duiken en het mee te sleuren onder het moddervlak. De lome tijd van de dag was voorbij; de bewoners van Ecce waren in groten getale present en vraten en graasden en besprongen en vochten of vluchtten, elk naar zijn aard.

Groepjes sliklopers klauterden door het geboomte of beenden over de slikken op veervormige voeten en staken pieren met hun lange lansen of prikten in de modderbrij naar andere lekkerbeetjes. Deze schepsels waren vertegenwoordigers van een min of meer antropomorfe soort, die in vele verschijningsvormen en ondersoorten op heel Cadwal in grote aantallen voorkwam. Deze sliklopers waren ruim twee meter lang en bezaten broodmagere benen met twee kniegewrichten. Hun lange spitse hoofden werden bekroond door kastetekens van gekleurde bladeren. Het zwarte vachthaar groeide in kleine bosjes hier en daar op een harde opperhuid die een spiegelende glans vertoonde; nu eens lavendelpaars, dan weer goudbruin. Ondanks het feit dat ze elke vorm van discipline schenen te minachten, bewogen ze zich met grote waakzaamheid en verkenden ze het terrein grondig voor ze verder trokken. Wanneer ze een periscoopoog ontdekten, begonnen ze verontwaardigd te kwetteren en bekogelden het orgaan met modderkluiten en stokken of bespoten het met afweervloeistoffen uit de slurf op hun borst, tot het oog zich gemelijk in de modder terugtrok. Wanneer ze grotere roofdieren tegenkwamen, legden ze een op het oog roekeloze overmoed aan de dag. Ze smeten met boomtakken, prikten het dier met hun lansen en maakten zich met grote sprinkhaansprongen uit de voeten wanneer het een uitval deed. Soms draafden ze zelfs de massale rug van hun vijand op, krijsend en kwetterend van pret, tot het belaagde dier onderdook in de rivier of de modder, of dreunend het oerwoud in vluchtte.

Zo ging het op Ecce toe, terwijl Glawen door het donkergele namiddagschijnsel verder vloog. Syrene ging onder. Lorca en Sing wierpen een griezelig roze schijnsel over de rivier en toen ook zij naar de horizon afdaalden, naderde Glawen het punt waarop de Vertes het dichtst langs de Shattorak kwam.

Aan de overkant van de rivier zag Glawen een kaalgevreten heuveltop, die bij nader onderzoek geen steentijger bleek te herbergen. Glawen zette de Skyrie behoedzaam aan de grond en trok een elektrische omheining op, met voldoende slagkracht om een steentijger te doden en nog grotere dieren te verdoven, of anderszins uit te schakelen.

Glawen bleef een ogenblik buiten staan in de schemer van Ecce; hij luisterde, snoof de lucht op, voelde de hitte en de vochtigheid op zich drukken. Er hing een bitterzure stank in de lucht, die hem al spoedig onpasselijk maakte. Als dit normaal was op Ecce, dan moest hij beslist straks een ademmasker op. Maar een briesje van de rivier streek langs hem heen en droeg slechts de geur van zompig moeraswater aan, waarop Glawen besloot dat de oorzaak van de stank op het heuveltje zelf moest liggen. Hij trok zich in de stuurhut van de Skyrie terug en sloot zich opnieuw af van de natuurlijke omgeving.

De nacht verstreek. Glawen viel in een rusteloze slaap, die maar een keer werd verstoord, toen een of ander dier tegen de omheining botste. Glawen werd wakker van de klap van de ontlading, gevolgd door een gedempte explosie. Hij knipte de op het dak gemonteerde schijnwerper aan zodat de omgeving verlicht werd en keek door het raam. Op het afgegraasde veldje lag een uit elkaar geploft kadaver waar dikke gele vloeistof uit sijpelde. Het was een van de gedrongen stekelbeesten die hij op een ander heuveltje had zien grazen. Door de stoom, die door de hitte van de ontlading was ontstaan, was de buik van het dier opgezwollen en uit elkaar geploft; vlak bij het kadaver graasde een tiental van dezelfde dieren ongestoord verder.

De omheining was niet beschadigd; Glawen keerde weer terug naar de bank.

Hij bleef een ogenblik liggen luisteren naar de nacht. Van heinde en ver kwam een veelheid van geluiden op hem af: lage, langgerekte, onwereldse jammerklachten, kuchend gegrom, schor gegrauw en geknars, gekakel en gepiep en gefluit, en ijle kreten die qua timbre griezelig veel op een menselijke stem leken. Glawen dommelde in en werd pas wakker bij het licht van Syrene, die opkwam in het oosten.

Glawen ontbeet vluchtig met een pakje noodrantsoen en bleef toen een ogenblik zitten nadenken over de beste manier om zijn missie voort te zetten. Aan de overkant van de rivier verhief zich hoog en zwaar de Shattorak — een lage vulkaankegel, tot op twee derde van haar hoogte gehuld in oerwoud.

Glawen zette de elektrische omheining af en stapte de stuurhut uit om het ding op te rollen. Ogenblikkelijk werd hij getroffen door een stank die dusdanig buitensporig was, dat hij hijgend en snakkend naar adem terugsprong in de Skyrie. Na een tijdje was hij weer wat bijgekomen. Vol ontzag keek hij naar het kadaver op het veldje. Het gebruikelijke bezoek van aasetende insecten, vogels, knaagdieren, reptielen en dergelijke, was nergens te bekennen; werden die ook allemaal afgestoten door de stank? Glawen dacht nog even na en raadpleegde toen de taxonomische almanak, die in het informatiesysteem van de zwever was opgenomen. Het dode dier, zo ontdekte hij, behoorde tot een kleine maar zeer opmerkelijke onderorde, die alleen voorkwam op Ecce en 'sharloc' werd genoemd. Volgens de index was de sharloc berucht vanwege "de riekende substantie, uitgescheiden door de stekels langs de ruggengraat. De geur hiervan is zowel afstotend als braakverwekkend."

Na enig nadenken trok Glawen zijn rimboepak aan, een kledingstuk van gelamineerde stof, dat isolerend werkte tegen hitte en vochtigheid van buiten, door middel van een dun laagje gekoelde lucht, afkomstig van een kleine luchtververser, dat tussen de lagen circuleerde. Hij ging naar buiten en hakte met een machete het sharlockadaver in vier stukken. Hij was wat blij dat de filters van de luchtververser niet meer dan een vleugje van de stank doorlieten. Een van de segmenten bond hij voor op het onderstel van de Skyrie vast met vijf meter dun touw; op dezelfde manier legde hij een tweede klomp vlees achter op het onderstel vast. De twee resterende stukken stopte hij voorzichtig in een zak die hij op het dek van de zwever bond.

Syrene stond nu een uur boven de oostelijke horizon. Glawen keek naar het noorden, naar de overkant van de rivier, die hier drie kilometer breed was en slechts doorploegd werd door wat drijvende takken en ander afval. Tegenover hem verhief zich, op de achtergrond van moeras en rimboe, de Shattorak in al zijn omvang, somber, dreigend en sinister.

Glawen klom aan boord, steeg op en vloog op zeer geringe hoogte de rivier over, terwijl de twee brokken sharlockarkas onder de zwever bungelden. Waar het moeras zich indrong bij de rivier, zag hij een stam sliklopers huppelend en glibberend, springend en stampend van de ene pol naar de andere gaan en met hoog opgetrokken benen over de slikken draven, met grote finesse en stijl, nu en dan stilhoudend om hun lans in de modder te steken, in de hoop een slikslak te verschalken. Glawen zag dat ze werden beslopen door een plat, zwart beest met een heleboel poten, dat steels achter hen aan gleed over de modder. Hier, zo dacht Glawen, kon hij zijn theorie goed beproeven. Hij zwenkte af en bleef zweven boven het zwarte roofdier, terwijl de brokken sharloc onder de zwever bungelden. Het roofdier schoot onverhoeds weg met wilde kronkelingen, en de sliklopers hadden al springend en hippend de benen genomen en stonden nu van een afstandje in houdingen van opperste verbazing naar de Skyrie te kijken.

De uitslag van de test was onduidelijk, dacht Glawen. Hij vloog verder in de richting van de donkere scheidslijn van dendrons en waterbomen, waar het moeras overging in het oerwoud. In een van de bomen ontdekte hij een monsterlijk serpent van twaalf meter lengte en bijna een meter doorsnee, met aan het ene eind een stel giftanden en aan het andere een angel als van een schorpioen. Het glibberde traag over een tak, met de kop omlaag. Glawen vloog er zo laag mogelijk overheen. Het reptiel begon te kronkelen en zich samen te trekken en ranselde de lucht met zijn angel, waarna het haastig weggleed.

In dit geval, dacht Glawen, scheen de proef positief te zijn uitgevallen.

Vlak over de boomtoppen scherend zocht Glawen de grond af en ontdekte al spoedig recht vooruit een grote sauriër met een platte, hamervormige kop. Hij liet de Skyrie langzaam zakken boven de vlekkerige zwartgroene rug, tot de brokken sharloc op nog geen meter boven de kop bengelden. De sauriër geraakte in opwinding, zwiepte met zijn staart, brulde en stormde recht op een boom af; de boom viel met een dreun op de grond. De sauriër denderde weg, maaiend met zijn staart van links naar rechts.

Opnieuw kon de proef positief worden uitgelegd, maar hoe het ook zij, het leek Glawen voorzichtiger zijn beklimming van de helling van de Shattorak uit te stellen tot in de middag wanneer — naar men zei — de dieren van Ecce loom en traag werden. Intussen moest hij een veilige plek vinden voor de Skyrie, een plek waar de zwever met rust zou worden gelaten. Hij koerste op de rand van het oerwoud af en landde op een kleine open plek.

De sliklopers hadden hem met grote nieuwsgierigheid gadegeslagen, onder een niet aflatende uitwisseling van knersende en piepende klanken. Met groteske gezwindheid sprongen ze om de Skyrie heen tot ze allemaal bovenwinds stonden. Toen kwamen ze langzaam naderbij, op de grond slaand met hun lansen terwijl hun rode kammen opzwollen ten teken van ongenoegen. Op vijftien meter afstand bleven ze staan en begonnen met modderballen en takken te smijten. Ten einde raad steeg Glawen maar weer op en vloog terug naar de rivier. Een paar honderd meter stroomopwaarts vond hij een kreek die door de stroming was uitgeschuurd, en streek op het water neer. Hij stuurde de Skyrie op haar drijvers naar een bosje doornbomen, maar daar belette een horde woedende insecten hem aan te leggen. Ze schenen ongevoelig te zijn voor de brokken sharloc, die nu onder water hingen zodat hun afweerfunctie op z'n best twijfelachtig was.

Glawen liet de zwever met de stroom meedrijven tot hij bij een pol dendrons kwam, met een vermolmd, verrot hart en afgebladderde bast, maar goed genoeg om de zwever aan af te meren, zo te zien althans.

Glawen legde de zwever vast en nam de situatie eens op: niet erg gunstig, maar ook niet erg slecht. De lucht was bewolkt, de middagregens zouden zo dadelijk omlaagkomen, maar die kon hij toch niet ontlopen. Wat de roofdieren betrof, de stekende en bijtende insecten en de andere gevaren die dit gebied eigen waren—hij had zich er naar beste kunnen tegen gewapend en moest het er nu maar op wagen.

Glawen draaide de bouten los waarmee de moerasrups op het dek stond vergrendeld. Zijn proefnemingen schenen uit te wijzen dat de stank van de sharloc dieren afstootte en dus nam Glawen de twee brokken van de zwever en bond ze aan de voor—en achterkant van de rups vast, waarna hij het toestel met de lier in het water liet zakken, waar het op zijn drijvers bleef dobberen. Hij zette zijn bepakking en nog wat nuttige uitrusting aan boord, klom in de rups en ploegde door het water naar de oever.

Tot Glawens ergernis was de bende sliklopers juist ter plaatse gearriveerd. Ze sloegen zijn nadering opgewonden gade met vuurrode, opgezette kammen die ongenoegen en agressie verrieden. Glawen maakte een omtrekkende beweging zodat hij de oever bovenwinds naderde, in de hoop dat de stank van de sharloc hen zou beletten dichterbij te komen. Hij wilde ze op geen enkele wijze kwaad berokkenen; als hij hen geweld aandeed zonder de ruimste voorzorgen in acht te nemen, zou het onvoorziene gevolgen kunnen hebben. Het was denkbaar dat ze er in doodsangst vandoor zouden gaan, maar het was net zo goed mogelijk dat hij een razende, wraakzuchtige vijandigheid gaande maakte, waartegen hij in het hartje van de rimboe geen verweer had. Glawen zette de rups even voor de oever stil en liet het toestel met de stroom meedrijven. Zoals hij had gehoopt schrikte het rottende sharlockadaver de sliklopers kennelijk van verdere vijandelijkheden af. Ze draaiden zich om, na een laatste salvo van beledigingen en modderballen, en kuierden ervandoor. Of misschien was het ze intussen alweer gaan vervelen, dacht Glawen. Dat kon ook.

Behoedzaam stuurde hij de rups naar de oever. Syrene stond nu halverwege de hemel en als hij het rimboepak niet had gehad, zou de hitte hem in een oogwenk hebben geveld. Een doodse stilte was over het moeras gevallen, alleen het gonzen en zoemen van insecten was te horen. Glawen merkte dat ze doorgaans voor de rups uitweken, wat hem weer scheelde, want nu hoefde hij de vernevelaar met insectenverdelger niet te activeren.

Glawen bereikte de eerste slikken; de rups ploegde koppig voort.

Hij zette de energiewapens aan weerszijden van de rups op scherp, met een actieradius van vijfentwintig meter. Hij schakelde ze op automatische besturing en dat bleek geen ogenblik te vroeg te zijn. Nog geen vijftien meter rechts van de rups schoot ineens een oogtentakel uit de modder tevoorschijn. De straler reageerde onmiddellijk op de beweging en vernietigde de tentakel met een schicht energie. Het slik deinde en klotste terwijl het ingegraven roofdier trachtte vast te stellen wat het overkomen was. Op zo'n honderd meter afstand stonden de sliklopers vol ontzag toe te zien. Al gauw zetten ze weer een keel op en krijsten hem verwensingen toe en gooiden met stokken, die niet eens halverwege terechtkwamen en die Glawen negeerde.

De rups kroop over de slikken en drong zonder verdere wederwaardigheden de eerste uitlopers van het oerwoud binnen. En nu werd Glawen met een nieuw probleem geconfronteerd. De rups had geen enkele moeite met bosjes, struiken of bossen lianen en kon zelfs een kleine boom moeiteloos opzij drukken. Waar het geboomte echter dichter werd en de zware stammen zo bot op elkaar stonden dat de rups er niet tussendoor kon, werd Glawen gedwongen omwegen te maken, hetgeen dikwijls een tijdrovende bezigheid bleek. Hij ontdekte tot zijn onbehagen dat noch de lome tijd, noch de sharlocstank, noch de automatische straler, noch de combinatie van die drie, een volkomen toereikende bescherming boden. Heel toevallig zag hij dat op een zware tak, waar hij juist onderdoor zou gaan, een roofdier ineengedoken lag. Het was zwart en een en al muil en klauwen en pezen en verscheurende tanden. Het zat volkomen roerloos en daarom had de straler zijn aanwezigheid niet opgemerkt. Als de rups onder die tak door was gegaan, zou het beest zich boven op hem hebben laten vallen. Hij zou zijn vermorzeld door het gewicht alleen al, ongeacht het feit dat de automatische straler het dier intussen zou hebben gedood. Glawen schoot het monster neer met zijn energiepistool en vervolgde daarna zijn weg op een veel behoedzamer manier.

Nu ging het tegen de helling van de Shattorak op. Zo nu en dan vond de rups een vrije doorgang van wel veertig tot vijftig meter, maar meestal was Glawen gedwongen naar links of rechts af te zwenken, zich door nauwe openingen te wringen, of zijdelings door geulen te scharrelen, zodat hij veel langzamer vooruitkwam dan hij wel wilde.

De middagregen kwam en geselde het oerwoud. Glawens zicht werd danig ingeperkt, evenals zijn veiligheidsmarge. Ten slotte bereikte hij halverwege de middag een diepe geul, weelderig begroeid met een verstikkende vegetatie, waar geen doorkomen aan bleek voor de rups. Vanaf dit punt was de top van de vulkaankegel duidelijk zichtbaar — een kleine duizend meter hoger. Gelaten kroop Glawen uit de rups, deed zijn rugzak om, controleerde zijn wapens en ging te voet op weg. Hij klauterde door de geul omhoog, doodde daarbij nog een sissend, besnord grijs beest, dat hem vanuit de vochtige schaduwen besprong, benevelde een nest stekende insecten en bereikte ten slotte buiten adem het eind van de kloof. Vanaf dit punt was de helling minder steil en de beplanting minder overdadig met veel ruimer zicht.

Glawen klom voort, over bulten afbrokkelende zwarte rots, door bosjes reusachtige pluizenbolbomen, langs eenzame paardenstaartvarens van wel twintig meter hoog en biervatbomen met een doorsnede van drie tot zes meter.

Naarmate Glawen de top dichter naderde, verschenen er hele plakken zwarte brokkelrots en toen hij na een poosje stilhield achter een groepje mijterdendrons, zag hij voor zich een strook kaal land van honderd meter breed, afgesloten van de vlakke top door middel van een palissade van meer dan drie meter hoog, die opgetrokken was uit stammetjes en dikke takken. In de kale strook bevond zich een aantal schamele hutjes, soms in de takken van een biervatboom gebouwd, soms ook op de grond. Deze laatste werden dan beschermd door een eigen geïmproviseerde omheining. Sommige waren in gebruik als onderkomen; andere waren verwaarloosd en vielen in hoog tempo uit elkaar, geteisterd door slagregens en felle zon. Een paar lapjes grond waren weinig doelgericht in cultuur gebracht. Dit was dus de gevangenis van Shattorak, dacht Glawen. Inderdaad, de gevangenen konden zo weglopen, wanneer ze maar lust kregen. Maar goed, waar was Scharde?

De meeste hutjes stonden bij elkaar in de buurt van de poort in de omheining; hoe verder ze afstonden van de poort, in des te bouwvalliger staat verkeerden ze.

Glawen glipte door de schaduwen en posteerde zich zo dicht mogelijk tegenover de poort.

Binnen zijn gezichtsveld bevonden zich zes mannen. Nu de

middagbewolking enige verlichting bood van de hitte die Syrene uitstraalde was een van de mannen bezig het dak van zijn boomhut te herstellen. Twee anderen waren mismoedig aan het werk in hun moestuintjes, de anderen zaten met hun rug tegen de biervatbomen geleund, met hun blik op oneindig. Vijf van de zes waren Yips. De man die op het dak van zijn hut aan het werk was, was lang en mager, zwart van haar en baard, met holle wangen en een ivoorbleke huid, die rond de ogen zweemde naar lavendelpaars.

Scharde was nergens te bekennen. Zat hij misschien in een van de hutten? Glawen onderwierp ze een voor een aan een onderzoek, maar kon niets van belang ontdekken.

Ineens ranselde de regen op de Shattorak neer, met een gedempt geroffel dat de omgeving vervulde, van horizon tot horizon. De gevangenen begaven zich ongehaast naar hun hutjes en zetten zich neer in de deuropening; de regen gutste vlak voor hun neus van de gevlochten daken om te worden opgevangen in potten. Glawen maakte van de bui gebruik om steels de strook over te steken naar een van de verlaten hutten, die enigermate beschutting bood tegen de regen. Vlakbij zag hij een boomhut, tien meter boven de grond, in de eerste vork van een enorme biervatboom; daar zou hij een nog veel beter uitzicht hebben. Hij snelde door de slagregen naar de ladder en klom omhoog naar de wankele veranda. Hij loerde naar binnen, trof er niemand aan en dook de veilige beschutting in.

De hut verschafte hem inderdaad prima zicht, over de palissade heen, zodat hij de hele ondiepe krater kon overzien. De regen vertekende alles enigszins, maar Glawen meende een groep schamele gebouwtjes te ontwaren, opgetrokken uit palen, takken en bladeren, net als de boomhutten. De gebouwtjes stonden rechts van hem aan de oostkant van de krater. Verder naar links liep de grond enigszins op in een reeks rotsrichels. Een meertje met een doorsnede van zo'n veertig meter lag in het midden van de krater. Er was geen levende ziel te bekennen.

Glawen maakte het zich zo geriefelijk mogelijk en ging geduldig zitten wachten. Twee uren verstreken, toen hield de regen op. De laagstaande zon blikkerde een ogenblik tevoorschijn tussen de dikke wolken. De lome tijd was voorbij en kon de bewoners van Ecce niet langer intomen. Opnieuw trokken ze uit om als te doen gebruikelijk te bespringen en te verscheuren, te steken, te doden en te verslinden, of te trachten een dergelijk lot te ontgaan door allerlei wanhopige strategieën, elk naar zijn aard. Vanaf zijn hoge zitplaats had Glawen een mooi uitzicht over het oerwoud, de bochten en kronkelingen van de machtige Vertes en de moerassen van Ecce, ver in het zuiden. Van beneden klonk een veelheid aan geluiden op, sommige gedempt, andere bedreigend dichtbij: ademloos, rochelend gebrul, snel ritmisch gekreun, gehuil en gegil, getrompetter en galmende trommelgeluiden.

De magere donkerharige man kwam uit zijn boomhut omlaag geklommen. Doelbewust liep hij naar de poort die toegang gaf tot het omheinde gebied. Hij stak zijn hand door een opening en bediende een grendel. De poort ging open en de man liep naar binnen en begaf zich naar een nabijgelegen loods, waar hij in verdween. Vreemd, dacht Glawen.

Nu de regen was opgehouden had hij een onbelemmerd uitzicht op de omheinde krater, maar hij kon niets ontwaren dat duidelijk afweek van wat hij daarstraks had gezien, behalve een laag gebouwtje op het hoogste punt van de rotsbult aan de linkerkant, dat, naar hij vermoedde, een radarinstallatie huisvestte om te waarschuwen tegen naderende zwevers. Glawen kon geen bewegingen ontwaren achter de vensters; het was kennelijk een automatische installatie. Hij bestudeerde het gebied met grote nauwlettendheid. Volgens Floreste zouden op de Shattorak vijf of zelfs meer zwevers opgeslagen moeten zijn. Ze waren nergens te zien — volkomen logisch, bedacht Glawen. De loodsen, de palissade en de hutjes van de gevangenen zouden alleen bij zeer nauwkeurige observatie opvallen, maar vijf zwevers, waar kon je die verbergen?

Het viel Glawen op dat het oplopende terrein aan de westkant er ietwat onnatuurlijk uitzag; het was heel wel mogelijk dat daar een opslagruimte lag die met zorg was gecamoufleerd als een zand- en rotsformatie. Als om zijn theorie te staven, verschenen op dat ogenblik twee mannen op de westelijke kraterrand die met ferme pas in de richting liepen van het hutje, dat, naar Glawen aannam, een radarontvanger herbergde. Het schenen geen Yips te zijn hoewel er, terwijl hij ze nakeek, vier Yips van de overkant van de top aan kwamen lopen, die naar de loods gingen waar de man met het zwarte haar daareven naar binnen was gegaan. Deze Yips, zo zag Glawen, droegen vuurwapens aan hun riem, hoewel ze geen enkele aandacht schenen te besteden aan de gevangenen buiten de palissade.

Er verstreek een halfuur. De twee mannen zaten nog steeds in het radarstation. De vier Yips verschenen weer en liepen terug over de kraterrand en uit het gezicht.

De twee in de radarhut kwamen naar buiten, vatten post bij het meertje en staarden naar de noordelijke hemel.

Er verstreken enkele minuten. Toen verscheen er laag aan de hemel in het noorden een zwever, die snel naderbij kwam en ten slotte landde naast het meer. Er stapten twee mensen uit, een Yip en nog een man, tenger van postuur, met een donkere huid en een rafelige donkere baard. Het tweetal sjorde vervolgens een derde man uit de zwever, een man wiens armen op de rug waren gebonden en die een losse kap over het hoofd droeg. Het tweetal uit de radarhut voegde zich bij het drietal en gezamenlijk liep het groepje naar de grootste loods. De gevangene sukkelde troosteloos mee, voortgeduwd door de kerels aan weerszijden.

Een halfuur ging voorbij. De Yip en de bebaarde niet-Yip kwamen uit de loods tevoorschijn, liepen naar de zwever en vertrokken weer naar het noorden. Het resterende tweetal kwam naar buiten met de gevangene en voerde hem weg naar de kraterrand, waar ze achter de rotsen verdwenen.

Weer ging er een halfuur voorbij. Uit de dichtstbijzijnde loods, waar Glawen intussen de keuken en kantine vermoedde, kwam de magere, donkerharige man weer tevoorschijn, die volgens Glawen de kok moest zijn. Hij had een paar emmers bij zich die hij door de poort naar buiten bracht, naar de strook rondom de palissade. Hij zette de emmers op een tafel bij de poort en sloeg driemaal op het tafelblad met een stok, bij wijze van etensbel. De gevangenen kwamen met hun pannetjes naar de tafel toe. De kok schepte eten op uit de emmers en ging toen weer door de poort terug naar de keuken.

Vijf minuten later kwam hij weer tevoorschijn, nu met twee kleinere emmertjes. Hiermee beklom hij de kraterrand aan de overzijde, waar ook de gevangene heen was gebracht, en verdween uit het gezicht achter een rotsrichel. Vijf minuten later keerde hij terug naar de keuken.

Het was inmiddels laat in de namiddag. Van de overzijde van de krater kwamen mannen aangelopen in groepjes van twee of drie. Glawen schatte de totale bezetting op een man of negen, tien. Na hun avondeten te hebben verorberd in de keukenloods, gingen ze terug naar waar ze vandaan gekomen waren.

Syrene daalde af in het westen, Lorca en Sing wierpen een rozig schemerlicht over moeras en rimboe, dat abrupt werd gedempt toen opnieuw een wolkenpak over de top kwam zetten en verse slagregens neerkletterden op Ecce. Glawen klom ogenblikkelijk uit zijn uitkijkpost en draafde door de stortbui naar een van de andere bomen, waar hij in de boomhut kroop en ging zitten wachten.

Een halfuur ging voorbij. De regen hield even plotseling op als hij begonnen was en liet een dreigende duisternis na, slechts doorbroken door een paar zachtgele lichtjes binnen de omheining en het schijnsel van drie lampen boven op de palissade die de strook verlichtten. De donkerharige, magere kok kwam de keukenloods uit. Hij stak de krater over, opende de poort, bleef een ogenblik staan kijken om zich ervan te vergewissen dat de strook geen wilde dieren herbergde, sloot toen de poort en liep snel naar de boom met zijn hut. Hij klom de ladder op, werkte zich door de opening op de smalle veranda voor de hut, sloot het luik en zette het vast om indringers buiten te houden. Toen draaide hij zich om en wilde zijn hut binnengaan, maar bleef ineens stokstijf staan.

Glawen zei: “Kom binnen, zonder opschudding te veroorzaken.”

De kok antwoordde met gespannen, geknepen stem: “Wie ben jij?” En voegde er toen scherper aan toe: “Wat moet je van me?”

“Kom binnen, dan zal ik het je vertellen.”

Stap voor stap schuifelde de onwillige kok naar binnen, maar om de hoek van de deur bleef hij staan. Het bleke schijnsel van de lampen op de palissade wierp zwarte schaduwen op zijn langgerekte gezicht. Hij probeerde een ferme stem op te zetten. “Wie ben jij?”

“Mijn naam zou je niets zeggen,” zei Glawen. “Ik kom Scharde Clattuc halen. Waar is hij?”

De kok stond een ogenblik als verstard. Toen wees hij met zijn duim over zijn schouder naar de omheining. “Die zit binnen.”

“En waarom zit hij binnen?”

"Haha!" Het klonk bitter. "Wanneer ze iemand echt willen straffen, dan wordt hij in het hondenhol gegooid."

"Wat mag het hondenhol dan wel zijn?"

Licht en schaduw gleden over het gezicht van de kok toen hij zijn mond bitter vertrok. "Dat is een put van twee en een halve meter diep en anderhalve meter in het vierkant, met tralies afgesloten, vrij toegankelijk voor zon en regen. Clattuc heeft het tot dusver overleefd."

Een ogenblik deed Glawen er het zwijgen toe. Toen vroeg hij: "En wie mag jij wel zijn?"

"Ik ben hier niet uit eigen vrije wil! Dat kan ik je verzekeren!"

"Dat had ik niet gevraagd."

"Wat maakt het ook uit? Er verandert toch niets. Ik ben een van de natuurvorsers van Stroma. Mijn naam is Kathcar. Maar het wordt met de dag moeilijker niet te vergeten dat er nog andere plaatsen op de wereld zijn."

"Waarom ben je hier op de Shattorak?"

Kathcar slaakte een mismoedig geluidje, diep in zijn keel. "Waarom zou ik hier zijn? Ik ontriefde de Oomphaw, waarop men een veile streek met mij uithaalde. Ik werd hierheen gebracht en ik kreeg de keus: werken in de keuken of smoren in een hondenhol." Verbittering klonk door in Kathcars stem. "Is het niet bespottelijk?"

"Welzeker. De Oomphaw is ook bespottelijk. Maar om naar het hier en nu terug te keren, hoe kunnen we Scharde Clattuc het beste uit het hondenhol bevrijden?"

Kathcar wilde al protesteren, bedacht zich toen en zweeg een poosje. Toen begon hij opnieuw, nu op een ietwat andere toon, terwijl hij zijn hoofd schuin hield. "Ik maak daaruit op dat je van plan bent Scharde Clattuc te bevrijden en hiervandaan te brengen."

"Dat is juist."

"Hoe denk je door het oerwoud te komen?"

"Beneden heb ik een zwever staan."

Kathcar trok aan zijn baard. "Het is een riskant project; net zo levensgevaarlijk als een hondenhol."

"Dat vermoed ik wel, ja. Om te beginnen zal ik iedereen doden die mij een strobreed in de weg legt — of die alarm slaat."

Kathcar schokte zenuwachtig met zijn hoofd en wierp een schichtige blik achterom. Op behoedzame toon zei hij: "Als ik je help, moet je mij ook meenemen."

"Dat is een redelijk verlangen."

"Dat betekent dat je het belooft?"

"Je kunt ervan op aan. Worden de holen bewaakt?"

"Niets wordt hier bewaakt en alles wordt hier bewaakt. De ruimte binnen de omheining is klein. De lieden hier zijn nerveus en snel op hun tenen getrapt. Ik heb hier wat vreemde dingen zien gebeuren."

"Wanneer is het dan het beste tijdstip om in actie te komen?"

Kathcar dacht een ogenblik na. "Voor de holen is het ene tijdstip even goed als het andere. De glats komen over een uur, anderhalf uur uit het oerwoud en dan durft niemand meer de bomen uit, aangezien de glats kunnen versmelten met de schaduwen en je nooit weet dat er een in de buurt is, voor het te laat blijkt."

"Dan kunnen we Scharde beter nu meteen maar gaan halen."

Opnieuw scheen Kathcar ineen te krimpen en opnieuw keek hij achter zich. "Er is inderdaad geen geldige reden om het uit te stellen," zei hij met holle stem. Hij draaide zich om en glipte de veranda op. "We moeten zorgen dat de anderen ons niet zien. Ze zouden uit pure verontwaardiging alarm kunnen slaan." Hij tuurde naar links en naar rechts, de strook en de hutjes langs; nergens viel iets te zien, geen beweging, geen spiertje licht. Zware bewolking smoorde de hemel en elk sprankje sterrenlicht. De vochtige lucht was bezwangerd van de geuren van het oerwoud. Buiten de zwakke lichtkring van de lampen op de palissade waren de schaduwen ondoorzichtig en volstrekt zwart. Kathcar was eindelijk gerustgesteld en daalde de ladder af, met Glawen op zijn hielen.

"Vlug nu," zei Kathcar. "De glats komen soms wat vroeger. Heb je een pistool?"

"Natuurlijk."

"Houd het dan klaar." Gebukt en met grote kromme sprongen rende Kathcar naar de poort. Hij stak zijn hand door de opening en maakte de grendel los. De poort ging open, net zover dat er één man tegelijk door kon. Kathcar loerde door de opening en fluisterde toen schor: "Er schijnt niemand buiten te zijn. Kom, we gaan tot gindse rots." Hij glipte naar binnen en schoof zijdelings langs de palissade, waarbij hij in de nerven van het hout leek op te gaan. Glawen volgde hem en kroop naast hem in de diepe schaduw achter de rotsrichel. "Dat was het meest riskante gedeelte. We hadden gezien kunnen worden vanuit de hut op de hoogte, als iemand toevallig uit het raam keek."

"Waar zijn die hondenholen?"

"Ginder, achter die rotsbult. Het volgende stuk moeten we maar liever op onze knieën afleggen." Hij kroop weg door de schaduw. Glawen volgde. Plotseling liet Kathcar zich plat op de grond vallen. Glawen schoof op zijn buik naast hem.

"Wat is er aan de hand?"

"Luister!"

Glawen luisterde maar hoorde niets. Kathcar fluisterde: "Ik hoorde stemmen!"

Glawen luisterde opnieuw en meende enig gemompel te horen, dat na een tijdje weer verstomde.

Kathcar stond op en liep gebukt verder door de schaduw. Hij bleef staan, boog zich naar de grond en zei zachtjes: "Scharde Clattuc! Hoor je me? Scharde? Scharde Clattuc?"

Een schor geluid kwam uit het hondenhol omhoog bij wijze van antwoord. Glawen kroop erheen. Hij voelde horizontale tralies onder zijn handen. "Vader? Ik ben het, Glawen."

"Glawen! Ik leef nog; tenminste, ik geloof van wel."

"Ik kom u halen." Hij keek om naar Kathcar. "Hoe krijgen we die tralies eraf?"

"Er ligt een steen op de hoeken van het rooster. Duw die opzij."

Glawen tastte langs de tralies en vond aan zijn kant een tweetal zware stenen die hij eraf rolde, terwijl Kathcar aan de overkant hetzelfde deed. Samen lichtten ze het rooster eraf. Glawen boog zich over het gat. "Steek je handen omhoog."

Twee handen kwamen omhoog uit de put. Glawen greep ze en trok en Scharde Clattuc verrees uit het gat. "Ik wist dat je zou komen," zei hij. "Ik hoopte alleen maar dat ik dan nog in leven zou zijn."

Kathcar zei op snerpende fluistertoon: "Kom, we moeten het rooster weer op zijn plaats leggen met de stenen erop, opdat niemand iets zal merken."

Het gat werd weer afgesloten en de stenen werden op hun plaats gelegd. Het drietal kroop weg, Kathcar voorop, dan Scharde en Glawen. In de schaduw achter de rots hielden ze stil om even te rusten en het terrein binnen de omheining af te speuren. Een klein beetje licht viel op Scharde's gezicht; ongelovig keek Glawen naar het uitgeteerde gelaat. Scharde's ogen leken in hun kassen te zijn verzonken, zijn huid spande als een trommelvel over zijn beenderen. Hij voelde dat Glawen naar hem keek en grijnsde; het was een akelig gezicht. "Ik zie er ongetwijfeld belabberd uit."

"Heel belabberd. Kun je wel snel lopen?"

"Ik kan lopen. Hoe wist je dat je me hier moest zoeken?"

"Dat is een lang verhaal. Ik ben pas ruim een week weer terug. Floreste verschafte me de informatie."

"Dan moet ik Floreste zeker bedanken."

"Daar is het te laat voor. Hij is dood."

Kathcar zei: "Ja, nu! Naar de poort. Vlak langs de palissade, net als daarstraks."

Als vliedende schaduwen bereikte het drietal ongemoeid de poort en glipte naar buiten, de kale strook op, waar de wind die door de bomen ging een klagelijk lied zong. Kathcar speurde het terrein af en gaf het teken: "Vlug nu, naar de boom!" Met grote stappen snelde hij naar de boom, waar hij rap de ladder begon te beklimmen. Scharde volgde hem op een hompelend drafje, gevolgd door Glawen. Kathcar had inmiddels de veranda bereikt en keek over de rand, terwijl Scharde moeizaam stap voor stap de ladder opklom. Kathcar stak zijn arm door de opening en trok Scharde de veranda op. Op dringende toon riep hij tegen Glawen: "Haast je, er komt een rakkelpoot deze kant op!"

Glawen klauterde door de opening en Kathcar smeet het luik dicht. Van beneden klonk een schurende bons, luid gesis en een sidderende klap. Glawen keek Kathcar eens aan. "Zal ik hem afschieten?"

"Nee! Het kadaver zou allerlei ander gedierte aantrekken; laat hij uit zichzelf maar weggaan. Kom, we gaan naar binnen."

In de hut maakte het drietal het zich gemakkelijk, want ze zouden nog een tijd moeten wachten. Een klein beetje licht van de lampen op de palissade scheen de hut binnen en belichtte Scharde's gezicht; opnieuw was Glawen ontzet over het uitgeteerde voorkomen van zijn vader. "Ik kwam pas vorige week terug op Araminta — en ik heb je daar veel over te vertellen — maar niemand wist waar je was. Floreste verschafte me de gegevens en toen ben ik zo snel gekomen als ik kon. Het spijt me dat ik er niet eerder kon zijn."

"Maar je bent gekomen; ik wist het wel."

"Wat is er eigenlijk met je gebeurd?"

"Ik ben in een hinderlaag gelokt, een fraaie, listige valstrik. Iemand op Araminta moet me hebben verraden."

"Wie? Of weet je dat niet?"

"Ik weet het niet. Ik was op patrouille en vloog boven de wolden in Land Marmion, toen ik een zwever zag gaan die naar het oosten vloog. Het was er niet een van ons, ik was ervan overtuigd dat hij uit Yipton kwam. Ik daalde en volgde de zwever op veilige afstand, zodat ik niet zou worden opgemerkt.

"Hij vloog verder naar het oosten, om de Seldomheuvelrug heen en de Willawaaywoestijn over. Hij daalde en streek neer op een kleine weide. Ik dook zo laag mogelijk en cirkelde rond om een plaats te vinden waar ik ongezien kon landen. Ik was van plan de zwever in beslag te nemen en de inzittenden te arresteren en zo mogelijk uit ze te krijgen wat hier gaande was. Ik vond een volmaakte landingsplaats, een paar honderd meter verder naar het noorden, achter een lage rotsbult. Ik landde dus, stak mijn wapens bij me en ging op weg naar de rotsbult. Het ging allemaal makkelijk genoeg; naar later bleek veel te makkelijk. Toen ik langs een hoge rotspunt kwam, werd ik van boven besprongen door drie Yips. Ze namen me mijn wapens af, bonden mijn armen op mijn rug en brachten me in mijn eigen zwever naar de Shattorak. Het was een fraai op touw gezette hinderlaag. Iemand op Araminta, die inzage heeft in de patrouillegegevens, is een spion en mogelijk zelfs een verrader."

"Zijn naam is Benjamie," zei Glawen. "Vermoed ik althans. En wat gebeurde er toen?"

"Niet zo veel. Ze stopten me in het hondenhol en daar heb ik al die tijd gezeten. Na een dag of twee, drie kwam er iemand naar me kijken. Ik kon niet goed zien wie, ik zag alleen de omtrekken. De figuur boven me sprak me aan; het was een stemgeluid dat ik direct verafschuwde, alsof ik het al eens eerder had gehoord — een vettige, monkelende stem. En de stem zei: 'Scharde Clattuc, hier zit je en hier blijf je zitten voor eeuwig. Dat is je straf.'

" 'Straf voor wat?' vroeg ik.

"En het antwoord was: 'Moet je dat nog vragen? Gedenk het onrecht dat je je onschuldige slachtoffers hebt aangedaan!'

"Ik zei verder niets meer, omdat ik daar niets op te zeggen had. Wie het ook geweest mag zijn ging weer weg en dat was mijn laatste contact met andere mensen."

"Wie was het volgens jou, die tegen je sprak?" vroeg Glawen.

"Dat weet ik niet. Ik heb er verder niet meer zo over nagedacht."

Glawen zei: "Ik wil je wel vertellen wat mij allemaal overkomen is, als je wilt. Het is een heel verhaal, maar misschien wil je nu liever rusten?"

"Ik heb niks anders gedaan dan rusten. Ik ben er doodmoe van."

"Heb je trek? Ik heb wat droge rantsoenen bij me."

"Ik heb trek in alles wat geen pap is."

Glawen haalde een pakje tevoorschijn met harde worst, biscuits en kaas en gaf het aan Scharde. "Goed dan — nadat Kirdy Wook en ik Araminta verlieten maakten we het volgende mee..."

Glawen vertelde een uur aan een stuk en besloot zijn relaas met een beschrijving van Floreste's brief. "Het zou me dus niet verbazen, als de persoon die tegen je sprak Smonny blijkt te zijn geweest."

"Dat zou zeer wel kunnen. Het was een heel vreemde stem."

Het was begonnen te regenen. Het water roffelde op het dak als een schijnbaar ondoordringbaar gordijn. Kathcar keek eens naar buiten. "Die regen gaat maar door en gaat maar door, het is erger dan gewoonlijk."

Scharde lachte grimmig. "Ik ben blij dat ik uit dat hondenhol ben. Soms liep het vol en stond ik tot mijn heupen in het water."

Glawen wendde zich tot Kathcar. "Hoeveel van die hondenholen zijn er?"

"Drie. Er was er maar een bezet, door Scharde Clattuc. Tot vanmiddag; toen hebben ze een nieuwe binnengebracht."

"Jij bent hem zijn eten gaan brengen," zei Glawen. "Hoe heet hij?"

Kathcar maakte een vlinderend gebaar met zijn vingers. "Ik besteed geen aandacht aan dergelijke zaken. Om het vege lijf te redden gehoorzaam ik bevelen, maar verder niet."

"Maar je moet de gevangene toch hebben bekeken."

"Ja, ik heb hem gezien." Hier aarzelde Kathcar.

"Ga door. Heb je hem herkend? Heb je gehoord hoe hij heet?"

Met tegenzin antwoordde Kathcar: "Nu ja, zijn naam werd genoemd in de keuken en ze moesten er allemaal om lachen, alsof het een grote grap was."

"Wel, hoe luidde die naam dan?"

"Chilke."

"Chilke! In een hondenhol?"

"Ja; inderdaad."

Glawen liep naar de deuropening. De regen beperkte zijn gezichtsveld; hij zag niets anders dan de lampen op de palissade. Hij dacht aan Bodwyn Wook en diens behoedzame plannen; hij zette de mogelijke risico's op een rijtje en vergeleek ze met de opwellingen van zijn gemoed, maar met dat alles ging minder dan een minuut heen. Hij stak Scharde een van zijn energiepistolen toe. "De rups staat een eindje lager op de helling geparkeerd, aan de overkant van de eerste diepe geul, vlak bij een vlammenwerperboom. Als je vandaar pal naar beneden gaat, kom je bij de zwever, in de bocht van de rivier. Voor het geval ik niet terugkom, dus."

Scharde nam het pistool aan zonder iets te zeggen. Glawen wenkte Kathcar. "Kom mee."

Kathcar week achteruit. Hij kreet: "We mogen het geluk niet te veel op de proef stellen, dat bent u toch met me eens! Ons leven dient gekoesterd en behoed te worden; laten we niet treuren om eventualiteiten met betrekking tot de hondenholen waaraan we voorbij zijn gegaan!"

"Kom." Glawen begon de ladder af te dalen.

"Wacht!" kreet Kathcar. "Kijk dan eerst of er wilde dieren zijn!"

"Het regent veel te hard," zei Glawen. "Ik kan ze toch niet zien. En zij zien mij ook niet."

Binnensmonds vloekend volgde Kathcar Glawen omlaag. "Dit is zinloos en roekeloos!"

Glawen besteedde er geen aandacht aan. Hij draafde door de regen naar de omheining. Kathcar volgde hem, onder luide klachten die onverstaanbaar waren door het regengeweld. Hij maakte de poort in de palissade open en het tweetal glipte erdoor.

Kathcar fluisterde Glawen in het oor: "Vanwege de regen hebben ze wellicht de bewegingssensor ingeschakeld, dus we kunnen het beste dezelfde weg volgen als daarstraks. Klaar? Dan gaan we. Naar de rots!"

Het tweetal draafde gebukt langs de palissade terwijl de regen hen om de oren spatte. Aan de voet van de rots bleven ze staan. "Op de knieën!" beval Kathcar. "Net als voorheen! Volg me op de voet anders raak je me kwijt!"

Op handen en knieën schuifelden ze door de modder voorbij het eerste hondenhol, langs een rotsrichel en toen er overheen en omlaag, een rotskom in. Kathcar hield stil. "We zijn er."

Glawen tastte naar de tralies. "Chilke!" riep hij omlaag, daar waar de duisternis het zwartst was. "Ben je daar? Versta je me? Chilke?"

Van beneden klonk een stem. "Wie roept daar om Chilke? Je verspilt je tijd. Ik kan je niet helpen."

"Chilke! Ik ben het, Glawen! Ga staan, dan trek ik je eruit."

"Ik sta al, anders verdrink ik hier."

Glawen en Kathcar lichtten het rooster van de put en trokken Chilke naar boven. "Dat is een prettige verrassing," zei Chilke.

Glawen en Kathcar legden het rooster terug; het drietal kroop door de krater naar de omheining, holde gebukt naar de poort en glipte naar buiten. Even leek de regen in kracht af te nemen; Kathcar zocht angstvallig de kale strook af en slaakte een gesis van schrik. "Daar heb je een glat! Snel! Naar de boom!"

Het drietal stormde naar de boom en klauterde de ladder op. Kathcar had juist het valluik vergrendeld toen een log lichaam beneden tegen de stam op dreunde.

Op zure toon zei Kathcar tegen Glawen: "Ik hoop dat er niet nog meer vrienden van je gevangen zitten."

Glawen gaf er geen antwoord op. Hij vroeg aan Chilke: "Wat is jou overkomen?"

"Niets ingewikkelds, hoor," zei Chilke. "Gisterochtend werd ik overvallen door twee kerels die me een zak over mijn hoofd trokken, mijn handen bonden, me aan boord stouwden van onze nieuwe J-2 zwever en met me wegvlogen. En het volgende waarvan ik me bewust werd, was het feit dat ik hier was. Een van die kerels was overigens Benjamie; ik rook de chique pommade die hij altijd in zijn haar smeert. Nou, zodra ik op Araminta terug ben, vliegt hij eruit; hij is niet te vertrouwen."

"En wat gebeurde er toen?"

"Ik hoorde stemmen die ik niet kende. Iemand bracht me naar een soort loods en haalde de zak van mijn hoofd. Daarna gebeurde er allerlei heel vreemds dat ik nog voor mezelf op een rijtje moet zetten. En vervolgens werd ik naar buiten gebracht en in het hondenhol gegooid. Deze heer hier bracht me een emmertje pap. Hij informeerde naar mijn naam en merkte op dat we regen zouden krijgen. Daarna werd ik aan mijn lot overgelaten, tot ik jouw stem hoorde, waar ik wat blij mee was."

"Vreemd," zei Glawen.

"En wat doen we nu?"

"We vertrekken zodra we weer iets kunnen zien. We zullen pas gemist worden wanneer ze naar de keuken komen voor hun ontbijt en er geen Kathcar aantreffen."

Chilke probeerde iets te ontwaren in het donker. "Jouw naam is Kathcar?"

"Dat is juist," antwoordde Kathcar stijfjes.

"Nou, je had gelijk wat die regen betreft."

"Het is een afschuwelijke stortbui," zei Kathcar. "De ergste die ik ooit heb meegemaakt."

"Ben je hier allang?"

"Niet zo lang."

"Hoelang dan?"

"Ongeveer twee maanden."

"Wat had je misdaan?"

"Ik ben het er met mezelf niet over eens waarom ik hier ben," antwoordde Kathcar kortaf. "Kennelijk heb ik Titus Pompo beledigd of iets dergelijks."

"Kathcar is een natuurvorser uit Stroma," zei Glawen tegen Chilke en Scharde.

"Interessant!" zei Scharde. "En hoe komt het zo dat je Titus Pompo kent?"

"Dat is een gecompliceerde zaak, die op het ogenblik niet relevant is."

Scharde zei niets. Glawen vroeg hem: "Ben je moe? Wil je wat slapen?"

"Ik ben waarschijnlijk sterker dan ik eruitzie," zei Scharde, maar zijn stem zakte weg. "Ik denk dat ik probeer wat te slapen."

"Geef je pistool aan Chilke."

Scharde reikte het pistool aan, kroop naar de andere kant van de hut en legde zich op de vloer. Bijna meteen viel hij in slaap.

De regen nam af en zwol weer aan, verminderde gedurende een paar minuten als was de bui bijna overgetrokken, en sloeg dan weer toe met hernieuwd geweld. Kathcar sprak opnieuw zijn verbazing erover uit. "Deze regen is echt ongelofelijk!"

Chilke vroeg: "Scharde is hier ongeveer twee maanden geleden gekomen, wie was er het eerst: Scharde of jij?"

Kathcar scheen vragen niet op prijs te stellen. Net als tevoren antwoordde hij kortaf: "Scharde was hier al toen ik kwam."

"En niemand heeft je ooit uiteengezet waarom je hier zit?"

"Nee."

"En je familie en vrienden in Stroma? Weten die nu waar je bent?"

Een zweem bitterheid klonk door in Kathcars stem. "Daarover kan ik niets zinnigs zeggen."

"Was je op Stroma een LVV'er of een Handvester?" vroeg Glawen.

Kathcar nam Glawen scherp op. "Waarom vraag je dat?"

"Het zou misschien enig licht werpen op de reden voor je gevangenschap."

"Dat betwijfel ik."

Chilke zei: "Als je in botsing bent gekomen met Titus Pompo, dan moet je wel een Handvester zijn."

Kathcar zei op ijzige toon: "Zoals alle progressieven op Stroma sta ik geheel achter de idealen van de LVV."

"Heel vreemd!" verklaarde Chilke. "Je bent dus in het cachot gegooid door je beste vrienden en je hooggeachte cliënten; ik doel daarmee op de Yips, uiteraard."

"Ongetwijfeld was er een vergissing of een misverstand in het spel," zei Kathcar. "Ik denk liever niet meer over die zaak. Wat gebeurd is, is gebeurd."

"Jullie hebben wel hooggestemde idealen, dan, bij de Lievers," zei Chilke. "Wat mij betreft, ik schreeuw om wraak."

Glawen vroeg Kathcar: "Ken je Dame Clytie Vergence?"

"Die vrouw is mij bekend."

"En Julian Bohost?"

"Die ken ik ook. Er is een tijd geweest dat hij werd beschouwd als een invloedrijk lid van onze beweging."

"Maar nu niet meer?"

Kathcar zei afgemeten: "Ik verschil op diverse kardinale punten met hem van mening."

"En ken je Lewyn Barduys? En Flitz?"

"Die zijn mij niet bekend. En nu zou ik ook graag trachten wat te rusten; als je me wilt verontschuldigen?" Kathcar kroop dieper de hut in.

Een ogenblik later hield de regen ineens op, een stilte achterlatend die slechts verbroken werd door het tikken van de droppels die van de bomen vielen. Een dreiging hing in de lucht.

Een purper-witte schicht scheurde de hemel aan stukken. Een seconde van gespannen stilte volgde — en nog een; toen knalde er een donderslag, die nog een poos gemelijk bleef narommelen. Vanuit de rimboe kwam antwoord, in de vorm van knarsend gekwetter en woedend gebrul en gebalk.

Opnieuw stilte en de spanning van een aanstaande ontlading. Toen volgde een tweede bliksemschicht en baadde een ogenblik lang heel de omheinde kratermond in een schitterend lavendelpaars licht. Een tweede donderslag volgde bijna onmiddellijk, net als daarstraks. Even later begon het opnieuw te regenen, met bakken tegelijk.

"Wat gebeurde er eigenlijk in die loods, dat je zo merkwaardig vond?" vroeg Glawen aan Chilke.

"Ik heb een merkwaardig leven geleid," zei Chilke. "Als je het zo beziet, is datgene wat er in de loods gebeurde een volkomen normaal incident, al zou een ander er misschien versteld van staan."

"Maar wat gebeurde er?"

"Om te beginnen trok een Yip in zwart uniform mij de zak van mijn hoofd. Ik zag een tafeltje, waarop een aantal documenten lagen op een keurig stapeltje. De Yip zei me dat ik moest gaan zitten en dat deed ik.

"Blijkbaar werd ik gadegeslagen door een camera aan het andere eind van het vertrek. Er kwam een stem door de luidsprekers die zei: 'Jij bent Eustace Chilke, geboortig uit Big Prairie op Aarde?'

"Ik zei dat ik inderdaad die persoon was en vroeg met wie ik de eer had.

"De stem zei: 'Het enige wat voor jou van belang is op dit moment, is het pakket formulieren dat je voor je ziet. Zet op elk je handtekening op de aangegeven plaats.'

"De stem klonk grof en vervormd en bepaald niet minzaam. Ik zei: 'Ik neem aan dat het zinloos is me te beklagen over het brutale onrecht dat mij door deze ontvoering is aangedaan.'

"De stem zei: 'Eustace Chilke, je bent hier gebracht om goede en afdoende redenen. Teken die documenten en vlug een beetje!'

"Ik zei: 'Dat klinkt als Madame Zigonie, maar erg vriendelijk bent u niet. Waar blijft het geld dat u me schuldig bent voor zes maanden hard werk?'

"De stem zei: 'Teken die documenten nu ogenblikkelijk, anders zal het je slecht vergaan.'

"Ik keek de papieren door. Het eerste was een akte van overdracht van al mijn bezittingen, zonder uitzondering of voorbehoud, aan Simonetta Zigonie. Het tweede papier was een brief van mij aan 'ieder die dit leest', waarin ik toestemming gaf voor de overdracht van al mijn bezittingen aan drager dezes. En het derde document, dat me het minste beviel, was mijn testament, waarin ik alles wat ik bezat vermaakte aan mijn vriendin Simonetta Zigonie. Ik probeerde nog te protesteren. 'Ik zou deze zaak graag nog eens overwegen, als u het niet erg vindt. Ik stel voor dat we teruggaan naar Station Araminta en de zaak daar regelen als heren, eh, en dames onder elkaar.'

" 'Teken die papieren!' zei de stem. 'Als je tenminste nog enige prijs stelt op je leven.'

"Ik begreep dat er met die vrouw niet te redeneren viel. Ik zei: 'Ik zal wel tekenen als u dat zo graag wilt, maar ik begrijp er echt niets van, want ik bezit niet veel meer dan de kleren die ik draag.'

" 'En de voorwerpen dan, die je van je grootvader hebt geërfd?'

" 'Dat stelt niet veel voor. De opgezette eland is een beetje aftands. En er is een kleine collectie stenen, met brokjes grind van honderd verschillende planeten, plus wat bric-à-brac, waaronder een paar purperen vazen en waarschijnlijk nog meer van die troep, in de schuur in Big Prairie. Ik meen me een aardige opgezette uil te herinneren, met een muis in zijn snavel.'

" 'En wat nog meer?'

" 'Tja, dat is moeilijk te zeggen, aangezien de schuur intussen zo grondig is leeggeroofd, dat ik me bijna geneer om u die rommel nog aan te bieden.'

" 'Nu is het afgelopen met al dat getreuzel. Teken die papieren en vlug een beetje!'

"Ik tekende de drie documenten. Toen zei de stem: 'Eustace Chilke, je hebt jezelf het leven gered, een leven dat je hierna zult doorbrengen in berouw over je lichtzinnige en hooghartige instelling en je veronachtzaming van de kwetsbare gevoelens van hen, die je vriendschappelijk gezind hadden willen zijn.'

"Ik besloot dat Madame Zigonie doelde op mijn ongenaakbaarheid op de boerderij in de Schaduwvallei. Ik zei dat ik best m'n excuses wilde maken als ik daar wat mee opschoot, maar zij zei dat het daar nu te laat voor was en dat het gebeuren nu maar zijn loop moest hebben. Ik werd naar buiten gebracht en in het hondenhol gestopt, waar ik ogenblikkelijk berouw begon te oefenen. Ik verzeker je dat ik wat blij was toen ik je stem hoorde."

"Je hebt er geen idee van waar ze op uit was?" vroeg Glawen.

"Kennelijk zijn sommige van grootvader Swaners spulletjes veel meer waard dan ik dacht. Ik wou dat hij me dat had laten weten toen hij nog leefde."

"Iemand moet iets weten. Maar wie?"

"Hm. Da's moeilijk te zeggen. Hij had connecties met allerlei rare figuren: lorrenboeren, dieven, antiquairs, boekhandelaren. Ik herinner me één man in het bijzonder...hij was een vriend van grootvader, een collega, een rivaal, een handlanger, allemaal tegelijk. Ik geloof dat ze ook allebei lid waren van het Genootschap van Natuurkenners. Hij gaf grootvader ooit eens een bos exotische vogelveren en drie Pandango zielmaskers, in ruil voor een pak oude boeken en papieren. Als er iemand is die grootvaders zaakjes kende, van binnen en van buiten, dan is het die figuur wel."

"Waar is hij nu?"

"Zou ik niet kunnen zeggen. Hij kwam in moeilijkheden wegens grafschennerij en moest zijn heil buitenwerelds zoeken om het gezag uit handen te blijven."

Glawen, die toevallig op dat moment over zijn schouder keek, zag de bleke vlek van Kathcars gezicht, dat veel dichterbij was dan hij had beseft. Het was zonneklaar dat Kathcar mee had zitten luisteren naar hun gesprek.

De regen keerde met hernieuwde slagkracht terug en hield aan, tot een zweem nat, grauw licht de komst van de nieuwe dag aankondigde.

Langzaam sijpelde het licht de hemel binnen, totdat de boomloze strook naar beide kanten zichtbaar begon te worden. Het viertal verliet daarop de boomhut en toog op weg door het druipende oerwoud. Glawen ging voorop, gevolgd door Chilke, allebei met het pistool paraat. Na een tijdje bereikten ze de geul, om te ontdekken dat er nu een stroom doorheen liep, die tot aan de heupen reikte en die ze niet konden doorwaden vanwege de hapsnaters. Glawen zocht met zorg een hoge boom uit en brandde de stam door met zijn energiepistool, zodat hij dwars over de geul viel en een, zij het wat glibberige, brug vormde.

Ze troffen de moerasrups aan waar Glawen hem had achtergelaten; ze klommen aan boord en toen ging het bergafwaarts — heel voorzichtig om niet onderuit te glijden. Bijna meteen werden ze aangevallen door een waggelend, zes meter lang beest met acht knarsende kaken en een staart die naar voren krulde om zijn prooi met een giftige vloeistof te kunnen besproeien. Chilke schoot het dood, op het ogenblik dat het zijn staart naar voren bracht. Het dier viel met een klap om; de kaken bleven nog naknauwen en de staart zwalkte heen en weer en verspoot een donkere vloeistof in het niets.

Een poosje later had Glawen de rups stilgezet om de voor hen liggende route even te bekijken, toen er in de stilte een dreigend gekraak opklonk in het struikgewas. Scharde slaakte een schorre waarschuwing. Glawen keek op en zag een driehoekige kop van wel twee meter, die zich opende tot een gapende, van felle tanden voorziene muil en die door het gebladerte op hen neerdaalde aan het eind van een lange, gewelfde nek. Glawen vuurde automatisch en de kop vloog aan flinters. Even later stortte iets heel groots met een klap neer tussen de bomen.

Zo goed en zo kwaad als hij kon stuurde Glawen de rups de helling af, langs dezelfde weg die hij naar boven toe had gevolgd. Eindelijk werd de helling minder steil en het gebladerte minder overvloedig. Waar de rivier de slikken had overstroomd, ploeterde de rups nu door het water. Een groepje sliklopers sloeg hen gade vanaf de andere kant van het moeras, luid trompetterend en schreeuwend. Het water werd dieper. De rups verloor zijn greep op het slik en begon weg te drijven op het kringelende water.

Glawen zette de rups weer stil. Hij draaide zich om naar de drie anderen en wees naar een polletje struiken. "Daar had ik de zwever achtergelaten, vastgebonden aan een boom, midden tussen die struiken. De boom is kennelijk gesneuveld tijdens het noodweer van vannacht en heeft de zwever meegesleept."

"Dat is kwalijk nieuws," zei Chilke. Hij keek in oostelijke richting de gezwollen rivier af. "Ik zie een heleboel wortelstronken en dode bomen, maar geen zwever."

Kathcar slaakte een hol gekreun. "In de gevangenis waren we beter af."

"Jij misschien," zei Glawen. "Maar ga gerust terug als je wilt."

Kathcar zei niets meer.

"Als ik gereedschap had en wat materiaal zou ik wel een radio in elkaar kunnen flansen," zei Chilke peinzend. "Helaas heeft een rups die niet aan boord."

"Het is een ramp!" lamenteerde Kathcar. "Een regelrechte ramp!"

"Voorlopig nog niet," zei Scharde.

"Hoe kun je dat nu zeggen!"

"Ik zie dat de rivier stroomt met een snelheid van ongeveer vijf kilometer per uur. Als die boom tijdens de nacht is omgevallen — laten we zeggen: zes uur geleden — dan moet hij nu zo'n dertig kilometer stroomafwaarts zijn. De rups haalt in het water acht tot negen kilometer per uur. Als we dus nu vertrekken, moeten we de boom en de zwever met een uur of vier hebben ingehaald."

Zonder er verder nog woorden aan vuil te maken startte Glawen de rups en toog op weg, stroomafwaarts.

De rups dreef op een wildernis van water, in smorende hitte en te midden van de verblindende weerkaatsing op het wateroppervlak, in een vochtigheid die de adem leek te verstikken en elke beweging tot een monumentale inspanning maakte. Naarmate Syrene hoger kwam te staan, werden de hitte en de schittering ronduit pijnlijk intens. Glawen en Chilke improviseerden een zonnedak van takken en bladeren, die ze uit de rivier opvisten, na er eerst de insecten en kleine slangetjes uit te hebben geschud, die zich mogelijk aan de bladeren vastklampten. Het afdak bood een aanzienlijke verlichting. Zo nu en dan verhief zich een grote kop of een oogslurf boven het water, met het klaarblijkelijke voornemen tot de aanval over te gaan: voortdurende waakzaamheid was geboden om onverhoedse rampen te voorkomen.

Drie uur lang ploeterde de rups stroomafwaarts, langs tientallen wortelstronken, koeken van afval, dode bomen en drijvende rietpollen. Ondanks ingespannen en nauwgezet speuren viel de Skyrie nergens te bekennen. Ten slotte vroeg Kathcar: "En wat doen we als we nog eens twee uur hebben gedobberd en nog geen zwever hebben gevonden?"

"Dan gaan we eens heel hard zitten nadenken," zei Chilke.

"Ik heb al heel hard nagedacht," zei Kathcar zuur. "Ik geloof niet dat denken veel helpt in dit geval."

De rivier verbreedde zich; Glawen zorgde dat hij de linkeroever steeds in zicht hield, terwijl zich rechts het grootste deel van de watermassa uitstrekte.

Er verstreek nog een uur. Toen doemde voor hen uit een wit vlekje op: de Skyrie. Glawen slaakte een diepe zucht en zakte neer op het bankje. Er welde een ongekende emotie in hem op, bestaand uit vermoeidheid, euforie en een bijna tot tranen roerende dankbaarheid voor de gunst van het Lot. Scharde sloeg zijn arm om Glawens schouders. "Ik heb geen woorden voor wat er door me heen gaat."

"Wees nog maar niet al te dankbaar," zei Chilke. "Het ziet ernaar uit dat er piraten aan boord zijn."

"Sliklopers!" zei Glawen.

De rups koerste op de zwever af. De boom waaraan het toestel afgemeerd was geweest, was kennelijk terechtgekomen in een kolk en tegen een modderbank aangestuwd, waar hij nu muurvast zat. Een stam sliklopers was, geboeid door dat vreemde drijvende ding, naderbij gekomen, plassend door slik en water, klauterend over samengeklit drijfafval. Op dit moment stonden ze te porren in de zak met dierenresten die Glawen op dek had laten liggen, kennelijk met de bedoeling het ding overboord te werken.

Een tegendraads briesje droeg ineens de stank aan, hetgeen Chilke een kreet ontlokte. "Wat ter wereld is dat?"

"Die lucht is afkomstig van een zak met stinkende stukken kadaver," zei Glawen. "Ik had die op het dek laten liggen om de sliklopers uit de buurt te houden." Hij kroop naar de voorkant van de rups en begon met zijn armen te zwaaien. "Ga weg! D'r af! Schiet op!"

De sliklopers reageerden met een razend gegil en wierpen modderballen naar de rups. Glawen richtte zijn pistool op een boom en deed met een klap een grote tak verdwijnen. Met geschrokken kreten stoven de sliklopers ervandoor met hevig stampende spillebenen en hoog opgetrokken knieën. Op veilige afstand bleven ze staan om de rups opnieuw met modderballen te bekogelen, maar zonder succes.

Het viertal klom aan boord. Glawen plensde een paar emmers water over het dek om de aanklevende stank van de zak met sharlocvlees weg te spoelen, tegelijk met de rommel die door de sliklopers was achtergelaten. De moerasrups werd aan boord getakeld en vastgezet. "Vaarwel Vertes," zei Glawen. "Ik heb meer dan genoeg van jou." Hij zette zich achter de instrumenten, steeg op en stuurde de zwever op geringe hoogte stroomafwaarts.

Tegen de avond deed het viertal zich te goed aan de rantsoenen die Glawen aan boord had. De rivier werd breder en stroomde uit in de oceaan. Lorca en Sing verdwenen en de Skyrie vloog bij sterrenlicht voort over de Westelijke Oceaan.

Glawen zei tegen Kathcar: "Het is mij nog steeds niet duidelijk om wat voor reden jij naar de Shattorak bent verbannen. Je moet iets hebben gedaan dat Smonny ergerde, aangezien Titus Pompo kennelijk maar weinig in de melk te brokkelen heeft."

Kathcar zei kil: "De zaak is voorbij en afgedaan en ik wens er niet verder op in te gaan."

"Desalniettemin stellen wij er alle drie belang in; bovendien hebben we nu ruim de tijd om er tot in details op in te gaan."

"Dat kan zijn," zei Kathcar. "Maar deze aangelegenheid is persoonlijk en privé."

Scharde zei vriendelijk: "Onder de gegeven omstandigheden geloof ik niet dat je mag verwachten dit soort aangelegenheden privé te houden. Ze gaan ons allemaal ten diepste aan en wij stellen een gerechtvaardigd belang in wat je ons kunt vertellen."

Chilke zei: "Ik moet je erop wijzen dat Scharde en Glawen allebei in dienst zijn van Bureau B, zodat hun vragen een officieel karakter hebben. Wat mij persoonlijk betreft, ik wil graag weten hoe ik het Smonny het best betaald kan zetten, net als Benjamie en Namour en mogelijke anderen, die dachten dat ik me in een hondenhol zou laten bergen zonder wrok te koesteren."

"Ook ik koester wrok," zei Scharde. "Ik moet mij inspannen om mijn woede in bedwang te houden."

"Alles bij elkaar moest je ons dus maar vertellen wat we willen weten," zei Glawen.

Kathcar bleef koppig zwijgen. Glawen probeerde hem uit zijn tent te lokken. "Je bent lid van de LVV-fractie op Stroma. Hoe ben je in kennis gekomen met Smonny Clattuc of Madame Zigonie of hoe ze zich verder ook mag noemen?"

"Dat is niet zo verwonderlijk," zei Kathcar met grote waardigheid. "De LVV houdt zich bezig met de leefsituatie in Yipton en wenst Cadwal de moderne tijd binnen te loodsen en uit de slaap van eeuwen op te wekken."

"Zo, zo. Je ging dus op reis naar Yipton?"

"Vanzelfsprekend. Ik wilde observeren hoe het daadwerkelijk staat met de levensomstandigheden daar."

"En ging je alleen?"

Kathcar reageerde opnieuw geprikkeld. "Wat kan dat nu voor verschil uitmaken, met wie ik daarheen ging?"

"Noem de personen in kwestie, dan zullen wij dat wel beoordelen."

"Ik ging met een deputatie uit Stroma."

"Wie maakte deel uit van deze delegatie?"

"Een aantal leden van de LVV."

"Was Dame Clytie daar een van?"

Kathcar deed er tien seconden lang het zwijgen toe. Toen maakte hij een woedend gebaar van frustratie. "Als u het dan per se weten wilt, ja!"

"En Julian?"

"Uiteraard," snoof Kathcar. "Julian is energiek en vasthoudend. Ik heb hem zelfs horen kenschetsen als ietwat opdringerig, hoewel ik hem misschien niet op die manier zou mogen karakteriseren."

"We zijn heel discreet en zullen je oordeel niet aan Julian overbrieven," zei Scharde grijnzend. "En wat gebeurde er in Yipton?"

"U dient te begrijpen dat er, ofschoon de LVV unaniem de noodzaak van een progressieve politiek erkent, verscheidene opvattingen bestaan, met betrekking tot de richting waarin deze veranderingen zich dienen te voltrekken. Dame Clytie bepleit een van deze filosofieën en ik vertegenwoordig een geheel andere. Onze vergaderingen verlopen niet altijd even harmonieus."

"In welk opzicht verschillen jullie inzichten?" vroeg Glawen.

"Het is voornamelijk een kwestie van accenten. Ik sta voor het nieuwe Cadwal een zorgvuldig gestructureerd leiderschap voor en heb het stelsel reeds uitgewerkt met aandacht voor alle details. Dame Clytie is, naar ik vrees, ietwat onpraktisch van inslag en stelt zich een nieuwe samenleving voor van opgewekte boeren, die zingend aan de arbeid gaan en elke avond op hun tamboerijnen spelend de meent op en neer dansen. Iedereen zal verteller zijn of muzikant en iedereen zal behagen scheppen in het voortbrengen van schone voorwerpen. En hoe zal deze nieuwe gemeenschap worden bestuurd? Dame Clytie staat een zienswijze voor die behelst dat iedereen, jong en oud, man en vrouw, wijze en dwaas, op gelijke voet over kwesties discussieert tijdens grote conclaven, om vervolgens tot overeenstemming te komen met blij hoerageroep en kreten van bijval. Kortom, Dame Clytie kiest voor democratie in haar zuiverste, meest elementaire en meest vormeloze gedaante."

"En de inheemse dierenwereld?" vroeg Glawen. "Wat gebeurt daarmee?"

"De wilde dieren?" vroeg Kathcar luchtig. "Dame Clytie is niet overmatig geïnteresseerd in dat vraagstuk. Ze zullen met de nieuwe orde moeten leren leven. Alleen de gevaarlijkste en meest afstotelijke beesten zullen worden verdreven en mogelijk uitgeroeid."

"Maar jij houdt er een andere zienswijze op na?"

"Volstrekt anders. Ik maak mij sterk voor een gestructureerd centraal gezag met de bevoegdheid om beleidslijnen te formuleren en regels te stellen."

"Maar Dame Clytie en jij legden jullie verschillen van mening bij en reisden samen naar Yipton?"

Kathcar vertrok zijn lippen in een ironische grijns, half geamuseerd, half spottend. "Dat reisje naar Yipton was geen idee van mij. Ik weet niet zeker waar het plan vandaan kwam, maar ik vermoed dat Julian, die altijd een voorliefde heeft gehad voor intriges, en hoe slinkser hoe liever, het denkbeeld heeft ontwikkeld. Ik weet dat hij een zekere Namour had geraadpleegd tijdens een van zijn bezoeken aan Station Araminta. Daarna heeft hij het idee mogelijk aan Dame Clytie voorgelegd. Hoe het ook zij, de plannen werden gemaakt. Toen ik er lucht van kreeg uit welke hoek de wind kwam, stond ik erop dat ik aan de deputatie werd toegevoegd, om te zorgen dat mijn standpunt eveneens kenbaar werd gemaakt.

"We vlogen naar Yipton. Ik was onbekend met Simonetta of haar status; ik meende dat we overleg zouden voeren met Titus Pompo en was dus hogelijk verbaasd toen wij een bespreking bleken te hebben met Simonetta. Julian noch Dame Clytie gaven van verbazing blijk, zodat ik ervan overtuigd ben dat Namour hen tevoren had ingelicht over hetgeen ze konden verwachten. Ik voelde me uiteraard geaffronteerd door wat ik beschouwde als een inbreuk op de diplomatieke omgangsvormen en besloot mijn ongenoegen duidelijk uit te spreken, zodra de gelegenheid zich voordeed.

"Hoe dan ook, Namour bracht ons naar een kantoor met een vloer van fijn bewerkt hout, dat kennelijk van het vasteland was binnengesmokkeld. We moesten daar vijftien minuten wachten tot het Simonetta behaagde tevoorschijn te komen — een onachtzaamheid die Dame Clytie hogelijk ergerde, dat zag ik wel.

"Ten slotte verwaardigde Simonetta zich te verschijnen; ik stond versteld, zoals ik al heb aangegeven. In plaats van de waardige, oprechte en rechtvaardige Titus Pompo die ik mij had voorgesteld, zag ik een vrouw die even massaal en sterk oogde als Dame Clytie. Simonetta is een merkwaardig uitziende vrouw, dat dient gezegd. Bij deze gelegenheid droeg ze haar haren in een torentje of knot op haar hoofd; net een oude kabeltros. Haar huid is zo bleek als was. Haar ogen zijn klein en smal en fonkelen als amberkralen. Ze straalt iets wilds en onvoorspelbaars uit, dat hoogst onthutsend is. Ze is overduidelijk een vrouw van honderd hartstochten, die ze slechts breidelt voor zover het haar uitkomt. Haar stem is vrij hard en gebiedend, maar ze kan hem tot bijna muzikale zoetheid inperken wanneer ze dat wenst. Ze schijnt zich te laten leiden door een instinctieve of onderbewuste geslepenheid en niet door een ontwikkeld verstand, zoals Dame Clytie. Beide dames verspillen aan elkaar geen minzaamheid en er is slechts sprake van oppervlakkige pogingen tot de gewone alledaagse beleefdheid. Maar dat doet er niet toe. We waren niet naar Yipton gegaan voor een uitwisseling van vriendelijkheden, maar om te ontdekken hoe we het beste onze inspanningen voor ons gezamenlijk doel konden coördineren.

"Ik beschouwde mijzelf als het meest vooraanstaande lid van de delegatie en nam dus als eerste het woord, om de filosofie van de LVV, zoals ik die zag, uiteen te zetten op ordelijke, samenhangende en afdoende wijze, opdat Simonetta zich geen valse voorstellingen zou maken aangaande onze zienswijze. Dame Clytie, echter, gedroeg zich bij deze gelegenheid met een volstrekt ordinaire en onvergeeflijke onbeschoftheid. Ze onderbrak mijn uiteenzetting en toen ik protesteerde en erop wees dat ik sprak met de gezaghebbende stem van de LVV, overschreeuwde ze me. Op haar meest bruuske en luidruchtige wijze deed Dame Clytie het voorkomen alsof ze Simonetta als medestrijdster beschouwde, een steunpilaar voor de zaak van deugd en waarheid. Opnieuw trachtte ik de discussie terug te leiden in de juiste banen, maar toen beval Simonetta me mijn mond te houden, hetgeen ik ongehoord en ronduit beledigend vond. En in plaats dat Dame Clytie zich stootte aan deze belediging, voegde ze er zelf nog enkele aanstootgevende opmerkingen aan toe, in de geest van: 'Voortreffelijk! Als Kathcar eens even wil ophouden met balken kunnen wij ter zake komen.' Iets in die geest.

"Maar goed, Dame Clytie begon haar betoog. Simonetta hoorde het een paar minuten aan en werd toen weer ongeduldig. Ze zei: 'Ik zal openhartig tegen u zijn. Mij is deerlijk onrecht aangedaan door de lieden van Station Araminta en heel mijn leven streef ik slechts naar vergelding! Ik ben voornemens op Deucas neer te duiken als een engel der wrake; ik zal Meesteres van Araminta zijn. Mijn wraak zal zo zoet zijn, dat ze alle genietingen die ik ooit heb gekend te boven zal gaan! Eenieder zal de angel van mijn woede ervaren!'

"Dame Clytie achtte het noodzakelijk haar daarom te gispen, al probeerde ze omzichtigheid te betrachten. 'Dit is niet precies de invalshoek en het streven van de LVV. Wij zijn voornemens de tirannie van het Handvest te breken en de menselijke geest ruimte te verschaffen om te groeien en te bloeien!'

" 'Dat mag zo zijn,' zei Simonetta. 'Maar na verloop van tijd zal het Handvest toch worden verdrongen door de Monomantische Overtuiging, die de toekomst van Cadwal verder zal geleiden.'

"Dame Clytie zei: 'Mij is niets bekend van deze 'Overtuiging' en ik zou het invoeren van een buitenissige cultus krachtig afkeuren.'

" 'Dat is een onbarmhartige karakterisering,' zei Simonetta. 'De Monomantische Overtuiging is de Ultieme Pansofie, de Weg der Existentie en der Vitale Volmaaktheid!'

"Hierop verviel Dame Clytie tot lichte somberheid. Julian sprong in de bres. Hij weidde uit over het nieuwe Cadwal en stelde dat, waar ware democratie de leus was, eenieders geloofsovertuiging heilig moest en zou zijn. Hij verklaarde dat hij zich persoonlijk dood zou vechten voor dit principe, althans, onzin van dien aard. Simonetta zat op tafel te trommelen met haar vingers en luisterde amper. Ik zag wel waar dat op uit zou draaien: op verwijten over en weer en gevoelens van wrok. Ik besloot de zaak dus eens en vooral recht te zetten. Ik wees erop dat absolute democratie — soms ook bekend als 'nihilisme' — gelijk staat met opperste verwarring. Bovendien wist ieder mens dat regeren middels commissies slechts weinig minder chaotisch uitpakt dan wanneer men de macht bij het volk legt. Om werkelijk vooruitgang te boeken dient het gezag te worden uitgeoefend door een enkele resolute man van onbetwist kaliber en grote oordeelkundigheid. Ik verklaarde dat ik weliswaar geen buitensporige honger naar macht bezat, maar dat de huidige noodsituatie vereiste dat ik deze grote verantwoordelijkheid, met al zijn uitdagingen en beproevingen, op mijn schouders nam. Ik was van mening dat we onverwijld een eensluidende beslissing dienaangaande dienden te nemen, om met volle toewijding verder te kunnen varen op deze koers.

"Simonetta zat me aan te staren. Op minzame toon vroeg ze me of ik er afdoend van overtuigd was dat de gezagsdrager inderdaad een man diende te zijn.

"Ik antwoordde bevestigend. Dat was de les die de geschiedenis ons had geleerd, zo zei ik. Vrouwen waren een waardevolle ruggensteun voor de maatschappij, met unieke eigenschappen en onvervangbare instinctieve vermogens. In mannen, echter, huisde die buitengewone combinatie van wijsheid, kracht, doorzettingsvermogen en charisma, die noodzakelijk was voor het leiderschap.

"Simonetta vroeg: 'En wat voor functie had u Dame Clytie toebedacht in uw nieuwe koninkrijk?'

"Ik zag in dat ik mogelijk wat te breedsprakig was geweest en mijn zaak iets te indringend uiteen had gezet. Ik antwoordde dat 'koninkrijk' misschien toch niet helemaal de juiste term was en dat ik zeer bepaald een groot en ruim respect koesterde voor beide aanwezige dames. Dame Clytie zou heel wel aan het hoofd kunnen staan van Kunst en Ambachten terwijl Simonetta misschien heel goed het Ministerie van Onderwijs zou kunnen waarnemen — allebei zeer belangrijke functies."

Chilke lachte. "Kathcar, je bent een mirakelse vent."

"Ik gaf slechts uiting aan wat naar mijn mening universeel aanvaarde waarheden zijn."

"Da's waar," zei Chilke. "Maar dat maakt het niet minder onverteerbaar."

"Achteraf bekeken zie ik wel in dat ik de behoedzaamheid uit het oog heb verloren. Ik was ervan uitgegaan dat Dame Clytie en Simonetta redelijke, realistisch ingestelde personen waren, die zich bewust waren van de fundamentele feiten der geschiedenis. Ik had het echter mis."

"Wat je zegt," zei Chilke. "En wat gebeurde er toen?"

"Julian zei dat hij meende dat we allemaal onze gezichtspunten naar voren hadden gebracht en dat het nu aan ons was, om op een aantal betrekkelijk onbelangrijke geschilpunten tot overeenstemming te komen. Ons gezamenlijk doel was de loden last van het Handvest af te werpen en dat was geen gemakkelijke taak. Simonetta scheen daarmee in te stemmen en stelde voor dat we de besprekingen zouden opschorten tot na de lunch. We begaven ons naar een terras dat uitkeek over de lagune en waar ons een maal werd opgediend van mosselen, vispasta, brood van diverse gemalen zeewieren, en wijn van Araminta. Kennelijk heb ik meer wijn tot me genomen dan gebruikelijk, of anders was er een slaapmiddel door gedaan. Hoe het ook zij, ik werd soezerig en viel in slaap.

"Ik werd wakker in een zwever. Ik nam aan dat ik naar Stroma terugkeerde, hoewel noch Dame Clytie, noch Julian aanwezig waren. De vlucht kwam mij zeer lang voor en eindigde tot mijn verbijstering op de Shattorak. Ik protesteerde met grote verontwaardiging, maar desondanks werd ik naar een hondenhol gebracht en erin opgesloten.

Twee dagen verstreken. Er werd mij gezegd dat ik kon kiezen: werken als gevangeniskok of in het hondenhol blijven zitten; en zo werd ik dus kok. Dat is in essentie alles wat er te vertellen valt."

"Waar zijn de zwevers opgeslagen?"

Kathcar trok een lelijk gezicht. "Het is niet aan mij dat geheim prijs te geven. Ik gevoel grote tegenzin om over dergelijke zaken te spreken."

Scharde zei op afgemeten toon: "Je bent immers een redelijk mens, nietwaar?"

"Vanzelfsprekend! Heb ik dat niet voldoende duidelijk gemaakt?"

"Er zal een overval plaatsvinden op de Shattorak met alle mankracht en materieel die Station Araminta kan opbrengen. Mocht jij in gebreke blijven ons exacte en gedetailleerde informatie te verschaffen en mocht ook maar iemand van onze mensen gedood worden, dan zul jij worden veroordeeld wegens dood door schuld en worden terechtgesteld."

"Dat is niet rechtvaardig!" kreet Kathcar.

"Je noemt het maar wat je wilt. Op Bureau B wordt rechtvaardigheid uitgelegd als loyaliteit jegens het Handvest."

"Maar ik ben LVV'er, ik ben progressief! Ik beschouw het Handvest als een oud zinloos vod!"

"Dan zullen we jou niet alleen beschouwen als een Liever maar ook als een verrader en moordenaar, en je zonder enige spijt onzerzijds terechtstellen."

"Bah," mompelde Kathcar. "Veel maakt het toch niet uit. De zwevers staan in een ondergrondse hangar tegen de oostelijke kraterrand van de Shattorak, waar een bestaande grot in de lavasteen verder is uitgehakt."

"Hoe worden ze bewaakt?"

Dat kan ik niet zeggen, want ik heb me nooit die kant uit gewaagd en ik weet evenmin hoeveel zwevers er in de hangar staan."

"Hoeveel personeel is er op de post aanwezig?"

"Een stuk of tien, twaalf."

"Allemaal Yips?"

"Nee. De beste monteurs zijn buitenwerelders. Van die weet ik niet veel af."

"En het ruimtejacht van Titus Pompo, hoe vaak doet dat de krater aan?"

"Gedurende mijn tijd daar twee keer."

"Heb je Namour ooit nog gezien, nadat je met Dame Clytie naar Yipton vertrok?"

"Nee."

"En Barduys, wat is zijn functie in het geheel?"

"Zoals al eerder gesteld, is mij van deze persoon niets bekend," zei Kathcar uit de hoogte.

"Hij schijnt een vriend te zijn van Dame Clytie."

"Dat kan zijn."

"Hm," zei Glawen. "Dame Clytie is mogelijk toch niet zo democratisch ingesteld als ze ons zou willen doen geloven."

Kathcar keek verbaasd. "Waarom zegt u dat?"

"In deze nieuwe samenleving waarin iedereen gelijk is, is Dame Clytie ongetwijfeld van plan gelijker te zijn dan de anderen."

"Dit vat ik niet geheel en al," zei Kathcar waardig. "Ik vermoed echter dat u zich laatdunkend uitlaat over de LVV."

"Mogelijk," zei Glawen.

2

De Skyrie naderde Station Araminta vanuit het zuidwesten, zeer laag vliegend om ontdekking te voorkomen, en landde in een bebost gebied ten zuiden van de Wan.

Kort na zonsondergang kwam Glawen te voet naar Rivierstate en klopte aan de deur. Hij werd in de ontvangsthal gelaten door een dienstmeisje, dat hem aandiende bij Egon Tamm. "Je bent dus heelhuids teruggekeerd! Hoe is je missie verlopen?" Egon Tamms welkom was bijna uitbundig te noemen. Glawen wierp een blik op het dienstmeisje dat nog in de salon was. Egon Tamm zei: "Kom, dan bespreken we dat verder op mijn kantoor. Kan ik je iets aanbieden?"

"Ik zou erg blij zijn met een kop sterke thee."

Egon Tamm droeg het meisje op voor de thee te zorgen en nam Glawen mee naar zijn kantoor. "En... heb je succes gehad?"

"Ja. Ik heb niet alleen Scharde bevrijd, maar ook Chilke en nog een andere gevangene, een natuurvorser genaamd Kathcar. Ze wachten buiten, in het donker. Ik wilde ze niet mee naar binnen nemen, waar ze gezien zouden worden door uw gasten."

"Die zijn gisteren vertrokken, tot mijn grote genoegen."

"Dan had ik graag dat u Bodwyn Wook waarschuwde en hem vroeg naar Rivierstate te komen, anders is hij op zijn teentjes getrapt en doet hij sarcastisch wanneer hij me weer ziet."

Egon Tamm riep Bodwyn Wook op en kreeg hem meteen aan de lijn. "Glawen is hier," zei Egon Tamm. "Alles schijnt goed te zijn verlopen, maar hij vraagt of u naar Rivierstate wilt komen om zijn verslag te horen."

"Ik kom meteen."

Het dienstmeisje kwam binnen met thee en biscuitjes. Ze zette het blad op tafel. "Verder nog iets, mijnheer?"

"Nee, dank je. Ik heb je vanavond niet meer nodig."

Het meisje vertrok. Glawen keek haar na. "Het kan best dat ze volkomen onschuldig en eerlijk is, maar ze kan ook een van Smonny's spionnen zijn. Die zitten klaarblijkelijk overal. Het is heel belangrijk dat Smonny niet te horen krijgt dat Scharde, Chilke en Kathcar van de Shattorak zijn ontkomen."

"Ze zal intussen toch wel weten dat ze verdwenen zijn!"

"Maar ze kan niet weten of ze misschien niet besloten hebben hun geluk te beproeven in het oerwoud, of zich wie weet ergens schuilhouden, in de hoop een van de zwevers in handen te krijgen."

"Je kunt die drie het best via de zijkant van het huis binnenbrengen. De deur komt uit op het eind van de hal. Ik zal zorgen dat Esme hen niet te zien krijgt."

Bodwyn Wook arriveerde even later en werd door Egon Tamm binnengelaten en naar het kantoor gebracht. Hij keek van de een naar de ander. "Scharde! Dat doet me goed je levend en wel terug te zien, al moet ik zeggen dat je er een tikje afgetrokken uitziet. Chilke, jij ook natuurlijk. En wie is deze meneer?"

"Dat is een Liever van Stroma," zei Glawen. "Hij heet Rufo Kathcar en behoort tot een factie die niet geheel op één lijn ligt met Dame Clytie."

"Dat is zeker interessant! Welaan, laat maar horen wat je te vertellen hebt."

Glawen was een halfuur lang aan het woord. Bodwyn Wook wendde zich tot Scharde. "En wat dienen we volgens jou nu te doen?"

"Ik vind dat we nu moeten toeslaan, zo snel mogelijk. Zodra Smonny, al is het maar bij geruchte, verneemt dat haar geheim is uitgelekt, is het te laat. Volgens mij kunnen we niet snel genoeg in actie komen."

"Hoe goed is de verdediging van de Shattorak?"

"Wat kan je ons daarover vertellen?" vroeg Glawen aan Kathcar.

Kathcar deed zijn best niet te zeer verongelijkt te klinken. "Jullie brengen me in een uiterst onaangename positie. Ik ben weliswaar slecht behandeld door Simonetta, maar ik kan niet beweren dat mijn belangen en die van jullie parallel lopen. In de grond van de zaak is het mijn streven het juk van het Handvest af te werpen, terwijl jullie van plan zijn het bestaan ervan zo lang te rekken als jullie kunnen."

"Dat is waar, we hopen de bescherming van het reservaat Cadwal in stand te houden, schurken die we zijn," zei Bodwyn Wook. "Goed, ik zie een eenvoudige oplossing die alle partijen recht doet. Jij behoeft ons niets te verraden en wij zetten je af op de Shattorak, precies zoals we je gevonden hebben. Chilke, hoeveel zwevers zijn er bedrijfsklaar?"

"Vier nieuwe zwevers, drie oefentoestellen, twee vrachtzwevers en de Skyrie. Ons grote probleem is spionage. Zodra we een stap verzetten zal Smonny ervan horen en op onze komst zijn voorbereid. Wat me eraan doet denken, ik moet ogenblikkelijk die Benjamie in zijn kraag pikken, dan hebben we tenminste weer een spion minder."

Bodwyn Wook zei tegen Egon Tamm: "Kathcar moet ook beschouwd worden als vijandig gezind en dient in verzekerde bewaring te worden gesteld, tot we hem mee terug kunnen nemen naar Ecce."

"Ik zal hem in de schuur opsluiten," zei Egon Tamm. "Daar zit hij veilig. Kom Kathcar, het is een bittere noodzaak waartoe de omstandigheden ons dwingen."

"Nee!" kreet Kathcar wanhopig. "Ik wil niet opgesloten worden en ik wil bepaald niet terug naar de Shattorak. Ik zal jullie alles vertellen wat ik weet."

"Net wat je wilt," zei Bodwyn Wook. "Waar staan de afweerwapens van de Shattorak opgesteld?"

"Er staan twee lichte kanonnen aan weerszijden van de communicatiehut. En nog eens twee aan weerszijden van de hangar. Als jullie dezelfde route volgen als Glawen, stroomopwaarts over de rivier en dan op geringe hoogte langs de helling omhoog, dan moeten jullie de krater onopgemerkt kunnen bereiken en kunnen jullie de communicatiehut vernietigen zonder het gevaar te lopen te worden beschoten door de afweerkanonnen. Dat is het beste dat ik bedenken kan, want verder weet ik nergens van."

"Heel goed," zei Bodwyn Wook. "We zullen je dus niet terugbrengen naar de Shattorak, maar je zult wel in bewaring moeten worden gesteld tot we terug zijn, om voor de hand liggende redenen."

Kathcar maakte nog allerlei tegenwerpingen maar tevergeefs; Egon Tamm en Glawen brachten hem weg en sloten hem op in een schuur naast Rivierstate.

Intussen stuurde Bodwyn Wook een patrouille van Bureau B naar de luchthaven om Benjamie te arresteren, maar tot Chilke's teleurstelling was Benjamie nergens te vinden. Ja, hij bleek Araminta al verlaten te hebben op het ruimteschip *Dioscamedes Translux* dat de Vleug zou afzakken naar de overslaghaven Waterstad op Andromeda 6011 IV. "Helaas," zei Chilke. "Benjamie heeft voelhorens voor gevaar die zo gevoelig zijn als die van een vuurvos van Tancred. Ik betwijfel of we die ooit nog terugzien."

3

In de donkerste, stilste uurtjes tussen middernacht en dageraad stegen vier patrouillezwevers op van Station Araminta, voorzien van alle wapens die het arsenaal had weten op te brengen. Met hoge snelheid rondden ze de wereldbol; ze staken Deucas over en vervolgens de Westelijke Oceaan, waarna ze omlaag doken en Ecce op zo gering mogelijke hoogte naderden. Ze vlogen de Vertes op, zo laag dat ze praktisch over het water scheerden, om ontdekking door de detectoren op de top van de Shattorak uit te sluiten.

Op de plaats waar Glawen de Skyrie had neergezet, zwenkten de overvallers af en vlogen laag over het moeras en vervolgens steil langs de helling omhoog, tot ze de kraterrand bereikt hadden.

Twintig minuten later was de operatie voorbij. De communicatiehut was vernietigd, alsmede een van de kanonnen. In de hangar stonden zeven zwevers gestald, waaronder de twee van Station Araminta die kortgeleden waren gekaapt. Het personeel van de basis bood geen tegenstand en liet zich grif gevangennemen, alle twaalf, waaronder negen Yips van het politie-elitekorps de Oomps, uitgedost in zwarte uniformen. De andere drie waren ingehuurde buitenwereldse onderhoudsmonteurs. Hoe was het mogelijk dat ze zich zo makkelijk hadden laten verrassen en gevangennemen? Geen van de Yips wilde daar antwoord op geven, maar een van de buitenwerelders wist te vertellen dat de ontsnapping van Scharde en Chilke en de verdwijning van Kathcar geen achterdocht, opschudding, of verscherping van de waakzaamheid teweeg hadden gebracht; het personeel voelde zich volkomen veilig op hun afgezonderde plekje; bovendien werden de gevaren van een ontsnapping als onoverkomelijk beschouwd. De overval, zo merkte hij verder op, kwam zo'n twee weken voor een geplande Yipse bezetting van de voorkust van Marmion. Er was bevel ontvangen de zwevers te bewapenen met alles wat voorhanden was. De overval had, kortom, op geen gunstiger tijdstip kunnen plaatsvinden.

4

Op Station Araminta onderwierp de Conservator, samen met Bodwyn Wook en Scharde Clattuc, Kathcar aan een lange, nauwgezette ondervraging.

Hierop ontbood Egon Tamm de zes Waarders van Stroma naar Rivierstate voor een vergadering over zaken van groot gewicht.

De vergadering vond plaats in de salon van Rivierstate en ving aan zodra de zes Waarders waren gearriveerd. Eveneens aanwezig waren Bodwyn Wook en Scharde en Glawen, op uitdrukkelijk verzoek van Egon Tamm. De Waarders Ballinder, Gelvink en Fergus zaten aan een kant van de tafel, Dame Clytie Vergence en Jory Siskin (beiden LVV'ers) en Lona Yone, die zei zich neutraal op te stellen, aan de andere.

De Conservator, die zijn officiële gewaad droeg, opende de vergadering. "Dit is waarschijnlijk de belangrijkste vergadering die u ooit hebt bijgewoond," zei hij tot de Waarders. "Een ramp van ongekende omvang heeft ons bedreigd. Een ramp die we hebben weten af te wenden, maar slechts voorlopig. Ik doel hiermee op een gewapende overval op Station Araminta, gevolgd door een bezetting van de Voorkust van

Marmion door duizenden Yips, hetgeen uiteraard het eind van het Natuurbehoud op Cadwal zou inluiden.

"Zoals ik al zei, we hebben deze invasie weten te keren en daarbij zeven Yipse luchtvoertuigen en een hoeveelheid wapens in beslag genomen.

"In verband hiermede moet ik u tot mijn spijt meedelen, dat een van u zich schuldig heeft gemaakt aan gedragingen die verraad zeer nabijkomen, ofschoon ik ervan overtuigd ben, dat zijzelf zal beweren dat ze gedreven werd door idealisme. De persoon in kwestie is Dame Clytie Vergence. Bij deze ontsla ik haar als lid van het bestuur."

"Dat is onmogelijk en onwettig bovendien!" beet Dame Clytie hem toe. "Ik ben naar behoren gekozen en benoemd door het volk."

"Desniettegenstaande is uw functie gebaseerd op het Handvest. U kunt niet tegelijk streven naar vernietiging van het Handvest en uw bevoegdheden eraan ontlenen. Dezelfde overwegingen gelden Jory Siskin, eveneens een LVV'er. Ik beveel uw onverwijld aftreden als lid van dit bestuur. En nu Waarder Yona. Ik moet u de vraag stellen of u het Handvest steunt, zonder voorbehoud, in al zijn aspecten. Zo niet, dan zult ook u dienen af te treden. Wij kunnen ons niet langer de luxe van verdeeldheid en controverses veroorloven. Het Handvest is in gevaar en we dienen daadkrachtig op te treden."

Lona Yone, een lange magere vrouw van middelbare leeftijd met kort wit haar dat haar benige gezicht omlijstte, zei: "Ik heb het niet begrepen op de autoritaire opstelling die u zich aanmatigt; bovendien maak ik bezwaar tegen de noodzaak verantwoording af te leggen voor mijn persoonlijke opvattingen. Ik houd er echter rekening mee dat dit geen normale gelegenheid is en dat ik mij voor de ene dan wel de andere zijde zal moeten uitspreken. Welnu dan. Ik beschouw mezelf als onafhankelijk en ongebonden door partijpolitieke intriges, maar ik kan met overtuiging stellen dat ik het Handvest en de gedachte van het Natuurbehoud ten volle steun. Ik geloof echter wel dat de principes van het Handvest niet voldoende stringent worden toegepast en nimmer meer dan bij benadering zijn gehanteerd."

Lona Yone haalde diep adem en stond op het punt haar betoog te vervolgen, maar Egon Tamm kwam tussenbeide. "Dat is prima en ruim voldoende."

Dame Clytie sprak schamper: "U kunt zoveel oekazes uitvaardigen als u wilt. Blijft het feit dat ik een groot deel van de kiezers onder de natuurvorsers vertegenwoordig en dat wij uw wrede en in uiterste instantie onmenselijke principes afwijzen."

"In dat geval moet ik u en uw kiezers waarschuwen. Mocht u pogingen doen de uitvoering van de wetten tot Natuurbehoud te dwarsbomen of te omzeilen, dan zult u worden aangemerkt als misdadigers. Hierin is tevens begrepen de omgang met Simonetta Zigonie en elke hulp en steun bij haar activiteiten."

"U kunt mij niet voorschrijven met wie ik omga!"

"Ze is schuldig aan ontvoeringen en erger nog. Scharde Clattuc, die u daar ziet zitten, was een van haar slachtoffers. Uw partijgenoot Rufo Kathcar eveneens."

Dame Clytie lachte. "Als ze dan zo'n schurkin is, waarom wordt ze dan niet gearresteerd en berecht?"

"Als ik haar uit Yipton kon krijgen zonder gewelddadigheden of bloedvergieten, zou ik het ogenblikkelijk doen," zei Egon Tamm. Hij keek naar Bodwyn Wook. "Hebt u zinnige ideeën wat dat aangaat?"

"Als we de Yips gaandeweg allemaal deporteren naar Chamanita, waar grote vraag is naar arbeidskrachten, dan moeten we Smonny vroeg of laat wel tegenkomen."

"Dat is een harteloze uitspraak," zei Dame Clytie. "Hoe denkt u de Yips te overreden om Yipton te verlaten?"

" 'Overreden' is misschien niet het juiste woord," zei Bodwyn Wook. "Tussen twee haakjes, waar is uw neef? Ik had verwacht hem hier aan te treffen."

"Julian is buitenwerelds voor gewichtige zaken."

"Ik adviseer u beiden om zich strikt aan het Handvest te houden," zei Bodwyn Wook. "Anders zult ook u worden overreed om u buitenwerelds te vestigen."

"Bah!" schamperde Dame Clytie. "Eerst moet u maar eens aantonen dat dat aftandse ouwe stuk bijgeloof werkelijk bestaat, dat het meer is dan een vertelseltje."

"Hm? Maar dat is makkelijk genoeg. Kijkt u maar ginds aan de muur. Daar hangt een overdruk van het Handvest. Elk huisgezin heeft er een."

"Ik zeg niets meer."

5

De avond was gevallen op Rivierstate. De Waarders en ex-Waarders waren weer vertrokken naar Stroma. Rufo Kathcar had ook naar Stroma terug gewild, maar Bodwyn Wook was er niet van overtuigd dat Kathcar alles had verteld wat hij wist; en zeker niet alles wat hij vermoedde.

In de eetkamer zaten Bodwyn Wook, Scharde, Glawen en de Conservator na te tafelen met een glas wijn en bespraken de gebeurtenissen van die dag. Bodwyn Wook merkte op dat Dame Clytie geen overmatige agitatie tentoon had gespreid over de wending die de zaken genomen hadden. "En bitter weinig berouw, dat zeker."

"De positie van Waarder is grotendeels een symbolisch erebaantje," zei Egon Tamm. "Er zijn weinig tastbare voordelen aan verbonden. Dame Clytie werd Waarder voor Stroma omdat ze zo goed in de functie leek te passen; bovendien leidde het haar neiging om haar neus in andermans zaken te steken in goede banen."

"Ze maakte een wat vreemde opmerking," zei Scharde. "Ik kreeg de indruk dat ze meer zei dan ze van plan was, maar dat ze het niet kon laten een steek onder water uit te delen."

Egon Tamm fronste niet-begrijpend zijn voorhoofd. "Wat was dat voor opmerking?"

"Ze suggereerde dat het Handvest alleen in de verbeelding bestond; dat het een gerucht was, een legende, een oud stuk bijgeloof—wat ze daar ook mee bedoeld mag hebben."

Bodwyn Wook trok een lelijk gezicht en goot met een zwierig gebaar een gulp wijn door zijn magere keel. "Dat vreemdsoortige vrouwspersoon schijnt te denken dat ze het document kan doen ophouden te bestaan, als ze het maar hard genoeg wil."

Glawen wilde iets zeggen maar deed er toen het zwijgen toch maar toe. Hij had beloofd Wayness' ontdekking van het verdwijnen van het Handvest uit de kluis van het Genootschap aan niemand te onthullen, maar nu zag het ernaar uit dat dat geheim niet zo goed bewaard was gebleven als Wayness had gehoopt. Smonny's pogingen om Chilke's bezittingen in handen te krijgen, en nu weer de nijdige opmerking van

Dame Clytie, deden vermoeden dat het alleen nog een geheim was voor de trouwe Natuurbehoeders zelf.

Glawen besloot dat het belang van het Station het best werd gediend als hij enig licht wierp op de zaak. Aarzelend zei hij: "Het is mogelijk dat die opmerking van Dame Clytie van meer betekenis is dan u vermoedt."

Bodwyn Wook wierp hem een scherpe blik toe. "Werkelijk? Wat weet jij dan van deze situatie?"

"Ik weet voldoende om wat Dame Clytie heeft gezegd onrustbarend te vinden. Ik vind het nog onrustbarender te horen dat Julian Bohost er vandoor is gegaan en nu buitenwerelds verblijft."

Bodwyn Wook zuchtte. "Zoals gewoonlijk geniet de hele wereld met volle teugen van allerlei kennis met betrekking tot ijselijke noodtoestanden en dreigende calamiteiten, behalve weer het dommelende personeel van Bureau B."

Egon Tamm zei: "Mag ik voorstellen, Glawen, dat je uitlegt wat er dan aan de hand is?"

"Natuurlijk," zei Glawen. "Ik heb dit niet eerder gedaan omdat ik geheimhouding had beloofd."

"Geheimhouding, tegenover je eigen superieuren?" bulderde Bodwyn Wook. "Ga je soms van het standpunt uit dat je alles beter weet dan wij?"

"Volstrekt niet, meneer! Ik was het met mijn informant eens dat geheimhouding tot voordeel van alle partijen strekte en meer niet."

"Aha! En wie is dan wel die oneindig behoedzame informant?"

"Wel, Wayness, meneer."

"Wayness!"

"Ja, meneer. Ze is nu op Aarde, zoals u weet."

"Ga verder."

"Om een lang verhaal kort te maken, tijdens haar vorige verblijf op Aarde, toen ze bij Pirie Tamm logeerde, ontdekte ze dat het Handvest en de eigendomsakte nergens meer te vinden waren. Zestig jaar tevoren had een zekere secretaris van het Genootschap, genaamd Frons Nisfit, het Genootschap in stilte leeggeplunderd en alles van enige waarde verkocht aan verzamelaars van documenten — inclusief, naar het schijnt, het Handvest. Wayness hoopte die betreffende transactie op te sporen en meende dat ze dat beter kon doen als nog niemand wist dat het Handvest was verdwenen."

"Dat lijkt me redelijk," zei Scharde. "Maar trekt ze daarmee niet een enorme verantwoordelijkheid naar zich toe?"

"Of ze nu gelijk heeft of ongelijk, het was haar beslissing. Maar nu schijnt Smonny ook al op de hoogte te zijn van de situatie. Mogelijk weet ze er zelfs al meer van dan Wayness."

"Hoe kom je daarbij?"

"Het is mogelijk dat een verzamelaar genaamd Floyd Swaner de eigenaar is geworden van een deel van de genootschapsdocumentatie. Hij is gestorven en heeft alles vermaakt aan zijn kleinzoon, Eustace Chilke. Smonny heeft kennelijk Chilke opgespoord en hem toen naar Rosalia gelokt. Namour heeft hem vervolgens hier geïnstalleerd, terwijl Smonny erachter trachtte te komen waar Chilke of grootvader Swaner het Handvest konden hebben verborgen. Zonder succes overigens. Vervolgens gaf Smonny bevel Chilke te ontvoeren, liet hem naar de Shattorak brengen en preste hem ertoe zijn hele bezit aan haar over te dragen. Het schijnt dat het Smonny en haar bondgenoten, de Yips, menens is."

"Maar hoe zit het met Dame Clytie? Hoe kan het dat die ervan afweet?"

"Ik stel voor dat we Kathcar nog eens aan de tand voelen," zei Glawen.

Egon Tamm riep het dienstmeisje en droeg haar op Kathcar te gaan roepen, die op de logeerkamer verbleef die hem ter beschikking was gesteld.

Kathcar verscheen al spoedig en bleef een ogenblik in de deuropening staan om het gezelschap op te nemen. Hij had met zorg zijn zwarte haar en baard bijgeknipt en zich naar de conservatieve trant van het oude Stroma gehuld in somber zwart en bruin. Zijn donkere ogen schoten van de een naar de ander; toen kwam hij de kamer binnen. "Wat nu weer, heren? Ik heb al alles verteld wat ik wist; verdere ondervraging is pure vervolging uwerzijds."

"Ga zitten, Rufo. Misschien wil je ook een glas wijn?" zei Egon Tamm.

Kathcar nam plaats maar wuifde de wijn weg. "Ik gebruik zeer weinig vineuze dranken."

"We hopen dat je licht zult kunnen werpen op een zekere omstandigheid die wij niet goed begrijpen. Het heeft te maken met Dame Clytie."

"Ik kan me niet voorstellen wat ik nog meer zou kunnen vertellen."

"Toen ze besprekingen voerde met Smonny Zigonie, is Eustace Chilke toen aan de orde geweest?"

"Die naam is niet genoemd."

"En de naam 'Swaner'?"

"Die heb ik niet horen noemen."

"Vreemd," zei Bodwyn Wook.

Glawen zei: "Dame Clytie of Julian Bohost hebben hier op Station Araminta contact gehad met Smonny's zuster Spanchetta. Was je daar iets van bekend?"

Rufo Kathcar fronste gemelijk het voorhoofd. "Julian heeft gesproken met iemand van Araminta; ik weet niet zeker wie dat is geweest. Hij bracht hiervan verslag uit aan Dame Clytie en ik meen me te herinneren dat hij daarbij de naam 'Spanchetta' liet vallen. Hij verkeerde in een opgewonden stemming en Dame Clytie zei: 'Ik vind dat je die zaak moet onderzoeken; het kan van het grootste belang zijn' of woorden van dergelijke strekking. Toen merkte ze dat ik binnen gehoorsafstand was en zei niets meer."

"Verder nog iets?"

"Direct daarna is Julian vertrokken."

"Bedankt Rufo."

"Was dat alles wat er van me verlangd werd?"

"Voorlopig wel, ja."

Kathcar beende de kamer uit. Glawen zei tegen de anderen: "Spanchetta heeft Julian de brieven laten zien die Wayness mij geschreven had. Ze spreekt daarin niet openlijk over het Handvest maar ze heeft waarschijnlijk genoeg laten doorschemeren om Spanchetta aan het denken te zetten."

Egon Tamm vroeg: "Waarom zou Spanchetta de brieven aan Julian hebben laten zien? Dat is me een raadsel."

"Als Spanchetta Smonny had willen inlichten, had ze Namour wel gewaarschuwd," zei Scharde. "Het is mogelijk dat ze de toekomstplannen van Dame Clytie verkiest boven die van haar zuster."

Glawen stond op. Tot Bodwyn Wook zei hij: "Commandant, ik verzoek om verlof voor onbepaalde tijd, met onmiddellijke ingang."

"Hm. Vanwaar die plotselinge gril?"

"Het is niet plotseling, meneer. Operatie Shattorak is met succes afgesloten en er is een andere aangelegenheid die dringend mijn aandacht vraagt."

"Verzoek afgewezen," zei Bodwyn Wook. "Je krijgt hierbij van mij een bijzondere opdracht. Je dient met gezwinde spoed naar de Aarde af te reizen om daar naar beste kunnen de zaak op te helderen die wij zojuist hebben besproken."

"Heel goed, commandant," zei Glawen. "Verzoek ingetrokken."

"Zo is dat," zei Bodwyn Wook.

Hoofdstuk III

1

Wayness arriveerde met het sterrenschip *Najade Zaforosia* op Groot Fiamurjes, een ruimtehaven van de Oude Aarde, en begaf zich zonder omwegen naar Voordewind, de residentie van haar oom Pirie Tamm te Yssinges, bij het dorpje Tierens, tachtig kilometer ten zuiden van Shillawy.

Wayness naderde het toegangshek van Voordewind met enige onzekerheid, met betrekking tot de huidige omstandigheden op het landhuis, en de manier waarop ze ontvangen zou worden. De herinneringen aan haar eerste bezoek waren nog heel levendig. Voordewind was een oud landjonkershuis met donkere balken, ruim, aangenaam uitgewoond en omgeven door een twaalftal massieve deodaren. Hier leefde Pirie Tamm, in de tussentijd weduwnaar geworden, met zijn dochters Challis en Moira, allebei veel ouder dan Wayness en druk betrokken bij het sociale leven van de streek. Voordewind had weergalmd van een druk komen en gaan, lunches, tuinfeesten, dinertjes en een jaarlijks gemaskerd bal. In die tijd was Pirie Tamm een flinke, forse man, kaarsrecht van rug, betrouwbaar, daadkrachtig en optimistisch, met zeer correcte manieren. Tegenover Milo en Wayness had hij zich een edelmoedige gastheer betoond, al vonden ze hem wat vormelijk.

Nu Wayness voor de tweede maal op Voordewind arriveerde, ontdekte ze dat er veel veranderd was. Challis en Moira waren getrouwd en elders gaan wonen; Pirie Tamm leefde nu geheel alleen, op een paar bedienden na, en het grote oude huis leek onnatuurlijk stil. Pirie Tamm was intussen mager geworden en wit van haar; zijn rode wangen waren wasbleek en ingevallen, zijn joviale optimistische manier van doen was ingetoomd en hij bewoog zich niet langer met stevige zelfverzekerde pas. Hij volhardde in een stijf stilzwijgen waar het zijn gezondheid betrof, maar Wayness kwam na een tijdje van de bedienden te weten dat Pirie Tamm van een ladder was gevallen en zijn bekken had gebroken en dat hij als gevolg van bijkomende complicaties sterk aan kracht had ingeboet en niet meer in staat was tot langdurige inspanningen.

Pirie Tamm begroette Wayness met onverwachte hartelijkheid. "Wat een genoegen jou hier weer te zien! En hoelang blijf je? Je gaat toch hopelijk niet gauw weer weg? Voordewind is veel te stil, dezer dagen!"

"Ik heb nog helemaal geen programma gemaakt," zei Wayness.

"Mooi, mooi! Agnes zal je je kamer wijzen, dan kun je je wat opknappen voor het avondeten."

Wayness herinnerde zich van haar vorige bezoek dat het diner op Voordewind altijd een vormelijke aangelegenheid was. Ze kleedde zich dan ook op passende wijze, in een lichtbruine plissérok, een donkere blouse met grijze en oranje motieven en een zwart jakje met schoudervullingen — een ensemble dat haar zwarte haar en bleke olijfkleurige huid uitstekend deed uitkomen.

Toen ze in de eetkamer verscheen, nam Pirie Tamm haar van hoofd tot voeten op met onwillige bewondering. "Ik herinner me dat je altijd al een knap ding was; je bent bepaald niet in je nadeel veranderd, al betwijfel ik of men je figuur als weelderig zou omschrijven."

"Ik mis inderdaad hier en daar een beetje," zei Wayness zedig. "Maar ik kom best uit met wat ik heb."

"En dat kan ruim voldoende zijn," zei Pirie Tamm. Hij schoof haar stoel bij aan het ene eind van de lange notenhouten eettafel en nam zelf plaats aan het andere eind.

Het diner werd opgediend door een van de dienstmeisjes met statig ritueel: een romige rozerode kreeftensoep, een salade van waterkers, zoete peterselie en in knoflookolie gemarineerde kippenblokjes en daarna koteletten van een wild zwijn uit het grote Transsylvanische Reservaat. Pirie Tamm informeerde naar Milo en Wayness vertelde op welke afschuwelijke manier Milo om het leven was gekomen. Pirie Tamm was geschokt. "Het is temeer ontstellend dat dergelijke daden bedreven werden op Cadwal, een reservaat immers en in theorie een oord van rust en vrede."

Wayness lachte triest. "Zo is de situatie op Cadwal bepaald niet."

"Misschien ben ik een onrealistische idealist, misschien verwacht ik te veel van mijn medemensen. Maar ik kan me niet onttrekken aan een diepgaand gevoel van teleurstelling wanneer ik op mijn leven terugzie. Nergens ontdek ik een spoor van frisheid, van schoonheid en onschuld. De maatschappij verkeert in staat van ontbinding. Ik kan er zelfs niet meer van op aan dat de winkeliers me het juiste wisselgeld geven."

Wayness nipte van haar wijn, niet goed wetend hoe ze op Pirie Tamms opmerkingen moest reageren. Het leek wel of de jaren niet alleen zijn lichamelijke conditie, maar ook zijn geestestoestand hadden aangetast.

Pirie Tamm, die kennelijk geen reactie verwachtte, zat in somber gepeins verzonken door de kamer te staren. Na een tijdje vroeg Wayness: "En hoe staat het met het Genootschap van Natuurkenners? Bent u daar nog steeds secretaris van?"

"Welzeker! Het is een ondankbare taak in de meest letterlijke zin des woords, aangezien niemand mijn inspanningen op prijs stelt of zelfs maar tracht een handje te helpen."

"Het spijt me dat te horen. Helpen Challis en Moira u dan niet?"

Pirie Tamm maakte een kort handgebaar. "Die gaan op in hun eigen beslommeringen en hebben nergens anders meer tijd voor. Ik neem aan dat dat de gebruikelijke gang van zaken is in het leven — maar ik had het toch graag anders gezien."

Wayness informeerde behoedzaam: "Hebben ze goede echtgenoten getroffen?"

"Och, goed genoeg, neem ik aan; het hangt er vanaf hoe je het bekijkt. Moira heeft een kamergeleerde aan de haak geslagen. Hij is onpraktisch tot en met en doceert een of ander onbelangrijk cursusje aan de universiteit — 'De psychologie van de Oezbeekse boomkikker'; of misschien is het ook 'Scheppingsmythen van de oude Eskimo's'. Challis heeft het niet veel beter getroffen; zij is met een verzekeringsagent getrouwd. Ze hebben geen van allen ooit een voet buiten de Aarde gezet en ze geven geen vervalste coproliet voor het Genootschap. Ze giechelen en veranderen gauw van onderwerp als ik het over de organisatie en haar grote werken heb. Varbert — dat is Moira's man — noemt het een 'geriatrische mummelclub'."

"Dat is niet alleen onaardig, het is dwaas ook!" verklaarde Wayness verontwaardigd.

Pirie Tamm scheen amper te horen wat ze zei. "Ik heb hun bekrompenheid uitvoerig aan de kaak gesteld, maar ze nemen niet eens de moeite het met me oneens te zijn en dat vind ik nog het meest ergerlijke. Als gevolg daarvan zie ik ze tegenwoordig zelden."

"Dat is sneu," zei Wayness. "Kennelijk interesseren hun bezigheden u ook niet."

Pirie Tamm knorde geringschattend. "Ik heb absoluut geen behoefte aan leeghoofdig gekeuvel of opgewonden verhandelingen over de misdragingen van deze of gene beroemdheid; ik zou er mijn tijd ook niet aan willen verspillen. Ik moet onderzoek doen voor mijn monografie, dat is langdradig werk; en daarnaast moet ik de zaken van het Genootschap op orde houden."

"Maar er zijn toch wel andere leden die best bereid zouden zijn u te helpen?"

Pirie Tamm lachte zuur. "Er zijn nog amper zes leden over en de meesten daarvan zijn seniel of bedlegerig."

"Nieuwe leden melden zich niet aan?"

Pirie Tamm lachte opnieuw, nog bitterder. "Dat is een grap! Wat heeft het Genootschap nieuwe leden nu te bieden?"

"De denkbeelden zijn nu nog net zo relevant als duizend jaar geleden."

"Theorieën. Wazige idealen! Fraaie woorden! Die hebben allemaal niets meer te betekenen wanneer de kracht en de wil eruit zijn. Ik ben de laatste secretaris van het Genootschap en spoedig zal het, net als ik, niet meer zijn dan een herinnering."

"Ik ben ervan overtuigd dat u het bij het verkeerde eind hebt," zei Wayness. "Het Genootschap heeft jong bloed nodig en nieuwe ideeën."

"Ja, dat heb ik eerder gehoord." Pirie Tamm wees naar een tafeltje aan de overkant van de eetkamer, waar twee aardewerk amforen stonden opgesteld. De basiskleur was mat oranjerood, met een zwarte sliplaag. De maker had in het zwart afbeeldingen van strijdende Helleense krijgers uitgekrast. De vazen waren circa zestig centimeter hoog en naar de mening van Wayness bijzonder mooi.

"Ik heb dat stel kunnen kopen voor tweeduizend sol; een koopje als je ervan uitgaat dat ze echt antiek zijn."

"Hm," zei Wayness. "Ze zien er nou niet zo erg oud uit."

"Dat is waar en dat is een bedenkelijke omstandigheid. Ik heb ze overgenomen van Adrian Moncurio, grafrover van beroep. Hij wijst er met nadruk op dat ze zeer goed bewaard zijn gebleven."

"Misschien zou u ze kunnen laten keuren door een deskundige."

Pirie Tamm keek met een onzeker gezicht naar de twee vazen. "Misschien wel. Het is een onplezierig dilemma. Moncurio beweert dat hij ze heeft gestolen op een geheime vindplaats in Moldavië waar ze door een of ander wonder millennia lang ongemoeid zijn gebleven. In dat geval zijn ze langs onwettige weg verworven en herberg ik een stel illegale en niet geauthenticeerde schatten. Als ze namaak zijn, ben ik de bezitter van een stel volkomen legale, fraaie en zeer dure tuinvazen. Moncurio voelt er zich volstrekt niet onbehaaglijk onder en is waarschijnlijk op ditzelfde moment weer ergens doende zijn vreemde beroep uit te oefenen."

"Het lijkt me wel een avontuurlijk bestaan."

"Moncurio is daar ook geknipt voor. Hij is sterk, actief en slim en volkomen gespeend van scrupules, waardoor het wat moeilijk valt zaken met hem te doen."

"Hoe komt het dan dat hij u die amforen zo goedkoop heeft verkocht?"

Pirie Tamm keek opnieuw onzeker. "Hij is ooit lid van het Genootschap geweest en hij had het er toen over dat hij weer lid wilde worden."

"En heeft hij dat ook gedaan?"

"Nee. Ik had het gevoel dat hij de ware toewijding van de natuurvorser miste. We waren het er wel over eens dat het Genootschap nodig nieuw leven ingeblazen moest krijgen al was er, zoals hij opmerkte: 'verdraaid weinig over om in te blazen'. En toen voegde hij eraan toe: 'Het Handvest en de Eigendomsakte van Cadwal zijn uiteraard aantoonbaar veiliggesteld?' "

"Wat hebt u daarop gezegd?"

"Ik zei dat we voorlopig ons hoofd niet hoefden te breken over Cadwal, maar dat we ons eerst maar eens moesten wijden aan het herwaarderen van het Genootschap hier op Aarde.

" 'Om te beginnen,' zei Moncurio, 'zul je het beeld dat jullie nu naar buiten uitstralen, van een handjevol bibberende ouwe mannetjes met muffe kleren die alsmaar middagdutjes doen, helemaal moeten veranderen.'

"Ik probeerde daar iets tegenin te brengen maar hij vervolgde: 'Jullie moeten het Genootschap weer onder de aandacht van een brede kring van cultuurliefhebbers brengen, jullie moeten een programma ontwikkelen van onderhoudende activiteiten die de aandacht van een groot publiek weten te trekken. Dat soort evenementen mag dan niet rechtstreeks op de doeleinden van het Genootschap betrekking hebben, maar ze zouden wel enthousiasme kunnen opwekken.' Hij had het over bals, feestbanketten met exotische gerechten, de uitbeelding van heroische avonturen, wedstrijden en reclamecampagnes om het toeristisch potentieel van Cadwal te ontwikkelen.

"Ik verklaarde, ietwat stijfjes vrees ik, dat zijn voorstellen op generlei wijze de doeleinden van het Genootschap op korte zowel als op lange termijn ondersteunden.

" 'Onzin!' riep hij uit. 'Wat meer is, jullie zouden een grote missverkiezing kunnen organiseren, met mooie meisjes van zo veel andere werelden als je maar bij elkaar kan krijgen. Dan noemen we ze Miss Natuurbehoud Aarde, Miss Natuurbehoud Alcyone, Miss Natuurbehoud Lirwan, enzovoort.'

"Ik verwierp zijn voorstel zo tactvol als in mijn vermogen lag. 'Dergelijke wedstrijden vindt het publiek tegenwoordig niet meer chic.'

"Opnieuw tegenwerpingen van Moncurio. 'Niet waar! Een fraaie enkel, een goedgevuld achterste, een sierlijk gebaar — die zullen altijd chic blijven, zolang het Gaiaanse Bereik blijft bestaan!'

"Wrang zei ik: 'Voor een man van jouw leeftijd, en een grafrover bovendien, druk je je wel met erg veel vuur uit op dit stuk.'

"Nu werd Moncurio verontwaardigd. 'Vergeet niet: een mooi meisje is net zo goed een stukje Natuur als een blinde knopneusworm uit de grotten van Procyon IX.'

" 'Daar moet ik je gelijk in geven,' zei ik. 'Maar ik vermoed dat het Genootschap haar toekomstige activiteiten toch in iets minder oppervlakkige banen zal willen leiden. Welnu, als je lid wenst te worden mag je mij veertien sol betalen en de vragenlijst invullen.'

" 'Ik ben zonder meer voornemens lid te worden,' zei Moncurio. 'Dat is ook de reden dat ik hier ben. Maar ik ben een behoedzaam mens en ik zou graag de boeken inzien voor ik een lidmaatschap aanga. Zou je zo goed willen zijn mij de boeken te tonen en ook, wat mij het belangrijkste voorkomt, het Handvest en de Eigendomsakte?'

"'Dat komt mij zeer slecht uit,' zei ik. 'Deze documenten worden gemeenlijk bewaard in de bankkluis.'

"'Ik heb geruchten gehoord over onverantwoorde afschrijvingen en malversaties. Ik sta erop het Handvest en de Eigendomsakte te zien voor ik een lidmaatschap aanga.'

"'Al het nodige wordt op het ogenblik gedaan,' gaf ik ten antwoord. 'Je wordt lid van het Genootschap omwille van het principe, niet van een paar oude papieren.'

"Moncurio zei daarop dat hij de zaak nog zou overwegen en vertrok."

Wayness zei: "Dat klinkt mij in de oren alsof hij al vermoedde dat het Handvest en de Eigendomsakte verdwenen waren."

"Ik ga ervan uit dat hij een aantal van de vervreemde Genootschapseigendommen is tegengekomen — dat is nog steeds naar mijn gevoel de meest waarschijnlijke verklaring." Pirie Tamm grinnikte droevig. "Een jaar geleden, toen Moira en Challis hier een keer waren met hun echtgenoten, vertelde ik over Moncurio en zijn ideeën om het Genootschap weer groot te maken. Ze vonden alle vier Moncurio's denkbeelden uiterst verstandig. Nu ja, doet er niet toe." Pirie Tamm richtte zijn blik weer op Wayness. "En hoe staat het met jou? Ben jij al lid?"

Wayness schudde haar hoofd. "Op Stroma noemen we onszelf 'Natuurkenners' of 'Natuurvorsers', maar dat is een loze benaming eigenlijk. Ik geloof dat wij onszelf zien als een soort ereleden."

"Haha! Een dergelijke categorie leden bestaat niet eens. Je bent lid wanneer je een aanvraag hebt ingediend en bent toegelaten door de secretaris en vervolgens je contributie hebt voldaan."

"Dat is eenvoudig genoeg," zei Wayness. "Dan dien ik hierbij een aanvraag tot lidmaatschap in. Word ik toegelaten?"

"Zeker," zei Pirie Tamm. "Je dient een inschrijfgeld te betalen plus de contributie voor een jaar, dat is bij elkaar veertien sol."

"Ik zal het meteen na het eten doen," zei Wayness.

Pirie Tamm grinnikte schor. "Ik moet je wel waarschuwen, je koopt je in bij een straatarme organisatie. Die secretaris Frons Nisfit heeft alles verkocht wat hij in zijn vingers kon krijgen en is er toen met het geld vandoor gegaan. Het Genootschap heeft nu geen baten en geen middelen meer."

"Hebt u eigenlijk ooit geprobeerd het Handvest op te sporen?"

"Niet echt serieus. Het leek me een hopeloze opgave. Na zoveel jaren moet het spoor steenkoud zijn."

"En de secretarissen die na Nisfit kwamen, hebben die er niets aan gedaan?"

Pirie Tamm gromde geringschattend. "Nils Myhack volgde Nisfit op en heeft die functie veertig jaar lang bekleed. Ik vermoed dat hij nooit beseft heeft dat de documenten verdwenen waren. Na hem kwam Kelvin Kilduc en ik ben er vrijwel van overtuigd dat ook hij niet op de hoogte was van het verlies. Kilduc heeft tegenover mij nooit enige twijfel geuit aangaande de aanwezigheid van het Handvest in de kluis. Aan de andere kant geloof ik niet dat hij een erg toegewijd secretaris was."

"Dus... als secretaris Myhack of secretaris Kilduc al pogingen zouden hebben gedaan om het Handvest terug te krijgen, dan weet u daar niets van?"

"Volstrekt niets."

"Maar het moet nog ergens zijn. Ik vraag me af waar."

"Tja, dat kan men niet weten. Als ik rijk was, zou ik een betrouwbare particulier detective in de arm nemen en hem het geval laten uitzoeken."

"Dat is een interessant idee," zei Wayness. "Misschien neem ik de zaak zelf ter hand."

Pirie Tamm keek haar somber aan vanaf het andere eind van de tafel. "Zo'n klein ding als jij?"

"Waarom niet? Als ik het Handvest en de Akte vond, zou u toch dolblij zijn?"

"Dat spreekt vanzelf, maar het denkbeeld is zeer ongewoon, bijna lachwekkend."

"Ik zie niet in waarom."

"Je bent niet opgeleid voor speurwerk!"

"Mij lijkt het meer een kwestie van vasthoudendheid, alsmede een bescheiden graad van intelligentie."

"Dat is zeker waar. Maar dergelijk speurwerk leidt vaak tot grofheid en is toch ietwat onbeschaafd. Wie weet waar je onderzoek je heen zou voeren? Dit is een taak voor een taaie, vindingrijke man, niet voor een kwetsbaar onschuldig meisje, hoe vasthoudend of intelligent ze ook mag zijn. Het gevaar bestaat nog op de Oude Aarde — soms in subtiele en ongebruikelijke gedaanten."

"Ik hoop maar dat u het overdrijft, want ik ben een beetje laf."

Pirie Tamm keek haar aan met gefronst voorhoofd. "Ik geloof dat je het serieus meent."

"Ja, natuurlijk."

"Hoe stel je je voor je naspeuringen in te richten?"

Wayness dacht even na. "Ik denk dat ik een lijst opstel van alle voor de hand liggende plaatsen waar dit soort documenten kan zijn — musea, verzamelingen, handelaren in oude documenten — en dat ik dan de lijst afwerk."

Pirie Tamm schudde misprijzend zijn hoofd. "Mijn lieve jongedame, dat zijn er honderden, op Aarde alleen al."

Wayness knikte nadenkend. "Het lijkt inderdaad een enorm karwei. Maar wie weet, misschien vind ik onderweg meer aanwijzingen. En bestaat er ook niet een centrale index waarin de inhoud van oude archieven is opgenomen, met kruisreferenties?"

"Natuurlijk! De universiteit heeft toegang tot al dat soort bestanden. En dan is er nog de Bibliotheek van de Oude Archieven in Shillawy." Pirie Tamm stond op van tafel. "Laten we de zitting verdagen naar mijn werkkamer, dan nemen we daar ons likeurtje."

Pirie Tamm nam Wayness mee de hal door naar zijn werkkamer: een ruim vertrek met een open haard aan het ene eind en twee lange tafels aan het andere. Boeken en pamfletten verdrongen elkaar in de kasten. De tafels lagen vol met paperassen en tussen de twee stond een draaistoel. Pirie Tamm wees ernaar. "Daar speelt mijn leven zich af vandaag de dag. Ik woon in een draaistoel. Ik zit met mijn gezicht die kant op te werken aan mijn monografie; een plotselinge herinnering schudt mijn aandacht wakker, ik draai de andere kant op in mijn stoel en stort me in Genootschapszaken, om vervolgens terug te keren naar mijn monografie." Wayness maakte een meelevend geluidje. "Het doet er niet toe," zei Pirie Tamm. "Ik ben alleen blij dat ik maar twee tafels heb en twee zaken die me bezighouden; met drie of vier zou ik zitten

te tollen als een dansende derwisj. Kom, we gaan bij het vuur zitten."
Wayness maakte het zich gemakkelijk in een hoge oude fauteuil in barokstijl, overtrokken met mosgroene pluche. Pirie Tamm schonk een donkerrode kersenlikeur in twee kleine glaasjes en gaf er een aan Wayness. "Dit is de fijnste Tinctuur van Morella en brengt gegarandeerd een gezonde blos op je wangen."

"Dan zal ik er maar heel voorzichtig van drinken," zei Wayness. "Felblozende wangen zouden me niet flatteren en een rode neus al helemaal niet."

"Drink gerust en wees niet bang. Met of zonder rode neus, je gezelschap is me bijzonder welkom. Ik heb niet vaak gasten, dezer dagen; feitelijk heb ik maar weinig bekenden en nog minder vrienden. Challis zegt dat ik algemeen bekend sta als een bullebak en een tiran, maar ik vermoed dat ze alleen maar haar echtgenoot napraat, die altijd wat te klagen heeft. Moira is dezelfde mening toegedaan en zegt tegen me dat ik eens moet leren mijn opvattingen voor me te houden." Pirie Tamm schudde somber het hoofd. "Misschien hebben ze gelijk. Maar ik kan niet beweren dat ik gelukkig ben met de kant die het opgaat in de wereld. 'Gemak' is nu de leus en niemand neemt meer de moeite zijn werk goed te doen. Dat was wel wat anders toen ik jong was. Ons werd geleerd trots te zijn op onze prestaties en alleen uitmuntend was goed genoeg." Hij wierp Wayness een zijdelingse blik toe. "Je zit me uit te lachen."

"Niet echt. Zelfs in mijn korte leventje heb ik op Cadwal al veel zien veranderen. Iedereen weet dat er iets heel verschrikkelijks staat te gebeuren."

Pirie Tamm trok zijn wenkbrauwen op. "Hoe is dat mogelijk? Ik meende dat Cadwal een ingeslapen achterafgebied was waar nooit iets veranderde."

"Dat idee is zeer verouderd," zei Wayness. "Op Stroma houdt de helft van de mensen zich aan het Handvest, terwijl de andere helft het als achterhaald beschouwt en alles anders wil hebben."

Pirie Tamm zei somber: "Ze beseffen natuurlijk dat ze daarmee het idee van Natuurbehoud de doodsteek geven."

"Dat is juist wat ze innig hopen! Ze zijn ongedurig en vinden dat de bescherming van het milieu nu lang genoeg heeft geduurd."

"Absurd! Die jongelui willen verandering, maar dikwijls alleen omwille van het veranderen, om hun bestaan meer betekenis en identiteit te verlenen. Het is een extreme vorm van narcisme. Hoe dan ook, op Cadwal is het Handvest de geldende wet en daarop is inbreuk niet mogelijk."

Wayness schudde langzaam en bedroefd haar hoofd. "Dat is alles goed en wel, maar waar is het Handvest? Om die reden ben ik naar de Aarde gekomen."

Pirie Tamm schonk de glaasjes nog eens vol. Lang bleef hij daarop in het vuur zitten staren. "Dan moet je het volgende ook weten," zei hij ten slotte. "Er is tenminste één ander die weet dat het Handvest en de Akte niet in ons bezit zijn."

Wayness leunde achterover in haar stoel. "Wie is die persoon?"

"Ik zal je vertellen hoe het allemaal gelopen is. Het is een curieus verhaal en ik zal niet beweren dat ik het helemaal doorgrond. Zoals je weet zijn er sinds Nisfit maar drie secretarissen in functie geweest: Nils Myhack, Kelvin Kilduc en ikzelf. Myhack werd secretaris, direct na Nisfits vertrek."

Wayness onderbrak hem. "Mag ik u één ding vragen? Waarom heeft de nieuwe secretaris, deze Myhack, niet ogenblikkelijk gemerkt dat het Handvest ontbrak?"

"Om twee redenen. Myhack was een aardige kerel maar een beetje warrig en onzorgvuldig in zijn denken en geneigd om alles kritiekloos te accepteren. Het Handvest en de Akte zaten bij elkaar in een mapje gehecht, dat was opgeborgen in een stevige envelop, die aan alle kanten verzegeld was en dichtgebonden met rood en zwart lint. Deze envelop berustte bij de Bank van Margravie met andere documenten en de weinige waardepapieren die Nisfit nog niet te gelde had kunnen maken. Toen Myhack voor het eerst noodgedwongen de inventaris opmaakte, trof hij de enveloppe ongeschonden aan, verzegeld, omwonden met zwart en rood lint en voorzien van een correct opschrift. Men mag hem vergeven dat hij daarop aannam dat het Handvest er nog was.

"Na vele jaren als secretaris begon Nils Myhack met zijn gezondheid te sukkelen; met name zijn gezichtsvermogen begaf het. Zijn werk werd verricht door een lange stoet min of meer capabele assistenten waarvan de laatste een formidabel vrouwspersoon was, van buitenwereldse afkomst, die lid werd van het Genootschap en zich zo nuttig wist te maken dat Myhack haar ten slotte aanstelde als ondersecretaresse. Het scheen allemaal liefdewerk te zijn voor haar en ze liet doorschemeren dat ze graag bereid was officieel secretaris te worden zodra Myhack verkoos af te treden. Haar naam was Monette. Het was een forse, bazige vrouw, verbeten, capabel, maar een beetje een feeks. Ik persoonlijk vond haar onsympathiek; ze had een starende vissenblik, die andere mensen onbehaaglijk maakte. Maar Myhack had geen klachten en zong voortdurend haar lof. 'Monette is een onschatbare aanwinst!' en: 'Het kantoor zou niet meer kunnen draaien zonder Monette!'. En toen op een dag was het: 'Monette heeft arendsogen, zo scherp! Ze heeft een onregelmatigheid bespeurd in de boeken en staat er nu op dat we de inhoud van de kluis inventariseren, om ons ervan te vergewissen dat alles in orde is. Ik ben op zo'n moordende taak niet meer berekend, dus ik zal haar morgen naar de bankdirecteur sturen met de sleutels en een begeleidend briefje.'

"Kelvin Kilduc en ik protesteerden met kracht en verklaarden dat het grotelijks ongepast zou zijn. Myhack trok een lang gezicht maar stemde er ten slotte mee in, dat we met ons drieën naar de bank zouden gaan. Zo gezegd, zo gedaan, kennelijk tot groot ongenoegen van Monette, die binnenkwam met een gezicht als een donderwolk, zodat we er wel voor zorgden heel beleefd tegen haar te zijn.

"De kluis werd geopend en Monette stelde een lijst op van de inhoud: wat financiële bescheiden, een armzalig pakje aandelen en de envelop waar het Handvest in zou moeten zitten, keurig verzegeld en omwikkeld met trossen zwart en rood lint, zodat iedereen grif aannam dat alles in orde was. Behalve Monette. Voor we tussenbeide konden komen, had ze de linten eraf gerukt, de zegels verbroken en het mapje eruit gehaald. Kilduc riep: 'Hé, hé, wat doe je nu?' Monette antwoordde met nauw bedwongen ongeduld: 'Ik vergewis mij van wat er in de envelop zit, dat is wat ik doe!' Ze sloeg het mapje open, keek erin, sloot het dan weer en stopte het terug in de envelop. 'Wel, Monette?' vroeg Kilduc. 'Ben je nu tevreden?' 'Ja,' zei Monette. 'Volkomen tevreden.'

"Ze wikkelde de linten weer om de envelop en wierp hem terug in de cassette. Er werd niets meer over gezegd; kennelijk was alles in orde.

"De volgende dag was Monette verdwenen, zonder een woord van uitleg, en is nooit meer gezien. Kelvin Kilduc werd de volgende secretaris en zo stonden de zaken tot zijn overlijden, toen ik gedwongen was zijn taak over te nemen. Jij en ik zijn toen naar de Bank van Margravie gegaan om de kluis te openen. Ik inspecteerde het mapje en vond tot mijn hevige ontsteltenis niet het Handvest maar een doodgewone kopie, en geen spoor van de Akte.

"Ik ging in gedachten terug naar de tijd dat Monette bij ons was. Ik ben er nu van overtuigd dat het haar oogmerk was het Handvest te bemachtigen. Als ze het origineel en de Akte veilig in de kluis had aangetroffen, zou ze gewoon Myhack zijn opgevolgd als secretaris en zich dan van Handvest en Akte hebben meester gemaakt te eigen bate. Ze moet geschokt zijn geweest toen ze ontdekte dat er alleen maar een afschrift voorhanden was; ik sta er nog van versteld, dat ze haar gezicht zo goed in de plooi wist te houden.

"Dat is het hele verhaal. Monette wist dus al lang geleden dat het Handvest verdwenen was. Wat ze daarna heeft gedaan, daar heb ik geen flauw benul van."

Wayness zat zwijgend in het vuur te staren.

Na een ogenblik vervolgde Pirie Tamm: "Dat betekent dat Nisfit het Handvest heeft verkocht, tegelijk met andere documenten van antiquarische waarde. De huidige eigenaar is niet zo handig geweest de Eigendomsakte op zijn naam te laten zetten, iets waartoe hij het volste recht zou hebben gehad. En dan dreigt binnenkort nog iets anders onrustbarends."

"En dat is?"

"De registratie van de Eigendomsakte dient tenminste eens per eeuw te worden hernieuwd en bevestigd, anders vervalt de oorspronkelijke eigendom en wordt de Akte als vervallen beschouwd."

Wayness staarde hem ontzet aan. "Daar wist ik niets van! Hoeveel tijd hebben we nog?"

"Een jaar of tien. De nood is dus nog niet ogenblikkelijk aan de man, maar de Akte moet wel worden gevonden."

"Ik zal mijn best doen," zei Wayness.

2

De volgende ochtend stond Wayness vroeg op. Ze trok een kort blauw rokje aan, donkerblauwe kniekousen en een shirt met grijze en geelbruine motieven, licht, warm en flatteus bij haar bleke, olijfkleurige huid.

Wayness verliet haar kamer en liep de trap af. Op dit uur leek het op Voordewind bijna onnatuurlijk stil. Gedurende de nacht hadden de geuren van het huis haast ongemerkt aan kracht gewonnen: een herinnering aan ontelbare boeketten, bric-à-brac gesneden uit kamferhout en sanuchi, boenwas en oude tapijtjes, een vleug van gedroogde lavendel.

Wayness ging naar de ontbijtkamer en zette zich aan tafel. Hoge vensters keken uit op een landschap van groene weiden, bomen en hagen, met in de verte de pannendaken en schoorstenen van Tierens. Vanochtend was het weer wat onbestendig. Kleine wolken zeilden door de lucht, oostwaarts gedreven door wind in de hogere regionen. Het zonlicht verhelderde, verduisterde en verhelderde dan weer, en dat alles binnen enkele seconden. Het schijnsel van Sol, vooral hier in de Middellanden, was bleek en nevelig, dacht Wayness; merkbaar verschillend van het gulden schijnsel van Syrene. Het licht van Sol leek vooral het blauw en groen te onderstrepen en te verrijken, en misschien ook de gedempte tinten van wolkenschaduwen, terwijl Syrene het innerlijk vuur van rood geel en oranje tevoorschijn riep.

Het dienstmeisje, Agnes, keek om de hoek van de keuken en bracht Wayness algauw een portie vers, gesneden fruit, een gekookt ei, bolletjes met boter en aardbeienconfituur en een pot mooi donkerbruine koffie.

Even later verscheen Pirie Tamm, gekleed in een oud tweed jasje, een zwart met grijs gestreept overhemd en een wijde kniebroek van bruin kamgaren — een veel nonchalanter dracht dan hij vroeger zou hebben voorgestaan. Desondanks creëerde hij een sfeer van vormelijkheid en weinig woorden. Een ogenblik bleef hij in de deuropening staan en nam Wayness op met de zakelijke, koele blik van een officier die zijn troepen inspecteert. Wayness zei vriendelijk: “Goedemorgen, oom Pirie. Ik hoop niet dat ik u heb wakker gemaakt door zo vroeg uit bed te springen.”

“Natuurlijk niet,” verklaarde Pirie Tamm. “Vroeg opstaan is een deugd die ik al mijn levensdagen heb beoefend.” Hij kwam de kamer in, nam plaats en vouwde zijn servet open. “Een kleine rekensom maakt alles duidelijk. Met een uurtje langer slapen per dag verdoe je per vierentwintig jaar een vol jaar van je leven. In een tijdsbestek van honderd jaar doet een uurtje uitslapen per dag vier hele jaren van je leven verdwijnen. Denk je eens in! Terwijl ik nu al vrees dat mijn leven veel te kort zal zijn om zelfs maar mijn meest minimale ambities te vervullen. Wie was het ook weer die heeft gezegd: 'Slapen kan altijd nog, als je dood bent'?"

"Baron Bodissey, hoogstwaarschijnlijk. Die schijnt vrijwel alles te hebben gezegd."

"Slimme meid!" Pirie Tamm sloeg zijn servet uit en stopte het met de punt achter het knoopje van zijn overhemd. "Je bent helder en oplettend vanochtend — opgewekt zelfs."

Wayness haalde haar schouders op. "Helder en oplettend in elk geval wel."

"Maar niet opgewekt?"

"Ik kan niet beweren dat Monette en haar activiteiten een prettige verrassing voor me waren."

"Tja, wel, die episode ligt vele jaren achter ons en wie weet wat er van dat vrouwspersoon is geworden? Ik vermoed dat ze de hele zaak allang weer vergeten is."

"Ik hoop het."

"Vergeet niet, de eigendom is nooit opnieuw geregistreerd op een andere naam." Pirie Tamm nam de tafel in ogenschouw. "Ik zie dat je je eetlust niet hebt laten bederven door je bezorgdheid. Ik zie daar eierschillen, een bord waar waarschijnlijk bolletjes op hebben gelegen en wat nog meer?"

"Schijfjes sinaasappel."

"Voortreffelijk. Een behoorlijk ontbijt, dat je wel op de been zal houden tot de lunch. Agnes, waar zit je, verdraaid nog toe?"

"Hier meneer, ik heb uw thee klaar."

"Zeg tegen kokkie dat ik een tuinkruidenomelet wens, met een beetje champignonketchup. En krentenbolletjes. Maar denk erom, de omelet moet boterzacht zijn!"

"Ik zal het kokkie zeggen, meneer." Agnes liep haastig de kamer uit. Pirie Tamm keek in de theepot en snoof geringschattend. "Zal wel niet veel slapper zijn dan anders." Hij schonk zich een kopje in, nipte eraan, knipperde met zijn ogen en richtte toen zijn aandacht weer op Wayness, die veertien sols op tafel had gelegd en die naar hem toe schoof. "Dat was ik gisteravond nog vergeten. Ben ik nu officieel lid van het Genootschap van Natuurkenners?"

"Zodra ik officieel je identiteit heb geverifieerd en je naam op de ledenlijst heb gezet. Die verificatie zal geen probleem opleveren, aangezien ik mijzelf zal opvoeren als het lid dat jou aanbeveelt."

Wayness glimlachte. "Ik heb gehoord dat goede connecties op de Oude Aarde alles waard zijn."

"Helaas is dat over het geheel genomen maar al te waar. Zelf ben ik echter vrijwel verstoken van dat soort invloed. Als ik iets gedaan wil krijgen moet ik het met de hoed in de hand netjes gaan vragen, net als ieder ander. Mijn schoonzoons minachten me daarom. Nu ja, doet er niet toe. Ik neem aan dat je nog hebt nagedacht over het project waarover we het gisteravond hadden?"

"Ja, het is niet uit mijn gedachten geweest."

"En je hebt je intussen, verstandig als je bent, bedacht en hebt besloten het idee te laten varen?"

Wayness keek hem vol verwondering aan. "Hoe komt u daar nu bij?"

"De omstandigheden zijn zonneklaar," zei Pirie Tamm kortaf. "Deze taak gaat de capaciteiten van een jong meisje, hoe knap of overtuigend ook, verre te boven."

"Bekijkt u het eens als volgt," zei Wayness. "We hebben één verdwenen Handvest, en één ik. We beginnen dus op gelijke voet."

"Bah! Ik ben niet in de stemming voor sofisterij! Om je de waarheid te zeggen, voel ik me diep gefrustreerd door het feit dat mijn lichamelijke gebreken mijn eigen pogingen in die richting belemmeren. Nu ja. Daar is mijn omelet. Laten we eens zien wat kokkie ervan gemaakt heeft. Zo te zien is dat in orde. Verbazend, hoe een zo simpel gerecht dikwijls de vaardigheden van een goedbetaalde specialist in het vak te boven gaan. Goed, waar hadden we het ook weer over? O, ja, jouw plan. Mijn beste Wayness, het is een taak van monumentale omvang! Dit gaat je eenvoudig boven je macht!"

"Dat geloof ik niet," zei Wayness. "Als ik van plan was om van hier naar Timboektoe te lopen, dan zou ik beginnen met m'n ene voet voor m'n andere te zetten — een stapje en dan nog een stapje en dan nog een, en voor u het weet sta ik op de Hamshattbrug en steek ik de Niger over."

"Aha! Maar je laat het hele stadium tussen dat derde stapje en het laatste weg — tussen de tuin op Voordewind, dus en de Niger, die aan de overkant van de Sahara ligt. Onderweg kun je op dwaalsporen worden gebracht, beroofd worden, in een sloot lopen, overvallen worden, of getrouwd raken en weer gescheiden."

"Oom Pirie! U heeft veel te veel fantasie!"

"Hm. Ik wou maar dat ik fantasie genoeg had om een mooi veilig plan te bedenken om te weten te komen wat je weten wilt."

"Ik heb al een plan," zei Wayness. "Ik ga de archieven van het Genootschap doornemen en vooral de stukken die dateren uit Nisfits tijd als bestuurslid; misschien vind ik daar een aanwijzing die ons verder leidt."

"Lieve jongedame, dat is op zich al een formidabele opgave! Het zal je gauw gaan vervelen; je wordt troosteloos, je gaat ernaar verlangen weer buiten in de zon te kunnen lopen, andere jonge mensen te ontmoeten, plezier te maken! Op een dag sla je je handen ten hemel, begint te gillen en vlucht het huis uit! En dat is dan het eind van je grootse project."

Wayness trachtte haar stem in bedwang te houden. "Oom Pirie, u bent niet alleen een fantast, u bent ook een pessimist."

Pirie Tamm keek haar van opzij aan. "Je bent dus niet ontmoedigd?"

"Ik heb alleen maar gehoord wat ik al verwachtte te horen en waarmee ik zelf al rekening gehouden heb. Ik moet het Handvest en de Eigendomsakte zien te vinden; ik kan aan niets anders meer denken. Als ik daarin slaag zal mijn leven tenminste iets hebben betekend. Als ik er niet in slaag, heb ik in elk geval mijn uiterste best gedaan."

Pirie Tamm deed er een ogenblik het zwijgen toe. Toen verscheen er een kort, sober glimlachje op zijn gezicht. "Of je slaagt of faalt, je leven is altijd kostbaar, dat lijdt geen twijfel."

"Ik wil graag slagen."

"Zo, zo. Ik zal doen wat ik kan om je bij te staan."

"Dank u wel, oom Pirie."

3

Pirie Tamm bracht Wayness naar een kabinet met een hoog plafond, dat naast zijn werkkamer was gelegen. Door twee smalle, hoge vensters viel licht naar binnen, dat gezeefd werd door de bladeren van de wijnranken, die vanaf het balkon omlaagslierden. Kasten en planken waren berstensvol met boeken, pamfletten, foldertjes en mappen. Elders hing de wand vol met honderden foto's, tekeningen, aardrijkskundige kaarten en allerlei. In een nis stond een bureau met een infoscherm van ruim een meter doorsnee. "Dit is mijn oude hol," zei Pirie Tamm. "Hier deed ik mijn werk toen de kinderen nog thuis waren en mijn werkkamer als speelkamer gebruikten, ook als ik het ze vriendelijk doch dringend verbood. Dit kabinet noemden ze 'het rommelhok van mopperkont'." Pirie Tamm lachte grimmig. "Ik hoorde Varbert, dat is Moira's echtgenoot, een keer zeggen: 'Die ouwe stijfkop heeft zich weer ingegraven'."

"Dat is helemaal niet beleefd."

"Wat dat aangaat zijn wij het eens. Hoe dan ook, als ik deze deur dichtdeed, had ik tenminste een beetje privacy."

Wayness keek de schappen langs. "Het ziet er ietwat, tja, ongeorganiseerd uit. Zou het Handvest mogelijkerwijs in een van die laatjes of mappen kunnen zitten?"

"Geen kans op," zei Pirie Tamm. "Al was het alleen maar omdat ik ook op die gedachte ben gekomen en systematisch elk stukje papier in huis heb geïnspecteerd. Ik vrees dat je speurtocht niet eindigt bij het begin."

Wayness bekeek het bureau en het informatiesysteem. Pirie Tamm zei: "Het is een standaardsysteem; ik denk niet dat je er problemen mee zult hebben. Er is een tijd geweest dat ik een simulator op dat andere bureau gericht had staan. Moira maakte daar met veel genoegen gebruik van om uit te proberen hoe de nieuwste mode haar stond."

"Ingenieus!" zei Wayness.

"In zekere zin wel, ja. Op een avond, toen Moira ongeveer zo oud was als jij nu, gaven we een officieel dinertje. Moira droeg een elegante japon en gedroeg zich met de grootst mogelijke waardigheid, maar na een tijdje begonnen we ons af te vragen waar alle jongemannen toch gebleven waren. Ten slotte vonden we ze in deze kamer, waar ze een ongeklede, een meter grote replica van Moira over het tafelblad lieten hupsen. Moira was spinnijdig en verdenkt Challis er tot vandaag de dag toe van, dat ze de jongens stiekem een wenk heeft gegeven."

"Was Varbert daar ook bij? Want dan beviel het hem kennelijk wel, wat hij te zien kreeg."

"Hij heeft er tegen mij niets over gezegd, over het een noch het ander." Pirie Tamm schudde droevig zijn hoofd. "Wat gaat de tijd toch snel. Probeer de stoel eens. Zit hij geriefelijk?"

"Net goed. Waar kan ik het archief van het Genootschap vinden?"

"Toets ARC in, dan krijg je de volledige index. Het is heel eenvoudig."

"Alle correspondentie van het Genootschap is hierin opgeslagen?"

"Tot en met de laatste punt, streep, tittel en jota, en wel om twee redenen. Ten eerste dwangmatige muggenzifterij en ten tweede omdat we de laatste tijd eigenlijk niet veel beters te doen hebben gehad. Ik garandeer je dat je bitter weinig van belang zult vinden; en nu laat ik je verder je gang maar gaan."

Pirie Tamm vertrok. Wayness zette zich wat huiverig aan een verkenning van het archief van het Genootschap van Natuurkenners.

Tegen het eind van de dag had ze inzicht gekregen in de omvang en de indeling van het archief. Een zeer groot deel van het materiaal had betrekking op het verre verleden. Die stukken liet Wayness voor wat ze waren; ze begon met het ogenblik waarop Frons Nisfit ten tonele was verschenen. Ze vernam op welke datum Nisfits vergrijpen bekend waren geworden. Ze nam de bestuursperiode van achtereenvolgens Nils Myhack, Kelvin Kilduc en Pirie Tamm door. Een poosje stroopte ze op goed geluk de dossiers af, liep jaarafrekeningen door, notulen van de jaarlijkse conclaven en ledenlijsten. Elk jaar nam het aantal betalende leden af en het algemene beeld werd pijnlijk duidelijk: het Genootschap was op sterven na dood. Ze liep door de correspondentie heen — verzoeken om informatie, bevestigingen van ontvangen en herinneringen aan uitstaande contributiegelden, overlijdensberichten en adreswijzigingen, wetenschappelijke artikelen en essays, die werden ingediend voor publicatie in het maandbulletin.

Laat die middag, toen de zon al laag aan de hemel stond, leunde

Wayness tegen de rug van haar stoel, overvoerd met het Genootschap van Natuurkenners. En dit is nog maar het begin, zei ze bij zichzelf. Kennelijk zullen vastberadenheid en doorzettingsvermogen zeer van pas komen, voor dit project ten einde is.

Wayness verliet het schemerige werkvertrek en ging naar haar eigen kamer. Ze nam een bad en trok een donkergroene japon aan die haar gepast leek voor de vormelijke diners van Voordewind. "Ik zal toch wat nieuwe kleren moeten hebben," zei ze bij zichzelf. "Anders denkt oom Pirie nog dat ik in uniform dineer."

Wayness borstelde haar donkere haren en bond ze bijeen met een dun zilveren kettinkje. Ze ging naar beneden om te wachten in de salon, waar Pirie Tamm zich al gauw bij haar voegde. Hij begroette haar met zijn gebruikelijke hoffelijkheid. "En dan nu, overeenkomstig het vaste ritueel van Voordewind: het namiddagaperitief. Wil je mijn kloeke sherry eens proberen?"

"Ja, graag, alstublieft."

Uit een kabinet haalde Pirie Tamm een stel kleine tinnen roemers tevoorschijn. "Zie je die subtiele zweem van groen in het patina? Die geeft al enigermate aan hoe oud ze zijn."

"Hoe oud zijn ze?"

"Drieduizend jaar, op z'n minst."

"De vorm is buitengewoon."

"Maar die is niet bij toeval zo geworden! Nadat ze waren gesmeed, zijn ze opnieuw verhit om het metaal zacht te maken en daarna verbogen, verfrommeld, uitgetrokken, samengedrukt en verdraaid en ten slotte voorzien van een geriefelijke drinkrand. Er zijn er geen twee hetzelfde."

"Het zijn fascinerende voorwerpen," zei Wayness. "En de sherry is ook lekker. Op Station Araminta maken ze een vergelijkbare wijn, maar deze zal wel beter van kwaliteit zijn."

"Dat mag ik hopen," zei Pirie Tamm met een zuur lachje. "We zijn er hier tenslotte aanzienlijk langer mee doende. Zullen we de veranda op gaan? Het is een milde avond en de zon gaat juist onder."

Pirie Tamm duwde de deur open en ze liepen de veranda op en gingen aan de balustrade staan. Na een ogenblikje zei Pirie Tamm: "Je ziet er bedachtzaam uit. Voel je je ontmoedigd door de omvang van het werk dat je op je genomen hebt?"

"O, nee. Ik had Nisfit en het Genootschap uit mijn gedachten gebannen, voor het ogenblik tenminste. Ik stond van de zonsondergang te genieten. Ik vraag me af of iemand al eens een verhandeling heeft geschreven over de zonsondergang zoals die zich op verschillende werelden voordoet. Er zijn vast en zeker interessante variëteiten."

"Zonder twijfel!" verklaarde Pirie Tamm. "Zo uit mijn hoofd kan ik je al vijf, zes opvallende voorbeelden noemen. Ik herinner me in het bijzonder de zonsondergangen op Delora's Wereld, voorbij Columba, waar ik onderzoek deed voor mijn doctoraalscriptie. Elke avond werden we getrakteerd op fantastische spektakels van groen en blauw met schichten vuurrood erdoor! Ze waren echt uniek; ik zou een zonsondergang van Delora uit duizenden herkennen. En de zonsondergangen op Pranilla, waar het licht gefilterd wordt door natte sneeuwbuien in de hogere luchtlagen; ook zeer gedenkwaardig."

"De zonsondergang op Cadwal is onberekenbaar," zei Wayness. "De kleuren schijnen van achter de wolken omhoog te schieten en zijn nogal eens opzichtig, hoewel het geheel altijd vrolijk oogt. Aardse zonsondergangen zijn heel anders. Soms groots of zelfs inspirerend, maar dan vervallen ze zo stil en droevig tot blauwe duisternis, dat ze melancholiek stemmen."

Pirie Tamm bestudeerde de hemel met gefronste wenkbrauwen. "Het effect dat je beschrijft doet zich inderdaad voor. Maar dat gevoel is niet van lange duur en verdwijnt geheel, zodra de sterren verschijnen. Met name," voegde hij er bij nadere overweging aan toe, "wanneer een aangename maaltijd en een goedgedekte tafel ons wachten. De stemming stijgt onder dergelijke omstandigheden, met de snelheid van een leeuwerik des velds. Zullen we maar naar binnen gaan?"

Pirie Tamm schoof haar stoel aan en nam tegenover haar plaats aan de massief notenhouten tafel. "Ik moet nogmaals zeggen wat een genoegen het is, jou hier te gast te hebben," zei Pirie Tamm. "Dat is overigens een charmante japon."

"Dank u, oom Pirie. Helaas is het mijn enige dinerjapon, zodat ik moet zorgen dat ik wat nieuwe kleren koop, anders raakt u snel op me uitgekeken."

"Niet om die reden in alle geval. Maar er zijn een paar goede modezaken in het dorp; ik zal je er graag heenbrengen, wanneer je maar wilt.

Tussen twee haakjes, Moira en Challis weten dat je hier bent. Ik verwacht dat ze over een dag of wat wel even langs zullen komen om je te bezichtigen. Als ze tot de slotsom komen dat je niet al te dorps bent, willen ze je misschien wel introduceren bij de uitgaande wereld hier ter plaatse."

Wayness trok een wrang gezichtje. "Toen ik hier de eerste keer logeerde, mochten Moira en Challis me niet zo erg. Ik hoorde ze een keer over me roddelen. Moira zei dat ik eruitzag als een zigeunerjongetje in meisjeskleren. Challis vond het erg grappig uitgedrukt maar nog te vriendelijk. Volgens haar was ik een preutse zeurpiet met een gezicht als van een geschrokken kat."

Pirie Tamm slaakte een uitroep van milde verbazing. "Tjonge tjonge, die meisjes hebben een scherpe tong! Hoelang geleden was dat?"

"Vijf jaar ongeveer."

"Hm. Ik kan me soortgelijke voorvallen herinneren. Op een dag hoorde ik hoe Varbert me beschreef als 'een onwaarschijnlijke kruising tussen een kerkuil, een reiger en een veelvraat'. Bij een andere gelegenheid duidde Ussery mij aan als 'het huisspook' en zei dat ze me maar eens een stuk ketting moesten geven om mee te rammelen als ik door de gangen waarde."

Wayness onderdrukte met moeite een glimlach en zei: "Dat was een onbeschofte opmerking."

"Dat vond ik ook. Drie dagen later riep ik beide stellen bij me, onder het voorwendsel dat ik hun advies wilde inwinnen. Ik wilde mijn testament wijzigen, zo vertelde ik hun. En ik kon maar niet besluiten of ik alles nu zou nalaten aan het Genootschap van Natuurkenners, of aan de Coalitie tot Bescherming van de Kerkuil en de Veelvraat. Er viel een diepe stilte. Ten slotte opperde Challis, heel aarzelend, dat er misschien nog andere mogelijkheden waren. Ik antwoordde dat ze ongetwijfeld gelijk had en dat ik er eens over na zou denken, zodra ik de tijd ervoor had, waarna ik opstond. Moira vroeg waarom ik een stuk ijzeren ketting aan mijn riem had hangen. Ik zei dat ik daar graag mee rammelde wanneer ik door de gangen waarde." Pirie Tamm grinnikte. "Sindsdien zijn Varbert en Ussery merkbaar beleefder tegen me. Ze gaven uiting aan hun enthousiasme toen ze hoorden dat je was aangekomen en hadden het erover dat ze je aan een paar geschikte jongelui zouden voorstellen — wat dat nu weer betekenen mag."

"Dat betekent dat ze me eerst komen bekijken om te zien of ik nog zo'n tut ben en dat ze me dan proberen te koppelen aan het hulpje van een hondenfokker of een slungelige theologiestudent of misschien een aankomend verzekeringsmannetje bij Ussery op kantoor. En die zullen me vragen wat ik van de Aarde vind en waar Cadwal nou precies ligt — terwijl ze er geen van allen ooit van gehoord hebben."

Pirie Tamm lachte luidkeels. "Tenzij je natuurlijk een lid van het Genootschap tegen het lijf loopt, hetgeen onwaarschijnlijk is, want er zijn er nog maar acht over."

"Negen immers, oom Pirie! Vergeet niet mij erbij te tellen!"

"Ik heb je meegeteld, wees maar niet bang! Maar met ingang van vandaag zullen we Sir Regis Everard niet meer mee kunnen tellen, aangezien hij zojuist is overleden."

"Dat is geen opbeurend nieuws," zei Wayness.

"Zeker niet." Pirie Tamm keek achterom. "Er staat een duistere figuur ginds in de schaduwen, die op zijn vingers aftelt."

Wayness staarde het donker in. "U bezorgt me koude rillingen."

"Ha, hm," zei Pirie Tamm. "Zo zo. Nu ja, we zullen moeten leren nuchter met dit onderwerp om te gaan. Vergeet niet, de instelling waarop wij doelen verschaft grote groepen levenden een middel van bestaan! Tel maar op: priesters, mystici, grafdelvers, componisten en dichters van odes, treurmuziek en eulogieën; alsook artsen, beulen, uitvaartbegeleiders, grafbouwers en grafrovers — wat me ertoe brengt je te vragen, of je de naam Adrian Moncurio al bent tegengekomen? Nog niet? Die zal dan vroeg of laat wel boven water komen, want hij is vroeger lid geweest. Zoals je je misschien herinnert was het Moncurio die me die prachtige amforen aanbood."

"Een grafrover lijkt me handig om tot vriend te hebben," zei Wayness.

4

Twee weken gingen voorbij. Op een avond ontving Pirie Tamm zijn dochters Moira en Challis en hun respectieve echtgenoten, Varbert en Ussery, voor het diner. Voor deze gelegenheid droeg Wayness een van haar nieuwe ensembles: een donkerroze blouson op een zachtroze rok met donkerblauwe en donkerrode strepen, die strak om haar heupen zat en vandaar in zachte plooien tot op haar enkels hing. Toen ze de trap afkwam was Pirie Tamm zo aangedaan dat hij uitriep: "Bij mijn ziel en zaligheid, Wayness, je ontpopt je als een waarachtige veertig karaat hartenbreekster!"

Wayness kuste hem op de wang. "U maakt me nog verwaand, oom Pirie."

Pirie gnuifde geamuseerd. "Ik ben ervan overtuigd dat jij geen illusies koestert, wat jezelf betreft."

"Ik probeer inderdaad praktisch te blijven," zei Wayness.

De gasten arriveerden en werden bij de deur ontvangen door Pirie Tamm. Even was er een drukte van belang, toen iedereen iedereen over en weer begroette; vervolgens barstte een nieuwe ronde opgewonden uitroepen los, toen ze Wayness ontdekten. Moira en Challis inspecteerden haar snel van top tot teen, waarop een vuurwerk van enthousiast commentaar volgde. "Hemeltje, wat ben jij gegroeid! Challis, zou je dat arme kind nog terugkennen?"

"Het is moeilijk om me dat malle, zielige ding weer voor de geest te roepen, die de Aarde zo vreemd en beangstigend vond!"

Wayness glimlachte peinzend. "Wat verandert er toch veel in de loop der tijd, ten goede en ten kwade. Jullie zien er allebei zo'n stuk ouder uit dan ik me jullie herinner."

"Ze lopen ook werkelijk alle feestjes van beroemdheden af," zei Pirie Tamm. "Ze leiden een slopend bestaan, die twee."

"Vader toch! Hoe kunt u zoiets nu zeggen!" kreet Moira.

"Laat hem maar praten, hoor Wayness!" zei Challis. "We behoren echt hier tot de voorname kringen."

Varbert en Ussery kwamen nu naar voren om te worden voorgesteld. Varbert was lang en zo mager als een lat, met een haakneus, vlasblond haar en een wijkende kin. Ussery was iets minder lang, bol van wang en slap van buik, met een weke stem en een zalvende manier van praten. Varbert had zich een kritische houding aangemeten, als van een veeleisend estheet die slechts met perfectie tevreden kan zijn. Ussery betoonde zich wat verdraagzamer in zijn oordeel en was minzaam en joviaal in zijn uitingen. "Dit is dus de opmerkelijke Wayness: een mengeling van kwajongen en boekenwurm! Zeg, Varbert, ze is helemaal niet zoals ik me gedacht had!"

"Ik waag me nooit aan vooroordelen," zei Varbert onverschillig.

"Aha!" zei Pirie Tamm. "Dat is het kenmerk van de gedisciplineerde geest."

"Precies. Daardoor ben ik op alles voorbereid, te allen tijde en onder alle omstandigheden; wie weet wat er van de buitenwerelden binnen komt waaien, nietwaar?"

Wayness zei: "Ik heb vanavond voor de gelegenheid schoenen aangetrokken."

"Wat een vreemd kind!" zei Varbert zachtjes tegen Moira, maar net nog hoorbaar.

"Kom!" zei Pirie Tamm energiek. "Laten we allemaal een glaasje nemen voor het eten."

Het gezelschap ging gehoorzaam naar de salon, waar Agnes sherry ronddiende en Wayness opnieuw middelpunt van de belangstelling werd.

"Waarom ben je dit keer naar de Aarde gekomen?" vroeg Moira. "Had je een bijzondere reden?"

"Ik doe onderzoek naar de begintijd van het Genootschap. En ik maak misschien nog wat tripjes hierheen en daarheen."

"In je eentje?" vroeg Challis met opgetrokken wenkbrauwen. "Het is niet verstandig voor een onervaren jong meisje om alleen op reis te gaan op Aarde."

Ussery zei op vergoelijkende toon: "Waarschijnlijk blijft ze niet lang alleen."

Challis wierp haar al te joviale echtgenoot een ijzige blik toe om hem af te remmen. "Moira heeft helemaal gelijk. Dit is een verrukkelijke oude wereld, maar het is een feit dat we hier en daar in donkere hoekjes vreemde schepsels voortbrengen."

"Ja, die zie ik dikwijls," zei Pirie Tamm. "Ze houden zich schuil in de faculteitsclub op de universiteit."

Varbert voelde zich gedrongen daartegen in te gaan. "Kom nu, Pirie! Ik zit elke dag op de faculteitsclub! We hebben een eminent ledenbestand!"

Pirie Tamm haalde zijn schouders op. "Misschien huldig ik een wat extreem standpunt. Mijn vriend Adrian Moncurio komt tot nog veel hardere uitspraken. Hij stelt dat alle eerlijke mensen de Aarde allang verlaten hebben en dat het restant slechts bestaat uit kneuzen, lachertjes, nullen, hyperintellectuelen en zoetebroodjesbakkers."

"Dat is volstrekte onzin!" bitste Moira. "Geen van die categorieën is immers op ons van toepassing!"

Ussery zei op ondeugende toon: "Over lachertjes gesproken, gaan jullie ook naar het tuinfeest en treed jij daar nog op?"

Waardig sprak Moira: "Ik ben inderdaad aangezocht om deel te nemen aan het programma. Ik ben van plan 'Requiem voor een Dode Zeemeermin' te spelen of anders 'Vogelliederen van Weleer'."

"Ik hou bijzonder van jouw 'Vogelliederen'," zei Challis. "Het is toch zo klagelijk, dat stuk."

"Dan staat ons iets aangenaams te wachten," zei Ussery. "Ik geloof dat ik nog wel wat van die sherry blief. Challis, heb jij Wayness al meegevraagd naar het feest?"

"O, ze is natuurlijk welkom als ze wil komen. Maar er zijn verder geen jongelui aanwezig en ik betwijfel of ze het erg leuk zal vinden of een interessant iemand tegen het lijf zal lopen."

"Dat geeft niet," zei Wayness. "Als het me om leuk of interessant gezelschap te doen was geweest, was ik wel thuisgebleven op Cadwal."

"Je meent het!" zei Moira. "Ik dacht dat Cadwal een natuurreservaat was en dat jullie daar alleen maar zieke dieren verzorgen."

"Je zou Cadwal eens moeten bezoeken, dan kun je het zelf zien," zei Wayness. "Ik denk dat je verbaasd zou staan."

"Ongetwijfeld, maar ik ben te fijn gebouwd voor dat soort avonturen. Ongemakken en slecht eten en akelige insecten verdraag ik heel slecht."

"Ik deel je gevoelens geheel," zei Varbert. "Men zou tot een aardige filosofische stelling kunnen komen, namelijk dat de buitenwerelden nooit bedoeld zijn geweest voor menselijke bewoning en dat het Gaiaanse Bereik een onnatuurlijke constructie is."

Ussery lachte snaaks. "En als we thuisblijven, lopen wij Aardlingen tenminste een reeks zeer pittoreske kwalen mis, zoals Daniel's Dingel Drie, Grote Ogen, Schuddebeen en Chang-chang."

"Om maar niet te spreken van piraten en slavenhalers en al die andere wilde toestanden die in de Zelfkant te vinden zijn."

Agnes verscheen in de deuropening. "U kunt aan tafel."

De avond werd besloten op een toon van vage beleefdheid. Ussery herhaalde dapper zijn uitnodiging voor het tuinfeest, maar voor Wayness erop kon reageren bitste Challis: "Ussy, laat dat arme kind toch met rust! Geef haar toch de ruimte zelf te beslissen wat ze wil. Als ze zin heeft om mee te gaan zal ze het ons vast wel laten weten."

"Dat lijkt me een verstandige afspraak," zei Wayness. "Goedenacht allemaal!"

De gasten vertrokken. Pirie Tamm en Wayness zaten met hun beidjes in de salon. "Het zijn geen kwaaie mensen," zei Pirie Tamm brommerig. "Het zijn niet eens typische Aardlingen — maar vraag me niet om de typische Aardbewoner te beschrijven, want hij is veel te variabel en kan soms verrassend uit de hoek komen. En hij kan somber van inborst en gevaarlijk zijn, zoals Moira al liet vallen. De Aarde is een oude wereld, we hebben hier en daar wat houtrot."

Dagen en weken gingen voorbij. Wayness las documenten van elke denkbare aard, inclusief het Huishoudelijk Reglement van het Genootschap en alle amendementen die er in de loop der eeuwen op waren gekomen. Het Reglement was bijna naïef in zijn eenvoud en scheen te zijn opgesteld met universele onbaatzuchtigheid als uitgangspunt.

Wayness sprak hierover met Pirie Tamm. "Het zijn wonderlijk ouderwetse regels. Ze lijken de secretaris welhaast aan te zetten tot fraude. Ik sta ervan versteld dat er nog iets voor Nisfit was overgebleven om te verduisteren."

"De secretaris is, voor alles, lid van het Genootschap," zei Pirie Tamm uit de hoogte. "Hij is bijna per definitie een heer en een rechtschapen mens. Wij Natuurkenners hebben onszelf, nu en in het verleden, altijd beschouwd als een elitegroep binnen de bevolking in het algemeen. Nimmer is deze overtuiging ooit beschaamd — tot de komst van Nisfit."

"Er is iets anders wat ik niet begrijp. Waarom is de belangstelling voor het Genootschap zo dramatisch teruggelopen in de loop der jaren?"

"Er is op dit punt diep in eigen boezem getast," zei Pirie Tamm. "Een veelheid van redenen werd naar voren gebracht: zelfgenoegzaamheid, een gebrek aan nieuwe denkbeelden en daarmee gepaard gaand een afname van het enthousiasme. Het publiek begon ons te beschouwen als een groepje bestofte oude kevertjesverzamelaars, terwijl wij niets avontuurlijks of opzienbarends verrichtten om dat idee uit te drijven en evenmin het lidmaatschap toegankelijker of aantrekkelijker maakten. Een kandidaat-lid had aanbevelingen nodig van vier nieuwe leden en bij ontstentenis daarvan — zoals kon voorkomen bij een buitenwereldse kandidaat — diende hij een scriptie te overleggen, volledige biografische gegevens alsmede een uittreksel dat zijn identiteit en juiste naam en toenaam bevestigde, en aantoonde dat hij geen strafblad bezat. Een ontmoedigende gang van zaken."

"Dan verbaast het me dat Nisfit als lid werd geaccepteerd."

"In dat geval heeft het systeem ons in de steek gelaten."

Wayness zette haar onderzoekingen voort. Ze trof een lijst aan van hetgeen Nisfit verkwanseld had. De lijst was opgesteld door de nieuwe secretaris Nils Myhack en bevatte de volgende opmerking: "De schurk heeft ons grandioos zand in de ogen weten te strooien! In zijn boekhoudjargon heet dit: 'Gegenereerde middelen overgeheveld naar bestemmingsrekening activa BZ-2'. Ik zou erom moeten lachen als het niet zo hemelschreiend was! Gelukkig liggen het Handvest en de Eigendomsakte veilig in de kluis."

Dit, zo bedacht Wayness, was waarschijnlijk de aanleiding tot de vaste overtuiging — of juister gezegd misschien: de hoop — van de mysterieuze Monette, dat het Handvest nog in de kluis berustte.

De eigendommen die door Nisfit van de hand waren gedaan waren zeer verscheiden van aard: tekeningen en schetsen gemaakt door natuurvorsers gedurende buitenwereldse expedities, curiosa, sier- en kunstvoorwerpen met kunstwaarde, vervaardigd door niet-Gaiaanse levensvormen, waaronder tabletten met het nog steeds niet ontcijferde Myrrhische schrift, sculpturen van een wereld voorbij de Kleine Beer en vazen, kommen en ander vaatwerk dat in de Ninarchen was aangetroffen. Dan waren er verzamelingen van microlevensvormen, een kist met honderd magische stenen bollen en tabletten, vervaardigd door de banjees van Cadwal, sieraden die gedragen waren door de drasdravers van Gemini 333 IV. Een andere categorie behelsde archieven van het Genootschap die van belang waren voor verzamelaars van oude documenten, bewaard in mappen, folianten of gefuseerd zwart litholiet, gegraveerd met microscopisch kleine symbooltekens. En verder oude boeken en foto's, kronieken van allerlei slag, aantekeningen en biografische gegevens.

Het ontvreemde materiaal was niet geschikt om in zijn geheel te worden aangeboden aan een particulier of instituut, bedacht Wayness. Nauwlettend nam ze Nisfits correspondentie door. Ze trof aanvragen voor lidmaatschap aan, aanmaningen voor betaling van de contributie, royementsaanzeggingen, briefwisselingen met betrekking tot lopende rechtszaken, studiebeurzen, expedities en onderzoeksprojecten, alsook de subsidies en investeringen die inkomsten verschaften aan vele natuurvorsers op Stroma.

Deze enorme massa materiaal was welhaast overweldigend. In het begin nam Wayness steekproefjes in alle categorieën, maar daarna concentreerde ze zich op onderwerpen die het meest tot haar verbeelding spraken. Ze gebruikte een zoekprocedure om alle verwijzingen naar de term 'Handvest' op te sporen, maar ontdekte daarbij niets van belang.

Omdat het haar op het laatste moment te binnen schoot, onderwierp ze alle dossiers die uit Nisfits bestuursperiode dateerden aan dezelfde zoekprocedure en stootte daarbij op een geval dat haar belangstelling prikkelde.

Het ging om een voorval tijdens het jaarlijkse conclaaf, gedurende Nisfits laatste jaar als secretaris. In de notulen van deze vergadering was een woordenwisseling opgenomen tussen Jaimes Jamers, voorzitter van de activiteitencommissie, en Frons Nisfit, secretaris.

Jamers: Meneer de secretaris, het volgende behoort officieel niet tot mijn terrein; daarom wend ik me tot u, in de hoop dat u een aantal dingen kunt ophelderen die me duister zijn. Wat zijn bijvoorbeeld 'passieve activa'?

Nisfit: Heel eenvoudig, meneer Jamers. Dat zijn materialen die inmiddels geen waarde of nut meer hebben voor het Genootschap.

Jamers: Uw terminologie krijgt hier, naar mijn gevoel, het karakter van geheimtaal. Ik zou graag zien dat u zich in het vervolg begrijpelijker uitdrukte.

Nisfit: Goed, meneer Jamers.

Jamers: Dit bijvoorbeeld—wat betekent dit: 'Gegenereerde middelen overgeheveld naar de rekening Onvoorziene Baten'?

Nisfit: De terminologie, meneer Jamers, is voor een groot deel ontleend aan het jargon van de accountantsdienst.

Jamers: Maar wat betekent het nu precies?

Nisfit: In de ruimste zin betekent het: middelen die voortvloeien uit het afstoten van boventallig of overbodig materiaal en die worden overgebracht naar een fonds dat voor diverse doeleinden kan worden aangewend: subsidies, studiebeurzen, onvoorziene uitgaven en dergelijke. Daarnaast de betaling van belastingen en taxen, zoals de verplichte inschrijvingsbijdrage voor het Handvest van Cadwal, waaraan wij ons strikt te houden hebben.

Jamers: Juist ja. En deze betalingen hebt u nauwgezet verricht?

Nisfit: Natuurlijk meneer Jamers.

Jamers: En waarom bevindt het Handvest van Cadwal zich niet op zijn gebruikelijke plaats?

Nisfit: Het Handvest is tezamen met andere documenten door mij overgebracht naar de Bank van Margravie.

Jamers: Op de een of andere manier komt dit alles mij een beetje slordig en vrijblijvend voor. Ik vind dat er een inventarisatie gemaakt zou moeten worden van de bezittingen van het Genootschap, zodat we weten waar we aan toe zijn.

Nisfit: Uitstekend, meneer Jamers. Ik zal ervoor zorgen dat er een inventarislijst wordt opgesteld.

In de loop van de daaropvolgende week ontruimde Nisfit zijn kantoor en werd nadien nimmermeer gezien.

Plotseling kwam een gedachte op bij Wayness die haar interessant leek. Frons Nisfit was immers lid van het Genootschap geworden zonder dat men erg zwaar getild had aan de traditioneel strenge selectieprocedures. Wie hadden hem voor dat lidmaatschap voorgedragen? Wayness doorzocht het dossier Lidmaatschappen, maar ontdekte daar namen die haar niets zeiden. En hoe zat het met die Monette, die dertig jaar later lid was geworden? Opnieuw onderwierp Wayness de lijsten aan een nauwgezet onderzoek.

Gedurende de betreffende periode was er niemand met de achternaam 'Monette' lid geweest van het Genootschap.

Merkwaardig, dacht Wayness. Ze zette zich aan een nog toegespitster onderzoek en deed zo een onthutsende ontdekking.

Later die dag deed ze verslag van haar bevindingen aan Pirie Tamm. "Die 'Monette' was van buitenwereldse afkomst zoals u zei; toen ze haar aanvraag voor het lidmaatschap deed, diende ze een gewaarmerkte identificatie te overleggen die in het dossier werd opgenomen. En haar ware naam was 'Simonetta Clattuc'."

5

Wayness vertelde Pirie Tamm alles wat ze zich wist te herinneren van Glawens terloopse opmerkingen met betrekking tot Simonetta Clattuc. "Kennelijk was ze berucht om haar temperament; de geringste belediging was aanleiding tot woedende wraakoefeningen. Als jonge vrouw werd ze gedwarsboomd in een hartsaangelegenheid en op vrijwel hetzelfde tijdstip werd ze Huis Clattuc uitgezet, omdat haar prestaties onvoldoende waren. Ze vertrok van Station Araminta in razende woede en daarna heeft niemand meer iets van haar vernomen."

"Tot ze assistente van Nils Myhack werd," zei Pirie Tamm. "Ik vraag me af wat ze daarmee voorhad. Ze kan toen nog niet geweten hebben dat het Handvest en de Akte verdween waren."

"Nee, daarom wilde ze die bankkluis ook zo graag doorzoeken."

"Natuurlijk — maar ze vond hem daar niet en evenmin ergens anders, want de Eigendomsakte is nog steeds niet opnieuw geregistreerd op een andere naam."

"Dat is tenminste een troost. Aan de andere kant moet zij, net als ik, op zoek zijn gegaan in de archieven — waarschijnlijk met hetzelfde resultaat."

"Dat hoeft niet zo te zijn! Ze zou niet de moeite nemen de archieven door te pluizen, als ze dacht dat het Handvest en de Akte in de kluis lagen."

"Ik hoop dat u het bij het rechte eind hebt," zei Wayness. "Want anders zit ik mijn tijd te verdoen met zoeken op plaatsen waar zij al gezocht heeft."

Pirie Tamm zei er niets op; kennelijk vond hij dat Wayness hoe dan ook bezig was haar tijd te verdoen.

Desondanks zette Wayness haar werk voort, maar trof in de archieven van het genootschap nog steeds niets aan, dat enig licht kon werpen op Nisfits handelspraktijken.

Dagen en weken gingen voorbij. Wayness begon last te krijgen van moedeloze buien. Haar meest interessante vondst was een foto van Nisfit, waarop een magere blonde man van onbestemde leeftijd stond afgebeeld, een man met een hoog, smal voorhoofd, een minimale snor en een smalle mond waarvan de mondhoeken afhingen. Het was een gezicht dat ze op slag niet mocht, ook al omdat het de oorzaak van haar frustratie vertegenwoordigde.

Nog meer weken verstreken en Wayness kon niet aan de overtuiging ontkomen, dat ze met meer succes haar energie aan iets anders had kunnen besteden. Toch hield ze vol en bestudeerde elke dag weer nieuwe documentatie: brieven, facturen, kwitanties; klachten, voorstellen, verzoeken om inlichtingen, verslagen. Allemaal vruchteloos; Nisfit had zijn sporen efficiënt weten uit te wissen.

Laat op een namiddag, toen haar oogleden haast toevielen en ze de wanhoop nabij was, stootte Wayness op een korte passage die kennelijk aan Nisfits waakzaamheid was ontsnapt. De passage kwam voor aan het eind van een routinebriefje, afkomstig van een zekere Ector van Broude, woonachtig in de stad Sancelade, driehonderd kilometer naar het noordwesten. De brief betrof een extra aanslag van de belastingdienst, en in een P. S. voegde hij eraan toe:

"Mijn vriend Ernst Faldeker, die in dienst is bij de firma Mischap & Doorn hier ter stede, heeft zich tegenover mij uitgelaten met betrekking tot de omvangrijke transacties die u, als secretaris van het Genootschap, met deze firma bent aangegaan. Ik trek de wijsheid van deze beslissingen ernstig in twijfel. Is dit nu vooruitzien? Is dit in het belang van het Genootschap? Wees zo vriendelijk me de beweegredenen voor deze ongebruikelijke transacties uiteen te zetten." In grote opwinding draafde Wayness naar Pirie Tamm om te vertellen wat ze ontdekt had.

"Dat is zeker interessant," zei Pirie Tamm. "Mischap & Doorn in Sancelade, hm? Ik geloof dat ik die naam weleens gehoord heb maar ik zou hem niet een, twee, drie kunnen plaatsen. Laten we de telefoongids eens raadplegen."

In zijn werkkamer gekomen zette hij een zoekprocedure in gang en zag even later de informatie op het scherm verschijnen. " 'Mischap & Doorn, Commissionairs, Makelaars, Consignatiehandel.' De firma bestaat nog en is nog steeds gevestigd in Sancelade. Kijk eens aan."

HOOFDSTUK IV

1

"MISSCHIEN IS HET PROBLEEM met vijf minuutjes opgelost," zei Pirie Tamm. Hij toetste het nummer in van het kantoor van Mischap & Doorn te Sancelade. Het monitorscherm lichtte op en bovenaan verscheen het roodblauwe Mischap & Doorn merkbeeld, terwijl in de rechteronderhoek met hoofd en schouders een schrale jongedame verscheen, met een lange dunne neus en kort blond haar, dat bot was afgeknipt — in een nogal harde en excentrieke stijl, vond Wayness. Haar ogen fonkelden en dansten van vitaliteit maar ze sprak met een stem die welhaast niet vlakker kon. "Gelieve uw naam, beroep, en de reden voor dit gesprek mee te delen."

Pirie Tamm maakte zich bekend en noemde zijn functie bij het Genootschap.

"Goed. En waar gaat het over, meneer?"

Pirie Tamms gezicht betrok; het optreden van de receptioniste stond hem niet aan. Maar beleefd antwoordde hij: "Een zekere Ernst Faldeker was circa veertig jaar geleden aan uw bedrijf verbonden. Ik vermoed dat hij inmiddels met pensioen is?"

"Dat zou ik niet kunnen zeggen. Hij is in elk geval nu niet bij ons werkzaam."

"Misschien kunt u mij zijn huidige woon- en verblijfplaats mededelen?"

"Ogenblikje, meneer." Het gezicht van de jongedame verdween.

Pirie Tamm gromde Wayness toe: "Verbazend, vind je niet? Dit type employé ziet zichzelf als een soort engel op de wolken tronen, terwijl het gemene grauw beneden smeekbeden opzendt uit het slijk."

"Ze oogt erg zelfverzekerd," zei Wayness. "Maar als ze overgevoelig was, zou dat misschien een belemmering zijn in haar werk."

"Mogelijk, mogelijk."

Het gezicht van de jonge vrouw kwam weer op het scherm. "Ik hoor dat ik niet bevoegd ben u dat soort informatie te verschaffen."

"Wie is dat dan wel?"

"Berle Boffums is op het ogenblik onze bedrijfsleider. Wilt u misschien met hem spreken? Hij heeft op dit moment toch niks beters te doen."

"Rare opmerking," dacht Wayness. "Wilt u me met die heer doorverbinden?" vroeg Pirie Tamm.

Het scherm werd donker, er verstreek een ogenblik en toen kwam het levendige, beweeglijke gezicht weer terug. "Meneer Boffums is in conferentie en kan op het ogenblik niet gestoord worden."

Pirie Tamm gromde geërgerd. "Misschien kunt u me enigszins op weg helpen. Uw firma heeft indertijd — dat moet, laat eens kijken, zo'n veertig jaar geleden zijn geweest — transacties uitgevoerd in opdracht van het Genootschap van Natuurkenners. Ik zou zeer gaarne vernemen waar de goederen in kwestie heen zijn gegaan."

De receptioniste lachte. "Als ik ook maar een zweem van dergelijke informatie zou loslaten, zou Bolle Boffums me m'n nek omdraaien. Hij heeft, eh — laat ik zeggen: een obsessie voor geheimhouding. Ikzelf zou me grif laten omkopen, ware het niet dat Bolle Boffums de vertrouwelijke dossiers achter slot en grendel heeft."

"Dat is jammer. Waarom is hij zo voorzichtig?"

"Dat weet ik niet. Hij geeft niemand tekst en uitleg van zijn oekazes — en mij al helemaal niet."

"Dan dank ik u voor uw hulp." Pirie Tamm verbrak de verbinding. Langzaam draaide hij zich om naar Wayness. "Een merkwaardig bedrijf, zelfs voor de Oude Aarde. Misschien komt het doordat ze gevestigd zijn in Sancelade, want dat is op zichzelf al een buitengemene stad."

"We hebben nu tenminste een aanwijzing of een spoor of hoe zoiets genoemd wordt."

"Dat is waar, het is een begin."

"Ik vertrek meteen naar Sancelade. Misschien dat ik Berle Boffums op een of andere manier kan overreden zijn informatie prijs te geven."

Pirie Tamm slaakte een trieste zucht. "Vanuit het diepst van mijn hart vervloek ik die verwenste aandoening, die me meer uit het lood slaat dan jij vermoedt! Ik ben mijn mannelijkheid voorgoed kwijt; ik hobbel en kruip door het huis als een breekbare oude kabouter, terwijl jij, klein ding dat je bent, eropuit trekt om het werk te doen dat ik zou behoren te verrichten!"

"Alstublieft, oom Pirie, u moet niet zo praten! U doet wat u kunt en ik doe wat ik kan en zo komen we er wel."

Pirie Tamm klopte Wayness op haar hoofd; een van zijn weinige uitingen van genegenheid. "Ik zal er niets meer over zeggen. Ons doel is belangrijker dan wij. Maar ik zou niet willen dat je iets overkwam, of dat je werd bedreigd of zelfs maar bang gemaakt."

"Ik ben heel voorzichtig, oom Pirie. Meestal, tenminste. En nu moet ik naar Sancelade om te zien wat ik bij Mischap & Doorn te weten kan komen."

"Ja, dat zal wel moeten," zei Pirie Tamm, maar erg overtuigd klonk hij niet. "Ik behoef je er niet op te wijzen dat je tegenover een aantal moeilijkheden zult komen te staan — waaronder Berle Boffums."

Wayness lachte nerveus. "Ik hoop het er levend vanaf te brengen; en wie weet kom ik wel met het Handvest terug."

Pirie Tamm bromde wat. "Ik moet er opnieuw op wijzen dat Sancelade een merkwaardig oord is, met een opmerkelijke geschiedenis." En Pirie Tamm stelde Wayness in kennis van een aantal saillante feiten. De oude stad, zo vertelde hij, was geheel verwoest gedurende de zogeheten 'Vervreemdingsfurie*'. Tweehonderd jaar lang bleef deze plek een troosteloze woestenij, tot de autocraat Tybalt Pimm opdracht gaf op dezelfde plaats een nieuwe stad te bouwen. Hij schreef ieder aspect van het nieuwe Sancelade nauwgezet en tot in alle details voor,

---

* Buitenwereldse repatrianten, die niet in staat bleken zich opnieuw aan te passen aan de Oud-Aardse samenleving, waren onverwacht bezweken aan massapsychose. Ze hadden bendes gevormd die zich te buiten gingen aan geweld en vernielingen, om de leefomgeving te straffen die hen naar hun gevoel kwaad had gedaan.

De ongeregeldheden hadden de bewoners van de Oude Aarde diep geschokt en een gevoel van xenofobie teweeggebracht, dat nadien niet meer uit hun opstelling zou verdwijnen.

waarbij de ingewikkelde bouwstijl die hij had gekozen in elk van de zes districten in een eigen variant werd toegepast.

Indertijd riep Tybalt Pimms grandioze plan spot en hoongelach op, maar na verloop van tijd bedaarde het lachen en inmiddels werd Sancelade beschouwd als het meesterwerk van een genie, dat gelijkelijk begiftigd was met verbeelding, energie en ongelimiteerde middelen.

Aan Pimms theorieën en voorschriften werd nog lang strikt de hand gehouden, ofschoon ze hier en daar wat verwaterden. Zo werd het Kypriaanse Kwartier, door Pimm ontworpen als een district voor de huisvesting van lichte industrie, vakscholen, redelijk geprijsde eetgelegenheden en ontmoetingsruimten, in tegenstelling daarmee een wijkplaats voor artiesten, muzikanten, vagebonden en mystici, die zich vestigden te midden van duizenden cafeetjes, bistro's, studio's, winkeltjes in snuisterijen en dergelijke. Ten slotte kreeg Sancelade de naam van een stad waar men in weelde of verloedering kon leven, met een rechtschapen of een ruim geweten, en waar men over het algemeen kon doen wat men wilde, zolang men maar discreet bleef, of zelfs zonder enige discretie.

2

Wayness reisde naar Shillawy met het openbaar vervoer, door een landschap met kleine boerderijtjes en dorpjes, waar sinds het begin der tijden nooit iets veranderd was. Vanaf Shillawy nam ze de ondergrondse gliptrein, die haar twee uur later neerzette op het centraal station van Sancelade.

Een taxi bracht haar naar het hotel dat Pirie Tamm had aanbevolen, het Marsac, gelegen aan de rand van de voorname Gouldenerie en vlak bij het Kypriaanse Kwartier. Het Marsac was een ingewikkeld oud gebouw met vele vleugels, drie restaurants en vier balzalen met verguldsel en uitzicht op de Taing. Wayness voelde zich opgenomen in een sfeer van achteloze élégance, van rust en ontspanning, een sfeer die nergens anders in het Bereik te vinden was. Ze werd naar een ruime kamer gebracht met een hoog plafond en wanden die een verbleekt ecru waren geschilderd. Een zacht Marokkaans tapijt in bruin, zwart, donkerrood en indigo fleurde de grijze terrazzovloer op. Boeketten verse snijbloemen stonden op de tafeltjes aan weerszijden van het bed.

Wayness kleedde zich om; ze koos een keurig donkerbruin pakje, om haar zakelijke bedoelingen uit te doen komen en ging toen terug naar de hotelhal. Het adresboek leerde haar dat het kantoor van Mischap & Doorn gevestigd was in het Flaviongebouw aan het Alixterplein, aan de andere kant van de Gouldenerie.

Het was nu een uur na de middag. Wayness lunchte in de Rivierzicht Grill en keek naar de Taing die voorbij stroomde terwijl ze trachtte te besluiten hoe ze het beste te werk kon gaan.

Ten slotte besloot ze tot een plan dat eenvoudig was en recht op het doel afging. Ze zou naar het kantoor van Mischap & Doorn gaan, daar meneer Boffums te spreken vragen en hem zo vriendelijk als ze kon verzoeken haar wat informatie te bezorgen. "Mischap & Doorn is tenslotte een goed bekend staande, oude firma," zei ze bij zichzelf. "Ze kunnen geen enkele reden hebben mij zo'n bescheiden verzoekje te weigeren."

Na de lunch liep ze door de Gouldenerie naar het Alixterplein — een klassieke tuin omgeven door gebouwen van vier verdiepingen waarvan er geen twee gelijk waren, maar die allemaal waren gebouwd in overeenstemming met Tybalt Pimms esthetische principes.

Mischap & Doorn bevond zich op de tweede verdieping van het Flaviongebouw, aan de noordzijde van het plein. Wayness beklom de trap naar de tweede etage en betrad een binnentuin beplant met varens en palmen. Er hing een lijst met de diverse burelen en afdelingen van Mischap & Doorn: Directie, Personeelszaken, Boekhouding, Taxaties, Inruil, Buitenwereldse bezittingen en nog een aantal andere. Wayness volgde de pijlen naar Directie. De deur gleed open toen ze hem beetpakte. Ze kwam in een ruim vertrek, ingericht voor een bezetting van acht man personeel, dat nu echter slechts door twee vrouwen werd bevolkt. De jonge receptioniste met het magere gezicht zat aan een bureau dat precies midden in het vertrek stond. Op een bordje stonden haar naam en functie: 'GILJIN LEEPE, secretaresse van de bedrijfsleider'. Aan een tafel helemaal rechts zat een gedrongen oudere vrouw, met grijs haar, een grof gezicht en zware botten, die ruim in het vlees stak. Ze had plateaus, boeken, gereedschap en optische instrumenten voor zich liggen en werd geheel in beslag genomen door het plateau met kleine voorwerpjes dat ze bestudeerde.

Giljin Leepe was zo te zien een jaar of vijf, zes ouder dan Wayness en een paar centimeter langer. Ze was aandoenlijk mager, met een pezig lijf en borsten die meer een idee waren dan werkelijkheid. Haar zeeblauwe ogen gaven haar een onschuldig, eerlijk voorkomen wanneer ze ze wijd open sperde; sloeg ze haar oogleden neer, dan zag je haar humor en intelligentie. En haar gezicht, bekroond door kort zandblond haar, dat onder een bloempot leek te zijn afgeknipt, was verre van onaantrekkelijk. Een vreemd meisje, dacht Wayness, en zeker iemand om behoedzaam mee om te gaan. Giljin Leepe zat Wayness met even grote belangstelling op te nemen, waarbij ze haar wenkbrauwen optrok als vroeg ze zich af: "Wat ter wereld krijgen we nu?" Maar wat ze zei was: "Waar kom je voor, jongedame? Dit is het kantoor van Mischap & Doorn. Weet je zeker dat je aan het goede adres bent?"

"Ik hoop het wel. Ik wilde wat informatie; misschien kun je me daaraan helpen."

"Gaat het om koop of verkoop?" Giljin Leepe overhandigde Wayness een foldertje. "Hierin staat een overzicht van het soort goederen dat op het ogenblik actief in de belangstelling staat; misschien dat je daar iets bij vindt."

"Ik ben geen klant," zei Wayness verontschuldigend. "Ik probeer alleen een aantal artikelen op te sporen die zo'n veertig jaar geleden door deze firma zijn verkocht."

"Hm. Heeft daar gisteren ook al niet iemand over gebeld?"

"Ja, dat wel."

"Nou het spijt me, maar er is nog niets veranderd, behalve dat ik weer een dagje ouder ben geworden. Nelda verandert nooit, maar ja, Nelda verft haar haar."

"Haha!" zei Nelda. "Als ik mijn haar echt verfde, zou ik dan zo'n kleur kiezen, als van vuil zeepsop?"

Wayness kon er niets aan doen; ze werd gefascineerd door Giljin Leepe's mond, bleekroze en breed, met dunne lippen en constant in beweging; eerst werd de ene hoek opgetrokken en dan de andere tot een lach, dan weer werd hij scheefgetrokken of samengeknepen, of wezen allebei de hoeken pruilend omlaag.

"Hoe het ook zij," zei Giljin Leepe, "Bolle Boffums verandert nooit."

Wayness wierp een blik op de deur aan de overkant, die kennelijk toegang gaf tot meneer Boffums' privékantoor. "Waarom doet hij zo behoedzaam?"

"Omdat hij niets beters te doen heeft. Mischap & Doorn loopt vanzelf wel en de bazen hebben Bolle Boffums op het hart gebonden dat hij zich nergens mee mag bemoeien. En dus houdt hij zich maar bezig met het verzamelen van kunst—"

"Kunst, zeg je?" kwam Nelda tussenbeide. "Ik weet anders wel hoe ik het zou noemen!"

"En verder ontvangt Bolle zo nu en dan een belangrijke klant, aan wie hij soms zijn kunstvoorwerpen laat zien als hij denkt dat hij hem—of haar—kan shockeren."

"Zou hij mij ter wille zijn, denk je, als ik hem uitleg wat ik wil en waarom?"

"Waarschijnlijk niet. Je kan het proberen."

Nelda zei: "Waarschuw dat kind dan tenminste."

"D'r is niet zo veel om haar tegen te waarschuwen. Hij kan hoogstens weleens een beetje vervelend worden."

Wayness keek twijfelend naar de deur van meneer Boffums' kantoor. "Wat bedoel je met 'vervelend' en hoe vervelend is 'een beetje'?"

"Ik klap niet echt uit de school als ik zeg dat Bolle zich niet altijd lekker voelt in aanwezigheid van knappe jongedames. Dan krijgt hij last van onzekerheid. Hij heeft zo zijn buien."

"Daar krijgt hij last van als hij te veel rood vlees heeft gegeten," zei Nelda.

"Elke theorie is even goed," zei Giljin. "Want het is een feit, Bolle Boffums is onvoorspelbaar."

Wayness keek opnieuw naar de deur achterin het kantoor. "Dien me maar aan. Ik zal zo vriendelijk mogelijk tegen hem doen, dan vindt hij me misschien wel aardig."

Giljin Leepe knikte ongeïnteresseerd. "En wie kan ik zeggen dat er is?"

"Ik ben Wayness Tamm, vicesecretaris van het Genootschap van Natuurkenners."

De deur achter in het kantoor gleed open. Een grote man stond in de deuropening. Op scherpe toon riep hij: "Wat gebeurt hier, Giljin? Heb je niets beters te doen dan je met je vriendinnetjes te onderhouden?"

Op volkomen neutrale toon zei Giljin Leepe: "Dit is geen vriendin van me; deze dame vertegenwoordigt een belangrijke cliënt en heeft wat informatie nodig inzake zekere transacties."

"Wie is die cliënt en wat voor transacties?"

"Ik ben vicesecretaris van het Genootschap van Natuurkenners. Ik kom informeren naar een transactie die een voormalig secretaris van ons Genootschap enige tijd geleden met u heeft afgesloten."

Berle Boffums kuierde naar haar toe. Hij was een lange, mollige man, van gevorderde middelbare leeftijd, met een rond rood gezicht en te lang asblond haar, dat vanaf de middenscheiding recht opzij was gekamd: het zogeheten 'zadeltasmodel'.

"Hoogst merkwaardig!" zei hij. "Zo'n tien, twaalf jaar terug is er een vrouw hier op kantoor geweest met precies dezelfde vraag."

"U meent het!" zei Wayness. "Gaf ze ook een naam op?"

"Waarschijnlijk wel, maar die ben ik vergeten."

"En hebt u haar de informatie verstrekt?"

Meneer Boffums trok zijn wenkbrauwen op, die donker waren en erg afstaken bij zijn asblonde haar, en nam Wayness met grote bleke ogen op. Op pedante toon zei hij, ietwat door zijn neus pratend: "Ik beschouw al mijn zakelijke handelingen als vertrouwelijk. Dat is een gezond handelsprincipe. Mocht u me nader willen consulteren, dan kunt u nu binnenkomen." Meneer Boffums keerde zich om. Wayness wierp een zijdelings blik op Giljin Leepe en voelde zich niet erg bemoedigd door een spijtig schouderophalen van haar kant. Met hangende schouders en schoorvoetend ging Wayness hem achterna, als een veroordeelde op weg naar de galg.

Meneer Boffums schoof de deur dicht en deed hem op slot met een dun metalen staafje aan zijn sleutelbos.

"Ouderwetse sloten zijn altijd nog de beste, vindt u niet?" vroeg meneer Boffums opgewekt.

"Dat zal wel," zei Wayness. "Vooropgesteld dat een slot noodzakelijk is."

"Aha! Ik vat hem! Wel, ik ben mogelijk overdreven zorgvuldig. Wanneer ik zakengesprekken voer, houd ik er niet van gestoord te worden en ik ben ervan overtuigd dat u er net zo over denkt. Waar of niet?"

Wayness hield zich voor dat ze aardig tegen meneer Boffums moest zijn omdat hij zich anders onzeker zou gaan voelen. Ze glimlachte beleefd. “U hebt daar veel meer ervaring in dan ik, meneer Boffums. U weet ongetwijfeld wat het beste is.”

Meneer Boffums knikte. “Ik zie al dat u een uitgeslapen jongedame bent, en ik twijfel er niet aan, of u zult grote successen boeken.”

“Dank u wel meneer Boffums. Ik vind het leuk dat u dat zegt en ik zou u erg erkentelijk zijn als u me zou kunnen helpen.”

Meneer Boffums maakte een weids gebaar. “Natuurlijk! Waarom ook niet!” Hij liep naar zijn bureau en leunde ertegenaan. Hij zag er niet bepaald onzeker uit, dacht Wayness. Was dat nu een goed teken of niet? Hij was beslist een hoogst verwarrend persoon met een uitgesproken wispelturig karakter—het ene ogenblik was hij knorrig, het volgende ogenblik was hij een en al ondeugende scherts. Ze keek het kantoor eens rond. Links zag ze een schuifwand die een deel van het kantoor afsloot en rechts een bureau, stoelen, een tafel, een communicator, schappen, archiefkasten en verdere toebehoren voor een kantoor. Vier smalle ramen keken uit op een tuin op de binnenplaats.

“U treft me juist op een tijdstip dat ik weinig om handen heb,” zei meneer Boffums. “Ik ben, al zeg ik het zelf, een efficiënt bedrijfsleider, hetgeen erop neerkomt dat het werk van onze firma ook zonder mijn gedurige begeleiding voortgang vindt. En dat komt goed uit want daardoor heb ik meer tijd voor mijn particuliere interesses. Hebt u toevallig ook de kunstgeschiedenis bestudeerd?”

“Nee; niet diepgaand in elk geval.”

“Toevallig is dat nu een van mijn interesses. Ik heb me gespecialiseerd in een van de meest diepzinnige en universele aspecten van dit onderwerp, al kan het om een of andere reden op weinig serieuze of wetenschappelijke aandacht aanspraak maken. Ik doel uiteraard op de erotische kunst.”

“Het is me wat!” zei Wayness. “Ik vroeg me af of u bekend bent met het Genootschap van Natuurkenners?”

Meneer Boffums scheen haar niet verstaan te hebben. “Mijn verzameling erotische curiosa is uiteraard niet allesomvattend, maar ik vlei me met de gedachte dat de kwaliteit over de gehele linie superbe is. Zo nu en dan laat ik mijn verzameling zien aan personen die zich intelligent en meevoelend opstellen. Wat dacht u van uzelf?” Hij hield haar scherp in het oog.

Wayness zei behoedzaam: "Ik heb het onderwerp nooit bestudeerd en ik weet er ook feitelijk heel weinig van —"

Meneer Boffums onderbrak haar met een handgebaar. "Doet er niet toe. We zullen u beschouwen als een geïnteresseerde leek met vele latente mogelijkheden!"

"Daar ben ik van overtuigd, maar —"

"Kijk." Meneer Boffums drukte op een knop en de scheidingswand week vaneen, vouwde zich samen en verdween in de muur. Hierdoor werd een uitgestrekte ruimte zichtbaar, die door meneer Boffums was ingericht als een soort museum van erotische kunst, omvattende symbolen, kunstvoorwerpen, hulpstukken, prenten, beelden, sculptuurtjes, miniaturen en een in geen enkele categorie onder te brengen allegaartje. Vlak bij de ingang stond een marmeren beeld van een naakte held met een acute aanval van opstandigheid; aan het andere eind van het vertrek stond een tweede beeld, eveneens van marmer, dat een vrouw uitbeeldde die geheel opging in de attenties die een demon haar bewees.

Wayness keek eens rond, en al trok haar maag nu en dan samen, haar voornaamste opwelling was toch om hartelijk te gaan lachen. Als ze op die wijze reageerde, zou meneer Boffums zich zeker beledigd voelen en dus hield ze haar gezicht zorgvuldig in de plooi en toonde slechts een uitdrukking van, naar ze hoopte, beleefde belangstelling voor het tentoongestelde.

Kennelijk was dit echter niet genoeg. Meneer Boffums stond haar met half geloken ogen gade te slaan en fronste nu ontevreden zijn voorhoofd. Wayness vroeg zich af wat ze verkeerd kon hebben gedaan. Toen viel haar een heel nieuwe gedachte in: "Natuurlijk, de man is een exhibitionist! Wanneer ik blijk geef van geschoktheid of verwarring, wanneer ik desnoods maar mijn lippen bevochtig, voelt hij zich gestimuleerd." Ze bleef er even over piekeren. "Natuurlijk wil ik graag aardig tegen meneer Boffums doen en zorgen dat hij in een goede stemming komt." Maar niet op die manier; dat was haar eer te na.

Meneer Boffums sprak op ietwat gezwollen toon: "In het Grote Huis van de Kunst zijn vele kamers, sommige ruim en andere krap bemeten, sommige vervuld van de kleurenvloed van de regenboog, terwijl andere zich openbaren in tinten die subtieler zijn, gedempt en wulps; nog weer andere laten zich slechts kennen door hen die waarlijk onderscheidingsvermogen bezitten. Ik ben zo iemand, en mijn speciale terrein is de erotica. Haar kusten heb ik wijd en zijd bereisd, elke variatie en buitensporigheid is mij bekend."

"Dat is zeer indrukwekkend. Maar wat de zaak betreft waarvoor ik kom —"

Meneer Boffums sloeg geen acht op haar. "Zoals u ziet, kom ik deerlijk ruimte tekort. Ik kan slechts oppervlakkig aandacht besteden aan de minnemuziek, aan standen en houdingen en aan de parfums en geuren der bekoring." Meneer Boffums wierp haar een zijdelingse blik toe en streek een lok weg van het asblonde haar, dat voor zijn ogen was gevallen en zo'n opvallend contrast opleverde met zijn donkere wenkbrauwen. "Maar, mocht het u lijken, dan kan ik u zalven met een droppel van wat de legendarische Amuille haar 'Oproep tot de Jacht' noemde."

"Dat komt me, geloof ik, niet zo uit, vandaag," zei Wayness. Ze hoopte dat ze meneer Boffums niet zou ontrieven, doordat ze voortdurend alles afsloeg. "Misschien een ander keertje."

Meneer Boffums knikte kortaf. "Misschien. Wat vindt u van mijn collectie?"

"Zeer veelomvattend, gezien vanuit mijn eigen beperkte ervaring," zei Wayness voorzichtig.

Boffums keek haar verwijtend aan. "En dat is alles? Meer niet? Laat ik u een rondleiding geven; met verbeeldingskracht gezegende personen raken er gefascineerd of zelfs opgewonden door."

Wayness schudde glimlachend haar hoofd. "Ik wil u niet tot last zijn."

"O, het is in het geheel geen moeite! Ik vind het dikwijls moeilijk mijn eigen geestdrift in te tomen." Hij liep naar een tafel. "Neemt u nu deze voorwerpen, zo gewoon, zo alledaags, en toch vaak zo onbegrepen."

Wayness wierp een blik op de tafel. Ze probeerde iets te bedenken, aangezien meneer Boffums klaarblijkelijk een intelligent commentaar van haar verwachtte. "Het ontgaat me eigenlijk waarom ze onbegrepen zouden zijn. Ze lijken me niet mis te verstaan."

"Mogelijk, ja. Ze zijn gespeend van subtiliteit en schijnheiligheid. Misschien ligt daarin hun bekoring. U zei iets?"

"Niets van belang."

"Men kan ze het beste aanduiden als producten van 'volkskunst'," zei meneer Boffums. "Ze komen voor in elk tijdperk der geschiedenis, in alle lagen van de samenleving, en vervullen daarin vele functies: bij puberteitsrituelen, voodoovervloekingen, vruchtbaarheidsriten, boertige kluchten, alsook bij meer alledaagse gelegenheden. De beste zijn uit hout gesneden. Ze zijn er in alle denkbare maten en tinten en graad van gezwollenheid."

Meneer Boffums wachtte even tot Wayness er iets op zou zeggen. Behoedzaam merkte ze op: "Ik geloof toch niet dat ik dergelijke voorwerpen als volkskunst zou betitelen."

"Zo? Hoe zou u ze dan wel noemen?"

Wayness aarzelde. "Nu ik erover nadenk is 'volkskunst' ook wel een goede benaming."

"Precies. Deze ondeugende voorwerpjes vervullen ook dikwijls een nederiger functie, voor lieden die we als esthetische barbaren moeten beschouwen. In die gevallen worden door deze openingen riemen of banden gehaald, opdat men ze kan voorbinden —" meneer Boffums pakte een van de voorwerpen in kwestie en hield het met een bescheiden glimlachje voor zich "— en wel op deze wijze. Wat vindt u ervan?"

Wayness nam hem kritisch op. "Hij past niet zo goed bij uw teint. Die roze daar zou u meer flatteren. Hij is groter en opvallender, maar waarschijnlijk toch iets smaakvoller."

Meneer Boffums fronste zijn voorhoofd, legde het voorwerp weg en draaide zich kregelig om. Wayness zag dat ze hem nu toch geërgerd had, terwijl ze zo haar best had gedaan tactvol te zijn.

Meneer Boffums liep met driftige passen naar zijn bureau toe, bleef toen staan en draaide zich met een ruk om. "Welaan, juffertje hoe-heet-u-ook-alweer..."

"Mijn naam is Wayness Tamm en ik ben hier uit naam van het Genootschap van Natuurkenners."

Meneer Boffums trok zijn donkere wenkbrauwen hoog op. "Is dit een grapje? Ik had duidelijk begrepen dat dit Genootschap niet meer bestond."

"De plaatselijke afdeling is min of meer slapend," gaf Wayness toe. "Maar er bestaan plannen het Genootschap nieuw leven in te blazen.

Daarom zijn wij bezig zekere stukken op te sporen, die indertijd door de toenmalige secretaris Frons Nisfit aan Mischap & Doorn in consignatie werden gegeven ter verkoop. Als u ons inlichtingen zou kunnen verschaffen over de betrokken documenten, zouden wij u erg erkentelijk zijn."

Meneer Boffums liep naar zijn bureau en ging er weer tegenaan staan leunen. "Dat is allemaal goed en wel, maar zeventien generaties lang heeft deze firma bekend gestaan om de vertrouwelijkheid waarmee elke transactie, hoe klein of hoe groot ook, werd omgeven. Op dit punt is er niets veranderd. Wij kunnen ons geen gedragingen permitteren die ons bloot zouden kunnen stellen aan rechtsvervolgingen."

"Maar er is geen enkele reden tot bezorgdheid! Nisfit was gerechtigd eigendommen van het Genootschap van de hand te doen; en in geen geval worden bij het optreden van Mischap & Doorn vraagtekens gezet."

"Dat is prettig om te horen," zei meneer Boffums wrang.

"Zoals ik al zei proberen we slechts zekere stukken met herinneringswaarde voor het Genootschap opnieuw te verwerven."

Meneer Boffums schudde langzaam zijn hoofd. "Die stukken zullen intussen heinde en ver verspreid zijn; dat is althans mijn mening."

"Maar dat is in het ergste geval," zei Wayness. "Het is ook mogelijk dat alles in handen is gekomen van een enkele verzamelaar."

"U kunt zeer overtuigend redeneren," zei meneer Boffums.

Wayness kon een opwelling van optimisme niet bedwingen. "O, dat hoop ik toch zo! Werkelijk waar!"

Meneer Boffums leunde achterover en glimlachte dunnetjes. "Hoe graag wilt u die informatie hebben?"

De moed ontzonk Wayness. Ze staarde op naar het geamuseerde gezicht van de man en zei: "Ik ben helemaal naar Sancelade gekomen om u te spreken te krijgen, als u dat bedoelt."

"Niet helemaal. Ik bedoel het volgende. Als ik u een dienst bewijs, moet u mij ook een dienst bewijzen. Is dat eerlijk of niet?"

"Dat weet ik niet zo. Aan wat voor dienst dacht u?"

"Laat ik het even uitleggen. Ik ben, zo min of meer, in mijn vrije tijd scenarioschrijver — van niet onaanzienlijke bekwaamheid, al zeg ik het zelf. Ik heb al verschillende heel aardige dingen op mijn naam staan."

"Ja, en?"

"Op het ogenblik ben ik bezig met een potpourri van diverse elementen die, eenmaal vermengd, verder bewerkt en aangescherpt, een verrukkelijk effect zullen sorteren. Welnu, er is een korte scène waarvoor ik tot nog toe geen oplossing heb gevonden. Ik meen dat u me daarbij van dienst zou kunnen zijn."

"O ja? En wat moet ik dan doen?"

"Het is eenvoudig genoeg. Ik heb het thema ontleend aan een oude mythe. De nymf Ellione wordt verliefd op een standbeeld dat de held Leausalas voorstelt en tracht door het vuur van haar liefkozingen het marmeren beeld tot leven te brengen. U ziet ginds een marmeren standbeeld dat heel goed dienst kan doen voor een kleine repetitie. Let niet op zijn stijfkoppigheid. Idealiter dient Leausalas aanvankelijk in rust te verkeren, om dan allengs te worden gestimuleerd door Ellione's liefkozingen. Ongetwijfeld vind ik daar nog wel een oplossing voor. Ten slotte wordt Ellione bemoedigd door... maar genoeg nu. We beginnen met de eerste scène, als wij het tenminste eens zijn. Als u zich op het podium wilt ontkleden... ik zal de camera bedienen."

Wayness trachtte iets te zeggen, maar meneer Boffums sloeg er geen acht op. Hij wees. "Klim op het podium en begin u dan langzaam van uw kleren te ontdoen. Wanneer u naakt bent zal ik u verdere instructies geven. De camera is klaar, laten we met de opname beginnen."

Wayness stond star en stil midden in het vertrek. Ze had zich er al vroeg rekenschap van gegeven, dat ze gedurende haar speurtocht met dergelijke of zelfs nog grovere voorstellen zou worden geconfronteerd. Ze had voor zichzelf nog niet precies afgebakend hoe ver ze bereid was te gaan, voor wat haar betrof de grens bereikt was. Deze meneer Boffums, echter, vond ze hinderlijk en volstrekt niet vermakelijk en haar antwoord liet dus niet op zich wachten.

"Het spijt me, meneer Boffums, ik zou graag een groot actrice worden en naakt dansen, maar mijn vader en moeder zouden dat nooit goed vinden, dus daarmee is het afgedaan."

Meneer Boffums wierp het hoofd in de nek zodat zijn lange blonde haar naar achteren vloog. Hij maakte een nijdig geluidje. "Tsss! Wat zitten we hoog te paard! Nu ja, als het zo ligt, laat het dan maar! Ik wens u niets onplezierigs toe, maar smakeloze slapheid kan ik niet verdragen. Vertrek alstublieft; u hebt me al genoeg tijd laten verspillen!"

Hij beende naar de deur, deed hem van het slot en schoof hem open. “Onze juffrouw Leepe zal u uitlaten.” Door de deuropening riep hij: “Juffrouw Leepe, deze jongedame vertrekt. Ik wens haar niet meer te ontvangen; nooit meer, begrijpt u!” Meneer Boffums draaide zich om en de deur schoof met een klap weer dicht.

Wayness liep stram het grote kantoor door, met haar tanden op elkaar. Ze bleef bij het bureau van Giljin Leepe staan, keek achterom, wilde wat zeggen, maar bedacht zich.

Giljin Leepe maakte een luchtig handgebaar. “Zeg maar wat je wilt, ons zul je niet kwetsen. Iedereen die Bolle Boffums kent, heeft minstens driemaal daags de neiging hem een schop te verkopen.”

“Ik ben zo woedend dat ik niet eens meer na kan denken!”

Giljin Leepe keek haar begrijpend aan. “Het onderhoud is dus niet goed verlopen?”

Wayness schudde haar hoofd. “Helemaal niet, nee. Hij heeft me zijn kunstverzameling laten zien en liet toen doorschemeren dat hij me de gevraagde informatie wel zou willen geven, maar dan moest ik eerst naakt voor hem dansen. Ik zal het allemaal wel verkeerd hebben aangepakt. Toen ik zei dat ik niet goed kon dansen begon hij te mokken en stuurde me weg.”

“Er is geen peil op te trekken hoe een onderhoud met Bolle Boffums zal verlopen,” zei Giljin Leepe. “Elk onderhoud is enig in zijn soort en iedereen komt verbijsterd over Bolle’s gedragingen weer naar buiten.”

Nelda zei vanaf de andere kant van de kamer: “Hij is vrijwel zeker impotent.”

“Uiteraard kunnen noch Nelda, noch ik, dat uit de eerste hand bewijzen,” zei Giljin.

Wayness slaakte een diepe zucht en keek somber om naar Boffums’ kantoor. “Ik denk dat ik een grote vergissing heb begaan. Ik kan me niet veroorloven zo kinderachtig te zijn. Maar ik weet echt niet of ik het had gekund, me ontkleden ten overstaan van die man. Ik krijg al een eng gevoel als ik naar hem kijk.”

Giljin Leepe bekeek Wayness met kwieke, nieuwsgierige blik. “Zou je het wel doen als je op geen enkele andere manier aan je informatie kon komen?”

“Misschien wel,” zei Wayness. “Ik ga er tenslotte niet aan dood, als ik een paar minuten in het rond hops in mijn blootje." Ze zweeg even. "Maar ik weet niet of het daarbij zou zijn gebleven. Ik vermoed dat hij wilde dat ik, nu ja, de liefde bedreef met een standbeeld."

"En daar ligt voor jou de grens?"

Wayness trok haar schouders op. "Ik weet het niet. Vijf minuten? Tien minuten? Nee, dat lijkt me echt een nachtmerrie. Er moet een andere manier zijn."

"Ik ken dat standbeeld wel," zei Giljin Leepe. "Het is best een fraai beeld ook. Als je het nog eens zou willen bekijken, dan kan dat makkelijk." Ze trok de bovenste la van haar bureau open. "Ik heb hier de sleutel van Bolle's kantoor. Hij denkt dat-ie hem verloren is. Kijk! Die met de zwarte punt — niet dat dat jou ook maar enigszins interesseert." Ze wierp een blik op de klok. "Nelda en ik vertrekken over ongeveer een halfuur. Bolle vertrekt meestal kort daarop."

Wayness knikte. "Ik stel daar uiteraard volstrekt geen belang in."

"Uiteraard niet. Wat wilde je eigenlijk van Bolle te weten komen?"

Wayness zette uiteen wat ze wilde weten.

"Veertig jaar geleden? Dan zit het in Bolle's Con-A dossiers onder AZ — afgedane zaken. En dan een N, voor de Natuurkenners. Dat moet niet moeilijk te vinden zijn. Goed…" Giljin Leepe stond op. "Ik ga aanstonds naar het toilet. Nelda zit, zoals je ziet, met haar rug naar je toe en gaat geheel op in haar werk. Wanneer ik terugkom, ga ik ervan uit dat je het pand verlaten hebt, al moet ik je er wel op wijzen, dat ik het niet zou merken als je je ginds zou opstellen in de schaduw achter de boekenkast. En dan wens ik je verder een goede dag en veel succes."

"Bedankt voor je advies," zei Wayness. "En jij ook bedankt, Nelda."

"Je zou vast in de richting van de uitgang kunnen lopen. Als Bolle me er dan naar mocht vragen, kan ik met een gerust geweten zeggen dat ik heb gezien dat je op weg was naar buiten."

3

Giljin Leepe en Nelda waren vertrokken. Het was stil in het kantoor. Er verstreek nog een halfuur voor Berle Boffums uit zijn privékantoor tevoorschijn kwam en het zorgvuldig afsloot met een van de twintig sleutels aan zijn ring. Hij keerde de deur de rug toe, marcheerde de receptie door naar de buitendeur en was verdwenen. Zijn dreunende voetstappen stierven weg en gingen op in de stilte. De kantoren waren verlaten.

Nee, niet geheel verlaten. In de schaduw roerde zich een gedaante, die van de ene voet op de andere ging staan. Tien minuten verstreken en de gedaante scheen ongedurig te worden. Niettemin besloot de schim kennelijk nog een poosje te wachten voor het geval meneer Boffums mocht ontdekken dat hij een belangrijk document had laten liggen en terugkwam om het alsnog te halen.

Nog een kwartier verstreek. Steels glipte Wayness tevoorschijn uit de schaduwpartij. "Nu ben ik niet meer Wayness Tamm, de Natuurbehoedster," zei ze bij zichzelf. "Ik ben nu Wayness Tamm, de inbreekster. Maar goed, inbreken is altijd nog beter dan dansen voor meneer Boffums." Ze liep naar Giljins bureau en eigende zich de sleutel met de zwarte punt toe. Ze zag dat er een kleine telefooncentrale naast het bureau stond en bedwong de opwelling oom Pirie te bellen en hem op de hoogte te stellen van haar nieuwe roeping. Ze werd een beetje nijdig op zichzelf. "Ik word overmoedig. Waarschijnlijk ben ik een tikje hysterisch. Dat moet nu maar afgelopen zijn."

Wayness liep naar de deur achter in het kantoor. Ze stak de sleutel in het slot en schoof voorzichtig en met kleine stukjes tegelijk de deur open. Ze bleef staan luisteren terwijl haar huid tintelde van spanning, maar er heerste slechts stilte; Boffums' verzameling, hoe wulps, duister en geladen die in essentie ook mocht zijn, was niet in staat geluid voort te brengen.

Wayness glipte meneer Boffums' privékantoor binnen. Ze nam de sleutel uit het slot, schoof de deur weer achter zich dicht en liep energiek naar Boffums' bureau, met slechts een enkele huiverige blik op het marmeren beeld.

Wayness nam plaats achter het infoscherm. Ze bekeek het toetsenbord een ogenblik; gelukkig een standaardmodel, zo te zien. Ze toetste 'Con-A' in en vervolgens 'AZ' en een alfabetische lijst verscheen op het scherm. Ze toetste 'N' in en kreeg een lijst van namen te zien. Ze tikte 'Natuurkenners, Genootschap' en kreeg een lijst van bestanden waarin ze de categorieën 'Correspondentie', 'Partijen, inhoud', 'Partijen, bestemming' en ten slotte 'Nagekomen' aantrof.

Wayness liet het bestand 'Partijen, inhoud' verschijnen en had de codering die betrekking had op de transacties van Frons Nisfit vrijwel meteen gevonden. De inhoudsopgave van de partijen was lang, met als laatste omschrijving: 'Diverse paperassen en documenten'.

Onder aan de inhoudsopgave stond een kadertje met als kopje 'Bemerkingen', dat de volgende notitie bevatte: "Heb Ector van Broude, lid van het Genootschap, op de hoogte gesteld van deze transacties die mij uitermate onverstandig voorkomen. E. Faldeker."

Wayness liet nu 'Partijen, bestemming' op het scherm verschijnen. De informatie die ze zocht was vervat in een enkel zinnetje: "Partijen overgedragen aan Galerie Gohoon."

Wayness zat een tijdje naar de woorden te staren. Ze had het! Galerie Gohoon!

Haar hoofd schoot omhoog. Wat was dat? Een trilling, een nauwelijks hoorbare bons? Wayness zat als verstard, met haar hoofd schuin om beter te kunnen luisteren.

Stilte.

Een geluid buiten, besloot Wayness. Ze keerde terug naar haar scherm en liet de inhoud van 'Nagekomen' verschijnen.

Het hele bestand bestond uit twee alinea's. De eerste dateerde van twaalf jaar geleden: "Heden verzoek tot inzage bestanden, gedaan door buitenwereldse vrouw, zich noemende Violja Fanfarides. Geen vermoeden van botsing van belangen aanwezig; verzoek toegestaan."

De tweede droeg de datum van die dag en luidde: "Heden verzoek tot inzage bestanden, gedaan door buitenwereldse jonge vrouw, zich noemende Wayness Tamm, vicesecretaris v/h Genootschap van Natuurkenners. Omstandigheden verdacht; verzoek afgewezen."

Wayness staarde naar de woorden en werd opnieuw spinnijdig. Voor de tweede keer schoot haar hoofd omhoog en luisterde ze scherp. Dit keer was er geen vergissing mogelijk. Er was iemand aan de deur. In een soepele beweging knipte Wayness het informatiescherm uit en dook op haar knieën achter het bureau.

De deur schoof open; meneer Boffums kwam binnen met een heel groot pak in zijn armen. Wayness dook verder in elkaar en maakte zich zo klein en onopvallend mogelijk. Als hij deze kant uitkwam zou ze zeker worden gezien.

Belemmerd als hij werd in zijn bewegingen door het grote pak, had meneer Boffums de deur achter zich open gelaten; Wayness spande al haar spieren, klaar om langs hem heen te stormen. Maar meneer Boffums was de andere kant op gelopen. Toen Wayness om het bureau heen loerde, zag ze dat hij zijn pakket naar het linker gedeelte van zijn kantoor had gebracht en op een tafel gezet, waar hij het begon uit te pakken.

Wayness bleef hem in de gaten houden. Hij stond met zijn rug naar haar toe. Ze kwam overeind, sloop op haar tenen naar de deur en glipte er doorheen met een enorm gevoel van opluchting. Ze zag meneer Boffums' sleutelbos in het slot steken. Toen schoof ze heel zachtjes de deur dicht en draaide hem snel op het nachtslot, zodat hij niet van binnenuit kon worden geopend. Ze vond het een fraaie poets die ze hem gebakken had. Ze hoopte dat het hem groot ongerief zou bezorgen en dat hij diep verbijsterd zou zijn.

Wayness liep naar Giljin Leepe's bureau en legde de sleutel met de zwarte punt terug. Opnieuw zag ze de telefooncentrale. Ze bestudeerde hem een ogenblik en drukte toen twee toetsen in en zette een schakelaar om. Meneer Boffums kon zijn telefoon nu niet meer gebruiken en zou op die manier geen hulp kunnen laten opdraven. Wayness lachte hardop. Ze had een bevredigend stukje werk verricht, alles bij elkaar.

Wayness keerde terug naar hotel Marsac. Daarvandaan belde ze ogenblikkelijk Giljin Leepe, waarbij ze het scherm zwart liet.

"Met Giljin," riep een opgewekte stem.

"Dit is een anoniem telefoontje. Misschien interesseert het je te weten dat meneer Boffums zichzelf, door een ongelukkig toeval, heeft opgesloten in zijn kantoor, terwijl zijn sleutels op de buitenkant van de deur zitten. Hij kan er derhalve niet uit."

"Ja," zei Giljin Leepe. "Dat vind ik inderdaad interessant om te weten. Ik zal mijn telefoon hierna niet meer opnemen en ik zal Nelda voorstellen mijn voorbeeld te volgen; anders zal hij erop aandringen dat een van ons tweeën hem komt bevrijden!"

"Dan heb ik nog een interessant nieuwtje. Heel toevallig is zijn telefoon nu verbonden met het toestel op Nelda's werktafel, zodat hij pas in staat zal zijn zijn verlangens kenbaar te maken wanneer er morgenochtend iemand arriveert."

"Wat een vreemde toestand!" zei Giljin Leepe. "Meneer Boffums zal er niets van begrijpen en waarschijnlijk knap geërgerd zijn ook, want stoïcijns is hij zeker niet. Hij heeft geen verdenkingen jegens een of andere insluiper?"

"Bij mijn weten niet."

"Mooi. Morgenochtend zal ik alles nauwgezet weer in orde brengen zodat meneer Boffums nog heviger in verwarring raakt dan hij al was."

4

Na haar telefoontje met Giljin Leepe raadpleegde Wayness het adresboek van het hotel en ontdekte zo, dat de Galerie Gohoon nog steeds bestond, dat het een bloeiend veilinghuis was en dat het hoofdkantoor gevestigd was in Sancelade, dus vlak bij de hand voor haar naspeuringen, die ze de volgende dag zou voortzetten.

Het was ondertussen laat in de namiddag. Wayness zette zich in de hal van het hotel en bladerde in een modieus tijdschrift. Ze voelde zich ongedurig worden, sloeg haar lange grijze cape om en ging een wandeling maken over de promenade langs de Taing. Een briesje uit het westen, waar de zon juist onderging, deed haar mantel wapperen, deed de bladeren van de platanen ritselen en dreef myriaden kleine golfjes met snelle voetjes over het water.

Wayness liep langzaam langs de rivier en keek hoe de zon achter de verre heuvels onderging. Met de komst van de schemering nam het briesje af tot een fluistering, om even later geheel te gaan liggen; de golfjes op de rivier verdwenen. Er waren maar een paar andere mensen aan de wandel: oudere echtparen, minnende paartjes die afspraakjes hadden aan de waterkant, zo nu en dan een eenzame wandelaar net als zijzelf.

Wayness bleef staan en keek uit over de rivier, waar de bleke lavendelgrijze lucht werd weerspiegeld in het bewegende wateroppervlak. Ze gooide een steen in het water en keek hoe de zwarte kringen vervaagden. Ze verkeerde in een onbestendige stemming. "Ik heb een succesje geboekt, dat is waar. Ik ben niet helemaal nutteloos en dat is prettig te weten. Maar verder —" De naam 'Violja Fanfarides' kwam plotseling bij haar op. "Ik vraag me af..." Wayness trok een lelijk gezicht. "Gek, ik voel me helemaal draaierig vanbinnen, alsof ik iets onder de leden heb." Ze stond een ogenblik somber te peinzen, maar liet de naam toen voor wat hij was. "Ik vermoed dat meneer Boffums en zijn 'curiosa' me steviger hebben aangegrepen dan me lief is. Ik hoop dat dit geen blijvend effect zal hebben op mijn persoonlijkheid."

Wayness ging op een bankje zitten kijken hoe het avondrood uit de hemel wegtrok. Ze herinnerde zich haar gesprek met Pirie Tamm over zonsondergangen. Ze had vast op Cadwal ook milde, serene zonsondergangen als deze meegemaakt! Ja, misschien wel. Die speciale tint schemergrijs was tenslotte niet volstrekt uniek. Maar de ene was nu eenmaal Aards en de ander hoorde bij Cadwal en dat was het eeuwige verschil.

De sterren kwamen tevoorschijn. Wayness zocht de hemel af in de hoop de scheve 'W' van Cassiopeia te ontdekken, vanwaar ze Perseus zou kunnen vinden, maar de bladeren van de platanen bij het bankje benamen haar het uitzicht.

Wayness stond op en ging weer op weg naar het hotel. Ze was nu wat praktischer gestemd. "Ik ga een bad nemen en dan wat hups aantrekken en daarna is het wel tijd voor het diner; ik krijg nu al honger."

5

De volgende ochtend trok Wayness opnieuw haar donkerbruine pakje aan en vertrok na het ontbijt per glip naar de Galerie Gohoon in Clarmond, aan de westrand van Sancelade. Hier was met een aantal van Tybalt Pimms strakste principes de hand gelicht. De gebouwen aan de Beiderbeckerotonde waren wel tien tot twaalf verdiepingen hoog. In een van deze bouwwerken nam de Galerie Gohoon de onderste drie etages in beslag.

Bij de ingang nam een stel geüniformeerde bewakers, een man en een vrouw, foto's van Wayness vanuit drie verschillende hoeken en noteerde haar naam, leeftijd, adres en verblijfplaats, zoals op haar identificatie vermeld. Wayness wilde wel de reden weten voor al die voorzorgen.

"Wij doen u deze overlast niet zonder reden aan," zo werd haar gezegd. "Er worden dikwijls goederen van hoge waarde uitgestald op de kijkdagen, voorafgaand aan de veiling. Sommige artikelen zijn zeer klein en gemakkelijk te ontvreemden. De camera's leggen dergelijke vergrijpen vast, en we zijn in staat de overtreders ogenblikkelijk te identificeren om zodoende onze eigendommen terug te bekomen. Het systeem is streng, maar wel doelmatig."

"Interessant," zei Wayness. "Ik was niet van plan om iets te stelen, maar nu denk ik er al helemaal niet meer over."

"Dat is het effect dat wij trachten te bereiken."

"Nu is het zo, dat ik alleen zekere informatie wil hebben."

"Informatie waarover?"

"Een verkoop die enkele jaren geleden heeft plaatsgevonden."

"Probeer het bij het archief, op de tweede verdieping."

"Dank u."

Wayness liep naar de tweede verdieping, stak een ruime hal over en kwam door een brede boogdoorgang het archief binnen, een zaal van aanzienlijke lengte, in tweeën gedeeld door een lange balie. Een stuk of tien mensen stond voor de balie te studeren in grote, zwarte folianten, of te wachten tot ze geholpen zouden worden door de enige bediende: een gebogen manneke van gevorderde leeftijd, dat zich niettemin kwiek en trefzeker bewoog. Hij hoorde de verzoeken aan en verdween in het achtergelegen vertrek, om weer terug te komen met een of meer zwarte boekbanden. Een andere bediende, een vrouw die bijna net zo oud was als hij, kwam nu en dan uit het achtervertrek tevoorschijn met een karretje, waar ze alle boeken op laadde die niet meer in gebruik waren om ze weer terug te brengen.

De oude witharige archiefbediende liep op een drafje af en aan, alsof hij bang was zijn baantje kwijt te raken, hoewel Wayness de indruk kreeg dat hij werk voor drie verzette. Ze stelde zich op bij de balie en werd al spoedig aangesproken door de archiefbediende. "Kan ik u helpen, juffrouw?"

"Ik stel belang in een aantal partijen, geleverd door Mischap & Doorn, die hier vervolgens zijn geveild."

"En welke datum moet dat zijn geweest?"

"Vrij lang geleden, veertig jaar of langer misschien."

"En wat was de aard van de partijen in kwestie?"

"Materiaal afkomstig van het Genootschap van Natuurkenners."

"Kunt u me een machtiging laten zien?"

Wayness glimlachte. "Ik ben vicesecretaris van het Genootschap en ik kan zo een machtiging voor u uitschrijven, als u dat wilt."

De bediende trok zijn borstelige witte wenkbrauwen op.

"Ik zie dat ik met een belangrijk personage te maken heb. Uw identiteitspapieren zijn voldoende."

Wayness liet haar papieren zien, die de bediende aandachtig bekeek. "Cadwal, hm? Waar ligt dat?"

"Voorbij Perseus, aan het puntje van Mircea's Vleug."

"Het is me wat te zeggen! Dat moet wel prachtig zijn om overal heen te kunnen reizen! Maar ach, een mens kan niet overal tegelijk zijn." Hij hield zijn hoofd schuin en keek Wayness aan met grote blauwe glinsterogen. "En soms, weet u, krijg ik het gevoel dat ik nergens ben!" Hij krabbelde een paar woorden op een stukje papier. "Ik zal eens zien wat ik kan vinden." Hij verdween op een holletje. Twee minuten later keerde hij terug met een groot, zwart boek dat hij voor Wayness neerlegde. Uit een omslag aan de binnenkant van de kaft haalde hij een kaart tevoorschijn. "Wilt u hier uw naam zetten en tekenen, graag?" Hij stak haar een schrijfstift toe. "Kom, kom, een beetje vaart erachter gezet; de dag is lang niet lang genoeg voor wat ik allemaal nog te doen heb."

Wayness pakte de schrijfstift en liep de namen op het kaartje langs. De eerste kende ze niet. De laatste naam, waarbij een datum stond vermeld van twaalf jaar terug, luidde: 'Simonetta Clattuc'.

De archiefbediende trommelde met zijn vingers op de balie; Wayness tekende de kaart af. De bediende nam de kaart en de stift mee en liep naar de volgende die aan de beurt was.

Met trillende vingers sloeg Wayness de zware bladen om en vond na verloop van tijd een pagina die als volgt begon:

Code: 777-ARP; Subcode: M/D; Genootschap v. Natuurkenners / Frons Nisfit, Secretaris

Commissionair: Mischap & Doorn

Drie partijen:

(1) Kunstvoorwerpen, tekeningen, curiosa

(2) Boeken, artikelen, naslagwerken

(3) Diverse documenten

Inhoud partij 1 ...

Wayness liet haar blikken gaan langs de lange opsomming van merkwaardige objecten, kunstvoorwerpen en curiosa, waarbij steeds de prijs stond vermeld die de kavel had opgebracht op de veiling, de naam en het adres van de koper en soms ook een code. De lijst besloeg twee hele bladzijden.

Op de derde bladzij werd de inhoud van partij 2 op dezelfde wijze samengevat. Wayness sloeg om naar de vierde bladzij, waar de inhoud van partij 3 zou moeten staan, maar de goederen die volgens die pagina ter veiling waren aangeboden, werden omschreven als afkomstig uit de boedel van ene Jahaim Nestor.

Wayness sloeg een blad terug, las nauwgezet wat er stond en bladerde vervolgens heen en terug. Tevergeefs. De pagina waarop 'partij 3: Diverse documenten' werd beschreven, was verdwenen.

Wayness bekeek het boek met grotere aandacht en zag nu, dat de bladzij in kwestie met een scherp mes vlak bij de rug was losgesneden en vervolgens verwijderd.

De bediende kwam weer op een drafje voorbij. Wayness wenkte hem. "Ja, juffrouw?"

"Bestaan er toevallig duplicaten van deze stukken?"

De bediende hinnikte spottend. "Waarom zou u in tweevoud wensen te zien wat u al eenmaal voor ogen hebt?"

"Als er ergens een fout in stond, dan zou die aan de hand van het duplicaat gecorrigeerd kunnen worden," zei Wayness deemoedig.

"En dan zou ik twee keer zo ver en twee keer zo hard moeten lopen, omdat iedereen twee boeken zou willen inzien in plaats van een. En mochten we ooit een verschil aantreffen, dan begint het gediggel pas goed! De een zweert bij de ene versie en de ander bij de andere! Van z'n lange levensdagen niet! Een fout in de tekst is als een vlieg in de soep; wie slim is weet hem te omzeilen. Nee, juffrouw! Genoeg is genoeg! We verstrekken hier informatie, geen kaartjes voor dromenland!"

Wayness keek verdoofd op het grote boek neer. Het spoor was doodgelopen en ze kon nergens meer heen.

Een poosje bleef ze roerloos zitten. Toen rechtte ze haar rug en stond op. Er viel niets meer te zeggen, niets meer te doen. Ze sloot het boek, legde een sol op de balie als troost voor de overbelaste bediende en vertrok.

Hoofdstuk V

1

"Een hoogst ontmoedigend einde van je naspeuringen," zei Pirie Tamm. "Nu ja, er is een positieve kant aan de situatie."

Wayness zei er niets op. Pirie Tamm legde uit wat hij bedoelde. "Dit zeg ik op grond van het volgende. Monette, Violja Fanfarides, Simonetta Clattuc—hoe ze zich ook noemen mag—heeft weliswaar belangrijke informatie weten te vergaren, maar die heeft haar geen merkbaar voordeel opgeleverd, aangezien de Eigendomsakte niet opnieuw en op een andere naam is geregistreerd. Dat moeten we opvatten als een goed voorteken."

"Alle voortekens ten spijt, dit was het enige spoor dat we hadden en zij heeft het vernietigd."

Pirie Tamm pakte een peer uit de schaal die midden op tafel stond en begon hem te schillen. "Dus nu ga je weer terug naar Cadwal?" vroeg hij peinzend.

Wayness schonk oom Pirie een korte verzengende blik. "Natuurlijk niet! U kent me toch?"

Pirie Tamm zuchtte. "Ik ken je inderdaad. Je bent een hoogst vasthoudende jongedame. Maar met vasthoudendheid alleen kom je er niet."

"Ik sta niet helemaal met lege handen," zei Wayness. "Ik heb de bladzijden met betrekking tot de partijen 1 en 2 gekopieerd."

"Werkelijk? En waarom dan wel?"

"Op het moment zelf kon ik niet helder nadenken; misschien dat mijn onderbewustzijn even de leiding overnam. Ik heb inmiddels bedacht dat iemand die kavels uit de partijen 1 of 2 heeft gekocht, heel goed ook iets uit partij 3 gekocht zou kunnen hebben."

"Een slim idee, maar de kans op succes is gering. Het is al erg lang geleden en het zal een hele dobber worden alle mensen die op die veiling iets gekocht hebben op te sporen."

"Dat zou ik pas in laatste instantie proberen. Er waren bij die veiling vijf instellingen vertegenwoordigd: een stichting, een universiteit en drie musea."

"Morgenochtend kunnen we telefonisch inlichtingen inwinnen," zei Pirie Tamm. "Maar hoe je het ook bekijkt, het lijkt een verloren zaak."

2

De volgende ochtend raadpleegde Wayness de Wereldgids en ontdekte dat alle vijf de instellingen, die ze op haar lijstje had staan, nog bestonden. Ze belde ze stuk voor stuk en vroeg telkens om te worden verbonden met degene die over de speciale collecties ging.

De Berwash Stichting voor de Bestudering van Alternerende Levenswezens deelde haar mede, dat de collectie een aantal compendia met beschrijvingen en anatomische studies van niet-aardse levensvormen omvatte, samengesteld door leden van het Genootschap van Natuurkenners, alsmede een drietal zeldzame werken van William Charles Schulz, te weten: *De laatste en de eerste vergelijking en de rest*, *Wrijving, slijtage en hellingshoek ofwel: waarom wiskunde en de kosmos niet op elkaar aansluiten* en ten slotte zijn *Panmathematikon*. "Was het Genootschap misschien voornemens opnieuw een schenking te doen?" informeerde de conservator.

"Op het ogenblik nog niet," zei Wayness.

Het Cornelis Pameijer Museum voor Natuurlijke Historie bezat zes boekdelen, waarin een verscheidenheid aan buitenaardse vormen werd beschreven, die op aardse geleken en door de dynamica van de parallelle evolutie waren voortgebracht. De zes delen waren opgezet en uitgegeven door het Genootschap. Het museum bezat verder geen van het Genootschap afkomstige verzameling documenten of geschriften.

Het Pythagoreïsch Museum bezat vier monografieën over het weinig inzichtelijke thema van de niet-menselijke muziek en de sonische symboliek, van de hand van Peter Bullis, Eli Newberger, Stanford Vincent en kapitein R. Pilsbury.

De Bodleian Bibliotheek bezat een enkel boek met schetsen die de generatie van quasi-levende kristallen op Tranque, Bellatrix V, illustreerden.

Het Funusti Gedachtenismuseum te Kiev aan de rand van de Grote Altaïsche Steppe kon niet bogen op een officiële voorlichtingsfunctionaris, maar na kort beraad van de museumautoriteiten werd ze doorverbonden met een sombere, jonge conservator met een lang, bleek gezicht en koolzwart haar, dat hij vanaf zijn hoge, smalle voorhoofd strak achterover had gekamd. Ofschoon hij overduidelijk serieus was ingesteld, scheen Wayness hem qua uiterlijk en optreden wel te bevallen. Hij hoorde haar vragen met grote aandacht aan en was in staat haar direct al informatie te verschaffen. Ja, onder de uitgebreide collecties van het museum bevonden zich ook een aantal scripties van de hand van leden van het Genootschap, waarin diverse aspecten van buitenaardse communicatie werden geanalyseerd. En terloops, als viel het hem net pas in, maakte hij gewag van een aparte collectie oude documenten, die nog niet volledig was geïnventariseerd, maar die zeer beslist dossiers, registers en andere documenten omvatten uit de archieven van het oude Genootschap van Natuurkenners. Deze collectie was doorgaans niet toegankelijk voor het grote publiek, maar een bestuurslid van het Genootschap van Natuurkenners kon men daar natuurlijk onmogelijk toe rekenen; Wayness mocht de collectie komen bestuderen wanneer het haar maar schikte.

“Meteen morgen dan maar,” zei Wayness. Ze wenste namelijk een algemene bibliografie van al dergelijke materiaal samen te stellen ten behoeve van het verjongde Genootschap. De conservator stemde met haar voorstel in en maakte zich bekend als Lefaun Zadoury. Zodra ze was aangekomen, zou hij Wayness alle mogelijk assistentie verlenen, zo verzekerde hij haar.

“Een laatste vraag nog,” zei Wayness. “Is er gedurende de laatste twaalf jaar een vrouw, geheten Simonetta Clattuc of mogelijk ook Violja Fanfarides of Monette, bij u geweest om dit materiaal in te zien?”

Lefaun Zadoury vond haar vraag kennelijk een beetje eigenaardig. Hij trok zijn zwarte wenkbrauwen op, wendde zich om, teneinde zijn gegevens te raadplegen en zei: “Beslist niet.”

"Dat is dan prettig nieuws," zei Wayness en het gesprek werd in een hartelijke sfeer beëindigd.

3

Welhaast bruisend van hoop reisde Wayness naar het noordoosten, over bergen, meren en rivieren en ten slotte over de Grote Altaïsche Steppe, naar de oude stad Kiev.

Het Funusti Museum huisde in de grandioze vleugels van het oude Konevitskypaleis op de Muromheuvel, aan de rand van het oudste deel van Kiev. Wayness nam een kamer in het Mazeppa Hotel en werd naar een suite gebracht met een lichtbruine betimmering van kastanjehout en een blauw met rood bloemenbehang. De ramen keken uit op het Prins Bogdan Yurevich Kolskyplein, een min of meer vijfhoekig plein, geplaveid met platen grijsroze graniet. Langs drie van de vijf zijden torsten respectievelijk twee kathedralen en een klooster, met liefde gerestaureerd of misschien ook geheel nagebouwd in antieke stijl, tientallen uienkoepeltjes — verguld met echt bladgoud, of effen groen, rood of blauw geschilderd, of ook spiraalsgewijs gestreept.

Wayness las in een foldertje dat ze op een tafel zag liggen: "De gebouwen die men aan de diverse zijden van het Kolskyplein aanschouwt, zijn exacte replica's van de oorspronkelijke bouwwerken. Bij de herbouw is de Oudslavische stijl nauwlettend nagevolgd en zijn traditionele materialen en bouwmethoden gebezigd.

"Rechts staat de kathedraal van de heilige Sofia met negentien koepels. In het midden staat de kerk van de heilige Andreas met elf koepels en links bevindt zich het klooster van de heilige Michaël met slechts negen koepels. De kathedralen en de kloosterkerk zijn weelderig versierd met mozaïeken, standbeelden en allerlei pronk van goud en juwelen. Het oude Kiev is vele malen verwoest en het Kolskyplein is van menig ijselijk voorval getuige geweest. Maar vandaag de dag komen bezoekers uit heel het Gaiaanse Bereik hier slechts om de inspirerende architectuur te bewonderen en zich te verbazen over de priesters, die in staat waren zoveel rijkdom te persen uit een land dat te dien tijde zo arm was."

Het bleke middagzonlicht bescheen het oude plein; er waren veel mensen op de been, mensen die capes, mantels en jassen dicht om zich heen getrokken hielden tegen de bolderende wind die uit de heuvels omlaag kwam. Wayness begon het telefoonnummer van het Funusti Museum in te toetsen maar bedacht zich toen; ze zou er niets mee opschieten als ze zo laat op de dag nog belde. Lefaun Zadoury was al buitengewoon behulpzaam geweest en ze wilde liever niet dat hij haar zou voorstellen ergens met hem af te spreken, zodat hij haar de stad kon laten zien.

Wayness ging alleen de deur uit, keek even binnen bij de Sofia-kathedraal en dineerde vervolgens in Restaurant Carpathia: linzensoep, wild zwijn met champignons, en hazelnoottaart toe.

Toen Wayness het restaurant verliet, ontdekte ze dat de schemering al gevallen was. Het oude Kolskyplein was winderig, duister en verlaten; ze maakte de oversteek naar Hotel Mazeppa in volstrekte eenzaamheid. "Alsof ik in een klein bootje op de oceaan zit," zei ze bij zichzelf.

De volgende ochtend belde ze Lefaun Zadoury in het Funusti Museum. Zoals tevoren scheen hij een wijde, zwarte toga te dragen, hetgeen Wayness vreemd en ouderwets voorkwam. "Met Wayness Tamm," zei ze tegen het lange, sombere gelaat. "U herinnert zich misschien dat ik u al eerder gebeld heb uit Shillawy."

"Natuurlijk! U bent hier sneller gearriveerd dan ik verwacht had. Komt u nu naar het museum toe?"

"Als dat u schikt."

"Het schikt altijd! Ik verheug me erop u te ontmoeten. Ja, ik zal proberen u in de loggia op te vangen."

Lefaun Zadoury's enthousiasme, ingehouden als het was, overtuigde Wayness ervan dat het een juiste beslissing van haar was geweest, de vorige middag, om het Funusti Museum maar niet te bellen.

De taxi die Wayness nam reed in noordelijke richting de Sorka-boulevard op. Rechts van haar stroomde de Dnjepr, links van haar stonden rijen massale flatgebouwen van beton en glas, terwijl zich daarachter terrasgewijs nog meer flatgebouwen verhieven tussen de heuvels. Ten slotte sloeg de taxi een zijweg in, klom tegen de heuvel op en bleef staan voor een enorm gebouw dat uitkeek over de rivier en de vlakte die daarachter lag.

"Het Funusti Museum," verklaarde de taxichauffeur. "Ooit het paleis van Prins Konevitsky waar de hoge heren zich overdag tegoed deden aan fijne gerechten en honingkoeken en 's avonds de fandango dansten. Nu is het er stil als het graf, een oord waar iedereen op de tenen rondgaat en zwart draagt. Wie er waagt te boeren kruipt weg onder de tafel. Wat nu, is beter: de vreugden van luister en sierlijkheid, of de zwarte beschaamdheid van pedanterie en bekrompenheid? De vraag beantwoordt zichzelf."

Wayness stapte uit. "U bent een hele filosoof, merk ik."

"Zeker! Dat zit me in het bloed. Maar eerst en vooral ben ik een Kozak!"

"En wat is een Kozak?"

De chauffeur staarde haar ongelovig aan. "Kan ik mijn eigen oren geloven? Maar nu zie ik dat u een buitenwereldse bent. Welaan, een Kozak is een geboren aristocraat, hij kent geen angst, is standvastig en kan nimmer ergens toe worden gedwongen. Zelfs als taxichauffeur gedraagt hij zich met de waardigheid van de Kozak. Aan het eind van de rit berekent hij geen ritprijs; nee, hij roept het eerste het beste bedrag dat bij hem opkomt. Verkiest de passagier niet te betalen, wel, wat maakt dat nog uit? De chauffeur voegt hem een enkele vernietigende blik toe en rijdt vol minachting weg."

"Interessant. En welk bedrag roept u mij toe?"

"Drie sol."

"Dat is veel te veel. Hier hebt u een sol. U kunt het geld accepteren of vol minachting wegrijden."

"Aangezien u buitenwereldse bent en dit soort zaken niet begrijpt, zal ik het geld accepteren. Zal ik op u wachten? Er is daarbinnen niets belangwekkends te zien. U staat in een oogwenk weer buiten."

"Helaas niet," zei Wayness. "Ik ben verplicht een stapel oude, saaie paperassen te bestuderen en weet dus niet hoelang ik bezig zal zijn."

"Zoals u wilt."

Wayness stak het terras over en betrad een grote loggia met een marmeren vloer, die vervuld leek van echo's. Vergulde pilasters stonden in het gelid langs de muren; aan het plafond hing een reusachtige kroonluchter met wel tienduizend kristallen. Wayness keek om zich heen maar zag taal noch teken van Lefaun Zadoury, de conservator. En toen dook eensklaps, als vanuit het niets, een lange, knokige gedaante op, die met grote knikkende passen de loggia overstak terwijl zijn zwarte toga achter hem aan wapperde. Hij bleef staan en keek op Wayness neer; zijn sluike zwarte haar, zijn zwarte wenkbrauwen en zwarte ogen vormden een scherp contract met zijn witte huid. Hij sprak op vlakke toon, zonder enige nadruk: "De kans is groot dat u Wayness Tamm bent."

"Bijzonder groot. En u bent Lefaun Zadoury?"

De conservator reageerde met een afgemeten knikje. Hij nam Wayness op van hoofd tot voeten en liet zijn blik vervolgens weer omhooggaan naar haar gezicht. Hij zuchtte licht en schudde het hoofd. "Verbazend."

"Wat is er zo verbazend?"

"U bent jonger en minder ontzagwekkend dan de persoon die ik zou hebben verwacht."

"Volgende keer zal ik mijn moeder sturen."

Lefaun Zadoury's mond zakte open in het lange benige gezicht. "Dat was een onverwachte opmerking. In de grond —"

"Het doet er niet veel toe." Wayness keek de achtkantige loggia nog eens rond. "Dit is een indrukwekkende hal. Ik had zoveel grandeur niet verwacht."

"O, ja, het kan er wel mee door." Lefaun Zadoury keek de hal rond, als zag hij hem voor het eerst. "Die kroonluchter is natuurlijk een absurditeit — een log gevaarte dat schatten geld kost en weinig verlichting biedt. Een dezer dagen komt hij met groot gruizelend gerinkel naar beneden en schiet iemand er het leven bij in."

"Dat zou jammer zijn."

"Ongetwijfeld. Over het algemeen ontbrak het de Konevitsky's aan goede smaak. Die marmeren tegels zijn banaal, om maar wat te noemen. De pilasters hebben niet de juiste proporties en behoren tot de verkeerde bouworde."

"Werkelijk? Het was me niet opgevallen."

"Het museum zelf ontstijgt dergelijke tekortkomingen uiteraard. We bezitten de fraaiste collectie van Sassanidische intaglio's ter wereld, we hebben een grote hoeveelheid volstrekt uniek Minoïsch glaswerk en we bezitten de volledige reeks miniatuurtjes van Leonie Bismaie.

Onze afdeling voor Semantische Equivalenties wordt ook beschouwd als voortreffelijk in haar soort."

"Het moet wel inspirerend zijn in een dergelijke atmosfeer te werken," zei Wayness beleefd.

Lefaun Zadoury maakte een armgebaar dat van alles kon betekenen. "Welaan, zullen we dan maar eens aan het werk gaan?"

"Ja, natuurlijk."

"Komt u dan even mee, alstublieft. We moeten u een gepaste toga aanmeten, zoals ook ik draag. Dat is het uniform van het museum. Vraag me niet om dat uit te leggen; ik weet alleen dat u zeer uit de toon zou vallen als u er geen droeg."

"U zegt het maar." Wayness liep achter Lefaun Zadoury aan naar een nevenvertrek. Uit een rek pakte hij een zwarte toga die hij Wayness voorhield. "Te lang." Hij pakte een andere. "Deze kan ermee door, hoewel het materiaal en de snit veel te wensen overlaten."

Wayness drapeerde de toga over haar schouders. "Ik voel me nu al heel anders."

"We zullen maar voorwenden dat dit het fijnste Kurianweefsel is en de meest modieuze coupe. Hebt u trek in een kop thee en een amandelbol? Of wilt u liever meteen aan het werk?"

"Ik popel om de collecties te kunnen bekijken," zei Wayness. "Straks misschien, dat kopje thee."

"Zo u wilt. Het materiaal bevindt zich op de eerste verdieping."

Lefaun Zadoury ging haar voor, een weidse marmeren trap op en een aantal hoge gangen door, waar boekenkasten zich langs de wand aaneenrijden, en bracht haar ten slotte naar een zaal met een lange, zware tafel in het midden. Zwartgerokte conservatoren en medewerkers van het museum zaten aan de tafel documenten door te nemen en aantekeningen te maken; anderen zaten in kleine alkoven achter infoschermen om archiefinformatie te raadplegen. Weer anderen liepen zachtjes af en aan met boeken, tekenmappen en allerlei andere voorwerpen. Het was heel stil in de zaal; in weerwil van al die bedrijvigheid viel er niets anders te horen dan het ruisen van zwarte toga's, het schuiven van het ene vel papier over het andere, de zachte tred van pantoffelvoeten op de vloer. Zadoury nam Wayness mee naar een zijkamertje en deed de deur dicht. "Nu kunnen we praten zonder de anderen te storen."

Hij overhandigde Wayness een vel papier. "Ik heb hier een lijst die ik gemaakt heb, van alle stukken in onze Natuurkennerscollectie. Deze omvat drie categorieën. Misschien dat ik u doelmatiger van dienst kan zijn als u kunt uitleggen waar uw interesse ligt en wat u zoekt."

"Het is een ingewikkeld verhaal," zei Wayness. "Veertig jaar geleden heeft een secretaris van het Genootschap een aantal belangrijke papieren van de hand gedaan, waaronder kwitanties en betaalbewijzen waar nu vragen over gerezen zijn. Als ik die papieren zou kunnen terugvinden, zou dat heel gunstig zijn voor het Genootschap."

"Ik begrijp u volkomen. Als u me de aard van die papieren kan beschrijven kan ik u helpen met zoeken."

Wayness schudde glimlachend haar hoofd. "Ik herken ze zodra ik ze zie. Ik vrees dat ik het werk toch zelf zal moeten doen."

"Heel goed," zei Lefaun Zadoury. "De eerste categorie bestaat, zoals u ziet, uit zestien monografieën, die allemaal gewijd zijn aan semantisch onderzoek."

Wayness herkende ze; dit was de kavel die het museum op de veiling bij Galerie Gohoon had aangekocht.

"De tweede categorie behelst de genealogie van de Graven de Flamanges. De derde categorie, 'Diverse documenten en paperassen' is nog nooit geïnventariseerd en zal u, naar ik vermoed, het meest interesseren. Heb ik dat juist?"

"Heel juist."

"In dat geval zal ik het materiaal opvragen en hier brengen. Heb alstublieft een paar minuten geduld."

Lefaun Zadoury verliet het vertrek en kwam na verloop van tijd terug met een karretje. Hij haalde er drie grote dozen af die hij op tafel zette. "Schrikt u maar niet," zei hij tegen Wayness op bijna gekscherende toon. "Geen van die dozen is tot aan de nok toe gevuld. En aangezien u mijn hulp hebt afgewezen, laat ik u nu alleen."

Bij de deur drukte Lefaun Zadoury op een metalen plaatje waarop een klein rood lampje begon te branden. "Ik ben verplicht de monitors in te schakelen. We hebben in het verleden een paar nare ervaringen gehad."

Wayness haalde haar schouders op. "U monitort maar een eind weg. Mijn bedoelingen zijn volstrekt onschuldig."

"Daar ben ik zeker van," zei Lefaun Zadoury. "Maar niet iedereen spreidt zoveel deugden tentoon als u."

Wayness wierp hem een schattende blik toe. "Zeer galant van u! Maar nu moet ik echt aan het werk."

Lefaun Zadoury verliet het vertrek, kennelijk dik in zijn sas. Wayness ging aan tafel zitten. Ze dacht: "Ik ben misschien niet zo onschuldig en deugdzaam als ik het Handvest of de Eigendomsakte in mijn vingers krijg. Maar we zullen zien."

De eerste doos bevatte vijfendertig keurig gebonden uitgaafjes, die stuk voor stuk biografieën bleken te zijn van de oprichters van het Genootschap.

"Wat triest!" dacht Wayness. "Deze boekjes zouden eigenlijk weer onder beheer van het Genootschap moeten komen. Niet dat iemand ze ooit zou lezen, overigens."

Een aantal van de deeltjes, zo zag Wayness, vertoonden tekenen van druk gebruik en soms waren er aantekeningen gemaakt op de bladzijden.

De namen in kwestie zeiden Wayness niets; ze verlegde haar aandacht naar de tweede doos. Daar vond ze een aantal verhandelingen over de genealogie en de familieconnecties van het grafelijke geslacht de Flamanges, over een tijdsbestek van tweehonderd jaar.

Wayness vertrok teleurgesteld haar mond en begon aan de derde doos, hoewel ze de hoop om daar iets van betekenis te vinden al had opgegeven. De inhoud van de derde doos bestond uit allerlei soorten paperassen, krantenknipsels en foto's, die allemaal betrekking hadden op de voorgestelde bouw van een ruim en fraai onderkomen waarin het hoofdkantoor van het Genootschap van Natuurkenners zijn zetel zou hebben. Binnen het gebouw zou voldoende ruimte zijn voor een College voor wetenschap, kunst en filosofie in samenhang met natuurbehoud, verder voor een museum en een monstratorium en mogelijk zelfs een keur aan vivaria, waarin levensvormen van verre werelden in een bijna authentieke omgeving konden worden bestudeerd. Voorvechters van het plan maakten gewag van het prestige dat het Genootschap hiermee vergaren zou; tegenstanders wezen de hoge investering af en vroegen zich af waar zulk een weids opgezette faciliteit voor nodig was. Velen zegden forse donaties toe; graaf Blaise de

Flamanges bood een stuk land aan van honderdveertig hectaren, gelegen op zijn landgoederen in de Moholc.

De geestdrift voor het project bereikte een paar jaar voordat Frons Nisfit op het toneel verscheen een hoogtepunt, maar het vuur doofde allengs, toen toereikende financiële onderbouwing uitbleef. Ten slotte trok graaf Blaise de Flamanges zijn aanbod in en werd van het idee afgezien.

Diep teleurgesteld schoof Wayness haar stoel achteruit. Ze had geen enkele verwijzing gevonden naar Cadwal, het Handvest of de Eigendomsakte. Opnieuw was het spoor doodgelopen.

Lefaun Zadoury was er alweer. Hij keek van Wayness naar de dozen. “En wil uw onderzoek al vlotten?”

“Niet zo best.”

Lefaun Zadoury liep naar de tafel, keek in de dozen en sloeg her en der een boek of pamflet open. “Interessant — vermoed ik althans. Dit soort materiaal is niet mijn specialiteit. Hoe dan ook, het is tijd voor een verversing. Bent u klaar voor een kop goede gele thee en misschien een biscuitje? Dergelijke kleine genoegens veraangenamen het bestaan!”

“Ik ben wel aan wat veraangenaming van m’n bestaan toe. Kunnen we deze documenten zo open en bloot laten liggen, of krijg ik dan een standje van de monitor?”

Lefaun keek naar het rode lampje, maar dat gaf geen licht meer. “Het systeem is defect. U had de maan kunnen stelen en dan had er nog geen haan naar gekraaid. Kom maar mee; die documenten zijn wel veilig zo.”

Lefaun Zadoury bracht Wayness naar een kleine, lawaaierige kantine waar het museumpersoneel aan wankele tafeltjes thee zat te drinken. Iedereen droeg de zwarte toga en Wayness zag wel dat ze danig uit de toon zou zijn gevallen in haar gewone kleren.

De trieste kledij had geen enkele invloed op het volume of de vaart van de gesprekken; de aanwezigen praatten allemaal door elkaar en zwegen amper lang genoeg om grote slokken thee te nemen uit hun aardewerk mokken.

Lefaun Zadoury vond een tafeltje dat vrij was en er werd thee met amandelbollen gebracht. Lefaun keek om zich heen en zei verontschuldigend: “Weelde en gerief alsmede de beste amandelbollen zijn voorbehouden aan de bonzen, die de gala-eetzaal van Prins Konevitsky voor zich alleen hebben. Ik heb ze wel bezig gezien; ze eten hun haringen met drie messen en vier vorken tegelijk en ze vegen het vet van hun kin met servetten van een kwartmeter in het vierkant. Het gepeupel zoals wij moet zich met minder tevredenstellen, terwijl we toch vijftien stuiver neertellen voor onze versnapering."

Wayness zei met een ernstig gezicht: "Ik ben een buitenwereldse en dus misschien naïef, maar ik vind het niet zo kwaad. Ik moet zeggen, dat ik in een van mijn amandelbollen maar liefst vier amandelen heb aangetroffen!"

Lefaun Zadoury bromde gemelijk. "Het is een ingewikkelde materie die slechts na zorgvuldige analyse te doorgronden is."

Daar had Wayness niets meer op te zeggen en zo bleven ze samen een poosje zwijgen. Een jongeman, die zo tenger gebouwd was dat hij in zijn zwarte toga leek te verdrinken, kwam naar Lefaun Zadoury toe en ging in diens oor staan fluisteren. Slordige pieken blond haar vielen over zijn voorhoofd; zijn ogen waren fletsblauw en zijn gezicht was vlekkerig. Wayness vroeg zich af of hij ziekelijk was. Hij sprak met een nerveuze indringendheid, waarbij hij met zijn vingers op de palm van zijn andere hand trommelde.

Wayness' gedachten dwaalden af naar regionen van duisternis en moedeloosheid. Het werk van die ochtend had geen nieuwe gegevens opgeleverd en het spoor dat haar met horten en stoten van het Genootschap naar het Funusti Museum had gevoerd, was doodgelopen. Waar kon ze nu nog zoeken? Theoretisch kon ze natuurlijk proberen elk van de namen op de lijst van Galerie Gohoon na te gaan, gokkend op de kleine kans dat een van hen iets uit het derde pakket had gekocht, maar het was een onmatig groot karwei en de kans op succes was zo gering, dat ze het project in gedachten maar liet varen. Het drong tot haar door dat Lefaun Zadoury en zijn vriend over haar aan het praten waren. Ze fluisterden elkaar om beurten iets in het oor en telkens als er een zijn mening had gegeven, wierp hij haar een heimelijke blik toe, als om zijn opmerking te verifiëren. Wayness glimlachte bij zichzelf en deed of ze het niet merkte. Ze peinsde over het plan voor een grandioos nieuw hoofdkwartier voor het Genootschap. Jammer dat het project op niets was uitgelopen! Frons Nisfit zou vrijwel zeker niet zo'n vette schatkist hebben gevonden om te plunderen. Ze peinsde voort en een nieuw idee stak de kop op.

Lefaun Zadoury's vriend vertrok weer; Wayness keek hoe hij zijdelings tussen de tafeltjes door scharrelde, onbeheerst schokkend met armen en ellebogen.

Lefaun Zadoury wendde zich weer tot Wayness. "Prima kerel! Zijn naam is Tadiew Skander; ooit van hem gehoord?"

"Niet dat ik weet."

Lefaun Zadoury wapperde laatdunkend met zijn vingers. "O, maar er is..."

"Neem me niet kwalijk," viel Wayness hem in de rede. "Ik moet even iets natrekken."

"O, natuurlijk!" Lefaun Zadoury leunde achterover, vouwde zijn handen op zijn borst en ging Wayness kalm zitten aanstaren.

Wayness keek in het zijvakje van haar schoudertas en haalde er de pagina's uit die ze in de Galerie Gohoon had gekopieerd, de kavellijst van partij een en twee. Ze gluurde van onder haar wimpers naar Lefaun Zadoury; hij zat haar nog aan te staren met diezelfde onbewogen blik. Wayness vertrok geërgerd haar mond en ging verzitten; ze kreeg kippenvel van dat gestaar. Ze fronste haar voorhoofd, trok haar neus op en negeerde Lefaun Zadoury daarna zo goed en zo kwaad als het ging.

Wayness nam zorgvuldig de beide kavellijsten door en ontdekte tot haar voldoening dat haar geheugen haar niet in de steek had gelaten. Geen van de drie dozen die ze in het werkkamertje van het museum had doorzocht, kwam op de lijst van Gohoon voor: geen genealogische werken, geen biografieën en evenmin documenten betrekking hebbende op een nieuw hoofdkwartier voor het Genootschap van Natuurkenners.

Eigenaardig, dacht Wayness. Waarom kwam dat allemaal niet overeen?

De reikwijdte van haar ontdekking drong ineens tot haar door. Wayness voelde zich tintelen van opwinding. Aangezien het materiaal niet van Gohoon afkomstig was, moest het wel ergens anders vandaan zijn gekomen.

De vraag was: waarvandaan?

En van evenveel belang was de vraag: op welk tijdstip? Want als de aankoop van het Funusti Museum was gedaan vóór de ambtsperiode van Nisfit, dan had de hele kwestie geen belang meer.

Wayness stopte de lijsten weer in haar schoudertas en nam Lefaun Zadoury eens op, die haar blik beantwoordde met diezelfde onverstoorbare gezichtsuitdrukking.

"Ik moet weer terug naar mijn werk," zei Wayness.

"Zoals u wilt." Lefaun Zadoury stond op. "We hebben niets extra's genomen, u behoeft slechts dertig stuiver te voldoen."

Wayness wierp hem een snelle blik toe maar zei er verder niets op en legde drie muntjes op tafel. Het tweetal liep terug naar het werkkamertje. Lefaun Zadoury maakte een weids gebaar in de richting van de tafel. "Ziedaar! Het is zoals ik al zei! Er is niets aangeraakt."

"Dat is een opluchting," zei Wayness. "Als er iets in het ongerede zou zijn geraakt, dan zou men mij misschien verantwoordelijk hebben gesteld en streng gestraft."

Lefaun Zadoury tuitte zijn lippen. "Voorvallen van dien aard zijn zeldzaam."

"Ik mag me gelukkig prijzen dat ik van uw deskundig advies kan profiteren," zei Wayness. "Uw kennis schijnt zeer veelomvattend te zijn."

Lefaun Zadoury zei voorzichtig: "Ik tracht althans mijn beroep vakkundig uit te oefenen.

"Zou u weten op welke wijze en wanneer het museum dit materiaal heeft verworven?"

Lefaun Zadoury blies zijn wangen bol. "Nee. Maar ik kan er wel op korte termijn achter komen, als u daar belang in stelt."

"Ik stel er inderdaad belang in."

"Een ogenblikje dan." Lefaun Zadoury beende de aangrenzende zaal in en zette zich in een van de alkoven voor een infoscherm. Hij toetste iets in, bestudeerde het scherm en gaf een ruk met zijn hoofd, ten teken dat de vloed van gegevens in zijn hersenen was opgenomen. Wayness sloeg hem vanuit de deuropening gade.

Lefaun Zadoury stond op en liep het werkkamertje weer in. Hij deed met zorg de deur dicht en bleef daarna midden in het vertrek staan alsof hij een reeks zeer gecompliceerde denkbeelden trachtte te verwerken. Wayness wachtte geduldig. Ten slotte vroeg ze: "Wat bent u te weten gekomen?"

"Niets."

Wayness trachtte te voorkomen dat haar stem oversloeg. "Niets?"

"Ik vernam dat die informatie niet beschikbaar is, als u dat liever hoort. We hebben te maken met een anonieme schenking."

"Belachelijk!" mompelde Wayness. "Het nut van dat soort geheimzinnigdoenerij kan ik niet inzien!"

"Noch in het Funusti Museum, noch in het universum gaat het logisch toe," zei Lefaun Zadoury. "Bent u klaar met dit materiaal?"

"Nog niet. Ik moet nadenken."

Lefaun Zadoury bleef in de kamer rondhangen; alsof hij iets verwachtte, leek het Wayness toe. Waar zou hij dan wel op wachten? Aarzelend stelde ze een vraag. "Is er iemand in het museum aan wie die informatie wel bekend is?"

Lefaun Zadoury sloeg zijn blik naar het plafond. "Ik mag ervan uitgaan dat een van de bonzen van de SDS — de afdeling Schenkingen, Donaties en Subsidies, dus — wel een lijst daarvan bijhoudt. Maar die is volstrekt ontoegankelijk, uiteraard."

Peinzend zei Wayness: "Ik zou eventueel wel bereid zijn tot een kleine donatie aan het museum, als men mij dat bescheiden brokje informatie zou willen verschaffen."

"Zelfs het onmogelijke is denkbaar," zei Lefaun Zadoury. "Maar we hebben hier wel van doen met hooggeplaatste personen, die voor minder dan duizend sol niet eens hun hoofd zouden afwenden om te spuwen."

"Haha! Dat behoort volstrekt niet tot de mogelijkheden. Ik kan een donatie doen van tien sol, met nog eens tien sol voor u, gezien uw deskundige adviezen; twintig sol dus alles bij elkaar."

Lefaun hief geschokt zijn handen ten hemel. "Hoe kan ik van een zo nietige som zelfs maar gewag maken, tegenover het verheven personage dat ik zou dienen te raadplegen?"

"Dat lijkt me heel eenvoudig. Wijs erop dat een paar woorden en tien sol altijd beter is dan ijzig stilzwijgen en geen rode sol."

"Dat is waar," zei Lefaun. "Goed dan, het zij zo. Gezien onze vriendschappelijke samenwerking wil ik wel het risico lopen voor dwaas te worden gezet. Excuseer me een ogenblikje." Hij verliet het vertrek. Wayness liep naar de tafel en keek naar de drie dozen. Biografieën van vijfendertig Natuurkenners van het eerste uur, genealogische gegevens, en documenten die sloegen op de bouw van een grandioos nieuw hoofdkwartier voor het Genootschap. Nee, daar zat niets bij dat ze op dit moment nog eens wilde bekijken.

Tien minuten verstreken. Lefaun Zadoury keerde terug. Een ogenblik stond hij Wayness op te nemen met een flauw glimlachje dat haar van haar stuk bracht. Ten slotte hield ze zichzelf voor: "Bij een ander zou dat als een sarcastische of cynische grijns worden beschouwd, maar ik geloof dat Lefaun Zadoury slechts tracht een minzame, charmante indruk te maken." Maar ze zei: "U kijkt tevreden. Wat bent u te weten gekomen?"

Lefaun kwam naar haar toe. "Ik had het goed voorzien, uiteraard. De functionaris lachte me spottend uit en vroeg of ik soms van gisteren was. Ik zei nee, ik wilde alleen een charmante jongedame een genoegen doen. Toen heeft hij met de hand over het hart gestreken, ofschoon hij erop stond dat de gehele donatie van twintig sol aan hemzelf werd overgedragen. Ik moest daar natuurlijk wel mee akkoord gaan. Misschien dat u uw aanbod nu wilt aanpassen." Hij wachtte maar Wayness zei niets. Lefauns glimlach zakte langzaam af en hij zag er weer even somber uit als tevoren. "Hoe dan ook, u dient mij nu het gestipuleerde bedrag ter hand te stellen."

Wayness keek hem verbaasd aan. "Maar meneer Zadoury! Zo wordt dat soort zaken niet gedaan!"

"Hoe bedoelt u?"

"Wanneer u mij de informatie brengt en ik die heb kunnen verifiëren, dan zal ik de donatie verrichten."

"Bah!" mopperde Lefaun. "Wat heeft al die omslag nu voor zin?"

"O, dat is toch heel eenvoudig. Zodra het geld is uitbetaald, heeft men ineens geen haast meer en kan ik dagenlang gaan zitten wachten in Hotel Mazeppa."

"Hm!" snoof Lefaun. "Waarom is de naam van de schenker zo belangrijk?"

Geduldig legde Wayness uit: "Om het Genootschap nieuw leven in te blazen, hebben wij de namen nodig van de families die vanouds achter het Genootschap stonden."

"Staan die namen dan niet in de oude ledenlijsten van het Genootschap vermeld?"

"De archieven zijn een tijdje geleden in het ongerede geraakt door toedoen van een onverantwoordelijke secretaris. Wij proberen op het ogenblik de schade te herstellen."

"Archieven vernietigen is een misdaad tegen de Rede! Gelukkig dat alles wat ooit opgeschreven is, waarschijnlijk wel tienmaal is opgetekend."

"Dat hoop ik," zei Wayness. "Daarom ben ik ook hier."

Lefaun dacht een poosje na en zie toen ietwat abrupt: "De situatie is gecompliceerder dan u misschien denkt. De informatie zal mij niet voor vanavond bereiken."

"Dat is wel erg lastig."

"Dat hoeft immers niet!" verklaarde Lefaun in een plotselinge uitbarsting van geestdrift. "Ik zal van de gelegenheid gebruik maken u het Oude Kiev te laten zien en horen! Het zal een zeer belangrijke avond in uw leven worden, die u nooit meer zult vergeten!"

Wayness, die wel een steuntje kon gebruiken, leunde tegen de tafel aan. "Ik kan volstrekt niet toestaan dat u zoveel moeite voor me doet. U kunt de informatie vanavond bij mijn hotel aanreiken, of ik kan morgenochtend vroeg naar het museum komen."

Lefaun hief bezwerend zijn hand op. "Geen woord meer! Het zal me een bijzonder groot genoegen zijn!"

Wayness zuchtte. "Wat zou u dan voorstellen?"

"Om te beginnen dineren we in het Pripetskaya, waar rietvogels aan het spit de specialiteit zijn. Maar eerst, vooraf, een schaal paling in gelei, opgemaakt met kaviaar. En evenmin zullen we voorbijgaan aan de Mingrelische hertenbout met krentensaus."

"Dat klinkt allemaal nogal prijzig," zei Wayness. "Wie betaalt dat?"

Lefaun Zadoury knipperde met zijn ogen. "Wel, ik meende, aangezien u toch op kosten van het Genootschap..."

"Maar ik ben hier niet op kosten van het Genootschap."

"Nu ja, dan delen we de kosten samen. Dat is zo mijn gewoonte wanneer ik met vrienden dineer."

"Ik heb een nog beter idee," zei Wayness. "Ik dineer zelden uitgebreid en ik verorber zeker geen palingen en gevogelte en wilde dieren. Laten we elk onze eigen maaltijd betalen."

"Nu ik erover nadenk, kunnen we beter naar Lena's Bistro gaan, waar de koolrolletjes goedkoop en tevens smakelijk zijn."

Wayness hield zich berustend voor dat ze toch niets beters te doen had. “Wat u maar wilt. Waar en wanneer krijgen we die informatie?”

“Informatie?” Lefaun was even het spoor bijster. “Aha, ja. Bij Lena; daar krijgen we het.”

“Waarom bij Lena? Waarom niet hier en nu?”

“Dergelijke dingen moeten georganiseerd worden. Het is een delicate aangelegenheid.”

Wayness maakte een schamper geluidje. “Ik vind het maar eigenaardig. Hoe het ook zij, ik moet weer vroeg terug zijn in mijn hotel.”

“Laten we de stier niet slachten voor de koe tochtig is! Laten we eerst zien wat wat is!” zei Lefaun op opgeschroefd joviale toon.

Wayness kneep haar lippen op elkaar. “Het is alles bij elkaar misschien toch beter als ik gewoon morgenvroeg hierheen kom. Dan kunt u zo laat aan de zwier blijven als u zelf wilt. Vergeet niet dat ik de gegevens wil kunnen verifiëren, tenzij u me een uitdraai kunt brengen uit de officiële archieven van het museum.”

Lefaun boog met overdreven eerbied. “Ik kom u vanavond vroeg ophalen in uw hotel. Laten we zeggen om acht uur?”

“Dat is me te laat.”

“Niet voor Kiev. Dan is de stad nog nauwelijks wakker. Goed dan, zullen we zeggen zeven uur?”

“Heel goed. Ik zou graag om negen uur weer terug zijn.”

Lefaun maakte een geluidje dat voor velerlei uitleg vatbaar was en keek het kamertje rond. “Ik moet me nu aan mijn gebruikelijke werkzaamheden wijden. Wanneer u klaar bent met dit materiaal, wilt u dan iemand in de grote zaal waarschuwen, dan roept hij of zij de bediende. Tot zeven uur, dan.”

Lefaun Zadoury beende met grote stappen het kamertje uit terwijl zijn zwarte toga achter hem aan wolkte. Wayness draaide zich om en keek naar de drie dozen. Biografieën, genealogie, een plan voor een nieuw hoofdkantoor. Het waren onderdelen van een en dezelfde schenking, dat had Lefaun Zadoury haar verteld en bovendien was de code die op de zijkant van de dozen stond dezelfde.

Wayness dacht nog even na, liep toen naar de deur en keek de grote zaal in. Die was nu half leeg en van de overgebleven aanwezigen maakten velen zich al op om te vertrekken.

Wayness sloot de deur. Ze liep terug naar de tafel en schreef de code die op de drie dozen stond op een stukje papier.

In heel de stad begonnen nu honderden grote klokken het uur van twaalven uit te beieren. Wayness leunde tegen de tafel en wachtte; vijf minuten; tien minuten. Opnieuw liep ze naar de deur en keek de zaal in; iedereen, behalve een paar volkomen in hun werk verdiepte conservators, was vertrokken om te lunchen. Wayness liep naar de dichtstbijzijnde alkoof en schoof aan voor het infoscherm.

Ze activeerde het opzoekprogramma en tikte 'Genootschap van Natuurkenners' in. Het scherm gaf informatie prijs met betrekking tot twee verschillende partijen; een met semantische en linguïstische naslagwerken, verkregen via de Galerie Gohoon, en een omvattende de drie dozen met de code die ze net had overgeschreven. En de schenker die erbij stond vermeld was 'Aeolus Benefices', woonachtig in de stad Croy. De schenking was vijftien jaar tevoren gedaan.

Wayness schreef de naam over en verliet het opzoekprogramma. Een ogenblikje bleef ze zitten nadenken. Ging de operatie die ze zojuist had uitgevoerd de verbeeldingskracht van Lefaun Zadoury te boven? Ze meende van niet.

Ze verliet de alkoof. "Ik wil niet cynisch worden," zei ze bij zichzelf. "Maar tot ik een nuttiger filosofie heb opgedaan, zal ik me moeten houden aan de wet van het oerwoud." Toen ze aan Lefaun Zadoury dacht moest ze even grijnzen. "En daarbij heb ik twintig sol bespaard, hetgeen ook niet kwaad is."

Wayness ging naar een van de conservators toe die nog zaten te werken en verzocht hem de bediende te verwittigen met betrekking tot de drie dozen in het zijkamertje. Ietwat lomp werd haar toegevoegd: "Verwittig hem zelf. Zie je dan niet dat ik bezig ben?"

"En hoe verwittig ik hem?"

"Druk op de rode knop bij de deur. Misschien dat het de bediende belieft te komen. Misschien ook niet. Maar dat is zijn zaak."

"Dank u." Wayness verliet de zaal na de rode knop te hebben ingedrukt in het voorbijgaan. In de loggia ontdeed ze zich van de zwarte toga, hetgeen haar nog meer opmonterde.

Aangezien ze niets beters te doen had, ging ze terug lopen, de heuvel af en dan over de boulevard langs de Dnjepr. Bij een vrolijk rood, groen en blauw geschilderd straatkarretje kocht ze een warme vleespastei en een puntzakje vol gefrituurde aardappelstrengetjes. Op een bankje gezeten werkte ze haar lunch naar binnen, terwijl ze naar de voorbijstromende Dnjepr keek. Wat moest ze aan met Lefaun Zadoury en zijn ongetwijfeld onfrisse plannetjes voor die avond? Ze kon maar niet besluiten; ondanks alles vond ze hem toch wel grappig gezelschap.

Wayness beëindigde haar lunch en slenterde langs de boulevard terug naar het oude Prins Kolskyplein en het Hotel Mazeppa. Ze deed navraag bij het reisagentschap en vernam dat er pas de volgende ochtend een goede verbinding met Croy was. "In dat geval," dacht Wayness, "zal ik toch maar in Lena's Bistro gaan eten, al was het maar om Lefaun Zadoury in verlegenheid te brengen."

Wayness ging naar haar kamer met het doel oom Pirie Tamm te bellen, maar toen aarzelde ze. Er was wat voor te zeggen, maar ook veel tegen. Pirie Tamm zag altijd overal gevaren en waarschuwde voortdurend tegen alles en nog wat.

Wayness kreeg haar spiegelbeeld in het oog en besloot dat haar haar echt te lang was geworden. Ze dacht aan Giljin Leepe en haar excentrieke pluizenbos, maar nee; nee, absoluut niet! Met zo'n extreem kapsel zou ze zich alleen maar verlegen voelen.

Wayness liep naar de kapsalon op de benedenverdieping van het hotel en liet haar donkere krullen kortwieken, ter hoogte van haar kaak.

Ze keerde vol besluitvaardigheid terug naar haar kamer en belde ogenblikkelijk Voordewind.

Pirie Tamms eerste vragen klonken inderdaad wat klagelijk en Wayness stelde hem zo goed als ze kon gerust. "Ik logeer in een aardig, keurig hotel, het weer is prachtig en ik verkeer in blakende gezondheid."

"Je ziet er wat magertjes en witjes uit."

"Dat komt doordat ik net mijn haar heb laten knippen."

"Aha! Dat verklaart de zaak! Ik dacht dat je misschien iets gegeten had dat verkeerd was gevallen."

"Nog niet! Maar vanavond ga ik koolrolletjes eten in Lena's Bistro. Men zegt dat het er pittoresk is."

"Dat is dikwijls een synoniem voor 'smerig'."

"Niet zo zorgelijk, oom Pirie. Alles gaat prima. Ik ben nog niet verleid of beroofd of vermoord of krijsend een kelder in gesleurd."

"Nog niet, zoals je zelf zegt. Maar het kan je elk ogenblik overkomen!"

"Om een of andere reden vermoed ik dat verleiding toch wel wat langer kan duren. Ik ben reuze verlegen en ik heb toch wel een paar minuten, om niet te zeggen een uur nodig, voor ik weet of ik mensen aardig vind."

"Je moet met dat soort dingen niet de spot drijven! Het hoeft maar een keer te gebeuren en dan is het te laat om voorzichtig te zijn!"

"Natuurlijk, u hebt gelijk, Oom Pirie. Ik moet niet zo luchthartig doen. Laat ik u vertellen wat ik te weten ben gekomen. Het is best belangrijk. Een deel van de Genootschapscollectie in het Funusti Museum werd aangekocht bij de Galerie Gohoon. Maar een tweede partij is vijftien jaar geleden aan het museum geschonken door ene Aeolus Benefices uit Croy."

"Aha. Ahum. Dat is zeker interessant." Pirie Tamms stem had een subtiele ondertoon gekregen. "Tussen twee haakjes, een van je vrienden van Cadwal is hier gisteren aangekomen en logeert nu bij me."

Wayness' hart maakte een luchtsprong. "Wie? Glawen?"

"Nee," zei een andere stem en toen verscheen er een tweede gezicht op het scherm. "Ik ben het, Julian."

"O hemel," fluisterde Wayness schor. Toen vervolgde ze hardop: "Wat doe jij hier?"

"Precies hetzelfde als jij — ik ben op zoek naar het Handvest en de Eigendomsakte. Pirie en ik zijn van mening dat we onze krachten maar moesten bundelen, dat is verstandiger."

Pirie Tamm voegde er op gemaakt joviale toon aan toe: "Julian heeft volkomen gelijk, we zijn er allemaal bij betrokken! Dit is een veel te grote onderneming voor zo'n klein ding als jij, en dat heb ik je van het begin af aan al gezegd."

"Ik heb het er anders heel aardig van afgebracht. Oom Pirie, wilt u Julian de kamer uit sturen? Ik wil vertrouwelijk met u praten."

"Op mijn woord!" teemde Julian. "Tact is niet bepaald je sterkste kant, wel?"

"Ik weet niet wat ik anders moet zeggen om te zorgen dat jij buiten gehoorsafstand komt."

"Goed dan, als jij dat wilt dan ga ik al."

Pirie Tamm wachtte even en zei toen: "Wel, Wayness, ik ben werkelijk verbaasd over jouw houding!"

"En ik ben niet alleen verbaasd over u, oom Pirie, ik ben ontzet, dat u me al die vertrouwelijke informatie eruit hebt laten flappen waar Julian bij was. Hij is een fanatiek LVV'er! Hij is van zins het decreet tot Natuurbehoud van nul en gener waarde te verklaren en de Yips op heel Cadwal de vrije hand te geven! Als Julian het Handvest en de Eigendomsakte eerder vindt dan ik, dan kunt u het hele idee van Natuurbehoud op Cadwal vaarwel zeggen!"

Pirie Tamm zei kleintjes: "Hij gaf me de indruk dat er tussen jullie, nu ja, van een romance sprake was en dat hij was gekomen om jou bij te staan."

"Dat is gelogen."

"En wat nu?"

"Morgen ga ik naar Croy. Ik kan verder geen plannen maken zolang ik niet weet hoe de zaken er daar voorstaan."

"Wayness, het spijt me erg."

"Het geeft niet. Maar alstublieft, vertel verder niemand meer iets — behalve Glawen Clattuc, als die mocht arriveren."

"Dat zal gebeuren." Pirie Tamm aarzelde en voegde er toen aan toe: "Bel me zo gauw mogelijk terug. Ik zal in het vervolg beter opletten, dat verzeker ik je."

"Pieker maar niet, oom Pirie. Misschien blijkt het achteraf niet zo erg te zijn."

"Dat hoop ik vanuit de grond van mijn hart."

4

Het was later geworden. Wayness zat onderuit gezakt in haar stoel en staarde de kamer door, zonder iets te zien. De heftigheid van haar aanvankelijke emoties had haar een golf van woede en rillingen bezorgd, en tintelingen in armen en benen en ingewanden; een brandend zuur gevoel was in haar keel opgekomen.

Nu was de lichamelijke reactie voorbij en voelde ze zich slap en terneergeslagen.

Het kwaad was geschied en het was onherstelbaar. Ze kon zich niet wijsmaken dat het zo erg niet was. Julian kon een volle dag, zo niet eerder in Croy zijn, met een zee van tijd om op te zoeken wat hij wilde weten en vervolgens stappen te ondernemen om Wayness diezelfde informatie te onthouden.

Toen ze daaraan dacht, schoot de woede opnieuw in haar op. Ze vermande zich. Al die emoties putten haar uit en ze schoot er niets mee op. Wayness slaakte een diepe zucht en ging overeind zitten.

Het leven ging door. Ze dacht aan de avond die haar wachtte. De gegevens die Lefaun Zadoury haar wilde verkopen had ze niet meer nodig, maar ze vond het vooruitzicht hem dat uit te doeken te doen nu niet meer vermakelijk. Het idee koolrolletjes te verorberen in Lena's Bistro, in gezelschap van de sombere, krenterige conservator, had eveneens alle aantrekkingskracht verloren dat het ooit mocht hebben bezeten. Maar aangezien ze niets beters te doen had stond ze op, nam een bad en trok een grijs japonnetje aan dat tot op de knie viel en voorzien was van een smal zwart kraagje en een lange smalle baan zwart passement op de voorkant.

Het was nu laat in de middag. Wayness bedacht dat er voor het hotel een caféterrasje lag. Ze liep naar het raam en keek op het plein neer. De schuine stralen van de laagstaande zon beschenen de oude granieten tegels. Wayness zag wel dat de mantels en capes van de lieden die het plein overstaken wapperden in de wind die over de vlakte kwam aanjagen. Ze sloeg haar eigen zachte, grijze mantel om, ging naar beneden en nam plaats op het terrasje, waar men haar groene Dagestaanse wijn bracht met kruidenbitter.

Hoe ze ook haar best deed, Wayness kon het niet laten te piekeren over Julian Bohost en de manier waarop hij oom Pirie in de luren had gelegd. Een vraag bleef aan haar knagen: hoe had Julian geweten dat het Handvest en de Eigendomsakte verdwenen waren? Daar zou ze wel nooit achter komen. Hoe dan ook, een geheim was het inmiddels niet meer — was het al twaalf jaar lang niet meer, dacht ze.

Wayness zat in het bleke zonnetje en sloeg de bewoners van het oude Kiev gade bij hun komen en gaan. De zon zakte verder weg en schaduwen bekropen het plein. Wayness huiverde en trok zich terug in de hal van het hotel. Ze maakte het zich daar gemakkelijk en begon na een tijdje te dommelen. Toen ze wakker werd, zag ze dat het al zes uur was geweest. Ze ging overeind zitten en keek de hal rond. Lefaun Zadoury was nog nergens te bekennen. Ze pakte een tijdschrift en begon te lezen over een archeologisch onderzoek in Kharesm, terwijl ze met een half oog uitkeek naar de magere jonge conservator.

Een lange gedaante was naast haar stoel komen staan zonder dat ze het gemerkt had; een beetje geschrokken keek ze op. Het was Lefaun Zadoury, maar in een geheel andere gedaante, waardoor hij welhaast onherkenbaar was. Hij droeg een lange, buitensporig strakke pantalon met witte en zwarte strepen, een roze overhemd met een geel met groene kravat, een vest van dikke zwarte keper en een lange flesgroene overjas die openstond. Een platte hoed van lichtbruin zeildoek stond schuin naar voren op zijn hoofd.

Met enige moeite wist Wayness haar lachen in te houden. Lefaun Zadoury keek een beetje achterdochtig op haar neer. “U ziet er heel aardig uit, moet ik zeggen.”

“Dank u wel.” Wayness stond op. “Ik had u eerst niet herkend; u bent niet in uniform.”

Lefauns gezicht vertrok in een ironisch lachje. “Had u verwacht dat ik mijn zwarte toga zou dragen?”

“Nee, dat niet, maar zo’n dynamische uitmonstering had ik toch niet verwacht.”

“Onzin en klaterkoek! Ik hul me in wat me het eerst voor de hand komt. Ik let niet op mode of stijl.”

“Hm.” Wayness nam hem eens op, van zijn grote in zwarte schoenen gestoken voeten tot zijn slappe zeildoeken hoedje. “Daar ben ik niet zo zeker van. U hebt immers een keus moeten maken toen u de kleren kocht?”

“Nimmer! Alles wat ik draag komt van het kijkgrijprek op de jaarmarkt en deze stukken waren de eerste de beste die mij pasten. Ze zien er nog knap genoeg uit naar mijn idee en ze beschutten mijn leden tegen de wind. Wel, zullen we dan gaan?” En ietwat knorrig voegde Lefaun eraan toe: “U wilde zo graag snel weer binnen zijn, welhaast voor zonsondergang, dus ik ben wat vroeger gekomen zodat ik u nog iets van de stad kan laten zien.”

“U zegt het maar.”

Buiten het hotel gekomen bleef Lefaun staan. “Om te beginnen, het plein. U hebt natuurlijk reeds de kerken opgemerkt, die al wel tien keer en mogelijk vaker zijn herbouwd. Desniettemin houdt men ze voor pittoresk. Bent u bekend met de geschiedenis van het verre verleden?”

"Niet bijzonder."

"Verdiept u zich wel in oude godsdiensten?"

"Nee."

"Dan hebben de kerken voor u geen betekenis. Wat mijzelf betreft, ze vervelen me danig, ondanks hun opzichtige koepeltjes. Wij gaan elders op verkenning."

"Waar bijvoorbeeld? Ik heb ook geen lust om me te vervelen."

"Aha! Vrees niet! U bevindt zich immers in mijn gezelschap!"

Het tweetal stak schuin het grote plein over, in de richting van de heuvels van de Oude Stad. Onder het lopen wees Lefaun haar diverse bezienswaardigheden. "Deze granieten platen komen uit steengroeven in de Pontus en werden per aak hierheen gebracht. Men zegt wel dat voor elke plaat vier doden zijn gevallen." Hij nam haar van terzijde op met opgetrokken wenkbrauwen. "Waarom springt en hopst u nu zo?"

"Ik weet niet waar ik mijn voeten moet neerzetten."

Lefaun maakte een weids gebaar. "Schenk geen aandacht aan sentimentele gevoelens, loop waar u wilt. Het waren immers lieden uit de lagere klassen? Denkt u aan dode koeien wanneer u vlees eet?"

"Ik probeer er niet aan te denken."

Lefaun knikte. "Ginder, op dat staketsel van ijzeren staven, placht Ivan Grodzny de inwoners van Kiev te roosteren als straf voor hun wandaden. Dat is natuurlijk al erg lang geleden en het rooster is een reconstructie. Pal daarnaast ziet u een kraampje waar een venter gegrilde worstjes aan de man brengt, hetgeen ik enigszins wansmakelijk vind."

"Zeker."

Lefaun bleef staan. Hij wees naar een heuvelkam, gelegen achter de Oude Stad. "Ziet u die pilaar? Dertig meter hoog. Op die pilaar zat de asceet Omshats gedurende vijf jaar en declameerde vandaar zijn alleenspraken. Er bestaan twee versies van zijn verscheiden. Sommigen vertellen dat hij eenvoudig op een dag verdween, ofschoon talloze mensen aan de voet van de pilaar verzameld waren op het bewuste tijdstip. Anderen beweren dat hij door een ontzaglijke bliksemflits werd getroffen."

"Misschien zijn beide lezingen wel juist."

"Dat zou kunnen. Hoe dan ook, we bevinden ons nu midden op het plein. Links hebt u het Kruiderijenkwartier, rechts ligt de Mercerie. Beide zeer interessant om te bezoeken."

"Maar wij gaan elders heen?"

"Ja, ook al kunnen wij daar ingewikkelde toestanden tegenkomen die u, als buitenwereldse, mogelijk onbegrijpelijk zult vinden."

"Tot nog toe heb ik u vrij aardig begrepen, naar ik vermoed althans."

Lefaun sloeg er geen acht op. "Laat ik trachten een uitleg te geven. Allereerst het uitgangspunt, en wel: Kiev bezit een lange traditie van intellectuele en artistieke prestaties, zoals u misschien al gemerkt had."

Wayness knorde iets, dat op allerlei manieren uitgelegd kon worden. "Gaat u verder."

"Dat is de achtergrond. De stad heeft een machtige sprong voorwaarts gedaan en is nu een van de meest vooraanstaande centra der creatieve gedachte in het gehele Bereik."

"Dat is interessant."

"Kiev is als een groots laboratorium waarin de eerbied voor de vroegere esthetische doctrine in dolle vaart botst op een volslagen minachting voor deze zelfde — en soms zelfs in het gemoed van een en hetzelfde individu! Uit deze botsing komt een sprankelende regen van wonderen voort."

"En waar speelt dat alles zich af?" vroeg Wayness. "In het Funusti Museum?"

"Niet noodzakelijkerwijs — ofschoon de Prodromen, een selecte kleine vereniging, zowel mijzelf als Tadiew Skander, die u vandaag al hebt ontmoet, tot hun leden rekenen. Maar doorgaans speelt zich dit alles af in het Oude Kiev, dat men kan horen en zien en voelen in gelegenheden als de Bobadil, de Nym, Lena's Bistro of Vuile Edvard, waar men lever met uien serveert uit kruiwagens. In de Stenen Bloem is het thema de kakkerlak — en men treft daar waarlijk magnifieke exemplaren aan! In de Universo loopt iedereen naakt en tracht men zo veel mogelijk handtekeningen te vergaren op de onbedekte huid. Vorig jaar hadden een paar lieden het geluk te worden gesigneerd door de grote Zoncha Temblada; sindsdien hebben ze zich niet meer gebaad."

"Maar waar blijven al die wonderbaarlijke nieuwe kunstvormen nu? Tot nog toe hoor ik voornamelijk over kakkerlakken en handtekeningen."

"Zeer juist. Men besefte al in een vroeg stadium dat elke denkbare variatie van kleur, licht, materiaal, vorm, geluid en wat al niet, alreeds bereikt was, zodat het een vergeefse moeite was nog te streven naar iets nieuws. De enige immer frisse, zich immer vernieuwende bron was het menselijk denken zelf en de verrukkelijke patronen die men daarmee weeft tussen twee of meer individuen."

Wayness fronste niet-begrijpend haar voorhoofd. "Doelt u daarmee op 'praten'?"

"Ja, men zou het met een gepaste term heel wel 'praten' kunnen noemen."

"Nu ja, het is in elk geval goedkoop."

"Precies! En daardoor is het ook de meest on-elitaire van alle creatieve disciplines!"

"Ik ben blij dat u me dat hebt uitgelegd," zei Wayness. "We zijn dus nu op weg naar Lena's Bistro?"

"Ja. De koolrolletjes daar zijn de beste en daar ontvangen we ook de informatie waar u behoefte aan had, al weet ik niet precies wanneer die zal komen." Lefaun keek op Wayness neer. "Waarom kijkt u me zo aan?"

"Hoe kijk ik u aan?"

"Toen ik klein was, ben ik een keer betrapt door mijn grootmoeder, toen ik onze dikke mopshond haar beste kanten muts had opgezet. Ik kan haar gezichtsuitdrukking niet goed beschrijven; het was een soort hulpeloze, fatalistische verbazing, als vroeg ze zich af wat voor kattenkwaad ik nog meer in de zin zou hebben. Dus waarom kijkt u op die manier naar mij?"

"Misschien leg ik dat te zijner tijd nog wel uit."

"Bah!" Lefaun trok met beide handen zijn hoed zo ver mogelijk over zijn voorhoofd. "Ik begrijp uw raadselpraat niet. Hebt u het geld bij u?"

"Ik heb zo veel geld bij me als nodig is."

"Goed dan. Het is nu niet ver meer — onder de Boog van Varanji door en dan een paar passen de heuvel op."

Ze vervolgden hun weg dwars over het plein, Lefaun met grote, diep doorverende passen en Wayness op een sukkeldrafje teneinde hem bij te houden. Ter zijde van het Kruiderijenkwartier gingen ze onder een logge stenen boog door en begonnen de heuvel te beklimmen, via een reeks kromme straatjes, waar de bovenverdiepingen aan weerszijden zo ver vooruitstaken, dat ze de hemel bijna aan het gezicht onttrokken. De straat maakte bocht na bocht, versmalde zich geleidelijk en liep dood bij een hoge trap die uitkwam op een kleine plaza. Lefaun wees. "Ginds ziet u Lena's Bistro. Vlak om de hoek is de Mopo en de Nym ligt even verderop in de Pyadogorsksteeg. Hier bevindt zich wat door de Prodromen met algemene stemmen 'het creatieve knooppunt van het Gaiaanse Bereik' is gedoopt. Wat zegt u me daarvan?"

"Het is inderdaad een merkwaardig pleintje."

Lefaun nam haar somber op. "Soms heb ik het gevoel dat u mij uitlacht."

"Vanavond kan ik wel overal om lachen," zei Wayness. "En als u daarin hysterie vermoedt, zit u er niet ver naast. U vraagt zich af waarom? Het komt doordat ik vanmiddag iets afschuwelijks heb beleefd."

Lefaun keek haar aan met ironisch opgetrokken wenkbrauwen. "U hebt bij vergissing een halve sol uitgegeven."

"Erger nog. Als ik er maar aan denk, begin ik al te beven."

"Dat is jammer," zei Lefaun. "Maar laten we naar binnen gaan voor de menigte arriveert. U kunt het me straks rustig vertellen bij een fles bier. Zullen we elkaar overigens tutoyeren?"

"Goed," zei Wayness aarzelend.

Lefaun duwde de hoge smalle deur open, die was versierd met zwarte ijzeren arabesken. Het tweetal bevond zich in een vertrek van gemiddelde omvang, voorzien van zware houten tafels, houten banken en stoelen. Gele vlammen lekten op uit fakkels aan de kant, aan elke muur zes, die een zacht, gelig schijnsel verspreidden. Wayness bedacht, dat als het pand tevoren nooit in brand was gevlogen, het vanavond waarschijnlijk ook wel niet zou gebeuren.

Lefaun instrueerde Wayness over de gang van zaken. "Je koopt een aantal kaartjes bij de kassier, ginds. Dan ga je naar de muur en bekijkt de afbeeldingen. Wanneer je iets ziet dat je lijkt, stop je de kaartjes in de bewuste gleuf, waarop er een etensblad naar buiten komt, met daarop een hoeveelheid die afgepast wordt aan de hand van het aantal ingeleverde kaartjes. Het is een eenvoudig systeem dat een grote flexibiliteit mogelijk maakt. Je kunt vorstelijk dineren met varkenspootjes, gezuurde kool en haring, of heel bescheiden met brood en kaas."

"Ik moet in elk geval de koolrolletjes proberen," zei Wayness.

"Volg mij dan, dan zal ik je laten zien hoe het werkt."

Ze liepen met hun blad naar een tafeltje, elk nu voorzien van koolrolletjes, opgebakken grutten en bier. Lefaun zei knorrig: "Het is nog vroeg en er is nog niemand van enig aanzien; daarom moeten we nu alleen eten, als deden we iets stiekems."

"Ik voel me niet stiekem," zei Wayness. "Vind je alleen-zijn angstaanjagend?"

"Natuurlijk niet! Ik ben dikwijls genoeg alleen! Daarbij ben ik lid van een groep genaamd de Dravende Wolven. Elk jaar houden wij een loop over de steppen. Ver dringen wij in de wildernis door, verbaasd staren de lieden ons na wanneer we voorbijdraven. Met zonsondergang doen we ons te goed aan brood en spek dat naar roverstrant op een driepoot boven een kampvuur wordt geroosterd en daarna slapen we op de grond. Altijd kijk ik dan omhoog naar de sterren en vraag me af hoe het zou zijn om ginds te zijn, in die verre oorden."

"Waarom ga je daar dan niet zelf eens kijken?" opperde Wayness. "In plaats van elke avond naar Lena te gaan."

"Ik kom hier niet elk avond," zei Lefaun waardig. "Ik ga dikwijls naar de Stuip, of naar de Mopo of de Convolvulus. Trouwens, waarom zou men ergens anders heen gaan, wanneer het brandpunt van de menselijke intelligentie hier ligt?"

"Daar zit natuurlijk wat in," zei Wayness. Ze verorberde haar koolrolletjes, die best eetbaar waren, en dronk een kroes bier. Nu begonnen de gasten pas goed te arriveren. Sommigen waren kennissen van Lefaun en kwamen even bij hem zitten. Wayness werd voorgesteld aan zoveel mensen, dat ze de namen niet meer kon onthouden: Fedor, die vogels hypnotiseerde, de gezusters Eufrosyne en Eudoxia, Grote Wuf en Kleine Wuf, Hortense die klokken goot, Dagleg die zich uitsluitend uitdrukte in wat hij 'immanentiën' noemde, en Marya, een sekstherapeute, die volgens Lefaun talloze interessante verhalen te vertellen had. "Mocht je op dat gebied advies van node hebben, dan roep ik haar even en dan kun je haar vragen wat je maar wilt."

"Nu even niet," zei Wayness. "De dingen die ik niet weet zijn dingen die ik ook helemaal niet weten wil."

"Hm. Juist ja."

De bistro liep vol. Alle tafeltjes waren nu bezet. Na een tijdje zei

Wayness: "Ik heb aandachtig zitten luisteren maar tot nog toe heb ik geen andere conversatie gehoord dan opmerkingen over het eten."

"Het is nog vroeg," zei Lefaun. "Na verloop van tijd zal er nog genoeg gepraat worden." Hij stootte Wayness aan met zijn elleboog. "Let bijvoorbeeld eens op Alexei die je ginds ziet staan."

Wayness draaide zich om en zag een gezette jongeman met een rond gezicht, een kort puntbaardje en blond haar dat in stekeltjes was geknipt.

"Alexei is uniek," zei Lefaun. "Hij leeft poëzie, hij denkt poëzie, hij droomt poëzie en aanstonds zal hij ons ook poëzie voorlezen. Maar je zult hem niet kunnen verstaan, aangezien poëzie, naar hij beweert, een zo intieme onthulling is dat hij bewoordingen gebruikt die alleen door hemzelf begrepen kunnen worden."

"Ja, dat had ik al ontdekt," zei Wayness. "Ik hoorde hem daareven iets zeggen en ik verstond er geen woord van."

"Natuurlijk niet. Alexei heeft een taal gecreëerd van honderdtwaalfduizend woorden, die worden geregeerd door een zeer uitgebreide syntax. Deze taal, zo beweert hij, is gevoelig en flexibel en uitermate geschikt voor het uitdrukken van metaforen en zinspelingen. Het is jammer dat niemand in staat is om met Alexei van zijn dichtkunst te genieten, maar hij weigert ook maar een enkel woord te vertalen."

"Misschien is dat maar beter ook, vooral als zijn gedichten niet zo best zijn," zei Wayness.

"Mogelijk. Hij is beschuldigd van eigenliefde zowel als uiterlijk vertoon, maar hij voelt zich daardoor niet beledigd. Het is de doorsneekunstenaar, zo stelt hij, die gespitst is op toejuichingen en wiens gevoel voor eigenwaarde verering van node heeft. Alexei ziet zichzelf als een eenzaam mens, ongevoelig voor lof of kritiek."

Wayness rekte haar hals. "Hij danst nu een horlepiep terwijl hij op een trekharmonica speelt. Wat dunkt je daarvan?"

"Dat is typisch Alexei in een van zijn buien; het heeft niets te betekenen." Lefaun riep dwars door de gelagkamer: "Hoi daar, Lixman! Waar heb jij gezeten?"

"Ik ben net terug uit Soezdal en blij toe."

"Vanzelfsprekend! Het intellectuele klimaat in Soezdal is even stroef als het weer."

"Dat is zeker waar. Hun beste en tegelijk vrijwel enige gelegenheid is Janinka's Bistro. Ik had daar een vreemde ervaring."

"Vertel ons ervan. Maar eerst: wil je een glas bier?"

"Graag."

"Misschien wil Wayness voor ons beiden een fles gaan halen."

"Ik dacht van niet."

Lefaun kreunde mismoedig. "Dan zal ik zo dadelijk zelf wel wat te drinken gaan kopen — tenzij een ander iets aanbiedt. Jij misschien, Lixman?"

"Zoals je je misschien herinnert, was jij degene die mij wat aanbood."

"Ja, dat herinner ik me nu weer. Maar wat vertelde je ons nu over Soezdal?"

"Toen ik in Janinka's Bistro zat, ontmoette ik een vrouw die me meedeelde dat ik, overal waar ik ging, vergezeld was van de geest van mijn grootmoeder, die me zielsgraag wilde helpen. Ik was op dat ogenblik aan het dobbelen, dus ik zei: 'Goed dan, grootmoeder, waarop moet ik gokken?' 'Ze zegt dat je op tweemaal drie moet gokken!' kreeg ik ten antwoord. Ik gokte dus op dubbel drie en won de pot. Ik keek om, want ik wilde nog wel een vingerwijzing hebben, maar de vrouw in kwestie was verdwenen. En nu voel ik me nerveus en erg onzeker. Ik durf niets te doen wat mijn grootmoeder misschien zou afkeuren."

"Dat is een zeer curieuze stand van zaken," zei Lefaun. "Wayness, wat zou jij adviseren?"

"Ik denk dat je grootmoeder, als ze enige tact bezit, je best nu en dan een paar minuten voor jezelf zal gunnen."

"Iets beters kan ik niet bedenken," zei Lefaun.

"Ik zal hierover nadenken," zei Lixman en liep weg. Lefaun stond op. "Kennelijk zal ik dan toch bier moeten kopen. Wayness, jouw fles is leeg. Jij nog bier?"

Wayness schudde haar hoofd. "De tijd schiet al op en ik moet morgenvroeg uit Kiev vertrekken. Ik kan zelf de weg naar het hotel wel vinden."

Lefauns mond zakte open en zijn zwarte wenkbrauwen schoten omhoog. "Maar de informatie dan, die je moest hebben? En de twintig sol?"

Wayness dwong zich zijn dreigende blik te beantwoorden. "Ik heb geprobeerd een manier te bedenken om het je te vertellen, zonder woorden als 'oplichter' en 'schurk' te bezigen. Om twaalf uur vanmiddag zou ik daar geen been in hebben gezien, maar nu voel ik me somber en apathisch; vandaag heb ik alles wat ik wist eruit geflapt tegenover mijn oom. Een man genaamd Julian Bohost stond mee te luisteren en de gevolgen zouden heel wel tragisch kunnen zijn!"

"Nu begrijp ik het. Die Julian is de oplichter en de schurk."

"Dat zeker. Maar in dit geval doelde ik op jou."

Opnieuw keek Lefaun onthutst. "Hoe dat zo?"

"Omdat je geprobeerd hebt mij informatie te verkopen, die je binnen twee minuten voor me had kunnen opdiepen!"

"Ha! De aanwijzingen waren duidelijk genoeg. Maar feiten zijn feiten en gissingen blijven gissingen. Voor welk van de twee wil je je geld neertellen?"

"Voor geen van beide! Ik heb de informatie zelf verkregen."

Lefaun leek eerder verbaasd te zijn dan van streek. "Het verrast me wel dat je er dan zo lang voor nodig had om ter zake te komen."

"Zodra ik de kans kreeg een van de informatieschermen in de grote zaal te gebruiken, ben ik snel genoeg te werk gegaan. Jij had precies hetzelfde kunnen doen, maar je blies het liever op tot een groot geheim om mij twintig sol af te persen."

Lefaun sloot zijn ogen, greep met beide handen zijn hoedje en trok het zo diep over zijn ogen dat het op zijn wenkbrauwen en de puntjes van zijn oren rustte. "Ai, ai, ai," zei Lefaun zachtjes. "Nu heb ik het verkorven!"

"En hoe!"

"Ach en wee. Ik had een klein soupertje voorbereid in mijn appartement. Ik heb rozenblaadjes gestoofd in eendenessence; ik heb het stof van mijn beste fles wijn geveegd. Allemaal voor jouw genoegen. En nu... nu ga je niet met me mee?"

"Zelfs voor tien van je beste flessen wijn nog niet. Ik heb geen vertrouwen in 'Dravende Wolven' en in conservatoren al evenmin."

"Wat jammer nu! Maar daar hebben we Tadiew Skander, mijn diefjesmaat. Tadiew, hierheen! Heb je de informatie te pakken gekregen?"

"Zeker — maar het heeft me meer gekost dan we hadden begroot, want ik kreeg met de Grote Blafkont zelf te maken."

Wayness lachte. "Prachtig gedaan, Tadiew! De keuze van het ogenblik was volmaakt, je voordracht ging erin als koek, en dit arme, dwaze, hersenloze kind zal je alles betalen wat je vraagt!"

Lefaun zei: "Wayness, schrijf datgene wat je ontdekt hebt op een stukje papier. We gaan een proef doen om vast te stellen of Tadiew ons bedot of niet. Het bedrag is nu tweeëntwintig sol, Tadiew?"

"Tweeëntwintig sol!" riep Tadiew uit. "Het eindbedrag was vierentwintig sol!"

"Goed dan, Tadiew. Je hebt die prijzige informatie op papier staan?"

"Zeker."

"Leg het papier dan met de goede kant omlaag op tafel. Prima. Heb je wat hier staat vandaag nog aan iemand anders meegedeeld?"

"Natuurlijk niet. Ik zie je nu voor het eerst sinds twaalf uur vanmiddag!"

"Dat is juist."

Wayness zat met verachtelijk opgetrokken lip toe te kijken. "Ik vraag me af wat je nu probeert te bewijzen."

"Tadiew en ik zijn schurken, dat is waar; we geven grif toe dat we waardige gezagsdragers hebben gecorrumpeerd en hen steekpenningen hebben toegeschoven. Ik wil dat hij alles opbiecht en toegeeft dat hij een smeriger en veiler schurk is dan ik."

"Juist ja, maar die vergelijking heeft voor mij geen belang. Als jullie me dus willen verontschuldigen —"

"Ogenblikje! Ik wil zelf ook een brokje informatie hier op tafel plaatsen — iets wat intuïtief bij mij naar boven kwam toen ik de inhoud van de dozen bekeek. Ziedaar, gebeurd! Drie stukjes papier liggen hier voor ons. Nu hebben wij een deskundig scheidsrechter nodig, die niet op de hoogte is van wat wij besproken hebben. Ik zie de geëigende persoon daar zitten. Die dame is Natalinya Harmin, de hoofdconservator van het museum." Hij duidde een forse vrouw aan met een imposante lichaamsbouw, scherpe ogen en een stevige kaak, wier blonde haar in een lange vlecht om haar hoofd was gewonden. "Madame Harmin!" riep Lefaun. "Weest u zo goed een ogenblik hierheen te komen."

Natalinya Harmin draaide zich om; ze zag Lefauns wenkende hand, liep naar het tafeltje toe en keek schuins op hem neer.

"Hier ben ik, Lefaun. Waarom zit je me zo nijdig aan te kijken, als ik vragen mag?"

Lefaun zei verbaasd: "Ik trachtte mijn gezicht juist een minzame uitdrukking te verlenen."

"Goed! Ik heb het gezien, je kan nu wel weer gewoon doen. Wat is er?"

"Dit is Wayness Tamm, een aantrekkelijk schepseltje uit de ruimte, die graag de wonderen van het Oude Kiev wilde verkennen. Ik moet erbij zeggen dat ze eigenzinnig is en buitengewoon naïef en dat ze iedereen van verdorvenheid verdenkt."

"Ha! Dat is geen naïviteit, dat is gezond verstand. Wat je ook doet, jongedame, ga niet met Lefaun Zadoury over de steppe draven. Op z'n minst houd je er zere voeten aan over."

"Dank u," zei Wayness. "Dat lijkt me deugdelijk advies."

"Is dat alles?" vroeg Natalinya Harmin. "In dat geval..."

"Nog niet helemaal," zei Lefaun. "Tadiew en ik zijn het oneens en we willen graag dat u een uitspraak doet met betrekking tot ons geschilpunt. Ik heb dat juist gezegd, Tadiew?"

"Zeer juist! Madame Harmin is befaamd om haar volstrekte openhartigheid.

"Mijn openhartigheid, hm? Mij om openhartigheid vragen is alsof men de doos van Pandora openwrikt. Men zou meer te horen kunnen krijgen dan men wenst."

"Dat risico moeten we nemen. U bent gereed?"

"Ik ben gereed. Spreek."

"We wilden graag dat u ons exact en volledig informeert over wat hier geschreven staat." Hij pakte het papiertje dat voor Wayness op tafel lag en gaf het aan Natalinya Harmin. Deze las hardop: " 'Aeolus Benefices te Croy'. Hm!"

"Deze instelling is u bekend?"

"Natuurlijk, al is het een onderdeel van het museumbeleid dat we doorgaans niet aan de grote klok hangen."

Lefaun zei tegen Wayness: "Madame Harmin bedoelt hiermee dat wij, wanneer er een anonieme schenking in het museum arriveert, invullen dat deze van 'Aeolus Benefices te Croy' afkomstig is, om onszelf ongerief te besparen. Heb ik dat juist gezegd, madame Harmin?"

Natalinya Harmin knikte energiek. "Dat is in essentie correct."

"Opdat men, wanneer men in het archief aantreft dat een bepaalde schenking wordt toegeschreven aan 'Aeolus Benefices', direct weet dat deze vermelding volstrekt betekenisloos is, nietwaar?"

"Precies. Dat is onze vermeldingswijze van 'anonieme schenking'," zei Natalinya Harmin. "Wat wilde je verder weten, Lefaun? Je krijgt dit kwartaal geen opslag, mocht dat de vraag zijn waar je op aan stuurt."

Wayness was slap van opluchting achterover gezakt op haar stoel. Wat Julian Bohosts reden voor zijn aanwezigheid op Voordewind ook mocht zijn, hij was nu op een vals spoor gezet en wel op hoogst overtuigende wijze.

"Nog een vraag," zei Lefaun. "Het is slechts bij wijze van spreken, maar indien iemand de ware oorsprong van een anonieme schenking zou willen achterhalen, hoe zou hij daartoe te werk moeten gaan?"

"Hij zou aan de deur worden gezet, beleefd doch beslist, en naar zijn klachten zou niet worden geluisterd. Dergelijke gegevens worden beschouwd als een onschendbaar geheim en zijn zelfs voor mij niet toegankelijk. Is er verder nog iets?"

"Nee, dank u wel," zei Lefaun. "U hebt ons heel exact en zeer volledig geïnformeerd."

Natalinya Harmin keerde terug naar haar gezelschap. "Welaan," zei Lefaun. "De volgende stap. Ik heb hier op mijn papier een paar woorden staan. Daar kleven geen grote geheimenissen aan. Ze kwamen tot stand in mijn geest als gevolg van simpele redenaties. Toen ik vanochtend voor het eerst de drie dozen materiaal bekeek, merkte ik op dat de genealogische werken in de tweede doos zich bezighielden met het grafelijk geslacht de Flamanges, met de nadruk op diegenen die betrekkingen onderhielden met het Genootschap van Natuurkenners. Van de biografieën in de eerste doos was het enige deeltje, dat tekenen van gebruik vertoonde, de verhandeling over de graaf de Flamanges. De derde doos omvatte veel materiaal dat betrekking had op de graaf de Flamanges en diens aanbod van zekere hectaren lands aan het Genootschap van Natuurkenners. Kortom, de dozen waren kennelijk geschonken door iemand die in contact stond met de familie de Flamanges." Lefaun draaide zijn papier om. "En dus kwam ik uit op 'de graaf de Flamanges, kasteel Mirky Porod bij Draczeny in de Moholc'. Dat is wat je hier geschreven ziet staan." Lefaun zette zijn bierkroes aan zijn mond, merkte dat het ding leeg was en zette hem met een klap weer neer. "Mijn kroes schijnt leeg te zijn. Tadiew, leen mij eens vijf kaartjes."

"Nooit! Je bent me er al elf schuldig."

Wayness schoof haastig een hand kaartjes naar Lefaun toe. "Neem die maar; ik heb er niet zoveel nodig."

"Dank je." Lefaun stond op. Tadiew riep hem achterna: "Breng in dat geval ook een pint voor mij mee."

Lefaun liep naar de automaat en kwam terug met twee grote kroezen waar het schuim langs droop. "Ik sla me niet op de borst vanwege mijn deducties; de feiten schreeuwden erom te worden opgemerkt. Wel, Tadiew, en wat kun jij ons nog meer vertellen?"

"Ten eerste dat het me veertien sol heeft gekost en dat ik alle kunstgrepen uit mijn repertoire heb moeten toepassen om door te dringen tot de geheimste der geheime archieven."

"Het helpt een stuk wanneer men een warme relatie onderhoudt met de secretaresse van een van de bonzen," zei Lefaun tegen Wayness.

"Kleineer mijn inspanningen niet!" bitste Tadiew. "Ik heb doodsangsten uitgestaan, ik heb me zelfs een tijdje achter een bureau verborgen moeten houden."

"Desondanks, prima gedaan, Tadiew! Ik persoonlijk kan niet op jouw bijzondere vaardigheden bogen. En kom nu maar met de bliksemschichten van verbazende informatie die jouw inspanningen hebben voortgebracht."

"Blaas toch niet zo hoog van de toren!" Geïrriteerd draaide Tadiew zijn papier om en daar stond de naam: 'Gravin Ottilie de Flamanges'. "De schenking werd twintig jaar geleden gedaan bij de dood van de graaf. Zij woont nog steeds op het slot, geheel alleen, afgezien van haar bedienden en honden. Men zegt dat ze ietwat excentriek is."

Wayness haalde haar geld tevoorschijn. "Hier hebben jullie dertig sol. Ik begrijp niets van jullie financiële afspraken of van wie wat aan wie heeft betaald. Dat zoeken jullie samen verder maar uit. En nu..." Wayness kwam overeind. "Nu moet ik terug naar het hotel."

"Wat!" kreet Lefaun. "We hebben Mopo nog niet bezocht, of de Zwarte Arend!"

Wayness glimlachte. "Desalniettemin, ik moet gaan."

"En je hebt mijn dinosaurustand nog niet gezien, mijn bijzondere saffronella niet geproefd en evenmin het tjilpen van mijn lievelingskrekel beluisterd."

"Ik betreur deze nalatigheid, maar het is niet te vermijden."

Lefaun kreunde smartelijk en stond op. "Tadiew, houd mijn stoel bezet; ik ben zo terug."

5

Het hele eind naar Hotel Mazeppa had Wayness haar handen vol met het afketsen van Lefauns voorstellen en het weerleggen van diens argumenten, die zowel indringend als inventief bleken te zijn.

"...maar een paar meter naar mijn appartement; een wandelingetje van een kwartiertje op zijn hoogst, door het meest pittoreske gedeelte van Kiev!"

En: "We moeten nooit afwijzen wat het Leven ons gelieft te schenken! Het bestaan is als pruimentaart, hoe meer pruimen men erin aantreft, des te beter!"

En: "Verwondering, ontzag, verbijstering grijpen mij aan wanneer ik tracht te berekenen hoe de kansen lagen dat wij elkaar ooit zouden ontmoeten — jij, de bewoonster van een wereldje achter in een uithoek en ik, een heer van stand van de Oude Aarde! Dit moet welhaast zijn Voorbeschikt en als we dat negeren zal het ons zeker berouwen! Hoe men de spinsters van het Lot ook smeekt, veronachtzaamde kansen keren nimmer weer!"

Waarop Wayness het volgende ten antwoord gaf:

"Heuvelop, heuvelaf zeker, over open riolen springen zeker, struikelend over de hobbelkeien, schichtig hompelend door achterafsteegjes alsof we ratten waren. Nee, dank je. Je krekel zal vannacht tegen zichzelf moeten tjilpen."

En: "Ik heb helemaal niet het gevoel een pruim te zijn. Zie me maar liever als een onrijpe dadel, of als een dode zeester of een schotel pens die te lang heeft gestaan."

En: "Ik ben het met je eens dat de kans dat wij elkaar zouden ontmoeten ontzaglijk klein was. Het schijnt dat het Lot je daarmee iets duidelijk tracht te maken, en wel, dat je kansen op succes elders, laten we zeggen bij Natalinya Harmin, veel beter liggen dan bij mij."

Ten slotte gaf Lefaun het op en liet haar het hotel binnengaan met niet meer dan een gemompeld "Goedenacht."

"Goedenacht, Lefaun."

Wayness draafde de hal door en ging regelrecht naar haar kamer. Een ogenblik dacht ze na, toen belde ze Voordewind.

Pirie Tamms sombere gelaat verscheen op het scherm. "Met Voordewind."

"Met Wayness. Bent u alleen?"

"Helemaal alleen."

"Waar is Julian?"

"In Ybarra neem ik aan. Hij heeft vanmiddag de telefoon gebruikt en kwam me meteen daarop zeggen dat het hem speet dat hij Voordewind zo abrupt moest verlaten, maar dat hij een oude vriend moest bezoeken, die over twee dagen van de ruimtehaven Ybarra zou vertrekken. Binnen een halfuur was hij weg. Ik mocht hem niet bepaald. Wat heb jij voor nieuws?"

"Vrij goed nieuws," zei Wayness. "Het komt erop neer dat we Julian met een kluitje in het riet hebben gestuurd. Hij is natuurlijk regelrecht naar Croy vertrokken."

"Met een kluitje in het riet, zeg je?"

Wayness legde het geval uit. "Ik heb nu maar gebeld, want ik wilde niet dat u de hele nacht zou liggen piekeren."

"Dank je wel, Wayness. Ik zal een stuk beter slapen, daar kun je van op aan. En wat zijn je plannen nu?"

"Dat weet ik nog niet. Ik moet erover nadenken. Misschien dat ik van hier regelrecht naar... naar een plaats ga die hier niet ver vandaan ligt."

HOOFDSTUK VI

1

IN HAAR KAMER in Hotel Mazeppa bekeek Wayness de landkaart. Het stadje Draczeny in de Moholc lag in vogelvlucht niet zo ver van Kiev, maar de verbindingen met het plaatsje waren verre van direct. Het kasteel Mirky Porod lag kennelijk in een streek van grote natuurlijke schoonheid, ver weg van de gebruikelijke toeristenroutes en de aanvoerwegen voor de industrie, hoewel die niet als zodanig op de kaart stonden aangegeven.

Wayness woog de diverse mogelijkheden tegen elkaar af. Julian was met een kluitje in het riet gestuurd, althans voorlopig. De kans was klein dat hij terug zou komen op Voordewind. De volgende ochtend vloog Wayness dus regelrecht naar Shillawy, zodat ze halverwege de middag op Voordewind arriveerde.

Pirie Tamm was zichtbaar blij dat ze er weer was. "Het lijkt wel of je weken bent weggeweest."

"Datzelfde gevoel heb ik ook. Maar ik kan nog niet op mijn lauweren rusten. Julian is een driftkop en hij kan het niet hebben als hij wordt gedwarsboomd."

"Maar wat kan hij doen? Heel weinig, vermoed ik toch."

"Als hij erachter komt dat 'Aeolus Benefices' betekent: 'te bevragen bij het Funusti Museum', dan kan hij nog heel wat doen. Ik heb dertig sol neergeteld voor mijn inlichtingen; Julian is er misschien veertig aan kwijt, maar met hetzelfde resultaat. Ik durf dus niet te lang te wachten."

"Wat zijn je plannen dan?"

"Op dit ogenblik wil ik iets te weten komen over de graven de

Flamanges, zodat ik niet in een toestand van volslagen onwetendheid verkeer wanneer ik mijn opwachting maak op Mirky Porod."

"Heel verstandig," zei Pirie Tamm. "Als je wilt, ga ik even na wat voor informatie er voorhanden is, terwijl jij je kleedt voor het diner."

"Dat zou me erg op weg helpen."

Aan tafel kondigde Pirie Tamm aan dat hij een aanzienlijke hoeveelheid materiaal had weten te vergaren. "Waarschijnlijk heb je niet eens meer nodig. Maar ik stel voor dat we het verslag uitstellen tot na het diner, aangezien ik de neiging heb wijdlopig te worden. Kijk me deze terrine eens aan! We hebben hier een waarlijk nobel gerecht voorgeschoteld gekregen: gestoofde eend met meelballetjes en prei."

"Zoals u wilt, oom Pirie."

"Ik kan je wel dit vertellen: door de eeuwen heen heeft de familie zich niet als bezadigd of flegmatiek doen kennen, maar heeft een aardige portie avonturiers en excentriekelingen opgeleverd, alsmede diverse geleerden van naam. Uiteraard zijn er verwijzingen naar schandaaltjes, hier en daar. Op het ogenblik schijnt deze neiging echter slapend te zijn. Je zult te maken krijgen met een bejaarde dame, gravin Ottilie."

Wayness overpeinsde zwijgend wat ze gehoord had. Opeens viel haar iets in. "U had het erover dat Julian de telefoon gebruikte voor hij vertrok."

"Ja, dat is zo."

"U hebt er geen idee van wie hij kan hebben gebeld?"

"Volstrekt niet."

"Eigenaardig. Julian heeft nooit iets gezegd over vrienden op Aarde, terwijl je zou verwachten dat hij daar de mond vol van zou hebben."

"Het moet gezegd, hij is nogal een prater." Pirie Tamm grijnsde zuur. "Hij is ontevreden over Station Araminta en wat daar gedaan wordt op maatschappelijk en milieugebied."

"Er is ook reden tot kritiek; iedereen is het daarover eens," zei Wayness. "Als de mensen op het Secretariaat door de jaren heen hun werk hadden gedaan zoals het hoorde, dan zaten er nu geen Yips in Yipton en hadden we geen Yip-probleem."

"Hm. Julian wijdde nogal uit over de 'democratische oplossing'."

"Wat hij daarmee bedoelt is heel wat anders dan wat u eruit opmaakte. De natuurbehoeders willen de Yips overplaatsen naar een andere wereld en het reservaat in stand houden. De LVV'ers—ze hebben er een hekel aan 'Lievers' te worden genoemd, hoewel dat wel zo makkelijk is—willen de Yips loslaten op het vasteland waar ze, naar althans beweerd wordt, in rustieke eenvoud hun leven zullen leiden, zingend en dansend en de ommegang der seizoenen vierend met pittoreske rituelen."

"Dat is min of meer wat Julian ervan maakte."

"Intussen annexeren de Lievers grote landgoederen op uitgezochte plekjes en bombarderen zichzelf tot de nieuwe landadel. Wanneer ze erover praten, hebben ze het over 'de gemeenschap dienen' en 'plicht' en 'bestuurlijke noodzakelijkheid'. Maar ik heb de tekeningen gezien voor het landhuis dat Julian in de toekomst hoopt de bouwen—met gebruikmaking van goedkope Yipse arbeidskrachten uiteraard."

"Hij liet diverse malen het woord 'democratie' vallen."

"Hij gaat uit van de definitie van de Lievers. Elke Yip krijgt een stem tegen elke natuurbehoeder een stem. Nu ja, genoeg over Julian. Dat mag ik althans van harte hopen."

Na het eten gingen ze naar de salon en maakten het zich gemakkelijk voor de haard. "Goed," zei Pirie Tamm. "Nu zal ik je het een en ander vertellen over de graven de Flamanges. Het geslacht is al erg oud—op z'n minst drie à vierduizend jaar. Mirky Porod is opgetrokken op de plaats waar vroeger een middeleeuws kasteel stond en heeft nog een tijdlang gediend als jachtslot. Het kasteel heeft een kleurrijke historie: de gebruikelijke evenementen, zoals duels bij maanlicht, intriges, verraad en romantische escapades. Ook de macabere toets heeft niet ontbroken. Prins Pust ontvoerde dertig jaar lang jonge maagden en voltrok ijselijkheden aan zijn slachtoffers, die meer dan tweeduizend beliepen; en nimmer schoot zijn fantasie tekort. Graaf Bodor, een van de vroege de Flamanges, voltrok demonische rituelen die ten slotte uitmondden in razernijen van onvoorstelbare aard. Ik ontleen deze informatie aan een boek, genaamd *Ongebruikelijke verhalen uit de Moholc*. De schrijver vertelt ook dat de spoken op Mirky Porod om deze reden van twijfelachtige oorsprong zijn en kunnen stammen uit de tijd van prins Pust of die van graaf Bodor, of mogelijk in nog weer andere omstandigheden zijn ontstaan waarover de geschiedenis thans zwijgt."

"Hoelang geleden is dit boek geschreven?" vroeg Wayness.

"Het schijnt een betrekkelijk recent werk te zijn. Ik kan het wel nazoeken, mocht je in het ene of andere geval geïnteresseerd zijn."

"Nee, laat dat maar zitten."

Pirie Tamm knikte gezapig en vervolgde zijn relaas.

"Over het geheel genomen schijnen de graven de Flamanges van een goede inborst blijk te hebben gegeven, al kwam er zo nu en dan weleens een rotte appel voor, zoals graaf Bodor. Duizend jaar geleden was graaf Sarbert een van de oprichters van het Genootschap van Natuurkenners; de familie is sinds jaar en dag nauw betrokken geweest bij kwesties van natuurbehoud. Graaf Lesmund zegde een gift van een groot stuk land toe aan het Genootschap, als vestigingsplaats voor het nieuwe hoofdkwartier, maar helaas kwam het plan niet van de grond. Graaf Raul was lid en een krachtig aanhanger van het Genootschap tot zijn dood, nu twintig jaar geleden. Zijn weduwe, gravin Ottilie, woont nu geheel alleen op Mirky Porod. Ze is kinderloos; erfgenaam is een neef van graaf Raul, baron Trembath, wiens landgoed aan het Meer van Fon is gelegen en die een paardrijschool drijft.

"Gravin Ottilie leeft, zoals ik al zei, geheel alleen en spreekt met niemand, buiten de artsen die ze voor zichzelf, en de dierenartsen die ze voor haar honden laat komen. Ze is volgens zeggen extreem gierig, ofschoon ze zeer rijk is. We krijgen hier en daar een aanwijzing voor het feit dat ze, op z'n zachtst gezegd, excentriek is. Toen een van haar honden overleed, ranselde ze de dierendokter die het dier behandeld had af met haar wandelstok en joeg hem het kasteel uit. De dierenarts schijnt filosofisch te zijn ingesteld. Toen de verslaggevers hem vroegen of hij van plan was een rechtsvervolging in te stellen, haalde hij alleen zijn schouders op en zei dat beten en stokslagen aanvaarde risico's waren in zijn beroep en dat de kous daarmee af was.

"Graaf Raul was altijd een ruimhartig begunstiger van het Genootschap, hetgeen de gravin hem bitter kwalijk heeft genomen.

"Mirky Porod is zelf schitterend gelegen aan het eind van een dal, enkele meters van het Jerestmeer. Achter het slot liggen woeste heuvels, en dichte wouden en bossen flankeren het aan de linker- en rechterzijde. Het is niet onplezierig groot; ik heb kopieën gemaakt van de foto's en de plattegrond van het kasteel, als je daarin geïnteresseerd bent."

"Ja, zeker."

Pirie Tamm gaf haar een envelop met het materiaal. Klagend zei hij: "Ik wou dat ik beter inzicht had in wat je van plan bent te doen. Het Handvest en de Eigendomsakte zul je op Mirky Porod niet vinden, dat staat wel vast."

"Waarom zegt u dat?"

"Als de documenten in het bezit van graaf Raul zouden zijn geraakt, dan zou hij ze beslist hebben overgedragen aan het Genootschap."

"Dat zou men wel denken. Maar er zijn zoveel oorzaken denkbaar waardoor dat niet is gebeurd. Stel, bijvoorbeeld, dat hij ziek was toen hij het pak documenten ontving, en dat hij dus nooit de tijd heeft gehad om ze door te nemen. Of dat de papieren ergens tussen zijn geraakt, terwijl hij het materiaal sorteerde. Misschien ontdekte gravin Ottilie ze en heeft ze ze buiten de schenking gehouden omdat ze besefte wat ze waard waren. Of misschien heeft ze ze, erg genoeg, in de haard gegooid."

"Alles is mogelijk, zoals je zegt. Maar het feit blijft bestaan dat graaf Raul niet de kavel die bij Gohoon werd geveild heeft aangekocht; hij bezat een grote hoeveelheid materiaal en als gravin Ottilie al zulke betrekkelijk persoonlijke dossiers wegschonk, zou ze zeker ook dat andere materiaal hebben weggegeven. Met andere woorden: het was iemand anders die het Handvest en de Akte heeft opgekocht bij Gohoon, hetgeen inhoudt dat je naspeuringen je niet dichter bij het Handvest brengen, maar er juist verder vandaan."

"Nee, nee," zei Wayness. "Stel u voor dat het Handvest rust op de sport van een ladder. We kunnen er komen door van boven af te beginnen en naar beneden te klimmen, of door aan de onderkant te beginnen en naar boven te klimmen."

"Een fraaie analogie, dat wel," zei Pirie Tamm. "Het enige nadeel is, dat ik er helemaal niets van begrijp."

"Dan zal ik het nog een keer uitleggen, maar dan zonder analogie. Nisfit heeft de goederen gestolen; ze gingen via Mischap & Doorn naar de Galerie Gohoon en vandaar naar iemand die we A zullen moeten noemen. Simonetta achterhaalde de identiteit van A, maar of ze kon hem niet vinden, of hij had het materiaal al doorgegeven aan B, die het mogelijk cadeau heeft gedaan aan C, die het heeft verkocht aan D die het weer heeft doorgespeeld aan E. Ergens halverwege is zij op een blinde muur gelopen. Laten we stellen dat het Funusti Museum F is, en graaf Raul de Flamanges E dan zijn we dus nu op zoek naar D. Met andere woorden, we werken achterstevoren het rijtje af tot we degene vinden die het Handvest heeft. Simonetta is bij A begonnen en schijnt onderweg problemen te hebben gekregen. Dan hebben we Julian die is begonnen bij X, ofwel Aeolus Benefices te Croy. Waar hij daarvandaan heengaat, kan ik met geen mogelijkheid raden. In elk geval hebben we geen tijd te verliezen. Bovendien kan het zijn dat gravin Ottilie ons niet behulpzaam wil zijn."

Pirie Tamm knarste met zijn tanden. "Had ik de kracht nog maar, hoe graag zou ik je dan die last van je schouders nemen!"

"U helpt me al geweldig," zei Wayness. "Ik zou het zonder u niet klaren."

"Het is lief van je om dat te zeggen."

2

Met een grote verscheidenheid aan vervoermiddelen begaf Wayness zich van Voordewind naar het hartje van de Moholc. Per taxi naar Tierens, per omnibus naar Shillawy, per ondergrondse gliptrein naar Anthelm en per stuwbuis verder naar Passau; vandaar per luchtbus naar Draczeny en per gammele omnibus naar de verste uithoek van de Moholc, in de dreigende schaduw van de Carnaten.

Laat in de middag arriveerde Wayness in het dorp Tzem aan de Sogor, die aan weerszijden omzoomd werd door steile, beboste heuvels. Het was winderig, de wolken snelden langs de hemel en Wayness' rok fladderde op toen ze uit de bus stapte. Ze liep een eindje bij het vehikel vandaan en keek toen achterom, om te controleren of ze niet gevolgd werd en of er geen ander vervoermiddel naderde uit de richting van waaruit ze gekomen waren.

De bus had zijn halte voor de dorpsherberg Het IJzeren Varken, als men het uithangbord dat boven de deur heen en weer zwiepte mocht geloven. De hoofdstraat volgde de loop van de rivier, waarover, pal tegenover de herberg, een stenen brug lag met drie bogen. Midden op de brug stonden drie oude kerels met blauwe pofbroeken en puntige jagershoedjes te vissen. Bij wijze van hartversterking namen ze nu en dan een slok uit grote groene flessen die ze bewaarden in hun visserskistjes, terwijl ze elkaar voortdurend toeriepen, goede raad gaven over en weer, de koppigheid van alle vissen verwensten en de brutaliteit van de wind, en wat hen verder nog inviel.

Wayness verzekerde zich van een kamer in Het IJzeren Varken en ging toen op verkenning uit. In de hoofdstraat ontdekte ze een bakker, een groenteman, een gereedschappenhandel die ook worstjes verkocht, een kapper, tevens verzekeringsagent, een wijnhandel, een postkantoor en nog een aantal nerinkjes van minder belang. Wayness liep een tijdschriftenhandeltje binnen dat niet veel groter was dan een marktkraampje. De eigenares, een joviale vrouw van middelbare leeftijd, stond op de toonbank geleund te roddelen met een paar vriendinnen die op een bankje waren neergezegen. Gegarandeerd een bron van informatie, bedacht Wayness. Ze kocht een tijdschrift en deed of ze erin stond te lezen, maar bleef met een oor het gesprek volgen en mocht na verloop van tijd zowaar ook een duit in het zakje doen. Ze vertelde dat ze studente was en onderzoek deed naar antieke streekmonumenten. “Dan ben je aan het goede adres,” zei de eigenares. Wij zijn alle drie antieke monumenten, de een nog antieker dan de ander.”

Wayness aanvaardde het aangeboden kopje thee en werd aan het gezelschap voorgesteld. De eigenares was Madame Katrin, haar vriendinnen heetten Madame Esme en Madame Stasia.

Na een tijdje liet Wayness de naam Mirky Porod vallen en boorde daarmee, zoals ze al verwacht had, een onuitputtelijke bron van verhalen aan.

Madame Katrin slaakte een meewarig kreetje. “Het is niet meer zoals vroeger! Toen hield Mirky Porod onze aandacht gevangen, dat kan ik je wel vertellen, met de banketten en de bals en allerlei gebeurens. Nu is het er zo saai als op een kerkhof.”

“Dat was toen graaf Raul nog leefde,” zei Madame Esme tegen Wayness.

“Dat is zeker waar! Hij was een aanzienlijk man en nooit was er gebrek aan beroemde personages op Mirky Porod! En zo braaf gedroegen ze zich ook niet altijd — als men de verhalen tenminste mag geloven die men hoort.”

"Haha!" riep Madame Stasia uit. "Ik geloof ze maar al te graag; het is immers menselijk en dat is die lui ook niet vreemd."

"Nee; beroemde lieden schijnen behalve aanzien en geld, ook meer van dat menselijke te hebben dan wie dan ook," merkte Madame Katrin droogjes op.

"Zo zit dat," zei Madame Esme wijs. "En als het niet lekker sappig was, zouden er ook geen schandalen van komen."

"En gravin Ottilie?" vroeg Wayness. "Hoe onderging die de schandalen?"

"Lieve kind!" riep Madame Stasia uit. "Zij was juist degene die de schadalen veroorzaakte!"

"De gravin en haar hondjes!" snoof Madame Katrin. "Die hebben die arme graaf Raul de dood in gedreven!"

"Hoe dan?" vroeg Wayness.

"Er is natuurlijk niets met zekerheid te zeggen, maar men vertelt dat de graaf, in een laatste futiele poging, gravin Ottilie verbood haar hondjes mee te brengen in de eetzaal. Kort daarop pleegde hij zelfmoord door uit een raam in de Noordertoren te springen. Gravin Ottilie beweerde dat hij gedreven werd door berouw om zijn wreedheid jegens haar en haar kleine vriendjes."

De drie dames monkelden vergenoegd. Madame Katrin zei: "En nu is alles kalm op Mirky Porod. Elke zaterdag ontvangt de gravin haar vriendinnen. Dan spelen ze piket voor kleine bedragjes per punt, en als de gravin meer dan een paar stuivers verliest wordt ze razend."

Wayness vroeg: "Als ik de gravin een bezoek zou willen brengen, zou ze me dan ontvangen?"

"Tja, dat hangt van haar bui af," zei Madame Stasia.

"Ga bijvoorbeeld nooit op een zondag als ze de dag tevoren een paar sol heeft verloren met kaarten," zei Madame Esme.

"En wat van het grootste belang is," zei Madame Katrin. "Ga er niet heen vergezeld van een hond! Vorig jaar kwam haar achterneef, baron Parter, haar opzoeken terwijl hij zijn buldog bij zich had. Zodra de honden elkaar in het oog kregen brak er oorlog uit, met een gejank en gegrauw en gekef als nog nooit was vertoond! Een aantal dierbare vriendjes van de gravin leden ongerief en de jonge baron Parter werd sneller heengezonden dan hij gekomen was, met bulhond en al."

"Dat is al tweemaal goede raad," zei Wayness. "En verder?"

Madame Esme zei: "Het kan geen kwaad de waarheid te zeggen! De gravin is een draak en zeker niet sympathiek."

Madame Katrin hief haar armen ten hemel. "En gierig! Zoiets heb je nog nooit meegemaakt! Ze koopt mijn tijdschriften pas wanneer ze een maand oud zijn en ik ze voor de halve prijs van de hand doe. Zodoende loopt haar leven altijd een maand achter."

"Belachelijk!" verklaarde Madame Stasia. "Als de wereld morgen verging, zou gravin Ottilie het pas over een maand weten."

"En nu is het sluitingstijd," zei Madame Katrin. "Ik moet wat te eten maken voor Leppold. Hij heeft de hele dag staan vissen en nog geen sprot gevangen. Ik zal een blikje makreel voor hem openmaken, dat zal hem te denken geven."

Wayness nam afscheid van haar nieuwe vriendinnen en keerde terug naar de herberg. Er was geen telefoon op haar kamer en ze was gedwongen gebruik te maken van de cel in de hoek van de salon. Ze belde Voordewind; Pirie Tamms beeld verscheen op het scherm.

Wayness bracht hem op de hoogte van hetgeen ze tot dan toe te weten was gekomen. "Gravin Ottilie schijnt een nog grotere helleveeg te zijn dan ik al dacht en ik betwijfel of ze zal willen meewerken."

"Laat ik daar eens over nadenken," zei Pirie Tamm. "Ik bel je straks terug."

"Goed. Maar ik wou..." Wayness keek achterom, want er was iemand de salon binnengekomen. Ze brak af wat ze wilde zeggen en op Voordewind verdween haar gezicht van het scherm.

Pirie Tamm zei met stemverheffing: "Wayness! Ben je daar nog!"

Wayness' gezicht verscheen weer. "Ja ik ben er nog. Ik was even..." Ze aarzelde.

"Je was even wat?" vroeg Pirie Tamm op scherpe toon.

"Een beetje nerveus." Wayness keek opnieuw achterom. "Ik denk dat ik gevolgd ben toen ik van Voordewind vertrok, althans in het begin."

"Verklaar je nader."

"Er is niet zoveel te verklaren, misschien was het niets. Toen ik van Voordewind naar Tierens ging, werd mijn taxi door een ander voertuig gevolgd; ik ving een glimp op van een gezicht met een donkere snor.

In Shillawy liep ik onverwacht een eindje terug en toen zag ik hem duidelijk: een kleine gedrongen man, met een glad uiterlijk en een zwarte snor. Daarna heb ik hem niet meer gezien."

"Ha!" zei Pirie Tamm mismoedig. "Ik kan je alleen aanraden op je hoede te zijn."

"Dat heb ik mezelf ook voorgehouden," zei Wayness. "Vanaf Shillawy scheen ik niet meer te worden geschaduwd, maar ik was er niet gerust op. Ik herinnerde me gelezen te hebben over volgzendertjes en gluurcellen en dergelijke listige apparaatjes en ik begon bange vermoedens te krijgen. In Draczeny nam ik uitgebreid de tijd mijn cape te onderzoeken en ik vond inderdaad iets verdachts: een zwart schelpje, half zo groot als een lieveheersbeestje. Ik ben ermee naar de stationsrestauratie gegaan en toen ik mijn cape ophing, heb ik het ding onder de kraag van een lange toeristenjas geschoven. Daarna nam ik de omnibus naar Tzem terwijl de toerist naar Zagreb vloog, of ergens die richting uit."

"Bravo! Hoewel ik me niet kan voorstellen wie jou zou willen volgen."

"Julian — als hij niet tevreden was over wat hij in Croy aan de weet is gekomen."

Pirie Tamm knorde twijfelend. "Hoe het ook zij, je schijnt ze handig van je afgeschud te hebben. Ik heb ook niet stilgezeten en ik denk dat je tevreden zult zijn over wat ik heb weten te regelen. Je weet, of misschien ook niet, dat graaf Raul een vooraanstaand plantkundige was; vandaar dat hij zich ook zo enthousiast heeft ingezet voor het Genootschap. Om een lang verhaal kort te maken: ik heb de weinige connecties die ik nog bezit afgestroopt en met goed gevolg. Vanavond zal baron Stam, een neef van gravin Ottilie, een afspraak voor je regelen. Later op de avond hoor ik de verdere details, maar zoals het nu ligt zul je worden aangekondigd als een studente in de botanie, die graaf Rauls aantekeningen met betrekking tot dit onderwerp wil raadplegen. Als het je lukt je in de gunst van gravin Ottilie te dringen, zul je ongetwijfeld de gelegenheid krijgen haar zogenaamd achteloos wat vragen te stellen."

"Dat klinkt wel redelijk," zei Wayness. "Wanneer moet ik me daar vervoegen?"

"Morgenochtend, aangezien hij vanavond Mirky Porod belt."

"En mijn naam is nog steeds Wayness Tamm?"

"We zagen geen goede gronden voor een valse identiteit. Maar leg niet te zeer de nadruk op je banden met het Genootschap."

"Ik heb het begrepen."

3

Halverwege de volgende ochtend klauterde Wayness aan boord van het gammele oude vehikel dat de verbinding onderhield tussen Tzem en een aantal nog afgelegener dorpjes, verder naar het oosten. Na een rit van vijf kilometer over heuvels en door dalen, door een diep, donker woud en langs de Sogor, werd Wayness afgezet voor een massieve ijzeren poort die de oprijlaan naar Mirky Porod bewaakte. De vleugels van de poort stonden open en het poortwachtershuisje was verlaten. Wayness toog op weg over de oprijlaan, die na een paar honderd meter een bosje dennen en sparren rondde, waarop de gevel van Mirky Porod ineens voor haar lag.

Wayness had bij oude gebouwen vaak iets waargenomen dat meer was dan karakter en dat bezieldheid zeer nabijkwam. Ze had zich vaak afgevraagd of dat verschijnsel nu echt was. Had zo'n gebouw door de jaren heen levenskrachten opgeslorpt, misschien van zijn bewoners? Of was het iets dat ze zich verbeeldde, een projectie van de menselijke geest?

Mirky Porod, badend in het ochtendzonlicht, scheen van een dergelijke bezieldheid blijk te geven: een peinzende, tragische grandeur, verlevendigd door een zekere frivole onbezonnenheid, alsof het kasteel zich vermoeid en verwaarloosd voelde, maar te trots was om zich te beklagen.

De bouwstijl, zo leek het Wayness toe, hield zich niet aan de conventies, maar sloeg die evenmin in de wind; het kasteel scheen veeleer in oprechte onschuld voorbij te gaan aan esthetische normen. Buitensporigheden en uitwassen van massaliteit kregen een tegenwicht in speels uitgerekte vormen; overal wachtten fijnzinnige verrassingen. De twee torens, aan de noord- en de zuidkant, waren te gedrongen en te log en hun dak was te hoog en te steil. Het dak van het middengedeelte vertoonde drie gevelpunten, elk met een balkon. Terwijl de tuinen niet echt indrukwekkend oogden, strekte zich vanaf het terras een weids gazon uit tot aan een verre, ijle rij cipressen, die erbij stonden als soldaten op wacht. Het was alsof iemand met een romantische inslag een snelle schets had gemaakt op een stukje papier en toen een gebouw had besteld dat precies de getekende proporties bezat; of misschien was de inspiratie geleverd door een plaatje in een sprookjesboek.

Wayness trok aan een ketting die de bel deed overgaan. Na een tijdje werd de deur geopend door een mollig dienstmeisje, niet veel ouder dan zijzelf. Ze droeg een zwart uniform met een wit kanten mutsje waaronder haar blonde haar zat weggestopt. Wayness vond dat ze een beetje nors en afwezig keek, hoewel ze Wayness beleefd genoeg aansprak.

"Ja, juffrouw, wat kan ik voor u doen?"

"Ik ben Wayness Tamm. Ik heb een afspraak met gravin Ottilie om elf uur."

De blauwe ogen van het dienstmeisje werden groot van verbazing. "Werkelijk waar? We krijgen de laatste tijd niet veel bezoekers. De gravin denkt dat iedereen erop uit is om haar te bedriegen of haar valse juwelen aan te smeren of haar te bestelen. Over het algemeen heeft ze het ook bij het rechte eind natuurlijk. Tenminste, zo kijk ik ertegenaan."

Wayness lachte. "Ik heb niets te koop en ik ben te beschroomd om te stelen."

Het dienstmeisje lachte bleekjes. "Goed, dan zal ik u naar het ouwe mens toe brengen, ook al schiet u d'r niet veel mee op. Denk om uw manieren en zeg iets aardigs over de honden. Hoe was de naam ook weer?"

"Wayness Tamm."

"Als u me dan maar wilt volgen? Ze gebruikt de thee op het gazon."

Wayness liep met het dienstmeisje mee, het terras over en het gazon op. Vijftig meter verderop was, eenzaam als een eiland in een groene oceaan, de gravin aan een witte tafel gezeten in de schaduw van een groen met blauwe parasol. Ze was omringd door een horde kleine, vette hondjes die er vol overgave hun gemak van namen.

Gravin Ottilie was lang en broodmager, met een langgerekt, scherp gezicht, een haakneus met grote neusgaten en een lange kin. Haar witte haar was in het midden gescheiden en in haar nek bijeengenomen en in een knot gewonden. Ze droeg een blauwe japon van dunne stof die tot op haar enkels hing, met een roze jasje erop.

Bij het zien van Wayness en het dienstmeisje riep de gravin: "Sophie! Kom ogenblikkelijk hier!"

Sophie gaf geen antwoord. De gravin sloeg haar nadering zwijgend gade.

Op norse toon zei Sophie: "Dit is juffrouw Wayness Tamm, mevrouw. Ze zegt dat ze een afspraak met u heeft."

Gravin Ottilie keurde Wayness geen blik waardig. "Waar heb jij gezeten? Ik riep je en je verzuimde te komen!"

"Er werd gebeld en ik moest opendoen."

"Werkelijk! Daar heb je dan wel heel lang over gedaan! Waar is Lenk, die dat soort zaken dient waar te nemen?"

"Madame Lenk kreeg vanochtend last van haar rug. Meneer Lenk is bezig zalf in te wrijven."

"Allemaal appelepap! Madame Lenk verkiest haar pijntjes altijd op de meest ongelegen ogenblikken te krijgen! En intussen ziet niemand naar mij om! Alsof ik een vogel op de schutting ben, of een afbeelding op een schilderij!"

"Het spijt me, mevrouw."

"De thee was slap en nauwelijks warm. Wat heb je daarop te zeggen?"

Sophie's ronde gezicht werd hoe langer hoe gemelijker. "Ik zet geen thee. Ik breng hem alleen maar."

"Haal die pot weg en breng me ogenblikkelijk een vers gezette pot."

"Ogenblikkelijk zal niet gaan," zei Sophie verbeten. "U zult net als ieder ander mens moeten wachten tot de thee getrokken is."

Gravin Ottilie werd helemaal vlekkerig in haar gezicht en porde met haar wandelstok in het gras. Sophie pakte het blad met het kopje en de theepot. Daarbij trapte ze op de staart van een van de hondjes die een schelle blaf slaakte. Ook Sophie slaakte een kreet, sprong schielijk achteruit en liet het blad los. De pot en het kopje vielen op het gras en een paar droppels spatten op de hand van gravin Ottilie, hetgeen haar een schorre verwensing ontlokte. "Je hebt mijn hand verbrand!" Ze haalde uit met haar stok, maar Sophie was al opzij gesprongen en draaide behendig haar achterste uit de weg, zodat de stok geen doel trof.

"Ik dacht dat u zei dat de thee koud was!" riep Sophie. Gravin Ottilie had haar pols verzwikt en was nu nijdiger dan ooit. "Jij sloerie! Die arme Mikki expres op zijn staart trappen en dan beweren dat je van niets weet! Monsterlijk is het. Kom ogenblikkelijk hier!"

"Opdat u me een pak slaag kan geven? Van m'n leven niet!"

De gravin hees zich met moeite overeind en haalde opnieuw uit met haar stok, maar Sophie trok zich dansend op veilige afstand terug en stak haar tong uit tegen gravin Ottilie. "Nu weet je wat ik van je denk, stomme ouwe kraai!"

Gravin Ottilie hijgde: "Je bent op staande voet ontslagen. Ga uit mijn ogen!"

Sophie nam twee grote stappen, bukte zich, gooide haar rokken in de hoogte en presenteerde gravin Ottilie haar weidse bilpartij, waarna ze er triomfantelijk vandoor kuierde.

Wayness stond er nog steeds; geschokt, bezorgd, maar ook geamuseerd. Ze deed nu voorzichtig een paar stappen naar voren, raapte het blad, de pot en het kopje op en zette die op tafel. De gravin keek haar woedend aan. "Ga! Jou hoef ik ook niet meer te zien!"

"Als u dat wilt dan ga ik wel, maar ik had een afspraak met u rond deze tijd."

"Hm!" De gravin liet zich weer in haar stoel zakken. "Uiteraard wil je ook weer iets van me, net als iedereen!"

Wayness begreep dat dit niet zo'n gunstig begin was. "Ik vind het vervelend voor u dat u ontriefd bent. Hebt u liever dat ik een andere keer terugkom, wanneer u wat heeft kunnen rusten?"

"Rusten? Ik ben niet degene die rust nodig heeft, dat is die arme kleine Mikki met zijn zere staart. Mikki? Waar zit je?"

Wayness keek onder de stoel. "Hij schijnt het goed te maken."

"Dat is dan tenminste een zorg die me bespaard blijft." Ze nam Wayness kil op, met oogjes die in dikke slappe huidplooien lagen ingebed, als de ogen van een schildpad. "Aangezien je nu toch al hier bent — wat wilde je van me? Ik meen dat baron Stam het had over iets van plantkunde?"

"Ja, dat klopt. Graaf Raul was uiteraard een bekende figuur op dat terrein, maar een aantal van zijn bevindingen zijn nooit volledig gedocumenteerd. Met uw toestemming zou ik graag zijn papieren eens inzien. Ik zal u echt zo weinig mogelijk hinder berokkenen."

Gravin Ottilie kneep haar lippen samen tot een koppige streep.

"Plantkunde was een van de vele kostbare paskwillen van graaf Raul. Hij kende wel duizend manieren om zijn geld over de balk te gooien. Ze noemden hem een filantroop maar hij was heel wat anders: hij was een dwaas!"

"Och nee toch!" zei Wayness, eens te meer geschokt.

Gravin Ottilie tikte geërgerd met haar stok op het gras. "Dat is mijn opvatting. Hou jij er soms een andere mening op na?"

"Nee, vanzelfsprekend niet! Maar —"

"Nooit werden we met rust gelaten; zeurpieten en advocaten, het hield niet op. En elke dag werden het er meer, met hun grote tanden en hun zalvend gegrijns. En de ergste waren die lui van het Genootschap van Naturisten."

"Het Genootschap van Natuurkenners?"

"Precies, die waren het! Ik haat die naam alleen al; bedelaars waren het, dieven, roofdieren! Nooit lieten ze af, nooit gaven ze het op; altijd weer een pleidooi voor dit en een stroopsmeerderij voor dat! Stel je voor, op een gegeven moment wilden ze zelfs een groots paleis laten optrekken voor hun eigen gerief, op land dat vanouds ons toebehoorde!"

"Eigenaardig!" zei Wayness, terwijl ze zich een huichelachtige verraadster voelde. "Ongelofelijk!"

"Maar ik heb ze gezegd waar het op stond, dat kan ik je wel vertellen! Ze hebben niets van me gekregen!"

Wayness waagde het erop; nadenkend zei ze: "Graaf Raul heeft erg belangwekkend werk verricht voor het Genootschap van Natuurkenners. Is u misschien iets bekend van papieren die op werkzaamheden van het Genootschap betrekking hebben?"

"Niets is mij bekend! Heb ik je niet uiteengezet wat voor lieden dat waren? Ik heb zijn archief in een doos gestort en weggezonden naar een ver oord, opdat ik nooit meer herinnerd zou worden aan geld dat zo lichtzinnig werd uitgegeven!"

Wayness glimlachte beleefd bij wijze van instemming. Het gesprek verliep niet best. "Maar wat mijn onderzoek betreft, dat zal u niets kosten en uiteindelijk zal het graaf Rauls reputatie waarschijnlijk veel goed doen."

Gravin Ottilie slaakte een schamper geluidje. "Je spreekt van reputatie? Dat is een grap! Ik geef niets om de mijne, laat staan die van graaf Raul!"

Verbeten ging Wayness door. "Desniettemin staat graaf Raul hoog aangeschreven bij de universiteit. Ongetwijfeld dankt hij een groot deel van zijn aanzien aan de steun die hij van u ontving."

"Ongetwijfeld."

"Misschien zou ik mijn scriptie dan kunnen opdragen aan 'Graaf Raul en gravin Ottilie de Flamanges'!"

"Net zo je wilt. En als dat alles is waarvoor je bent gekomen, dan kun je nu gaan."

Wayness deed of ze die opmerking niet had verstaan. "Graaf Raul hield dossiers bij met betrekking tot zijn verzamelingen en aankopen, zowel als van zijn onderzoekingen?"

"Vanzelfsprekend. Wat er verder ook van zij, grondig was hij wel."

"Ik zou graag die dossiers willen inkijken om een aantal vraagstukken op te lossen."

"Onmogelijk. Dergelijke zaken houden wij heden ten dage achter slot en grendel."

Een weigering was niet meer dan Wayness verwacht had. "Het zou natuurlijk in het belang zijn van de wetenschap en uiteraard zou het voor mij van grote steun zijn in mijn carrière. Ik verzeker u dat ik u op geen enkele manier tot last zou zijn."

Gravin Ottilie begon weer in het gras te prikken met haar stok. "Geen woord meer! Ginder is de poort; verlaat het terrein zoals je gekomen bent, en wel ogenblikkelijk!"

Wayness aarzelde, nog niet bereid zonder slag of stoot een zo volstrekte nederlaag te aanvaarden. "Mag ik nog eens langskomen wanneer u zich wat beter voelt?"

Gravin Ottilie hees zich overeind en bleek een stuk groter te zijn dan Wayness had gedacht. "Heb je me niet verstaan? Ik wil jouw soort hier niet hebben, wriemelend en friemelend met die lange vingers die nergens af kunnen blijven, die altijd aan mijn spullen zitten!"

Wayness draaide zich om en beende naar de poort, nu zelf ook knap woedend.

4

Het was twaalf uur. Wayness stond op de weg voor de poort van Mirky Porod te wachten op de omnibus, die volgens de dienstregeling om het uur voorbijkwam. Ze keek de weg af; geen bus te zien en helemaal niets te horen, op het tjilpen van de insecten na.

Wayness ging zitten op een stenen bankje. Ze bevond zich in een vervelend parket en dat had ze wel verwacht; desondanks voelde ze zich ontmoedig en bedrukt.

Wat nu? Wayness dwong zichzelf tot nadenken. Diverse plannen dienden zich aan, maar allemaal waren ze onuitvoerbaar, onwettig, immoreel, of gevaarlijk. Ze bevielen Wayness geen van alle en vooral niet die variaties, die ontvoering van een van de hondjes behelsden.

Sophie, de voormalige dienstmeid, kwam uit de oprijlaan van Mirky Porod met twee uitpuilende valiezen. Ze keek Wayness eens aan. "Daar hebben we jou weer. Hoe is je onderhoud verlopen?"

"Niet best."

"Dat had ik je wel kunnen vertellen." Sophie zette haar koffers neer en kwam naast Wayness zitten op het bankje. "Wat mij betreft, het is afgelopen en uit, daarginds. Ik heb genoeg te verduren gehad van dat ouwe reptiel en haar loedertjes."

Wayness viel haar wrang bij: "Ze heeft een onbestendig humeur."

"O, haar humeur is bestendig genoeg," zei Sophie. "Het is altijd slecht en daarbij is ze krenterig. Ze betaalt je zo min mogelijk en ze eist dat je op alle uren van de dag voor haar klaar staat. Geen wonder dat ze haar personeel niet kan houden."

"Hoeveel mensen heeft ze in dienst?"

"Laat eens kijken. Meneer Lenk en Madame Lenk, een kok en een keukenhulpje, vier dienstmeisjes, een lakei die tevens dienstdoet als chauffeur, twee tuinmannen en een tuinjongen. Ik moet wel zeggen: meneer Lenk zorgt altijd voor smakelijke maaltijden en niemand hoeft zich echt te overwerken. Lenk kan weleens amoureus uit de hoek komen, maar dat kun je zo de kop indrukken door Madame Lenk een wenk te geven. Ze maakt Lenk het leven dan zo zuur, dat je bijna medelijden met die arme man zou krijgen. Hij is verrassend snel en het vereist rap voetenwerk om te zorgen dat hij je niet in een hoek drijft, want dan is er meestal niets meer aan te verhelpen."

"Lenk schijnt iedereen op Mirky Porod voldoening te willen schenken."

"Hij doet zijn best, dat is zeker waar. Over het geheel genomen is hij inschikkelijk en hij draagt je nooit iets na."

"Zijn er echt spoken op het kasteel?"

"Dat is een ernstige kwestie. Iedereen die ze gehoord heeft beweert dat-ie ze gehoord heeft, als je me vat. Wat mij aangaat, mij zou je nooit in de buurt van de Noordertoren zien wanneer het volle maan is."

"Wat zegt gravin Ottilie erover?"

"Ze zegt dat het de spoken zijn geweest die graaf Raul uit het raam hebben geduwd en ach, zij zal het wel weten."

"Dat zou men wel denken, ja."

De omnibus arriveerde en samen reden ze naar Tzem. Wayness liep regelrecht naar de telefooncel in Het IJzeren Varken en belde Mirky Porod. Op het scherm verscheen het gezicht van een man van middelbare leeftijd, hoffelijk en verzorgd, met bolle wangen, sluik zwart haar, half geloken ogen en een keurig snorretje. "Spreek ik met meneer Lenk?" vroeg Wayness.

Aan de andere kant van de lijn nam Lenk Wayness op met een uitdrukking van genoegen en streek even zijn snor op. "Dat is zeer juist! U spreekt met Gustav Lenk. Zegt u maar hoe ik u van dienst kan zijn en u kunt ervan overtuigd zijn, dat ik u naar beste vermogen zal helpen!"

"Het is heel eenvoudig, meneer Lenk. Ik heb gesproken met Sophie, die haar dienstverband op Mirky Porod zojuist heeft opgezegd."

"Dat is helaas het geval, ja."

"Ik zou graag in aanmerking komen voor die betrekking, als die nog openstaat."

"Die staat inderdaad nog open. Ik heb ternauwernood de tijd gehad te vernemen dat zich een vacature had voorgedaan." Lenk schraapte zijn keel en nam Wayness met toenemende belangstelling op. "Heb je ervaring in dit werk?"

"Niet veel, maar ik ben ervan overtuigd dat ik met uw hulp niet veel problemen zal ondervinden."

Lenk zei behoedzaam: "Normaal gesproken zou dat inderdaad het geval zijn. Als Sophie echter iets heeft losgelaten ten aanzien van gravin Ottilie —"

"Sophie heeft langdurig over haar uitgeweid en met veel gevoel."

"Dan zul je ook weten dat niet zozeer het werk moeilijkheden oplevert, als wel gravin Ottilie met haar diertjes."

"Dat heb ik heel duidelijk begrepen, meneer Lenk."

"Ik moet er ook op wijzen dat het loon allesbehalve hoog is. Je zou beginnen op twintig sol in de week. Het uniform is echter inbegrepen en er zijn geen inhoudingen. De sfeer onder het personeel is genoeglijk, als ik dat zo zeggen mag. Iedereen beseft dat de gravin moeilijk is in de omgang, maar dat we desondanks moeten trachten haar tevreden te stellen; dat is in feite de grondslag van al wat wij doen."

"Dat is me duidelijk, meneer Lenk."

"Je hebt geen afkeer van honden?"

Wayness haalde haar schouders op. "Ik heb er niets tegen."

Lenk knikte. "Goed, kom dan onverwijld hierheen, dan zullen we je met zo min mogelijk tijdverlies inpassen in het rooster. Maar eerst: hoe luidt je naam?"

Wayness dacht even na. "Marya Smitt."

"Je vorige werkgever was?"

"Ik kan geen referenties overleggen, meneer Lenk."

"In jouw geval kunnen we wel een uitzondering maken, meen ik. Tot straks dan."

Wayness ging naar haar kamer. Ze kamde haar haar strak achterover en bond het in de nek met een zwart lint bij elkaar. Ze bekeek zich in de spiegel. Ze zag er heel anders uit, dacht ze; ouder en verstandiger en een stuk bekwamer, dat zeker.

Wayness rekende af, reed met de omnibus naar Mirky Porod en zeulde haar koffer de oprijlaan op naar de zijdeur, inmiddels belaagd door allerlei angsten en onzekerheden.

Lenk was langer en statiger dan Wayness verwacht had en gedroeg zich met de waardigheid die bij zijn positie hoorde. Maar hij begroette Wayness vriendelijk genoeg en bracht haar naar het bediendeverblijf, waar ze kennis maakte met Madame Lenk, een dikke dame met sterke armen, onflatteus kort geknipt, met grijs doorschoten zwart haar, en een energieke, daadkrachtige manier van doen. Samen wijdden Lenk en Madame Lenk Wayness in haar taken in. In het algemeen diende ze klaar te staan voor gravin Ottilie en in al haar behoeften te voorzien, geen aandacht te schenken aan haar scheldpartijen en gespitst te blijven op de wandelstok teneinde klappen te ontwijken. "Het is een nerveus automatisme," zei Lenk. "Ze wil daarmee slechts een gevoel van ongenoegen uitdrukken."

"Met dat al kan ik die tactiek niet waarderen," zei Madame Lenk. "Laatst bukte ik me om een tijdschrift op te rapen, toen ongevraagd de stok kwam neersuizen en me ronduit op de achterhand trof. Uiteraard was ik onthutst en informeerde waarom mevrouw mij geslagen had.

" 'Omdat het zo uitkwam,' deelde ze me mede. Ik wilde daar nog iets tegenin brengen, maar ze zwaaide met haar stok en zei dat ik zelf maar een keus moest maken uit de lijst van wandaden waarvoor ik ongestraft was gebleven en dan bij het onderwerp een vinkje moest zetten."

"Kortom," zei Lenk. "Blijf te allen tijde op je hoede."

"Nu we het daar toch over hebben..." zei Madame Lenk. "Ik wil opmerken dat meneer Lenk weleens al te minzaam is tegen de meisjes en daarbij soms zo ver gaat dat hij de beleefdheid uit het oog verliest."

Lenk maakte een zwierig gebaar. "Lieve, nu overdrijf je toch. Je zult die arme Marya nog zo'n angst aanjagen dat ze hard wegloopt zodra ze me ziet."

"En dat is niet het enige wat ze kan doen," zei Madame Lenk. Ze wendde zich tot Wayness. "Mocht Lenk zich ooit te buiten gaan en zich vrijheden veroorloven, fluister hem dan de volgende woorden toe: 'De hel op Aarde'."

" 'De hel op Aarde'? Dat is een cryptische uitspraak."

"Zeer zeker! Maar mocht Lenk zijn pogingen dan niet staken, dan zal ik hem haarfijn uiteenzetten wat ik bedoel."

Lenk glimlachte onzeker. "Madame Lenk maakt natuurlijk maar een grapje. Hier op Mirky Porod werken wij in goede harmonie en leven met elkander in vrede."

"Behalve wanneer wij met de gravin van doen hebben, natuurlijk. Je mag haar nooit dwarsbomen of tegenspreken, hoe onzinnig ze ook doet; je mag je nimmer schamper uitlaten over haar hondjes en je dient hun smerige viezigheden altijd monter op te ruimen alsof je het allemaal reuzeleuk vindt."

"Ik zal mijn best doen," zei Wayness.

Madame Lenk voorzag Wayness van een zwart uniformpje met een wit schortje en een wit batisten mutsje, waarvan de punten even boven haar oren een duimbreed uitstonden. Toen Wayness zich in de spiegel bekeek was ze ervan overtuigd, dat gravin Ottilie in haar volstrekt niet Wayness Tamm, de lastige studente, zou herkennen.

Madame Lenk leidde Wayness rond in het kasteel en meed daarbij alleen de Noordertoren. "Daar is niets te vinden dan geesten zonder tastbaarheid, althans, dat beweert men. Ik heb er zelf nooit een gezien, ofschoon ik naar waarheid wel vreemde geluiden heb gehoord, die waarschijnlijk werden veroorzaakt door eekhoorns of vleermuizen. Hoe dan ook, je behoeft je over de Noordertoren het hoofd niet te breken. Dit is de bibliotheek. De dubbele deuren aan de overzijde geven toegang tot de werkkamer van graaf Raul, die maar zelden wordt gebruikt en altijd is afgesloten. En hier is de gravin; kom, dan zal ik je voorstellen."

Gravin Ottilie nam Wayness vluchtig op en zette zich toen in een leunstoel. "Marya zei je? Goed dan, Marya! Je zult merken dat ik een lankmoedige meesteres ben — veel te lankmoedig misschien. Ik stel weinig eisen. Aangezien ik op jaren ben, dient er veel te worden gehaald en nagedragen en dus zul je moeten leren waar mijn spulletjes liggen. Elke dag gaat zo zijn zelfde gangetje, behalve 's zaterdags, dan speel ik kaart, en de eerste van de maand, wanneer ik naar Draczeny rijd om de winkels te bezoeken. Je zult deze dagelijkse gang van zaken snel onder de knie krijgen, want moeilijk is het niet.

"Nu moet ik je voorstellen aan mijn kleine vriendjes, die het belangrijkste zijn in mijn bestaan. Daar zien we Chusk, Porter, Mikki en Toop." Onder het spreken wees ze met haar kromme wijsvinger. "En daar Sammy, die zich zit te krabben, Dimpkin en ... o, stoute Fotsel toch! Je weet dat je niet je poot mag oplichten in huis! Nu moet Marya het weer opdweilen. En dan ten slotte Raffis, onder die stoel daar." De gravin leunde achterover. "Marya, noem hun namen eens op, opdat ik weet of je wel hebt opgelet."

"Hm." Wayness wees. "Dat is Mikki en dat is Fotsel die de hoek net vuil heeft gemaakt; ja, jou herinner ik me uitstekend. Raffis zit onder de stoel. De gevlekte is Chusk, meen ik en degene die zich zit te krabben is Sammy. De andere namen weet ik niet meer."

"Heel aardig gedaan," zei gravin Ottilie. "Ook al heb je Porter, Toop en Dimpkin overgeslagen, die toch ook honden van naam en faam en uitgesproken karakter zijn."

"Ongetwijfeld," zei Wayness. "Madame Lenk, als u me wilt wijzen waar ik een emmer en een dweil kan vinden, dan zal ik die natte plek direct schoonmaken."

"Wij hebben gemerkt dat een spons zeer doeltreffend is bij kleinere ongerechtigheden," zei madame Lenk. "Je vindt het materiaal in deze werkkast."

En zo ving Wayness' leven als dienstbode aan. Elke dag was anders, al werd er wel een standaardpatroon gevolgd. Elke ochtend om acht uur ging Wayness de slaapkamer van gravin Ottilie binnen om het haardvuur aan te steken, ondanks het feit dat het kasteel toereikend verwarmd werd door ergothermische toestellen. De gravin sliep in een reusachtig oud bed, omgeven door tientallen grote zachte donzen kussens met roze, lichtblauwe en lichtgele zijden overtrekken. De honden sliepen op kussens in kistjes die op een rij tegen de zijmuur stonden; en wee het gebeente van het brutaaltje dat het kussen van een van de andere honden trachtte uit te proberen!

Wayness diende vervolgens de overgordijnen open te schuiven, die de gravin 's nachts altijd potdicht wilde hebben opdat geen spiertje licht van buiten zou kunnen doordringen. Ze verafschuwde met name het maanlicht dat door de vensters viel. Daarna hielp Wayness de gravin overeind te gaan zitten in de kussens, onder een regen van vloeken, verwensingen en beschuldigende kreten. "Marya! Kun je dan niet voorzichtig zijn! Je doet me pijn met dat gesjor en geruk! Ik ben niet van ijzer of van leer! Je weet nu toch dat ik zo niet comfortabel zit! Zet dat gele kussen lager in mijn rug. Ah. Eindelijk, wat een opluchting! Waar blijft mijn thee? Hoe maken de honden het?"

"Allemaal gezond en wel, mevrouw. Dimpkin doet zoals gebruikelijk zijn gevoeg in de kamerhoek. Chusk schijnt iets tegen Porter te hebben."

"Dat gaat wel weer over. Breng me m'n thee, sta daar niet te staren als een idioot."

"Ja, mevrouw."

Na het theeblad op haar schoot te hebben gezet en een opmerking te hebben gemaakt over de weersgesteldheid, schelde Wayness, ten teken dat Fosco de lakei kon komen en de hondjes kon meenemen om ze te voeren en hun blazen en ingewanden te laten legen in de tuin ter zijde van het kasteel.

Daarna was Wayness de gravin behulpzaam bij haar ochtendtoilet, dat eveneens gepaard ging met klachten, dreigementen en verwijten waar Wayness geen aandacht aan schonk, behalve dan dat ze achterdochtig de stok in het oog hield. Wanneer de gravin eenmaal was aangekleed en aan haar tafel was gezeten, schelde Wayness de keuken, dat men het ontbijt naar boven kon sturen met de etenslift.

Terwijl de gravin haar ontbijt verorberde, dicteerde ze haar opmerkingen met betrekking tot wat er die dag gedaan diende te worden.

Om tien uur daalde gravin Ottilie in haar eigen lift af naar de benedenverdieping en begaf zich dan meestal naar de bibliotheek waar ze de post doornam, een paar tijdschriften doorkeek en vervolgens overleg pleegde met Fosco over de honden, die inmiddels waren gevoed en geborsteld. Van Fosco werd een uitspraak gevergd over de staat van gezondheid, de levenslust en de psychologische toestand van elk dier afzonderlijk en deze besprekingen konden dikwijls lang uitlopen. Fosco werd nooit ongeduldig en had daar ook geen enkele reden toe, aangezien het zijn enige taak was, buiten de heel enkele keer dat hij als chauffeur optrad wanneer de gravin een van haar zeldzame korte ritjes wilde maken.

Gedurende deze tijd was Wayness vrij, tot de gravin haar weer liet komen. Meestal bracht ze haar tijd dan door in het bediendenverblijf, babbelend en theedrinkend met de andere dienstmeisjes en Madame Lenk, en een enkele keer Lenk in eigen persoon.

Doorgaans had de gravin haar pas tegen elven weer nodig. Was het buiten nat of guur of winderig, dan bleef de gravin in de bibliotheek bij het haardvuur. Was het mooi weer, dan ging ze door de openslaande deuren van de bibliotheek via het terras het gazon op.

Afhankelijk van haar humeur — en Wayness kwam er al snel achter dat de gravin knap humeurig was — liep ze dan naar de tafel die een meter of vijftig verderop stond en zette zich daar neer als een eenzaam eiland van roze roesjes en kant en lavendelpaarse sjaals, op een gladde, grasgroene oceaan. Op andere dagen wilde ze nogal eens op een elektrisch wagentje klimmen en een expeditie ondernemen naar de verste uithoek van het gazon, terwijl de hondjes op een lange rij achter haar aandraafden, de jongste voorop en de oudste en dikste hijgend en hobbelend achteraan. Het was dan Wayness' taak de tafel, de stoel en de parasol op een tweede karretje te laden, de gravin achterna te gaan, het meubilair neer te zetten, en de thee daar te serveren.

Bij die gelegenheden had de gravin meestal behoefte aan eenzaamheid, zodat Wayness dan werd teruggestuurd naar de bibliotheek om te wachten tot de gravin haar weer nodig had en haar opriep door middel van de pieper in haar polsband.

Op een dag maakte Wayness, toen ze weer eens was teruggestuurd, een kleine omweg langs de Noordertoren waar ze zich nog niet eerder had gewaagd. Achter een groenzwarte haag van jeneverbesstruiken ontdekte ze een klein kerkhof met twintig, of misschien wel dertig kleine grafjes. Op sommige stonden marmeren zerken met diep ingehakte opschriften, op andere lagen bronzen plaquettes, terwijl op weer andere graven marmeren beeldjes stonden in de vorm van hondjes. Het geheel werd omgeven door lelies en pollen heliotroop. Wayness' nieuwsgierigheid was in een klap meer dan bevredigd; ze deinsde achteruit en liep snel terug naar de bibliotheek, om op het teken van gravin Ottilie te wachten. Zoals altijd, wanneer ze in de gelegenheid was, probeerde ze de deuren van de werkkamer; zoals altijd waren die op slot en zoals altijd voelde Wayness een steek van paniek. De tijd verstreek maar en elders gebeurde er van alles waar ze geen greep op had.

Intussen wist Wayness al wel waar de sleutels van de werkkamer te vinden waren. Een hing er aan Lenks sleutelbos en de tweede hing aan eenzelfde sleutelring die de gravin in haar bezit had. Wayness had zorgvuldig nagegaan waar de sleutels zich konden bevinden. Overdag droeg de gravin ze meestal bij zich, al ging ze er soms wat achteloos mee om en liet ze ze vaak slingeren op de plaats waar ze het laatst gezeten had. Dan waren de sleutels weer eens zoek en werd er druk gezocht en heen en weer gedraafd, onder schorre kreten van de kant van de gravin, tot ze weer boven water waren.

's Nachts bewaarde de gravin de sleutels in de la van een kastje naast haar bed.

Op een nacht heel laat, toen de gravin in haar donzen kussens lag te snorken, sloop Wayness stilletjes de slaapkamer in. Ze ging op weg naar het kastje, dat duidelijk te onderscheiden was bij het schijnsel van het waaklampje. Ze had net de la een eindje opengetrokken, toen de hond Toop geërgerd en geschrokken ontwaakte en begon te keffen: een tumult waaraan de andere ogenblikkelijk hun steentje bijdroegen. Wayness stoof de kamer uit voor de gravin zich had kunnen oprichten om te zien waardoor al die opschudding was veroorzaakt. Ademloos in de aangrenzende kamer schuilend, hoorde Wayness de gravin schor roepen: "Stil klein ongedierte! Als er één een veest laat hoeft de rest niet mee te feesten! Geen geluid meer!"

Ontmoedigd ging Wayness maar naar bed.

Twee dagen later nam de lakei Fosco ontslag. Lenk probeerde de verzorging van de honden op Wayness af te schuiven maar die verklaarde dat ze absoluut geen tijd had om dit op zich te nemen, naast haar gewone werk. Toen probeerde hij het op te dragen aan het dienstmeisje Fyllis, die haar weigering nog categorischer inkleedde: "Wat mij betreft kan hun vacht aanklitten tot-ie twee duim dik is! U doet het zelf maar, meneer Lenk!"

En zo was Lenk twee dagen lang mismoedig met de honden in de weer; toen nam hij een nieuwe lakei in dienst, een knappe jongeman genaamd Baro, die zijn taak met een opvallend gebrek aan enthousiasme aanvaardde.

Een poosje had Lenk zich tegenover Wayness onberispelijk, zij het ietwat overdreven wellevend gedragen. Maar met de dag werd hij wat gemeenzamer, tot hij op het laatst meende de proef wel op de som te kunnen nemen en Wayness een klopje op haar bil gaf, speels, als een uiting van camaraderie, als het ware. Wayness begreep dat Lenks plannen in de kiem dienden te worden gesmoord en schoof abrupt bij hem vandaan. "Meneer Lenk toch! Dat is heel ondeugend!"

"Natuurlijk!" gaf Lenk opgewekt toe. "Maar je hebt ook zo'n verlokkelijk klein achterste, net genoeg gerond, dat mijn hand als het ware geladen werd met verkenningsdrang."

"Dan moet u uw hand met kracht in bedwang houden en niet toestaan dat hij alleen op verkenning gaat."

Lenk zuchtte. "Het was niet alleen mijn hand die zich geladen voelde," murmelde hij terwijl hij zijn snor opstreek. "En al met al genomen, wat deert nu een beetje ondeugd tussen vrienden onder elkaar? Daar zijn vrienden immers voor?"

"Dat is me allemaal veel te diepzinnig," zei Wayness. "Misschien moesten we Madame Lenk in dezen om raad vragen."

"Dat is een voorstel waar kraak noch smaak aan is," zuchtte Lenk en liep weg.

Zo nu en dan, en meestal 's middags, werd de gravin bevlogen door een heel bijzondere stemming. Dan werd haar gezicht hoe langer hoe somberder en verstrakte tot roerloosheid, waarna ze niets meer wilde zeggen. De eerste keer dat het gebeurde zei Madame Lenk tegen Wayness: "De gravin is ontevreden over de manier waarop het universum reilt en zeilt en overweegt nu op welke wijze daar het best verandering in kan worden gebracht."

Bij dergelijke gelegenheden had de gravin de hebbelijkheid om, zonder veel acht te slaan op het weer, naar haar tafeltje op het gazon te gaan, zich te zetten en een pakje bijzondere speelkaarten tevoorschijn te halen waarmee ze vervolgens een wijdlopig soort patience begon uit te leggen. Steeds opnieuw legde de gravin haar kaarten uit, haar benige handen tot vuisten geknepen en wild gebarend, in het spel turend met plotselinge achterdocht, sissend en mompelend, haar tanden bloot grijnzend van woede of mogelijk ook triomf. En ze hield niet op voor de kaarten zich naar haar wil hadden gevoegd, of de zon onderging en er niet genoeg licht meer was.

De tweede maal dat dit gebeurde stond er een frisse wind. Wayness ging naar haar toe met een ochtendmantel, maar de gravin wuifde het ding weg.

Toen ten slotte het licht bijna was verdwenen, staarde gravin Ottilie neer op haar kaarten — of ze triomfantelijk was of verslagen kon Wayness niet goed zien — en hees zich overeind. Daarbij viel haar sleutelbos rinkelend in het gras. De gravin was al een paar passen verder en had niets gemerkt. Wayness raapte de sleutels op en stopte ze in haar rokzak. Toen pakte ze de kaarten bij elkaar, nam de ochtendmantel mee en ging de gravin achterna.

Gravin Ottilie liep ditmaal niet rechtstreeks naar het kasteel terug, maar ging schuins op de Noordertoren af. Wayness volgde haar op tien pas afstand. De gravin sloeg er geen acht op.

De schemering was over het landschap gevallen en een koele wind woei door de oude pijnbomen op de heuvels. Waar gravin Ottilie op afkoerste werd Wayness spoedig duidelijk: het kerkhofje naast de Noordertoren. Ze betrad het via een opening in de haag en begon tussen de graven door te dwalen, waarbij ze nu en dan stilstond en kirde en bemoedigende kreetjes slaakte. Wayness die achter de haag stond te wachten hoorde haar zeggen: "...zo lang, ach zo lang geleden! Maar wanhoop niet mijn brave Snoyard, jouw trouw en geloof zullen worden beloond! En de jouwe niet minder, Peppin! Ach, hoe jij kon spelen! En mijn lieve kleine Corly met je snoetje dat altijd zo zacht was. Elke dag treur ik om je. Maar we zullen elkaar weerzien op een goede dag! Myrdal, jank toch niet. Alle graven zijn duister..."

In de schemering achter de jeneverbessenhaag schudde Wayness zich wakker. Het was alsof ze rondliep in een vreemde droom. Ze draaide zich om en draafde door het donker naar het terras, met haar ene hand op de sleutelbos om hem niet te verliezen. Bij het terras bleef ze staan wachten.

Een paar minuten later zag ze de bleke gedaante van de gravin naderen, traag en zwaar leunend op haar stok. Wayness bleef zwijgend staan. De gravin liep langs haar heen alsof ze onzichtbaar was, stak het terras over en ging de bibliotheek binnen met Wayness achter zich aan.

De avond ging maar langzaam voorbij. Terwijl de gravin het avondeten gebruikte, bekeek Wayness heimelijk de sleutels en ontdekte tot haar vreugde dat aan elke sleutel een kaartje hing. En daar was hij dan, de sleutel waarnaar ze zo lang en deerlijk had gesmacht: 'Werkkamer' stond erop. Ze dacht even na en liep toen naar de bijkeuken waar een werkbank stond met wat gereedschap en andere spullen en waar ze een keer een doos met oude sleutels had zien staan. Ze zocht even in de doos en vond een sleutel van hetzelfde type als die van de werkkamer en stopte hem gauw in haar zak.

Een schim in de deuropening! Wayness draaide zich geschrokken om. Het was Baro, de nieuwe lakei: een stevig gebouwde jongeman met zwarte haren, sprekende groene ogen en volmaakte gelaatstrekken. Hij gedroeg zich zelfverzekerd en was een soepele prater, die een stroom van onbeduidendheden te berde wist te brengen. Wayness gaf weliswaar toe dat Baro een buitengewoon aantrekkelijke jongeman was, maar vond hem ijdel en veel te glad en bleef bij hem uit de buurt, wat Baro meteen had opgemerkt en als een uitdaging had opgevat. Hij begon nadien los en achteloos avances te maken, die Wayness even los en achteloos ontweek. En nu stond Baro achter haar. Hij zei: "Marya, prinses van al wat verrukkelijk is, waarom verschuil je je in de bijkeuken?"

Wayness verbeet de pinnige opmerking die haar op de tong lag en zei alleen maar: "Ik zocht een eindje touw."

"Hier is touw," zei Baro. "Op de plank." Hij reikte langs haar heen en legde daarbij zijn hand op haar schouder en leunde tegen haar aan, zodat ze de dierlijke warmte van zijn lichaam kon voelen. Hij droeg, zo merkte ze, een prettig fris geurtje, een mengeling van varens, viooltjes en vreemde buitenwereldse essences. "U ruikt lekker, hoor, maar ik heb nu even haast," zei Wayness. Ze dook onder zijn arm door, de veilige provisiekamer en vandaar de keuken in. Baro kwam achter haar aan met een nietszeggende, flauwe glimlach.

Wayness liep naar het bediendenverblijf, geërgerd en een beetje van streek. Het contact met Baro's lichaam had bij haar een lichamelijke reactie opgeroepen, maar ook tintelingen van angst en afkeer door haar onderbewustzijn gejaagd. Baro kwam de kamer binnen. Wayness pakte, meteen op haar hoede, gauw een tijdschrift. Baro kwam naast haar zitten. Wayness deed of ze hem niet zag.

Baro zei zachtjes: "Vind je me aardig?"

Wayness keek hem aan met een emotieloze blik. Ze wachtte opzettelijk een paar tellen voor ze antwoord gaf. "Ik heb me nooit zo met die vraag beziggehouden, meneer Baro. Ik betwijfel of ik dat ooit zal doen ook."

"Fffoeoe!" zei Baro en deed alsof hij een stomp in zijn maag had gekregen. "Nou, jij bent een ijskouwe, zeg!"

Wayness sloeg de bladzijden van het tijdschrift om en gaf er geen antwoord op.

Baro lachte, vlot als altijd. "Als je je eens een beetje liet gaan dan zou je wel merken dat ik zo kwaad nog niet ben."

Wayness schonk hem nog een blik zonder enige uitdrukking, legde het tijdschrift weg en ging bij Madame Lenk zitten, om vrijwel meteen te worden gestoord door een piepsignaal uit haar polsband. "Vooruit, meisje," zei Madame Lenk. "Tijd voor het balspel... He ho, hoor het eens regenen! Ik zal Lenk gauw het haardvuur laten opstoken."

De gravin was naar de bibliotheek gegaan met haar hondjes. Buiten kletterde de regen op het terras en het gazon, nu en dan een ogenblik verlicht door het blauwe schijnsel van de bliksem.

Het balspel werd gespeeld door de gravin die de bal wegwierp, de hondjes die er grauwend en bijtend naar elkaar achteraan dolden en Wayness, die de bal uit de kaken van het dier dat het bemachtigd had moest loswrikken, om de natte bal vervolgens aan de gravin terug te brengen.

Na tien minuten werd de gravin het spel moe, maar ze wilde beslist dat Wayness in haar plaats verder speelde.

Ten slotte dwaalde haar aandacht echter af en begon ze in te dommelen. Wayness, die achter haar stoel stond, nam de gelegenheid te baat om de sleutel van de werkkamer van de ring af te schuiven en te vervangen door de sleutel die ze uit de doos in de bijkeuken had gepakt. Het kaartje verwisselde ze ook. Ze verstopte de sleutelbos in de aarde van een kamerplant die aan de kant stond en ging toen naar de keuken om het drankje te halen dat gravin Ottilie 's avonds altijd dronk, een onsmakelijk brouwsel van rauw ei, karnemelk en kersenlikeur, waarin een zakje therapeutische poeders werd opgelost.

Gravin Ottilie ontwaakte uit haar dutje in een klagerige stemming. Ze trok een gemelijk gezicht toen ze Wayness zag. "Waar heb je al die tijd gezeten? Hoe kun je me zomaar alleen laten? Ik stond op het punt te schellen waar je bleef."

"Ik was uw drankje halen, mevrouw."

"Hm. Bah. Geef maar hier dan." De gravin was niet meteen van haar boze bui af te brengen. "Het is me een raadsel hoe je zo onnadenkend van hot naar haar kunt wapperen, als een pluisje op de wind!"

De gravin nam haar drankje in. "Zo, en opnieuw is het bedtijd. Weer heb ik ondanks alles de beproevingen van een nieuwe dag doorstaan! Het is allemaal niet zo makkelijk wanneer men oud is, vooral niet wanneer men ook wijs is."

"Nee, vast niet, mevrouw."

"Overal — graaiende handen, nijpende vingers! Aan alle kanten het blikkeren van roofgierige ogen, als de ogen van wilde dieren rond het kampvuur van de eenzame ontdekkingsreiziger! Ik strijd een bittere en genadeloze strijd: hebzucht en schraaplust zijn mijn gezworen vijanden!"

"U weet zich gewapend met de kracht van uw karakter, mevrouw."

"Ja, dat is waar." De gravin pakte de armleuningen van haar stoel beet en trachtte zich overeind te hijsen. Wayness schoot toe om haar te helpen maar de gravin wuifde haar nijdig weg en liet zich weer zakken. "Dat is niet nodig! Ik ben geen invalide, wat ze ook van me mogen zeggen!"

"Dat heb ik ook nooit gedacht, mevrouw."

"Wat niet wil zeggen dat ik niet op een kwade dag kan komen te overlijden en dan: wie zal het zeggen!" De gravin wierp Wayness een scherpe blik toe. "Heb je de spoken in de Noordertoren tekeer horen gaan?"

Wayness schudde haar hoofd. "Ik voel me prettiger als ik van dergelijke dingen niet afweet, mevrouw."

"Juist ja. Wel, ik zal er niets meer over zeggen. Het is tijd om naar bed te gaan. Help me overeind en pas in vredesnaam op voor mijn arme rug. Ik lijd afgrijselijke pijnen wanneer ik zo ruw heen en weer word getrokken!"

Gedurende de ingewikkelde reeks handelingen die voorafging aan het slapen gaan, ontdekte de gravin dat ze haar sleutels miste. "O, kief en pokken en braaksel! Waarom moet ik toch bezocht worden door zoveel beproevingen? Marya, waar zijn mijn sleutels?"

"Waar mevrouw ze meestal bewaart, neem ik aan."

"Nee, ik ben ze verloren! Ze liggen buiten op het gras waar de eerste de beste dief in de nacht ze kan vinden! Roep Lenk, ogenblikkelijk!"

Lenk werd geroepen en in kennis gesteld van de vermissing van de sleutels. "Ik vermoed dat ik ze buiten op het gazon heb laten vallen," zei de gravin. "Je moet ze nu direct voor me gaan zoeken."

"In het donker? Terwijl de regen over het gras striemt? Mevrouw de gravin, dat zou niet praktisch zijn."

De gravin begon te fulmineren en sloeg met haar stok op de vloer. "Ik ben degene die uitmaakt wat er praktisch is, hier op Mirky Porod! Vergis je niet! Ik heb wel anderen dan jou die waarheid weten bij te brengen!"

Lenk draaide met een ruk het hoofd om en stak zijn hand op. Gravin Ottilie kreet: "Hoorde je iets?"

"Ik weet het niet, mevrouw. Mogelijk de schreeuw van een spook."

"Een spook! Marya, heb jij het ook gehoord?"

"Ik heb wel iets gehoord, maar ik denk dat het een van de hondjes was."

"Natuurlijk! Daar! Nu hoor ik het ook! Het is Porter die last heeft van zijn catarre."

Lenk boog. “Zoals u zegt, mevrouw de gravin.”

“En mijn sleutels?”

“Die vinden we morgenochtend wel, wanneer we weer een hand voor ogen kunnen zien.” Lenk boog opnieuw en verdween. De gravin bleef nog een tijd mopperen maar ging dan toch eindelijk naar bed. Ze was ongewoon lastig ditmaal en Wayness moest haar donzen kussens wel tien keer schikken en opschudden, voor de gravin eindelijk moe werd van het spelletje en in slaap viel.

Wayness ging naar haar kamertje. Ze deed haar witte schortje en mutsje af en trok sloffen aan met zachte zolen. Een potlood, een stuk papier en een zaklantaarn stopte ze in haar rokzak.

Om middernacht verliet ze haar kamertje. Het was doodstil in huis. Wayness wachtte nog een ogenblik, raapte toen al haar moed bij elkaar en liep de trap af. Beneden bleef ze weer stilstaan en luisterde scherp.

Stilte alom.

Wayness liep de bibliotheek in en ging naar de deur van de werkkamer. Ze stak de sleutel in het slot en draaide hem om en toen gleed de deur onder zacht geknerp een eindje open. Wayness bestudeerde het slot om zich ervan te vergewissen dat het ook vanbinnen te bedienen was en ze zich niet bij ongeluk in de werkkamer zou opsluiten als ze de deur dichtdeed. Maar in dit geval was er geen probleem. Ze deed de deur achter zich dicht en draaide hem op slot.

Ze haalde haar zaklantaarn tevoorschijn en keek om zich heen. Een groot bureau, voorzien van een infoscherm en een telefoon, nam het midden van de kamer in beslag. Buiten regende het nog steeds, hoewel niet zo hard meer; nog steeds doorschoten blauwe bliksemschichten de hemel. In een hoek van de kamer torste een metalen onderstel een grote wereldbol. Op planken langs de wand stonden boeken, snuisterijen, curiosa en wapens uitgestald. Wayness bekeek de boeken eens. Ze zagen er niet uit als het soort boeken waarin graaf Raul aantekeningen zou kunnen hebben gemaakt. Ze keek weer naar het bureau. Het infoscherm — het was jarenlang niet meer gebruikt, misschien functioneerde het niet eens meer.

Wayness ging zitten en drukte op de schakelaar. Tot haar grote blijdschap en oprechte opluchting gloeide het scherm aan en kwam het persoonlijke embleem van graaf Raul in beeld: een zwarte tweekoppige adelaar op een lichtblauwe wereldbol, waarop lengte- en breedtegraden waren getekend.

Wayness toog aan het werk om erachter te komen waar graaf Raul de informatie die ze zocht kon hebben opgeslagen. Haar taak zou heel wat makkelijker zijn geweest, als graaf Raul niet alleen pietepeuterig en uitvoerig, maar ook systematisch te werk was gegaan.

Een halfuur verstreek. Wayness raakte wel tien keer op dood spoor, voor ze eindelijk toevallig het dossier aanboorde waarin de gezochte informatie zich bevond.

Graaf Raul had geen materiaal gekocht op een veiling bij de Galerie Gohoon. Wat meer was, zijn verzameling had slechts die documenten over het Genootschap van Natuurkenners omvat, die Wayness had gezien in het Funusti Museum. Het was een hele teleurstelling. Wayness had een geheime hoop gekoesterd — zo geheim dat ze het zichzelf niet eens bekend had: de hoop dat ze het Handvest en de Eigendomsakte in deze werkkamer zou vinden, misschien zelfs in een vakje van het bureau waaraan ze zat.

Maar nee. Graaf Raul had zijn materiaal gekocht bij een handelaar genaamd Xantief in Oud-Triëst.

Op dat moment was het, dat Wayness een heel zacht geluidje hoorde, een schrapend geluidje, als van ijzer op ijzer. Ze keek op en zag nog net de handgreep van de tuindeur terugveren, kennelijk nadat iemand buiten hem had ingedrukt om te zien of de deur open was.

Wayness deed net of ze niets gemerkt had. Ze veranderde de naam 'Xantief' in 'Chuffe' en 'Triëst' in 'Croy' en liet een zoekprocedure lopen om zich ervan te vergewissen dat de naam in kwestie niet ergens anders werd vermeld. Intussen keek ze naar de deur. Een grote schicht blauwe bliksem reet de nacht uiteen. Wayness zag heel even het silhouet van een man die bij de tuindeur stond. Hij had zijn armen geheven en scheen bezig te zijn met een of ander stuk gereedschap. Wayness stond ongehaast op en liep naar de deur van de bibliotheek. Van buiten hoorde ze een doffe plof, alsof de man iets had laten vallen, en toen weer een heel zacht schrapend geluid. Wayness begreep dat de man langs het terras was gesneld, de bibliotheek was binnengegaan en post had gevat bij de deur van de werkkamer, om haar te onderscheppen zodra ze naar buiten kwam. Of om haar de werkkamer in te duwen en de deur op slot te doen — en wie weet wat er dan met haar zou gebeuren.

Niets prettigs in elk geval, besloot Wayness. Haar hals tintelde.

Ze zat in de val. Ze kon de tuindeur opendoen en het terras oplopen, maar de man zou haar vrijwel zeker grijpen als ze naar buiten kwam.

Bij de deur naar de bibliotheek hoorde ze een onheilspellend, schrapend geluid, zwak en gedempt. De man was met het slot bezig.

Wayness keek opgejaagd de kamer rond. Aan de muur zag ze wel wapens: kromzwaarden, kin's, yataghans, ponjaarden, kopfkloppers, langsteken, spardoenen, quangs en stiletto's. Helaas zaten ze allemaal stevig aan de wand bevestigd. Toen viel haar oog op de telefoon.

Ze draafde naar het bureau toe, nam de hoorn op en drukte op de '9'.

Na een ogenblikje kwam de stem van Lenk uit de hoorn. Slaperig en gemelijk, maar Wayness klonk hij als muziek in de oren. "Meneer Lenk!" riep ze ademloos. "Met Marya! Ik ben op de trap! Ik hoor geluiden in de bibliotheek! Komt u gauw voor de gravin wakker wordt!"

"Aha! Ja. Ja, ja! Houd haar vooral rustig! De bibliotheek zei je?"

"Ik denk dat het een insluiper is! Breng uw pistool mee!"

Wayness sloop naar de deur en luisterde. Stilte in de bibliotheek; de inbreker of wie hij ook mocht zijn, was kennelijk gewaarschuwd.

Nu hoorde Wayness weer geluiden, en de stem van Lenk: "Wat is hier aan de hand?"

Wayness schoof zachtjes de deur van de werkkamer open. Lenk was, gewapend met zijn pistool, naar de open staande tuindeur gelopen en zocht nu het terras af. Wayness glipte gauw de werkkamer uit en deed de deur dicht. Toen Lenk omkeek stond ze bij de deur naar de gang. "Het gevaar is geweken," zei Lenk. "De indringer is ontkomen, in weerwil van mijn inspanningen. Hij heeft een boor laten liggen. Hoogst eigenaardig."

"Misschien moesten we het de gravin maar niet vertellen." zei Wayness. "Ze zou zich maar zorgen maken, zonder dat het iets uithaalt, en ons allemaal het leven ondraaglijk maken."

"Dat is waar," zei Lenk bezorgd. "Het heeft geen nut het haar te vertellen. Ze zou nooit meer ophouden over haar sleutels en steeds weer zeggen dat de inbraak mijn schuld was, omdat ik niet direct gedaan heb wat ze me opdroeg."

"Dan zal ik niets tegen haar zeggen."

"Dat is braaf van je. Ik vraag me af wat die snoeshaan wilde."

"Die komt niet meer terug, nu hij u heeft gezien met uw pistool! Maar daar hoor ik Madame Lenk. Vertelt u haar maar gauw wat er gebeurd is, nu ik er nog ben om uw verhaal te staven."

"Dat is dit keer geen probleem," zei Lenk met een zure grijns. "Ze heeft je zelf gehoord door de telefoon. Ik begrijp niet hoe je dat hebt klaargespeeld zonder de gravin te wekken."

"Ik heb heel zachtjes gepraat, zoals u zich vast wel herinnert. Bovendien snurkte ze zo geweldig dat de donder er zelfs niet tegenop kon. Dus dat was niet zo moeilijk."

"Ach, natuurlijk. Misschien had ik Baro erbij moeten roepen. Ik ben ervan overtuigd dat die zich kranig zou hebben geweerd."

"Ja, misschien. Maar hoe minder mensen hier vanaf weten, des te beter, misschien."

De volgende ochtend ging alles zijn vertrouwde gangetje. Zodra ze kon, haalde Wayness de sleutelbos uit de bloempot, schoof de juiste sleutel weer op zijn plaats en liep het gazon op. Tien minuten later keerde ze triomfantelijk terug met de sleutels.

Gravin Ottilie was maar matig opgetogen. "Dat had je meteen gisteravond behoren te doen, dan had je me urenlange zorgen bespaard. Ik heb vannacht geen oog dicht gedaan."

Terwijl Baro zijn handen vol had aan het borstelen van de hondjes, verliet Wayness Mirky Porod. Ze nam de omnibus naar Tzem. Vanuit Het IJzeren Varken belde ze Mirky Porod. Lenk verscheen op het scherm en zijn mond viel open toen hij Wayness zag. "Marya? Wat is dat nu?"

"Meneer Lenk, het is heel ingewikkeld en het spijt me dat ik u op stel en sprong in de steek moet laten, maar ik heb een heel dringende boodschap ontvangen die ik niet naast me neer kan leggen. Ik bel even om gedag te zeggen. Wilt u zo vriendelijk zijn de gravin in te lichten?"

"Maar die zal ten einde raad zijn! Ze is op je gaan bouwen, net als wij allemaal!"

"Het spijt me, meneer Lenk, maar ik zie de omnibus aankomen en ik moet nu echt weg."

Hoofdstuk VII

1

Wayness ging met de omnibus van Tzem naar Draczeny en werd, naar het scheen, daarbij niet gevolgd. In Draczeny stapte ze over op een gliptrein en reisde met gezwinde spoed westwaarts.

Laat die middag hield de capsule stil in Pagnitz, een overstapstation op een route die heel het vasteland doorsneed, tot aan Ambeules. Wayness deed net of ze niet goed had opgelet en sprong pas op het allerlaatste ogenblik het perron op. Even bleef ze nog staan kijken of er soms iemand anders was die op het nippertje zijn of haar reisplannen had veranderd, maar nee — en in het bijzonder geen klein mollig manneke in een donker pak met een zwarte snor die als een olieveeg op zijn bleke gezicht zat.

Wayness nam een kamer in de Herberg der Drie Rivieren. Vanuit haar kamer belde ze Pirie Tamm op Voordewind.

Op hartelijke toon riep Pirie Tamm: "Aha Wayness! Fijn om je stem weer eens te horen! Waar bel je vandaan?"

"Op het ogenblik ben ik in Carstaing, maar ik sta op het punt te vertrekken naar Maudry, naar de geschiedkundige Bibliotheek. Ik bel u weer zodra ik kan."

"Goed, dan zal ik je niet langer ophouden. Tot morgen dan."

Een halfuur later belde Wayness Pirie Tamm voor de tweede keer, nu bij de bank in Yssinges.

Al dat gedoe maakte Pirie Tamm kribbig. "Ik had nooit gedacht dat ik het nog eens zou beleven dat ik mijn eigen telefoon niet meer vertrouwen kon! Het is verdraaid een schande!"

"Het spijt me, oom Pirie. Ik weet dat ik u ontzettend veel last bezorg."

Pirie Tamm stak bezwerend zijn hand op. "Onzin, kindje! Jij bezorgt me helemaal geen last! Het is die onzekerheid die me dwarszit. Ik heb er deskundigen bij gehad om de zaak door te meten maar ze kunnen niets vinden. Ze garanderen al evenmin iets. Er zijn veel te veel manieren om een telefoon af te tappen en dus moeten we voorzorgen blijven nemen, althans voorlopig. Maar zeg eens, wat heb je allemaal gedaan?"

Zo beknopt mogelijk deed Wayness verslag van haar bezigheden. "Ik ben nu op weg naar Triëst waar ik Xantief hoop te vinden, wie dat ook mag zijn."

Pirie Tamm gromde schamper om zijn gevoelens vooral maar niet te laten blijken. "Kennelijk ben je dus weer een sportje hoger — of was het lager — terechtgekomen op je ladder. Hoe het ook zij, moeten we er nu van uitgaan dat we hier iets hebben bereikt?"

"Ik hoop het. De ladder blijkt nu al veel langer te zijn dan me lief is."

"Hm. Ja, zeker. Blijf nog even aan de lijn, terwijl ik in het adresregister kijk. We moeten wel iets over die figuur kunnen vinden."

Wayness wachtte. Een minuut verstreek en toen nog een. Pirie Tamms gezicht verscheen weer op het scherm. " 'Alcide Xantief', dat is de naam. Er staat hier alleen een zakenadres vermeld: Via Malthus 26, Oude Haven, Triëst. Hij staat te boek als handelaar in 'Arcana', wat alles betekent wat je maar wilt."

Wayness schreef het adres over. "Maar ik wou dat ik afkwam van dat gevoel dat ik gevolgd word."

"Ha! Misschien word je inderdaad gevolgd en ligt dat ten grondslag aan je gevoel."

Wayness lachte vreugdeloos. "Maar ik zie niemand. Ik beeld me dingen in, zoals kleine donkere gedaanten die snel in de schaduw wegduiken wanneer ik omkijk. Zou ik misschien neurotisch aan het worden zijn?"

"Dat lijkt me onwaarschijnlijk," zei Pirie Tamm. "Je hebt goede redenen om zenuwachtig te zijn."

"Dat houd ik mezelf ook steeds voor, maar het is een schrale troost. Ik geloof dat ik dan nog liever neurotisch ben, en niets te vrezen heb."

"Bepaalde vormen van spionage zijn moeilijk te mijden," zei Pirie Tamm. "Je weet waarschijnlijk al van radarknopen en gluurcellen?" En vervolgens opperde hij een aantal methoden om spionageapparatuur te omzeilen.

"Maar net als die telefoondeskundigen kan ik je niets garanderen."

"Ik zal doen wat ik kan," zei Wayness. "Dag oom Pirie."

Die avond nam Wayness een bad, waste haar haren en boende haar schoenen, haar handtas en haar koffer af, om ieder spoor van radioactieve substantie, die er eventueel op gespoten of gesmeerd was, te verwijderen. Ze waste haar cape en haar bovenkleren en overtuigde zich ervan dat er geen gluurcel of radarknoop aan de zoom van haar cape was gehecht.

De volgende ochtend paste ze alle kunstgrepen toe die Pirie Tamm haar aan de hand had gedaan en nog andere die ze zelf had bedacht, om eventuele zwevende gluurcellen of lieden die haar wilden volgen om de tuin te leiden, en vertrok ten slotte per ondergrondse gliptrein naar Triëst.

Om twaalf uur kwam ze aan op het centraal station van Triëst, dat in Nieuw-Triëst lag, een van de weinige stadsgebieden die nog werden beheerst door de Technische Paradigma's. De stad bood de aanblik van een schaakbord met glazen en betonnen rechtlijnige bouwwerken, die allemaal identiek waren, afgezien van hun rangnummer op het platte dak. De 'Technische Paradigma's' waren toegepast in Nieuw-Triëst, om vervolgens vrijwel overal elders op Aarde te worden verworpen, ten gunste van een minder intellectuele en minder onmenselijk doelmatige bouwwijze.

Vanaf het station nam Wayness een ondergrondse naar het station van Oud-Triëst, dat twaalf kilometer verder naar het zuiden lag. Het was een overkapping van opengewerkt zwart smeedijzer en opaalgroen glas, die honderden meters perron huisvestte voor aansluitingen met het regionaal vervoer, alsmede markten, cafés en een vrolijke drom kruiers, schoolkinderen, rondtrekkende muzikanten en komende en gaande reizigers.

Bij een kiosk kocht Wayness een plattegrond waarmee ze zich zette in een cafeetje achter twee bloemenstalletjes. Terwijl ze haar middagmaal deed met mosselen in een vuurrode saus, die geurde naar knoflook en rozemarijn, bestudeerde ze de plattegrond. Op de voorpagina had de uitgever een aanbeveling afgedrukt:

> Wie de geheimen van Oud-Triëst, die er in veelvoud zijn, wil leren kennen, dient ze met eerbied en geleidelijkheid te benaderen,

niet als een dikke man die in een zwembad springt, maar veeleer als een devote acoliet die tot het altaar opgaat.

—A. Bellors Foxtehude.

Wayness vouwde de kaart open en besloot na een verward ogenblikje dat ze hem ondersteboven hield. Ze draaide hem om, maar duidelijker werd het geheel er niet van; kennelijk had ze hem de eerste keer toch goed gehouden. Opnieuw draaide ze hem om, in de klaarblijkelijk juiste stand, met de Adriatische Zee aan de rechterkant. Een paar minuten was ze bezig de wirwar van tekentjes te bestuderen. Volgens de tekenverklaring duidden ze respectievelijk straten aan, hoofdgrachten en zijgrachten en ondergeschikte vaarten, stegen, bruggen, voetwegen, pleinen, plaza's, promenades en belangrijke gebouwen. Bij elk teken stond de naam, erboven of eronder, en het leek wel of de kortste straten de langste namen droegen. Wayness' blik gleed wanhopig van de ene naar de andere kant en ze stond al op het punt naar de kiosk terug te gaan om een wat minder ingewikkelde kaart te kopen, toen ze opeens de Via Malthus zag liggen, aan de westkant van het Canal Bartolo Seppi, in het district Porto Vecchio.

Wayness vouwde de plattegrond weer op en keek het cafeetje rond. Ze kon nergens gezette heertjes met witte gezichten en zwarte snorren ontdekken en verder scheen niemand buitengewone aandacht aan haar te besteden.

Onopvallend verliet ze het café en de beschutting van het station en ontdekte dat de zon was schuilgegaan achter voortsnellende grauwe wolken en dat er een gure wind kwam van de Adriatische Zee.

Wayness bleef daar een ogenblik staan terwijl haar rokken om haar benen wapperden, toen draafde ze naar een taxistandplaats en riep de bestuurder van een driewielige taxi aan, een model dat hier algemeen gebruikelijk scheen te zijn. Ze liet de bestuurder haar plattegrond zien, wees naar de Via Malthus en legde uit dat ze een hotel daar in de buurt zocht. De bestuurder antwoordde zelfverzekerd: "Het oude havendistrict is bekoorlijk! Ik breng u naar Hotel Sirenuse. U zult zien dat het geschikt gelegen is en aangenaam onderdak biedt, terwijl de prijzen u niet meteen de kop kosten."

Wayness klom in de taxi en werd in snelle vaart door Oud-Triëst gevoerd, een stad met een uniek karakter, voor de helft opgetrokken op een smalle strook land aan de voet van een rotsige heuvelrug en voor de andere helft op palen, die in de bodem van de Adriatische Zee waren gedreven. Grachten met donker water waren er te over, klotsend tegen de funderingen van de hoge, smalle huizen. Een donkere, mysterieuze stad, dacht Wayness.

Links en rechts, dan weer schuin doorstekend, met plotselinge zwenkingen over hoge bultbruggetjes; de Plaza Dalmatio op vanuit de Via Condottiere en weer af langs de Via Strada... Wayness kon de route met geen mogelijkheid volgen op de plattegrond en als de bestuurder een paar kilometer zou zijn omgereden om de meter te spekken, zou ze het oprecht niet hebben gemerkt. Ten slotte sloeg de taxi de Via Severin in, stak het Canal Flacco over via de Ponte Fidelius en dook een wijk binnen met korte kromme straatjes en bochtige grachtjes, met op de achtergrond stakerige silhouetten met wel duizend vreemde hoeken en vormen. Dit was de Porto Vecchio, het district vlak achter de kaden, een buurt die 's nachts verlaten was maar overdag krioelde van leven; buurtbewoners, maar ook golven toeristen die in en uit stroomden, even voorspelbaar als het getij. De Weg der Tien Pantologen liep langs het Canal Bartolo Seppi en werd omzoomd door bistro's, cafés, bloemenstalletjes en kraampjes die gebakken mosselen en frites in papieren zakjes te koop hadden. In de zijstraten lagen schemerige winkeltjes die specialiteiten verkochten: curiosa, snuisterijen, buitenwereldse voorwerpen, incunabelen, zeldzame wapens en muziekinstrumenten in elke denkbare toonsoort gestemd. Zekere winkeltjes specialiseerden zich in puzzels, cryptografie, inscripties in onbekende talen; andere verhandelden munten, glazen insecten, handtekeningen, mineralen gedolven uit de materie van dode sterren.

Weer andere winkels boden zoetere waar: poppen in kostuum naar de trant van talloze tijden en oorden, poppen die listig geprogrammeerd waren voor het verrichten van handelingen van ordentelijke en in het geheel niet ordentelijke aard. Specerijenwinkeltjes brachten kruiderijen en parfums aan de man en oliën en esters van zeer apart slag; suikerbakkers verkochten gebak en bonbons die nergens anders op Aarde te koop waren, alsmede gedroogde vruchten, siropen en glazuren. Een keur van winkels had scheepsmodellen uitgestald alsook modellen van antieke treinen en automobielen, terwijl weer andere zich gespecialiseerd hadden in modellen van ruimteschepen.

De bestuurder zette Wayness af voor Hotel Sirenuse, een reusachtig oud gevaarte, van elke architectonische bekoring gespeend, dat zich door de eeuwen heen was blijven uitbreiden met de ene uitbouw na de andere, tot het het gehele gebied besloeg tussen de Weg der Tien Pantologen en de kust van de Adriatische Zee. Wayness kreeg een kamer op de tweede verdieping aan de achterkant. De kamer was vrolijk genoeg, met een roze en blauw bloemetjesbehang, een kristallen kroonluchtertje en glazen deuren die uitkwamen op een balkonnetje. Een andere deur gaf toegang tot een badkamer die was uitgerust in een speels rococodecor. Op het buffet in haar kamer trof Wayness het telefoonscherm aan en diverse boeken, waaronder de ingekorte versie van Baron Bodissey's monumentale werk *Leven*, en verder *Verhalen uit Oud Triëst* door Fia della Rema en *De taxonomie van demonen*, door Miris Ovic. Daarnaast lag er nog een menu van het hotel-restaurant en stond er een mandje groene druiven en een karaf rode wijn op een blaadje met twee wijnglazen.

Wayness peuzelde een druif op, schonk zich een half glas rode wijn in en liep het balkonnetje op. Bijna pal beneden zich zag ze een vermolmde oude aanlegsteiger die zachtjes knerpend op de golven van de Adriatische Zee deinde. Een stuk of zes vissersscheepjes lagen er afgemeerd. Daarachter was slechts lucht en zee te zien, met grauwe regensluiers die over het water vaagden. Naar het noorden toe werd het uitzicht ingeperkt tot een vage, donkere streep kust, die aan de gezichtseinder geheel in regen opging. Een paar minuten bleef Wayness daar op haar balkonnetje staan en nam kleine teugjes van de frisse rode wijn. De vochtige wind blies haar in het gezicht en droeg de geur van de kade aan. Dit was de Oude Aarde in een van haar meest waarachtige gedaanten, dacht ze. Nergens zou men tussen de sterren ooit een panorama aantreffen als dit.

De wind was kil. Wayness dronk haar glas leeg, liep de kamer weer in en sloot de balkondeur. Ze nam een bad en trok andere kleren aan: een grijsbruine broek die strak om de heupen zat en vanaf de knie wijd uitliep om bij de enkels weer bijeen te worden genomen. Daarop droeg ze een keurig zwart jakje. Na enig nadenken belde ze Voordewind, en een halfuurtje later kon ze Pirie Tamm bellen op zijn bank.

"Ik zie dat je veilig bent aangekomen," zei Pirie Tamm. "En ben je nog gevolgd?"

"Ik geloof het niet, maar ik kan er niet zeker van zijn."

"En wat nu dan?"

"Ik ga zo de deur uit om die Xantief op te zoeken. Zijn winkel is hier niet ver vandaan. Als ik iets definitiefs te weten kom, bel ik u. Zo niet, dan wacht ik nog even met een telefoontje. Want zelfs al zeg ik niets, dan ben ik toch bang dat ze kunnen nagaan waar ik vandaan bel."

"Hm," bromde Pirie Tamm. "Voor zover ik weet is dat nog niet mogelijk."

"Waarschijnlijk niet. Ik neem aan dat u niets meer van Julian hebt gehoord, of van andere mensen?"

"Van Julian niet, maar er is vanochtend wel een brief van je ouders gekomen. Zal ik hem voorlezen?"

"Ja, alstublieft!"

De brief beschreef Glawens thuiskomst, de val en terechtstelling van Floreste en Glawens vertrek op een eenzame verkenningsreis naar de Shattorak op Ecce; op het moment dat de brief werd geschreven was hij nog niet teruggekomen.

Wayness werd niet veel vrolijker van haar brief. "Ik maak me grote zorgen om Glawen," zei ze tegen Pirie Tamm. "Hij is volslagen roekeloos als hij denkt dat er iets gedaan dient te worden."

"Mag je hem nogal?"

"Nou en of."

"Dan boft hij."

"Lief dat u dat zegt, oom Pirie, maar ik bof net zo goed — als hij het er levend afbrengt."

"Op het ogenblik kan je je beter over jezelf zorgen maken. Ik stel me voor dat Glawen Clattuc het daar helemaal mee eens zou zijn."

"Ja, vast wel, oom Pirie. Goedenacht dan maar."

Wayness liep de trap af naar de hal. Het hotel was druk bezet; mensen liepen af en aan in een gestage stroom, anderen ontmoetten er vrienden. Wayness keek goed om zich heen, maar herkende niemand.

Het was inmiddels drie uur in de middag — een nogal vochtige, nevelige namiddag. Wayness verliet het hotel en wandelde de Weg der

Tien Pantologen op. Dunne nevelslierten dreven over de heuveltop of daalden de helling af. Dampkringels, mist en akelige geuren stegen op uit het Canal Bartolo Seppi. Het landschap was een collage van abstracte vormen in zwart, bruin en grijs.

Wayness werd echter na een tijdje afgeleid uit haar overpeinzingen door een tintelend gevoel achter in haar hals. Zou ze nu toch weer worden geschaduwd? Als dat niet zo was, had ze zich een ergerlijke obsessie eigen gemaakt. Ze bleef abrupt staan en deed of ze belangstelling had voor de etalage van een kaarsenmaker, terwijl ze schuins over haar schouder blikte. Zoals gewoonlijk zag ze niets dat haar verdenkingen staafde.

Nog steeds niet tevreden, draaide ze zich om en liep terug, terwijl ze goed oplette op de mensen die ze tegenkwam. Niemand kwam haar bekend voor—maar toch, die mollige kleine kale man met dat engelachtig roze gezicht, zou die niet een zwarte pruik kunnen hebben gedragen, een valse snor en huidverf, om haar om de tuin te leiden? En die breedgeschouderde jonge toerist met zijn ronde gezicht en zijn lange blonde haar, kon dat eventueel de sinistere jonge lakei zijn die zich Baro noemde? Wayness trok een lelijk gezicht. Tegenwoordig was alles mogelijk en stond de kunst van het vermommen op hoog peil, met rekbare gezichtsmaskers en contactlenzen die niet alleen de kleur maar zelfs de vorm van de ogen konden veranderen. Op herkenning kwam het niet meer zo aan; het enige waaraan je iemand die je schaduwde doorslaggevend kon identificeren, was zijn gedrag.

Wayness besloot de proef op de som te nemen. Ze dook een smal, donker steegje in en verschool zich drie meter verder in een deuropening, waar ze niet gezien kon worden.

De tijd verstreek, vijf minuten, tien minuten... Er gebeurde niets van belang. Niemand kwam het steegje in, niemand wierp er zelfs maar een blik in. Wayness begon zichzelf ervan te verdenken dat haar zenuwen haar parten aan het spelen waren. Ze verliet haar schuilplaats en liep terug naar de Weg der Tien Pantologen. Een lange, magere vrouw met een zwarte japon en zwart haar, dat strak achterover was gekamd in een chignon, stond vlak om de hoek. Ze zag Wayness aankomen, trok ogenblikkelijk schamper haar wenkbrauwen op, snoof, draaide zich met een ruk om en beende ervandoor.

Merkwaardig, dacht Wayness. Maar misschien ook niet. Misschien had de vrouw gedacht dat Wayness het steegje ingelopen was om haar behoefte te doen.

Voor zover Wayness wist, bestond er geen correcte of geaccepteerde methode om een dergelijke misvatting uit de wereld te helpen. Bovendien, als Wayness het gedrag van de vrouw verkeerd had geïnterpreteerd, kon een poging tot uitleg, hoe fijnzinnig verwoord ook, gemakkelijk tot allerlei complicaties leiden.

Wayness verliet de plek dus met zoveel spoed als ze met haar waardigheid in overeenstemming kon brengen.

Een paar honderd meter verder kwam ze aan de samenvloeiing van het Canal Bartolo Seppi en het Canal Daciano. De Weg der Tien Pantologen werd via een brug, de Ponte Orsini, aan de andere kant van het Canal Daciano voortgezet, tot waar hij de Via Malthus kruiste. Wayness sloeg rechtsaf de straat in en liep langzaam langs de huizen. Vijftig meter verder bereikte ze een schemerig winkeltje met een bescheiden bord boven de deur. Op een zwarte ondergrond stond in verbleekte gulden schrijfletters te lezen:

Xantief

ARCANA

De deur was op slot, de winkel was leeg. Wayness deed een stap achteruit en kneep haar lippen op elkaar van ergernis. "Vervloekt nog toe!" mompelde ze voor zich heen. "Denkt-ie nou dat ik dat hele eind ben gekomen om voor zijn deur in de regen te staan?" Want inderdaad, de mist was overgegaan in motregen.

Wayness probeerde door de ruitjes van de deur te kijken maar zag niets. Het was mogelijk dat Xantief even de deur uit was gegaan en zo weer terug zou komen. Ze trok haar schouders op tegen de regen en keek in de etalage van de winkel rechts, die geurballen verkocht met buitenwereldse kruiden. De winkel links had zich gespecialiseerd in medaillons van jade met een doorsnede van zeven tot acht centimeter; of misschien waren het ook wel gespen.

Wayness slenterde de Via Malthus af, tot waar deze uitkwam op de kade. Ze bleef staan en keek achterom. Niemand scheen in haar geïnteresseerd te zijn. Ze liep weer terug en bleef staan voor de winkel die de jade medaillons verkocht. Een bordje op de deur verkondigde:

ALVINA IS AANWEZIG!
Komt u binnen

Wayness duwde de deur open en ging de winkel binnen. Achter een bureau aan de zijkant van de zaak zat een magere vrouw van middelbare leeftijd, met een zwierig vispetje op haar kastanjebruine krullen, die al doorschoten waren met grijs. Ze droeg een zware donkergrijze gebreide trui en een grijze kamgaren rok; met haar heldere grijsgroene ogen nam ze Wayness van ter zijde op. "Ik zie dat je nog maar net in Triëst bent en dat je niet op regen hebt gerekend."

Wayness lachte spijtig. "Ik werd erdoor verrast. Maar ik kwam eigenlijk voor de winkel hiernaast en die is dicht. Weet u wanneer de zaak van meneer Xantief open is?"

"Zeker weet ik dat. Hij opent zijn winkel driemaal in de week, voor niet langer dan drie uur, vanaf middernacht. Hij is vannacht toevallig open, als het je interesseert."

Wayness' mond viel open. "Wat een absurde openingstijden!"

Alvina glimlachte. "Niet als je Xantief eenmaal kent."

"Maar dat is toch niet handig voor zijn clientèle? Of is het pure perversiteit van zijn kant?"

Alvina schudde haar hoofd, nog altijd glimlachend. "Xantief is een man met vele fascinerende karaktertrekjes. En heel toevallig is hij ook een uiterst geslepen handelaar. Hij wendt voor dat hij zijn waren helemaal niet wenst te verkopen, wat natuurlijk het idee wekt dat ze te goed zijn voor de doorsneeklant en dat hij veel te lage prijzen vraagt. Dat laatste is natuurlijk onzin — althans dat denk ik zelf."

"Het is zijn winkel en hij moet uiteraard doen wat hij zelf wil," zei Wayness. "Ook al regenen zijn klanten doornat." Ze dacht dat ze het vrij bedaard had gezegd, maar het gevoelige oor van Alvina had een ondertoon van emotie opgevangen.

"Als het om Xantief gaat is ergernis volkomen zinloos. Hij is een patriciër."

"Ik was niet van plan op te gaan spelen," zei Wayness waardig. "Maar uw raad wordt in dank aanvaard." Ze liep naar de deur en keek naar buiten, maar nu was het pas echt begonnen te regenen.

Alvina scheen geen haast te hebben om haar kwijt te raken en daarom vroeg ze: "Is Xantief hier al lang gevestigd?"

Alvina knikte. "Hij is geboren op een kasteel, tachtig kilometer ten oosten van Triëst. Zijn vader, de drieëndertigste baron, stierf toen Xantief nog een jong geleerde was. Hij vertelde hoe hij aan het sterfbed werd geroepen. De oude baron zei tegen hem: 'Mijn beste Alcide, we hebben lange jaren genoeglijk samen doorgebracht, maar nu is het mijn tijd. Ik sterf met de gelukkige gedachte dat ik jou een erfenis nalaat van onschatbare waarde. Ten eerste je onderscheidingsvermogen en je goede smaak, die vele mensen je zullen benijden. Ten tweede, een ingeboren en instinctieve overtuiging van je eigen waarde, eer en voortreffelijkheid, die samengaan met je waardigheid als vierendertigste baron. Ten derde laat ik je de tastbare bezittingen der baronie na, alle land, pacht en schatten die er zijn, onverminderd en onbelast. Welaan; hoewel mijn heengaan geen aanleiding mag zijn voor boert en jolijt, bind ik je op het hart niet te zeer te treuren, aangezien ik, als ik daar enigszins toe in staat zal blijken te zijn, altijd bij de hand zal blijven om je te behoeden en je te bewaren in nood.' Zo zeggende stierf de oude man en Xantief werd daarmee de vierendertigste baron. Aangezien hij reeds overtuigd was van zijn goede smaak in wijnen, spijzen en vrouwen, en nooit enige twijfel had gekoesterd ten aanzien van zijn eigen waarde en belangrijkheid, was het eerste wat hij deed de tastbare nalatenschap taxeren. Hij ontdekte dat die niet groot was: het vervallen oude kasteel, een paar hectaren kalkrots, vijfentwintig oude olijfbomen en wat geiten.

"Xantief wist met zijn erfenis te woekeren. Hij opende zijn winkeltje met als handelsvoorraad wat kleden, gordijnen, boeken, schilderijen en snuisterijen uit zijn kasteel en sindsdien is het hem niet anders dan voor de wind gegaan. Dat is althans het verhaal dat hij zelf vertelt."

"Hm. U kent hem goed, zo te horen."

"Dat gaat wel. Als hij overdag in de buurt is, komt hij altijd even langs om naar mijn tangletten te kijken. Hij is er zeer gevoelig voor en soms ga ik zelfs zover dat ik hem om advies vraag." Alvina lachte even. "Het is een merkwaardige toestand. Xantief kan de tangletten rustig aanraken om hun kracht te beproeven, maar ik mag dat niet, en jij evenmin."

Wayness draaide zich om en keek naar de glanzende groene gespen — of broches, wat het ook waren — die in de etalage lagen uitgestald, elk op een kleine pedestal die overtrokken was met zwart fluweel. Ze leken allemaal op elkaar en toch was elk stuk weer anders.

"Het zijn prachtige dingen; jade, neem ik aan?"

"Nefriet om precies te zijn. Jade voelt iets anders, wat grover. Deze zijn kil en vettig glad, net groene boter."

"Waar dienen ze voor?"

"Deze dienen voor de verkoop aan verzamelaars," zei Alvina. "Alle authentieke tangletten zijn antiek en buitengewoon kostbaar, aangezien nieuwe tangletten alleen maar namaak kunnen zijn."

"Waar dienden ze van oorsprong dan voor?"

"Om te beginnen waren het haarsieraden, die gedragen werden door krijgers op een of andere verre wereld. Wanneer een krijger een tegenstander doodde, nam hij hem de gesp af en droeg die in het vervolg aan de schedelstreng in zijn haren. Op die manier werden tangletten trofeeën. De tangletten van een held zijn nog meer dan dat; het zijn talismannen. Er zijn honderden verschillende uitvoeringen en kwaliteiten en bijzondere benamingen en het kan een fascinerend onderwerp zijn, als je je iets van de achterliggende kennis eigen maakt. Er is maar een beperkt aantal authentieke tangletten, ondanks alle inspanningen van de vervalsers, en elk is beschreven in een dossier, met naam en toenaam en afkomst en voetnoten. Alle tangletten zijn kostbaar, maar de verhevenste zijn letterlijk onbetaalbaar. Een heldenstreng met zes tangletten is zó vervuld van mana, dat de vonken er bijna afspringen. Ik moet dus heel voorzichtig zijn. Een enkele aanraking verzuurt de straling en doet het mana schiften."

"Pfoe!" zei Wayness. "En wie zou het verschil zien?"

"Een kenner zou het zien, en wel ogenblikkelijk. Ik zou je er verhalen van kunnen vertellen, uren achtereen." Alvina sloeg haar blik naar de zoldering. "Ik zal je er eentje vertellen, over de beroemde tanglet 'Twaalf Kanaw'. Een verzamelaar genaamd Jadoukh Ibrasil had jarenlang gevlast op Twaalf Kanaw. Na vele gecompliceerde onderhandelingen kon hij Twaalf Kanaw eindelijk de zijne noemen. Diezelfde avond zag zijn schone echtgenote Dilre Lagoum de tanglet en schikte hem in volstrekte onschuld in haar kapsel en ging ermee naar een feest. Jadoukh Ibrasil voegde zich daar bij zijn echtgenote, complimenteerde haar met haar schoonheid en zag toen de tanglet in haar haren. Ooggetuigen verhalen dat hij zo bleek werd als een doek. Hij wist ogenblikkelijk wat hem te doen stond. Hoffelijk nam hij Dilre Lagoum bij de arm, voerde haar de tuin in en sneed haar tussen de hortensia's de keel af. Toen doorstak hij zichzelf. Dit verhaal hoort men doorgaans alleen onder verzamelaars. Algemeen is men van mening dat Jadoukh Ibrasil het enige deed wat hem mogelijk was. Vanaf dit punt wordt de discussie metafysisch. Wat denk jij ervan?"

"Ik weet het niet zo goed," zei Wayness voorzichtig. "Misschien zijn alle verzamelaars gewoon krankzinnig."

"Ja, nu ja, dat is een waarheid als een koe!"

"Het lijkt mij dat het zenuwslopend moet zijn om te midden van voorwerpen met een dergelijke uitstraling te werken."

"Soms wel," gaf Alvina toe. "Ik merk echter dat de hoge prijzen die ik vraag een grote troost zijn." Alvina stond op. "Ik kan je wel een vervalsing laten betasten, als je wilt. Daar kun je geen kwaad mee."

Wayness schudde haar hoofd. "Liever niet. Ik heb wel wat beters te doen dan met vervalsingen om te gaan."

"Dan zet ik een pot thee voor ons tweeën — tenzij je haast hebt?"

Wayness keek uit het raam en zag dat de regen althans voorlopig was opgehouden. "Nee, dank u wel. Ik denk dat ik ervan profiteer zolang het nog droog is en gauw terugga naar mijn hotel."

2

Wayness bleef buiten voor Alvina's winkel een ogenblik staan kijken. Boven de Adriatische Zee waren bundels zonlicht door de wolken gebroken. In de Via Malthus rook het naar vochtige stenen en de luchtjes uit de gracht en de alomtegenwoordige geur van de zee. Langs de gracht liep een oude man met een rode gebreide muts waarvan de staart over zijn schouders hing, met een klein wit hondje aan de lijn. Schuin aan de overkant stond een oude vrouw in de deuropening van haar huis te praten met een andere oude vrouw op de stoep. Ze droegen zwarte japonnen en kanten hoofddoeken; al pratend keerden ze zich om en keken afkeurend naar de oude man, die langzaam en met stijve benen zijn hondje uitliet. Het leek of ze hem minachtten om redenen die Wayness' begrip te boven gingen. Geen van drieën kon ze als gevaarlijk beschouwen. Ze liep snel de Via Malthus uit en sloeg linksaf de Weg der Tien Pantologen in, steeds onopvallend achter zich kijkend. Ze bereikte hotel Sirenuse zonder dat er iets voorgevallen was en ging regelrecht naar haar kamer.

De ondergaande zon had de meeste wolken verjaagd en hier en daar het grauw en grijszwart in het landschap omgetoverd in wit. Wayness stond een paar minuten te kijken op haar balkonnetje, ging toen de kamer weer binnen en plofte in een makkelijke stoel om na te denken over wat ze te weten was gekomen. Het meeste was weliswaar interessant, maar had weinig te maken met haar voornaamste zorg. Ze betrapte zich erop dat ze indommelde en liep struikelend naar haar bed toe om een dutje te doen.

De tijd verstreek. Wayness ontwaakte geschrokken en ontdekte dat het al halverwege de avond was. Ze trok haar bruine pakje aan en liep de trap af naar het restaurant. Daar bestelde ze een schaal goulash en een salade van rodekool en kropsla, met daarbij een halve karaf van de zachte rode plaatselijke wijn.

Ze verliet de eetzaal en nam plaats in een hoekje van de hotelhal, waar ze voorwendde een tijdschrift te lezen, terwijl ze intussen het komen en gaan der gasten in de gaten hield.

Middernacht kwam steeds dichterbij. Om tien over halftwaalf stond Wayness op, liep de deur uit en keek de straat af.

Alles was stil en de nacht was donker. Een paar straatlantaarns stonden op ongeregelde afstand van elkaar in eilandjes van hun eigen bleke schijnsel. Op de heuvel had een ijle mist duizend andere lichtjes gedempt, zodat het niet meer leken dan vonkjes. Op de Weg der Tien Pantologen was geen mens te bekennen, voor zover Wayness kon zien. Toch aarzelde ze nog en liep het hotel weer binnen. Bij de balie sprak ze de nachtreceptioniste aan, een jonge vrouw die niet veel ouder was dan zijzelf. Ze probeerde haar vraag heel achteloos te laten klinken. "Ik moet zo dadelijk de deur uit voor een zakelijke afspraak. Is het hier wel veilig op straat?"

"De straat is de straat. Iedereen maakt er gebruik van. Het gezicht dat u aankijkt kan dat van een maniak zijn of dat van uw vader. Men zegt dat het in sommige gevallen hetzelfde gezicht is."

"Mijn vader is hier heel ver vandaan," zei Wayness. "Ik zou werkelijk heel verbaasd zijn als ik hem in Oud-Triëst op straat tegenkwam."

"In dat geval loopt u meer kans tegen een maniak op te lopen. Mijn moeder maakt zich grote zorgen wanneer ik 's nachts over straat ga. 'Geen mens is meer veilig,' zegt ze. 'Zelfs niet in je eigen keuken. Vorige week nog heeft de loodgieter die de gootsteen kwam repareren je grootmoeder beledigd!' Ik zei dat grootmoeder de volgende keer dat de loodgieter moet komen, maar de straat op moet gaan, in plaats van in de keuken te blijven lummelen."

Wayness maakte aanstalten bij de balie weg te lopen. "Ik moet het dus maar afwachten," zei ze.

"Ogenblikje," zei het meisje. "U bent niet op de goede wijze gekleed. Wanneer een meisje belust is op spannende gebeurtenissen gaat ze met onbedekt hoofd."

"Het laatste waar ik op uit ben is iets spannends," zei Wayness. "Hebt u niet een sjaal of zo, die ik een uurtje kan lenen?"

"Ja, natuurlijk." Het meisje diepte een wollen zwartgroen geblokte sjaal voor Wayness op. "Dat moet voldoende zijn. Verwacht u laat terug te komen?"

"Ik denk van niet. Degeen die ik nodig heb is alleen om middernacht te spreken."

"Goed. Dan blijf ik tot twee uur op u wachten. Als u later terugkomt moet u maar aanbellen."

"Ik zal proberen vroeg terug te zijn."

Wayness knoopte de hoofddoek om en toog op weg. De nachtelijke straten van Porto Vecchio in Oud-Triëst bevielen Wayness niets. Er klonken geluiden achter de dichtgetrokken overgordijnen, die sinistere dingen leken te beduiden, hoewel ze vrijwel onhoorbaar waren. Op het punt waar de weg het Canal Daciano overstak, stond een lange vrouw in een zwarte japon op de Ponte Orsini. Een kille rilling liep Wayness over de rug. Was dit dezelfde vrouw die haar eerder die dag zo woedend had aangekeken? Had ze misschien besloten dat Wayness uitgebreider diende te worden bestraft?

Maar het was dezelfde vrouw niet en Wayness moest wat beverig lachen om zichzelf, dat ze zoiets dwaas had gedacht. De vrouw die op de brug stond was zachtjes aan het zingen. Zo zachtjes dat Wayness, die even stilstond om te luisteren, het amper kon horen. Het was een lief, weemoedig wijsje en Wayness hoopte maar dat de ondertoon van verdriet niet eeuwig in haar herinnering zou blijven steken.

Ze sloeg de Via Malthus in, terwijl ze beduchter dan ooit achterom bleef kijken. Voor ze Xantiefs zaak had kunnen bereiken, kwam er een man in een mantel met een capuchon met soepele, lichtvoetige tred om de hoek met de Weg der Tien Pantologen. Hij bleef staan, keek de Via Malthus af en kwam toen Wayness achterna.

Terwijl het hart haar in de keel klopte, holde Wayness naar de winkel van Xantief. Ze zag een zwakke lamp branden achter de etalageruit en duwde tegen de deur. Die was op slot. Ze gaf een kreet van ontzetting en probeerde de deur opnieuw, bonsde op het glas en gaf een ruk aan de trekbel. Ze keek achterom. Met lichte, verende tred kwam de lange man de Via Malthus af. Wayness drukte zich met haar rug tegen de deur en kromp ineen in de schaduw. Haar knieën werden slap, ze voelde zich als verlamd, een dier in de val. Achter haar ging de deur open. Ze keek en zag een man met wit haar, tenger gebouwd en niet erg lang, maar recht van rug en volkomen kalm. Hij deed een stap opzij en Wayness viel struikelend bijna letterlijk de winkel binnen.

De man met de capuchon beende met lichte tred voorbij, zonder zelfs maar opzij te kijken. En weg was hij, de Via Malthus af, het duister in.

Xantief deed de deur dicht en schoof een stoel naar voren. "Je bent van streek; waarom ga je niet even zitten om op verhaal te komen?"

Wayness viel slap op de stoel neer. Na een poosje was ze echter weer wat bijgekomen en besloot dat ze nu wel iets diende te zeggen. Waarom niet gewoon de waarheid? Die voldeed altijd en had het voordeel dat ze niets behoefde te verzinnen. Ze zei, en merkte tot haar verrassing dat haar stem nog beefde: "Ik was bang."

Xantief knikte hoffelijk. "Ik was tot dezelfde slotsom gekomen — ongetwijfeld echter op andere gronden dan jij."

Wayness moest er even over nadenken, maar moest dan toch lachen, hetgeen Xantief plezier leek te doen. Ze ging rechter zitten op haar stoel en keek de winkel rond; het leek meer de salon van een woonhuis dan een zaak, dacht ze. Wat dat 'arcana' dat Xantief verhandelde ook mocht inhouden, het stond in elk geval niet uitgestald. Xantief zelf kwam helemaal overeen met het beeld dat Wayness zich op grond van Alvina's verhaal van hem had gevormd. Hij had een aristocratische inslag, was hoffelijk en vormelijk en bezat een heldere, bleke huid, een fijnbesneden gezicht met een scherpe neus, en zacht wit haar dat zo was geknipt dat het net zijn gezicht omlijstte. Hij kleedde zich zonder grote opschik en droeg een soepel kostuum van zachte zwarte stof, een wit overhemd en een miniem toefje mosgroene kravat.

"Je angst schijnt althans voor het ogenblik bedwongen te zijn," meende Xantief. "Wat was de aanleiding, als ik vragen mag?"

"Dat is heel eenvoudig," zei Wayness. "Ik was bang voor de dood."

Xantief knikte. "Velen hebben die angst met je gemeen. Slechts weinigen, echter, komen te middernacht mijn zaak binnenrennen om mij daarvan op de hoogte te stellen."

Langzaam en duidelijk, alsof ze het tegen een kind had dat wat langzaam was van begrip, zei Wayness: "Dat is niet de reden dat ik u kwam opzoeken."

"Aha! Je bent hier dus niet bij toeval?"

"Nee."

"Laten we dan nog een stap verder gaan. Je bent niet, om het zo maar eens uit te drukken, een aan lagerwal geraakte, een naamloze verschoppeling?"

Wayness zei waardig: "Ik begrijp niet wat u door het hoofd speelt. Mijn naam is Wayness Tamm."

"Aha! Dat verklaart alles! Je moet me mijn behoedzaamheid niet euvel duiden. In Oud-Triëst is er nimmer gebrek aan verbazingwekkende voorvallen, nu eens ongerijmd, dan weer tragisch. Na een bezoek als het jouwe, op zo'n onconventioneel tijdstip, kan het bijvoorbeeld voorkomen dat de heer des huizes ontdekt dat er een zuigeling in een mandje in het perceel is achtergelaten."

Wayness zei kil: "Wat dat betreft behoeft u zich geen zorgen te maken. Ik ben alleen op dit uur gekomen omdat dat het tijdstip is waarop u verkiest zaken te doen."

Xantief boog. "Ik voel me gerustgesteld. Je naam is Wayness Tamm?

Hij past bij je. Wees zo goed en verwijder die bespottelijke stofdoek of vliegenmepper of kattendeken — wat het ook mag zijn dat je daar bij wijze van sjaal draagt. Daar, dat is veel beter! Mag ik je een likeur inschenken? Nee? Thee dan? Een kopje thee!" Xantief nam haar van terzijde op. "Je bent een buitenwereldse, meen ik."

Wayness knikte. "En ik ben, wat meer ter zake doet, lid van het Genootschap van Natuurkenners. Mijn oom, Pirie Tamm, is de secretaris."

"Het Genootschap van Natuurkenners is mij bekend," zei Xantief. "Ik meende dat het echter allang tot het verleden behoorde."

"Nog niet helemaal." Wayness zweeg even en dacht na. "Als ik u de hele zaak uiteenzet, zitten we hier nog uren. Ik zal proberen kort te zijn."

"Dank je," zei Xantief. "Ik ben niet zo'n goede toehoorder. Ga verder."

"Een hele tijd geleden — van de precieze datum ben ik niet helemaal zeker — heeft de toenmalige secretaris, genaamd Frons Nisfit, Genootschapseigendommen van de hand gedaan en de opbrengst in eigen zak gestoken.

"Het Genootschap doet nu pogingen weer actief te worden en daartoe hebben we een aantal van die ontvreemde documenten nodig. Ik heb ontdekt dat u ongeveer twintig jaar geleden een hoeveelheid materiaal van het Genootschap aan graaf Raul de Flamanges hebt verkocht. Dat is in het kort de reden voor mijn komst."

"Ik herinner me die transactie wel," zei Xantief. "En verder?"

"Ik vroeg me af of u mogelijk in het bezit was van ander materiaal van het Genootschap, bijvoorbeeld documenten die betrekking hebben op het reservaat Cadwal."

Xantief schudde zijn hoofd. "Geen snipper. Het was op zich al een hoge uitzondering dat ik bij deze transactie betrokken was."

Wayness liet zich ontmoedigd achterover zakken.

"Misschien kunt u me dan vertellen hoe u aan die documentatie kwam, zodat ik mijn naspeuringen kan voortzetten."

"Zeker. Zoals ik al zei, was dit niet het soort materiaal waarmee ik me gemeenlijk bezighoud. Ik heb de documenten alleen afgenomen om ze te kunnen overdoen aan graaf Raul, die ik beschouwde als een menslievend mens, een heer in de ware zins des woords en ja, als een persoonlijk vriend. Hier is je thee."

"Dank u wel. Waarom lacht u nu?"

"Omdat je zo buitensporig serieus doet."

Wayness knipperde met haar ogen, maar de tranen werden haar te machtig. Ze wilde wel dat ze veilig thuis zat op Rivierstate, dat ze knus in haar eigen bed lag. Het was een beeld dat haar helemaal week maakte en haar zelfbeheersing bijna doorbrak.

Xantief was naast haar komen staan en bette nu haar wangen met een fijn zakdoekje dat geurde naar lavendel. "Vergeef me, ik ben doorgaans niet zo ongevoelig. Het is duidelijk dat je onder grote spanning leeft."

"Ik ben bang dat ik gevolgd ben — door levensgevaarlijke lieden. Ik heb mijn best gedaan ze niet naar dit adres te leiden, maar ik kan er niet zeker van zijn dat me dat gelukt is."

"Hoe kom je erbij dat je gevolgd wordt?"

"Net toen u de deur opendeed kwam er een man voorbij. Hij droeg een mantel met een capuchon. U moet hem hebben gezien."

"Welzeker. Die komt hier elke nacht voorbij rond deze tijd."

"U kent hem?"

"Goed genoeg om te weten dat hij jou niet volgde."

"Maar ik voel overal ogen die me gadeslaan, ik voel tintelingen in mijn nek."

"Het kan zijn," zei Xantief. "Ik heb in mijn tijd heel wat vreemde verhalen gehoord. Maar..." Hij haalde zijn schouders op. "Als de mensen die je volgen amateurs zijn, zou je ze gemakkelijk moeten kunnen afschudden. Als het beroeps zijn, kun je ze misschien ontlopen en misschien ook niet. Als het toegewijde deskundigen zijn, dan zend je huid gecodeerde impulsen uit op een bepaalde golflengte. Dan word je omringd door zwevende gluurcellen, niet groter dan een druppel water. En als je probeert ze te ontlopen door snel in een ondergrondse trein te duiken, hebben ze zich al aan je kleding gehecht."

"Dan zijn er misschien op dit moment gluurcellen hier in de winkel!"

"Dat denk ik niet," zei Xantief. "Met het oog op mijn eigen zaken ben ik dikwijls genoopt voorzorgsmaatregelen te nemen; ik heb dan ook instrumenten geïnstalleerd die me ogenblikkelijk zouden waarschuwen voor dit soort kinderlijkheden. Het is meer dan waarschijnlijk dat je lijdt aan zenuwuitputting en je daardoor muizenissen in het hoofd haalt."

"Ik hoop het."

"Goed, dan nu de wijze waarop ik betrokken raakte bij de verkoop van die Genootschapsdocumentatie. Dat is op zichzelf al een vreemd verhaal. Heb je toevallig gelet op de winkel hiernaast?"

"Ik heb met Alvina gesproken; zij was het die me vertelde op welke tijd u zaken deed."

"Twintig jaar geleden werd ze benaderd door een zekere heer, genaamd Adrian Moncurio, die haar een partij van veertien tangletten wilde verkopen. Alvina haalde er experts bij, die vaststelden dat de tangletten niet alleen authentiek, maar van groot gewicht waren. Alvina nam ze dus graag in consignatie. Moncurio, die min of meer een avonturier schijnt te zijn geweest, vertrok op zoek naar nieuwe handelswaar. Na een tijdje kwam hij terug met nog eens twintig tangletten. Deze werden echter door de experts als vervalsingen aan de kaak gesteld. Moncurio trachtte Alvina te overbluffen, maar ze weigerde ze voor hem te verkopen. Moncurio griste zijn valse talismans bij elkaar en verliet Triëst, voor de Tangletvereniging tegen hem kon optreden.

"Een tijdlang hoorde men niets meer van Moncurio, maar gedurende die periode bleek hij zich te hebben voorgedaan als een oude, half seniele handelaar in tweedehands rommel en zijn vervalsingen te hebben verkocht aan onervaren verzamelaars, die meenden een oud warhoofd te slim af te zijn. Voor de Tangletvereniging kon ingrijpen, waren alle twintig tangletten verkocht. Moncurio is sindsdien niet meer gezien."

"Maar hoe zit het met de documenten van het Genootschap?"

Xantief maakte een kalmerend gebaar. "Toen Moncurio Alvina de eerste keer benaderde, wilde hij haar ook materiaal van het Genootschap van Natuurkenners verkopen. Ze verwees hem naar mij. Ik was alleen in het materiaal geïnteresseerd dat betrekking had op graaf Raul, maar Moncurio wilde het uitsluitend in zijn geheel verkopen, of helemaal niet. Ik heb toen het hele pakket overgenomen, tegen een nominaal bedrag, en het vervolgens voor hetzelfde bedrag overgedaan aan graaf Raul."

"En u hebt niets aangetroffen dat met de planeet Cadwal van doen had? Geen Handvest, bijvoorbeeld, geen certificaat van overdracht, geen Eigendomsakte?"

"Niets van dien aard."

Wayness liet zich andermaal ontmoedigd terugzakken op haar stoel. Na een poosje vroeg ze: "Heeft Moncurio iets over de oorsprong van het materiaal gezegd? Waar hij het opgedaan had? Wie het hem verkocht had?"

Xantief schudde zijn hoofd. "Niets bepaalds, voor zover ik me herinner."

"Ik vraag me af waar hij kan zijn."

"Moncurio? Ik heb geen idee. Als hij nog op Aarde is, houdt hij zich gedekt."

"Als Alvina hem het geld voor die eerste veertien tangletten heeft overgemaakt, moet ze een adres hebben gehad om het heen te sturen."

"Hm. Als dat zo is, dan heeft ze toch de vereniging daar niet van in kennis gesteld — maar misschien meende ze dat die informatie daarvoor te vertrouwelijk was." Xantief dacht een ogenblik na. "Ik kan weleens met haar praten, als je wilt. Misschien dat ze ervoor terugschrikt het jou te vertellen, maar het aan mij wel kwijt wil."

"O, alstublieft!" Wayness sprong overeind en riep opgewonden: "Ik zou u graag alles vertellen, maar vooral dit: als ik faal, zal Cadwal onder de voet gelopen worden en zal er van het reservaat niets overblijven."

"Aha," zei Xantief. "Ik begin het te begrijpen. Ik zal Alvina meteen bellen; ze maakt er ook dikwijls nachtwerk van, net als ik." Hij raapte de groen met zwarte sjaal op en strikte die om Wayness' hoofd. "Waar logeer je?"

"Hotel Sirenuse."

"Goedenacht dan. Als ik iets nuttigs te weten kom, laat ik het je ogenblikkelijk weten."

"Dank u zeer!"

Xantief deed de deur open. Wayness stapte naar buiten. Xantief keek de straat af. "Alles oogt kalm. Doorgaans zijn de straten op dit uur van de nacht wel veilig; ordentelijke dieven liggen dan allang op een oor."

Snel liep Wayness de Via Malthus af. Op de hoek keek ze nog eens om en zag Xantief staan wachten. Ze stak haar hand op en zwaaide ten afscheid en sloeg toen de Weg der Tien Pantologen in.

De nacht leek nu nog donkerder dan daarstraks. Op de Ponte Orsini stond de vrouw in het zwart niet langer haar zachte liedje te zingen. De lucht had iets kils in zich, naast alle zompige geuren van het oude Triëst.

Wayness zette er stevig de pas in; haar schoenen tikten energiek op het plaveisel. Van achter een stel vergrendelde ijzeren luiken klonk het gemompel van zachte stemmen en een ondertoon van smartelijk snikken. Wayness' voetstappen aarzelden een ogenblik, haastten zich toen weer verder. Ze kwam aan een donkere schaduwplek: de ingang van een smal steegje dat afdaalde naar de kade. Toen Wayness erlangs liep kwam er een man uit de schaduwen tevoorschijn, een lang iemand met donkere kleren en een slappe zwarte hoed. Hij greep Wayness bij haar schouders en sleurde haar het steegje in. Ze deed haar mond open om te gillen; hij sloeg zijn hand voor haar mond. Haar knieën weigerden dienst; struikelend werd ze verder het steegje in gesleurd waarbij hij haar moest ondersteunen. Ze begon zich te verweren, te bijten; hij zei zonder enig blijk van emotie: "Hou op, anders moet ik je pijn doen."

Wayness liet haar hele lichaam slap worden; toen rukte ze zich met de moed der wanhoop los en ging er zo snel ze kon vandoor. Ze kon nergens heen, alleen nog dieper het steegje in. Opzij zag ze een deur die toegang gaf tot een achtertuin. Ze schoot naar binnen, knalde de deur achter zich dicht en schoof de grendel erop, net op het moment dat haar achtervolger zich ertegenaan wierp. De deur rammelde en kraakte. Opnieuw beukte hij er met zijn schouder tegenaan; het was een wrakke deur die hem zeker niet buiten zou houden. Wayness greep een lege urn van een tafel die kennelijk werd gebruikt om planten te verpotten. De man wierp zich voor de derde keer tegen de deur, die openvloog; hij stormde de tuin in. Wayness sloeg hem op z'n hoofd met de pot; hij wankelde en zakte in elkaar. Ze gooide de tafel over hem heen en weg was ze, de steeg uit, zo snel als haar benen haar dragen wilden. Bij de Weg gekomen keek ze om; haar aanvaller was nog niet tevoorschijn gekomen.

Op een drafje liep ze verder naar haar hotel; op een meter of dertig voor de ingang hield ze in en ging verder in snelle wandelpas.

In de deuropening bleef Wayness nog even staan om de Weg der Tien Pantologen af te speuren en ook om op adem te komen. Het gebeuren begon nu pas in volle omvang tot haar door te dringen. Ze besefte dat ze van haar leven nog niet zo geschrokken was, hoewel ze op het moment zelf weinig emotie had gevoeld, alleen een felle uitgelatenheid op het moment dat ze de pot had voelen neerkomen. Ze huiverde, gegrepen door een mengeling van tegenstrijdige gevoelens.

En toen huiverde ze opnieuw, maar nu van de kou. Ze liep het hotel binnen en ging naar het meisje achter de balie. Die glimlachte haar toe. "U bent mooi op tijd terug." Ze keek Wayness benieuwd aan. "Hebt u hard gelopen?"

"Ja, een beetje," zei Wayness, terwijl ze haar best deed haar ademhaling weer in bedwang te krijgen. Ze keek achterom. "Om eerlijk te zijn ben ik een beetje geschrokken."

"Dat is onzin," zei het meisje. "Er is daar niets om bang voor te zijn, vooral niet als u de hoofddoek op de juiste manier draagt."

De sjaal was van Wayness' hoofd gegleden en hing nu als een soort halsdoek om haar nek. "Volgende keer zal ik beter opletten," zei Wayness. Ze knoopte de sjaal los en gaf hem aan het meisje terug. "Hartelijk dank."

"Graag gedaan, hoor."

Wayness ging naar haar kamer. Ze deed de grendel op de deur en trok de overgordijnen dicht. Toen ging ze in de luie stoel zitten nadenken over de episode in het steegje. Was het een ongerichte poging tot aanranding geweest of een aanval gericht op lijf en leden van Wayness Tamm? Voor geen van beide mogelijkheden was doorslaggevend bewijs voorhanden, maar haar intuïtie liet zich hierdoor niet hinderen. Of misschien was er toch wel sprake van bewijs — op onderbewust niveau. Het timbre van zijn stem was haar bekend voorgekomen. En tenzij ze het zich had ingebeeld, verspreidde hij een nauw merkbare geur, een parfum van varens en viooltjes en misschien een aantal buitenwereldse essences. En zijn lichaam had krachtig en jong aangevoeld.

Verder wilde Wayness liever maar niet denken — niet op dit moment.

Vijf minuten gingen voorbij. Wayness stond op en begon zich uit te kleden. Toen ging de telefoon. Wayness bleef ernaar staan kijken. Wie kon haar nu bellen, op dit uur van de nacht? Langzaam liep ze erheen en vroeg, zonder het scherm in te schakelen: "Wie is daar?"

"Alcide Xantief."

Wayness ging zitten en zette het scherm aan. Xantief zei: "Ik hoop dat ik je niet stoor?"

"Natuurlijk niet!"

"Ik heb met Alvina gesproken. Je hebt een goede indruk op haar gemaakt. Ik heb haar uitgelegd dat haar hulp een verdienstelijke zaak ten goede zou komen — al was het maar het geluk van een lang niet onaardig persoontje genaamd Wayness Tamm. Ze wil voor je doen wat ze kan, als je morgen om twaalf uur naar haar winkel komt."

"Dat is heel goed nieuws, meneer Xantief!"

"Voor je je verwachtingen al te hoog stelt: ze zei dat ze van Moncurio's huidige verblijfplaats niet op de hoogte is. Ze heeft alleen het adres dat hij haar een paar jaar geleden heeft gegeven."

"Alles is beter dan niets."

"Precies. Dan wens ik je nu nogmaals een goede nacht. Dit zijn de uren waarop ik zaken doe, zoals je weet, en ik hoor dat er alweer een klant op me wacht."

3

De volgende ochtend ontwaakte Wayness, terwijl de zon straalde boven de Adriatische Zee. Het ontbijt werd haar op haar kamer gebracht door een van de blauwgeüniformeerde piccolo's, een ondermaatse jongeman genaamd Felix. Na hem eens steels te hebben opgenomen, besloot Wayness dat Felix haar goed van pas zou kunnen komen. Hij was handig en vlug, en bezat sluik zwart haar en felle zwarte ogen in een mager, gewiekst gezicht. Hij stemde er grif mee in Wayness alle diensten te verlenen die ze van hem mocht vragen en om hun overeenkomst te bezegelen gaf ze hem alvast een sol.

"Om te beginnen," zo zei ze, "moeten onze afspraken strikt geheim blijven. Niemand mag ervan weten, dat is heel erg belangrijk!"

"Geen zorg!" verklaarde Felix. "Zo doe ik mijn zaken gewoonlijk! Ik sta bekend als de wandelende discretie!"

"Mooi zo! Dan moet je eerst maar het volgende voor me doen." Ze stuurde Felix naar de winkeltjes langs de havenkade. Al gauw kwam hij terug met een oude jopper, een grijs werkmanshemd, een werkbroek, sandalen met rubberzolen en een visserspet.

Wayness schoot haar nieuwe kleren aan en bekeek zich in de spiegel. Ze was niet erg overtuigend als ouwe zeebonk, maar in elk geval zag ze er ook niet meer uit als zichzelf, vooral niet toen ze haar huid donkerder had gemaakt met wat make-up.

Felix was dezelfde mening toegedaan. "Ik weet niet precies wat u nu moet voorstellen, maar u ziet er gegarandeerd niet meer uit zoals eerst."

Om halftwaalf die ochtend bracht Felix haar langs de diensttrap naar het souterrain van het hotel en vervolgens via een vochtige ondergrondse gang naar een stenen trap, die aan het eind werd afgesloten door een zware houten deur. Felix maakte de deur open en toen ging het nog verder omlaag, tot ze met een sprongetje op een keienstrandje belandden aan de buitenkant van de zeewering, aan de voet van de kade, met amper vijf meter verderop het water van de Adriatische Zee.

Ze liepen ongeveer honderd meter langs de zeewering en bereikten toen een ladder waarlangs ze op de kade konden klimmen. Felix wilde alweer teruggaan, maar Wayness protesteerde. "Nu nog niet! Ik voel me veiliger als jij met me meeloopt."

"Dat is een waandenkbeeld," zei Felix. Hij keek achterom. "Niemand heeft ons gevolgd; en als iemand ons wel zou volgen en ongenoegen zou veroorzaken, dan zou ik waarschijnlijk meteen weglopen, want ik ben een lafaard."

"Ga toch maar mee," zei Wayness. "Ik verwacht heus niet dat je je leven veil hebt voor wat ik je wil betalen. Maar ik bekijk het zo: als we worden overvallen en allebei hard een andere kant uitlopen, dan is mijn kans om het er levend vanaf te brengen tweemaal zo groot, als wanneer ik alleen ben."

"Hm!" zei Felix. "U bent nog meedogenlozer dan ik! Als ik meega verwacht ik wel een sol extra voor gelopen gevaren."

"Dat is goed."

Waar de Via Malthus op de kade uitkwam lag een eethuisje ten dienste van havenarbeiders, vissers en ieder die behoefte gevoelde aan vissoep, mosselen of een gebakken visje. Opnieuw stond Felix te popelen om terug te gaan, maar opnieuw wilde Wayness er niet van horen. Ze gaf hem zorgvuldige instructies.

"Je moet op de Via Malthus naar een winkel gaan met groene gespen in de etalage."

"Die ken ik wel. De eigenares is een halvegare vrouw die Alvina heet."

"Ga de winkel in en zeg tegen Alvina dat Wayness Tamm op haar wacht in het eethuisje. Zorg dat niemand anders kan horen wat je zegt. Als ze haar winkel niet alleen kan laten, breng dan een boodschap mee terug."

"Eerst mijn geld."

Wayness schudde haar hoofd. "Ik ben ook niet van gisteren. Je krijgt je geld wanneer je terugkomt met Alvina."

Felix vertrok. Tien minuten verstreken. Alvina kwam het eethuis binnen, gevolgd door Felix. Wayness had in een hoekje plaatsgenomen en zag Alvina verwonderd in het rond kijken. Felix bracht haar naar het tafeltje in de hoek, Wayness keerde Felix drie sol uit. "Je rept hier met niemand over," zei ze tegen hem. "En laat de deur aan de voet van de trap open, zodat ik langs dezelfde weg terug kan naar het hotel."

Felix vertrok, bepaald niet ontevreden met zichzelf. Alvina nam Wayness op met koele blik. "Je neemt wel uitgebreide voorzorgen; je bent alleen de zwarte baard vergeten."

"Daar had ik niet aan gedacht."

"Doet er niet toe. Ik zou je zo nooit herkend hebben."

"Dat hoop ik van harte. Gisteravond, toen ik terugkwam van Xantief, ben ik op straat overvallen. Ik wist op het nippertje te ontkomen."

Alvina trok haar wenkbrauwen op. "Dat is kras!"

Wayness vroeg zich af of Alvina haar wel serieus nam. Misschien vond ze de vermomming overdreven dramatisch.

Een kelner met een wit schort vol vlekken kwam naar hun tafeltje. Alvina bestelde een kom rode vissoep en Wayness volgde haar voorbeeld.

Alvina zei: "Ik vraag me af of je me de achtergrond van je speurtocht uiteen zou willen zetten."

"Jawel. Het is zo, dat het Genootschap van Natuurkenners duizend jaar geleden de planeet Cadwal ontdekte en die zo mooi vond, en in bepaalde opzichten zo aantrekkelijk, dat ze besloten die hele wereld voor eeuwig tot natuurreservaat te bestemmen, om haar te behoeden voor uitbating door de mens. Op het ogenblik verkeert het reservaat in groot gevaar, en dat allemaal omdat een vroegere secretaris allerlei documenten van het Genootschap aan antiquariaten heeft verkocht, waaronder de Eigendomsakte van Cadwal en het oorspronkelijke Handvest. De documenten zijn verdwenen en niemand weet waar ze zijn. Maar als ze niet worden teruggevonden, kan het Genootschap het eigendomsrecht van Cadwal kwijtraken."

"En wat heb jij met dit alles te maken?"

"Mijn vader is de Conservator van Cadwal; hij woont op Station Araminta. Mijn oom Pirie is secretaris van het Genootschap hier op Aarde, maar hij is invalide en er is verder niemand anders die kan doen wat nodig is. Er jagen ook andere lieden achter de Eigendomsakte aan; sommigen zijn ronduit slecht, anderen zijn alleen maar warhoofdig, maar ook die willen de reservaatstatus doorbreken en daarom zijn ze mijn vijanden. Ik geloof dat een van hen me heeft weten te volgen naar Triëst, ondanks al mijn inspanningen. Ik vrees voor mijn leven en ik vrees voor Cadwal, dat zo kwetsbaar is. Als ik de documenten niet vind, is het met het natuurbehoud op Cadwal gedaan. Ik kom steeds dichter bij mijn doel. Mijn vijanden weten dat en zullen me doden zonder het minste gewetensbezwaar; en ik ben nog niet bereid om dood te gaan."

"Dat kan ik me indenken." Alvina trommelde met haar vingers op het tafelblad. "Je hebt het nieuws dus nog niet gehoord?"

Wayness keek angstig op. "Welk nieuws?"

"Xantief is vannacht vermoord. Ze hebben hem vanochtend in het kanaal gevonden."

De tijd stond stil. Alles werd wazig, Wayness zag alleen nog Alvina's grijsgroene ogen. Ten slotte wist ze stamelend uit te brengen; "Wat verschrikkelijk! Ik had er geen idee van — dat is mijn schuld, natuurlijk! Ik heb ze de weg naar Xantief gewezen!"

Alvina knikte. "Zo kan het gebeurd zijn, ja. Of misschien ook niet; wie zal het zeggen? Het maakt uiteindelijk geen verschil."

Na een poosje zei Wayness. "U hebt gelijk. Het maakt geen verschil." Ze veegde de tranen van haar gezicht. De kelner kwam met twee kommen rode soep. Wayness zat er als verdoofd naar te staren. "Eet op," zei Alvina. "We moeten er toch voor betalen, hoe dan ook."

Wayness duwde de kom van zich af. "Wat is er precies gebeurd?"

"Dat vertel ik je liever niet, het is nogal onappetijtelijk. Bepaalde personen wilden informatie hebben van Xantief. Die kon hij ze niet geven omdat hij niets wist, behalve datgene wat hij aan jou had verteld. Ongetwijfeld heeft hij dat meteen meegedeeld. Maar ze bleven aandringen en hebben hem ten slotte gedood en in het kanaal gesmeten." Alvina wijdde zich even geheel aan haar soep, en zei toen: "Het is echter zonneklaar dat hij het niet over mij heeft gehad."

"Hoe dat zo?"

"Ik was vanochtend al vroeg bij mijn zaak, maar niemand stond mij op te wachten. Eet je soep op. Het heeft geen enkele zin verdriet te hebben op een lege maag."

Wayness slaakte een diepe zucht. Ze trok de kom naar zich toe en begon te eten. Alvina keek met een grimmig lachje toe. "Altijd, wanneer het tragisch lot me de hardste slagen toedient, ga ik uit en vier ik feest. Ik drink de beste wijn, ik vergast me op lekkernijen die ik me niet veroorloven kan en trakteer mezelf bijvoorbeeld op een waardeloos nieuw dingsigheidje."

Wayness lachte bleekjes. "En helpt dat programma ook?"

"Nee. Maar eet toch maar je soep op."

Na een minuutje zei Wayness: "Ik moet leren om hard en onverschillig te worden. Ik mag niet zwak zijn."

"Ik geloof ook niet dat je zwak bent. Maar heb je niemand die je bij kan staan?"

"Ja, maar die zijn zo ver weg. Glawen Clattuc zal wel gauw hier zijn — maar ik kan niet wachten!"

"Je bent niet gewapend?"

"Ik bezit niet eens wapens."

"Wacht even dan." Alvina verliet het eethuisje en kwam een paar minuten later terug met een paar kleine pakjes. "Hiermee voel je je in ieder geval een beetje geruster." Ze legde uit hoe Wayness ze gebruiken moest.

"Dank u wel," zei Wayness. "Mag ik er alstublieft voor betalen?"

"Nee. Maar mocht je een van beide ooit gebruiken tegen degene die Xantief heeft vermoord, laat het mij dan weten, alsjeblieft."

"Dat beloof ik u." Wayness stopte de pakjes in de zakken van haar jopper.

"Ter zake nu." Alvina haalde een papiertje tevoorschijn. "Ik kan je niet vertellen waar Moncurio zelf is, aangezien hij de Aarde heeft verlaten. Ik heb er geen flauw idee van waar hij nu is, maar hij heeft een adres achtergelaten voor het geval er geld binnenkwam op een paar oude rekeningen die nog uitstonden."

Wayness vroeg aarzelend: "Maar is dat adres nog wel geldig?"

"Vorig jaar nog wel. Ik heb toen geld overgemaakt naar dit adres en er een kwitantie voor teruggekregen — uiteindelijk."

"Van Moncurio zelf?"

Alvina trok een lelijk gezicht en schudde haar hoofd. "Ik heb het geld overgemaakt ter attentie van Irena Portils, die kennelijk Moncurio's vrouw is — officieel of onofficieel, daar wil ik vanaf wezen. Het is een moeilijke, achterdochtige vrouw. Verwacht dus niet dat ze je Moncurio's huidige adres zal geven, niet van harte en zelfs niet met frisse tegenzin. Ze wilde mij niet eens naar behoren een kwitantie sturen voor het geld; ze zei dat er geen enkel verband mocht worden gelegd tussen zijn naam en de hare. Ik zei toen dat het belachelijk was, omdat Moncurio zelf dat verband al gelegd had en dat ik de overschrijving zou annuleren en haar geen geld meer zou sturen als ze de kwitantie niet wilde tekenen met haar eigen naam en de aantekening 'namens Moncurio'. Haha! Haar hebzucht was toch sterker dan haar angst en ze stuurde me een correcte kwitantie, maar wel met zo'n sarcastisch briefje dat ik knap geërgerd was."

"Misschien is ze aardiger wanneer ze niet ergens benauwd voor is," zei Wayness, maar zonder veel overtuiging.

"Alles is mogelijk. Maar ik kan me niet voorstellen hoe je tot haar zou moeten doordringen, laat staan hoe je haar informatie zou kunnen ontlokken."

"Ik zal er eens goed over moeten nadenken. Misschien probeer ik een subtiele, indirecte benadering."

"Ik wens je veel succes. Hier heb je het adres." Ze gaf Wayness het papiertje en die las:

Sra. Irena Portils
Casa Lucasta

Calle Maduro 31
Pombareales, Patagonië

4

Wayness keerde langs dezelfde weg terug naar hotel Sirenuse: via de ladder van de kade naar het strand, langs het strand tot aan de stenen trap en dan door de houten deur de diepste regionen van het hotel in. Hier verdwaalde ze prompt en zwierf een tijdlang tastend door donkere, vochtige gangen, riekend naar schimmel, oude wijn, vis en uien. Ten slotte vond ze, achter een deur die ze had overgeslagen, de diensttrap terug en klom dankbaar naar de derde verdieping, waar ze op een holletje naar haar kamer liep. Ze smeet haar vermomming af, nam een bad en trok haar gewone kleren weer aan. Daarna zat ze een tijdje over zee te staren, om de nieuwe realiteit van haar bestaan te overpeinzen.

Woede en verontwaardiging dienden nergens toe; ze bezorgden haar hoogstens frustraties. Angst leverde ook niets op — al was angst moeilijk te onderdrukken.

Wayness begon ongedurig te worden. Er was te veel om over na te denken, er waren te veel verwikkelingen. Zolang ze hier zat te denken was ze statisch en kwetsbaar; ze kon zichzelf alleen beschermen door iets te doen.

Wayness liep naar de telefoon en belde Voordewind. Agnes verscheen en ging Pirie Tamm roepen die in de tuin was. "Aha, Wayness!" Hij sprak op behoedzame toon. "Ik stond net op het punt om de deur uit te gaan. Ik moet even naar de bank in Tierens. Kun je over een halfuurtje of zo terugbellen?"

"Als u nu een minuutje voor me heeft, zeg ik het liever nu meteen." Wayness probeerde haar stem losjes en onbezorgd te laten klinken maar zelfs in haar eigen oren klonk het allemaal erg gedwongen.

"Ik heb wel een minuutje voor je. Wat heb je voor nieuws?"

"Goed en slecht tegelijk. Ik heb gisteren met een zekere Alcide Xantief gesproken. Hij wist zelf nergens van, maar had het in het voorbijgaan over een archief in Bangalore. Ik heb vanochtend daarheen gebeld en ze blijken de documenten die wij zoeken in hun bezit te hebben. En ze zijn gewoon voor iedereen toegankelijk ook."

"Verbazend!" zei Pirie Tamm terwijl zijn ogen heftig knipperden in grote verbijstering.

"Jazeker, meer dan verbazend, als ik bedenk wat ik allemaal heb moeten doorstaan om erachter te komen. Ik heb een brief gestuurd aan u, aan mijn vader en aan Glawen, zodat de gegevens niet verloren gaan, mocht er mij iets overkomen."

"Waarom zou jou iets overkomen?"

"Ik heb gisteravond een nogal beangstigende ervaring gehad. Misschien hadden ze de verkeerde voor of misschien was dit romantiek à la Triëst, dat weet ik niet goed. Maar ik ben heelhuids ontkomen."

Pirie Tamm slaakte een kreet van verontwaardiging. "Dat is toch godgeklaagd! Die expeditie van jou staat me steeds minder aan! Het is niet juist dat jij je waagt aan iets wat mannenwerk is!"

"Juist of niet, het moet nu eenmaal gedaan worden," zei Wayness. "En er is gewoon niemand anders."

"Ja, ja," mopperde Pirie Tamm. "Daar hebben we het al eerder uitgebreid over gehad."

"U kunt er zeker van zijn dat ik alle mogelijke voorzorgen neem, oom Pirie. Gaat u nu maar uw boodschap doen. O, ja, als u toch bij de bank langsgaat, wilt u dan informeren naar een wissel die ik verwacht van thuis?"

"Natuurlijk, dat doe ik. Maar wat ga je nu doen?"

"Ik vertrek naar Bangalore met de eerste de beste verbinding die er is en desnoods met de slechtste, zolang ik er maar zo snel mogelijk ben."

"En wanneer hoor ik weer iets van je?"

"Heel gauw; waarschijnlijk uit Bangalore."

"Nou, het beste dan en pas goed op jezelf."

"Dag, oom Pirie."

Een halfuur later belde Wayness de bank in Tierens vanuit een publieke telefooncel in de hal van het hotel. Opnieuw verscheen het gezicht van Pirie Tamm op het scherm. "Nou! Misschien kunnen we dan nu even vrijuit praten."

"Ik hoop het, want ik vertrouw zelfs de telefoon op mijn kamer niet meer. Ik ben er nu zeker van dat ik gevolgd word en dat ze in Triëst zijn." Wayness besloot de moord op Alcide Xantief maar niet te vermelden.

"Ik maak daaruit op dat Bangalore dus niet je volgende bestemming is?"

"Heel juist gezien, oom Pirie. Als ik de een of ander in de luren kan leggen, zal ik het niet laten."

"En wat heb je zoal bereikt in Triëst?"

"Ik ben weer een treetje lager terechtgekomen op de ladder en u zult versteld staan als u hoort wie ik daar heb aangetroffen."

"O? Wie dan wel?"

"Uw vriend de grafrover, Adrian Moncurio."

"Ha!" zei Pirie Tamm na een ogenblik te hebben staan peinzen. "Ja, ik ben verbaasd — maar zo heel erg verbaasd misschien ook weer niet!"

"Hebt u enig idee waar hij op het ogenblik verblijft?"

"Geen enkel idee."

"Wederzijdse vrienden misschien?"

"Die hebben we niet. Aangezien ik een tijd niets van hem gehoord heb, vermoed ik dat hij buitenwerelds verblijft, of dood is."

"In dat geval moet ik mijn naspeuringen voortzetten. Misschien moet ik daarvoor zelfs de Aarde verlaten."

"Waarheen?"

"Dat weet ik nog niet."

"En waar ga je dan nu heen, als je Triëst verlaat?"

"Dat durf ik u niet te vertellen, uit angst dat het op een of andere manier toch uitlekt. Op dit moment bel ik al vanuit de openbare telefooncel van het hotel, vanwege de kans dat de telefoon in mijn kamer wordt afgeluisterd."

"Groot gelijk heb je! Vertrouw niets en niemand!"

Wayness zuchtte en dacht aan Xantief en diens openheid en eergevoel. "Nog iets, oom Pirie. Ik heb u niet voor niets gevraagd langs de bank te gaan. Ik heb ongeveer driehonderd sol op zak, maar als ik buitenwerelds moet reizen, is dat niet genoeg. Kunt u me pakweg duizend sol lenen?"

"Natuurlijk. Tweeduizend zelfs, als je wilt!"

"Dat is dubbel zo handig. Heel graag dan. Wat ik overhoud krijgt u zo snel mogelijk terug."

"Maak je maar geen zorgen over het geld; we geven het in elk geval uit ten bate van het natuurbehoud, als het anders niet is!"

"Zo kijk ik er ook tegenaan. Wilt u de bank vragen wie hun relatie in Triëst is en of ze tweeduizend sol willen overmaken? Dan ga ik ze zo meteen ophalen."

"Je hebt er geen idee van hoe ik in de zorg zit over jou," gromde Pirie Tamm.

"O, niet doen, oom Pirie!" riep Wayness. "Voorlopig ben ik veilig, aangezien ik ze allemaal naar Bangalore heb gestuurd. Ze zullen knap nijdig zijn als ze merken dat ik ze met een kluitje in het riet heb gestuurd, maar tegen die tijd zit ik ergens ver weg."

"En wanneer hoor ik weer iets van je?"

"Daar kan ik op het ogenblik zelfs niet naar raden."

5

Wayness rekende af bij de receptie en ging terug naar haar kamer. De gebeurtenissen in Triëst waren op meer dan één manier verhelderend geweest. Haar abstracte ideeën over het kwaad waren harde werkelijkheid geworden. Ze wist nu met ijzingwekkende zekerheid wat de aard van haar tegenstanders was. Ze waren vasthoudend, wreed en harteloos en deinsden nergens voor terug. Ze zouden haar vermoorden als ze haar te pakken kregen en dat zou met recht een tragedie zijn — wat haar betrof. Het zou het eind betekenen van de vrouw die Wayness heette, met haar snelle verstand, met heel haar eigenheid, haar charme en malligheden, haar warmte en opgeruimdheid en haar wrange gevoel voor humor. Dat zou pas tragisch zijn!

Wayness overwoog of ze haar vermomming van die ochtend weer zou dragen en deed toen bij wijze van compromis de jopper over haar kleren aan en trok de pet stevig over haar donkere krullen. Ze stak de wapens bij zich die Alvina haar gegeven had en voelde zich er danig door gesterkt. Nu was Wayness klaar om te vertrekken. Ze liep naar de deur, deed hem op een kiertje open en loerde de gang af. Het was helemaal niet ondenkbaar dat iemand haar daar opwachtte om haar te grijpen zodra ze de deur uitkwam en haar terug te sleuren, de kamer in, waar hij op zijn gemak met haar zou kunnen afrekenen. Wayness trok een lelijk gezicht bij het idee.

De gang was leeg. Wayness verliet het hotel via de diensttrap en de houten deur die uitkwam op het keienstrandje onder aan de kade.

6

Drie dagen en drie nachten lang paste Wayness alle procedures toe die ze maar kon bedenken om haar achtervolgers het spoor bijster te doen worden en om zwevende gluurcellen en luisterklevers kwijt te raken. Ze dook snel door drukke mensenmenigten, keerde keer op keer op haar schreden terug en lette dan goed op om te zien wie er eventueel in verwarring werd gebracht. Ze nam een omnibus, sprong eruit toen die een ogenblik bleef stilstaan voor een verkeerslicht in een dorp, en was het volgende ogenblik alweer het dorp uit, op een vrachtwagen die boerenarbeiders vervoerde. In Lissabon aan de Atlantische kust nam ze de gliptrein naar het noorden, om bij het eerste het beste station alweer uit te stappen en op het laatste ogenblik weer aan boord te gaan, waarna ze zich verborgen hield op het damestoilet tot het volgende station, waar ze uitstapte en een capsule in tegenovergestelde richting nam, die haar helemaal naar Tanjer bracht. Daar veranderde ze haar uiterlijk, deed de groene reiscape en de blonde pruik die ze had aangeschaft weg, en sloot zich aan bij een groep jonge trekkers, allemaal in werkbroeken en grijze truien, met wie ze de nacht doorbracht in de jeugdherberg van Tanjer. De volgende ochtend boekte ze passage op de trans-Atlantische luchttrein. Zes uur later stapte ze uit in de uitgestrekte stad Alonso Saavedra aan de Rio Tanagra. Ze was er inmiddels van overtuigd dat ze haar achtervolgers had afgeschud, maar bleef maatregelen nemen tegen gluurcellen, onverwacht overstappen, en zich verbergen in duistere hoekjes, om te controleren of ze toch niet gevolgd werd. Ten slotte arriveerde ze per luchtbus in de provinciehoofdstad Biriguassu, vanwaar ze over de pampa's naar de mijnstad Nambucara vloog, in het zuidwesten. Ze overnachtte in hotel Stella d'Oro en deed zich 's avonds te goed aan een biefstuk van onthutsende afmetingen, opgediend met gebakken aardappelen, avocadosaus en gebraden gevogelte — mogelijk een klein, langpotig kippetje.

Pombareales lag nog verder naar het zuiden en de verbindingen waren nogal grillig. De volgende ochtend hield Wayness haar hart vast toen ze aan boord kwam van een hoogbejaarde luchtbus, die zich schuddend en kreunend in de lucht verhief en vervolgens, schommelend bij elke stevige windvlaag, naar het zuiden koers zette. De andere passagiers schenen de angstaanjagende eigenaardigheden van het oude kavalje voor lief te nemen en zich er alleen om te bekreunen wanneer hun bier eroverheen ging door een onverwachte schok. De heer die naast Wayness zat stelde zich voor als vaste klant op de route en verklaarde dat hij zijn angst lang geleden al had laten varen. Hij stelde dat er, gezien het feit dat het vehikel al jarenlang van noord naar zuid en weer terug vloog, geen enkele reden was om te veronderstellen dat het 't nu juist vandaag halverwege de rit zou laten afweten en neerstorten. "Ja, eigenlijk wordt dit toestel met de dag veiliger," zei hij tegen Wayness. "En ik kan dat bewijzen ook, aan de hand van de wiskunde, die uiteraard onfeilbaar is. U spreekt als een welopgevoed iemand; mag ik aannemen dat u geschoold bent in de toegepaste logica?"

Wayness beaamde het bescheiden.

"Dan zult u mijn redenering zonder moeite kunnen volgen. Laten we aannemen dat het toestel nieuw is. Laten we aannemen dat het gedurende twee dagen veilig de tocht volbrengt om op de derde dag neer te storten. Dan is het veiligheidsquotiënt niet hoog: een ongeval op drie dagen. Als het echter tienduizend dagen in bedrijf is geweest, zoals dit toestel, dan bedraagt het veiligheidsquotiënt ten minste een op tienduizendeneen, en dat is uitstekend! Wat meer is, met elke nieuwe dag die zonder ongelukken verloopt, wordt het gevaar kleiner, zodat het gevoel van veiligheid bij de passagiers in gelijke mate zou moeten toenemen."

Het vehikel werd op dat moment getroffen door een bijzonder venijnige windvlaag; het schokte en nam een duik, en ergens vandaan klonk een scheurend geluid alsof er iets werd losgerukt, maar de heer naast haar sloeg er geen acht op. "We zijn hier waarschijnlijk veiliger, dan wanneer we thuis in onze luie stoel zouden zitten met een valse hond in de kamer."

"Ik waardeer uw heldere uitleg," zei Wayness. "Ik ben nog steeds een tikje nerveus, al zou ik nu niet meer weten waarom."

Laat die middag landde de luchtbus in Aquique waar Wayness uitstapte, waarna het toestel verder vloog naar Lago Angelina in het zuidoosten. Wayness ontdekte dat er maar driemaal in de week een verbinding was met Pombareales, dat nog meer dan honderd kilometer zuidwestelijk lag, bijna in de schaduw van de Andes, en dat ze die net had gemist. Ze kon twee nachten in Aquique overblijven of de volgende dag over land naar Pombareales gaan, per omnibus.

Het beste hotel in Aquique was het Universo, een vijftien verdiepingen hoge toren van glas en beton, vlak bij het vliegveld. Wayness kreeg een luchtige kamer op de bovenste verdieping met uitzicht over heel Aquique — duizenden blokkendozen van glas en beton die in een rechthoekig patroon om een centraal plein lagen geschikt. En daaromheen strekte zich de pampa uit, zover het oog reikte.

Die avond voelde Wayness zich erg alleen. Ze verlangde naar huis en besteedde een uur aan een brief aan haar vader en moeder, met een ingesloten krabbeltje voor Glawen, mocht die nog op Station Araminta zijn. “Ik ben er maar mee opgehouden een brief van jou te verwachten. Julian kwam onverwacht opdagen op Voordewind en heeft geen enkele moeite gedaan om zich bemind te maken; integendeel. Hij liet echter wel vallen dat jij eropuit was gegaan om je vader te redden en dus weet ik nu niet eens of je nog leeft of niet. Ik hoop het eerste en ik wou dat je hier bij me was, want dit uitgestrekte, woeste land drukt me wel een beetje. Ik merk dat ik maar een beperkte hoeveelheid energie kan opbrengen voor intriges en complotten en dat ik me ellendig voel als ik over die grens heen ga. Maar ik overleef het wel. Ik heb je ontzaglijk veel te vertellen. Het is een vreemd land, waar ik nu ben, en soms vergeet ik gewoon dat ik op de Oude Aarde zit en denk ik dat het een andere wereld is. Hoe dan ook, heel, heel veel liefs en ik hoop dat we gauw weer bij elkaar zijn.”

De volgende ochtend nam Wayness de omnibus en hobbelde naar het zuidwesten over de pampa. Ze liet zich onderuit zakken op haar bankje en nam heimelijk haar medepassagiers op. Ze zag niets wat haar achterdocht gaande kon maken; niemand toonde enige belangstelling voor haar, behalve een jongeman met een laag voorhoofd en een brede lach met grote tanden, die haar een godsdienstig traktaatje wilde verkopen.

“Nee, dank je,” zei Wayness. “Ik ben niet geïnteresseerd in jouw theorieën.”

De jongeman haalde een papieren zak tevoorschijn. “Wil je dan een snoepje?”

“Nee, dank je,” zei Wayness. “En als je van plan bent dat zelf op te eten, ga dan alsjeblieft ergens anders zitten, anders word ik misselijk van de lucht en spuug ik je godsdienstige werkjes onder."

De jongeman ging op een andere plaats zitten en snoepte geheel alleen de zak leeg.

De bus reed voort door een verlaten landschap met lage heuveltjes, afbrokkelende rotsgevaartes en pollen varens, met in de dalen en diepten wilgen en ratelpopulieren en een paar lage cipressen, geteisterd door de wind. De omgeving bezat een soort eigen grimmige schoonheid. Wayness bedacht dat ze met een heel beperkt palet toe zou kunnen, als ze het landschap zou moeten schilderen. Diverse tinten grijs, donker voor de schaduwen en gemengd met omber, oker en kobalt voor de rotspartijen; dan vaalbruin, mat olijfbruin en stoffig taangeel, kopergroen, en wat plekken zwartgroen voor de cipressen.

De bus reed verder en de bergen torenden steeds hoger op tegen de hemel; de wind die van het westen aankwam schonk het landschap wat beweging en levendigheid.

De zon, die wat bleek stond te schijnen door een nevel in de hogere luchtlagen, kroop naar het zenit toe. In de verte verscheen een cluster lage, witte gebouwtjes: de stad Pombareales.

De bus reed het marktplein op en stopte voor het omvangrijke, drie verdiepingen hoge Hotel Monopole. Wayness bedacht dat de stad veel weg had van Aquique maar dan op veel kleinere schaal. Ook hier een centraal plein en daaromheen een rechtlijnig rooster van straten met rechthoekige witte gebouwen. Het was niet een stad met veel aantrekkelijks, dacht Wayness. Aan de andere kant was het waarschijnlijk de laatste stad op Aarde waar vertegenwoordigers van de Tangletvereniging een oplichter zouden komen zoeken.

Wayness liep met haar koffer de holle hal van het Hotel Monopole in. De receptionist bood haar een kamer aan met uitzicht op het plein. Of een kamer zonder uitzicht op het plein, of desnoods een hoeksuite met zowel uitzicht, als geen uitzicht op het plein. "We zijn niet zo druk bezet," zei de man. "De prijs blijft hetzelfde: twee sol per nacht inclusief ontbijt."

"Dan neem ik de suite maar," zei Wayness. "Ik heb van mijn leven niet zoveel ruimte voor mezelf gehad."

"In deze streken is 'ruimte' in overdaad voorhanden," zei de receptionist. "U mag er net zo veel van gebruiken als u wilt en u krijgt er de wind en het panorama op de Andes gratis bij."

De suite voldeed Wayness in alle opzichten. Alles in de badkamer functioneerde naar behoren, in de slaapkamer stond een ruim bed dat nog vagelijk naar antiseptisch wasmiddel geurde en de zitkamer was voorzien van een zware eiken tafel, een groot blauw kleed, een aantal logge fauteuils, een divan, een bureau met een kastje en een telefoonscherm. Wayness bood weerstand aan de verleiding Voordewind te bellen en ging in een van de fauteuils zitten. Ze had geen plannen gemaakt; bij gebrek aan achtergrondkennis leek dat zinloos. Ze moest eerst op verkenning uit, om te zien wat er over Irena Portils te weten te komen was.

Het was net halftwaalf; te vroeg nog voor de lunch. Wayness liep naar beneden en ging naar de receptionist toe. Discretie en omzichtigheid waren nu geboden; wie weet was hij immers Irena Portils' zwager! Via een grote omweg koerste ze op het doelwit van haar navraag aan. "Een kennis heeft me gevraagd iemand op te zoeken in de Via Madera. Waar zou ik die kunnen vinden?"

"De Via Madera? We hebben geen Via Madera in Pombareales."

"Hm. Ik had het adres ook beter kunnen opschrijven. "Kan het misschien de Via Ladera zijn? Of Badero?"

"We hebben een Calle Maduro en de Avenida Onyx Formadera."

"Ik geloof dat het de Calle Maduro was. En dan is het een huis met twee zwart granieten bollen aan de inrit."

"Een dergelijk huis kan ik me niet herinneren, maar de Calle Maduro ligt daar." Hij wees met zijn potlood. "U loopt de Calle Luneta af tot u bij de derde kruising komt. Dat is de Calle Maduro. En daar moet u kiezen. Als u linksaf slaat en doorloopt, komt u ten slotte bij de coöperatieve kippenboerderij. Als u rechtsaf slaat, belandt u uiteindelijk op de begraafplaats. Kiest u zelf, want ik kan u niet van advies dienen."

"Dank u." Wayness wilde al naar de deur lopen. De receptionist riep haar terug. "Het is een heel eind en de wind doet stof opwaaien. Waarom laat u zich niet geriefelijk rijden? Daar zie ik de taxi van Esteban; de rode wagen die vlak voor het hotel geparkeerd staat. Hij zal u niet overvragen, als u dreigt de diensten in te roepen van zijn broer Ignaldo, die in een groene taxi rijdt."

Wayness liep naar de rode taxi. Op de voorbank zat een klein mannetje met lange armen en benen, een verweerde gebruinde huid en een komiek langgerekt gezicht. Zodra hij Wayness ontwaarde kreet hij: "Ogenblikkelijk tot uw dienst!" en wierp het portier open.

Wayness vroeg: "Is dit de taxi van Ignaldo? Ik heb me laten vertellen dat zijn tarieven gunstig zijn — zeer, zeer gunstig."

"Onzin, onzin!" zei Esteban. "Men heeft misbruik gemaakt van uw onschuld. Soms wendt hij voor gunstige tarieven te hanteren, maar het is een sluwe duivel en aan het eind van de rit bedriegt hij zijn passagiers dubbel op. Wie kan het beter weten dan ik, zijn concurrent?"

"Ja, maar daarom bent u misschien bevooroordeeld waar het uzelf betreft."

"In het geheel niet. Ignaldo heeft geen geweten. Als uw grootmoeder op sterven zou liggen en in grote haast de kerk wilde bereiken voordat de priester naar huis ging, dan zou Ignaldo een lange omweg met haar maken door de omstreken en dan verdwalen, totdat ze overleden zou zijn, waarop hij prompt het tarief voor lijkvervoer zou aanslaan, of tot de arme vrouw omwille van haar ziel had ingestemd met zijn afzettersprijzen."

"In dat geval zal ik uw wagen eens proberen, maar dan moet u me eerst uw eigen tarieven noemen."

Esteban wierp van ongeduld zijn armen ten hemel. "Waar wilt u dan heen?"

"Een beetje hier en daar. Om te beginnen naar de Calle Maduro."

"Dat behoort uiteraard tot de mogelijkheden. Wenste u de begraafplaats te bezoeken?"

"Nee, ik wil de huizen bekijken."

"In de Calle Maduro is weinig te bekijken en mijn tarieven zijn de matigheid zelve. Voor een halfuur reken ik u een sol."

"Wat? Dat is dubbel zoveel als Ignaldo rekent!"

Esteban gromde geërgerd en gaf zo grif toe, dat Wayness wist dat haar uitroep gerechtvaardigd was geweest. "Goed dan, ik heb immers niets beters te doen. Stapt u maar in. Het tarief is een sol per uur."

Wayness stapte zedig in. "Denk erom, ik heb uw wagen niet een vol uur nodig. Voor een halfuur betaal ik u slechts een halve sol en daarbij is de fooi inbegrepen."

Esteban bulderde: “Waarom geef ik u er mijn wagen en al mijn armzalige bezittingen niet bij op de koop toe, zodat ik berooid en te voet de stad kan verlaten?”

Estebans emotie was zo oprecht, dat Wayness begreep dat ze nu zijn gebruikelijke tarief hadden bereikt.

Wayness lachte. “Rustig toch! U kunt toch niet elke keer dat er een arm, onschuldig iemand in uw taxi stapt, verwachten in één klap rijk te worden.”

“Zo onschuldig als u eruitziet bent u anders niet,” mopperde Esteban. Hij sloot het portier en de taxi ging op weg, de Calle Luneta af. “Waar wilt u nu heen?”

“Eerst maar eens naar de Calle Maduro.”

Esteban knikte begrijpend. “U hebt verwanten op de begraafplaats liggen, kennelijk.”

“Niet dat ik weet.”

Esteban trok zijn wenkbrauwen op. Wat was dit nu voor iets vreemds? “Er is in deze stad weinig te zien, en al helemaal niet in de Calle Maduro.”

“Weet u welke mensen er in die straat wonen?”

“Ik ken iedereen in Pombareales.” Esteban sloeg de Calle Maduro in, die heel lang geleden ooit was geasfalteerd en nu vol grote kuilen zat. De straat was nog lang niet volgebouwd; de huizen stonden vrij van elkaar op afstanden van twintig of dertig meter. Elk huis werd omgeven door een erf, waar hier en daar zielige struikjes of verwaaide boompjes blijk gaven van pogingen tot de aanleg van een tuin. Esteban wees haar een huis aan met blinde ramen en pollen distels in de voortuin. “Dat is een huis dat u heel goedkoop zou kunnen krijgen.”

“Het ziet er erg droevig uit.”

“Dat komt omdat het er spookt. Daar waart de geest rond van Edgar Sambaster, die zich op een nacht heeft verhangen toen het twaalf uur sloeg en de wind uit de bergen omlaag kwam.”

“En sindsdien woont er niemand meer?”

Esteban schudde zijn hoofd. “De eigenaars zijn buitenwerelds. Een paar jaar geleden was er een zekere professor Solomon, die verwikkeld raakte in een schandaal en zich daar een paar weken verborgen heeft gehouden. Niemand heeft nadien ooit nog iets van hem gehoord.”

"Hm. Hebben ze ooit in het huis gekeken om te zien of hij er soms ook niet hing?"

"Ja, daar is aan gedacht en de veldwachters zijn wezen kijken, maar ze hebben niets gevonden."

"Merkwaardig." De taxi stond nu voor een ander huis, dat niet afweek van de andere woningen, behalve dan dat er een tweetal levensgrote standbeelden in de voortuin stond, en wel een stel nimfen, die zegenend de armen ten hemel hieven.

"Wie woont hier?"

"Dit is het huis van Hector Lopez, die tuinman is op de begraafplaats. Hij heeft de standbeelden mee naar huis genomen toen er een rij oude graven moest worden opgeruimd."

"Een interessante tuinversiering."

"Dat kan zijn. Er zijn ook lieden die menen dat Hector Lopez zich aanstelt. Wat is hierover uw mening?"

"Ik vind er niets aanstootgevends aan. Zou het kunnen dat de buren afgunstig zijn?"

"Dat is ook mogelijk. Hier ziet u het huis van Leon Casinde, de varkensslachter. Hij is een groot liefhebber van zingen en is dikwijls in de cantina te beluisteren, dronken zowel als nuchter."

De taxi reed zoetjes verder door de Calle Maduro. Esteban begon schik te krijgen in zijn verhalen en Wayness kwam een heleboel te weten over het leven en de hebbelijkheden van de bewoners van de huizen die ze passeerden. Na een tijdje kwamen ze bij nummer 31, Casa Lucasta, een huis van drie verdiepingen, iets groter dan de andere huizen in de straat en omgeven door een stevige omheining. Aan de noordkant van het huis, waar de zon het felst scheen, was in een hoek die in de luwte lag een soort tuin aangelegd. Er stonden geraniums in, hortensia's, margrieten, een citroenboom en een slordige pol bamboe. Aan een kant stond wat goedkoop tuinmeubilair: een tafel en een bank, een paar stoelen, een schommel, een grote zandbak en een houten kist met allerlei gereedschap. Op dit stukje erf waren twee kinderen bezig, een jongen van een jaar of twaalf en een meisje dat een jaar of twee, drie jonger was. Beiden gingen geheel op in hun eigen wereldje.

Esteban zag dat Wayness geïnteresseerd was en minderde vaart. Hij tikte veelbetekenend op zijn voorhoofd. "Allebei geestelijk gestoord. Heel sneu voor de moeder."

"Dat kan ik me indenken," zei Wayness. "Stop hier eens even, als u wilt." Ze sloeg de kinderen met grote belangstelling gade. Het meisje zat aan de tafel en was bezig met iets dat eruitzag als een legpuzzel. De jongen zat op zijn knieën in de zandbak en was bezig een gecompliceerd bouwsel op te trekken van zand, dat hij bevochtigde met water uit een emmer. De kinderen waren allebei slank, maar eerder mager dan tenger van bouw, met lange armen en benen. Hun kastanjebruine haar was bot afgeknipt zonder smaak of stijl, alsof het niemand iets kon schelen hoe ze eruitzagen, en zeker henzelf niet. De gezichtjes waren smal, met scherp gevormde gelaatstrekken, grijze ogen, en een bleke, ietwat taangele huid, die bijna onmerkbaar werd gekleurd door roze en oranje. Het waren best aantrekkelijke kinderen, bedacht Wayness, al waren ze niet uit deze streken afkomstig. Het gezicht van het meisje was levendiger dan dat van de jongen, die met bedachtzame precisie aan zijn werkstuk bezig was. Geen van beiden zei iets. Na een enkele ongeïnteresseerde blik op de taxi hadden ze er verder geen aandacht meer aan besteed.

"Hm!" zei Wayness. "Dat zijn de eerste kinderen die ik hier zie in de straat."

"Dat is geen mysterie," zei Esteban. "De andere kinderen zitten nu op school."

"Ach ja, natuurlijk. Wat is er met die twee aan de hand?"

"Dat is moeilijk te zeggen. De dokters komen met grote regelmaat en gaan hoofdschuddend de deur weer uit, terwijl de kinderen gewoon blijven doen wat hen ingegeven wordt. Het meisje wordt dol van razernij als ze hoe dan ook wordt gedwarsboomd en valt schuimbekkend op de grond, zodat men voor haar leven vreest. De jongen is gemelijk en wil niet praten, hoewel men zegt dat hij op een aantal punten heel slim is. Sommige mensen zeggen dat ze gewoon een stevig pak met de roe nodig hebben om het af te leren. Anderen beweren dat het allemaal een kwestie is van hormonen of dergelijke stoffen."

"Het is waar, ze zien er niet achterlijk uit, of simpel. Meestal kunnen de dokters dergelijke kinderen wel genezen."

"Deze twee niet. De dokters komen elke week van het Instituut in Montalvo hierheen, maar er verandert blijkbaar niets."

"Dat is toch jammer. Wie is hun vader?"

"Dat is een ingewikkeld verhaal. Ik had het daarstraks over professor Solomon die verwikkeld raakte in een schandaal. Hij verblijft nu buitenwerelds en niemand schijnt te weten waar, hoewel heel wat mensen hem wat graag te pakken zouden willen krijgen. Hij is hun vader."

"En hun moeder?"

"Dat is Madame Portils, die met haar neus in de wind loopt alsof ze een gravin was, ook al komt ze gewoon hier uit de stad. Haar moeder is Madame Clara, een Salgas van geboorte, en van doodgewone komaf."

"Hoe voorziet Madame Portils in haar onderhoud?"

"Ze werkt bij de bibliotheek en repareert daar boeken of zoiets; een ondergeschikt baantje. Met twee kinderen en een oude moeder thuis ontvangt ze een uitkering uit de gemeentekas en daar kan ze net van leven. Dus geen reden voor hooghartigheid; maar toch kijkt ze op iedereen neer, zelfs op lieden uit de betere standen."

"Een merkwaardige vrouw lijkt me dat dan," zei Wayness. "Maar misschien bezit ze onvermoede talenten."

"In dat geval houdt ze ze angstvallig voor zich, alsof het iets misdadigs gold. Ach ja, maar triest blijft het."

Uit de heuvels kwam een harde windvlaag, die het stof en het straatvuil deed opdwarrelen en ruisend door de doorntakken ging op de kale vlakte. Esteban wees naar het meisje. "Kijk! Het waaien windt haar op!"

Wayness zag dat het meisje overeind was gesprongen en nu met haar gezicht naar de wind stond, haar voeten iets uit elkaar, terwijl ze heen en weer wiegde en met haar hoofd knikte op de maat van een trage, innerlijke cadans.

De jongen sloeg geen acht op haar en ging gewoon door met zijn bezigheid.

Uit het huis kwam een gebiedende kreet. De spanning zakte weg uit het lichaam van het meisje. Met tegenzin draaide ze zich om naar het huis. De jongen negeerde het roepen en ging door met het boetseren van vochtig zand tot een bouwsel met vele ingewikkeldheden.

Een tweede schreeuw klonk uit het huis, gebiedender dan daareven. Het meisje bleef staan, keek achterom, liep naar de zandbak en vernielde met haar voet wat de jongen had gemaakt. Hij verstarde en bleef naar de verwoesting zitten staren. Het meisje wachtte. De jongen draaide langzaam zijn hoofd om en keek naar haar. Voor zover Wayness kon zien, lag er geen enkele uitdrukking op zijn gezicht. Het meisje draaide zich om en liep met peinzend gebogen hoofd naar het huis. De jongen ging haar achterna, langzaam en triest.

Esteban zette de wagen weer in beweging. "Vervolgens zullen we de begraafplaats bezichtigen, hetgeen beschouwd mag worden als het hoogtepunt voor eenieder die, zoals u, ervoor gekozen heeft de Calle Maduro te verkennen. Om een goede indruk te krijgen van het gebodene dient u er tenminste een halfuur voor uit te trekken, zo niet meer..."

Wayness lachte. "Ik heb voor vandaag wel genoeg gezien. Breng me nu maar terug naar het hotel."

Esteban haalde gelaten zijn schouders op en keerde. "U zou misschien een ritje over de Avenida de las Floritas op prijs stellen, daar waar de patriciërs wonen. Het park is een bezoek ook zeker waard, met de fontein en het Palladium, waar elke zondag een orkest optreedt. De muziek zou u zeker bevallen, want ze is gratis en voor ieders oor. Misschien dat u daar een paar knappe heren tegenkomt of, wie weet, zelfs een goede echtgenoot opdoet!"

"Dat zou een wonderlijke verrassing zijn," zei Wayness.

Esteban wees een magere, lange vrouw aan die over het trottoir kwam aangelopen. "En daar hebben we madame Portils in eigen persoon, op weg naar huis van haar werk."

Esteban minderde vaart. Wayness bekeek Irena Portils, die met gebogen hoofd tegen de wind in aan kwam lopen, met snelle pas. Op het eerste gezicht, uit de verte, maakte ze wel een aantrekkelijke indruk, maar bijna meteen viel het drogbeeld aan stukken en verdween in het niets. Ze was gekleed in een afgedragen roodbruine tweed rok en een strak zwart jakje. Van onder een klein vormeloos hoedje hing het zwarte haar sluik langs haar gezicht. Ze was de middelbare leeftijd al nabij en de tijd had haar niet met zachtheid behandeld. Zwarte ogen in donkere oogkassen zaten net iets te dicht op een lange, schriele neus; haar huid was inwit en werd ontsierd door diepe rimpels van spanning en mismoedigheid.

Esteban keek haar na toen de taxi haar voorbijreed. "Het is gek, maar ze was best een knap ding toen ze jong was. Maar ze moest zonodig naar de toneelschool en binnen de kortste keren hoorden we dat ze zich had aangesloten bij een groep potsenmakers of improvisatie-artiesten of hoe die lui ook heten mogen. Toen werd bekend dat ze met die groep een buitenwereldse tournee was gaan maken en daarna dacht geen mens meer aan haar, tot ze op een goede dag terugkwam, getrouwd en wel met die professor Solomon, die zich uitgaf voor archeoloog. Ze bleven maar een paar maanden en vertrokken toen weer op een buitenwereldse reis."

Esteban was gestopt voor een langgerekt, laag betonnen gebouwtje in de schaduw van een stuk of wat eucalyptusbomen. "Dit is niet het Hotel Monopole!" zei Wayness.

"Ik ben verkeerd gereden," verklaarde Esteban. "Dit is de coöperatieve kippenboerderij. Maar nu we hier toch zijn wilt u de kipjes misschien bekijken? Nee? Dan breng ik u naar uw hotel met de meest gezwinde spoed."

Wayness leunde achterover op de bank. "U had het over professor Solomon."

"Ach, ja. De professor en Irena kwamen een paar jaar geleden weer terug. Een poosje genoot professor Solomon veel aanzien en werd hij beschouwd als een aanwinst voor de gemeenschap, als zijnde een wetenschapper en een geleerd iemand. Hij hield zich bezig met verkenningstochten in de bergen en ging op zoek naar prehistorische ruïnes. Toen beweerde hij dat hij een schat had opgegraven en raakte betrokken bij een vreselijk schandaal, zodat hij gedwongen was de Aarde te verlaten. Irena kwam later terug met de kinderen. Ze beweert dat ze volstrekt niet weet waar hij is, maar niemand gelooft haar."

Esteban stuurde de taxi de Calle Luneta af naar zijn oorspronkelijke standplaats voor het Hotel Monopole. "En zo staan de zaken dus in de Calle Maduro."

7

Wayness zat in een hoekje van de hal van het hotel met haar ogen halfdicht en een notitieblok op schoot. Onder het kopje 'Irena Portils' was ze begonnen een aantal ideeën te rangschikken, maar het geval bleef haar een raadsel en haar geest werd steeds waziger. Haar hersens hadden behoefte aan rust. Een paar uurtjes kalm nietsdoen zouden haar gedachten misschien wat verhelderen. Wayness leunde achterover en probeerde nergens meer aan te denken.

De hal was vervuld van een slaapverwekkend gesuizel. Het was een enorme zaal met een hoge zoldering van massieve houten balken. Het meubilair was gedegen en zwaar: leren fauteuils en banken, lange lage tafels met bladen die uit een enkel stuk massief chiriquihout waren vervaardigd. Aan de overkant was een deur naar het restaurant.

Een groep veeboeren kwam binnen van het plein en nam in de hal plaats, om bier te drinken en zakelijke aangelegenheden te bespreken, alvorens te lunchen in het restaurant. Wayness merkte dat hun joviale, harde stemmen en het dijenkletsen dat steeds onverwachts uitbrak, haar beletten aan niets te denken. Daarbij was een van de veeboeren in het trotse bezit van een zeer weelderige zwarte snor, waar Wayness haar ogen niet vanaf kon houden, hoewel ze bang begon te worden dat de man het zou merken en haar zou komen vragen waarom ze zo naar zijn snor keek.

Wayness besloot dat het tijd werd voor haar eigen lunch. Ze liep het restaurant in en kreeg een tafeltje met uitzicht op het plein, ofschoon daar op dit uur van de dag niets van belang voorviel.

Volgens het menu was een van de specialiteiten van de dag sneeuwhoen; een gerecht dat Wayness intrigeerde omdat ze het nog nooit ergens op een menu had gezien. Wel, dacht ze, waarom ook niet. En dus bestelde ze sneeuwhoen, maar vond het gevogelte toch wat te sterk van smaak.

Ze bleef lang aan tafel zitten, met een toetje en koffie. Ze had de hele middag nog voor zich maar ze besloot niet nog eens een poging te doen een serene geestestoestand op te bouwen en nam het probleem Irena Portils maar weer voor zich.

Het was op zichzelf een ongecompliceerd probleem: hoe kreeg ze Irena zover dat ze de verblijfplaats van degene die hier als 'professor Solomon' bekend stond aan haar wilde onthullen?

Wayness haalde het notitieblok tevoorschijn en bekeek wat ze eerder die dag had opgeschreven.

Probleem:	*Waar is Moncurio?*
Oplossing 1:	*Leg Irena hele zaak uit, verzoek om medewerking.*
Oplossing 2:	*Idem, maar bied geld aan — misschien aanzienlijk bedrag.*
Oplossing 3:	*Hypnotiseer of bedwelm Irena Portils om de informatie uit haar te krijgen.*
Oplossing 4:	*Doorzoek huis wanneer niemand aanwezig.*
Oplossing 5:	*Ondervraag Irena's moeder en/of kinderen.*
Oplossing 6:	*Niets van dit alles.*

Wayness voelde zich niet erg bemoedigd toen ze haar aantekeningen nog eens naliep. Oplossing 1, de meest redelijke, zou vrijwel zeker uitlopen op een onverkwikkelijke emotionele confrontatie met Madame Portils, zodat ze waarschijnlijk nog onhandelbaarder werd. Hetzelfde kon verwacht worden van oplossing 2. Nummers 3, 4 en 5 waren bijna even onuitvoerbaar. Oplossing 6 was overduidelijk de best haalbare.

Wayness keerde terug naar de hal. Het was even over tweeën en het grootste deel van de middag lag nog voor haar. Ze liep naar de balie, waar de receptionist haar uitlegde hoe ze bij de openbare bibliotheek moest komen.

"Het is vijf minuten lopen," zei hij. Hij wees met zijn potlood. "U loopt de Calle Luneta af, tot aan de eerste zijstraat; dat is de Calle Basilio; op de hoek staat een grote acacia. U slaat daar linksaf en op de volgende hoek ziet u de bibliotheek vanzelf."

"Dat lijkt me eenvoudig te vinden."

"Zeer zeker. Vergeet u niet de verzameling primitief aardewerk te bezichtigen in de zaal met naslagwerken. Zelfs hier in Patagonië, waar ooit de gaucho's rondgaloppeerden, houden wij de idealen van de cultuur in hoge ere!"

Wayness verliet het hotel. Ze negeerde Estebans dringende wenken en ging te voet naar de bibliotheek: niet het bescheiden gebouwtje dat ze had verwacht maar een bijna protserig modern bouwwerk. De muren waren van gewassen grindtegels, afgewisseld met hoge vensterpanelen met een centraal te regelen doorzichtigheid. Het dak, met pannen in gebrande oker, bood een aangenaam contrast in materiaal.

Een deur van brons en glas gleed open en Wayness kwam een hal binnen die was uitgerust met de gebruikelijke faciliteiten. Naar links en rechts voerden brede gangen naar de diverse afdelingen.

Wayness slenterde her en der rond, voortdurend heimelijk uitziend naar Irena Portils. Ze ging niet uit van een vast plan, maar het leek wel zeker dat dit gebouw de beste en misschien enige omgeving was om met Irena in contact te komen. Ze bleef staan om een rek met tijdschriften te bekijken, deed of ze de databank van de bibliotheek raadpleegde, bleef even staan voor het bord met de openingstijden van de bibliotheek. Maar nergens ving ze ook maar het kleinste glimpje op van Irena. Misschien werkte ze alleen 's ochtends.

In de zaal met naslagwerken gewijd aan kunst en muziek, ontdekte ze de verzameling primitief aardewerk die haar door de receptionist was aanbevolen. Het aardewerk was uitgestald op planken in een vitrinekast. Er waren een stuk of tien, twaalf hoge en lage schalen, en nog een aantal andere gebruiksvoorwerpen. De meeste waren gebroken en vervolgens hersteld; een paar vertoonden een rudimentaire vorm van versiering, met name stippel — of kraspatronen. Ze waren op twee manieren gevormd; brokken klei waren rondom in een mandje van vlechtwerk gedrukt waarna het geheel, met mandje en al, was gebakken, of ze waren met de hand in de gewenste vorm geboetseerd.

Volgens een bordje werd dit aardewerk toegeschreven aan het Zuntilvolk; primitieve jagers en verzamelaars, die in deze streken hadden geleefd, vele duizenden jaren voor de komst van de Europeanen. Het aardewerk was ontdekt door plaatselijke archeologen op vindplaatsen langs de Azumi, een paar kilometer ten noordwesten van Pombareales.

Wayness bekeek de verzameling met gefronst voorhoofd; deze had haar zojuist een goed idee aan de hand gedaan. Ze bekeek haar ingeving van alle kanten, maar kon er geen zwakke steeën in ontdekken. Het vergde wel van haar dat ze loog en huichelde en stiekeme dingen deed. Maar ach. Als je een omelet wilde maken, moest je een eitje kunnen breken. Ze liep naar de bibliothecaris die in de buurt aan een bureautje zat. Het was een bottige jongeman met zacht rossig haar, het hoge voorhoofd van de echte denker, een smalle uitgesproken neus, net een snavel, en een knokige kaak en kin. Hij had Wayness van terzijde zitten gadeslaan. Toen ze in zijn richting keek bloosde hij en keek snel voor zich, maar kon de verleiding van een tweede blik toch niet weerstaan.

Wayness glimlachte en liep naar hem toe. "Hebt u deze uitstalling verzorgd?"

De bibliothecaris glimlachte. "Dat klopt; voor een groot deel althans. Aan de opgravingen heb ik niets gedaan. Dat was het werk van mijn oom en zijn vriend. Dat zijn echte enthousiaste opgravers. Ik ben er zelf niet zo dol op."

"Maar dat is toch het allerleukste?"

"Misschien wel, ja," zei de bibliothecaris. En nadenkend voegde hij eraan toe: "Vorige week gingen mijn oom en zijn vriend Dante weer naar de opgraving. Mijn oom werd gestoken door een schorpioen. Hij sprong in de rivier. In de loop van de middag werd zijn vriend Dante door een stier achterna gezeten. En ook hij sprong in de rivier."

"Hm." Wayness nam de verzameling aardewerk nog eens op. "En zijn ze deze week weer naar de opgraving gegaan?"

"Nee. Ze zijn naar de cantina gegaan."

Wayness wist er niets op te zeggen.

Naast de uitstalling hing een aantal kaarten van de omgeving. Op een daarvan waren de Zuntil-vindplaatsen aangegeven. Een andere kaart, op grotere schaal, gaf de omvang aan van de verschillende Inca-gebieden: het Vroege, het Middelste en het Late Inca-rijk. Wayness merkte op: "Kennelijk zijn de Inca's nooit zo ver zuidelijk gekomen."

"Waarschijnlijk stuurden ze wel van tijd tot tijd kleine legereenheden uit. Maar niemand heeft ooit een authentieke Inca-vindplaats ontdekt ten zuiden van Sandoval, dat waarschijnlijk niet veel meer was dan een handelspost."

Wayness zei achteloos: "Ik geloof dat dat hetgeen is, wat de leider van onze expeditie nu eens en vooral wil uitmaken."

De bibliothecaris grinnikte wrang. "Er zijn al meer expedities in Sandoval geweest dan er ooit Inca's hebben geleefd." Hij nam Wayness nog eens op. "Dus u bent archeologe?"

Wayness lachte. "Vraag me dat nog maar eens na een jaar veldwerk en drie jaar botjes sorteren in het lab." Ze keek de zaal rond. "U hebt het niet te druk om met me te praten?"

"Zeker niet. Het is altijd slap vandaag. Waarom gaat u niet zitten? Ik ben Evan Faures."

Wayness nam zedig plaats. "Ik ben Wayness Tamm."

Ze zetten hun gesprek voort. Na een poosje bracht Wayness de vraag te berde naar spelonken en legenden over Incagoud. "Het zou toch reuzeleuk zijn om een kist vol met schatten te vinden."

Evan keek even achterom. "Ik zou niet durven de naam van professor Solomon te laten vallen als Irena Portils binnen gehoorsafstand was, maar volgens mij is ze al naar huis."

"Wie is professor Solomon en wie is Irena Portils?"

"Aha!" zei Evan. "Daar hebben we het over een van onze meest beruchte schandalen."

"Vertel eens. Ik ben dol op schandalen."

Evan keek opnieuw even achterom. "Irena Portils werkt hier bij de bibliotheek. Voor zover ik begrepen heb, was ze vroeger danseres of zoiets, en is ze op een buitenwereldse tournee gegaan met een gezelschap. Ze kwam terug als echtgenote van een archeoloog, genaamd professor Solomon, die verklaarde dat hij overal wereldberoemd was. Hij maakte een goede indruk en werd een van de notabelen van de stad.

"Op een avond leek professor Solomon tijdens een dinertje met vrienden wat al te vrolijk te worden en mogelijk een tikje loslippig. Hij vertrouwde zijn vrienden in het diepste geheim toe, dat hij een oude kaart had gevonden waarop een grot stond aangegeven, hier in de buurt, waar de conquistadores vroeger een schat aan pas gemunte gouden dubloenen hadden verstopt. "Het zal wel weer een luchtkasteel zijn," zei professor Solomon. "Maar interessant blijft het."

"Een paar dagen later vertrok professor Solomon in alle heimelijkheid naar de bergen. Zodra zijn vrienden hoorden dat hij de bergen in was getrokken, zetten ze de discretie aan de kant en vertelden iedereen over het goud van professor Solomon.

"Er verstreek een maand voor professor Solomon terugkeerde. Toen zijn vrienden aandrongen op nieuws, liet hij hen met grote tegenzin vier gouden dubloenen zien en vertelde dat hij speciale gereedschappen moest hebben om het puin weg te ruimen dat de kist intussen bedekte. Kort daarop verdween hij opnieuw. Het bericht van zijn ontdekking had nogal wat belangstelling en ook hebzucht opgewekt. Toen professor

Solomon terugkwam met vierhonderd dubloenen, werd hij belaagd met aanbiedingen van verzamelaars. Hij liet een aantal op goudgehalte testen, hetgeen ze in waarde deed dalen, dus niemand was verbaasd toen hij weigerde de andere ook te laten testen. Op een goede dag hield hij om precies twaalf uur een verkoping. Drommen opgewonden verzamelaars kwamen zwetend en krijsend en wapperend met bankbiljetten bijeen. Professor Solomon verkocht zijn dubloenen in kavels van tien stuks en was ze binnen het uur alle vierhonderd kwijt. Toen bedankte professor Solomon de verzamelaars voor hun belangstelling en zei dat hij weer op pad ging om een andere grot te onderzoeken, die mogelijk een nog grotere schat zou opleveren, namelijk smaragden van de Inca's. Hij vertrok onder luide bijval en gelukwensen. Dit keer nam hij Irena Portils mee.

"De rust keerde weer in Pombareales, maar dat duurde niet lang. Een paar dagen later werd bekend dat de verzamelaars grote sommen gelds hadden neergeteld voor dubloenen die uit lood waren gestanst en vervolgens bedekt met een dun laagje goud. De waarde van de munten was te verwaarlozen.

"Verzamelaars zijn niet van die fatalistische lieden. Consternatie maakte plaats voor een verontwaardiging en een woede, die nog feller waren dan de geestdrift van weleer."

"En wat gebeurde er toen?"

"Niets. Als ze professor Solomon uit zijn schuilhol tevoorschijn hadden kunnen sleuren, hem hadden kunnen stenigen, ophangen, vierendelen, vervolgens levend verbranden en halfdood geselen, om hem daarna ondersteboven te kruisigen en te dwingen alles terug te betalen wat hij hen schuldig was met rente op rente, misschien dat de gevoelens dan intussen wat bedaard zouden zijn. Maar hij was nergens te vinden en tot op de dag van vandaag heeft niemand ooit durven voorstellen professor Solomon amnestie te verlenen. Wat Irena Portils betreft, die keerde na een paar jaar terug, met haar twee kinderen. Ze beweerde dat de professor haar in de steek gelaten had. Verder verklaarde ze dat ze niets van het bedrog afwist en dat ze alleen maar met rust gelaten wilde worden. Niemand kon bewijzen dat ze medeplichtig was geweest, al hebben ze het hard genoeg geprobeerd. Na een tijdje kwam Irena hier op de bibliotheek werken. De jaren verstreken en zo staan de zaken er op het ogenblik voor."

"En waar is professor Solomon? Zou ze nog steeds contact met hem houden?"

Evan glimlachte kil en zuinigjes. "Dat weet ik niet. Ik zou er haar niet naar durven vragen. Ze is heel erg gesloten."

"Heeft ze geen vrienden, dan?"

"Geen een, voor zover ik weet. Ze doet hier op de bibliotheek haar werk, ze weet het nog net op te brengen beleefd antwoord te geven als iemand iets tegen haar zegt, maar ze schijnt er altijd maar voor de helft met haar gedachten bij te zijn, alsof ze met haar geest heel ergens anders zit. Soms loopt de spanning binnen in haar zo hoog op, dat iedereen in haar buurt er zenuwachtig van wordt. Het is alsof er felle stormen in haar binnenste woeden en ze zich alleen met de grootste moeite in bedwang kan houden."

"Eigenaardig."

"Heel eigenaardig, ja. Ik zou niet graag in de buurt zijn als ze zich ooit laat gaan."

"Hm." Wat Evan vertelde was niet bemoedigend. Irena Portils was de enige schakel met Adrian Moncurio en ze moest het toch op de een of andere manier met haar zien aan te leggen. Aarzelend zei ze: "Als ik morgen naar de bibliotheek kom, krijg ik haar misschien wel te zien."

Dat had ze niet moeten zeggen. Evan keek haar verbaasd aan. "Waarom zou u haar willen zien?"

"Och, ik vind ongewone mensen wel interessant," antwoordde Wayness slapjes.

"Ze komt morgen niet. Dat is de dag dat de dokter haar kinderen opzoekt. Hij komt elke week. Bovendien werkt Irena in een kamer apart, zodat u haar toch niet te zien zou krijgen."

"Nou ja, het doet er ook niet echt toe."

Evan glimlachte weemoedig. "Ik zou natuurlijk de hoop kunnen koesteren dat u terugkomt, afgezien van Irena."

"Dat is mogelijk," zei Wayness. Het lag in de lijn der verwachtingen dat ze op een gegeven moment hulp nodig zou hebben. Hulp van Evan? Het zou gemeen zijn hem zo uit te buiten. Maar ja, zoals ze daarstraks al tegen zichzelf had gezegd, om een omelet te maken zou ze toch tenminste een eitje moeten breken.

"Als ik in de gelegenheid ben, kom ik zeker nog eens langs."

Wayness keerde terug naar het hotel. Het caféterras voor het hotel zat nu vol levendige jonge zakenlui, groepjes dames uit de betere kringen en veeboeren en hun echtgenotes, die een dagje naar de stad waren gekomen om inkopen te doen. Wayness ging aan een vrij tafeltje zitten en bestelde thee en notenkoek. De wind was gaan liggen, de zonneschijn was warm. Als ze haar hoofd ophief en naar het westen keek, kon ze de Andes hoog zien oprijzen. Als ze niet zo veel zorgen aan haar hoofd had gehad, zou Wayness het heel aangenaam hebben gevonden.

Bij gebrek aan andere bezigheden schoof Wayness de theepot opzij, haalde pen en papier tevoorschijn en begon maar weer een brief te schrijven aan haar ouders.

Ze besloot: "Ik ben verwikkeld in een gigantische snipperjacht waarvan de spelregels nu en dan knap onplezierig zijn. Op het ogenblik word ik gestuit door een zekere Irena Portils, die me de weg verspert naar Adrian Moncurio (door een bespottelijk toeval tevens een oude vriend van oom Pirie — of misschien is het zo toevallig niet). Al deze informatie is zwaar geheim, tussen twee haakjes, en jullie mogen er met niemand over praten, behalve met Glawen, voor wie ik maar weer een briefje insluit in de hoop dat hij het krijgt. Vroeg of laat zal ik wel horen wat er allemaal gebeurd is."

In haar briefje aan Glawen schreef ze ook over Irena Portils. "Ik weet niet hoe ik haar het beste kan benaderen. Ze schijnt hyperneurotisch te zijn, wat dat ook mag betekenen.

"Ik wou dat deze hele zaak voorbij was. Voortdurend word ik op het verkeerde been gezet of stoot ik mijn neus; ik loop rond in een reusachtige caleidoscoop.

"Maar eigenlijk mag ik niet klagen. Wanneer ik terugkijk, heb ik redenen genoeg om me bemoedigd te voelen. Ik maak vorderingen, stap voor stap, stukje bij beetje. Ik moet nogmaals zeggen dat ik helemaal niet blij ben met Julian. Het kan zijn dat hij een moordenaar is en het kan ook van niet, maar een heleboel andere verwerpelijke dingen is hij wel.

"Wat Irena Portils betreft, ik zal al mijn vernuft moeten aanwenden om een manier te bedenken om kennis met haar te maken. Ik geloof niet dat de bibliotheek me daar een goede kans toe biedt, maar het schijnt haar enige contact met de buitenwereld te zijn. Afgezien van de arts die elke week haar kinderen bezoekt. Ik vraag me af of ik langs die weg niet iets tot stand zou kunnen brengen. Daar moet ik nog eens over denken. Zoals altijd wou ik dat je hier bij me was. Ik hoop maar dat je deze brief ontvangt."

In die hoop werd Wayness teleurgesteld. Tegen de tijd dat haar brief op Station Araminta arriveerde, was Glawen al hoog en breed op weg naar de Aarde.

Wayness bracht haar brief naar het postkantoor, ging terug naar het hotel en liep naar haar kamer. Ze nam een bad en trok toen, met het idee haar moreel wat op te vijzelen, een van haar meest aantrekkelijke uitgaansensembles aan, een zachte zwarte tuniek en een rok met zwarte, mosterdgele en oker strepen. Haar stemming werd er iets, maar niet veel beter van. En zo ging ze naar beneden om in het restaurant te dineren.

Ze deed zich ongehaast te goed aan lamskoteletjes en asperges. Toen ze klaar was, bleek de schemering al te zijn gevallen en was het jonge volkje van Pombareales aangetreden voor de avondlijke pantoffelparade. De meisjes liepen linksom rond het plein, de jongens rechtsom; wanneer beide partijen elkaar tegenkwamen, werden er groeten en kwinkslagen uitgewisseld. Sommige jongelieden strooiden met complimentjes, anderen deden of ze hartaanvallen of stuiptrekkingen kregen als gevolg van zoveel verpletterend schoon. De meest gedreven Romeo's slaakten gepassioneerde kreten zoals: "Ay-yi-yi!" of "Ahay! Ik voel me diep geraakt!" of: "Welk een verfijnde schoonheid!" of "Caray! Ik ben in opperste vervoering!" De meisjes negeerden het overdreven gedoe, deden soms zelfs ronduit schamper, maar onttrokken zich toch niet aan de parade.

Wayness liep naar het terrasje en ging aan een tafeltje zitten in de schaduw. Ze bestelde koffie en keek hoe de maan opkwam aan de hemel van Patagonië. Haar aanwezigheid bleef niet onopgemerkt; ze werd diverse keren benaderd door op gezelschap gestelde jongelieden. De een stelde voor dat ze de Cantina La Dolorosita zouden bezoeken om te genieten van muziek en dans, een tweede wilde een kan pisco punch bestellen en samen drinken en over filosofie discussiëren; een derde nodigde Wayness uit een ritje te maken in zijn snelle automobiel. Ze zouden over de pampa snellen bij het schijnsel van de volle maan. "Je zult beschonken raken van het gevoel van vrijheid en ruimte," beloofde hij haar.

"Dat klinkt leuk," zei Wayness. "Maar stel dat de auto een mankement kreeg of dat jij onwel werd, of dat er iets anders gebeurde, zodat ik het hele eind naar Pombareales terug moet lopen?"

"Bah!" gromde de jongeman. "De meest praktische vrouwen zijn doorgaans het saaist; de aanwezigen niet te na gesproken, natuurlijk."

Wayness wist beleefd onder zijn invitatie uit te komen. Ze ging naar haar kamer en naar bed. Een uur of misschien wel langer bleef ze wakker liggen, starend naar het plafond en denkend aan verre en nabije oorden, aan mensen die ze liefhad en mensen die ze haatte. Ze dacht na over het leven, dat nog zo nieuw was en haar zo dierbaar was, en dat iemand al een keer had getracht te vernietigen, en aan de dood die weinig mogelijkheden bood tot een serieuze analyse. Haar gedachten keerden terug naar Irena Portils. Ze had het geteisterde gezicht met de smalle, opeengeklemde kaken en het sluike piekhaar maar een keer gezien, maar nu al onderging ze de invloed van Irena's persoonlijkheid.

Door het open venster hoorde ze de geluiden van de pantoffelparade wegsterven; de gehoorzame, brave meisjes gingen naar huis terwijl de anderen, wie weet, ritjes gingen maken bij maanlicht.

Wayness begon soezerig te worden. Ze had besloten op welke wijze ze Irena Portils zou benaderen. Het was op zijn best een ongewisse aanpak, die hoogstens een kans van een op drie had om te slagen. Maar het was beter dan niets en Wayness had het geruststellende gevoel dat ze op deze manier kans op succes had.

De volgende ochtend stond Wayness vroeg op en trok een grijze tweed rok aan, een witte bloes en een donkerblauw jakje: een keurig en onopvallend tenue, geschikt voor een eenvoudige bankemployée, of een aankomend onderwijzeres, of zelfs een conservatieve studente aan de universiteit.

Wayness verliet haar kamer en ging naar beneden, waar ze ontbeet in het restaurant. Toen verliet ze het hotel. Het was een heldere maar winderige dag, met bleek, koel zonlicht dat vanuit het noordoosten het plein bestreek. Wayness liep met ferme pas de Calle Luneta af, terwijl de wind haar rok deed wapperen en stofkringels door de straat joeg. Ze sloeg de Calle Maduro in en liep door tot ze Casa Lucasta kon zien liggen, honderd meter verderop. Ze bleef staan en keek schattend om zich heen. Aan de overkant zag ze een klein, wit, vervallen huis waar niemand meer woonde; het glas was uit de vensters gebroken zodat ze de straat inkeken met de wazige, nietsziende blik van een dronkaard. Wayness keek naar links en naar rechts en speurde de straat af. Niemand die haar zag. Ze wachtte tot een wervelende stofsliert voorbij was gewaaid en draafde toen met opgetrokken neus naar de overkant. Na nog een schichtige blik naar links en naar rechts sprong ze op de veranda van het leegstaande huis en trok zich terug in de schaduw van de iets uitstekende zijmuur. Beschut tegen de wind kon ze hier ongezien de straat in het oog houden en iedereen zien aankomen.

Wayness maakte zich op voor een lange wacht, desnoods de hele dag, want ze had er geen idee hoe laat de arts zijn visite aflegde bij Casa Lucasta.

Het was even voor negenen. Wayness maakte het zich zo gerieflijk mogelijk. Er kwam een bestelwagen de straat door, beladen met bouwmateriaal, kennelijk op weg naar de begraafplaats. Een volgende bestelbus verscheen: de wagen van de bakker die huis aan huis brood en bakkerswaren bracht. Een jongeman kwam voorbij op een motorfiets; de bestelwagen kwam terug van de begraafplaats. Wayness zuchtte en veranderde van houding. Het was nu vijf voor tien. Een particuliere auto, niet opvallend groot of klein, zwartwit gespoten, als behoorde hij tot een instelling of bedrijf, kwam de Calle Maduro in rijden. Dit was vrijwel zeker de wagen die ze verwachtte. Ze sprong van de veranda af en holde naar de stoep en toen de wagen dicht bij haar was stapte ze de straat op en beduidde de bestuurder met dringende gebaren dat hij moest stoppen. De wagen minderde vaart en hield stil. Tot haar opluchting zag Wayness op de zijkant het opschrift:

OPENBARE GEZONDHEIDSZORG
– Montalvo –
DIENST REVALIDATIE

Ze had dus niet de verkeerde auto aangehouden.

De bestuurder en Wayness namen elkaar op. Ze zag een donkerharige man van doorsneelengte en naar schatting een jaar of vijfendertig, stevig gebouwd en met een vierkant, doortastend gezicht. Wayness vond dat hij er best aantrekkelijk uitzag en kreeg de indruk dat hij een redelijk iemand was met een open instelling; dat was gunstig, hoewel de wat grimmige trek om zijn mond zou kunnen duiden op een gebrek aan gevoel voor humor, hetgeen weer ongunstig was. Hij was nonchalant gekleed in een groene trui en een lichtbruine keperbroek, wat wees op een ontbreken van de vormelijkheid die men van inrichtingsartsen zou verwachten; wat, alweer vanuit het standpunt van Wayness gezien, gunstig was. Aan de andere kant was de uitdrukking waarmee hij haar opnam onpersoonlijk en analyserend en dat was ongunstig, aangezien ze dus niet in staat zou zijn hem te vermurwen met een bekoorlijke glimlach en een beetje geflirt. Nu het zo lag, stond ze voor de veel zwaardere opgave het met haar intelligentie te klaren.

"Wat is er?"

"U bent de dokter?"

Hij nam haar van boven tot onder op. "Ben je ziek, dan?"

Wayness stond even met haar ogen te knipperen. Was dat humor? Zo ja, dan wel met een erg ironische inslag. Ze zag wel dat ze er een zware dobber aan zou krijgen.

"Nee, ik maak het prima, dank u wel. Maar ik heb iets heel belangrijks tegen u te zeggen."

"Dat klink een beetje dreigend. Weet je zeker dat je de goeie voor je hebt? Ik ben dokter Armand Olivano. Dus schiet me asjeblieft niet neer omdat je me voor een ander aanziet."

Wayness toonde hem haar lege handen. "U loopt heus geen gevaar. Ik wilde u alleen iets voorstellen dat u, naar ik hoop, ook verstandig en noodzakelijk zult vinden."

Dokter Olivano dacht een paar seconden na en haalde toen abrupt zijn schouders op. "Als je het zo stelt, kan ik moeilijk weigeren je aan te horen." Hij deed het portier open. "Ik heb zo dadelijk een afspraak, hier verderop, maar die kan wel een paar minuutjes wachten."

Wayness klom in de wagen. "Misschien wilt u zo vriendelijk zijn ergens anders heen te rijden en daar te parkeren, zodat we rustig kunnen praten."

Dokter Olivano maakte geen tegenwerpingen. Hij keerde de auto, reed de Calle Maduro uit en parkeerde in de schaduw van de eucalyptusbomen bij de coöperatieve kippenfokkerij. "Is dit naar je zin?"

Wayness knikte. Ze begon met overleg haar verhaal. "Ik wil graag dat u me serieus neemt en daarom begin ik met een paar feiten. Mijn naam is Wayness Tamm, wat u natuurlijk niets zegt. Maar laat ik u het volgende vragen: staat u achter het idee van natuurbescherming, met uw verstand of met uw gevoel?"

"Natuurlijk. Wie niet?"

Wayness gaf daar geen antwoord op. "Kent u het Genootschap van Natuurkenners?"

"Dat zegt mij helaas niets."

"Doet er niet toe. Er is nu weinig meer van over. Mijn oom, Pirie Tamm, is secretaris van het Genootschap en ik ben vicesecretaris. Er zijn nog een stuk of vier stokoude leden en daarmee hebben we het wel gehad. Duizend jaar geleden was het Genootschap echter wel een belangrijke organisatie. Het werd toen eigenaar en beheerder van de planeet Cadwal, aan het eind van Mircea's Vleug achter in Perseus en stelde daar een eeuwigdurend regime van natuurbehoud in. Ik ben op Cadwal geboren en de Conservator is mijn vader." Wayness bleef nog een paar minuten aan het woord. Zo kort mogelijk schetste ze de crisis op Cadwal, haar ontdekking dat het Handvest en de Eigendomsakte zoek waren en haar pogingen ze terug te vinden. "En nu heb ik ze tot hier weten na te sporen."

Dokter Olivano keek verbaasd. "Hier? In Pombareales?"

"Dat niet precies. De volgende sport op mijn ladder is ene Adrian Moncurio, grafrover van beroep. In Pombareales is hij bekend als professor Solomon en berucht om zijn loden dubloenen."

"Aha! Nu begin ik het te begrijpen. We komen in de buurt van Casa Lucasta!"

"Inderdaad. Irena Portils is mogelijk Moncurio's wettige echtgenote — al vermoed ik eigenlijk van niet. Maar zij is waarschijnlijk de enige persoon op Aarde die weet waar hij te vinden is."

Dokter Olivano knikte. "Wat je vertelt is heel interessant, maar neem maar van mij aan, als een artikel des geloofs zo je wilt, dat Irena Portils jou niets zal vertellen."

"Die indruk had ik zelf ook al, nadat ik haar over straat had zien lopen. Ze schijnt zeer vastberaden te zijn en onder enorme spanning te leven."

"Dat is nog te zacht uitgedrukt. Ik kwam onlangs bij haar met een paar formulieren die ze moest invullen — een routineonderzoek naar de gezinssituatie. Volgens de wet moet het adres van de vader worden vermeld, maar Madame Portils wilde niets prijsgeven. Geen naam, leeftijd, geboorteplaats, beroep of huidige verblijfplaats van haar verdwenen echtgenoot. Ik wees haar erop dat de rechter de kinderen zou kunnen weghalen en in een inrichting onderbrengen als ze niet meewerkte. Ze werd zeer geagiteerd. 'Dergelijke informatie is voor niemand anders dan mijzelf van belang. Hij verblijft buitenwerelds, meer behoeft u niet te weten. Als u mij m'n kinderen afneemt doe ik iets verschrikkelijks.' Dat geloofde ik graag en ik zei dat het formulier misschien toch niet nodig was. Later heb ik een valse naam en een verzonnen adres ingevuld en iedereen was tevreden. Maar het is duidelijk dat Madame Portils zelf op het randje van de waanzin wankelt. Ze verstopt dat zo goed mogelijk achter een masker, vooral als ik op bezoek kom, aangezien ik de ontzagwekkende macht van het Instituut vertegenwoordig. Ik weet dat ze me haat, dat kan ze niet verhelen; en vooral haat ze me omdat de kinderen mij aardig schijnen te vinden."

"Zijn ze te genezen?"

"Daar valt moeilijk wat van te zeggen, aangezien niemand de aard van hun aandoening kan vaststellen. Hun conditie fluctueert; soms lijken ze bijna normaal, maar een paar dagen later gaan ze weer helemaal op in hun droomwereld. Het meisje, Lydia, is vaak wel aanspreekbaar tenzij ze onder druk staat. De jongen heet Myron. Die kan na één blik een gedrukte bladzij natekenen op elk gewenst formaat, groot of klein, letter voor letter, woord voor woord. De letters zijn exact weergegeven en hij schijnt er grote voldoening aan te ontlenen — maar lezen kan hij niet en hij wil niet praten."

"Kan hij praten?"

"Lydia zegt van wel, maar al met al weet ze niet zeker of het toch misschien niet de wind is geweest die tegen haar sprak, zoals zo vaak. Wanneer het 's nachts waait, moet ze in de gaten worden gehouden, anders klimt ze uit het raam en gaat door het donker rennen. Dat is het enige moment dat ze moeilijk is en dat er een kalmerend middel moet worden toegediend. Ze zijn fascinerend, die twee, en ik heb ontzag voor ze. Laatst bracht ik voor Myron een schaakspel mee. Ik zette het voor hem neer, legde de regels uit en toen begonnen we te spelen. Hij keek amper naar de stukken maar wist me binnen twintig zetten in te pakken. We deden nog een spelletje. Hij keek net lang genoeg naar het bord om zijn stukken te verzetten, maar versloeg me met vernietigend gemak in zeventien zetten. Toen begon het hem te vervelen en verloor hij zijn belangstelling."

"Hij kan dus niet lezen?"

"Nee, en Lydia evenmin."

"Iemand zou het ze moeten leren."

"Dat ben ik met je eens. Maar de grootmoeder kan het zelf niet goed genoeg en Irena heeft geen greintje geduld en is veel te grillig. Ik denk zelf aan een huisleraar, maar ja, dat kunnen ze niet betalen."

"Wat dacht u van mij?"

Olivano knikte langzaam. "Ik dacht wel dat het op iets dergelijks zou uitdraaien. Laat ik de zaken voor je op een rijtje zetten. Ik geloof dat je oprecht bent en dat je alle hulp verdient die ik je binnen de grenzen van de wet kan verlenen — maar mijn eerste plicht geldt die twee kinderen. Ik kan niet meewerken aan een programma dat de kinderen zou kunnen schaden."

"Ik zou ze niet schaden," zei Wayness. "Ik wil alleen een officieel binnenkomertje hebben, zodat ik kan proberen achter het adres van Moncurio te komen."

"Dat is volkomen duidelijk." Dokter Olivano's stem had nu een bijklank die Wayness alleen maar kon omschrijven als klinisch. Hoe ze ook haar best deed, ze kon niet verhinderen dat haar stem oversloeg toen ze zei: "Ik wil niet overdreven dramatisch doen, maar het lot van een hele wereld en van duizenden mensen hangt op dit moment van mij af."

"Ja. Dat schijnt zo." Dokter Olivano zweeg en koos zijn volgende woorden met overleg. "Vooropgesteld dat jouw inschatting van de situatie de juiste is."

Wayness keek hem treurig aan. "Gelooft u me niet?"

"Denk je eens in mijn positie in," zei dokter Olivano. "Jaarlijks spreek ik met tientallen jonge vrouwen, wier waandenkbeelden over het geheel genomen veel overtuigender klinken dan jouw verhaal. Dat wil niet zeggen dat ik denk dat je niet de waarheid vertelt zoals jij die ziet — of zoals die in werkelijkheid bestaat, zelfs. Maar van mijn standpunt uit gezien kan ik dat niet uitmaken. Ik moet een paar dagen over je voorstel nadenken."

Wayness keek somber de straat in. "Kennelijk wilt u verifiëren wat ik u verteld heb. Als u Pirie Tamm belt op Voordewind wordt uw gesprek afgeluisterd. Ze zullen het natrekken en ontdekken dat ik in Pombareales ben en dan waarschijnlijk proberen me te vermoorden."

"Die uitspraak zou op zich al een aanwijzing zijn voor een obsessie."

Wayness kon een spijtig lachje niet binnenhouden. "Ik ben al aan een moordaanslag ontsnapt in Triëst. Ik heb die vent toen met een urn op zijn kop geslagen. Volgens mij heette hij Baro. Een handelaar genaamd Alcide Xantief, die mij informatie had verschaft, was minder gelukkig. Ze hebben hem vermoord en in het Canal Daciano gegooid. Zijn dat obsessies? U kunt het de politie in Triëst vragen. En ik weet het nog beter gemaakt. Als u mee wilt gaan naar mijn hotel, dan kan ik Pirie Tamm bellen via zijn bank en dan mag u hem vragen wat u wilt over mij en Cadwal."

"Dat heeft op dit ogenblik geen zin," zei dokter Olivano. "Het is daar middernacht." Hij rechtte zijn rug. "Het zou bovendien overbodig zijn. Ik had vandaag besloten dat ik iets moest doen, ook al was het niet het juiste. Ik kan het niet rechtvaardigen die kinderen weg te laten halen; Irena mishandelt ze kennelijk niet, ze geeft ze te eten en houdt ze proper, en ongelukkig zijn ze niet — althans niet op het oog. Maar hoe is dat over twintig jaar? Zal Lydia dan nog steeds gekleurde papiertjes zitten uit te zoeken? Zal Myron dan nog steeds vijfdimensionale kastelen zitten te bouwen in de zandbak?"

Olivano keek uit over de verlaten pampa voorbij de eucalyptusbomen. "En dan kom jij opeens opdagen. Ondanks alles geloof ik niet dat je gek bent of aan waanvoorstellingen lijdt." Hij wierp haar een korte blik toe. "Ik zal je vandaag meenemen naar Casa Lucasta en je voorstellen als een aankomend maatschappelijk werkster, die voor een korte periode aan mij is toegevoegd om de kinderen te begeleiden, bij wijze van experiment."

"Dank u, dokter Olivano."

"Ik geloof dat het over het geheel genomen beter zou zijn als je daar niet inwonend bent."

"Dat geloof ik ook," zei Wayness en dacht aan het wanhopige gezicht van Irena Portils.

"Ik neem aan dat je niets van psychotherapie afweet?"

"Nee, helemaal niets."

"Doet er niet toe. Je zult geen moeilijke dingen hoeven doen. Je hoeft alleen Lydia en Myron meelevend gezelschap te bieden en te proberen hun aandacht te richten op dingen buiten henzelf. Dat betekent dat je bezigheden zult moeten bedenken die ze leuk vinden. Helaas is het moeilijk vast te stellen wat ze leuk vinden en wat niet, aangezien ze alles voor zich houden. Bovenal moet je geduld betonen en nooit schamper of boos tegen ze doen, want in dat geval zullen ze zich in zichzelf terugtrekken en je niet meer vertrouwen en dan is al je werk voor niets geweest."

"Ik zal mijn best doen."

"Maar bovenal, boven leven en sterven, eer, goede naam en waarheid, staat — moet ik het nog met zoveel woorden zeggen? — de discretie. Betrek het Instituut niet in een schandaal. Laat Irena niet zien dat je in haar laden rommelt of haar brieven bekijkt."

Wayness grinnikte. "Ik zal zorgen dat ze me niet betrapt."

"Blijft er nog één moeilijkheid. Je bent niet erg overtuigend als maatschappelijk werkster. Ik geloof dat ik je beter kan voorstellen als een studente van de School voor Psychotherapie, die bij mij stage loopt als assistente. Irena zal dat volstrekt niet vreemd vinden, want ik heb wel eerder dergelijke studenten meegebracht."

"Is ze moeilijk om mee te werken?"

Olivano trok een lelijk gezicht en gaf er niet rechtstreeks antwoord op. "Ze bewaart steeds haar zelfbeheersing, maar het schijnt haar de grootste moeite te kosten, wat bij mij grote spanningen oproept. Ik krijg van haar het gevoel dat ze op de rand van een afgrond balanceert; ik kan nooit werkelijk tot haar doordringen. Zodra ik een gevoelig punt aanroer, begint ze zenuwachtig te draaien en moet ik wel ophouden, anders volgt er een woedende uitbarsting."

"En de grootmoeder?"

"Madame Clara. Die is vinnig en uitgekookt en ziet alles. Ze begrijpt niets van de kinderen en gaat nogal bruusk met ze om. Ik vermoed dat ze ze de broek klopt met een rotting als ze dat nodig vindt. Ze heeft een hekel aan mij en ze zal jou zeker wantrouwen. Negeer haar maar, voor zover je kunt. Uit haar zul je toch niets krijgen en ik betwijfel of ze iets weet. Goed, ben je klaar?"

"Ik ben klaar, en knap zenuwachtig ook."

"Niet nodig. Ik zal je voorstellen als Marin Wales, aangezien ik een studente heb die zo heet en die op het ogenblik afwezig is."

Olivano keerde de wagen en reed de Calle Maduro weer in tot voor de deur van Casa Lucasta. Wayness nam het witte huis met de drie verdiepingen nog eens goed op. Ze had zich het hoofd gebroken over een manier om er binnen te komen, en nu die manier haar geboden werd, kostte het haar nog meer hoofdbrekens. Maar wat had ze te vrezen? Als ze dat wist, zei ze bij zichzelf, zou ze zich misschien niet zo eng voelen. Nu ja, niets aan te doen. Olivano was al uitgestapt en stond te wachten met een flauwe glimlach op zijn gezicht. "Niet zenuwachtig zijn. Je bent een studente en je wordt niet geacht iets te weten. Blijf erbij en observeer; meer wordt er op dit moment niet van je verwacht."

"Maar daarna?"

"Dan ga je spelen met twee interessante, zij het ietwat abnormale kinderen, die je waarschijnlijk best aardig zullen vinden — dat is meteen ook mijn grootste angst, dat ze al te zeer op je gesteld raken."

Wayness stapte wat beverig de auto uit en zag het gezicht van Irena, dat hen gadesloeg van achter een raam op de eerste verdieping.

Ze liepen het erf over naar de voordeur die geopend werd door Madame Clara. "Goedemorgen," zei Olivano. "Madame Clara, dit is mijn assistente Marin."

"Ja, kom dan maar binnen," zei Madame Clara met vlakke, hese stem en ging opzij om hen voorbij te laten. Ze was een kleine, bedrijvige vrouw, enigszins gezet en met kromme schouders, zodat haar hoofd naar voren stak. Haar grijze haar, dat er niet al te schoon uitzag, was opgestoken in een slordige knot; haar ogen waren zwart en stekend. Haar mond was, als gevolg van een kramptoestand of een zenuwbeschadiging, permanent opgetrokken in een scheve, starre grijns, zodat haar gezicht voortdurend een uitdrukking van cynische achterdocht vertoonde — alsof ze ieders onverkwikkelijke geheimen kende en er zich over verkneukelde.

Wayness wierp een blik in de eetkamer, opzij van de hal, en zag daar de kinderen zitten, kaarsrecht aan tafel, elk met een sinaasappel in hun magere vingertjes. Ze keken zonder veel belangstelling naar Olivano en Wayness en trokken zich toen weer in hun eigen wereldje terug.

Irena Portils kwam de trap af op lange, stakerige benen. Ze droeg een groen met gele bloes op een taupekleurige rok met terra strepen. Het was geen flatteus ensemble. De kleuren deden haar gelaatskleur niet best uitkomen, de bloes was te kort en de rok zat te hoog in de taille, waardoor haar nogal bolle buik extra werd benadrukt. Maar toch, toen ze bovenaan de trap verscheen, meende Wayness opnieuw even een glimp op te vangen van een tragische schoonheid, zo breekbaar, dat ze op hetzelfde ogenblik weer verdwenen was, uiteengespat als een zeepbel, zodat er niets anders overbleef dan het geteisterde, wanhopige gezicht.

Irena nam Wayness met verbazing op en niet met groot genoegen. Dokter Olivano ging er gewoon aan voorbij en zei op zakelijke toon: “Dit is Marin Wales, een gevorderd studente die bij mij stage loopt als assistente. Ik heb haar gevraagd Myron en Lydia een tijdlang intensief te begeleiden om de therapie wat te versnellen, aangezien we daar op het ogenblik niet veel verder mee lijken te komen.”

“Dat begrijp ik niet.”

“Het is heel eenvoudig. Marin zal gedurende een bepaalde periode elke dag hier komen voor de kinderen.”

Irena zei langzaam: “Dat is heel aardig, maar ik weet niet of dat nu zo’n goed idee is. Het zou een verstoring en een belasting van mijn huishouden betekenen.”

“In dit geval zullen we toch moeten doorzetten op de door mij aangegeven wijze. We kunnen de jaren niet laten verstrijken zonder iets te doen.”

Irena en madame Clara draaiden zich om en namen Wayness aandachtiger op. Wayness glimlachte aarzelend, maar het was wel duidelijk dat ze geen gunstige indruk had gemaakt.

Irena wendde zich weer tot Olivano. Op koude toon vroeg ze: “En wat houdt dat ongelegen plan van u precies in?”

“Zo erg is het nu ook weer niet,” zei Olivano. “Marin zal zo veel mogelijk tijd met de kinderen doorbrengen. Ze zal in alle opzichten hun metgezel zijn en zal proberen hun aandacht gaande te maken, door middel van allerlei tactieken die haar goeddunken. Ze brengt zelf haar maaltijden mee, en zal u geen extra werk bezorgen. Ik wil dat ze de dagelijkse routine van de kinderen observeert, vanaf het moment dat ze opstaan, totdat ze weer naar bed gaan."

"Dat komt me voor als een grove inbreuk op ons privéleven, dokter Olivano."

"Net wat u wilt. Dan zullen we uw privéleven ontzien en zal ik Lydia en Myron overbrengen naar de kliniek, voor het programma dat ons voor ogen staat. Als u wat spulletjes voor ze wilt inpakken, dan neem ik ze nu meteen mee en behoeft u nergens hinder van te hebben."

Irena stond stokstijf in de hal en keek Olivano aan met een gezicht vol ellende. Madame Clara, met haar nietszeggende halve grijns, draaide zich om en slofte de keuken in, alsof ze niets met de hele zaak te maken wilde hebben. Lydia en Myron zaten vanuit de eetkamer toe te kijken. Ze leken zo kwetsbaar en hulpeloos, net jonge vogeltjes in een nestje, dacht Wayness.

Irena wierp een trage, schattende blik op Wayness. Ze mompelde: "Ik weet niet wat ik doen moet. De kinderen moeten bij mij blijven."

"In dat geval zal ik Marin aan ze gaan voorstellen — als u ons nu alleen wilt laten?"

"Nee. Ik wil erbij blijven. Ik wil horen wat u tegen ze zegt."

"Als u dan daar in de hoek wilt gaan zitten en zich buiten het gesprek wilt houden?"

8

Drie dagen waren verstreken; het was al bijna avond. Ingevolge haar instructies belde Wayness dokter Olivano thuis in Montalvo, vijftig kilometer ten oosten van Pombareales. Het gezicht van een knappe, blonde vrouw verscheen op het scherm. "Met Sufy Jirou."

"Met Wayness Tamm. Ik bel voor dokter Olivano."

"Ogenblikje alstublieft."

Olivano's gezicht verscheen op het scherm. Hij begroette Wayness zonder vertoon van verrassing. "Je hebt zojuist mijn vrouw ontmoet," zei hij. "Ze is musica en volstrekt gespeend van belangstelling voor psychologische afwijkingen. Wat dat aangaat, wat is er te melden uit Casa Lucasta?"

Wayness zette haar gedachten op een rijtje. "Dat hangt ervan af aan wie u het vraagt. Irena zou zeggen: 'Het gaat slecht.' Clara zou zeggen: 'Geen nieuws; ik doe gewoon mijn werk en ik heb er een hartgrondige hekel aan.' En wat mij betreft, ik heb helemaal niets ontdekt, zelfs niet de beste plaats om te zoeken. Ik verwacht geen vertrouwelijkheden van de kant van Irena; ze heeft nog amper een woord tegen me gezegd en ze neemt me mijn aanwezigheid duidelijk kwalijk."

"Dat verbaast me niets. Hoe staat het met de kinderen?"

"Daar is het nieuws veel beter — tot dusver. Ze schijnen me te mogen, hoewel Myron heel waardig en afstandelijk doet. Lydia is waarschijnlijk niet zo intelligent als hij, maar ze is vlug als water en wil haar gevoelens uiten. Ze ziet soms onverwacht ergens iets grappigs in. Ze lacht om dingen die ik saai zou vinden: een verkreukeld stukje papier, een vogel, of een van Myrons bizarre zandgebouwen. Ze is verrukt als ik Myron in zijn oor kriebel met een grasprietje; voor haar is het de grootste grap die er bestaat en zelfs Myron wil wel laten blijken dat het hem amuseert."

Olivano glimlachte flauwtjes zoals zijn gewoonte was. "Je schijnt je niet met ze te vervelen."

"Helemaal niet, nee. Maar ik kan niet zeggen dat Casa Lucasta me bevalt. Het huis beangstigt me ergens diep vanbinnen. Ik ben bang voor Madame Clara en Irena; ze lijken net twee heksen in een donkere spelonk."

"Je drukt je wel kleurrijk uit," zei Olivano droog. Buiten beeld mengde Sufy zich in het gesprek. Op peinzende toon zei ze: "Het leven wordt waargenomen als een vloed van kleuren." Olivano keek opzij. "Sufy? Ik zie dat je iets wenst op te merken."

"Het is niet van groot belang. Ik meende te moeten opmerken dat het leven wordt waargenomen als een vloed van kleuren, maar dit is algemeen bekend en lost geen raadsels op."

"Dat is jammer," zei Wayness. "Er is geen gebrek aan raadsels in Casa Lucasta. Ik kan nog niet zeggen hoeveel, aangezien sommige deel zouden kunnen uitmaken van hetzelfde mysterie."

"Wat voor mysterie bijvoorbeeld?"

“Irena zelf, om te beginnen. ’s Morgens gaat ze de deur uit en is ze keurig, beheerst en koud als een ijsberg. ’s Middags komt ze thuis in een afschuwelijke stemming, met een vlekkerig, hologig gezicht.”

“Ik heb hetzelfde verschijnsel ook meermalen opgemerkt. In de gegeven omstandigheden meende ik er beter aan te doen daar niet over te speculeren. Mogelijk is het een probleem van ondergeschikt belang.”

“Wat de kinderen betreft, ik sta ervan versteld hoe hard ze veranderd zijn in die paar dagen dat ik nu bij ze ben. Ik kan er niet helemaal zeker van zijn, maar ze schijnen zich meer bewust te zijn van hun omgeving en lijken ontvankelijker te zijn en meer alert. Lydia praat tegen me wanneer ze zich daartoe gedrongen voelt en ik begrijp wat ze zegt — althans dat geloof ik wel. In ieder geval weet ze zelf heel goed wat ze bedoelt. Vandaag, en dat vind ik een enorme overwinning, gaf ze me heel zinnig antwoord op een paar vragen. Myron doet net of hij niets merkt, maar hij slaat ons gade en denkt na. Over het algemeen heeft hij liever zijn zalige afzondering en de vrijheid om in zijn eigen belevingswereldje rond te dwalen. Maar nu en dan zie ik dat hij zijn aandacht richt op waar wij mee bezig zijn; en als hij het interessant genoeg vindt, wil hij zich weleens laten verleiden mee te doen.”

“Wat denkt Irena daar allemaal van?”

“Ik heb er haar vandaag over aangesproken en haar min of meer verteld wat ik net heb uiteengezet. Ze haalde alleen maar haar schouders op en zei dat ze vaak van dergelijke periodes hadden en dat ze niet te veel gestimuleerd moesten worden. Soms krijg ik het gevoel dat ze ze maar het liefst houdt zoals ze waren: gedwee en niet in staat om te klagen.”

“Dat is een instelling die men vaker tegenkomt.”

“Gisteren heb ik plaatjes en papier meegebracht en pennen, en ben ik begonnen ze lezen te leren. Myron had het ogenblikkelijk door, maar verveelde zich al snel en had er geen zin meer in. Lydia schreef het woordje ‘kat’ toen ik haar een plaatje van een poes liet zien. Myron ook, op mijn aandringen, maar met een air van minachtende onverschilligheid. Irena zegt dat het verspilde tijd en moeite is, aangezien ze geen belangstelling hebben voor lezen.

“We hebben een vlieger gemaakt en opgelaten, wat ze allebei erg opwindend vonden. Toen stortte de vlieger neer en waren ze allebei erg treurig. Ik heb gezegd dat we gauw weer een vlieger zouden maken, maar dat ze eerst moesten leren lezen. Myron gromde gemelijk; dat is het enige geluid dat ik tot nog toe over zijn lippen heb horen komen. Toen Irena thuiskwam, wilde ik dat Lydia haar voorlas, maar Lydia ging alweer helemaal in iets anders op. Dat was het moment waarop Irena me zei dat ik mijn tijd verdeed. En toen zei ze dat, aangezien het morgen zondag was, Madame Clara haar eigen besognes had en er niet zou zijn. En daardoor zou Irena de hele dag haar handen vol hebben aan de kinderen; ze moest ze in het bad doen en ze moest de zondagse maaltijd klaarmaken enzovoort. Ze zei dat ik haar te veel in de weg zou lopen en dat ik dus morgen niet naar Casa Lucasta hoefde te komen."

Olivano zei verbaasd: "In het bad doen? Het eten koken? Dat is niet zo'n uitgebreid programma! Met twee of drie uur is dat wel bekeken en dan is ze de rest van de dag met die twee alleen, zonder Marin om haar op haar vingers te kijken." Olivano wreef zich langs zijn kin. "Het kan niet zo zijn dat ze een bezoeker verwacht, dat zou de hele stad inmiddels weten. Hoogstwaarschijnlijk wil ze jou zo weinig mogelijk om zich heen hebben."

"Ik vertrouw Irena niet. Ik betwijfel ook of ze wel de moeder van die kinderen is; ze lijken helemaal niet op haar."

"Een interessante gedachte. Daar kunnen we vrij gemakkelijk achter komen." Olivano wreef opnieuw langs zijn kin. "We hebben ooit bloedmonsters van de kinderen genomen, om te laten onderzoeken op genetische afwijkingen. Die hebben we niet gevonden, uiteraard; hun aandoening blijft ons een raadsel — een van de vele overigens. Bel je me nu vanuit het hotel?"

"Ja."

"Dan bel ik je over een paar minuten terug."

Het scherm werd donker. Wayness liep naar het raam en keek uit over het plein. Op zaterdagavond dosten de bewoners van Pombareales zich van hoog tot laag in hun paasbest uit voor de pantoffelparade. Voor de jongemannen schreef de mode strakke, zwarte pantalons voor met gestreepte overhemden in donkere, weelderige kleuren: roodbruin en diep zeegroen en gomrood en donkerblauw, met vestjes die met zorg gekozen waren in een van de tinten van het overhemd; dat was wat de mode vereiste. De zwierigste vrijers droegen zwarte hoeden met een brede rand en een vlakke bol, die schalks schuin op het hoofd werden gezet om de stemming van de drager uit te drukken. De jongemeisjes droegen lange japonnen met korte mouwtjes en bloemen in hun haar. Buiten haar gezichtsveld klonk opgewekte muziek. Het zag er allemaal reuze vrolijk uit, dacht Wayness.

Een gong riep Wayness terug naar de telefoon. Olivano's gezicht verscheen, nu wat somberder van uitdrukking. "Ik heb met Irena gesproken. Ze kon me geen overtuigende redenen geven om jou buiten de deur te houden. Ik heb haar uitgelegd dat de tijd die je ter beschikking had om in Casa Lucasta door te brengen beperkt was en dat ik wilde dat je zo vaak mogelijk bij de kinderen zou zijn. Ze zei dat ze haar bezwaren dan wel zou inslikken als het er zo voor stond. Je kunt dus je gewone routine handhaven."

De volgende ochtend belde Wayness op de gebruikelijke tijd aan bij Casa Lucasta. Irena deed open.

"Goedemorgen, Madame Portils," zei Wayness.

"Goedemorgen," zei Irena met koele, heldere stem. "De kinderen liggen nog in bed, ze voelen zich niet lekker."

"Dat is vervelend! Wat is er met ze aan de hand?"

"Ze schijnen iets te hebben gegeten dat verkeerd gevallen is. Heb je ze gisteren misschien op snoep of gebak getrakteerd?"

"Ik had een paar kokossoesjes voor ze meegebracht, ja. Ik heb er ook een paar van gegeten en ik voel me uitstekend."

Irena knikte alleen maar, als bevestigde dat wat ze al gedacht had. "Ze zullen niet veel uitvoeren vandaag, dat weet ik wel. Het is allemaal erg vervelend."

"Zal ik even bij ze gaan kijken, wat denkt u?"

"Ik zie het nut daar niet van in. Ze hebben een onrustige nacht gehad en slapen op het ogenblik."

"Juist ja."

Irena deed een stap achteruit, het huis in. "Dokter Olivano merkte op dat je tijd hier beperkt was. Wanneer precies moet je weer weg?"

"Er is nog niets definitief afgesproken," zei Wayness beleefd. "Er zal veel afhangen van de vorderingen die ik maak."

"Wat moet dat saai en somber voor je zijn," zei Irena. "Voor mij is het dat althans wel. Goed, dan laat ik je maar gaan. Misschien dat ze zich morgen weer zoveel beter voelen, dat je je werk kunt hervatten."

Irena trok zich terug in de duistere hal; de deur ging dicht. Wayness liep langzaam de tuin uit en ging terug naar het hotel.

Een halfuur lang zat ze bezorgd en ongedurig in de hal van het hotel. Ze wilde eigenlijk dokter Olivano bellen, maar tegelijk ook weer niet, en wel om diverse redenen. Ten eerste omdat het zondagochtend was en dokter Olivano dan mogelijk niet gestoord zou willen worden. En ten tweede — nu ja, er waren allerlei redenen.

Desondanks voelde Wayness zich uiteindelijk toch gedrongen dokter Olivano te bellen, om van een gevoelloze stem te horen te krijgen dat er niemand thuis was. Wayness keerde zich van de telefoon af met een gevoel van frustratie en van opluchting tegelijk, met een voor haar nieuw en onredelijk gevoel van woede jegens Irena.

Op maandagavond belde Wayness Olivano weer. Ze vertelde hem hoe haar bezoek aan Casa Lucasta op zondagochtend was verlopen en wat Irena beweerd had. "Toen ik er vanmorgen heen ging, wist ik dus niet wat ik kon verwachten, maar zeker niet wat ik er aantrof. De kinderen waren uit bed, ze waren aangekleed en zaten te ontbijten. Maar ze leken zo lusteloos, alsof ze slaapwandelden, en toen ik ze groette, keken ze amper op. Irena stond me gade te slaan vanuit de keuken; ik deed dus of ik niets bijzonders had opgemerkt en ging bij ze zitten tot ze hun ontbijt op hadden. Anders staan ze te popelen om naar buiten te gaan, maar vanmorgen scheen het ze allemaal niets te kunnen schelen.

"We gingen ten slotte toch naar buiten. Ik praatte tegen Lydia, maar die keek me amper aan; Myron zat op de rand van de zandbak met een stok in het zand te krassen. Kortom, ze waren alles kwijt wat ze zich eigen hadden gemaakt en zo te zien nog meer. Ik begrijp er niets van.

"Toen Irena thuiskwam, verwachtte ze kennelijk dat ik er iets van zou zeggen, maar ik merkte alleen op dat ze nog niet helemaal lekker schenen te zijn. Dat beaamde ze en ze zei erbij: 'Ze hebben last van eigenaardige buien; ik heb geleerd daar geen aandacht aan te schenken.' En dat is al het nieuws van Casa Lucasta."

"Wel vervloekt!" mompelde Olivano. "Je had me gisterochtend meteen moeten bellen."

"Dat heb ik gedaan maar u was niet thuis."

"Natuurlijk niet; ik was op het Instituut! En Sufy had leerlingen."

"Het spijt me. Ik was bang dat u het niet prettig zou vinden dat ik belde; het was immers zondagochtend."

"Dat ik het niet prettig vind, daar heb je gelijk in! Maar goed, we weten in ieder geval iets meer. Alleen wat, dat weet ik nog niet." Olivano dacht even na. "Ik leg woensdag mijn gebruikelijke visite af. Ga jij door met je dagelijkse programma en bel me morgenavond als er iets is dat de moeite waard is om door te geven. Bij nader inzien, bel me in elk geval maar."

"Net wat u wilt."

De dinsdag verstreek kalm in Casa Lucasta. Wayness meende dat de kinderen zich wat minder traag en troosteloos gedroegen, maar dat er iets werd onderdrukt dat ze bij hen tevoorschijn had zien komen — een vermogen tot levenslust misschien, tot spontaniteit?

De middag was koel; een dunne nevel onttrok de zon aan het gezicht en uit de bergen kwam een kille wind omlaag. De kinderen zaten op de divan in de woonkamer; Lydia had een lappenpop op schoot, Myron zat met een touwtje te draaien. Madame Clara liep naar de bijkeuken met een mand vuile was; ze zou daar zeker vijf minuten mee doende zijn en wie weet langer. Wayness sprong overeind en draafde geruisloos de trap op. De deur van Irena's kamer was dicht; Wayness deed hem open met bonkend hart en loerde om de hoek. Ze zag wat onbeduidend meubilair: een bed, een commode, een bureautje. Wayness liep meteen op het bureautje af. Ze trok een la open en bekeek de inhoud, maar durfde die niet aan een gedetailleerd onderzoek te onderwerpen; de tijd verstreek zo snel. Met de seconde werd de spanning groter, tot ze het niet meer uithield. Sissend van frustratie schoof Wayness de la dicht en draafde weer naar beneden. Myron en Lydia zagen haar zonder enige belangstelling terugkomen; niets verried wat er in hun hoofd om mocht gaan — misschien was het allemaal een kleurig waas en meer niet. Wayness plofte neer op de divan en pakte een van hun prentenboeken. Haar hart bonsde nog als een bezetene en ze was vervuld van wrok. Ze had zich op verboden gebied gewaagd en het had niets opgeleverd.

Vijftien seconden later keek Madame Clara om de hoek van de woonkamer. Wayness deed of ze haar niet zag. Madame Clara keek met haar scheve achterdochtige grijns vinnig de kamer rond en liep toen weer weg. Wayness haalde diep adem. Had Madame Clara iets gehoord? Of had ze alleen maar het gevoel gehad dat er iets mis was? Een ding was wel zeker: zolang Madame Clara in huis was, kon er van een efficiënt doorzoeken van Casa Lucasta geen sprake zijn.

Halverwege de avond belde Wayness dr. Olivano in Montalvo. Ze meldde dat Myron en Lydia weliswaar nog wat apathisch waren, maar alweer wat beter werden. "Ik weet niet wat er zondag met ze gebeurd is, maar het schijnt weer weg te trekken, zij het heel langzaam."

"Ik ben benieuwd hoe het morgen met ze gaat als ik langskom."

9

Die woensdagochtend legde dokter Olivano gewoontegetrouw zijn visite af in Casa Lucasta. Hij arriveerde tegen elf uur en trof Wayness, Myron en Lydia aan in de tuin, aan de zijkant van het huis. De kinderen waren aan het boetseren met klei; op het eerste gezicht waren ze bezig een soort dier te maken naar afbeeldingen in de prentenboeken die Wayness rechtop op de tafel had gezet.

Olivano liep naar hen toe. De kinderen keken even op en gingen weer verder met hun werk. Lydia was bezig een paard te maken en Myron een zwarte panter. Olivano vond dat ze het heel verdienstelijk deden, hoewel ze geen van beiden veel enthousiasme vertoonden.

Wayness begroette hem. "Zoals u ziet, zijn Lydia en Myron hard aan het werk. Ik geloof dat ze zich vanochtend een beetje beter voelen. Waar of niet, Lydia?"

Lydia sloeg haar ogen op en liet een zweem van een glimlach verschijnen; toen ging ze weer verder met boetseren. Wayness vervolgde: "Ik zou Myron hetzelfde willen vragen, maar hij is op het ogenblik te druk bezig om antwoord te geven. Maar al met al geloof ik dat hij zich ook wat beter voelt."

"Het is heel goed wat ze maken," zei Olivano.

"Jawel, maar niet zo goed als ze zouden kunnen. Ze zijn voornamelijk bezig de klei heen en weer te duwen. Zodra ze wat beter zijn, zullen we nog eens wat zien! Myron en Lydia zijn vastbesloten niet weer loom en dromerig te worden." Wayness slaakte een diepe zucht. "Ik heb echt het gevoel dat ik bezig ben geweest ze kunstmatige ademhaling te geven."

"Hm!" zei dokter Olivano. "Je zou sommige figuren eens moeten zien waar ik tien keer per dag mee te maken heb. Deze twee zijn als bloemetjes in de lente." Hij wierp een blik op het huis. "Irena is thuis, veronderstel ik."

Wayness knikte. "Ze is thuis. Om precies te zijn, ze staat nu naar ons te kijken vanachter het raam."

"Mooi. Dan zal ik haar wat laten zien wat haar aandacht waard is," zei Olivano. Hij knipte zijn dokterskoffertje open en haalde er een tweetal doorzichtige plastic envelopjes uit. Hij trok Lydia een haar uit, tot haar grote schrik, en deed hetzelfde bij Myron, die zich er gelaten onder betoonde. Olivano deed de haren elk in een van de envelopjes en plakte er een etiketje op.

Wayness vroeg: "Waarom kwelt u die arme Myron en Lydia zo?"

"Dat is geen kwellen, dat is wetenschappelijk onderzoek," zei Olivano.

"Ik heb altijd gedacht dat daar verschil tussen was."

"Dat is ook zo, in dit geval tenminste. Haren groeien namelijk laag voor laag aan en absorberen daarbij allerlei elementen uit het bloed; ze vormen in feite een stratigrafisch diagram. Ik wil deze haren laten onderzoeken."

"Denkt u dat u iets zult ontdekken?"

"Dat hoeft niet. Zekere stoffen worden niet geabsorbeerd of zetten zich niet in duidelijke laagjes af. Maar het is de moeite van het proberen waard." Olivano draaide zich om en keek naar het huis. Door het venster zag hij de gestalte van Irena die zich snel terugtrok, als wilde ze niet ontdekt worden.

Olivano zei: "Het wordt tijd dat ik met Irena ga praten."

"Zal ik meegaan?" vroeg Wayness.

"Ik denk dat je aanwezigheid nuttig zal zijn."

Ze liepen samen naar de voordeur en Olivano belde aan. Na een poosje kwam Irena opendoen. "Ja?" zei ze vragend.

"Mogen we even binnenkomen?"

Irena draaide zich om en marcheerde de woonkamer in. Daar bleef ze staan. "Waarom hebt u haren van de kinderen meegenomen?"

Olivano zette uiteen hoe stoffen in de haren werden afgezet en dat hij ze daarom wilde onderzoeken. Irena was er niet blij mee. "Vindt u dat onderzoek dan echt noodzakelijk?"

"Dat weet ik pas met zekerheid wanneer ik de uitslag van de analyse binnenkrijg."

"Daar word ik nog niet veel wijzer van."

Olivano lachte en schudde spijtig zijn hoofd. "Als ik definitieve gegevens had, dan had u het als eerste van me gehoord. Maar goed, er is nog iets anders, een kwestie van volksgezondheid. U weet, of misschien ook niet, dat vorige week in Pombareales het polyvirus XAX-29 is gesignaleerd. Het is niet overmatig gevaarlijk, maar het kan heel hinderlijk zijn voor mensen die geen antistoffen bezitten. En dat kan ik heel eenvoudig bepalen op grond van een bloedmonster. Als u mij toestaat —" Olivano haalde een instrumentje tevoorschijn. "U voelt er niets van." Hij kwam op Irena toe en had het instrument, voor ze er iets tegenin kon brengen, al tegen haar onderarm gedrukt. "Mooi zo," zei Olivano. "Morgen heb ik de uitslag voor u. En maak u intussen niet al te veel zorgen, want de infectiekans is gering, maar je kunt niet voorzichtig genoeg zijn, zeg ik altijd maar."

Irena wreef haar arm; haar ogen fonkelden duister in haar geteisterde gezicht.

Olivano zei beleefd: "Dan is dat weer alles voor vandaag, denk ik. Ik heb Marin haar instructies gegeven — voornamelijk een voortzetting van waar ze al mee bezig was."

Irena snoof en zei: "Ze schijnt het grootste deel van de tijd alleen maar met ze te spelen."

"Dat is ook precies wat ze nodig hebben; ze mogen niet de kans krijgen te gaan zitten piekeren en dagdromen en zich terug te trekken in hun eigen denkwereldje. Ze schijnen een kleine terugval te hebben gehad, maar ze herstellen zich alweer heel redelijk en ik wil ervoor zorgen dat het niet nog eens gebeurt."

Irena had daar niets op te zeggen en Olivano vertrok.

De week ging voorbij. Op vrijdagavond belde Olivano Wayness op in het hotel. "En wat is er te melden uit Casa Lucasta?"

"Niet veel, behalve het feit dat de kinderen weer ongeveer op hun vroegere niveau zijn. Lydia praat weer en Myron antwoordt met onbegrijpelijke tekens. Ze lezen nu allebei. Lydia heel achteloos en Myron met een half oog, zo te zien."

"Er is weleens eerder melding gemaakt van dergelijke talenten."

"Er is nog iets, dat ik heel curieus vind. We hadden een wandeling gemaakt op de pampa en Lydia had toen een mooie witte steen gevonden. Vanochtend kon ze hem niet vinden; ik had hem per ongeluk in een doos gestopt bij allerlei andere spullen. Lydia zocht overal, maar kon haar steen nergens vinden. Uiteindelijk zei ze tegen Myron: 'Weg is mijn witte steen!' Myron keek om zich heen en liep regelrecht naar de doos en gooide Lydia haar steen toe. Ze leek er helemaal niet verbaasd over te zijn. Ik vroeg: 'Hoe wist Myron dat de steen in die doos lag?' Ze haalde haar schouders op en dook weer in haar prentenboek. Later, toen ze naar binnen waren gegaan om te eten, heb ik Myrons rode kleurpotlood in een hoekje van de zandbak begraven. Na de lunch gingen ze weer de tuin in. Myron begon te tekenen maar ontdekte dat zijn rode kleurpotlood weg was. Hij keek om zich heen en liep regelrecht naar de zandbak en haalde zijn potlood tevoorschijn. Toen keek hij me aan met een heel vreemde uitdrukking; een beetje verbaasd, vermaakt, en ook alsof hij zich afvroeg of ik gek was geworden. Het kostte me heel wat moeite om niet te lachen. Dus — tja. Myron, die al tot allerlei opmerkelijke dingen in staat is, is ook nog helderziende."

Olivano zei: "Dat is een talent dat ook in de vakliteratuur wordt genoemd — zij het met enige reserve. Volgens zeggen treedt het 't sterkste aan de dag gedurende de puberteit, om daarna langzaam af te nemen en te verdwijnen." Hij dacht even na. "Ik geloof dat ik mij in dat soort zaken liever niet meng en ik zou het liefst hebben dat je je bevindingen daaromtrent voor je hield. We willen Myron niet nog abnormaler maken dan hij al is."

Dat kon Wayness niet over haar kant laten gaan, hoe koel en zakelijk Olivano's opmerkingen ook waren — eerlijk gezegd klonken ze haar veel te koel en te zakelijk. "Myron is helemaal niet abnormaal, in geen enkel opzicht! Ondanks al zijn bizarre trekjes en zijn potsierlijke pogingen om een waardige indruk te maken, is hij heel aardig en inschikkelijk en eigenlijk gewoon een heel lieve, kleine jongen!"

"Aha! Wie heeft wie nu om zijn pink gewonden, hm?"

"Ja, ik ben bang dat u gelijk hebt."

"Dan zal het je interesseren te horen dat Lydia en Myron weliswaar broer en zus zijn, maar dat Irena niet hun moeder is. Het genetisch materiaal is niet congruent."

"Dat is niet meer dan ik al vermoedde," zei Wayness. "En wat bent u te weten gekomen uit de analyse van hun haren?"

"Die uitslag heb ik nog niet binnen, maar woensdag zou die er moeten zijn. Ik weet niet of ik Irena zand in de ogen heb kunnen strooien met dat verhaaltje over het virus, maar laat ik het netjes afmaken en haar zeggen dat het geen bedreiging meer vormt. Ik zal haar tevens meedelen dat ik wens dat jij ook 's zondags aanwezig bent en dat ze de eerstvolgende keer dat de kinderen ook maar enig ziektesymptoom vertonen, hoe banaal ook, mij direct waarschuwt, aangezien ik geen herhaling wens van de eerdere symptomen, waardoor ze psychisch een heel eind achterop zijn geraakt."

Het weekeinde verstreek zonder enig incident. Op woensdagochtend arriveerde dokter Olivano zoals gewoonlijk bij Casa Lucasta. Het was alweer een kille dag, met een bleek zonnetje dat door de dunne hoge wolkennevel piekte en een koude wind die van de Andes omlaag kwam. Ondanks het weer waren Wayness, Lydia en Myron bezig in de tuin aan de zijkant van het huis. Dit keer zaten Myron en Lydia naast elkaar en bestudeerden een prentenboek waarin allerlei soorten aardse en buitenwereldse wilde dieren stonden afgebeeld.

"Goeiemorgen saam!" riep Olivano. "En wat zijn jullie vandaag aan het doen?"

"Wij zijn bezig het universum te verkennen, van onder tot boven," zei Wayness. "We bekijken plaatjes en we praten erover. Lydia leest ons soms iets voor uit de boeken en Myron tekent mooie plaatjes als hij in de stemming is."

"Myron kan alles," zei Lydia.

"Daar twijfel ik geen ogenblik aan," zei Olivano. "En jij bent ook heel erg knap."

"Lydia kan al best goed lezen," zei Wayness. Ze wees een plaatje van een dier aan. "Wat is dat voor dier, Lydia?"

"Dat is een leeuw."

"Hoe weet je dat?"

Lydia keek Wayness verbaasd aan. "Er staat immers 'leeuw' onder met de letters?"

Wayness pakte het boek, sloeg een blad om en legde haar hand op het plaatje. Toen vroeg ze: "En wat voor dier staat er op deze bladzij?"

"Dat weet ik niet. Het woord zegt 'tijger', maar we weten het pas echt als we het plaatje zien."

"Groot gelijk!" zei Wayness. "Want stel dat iemand een vergissing had gemaakt! Maar nee, dit keer niet. Op het plaatje staat een tijger en eronder staat 'tijger'."

Olivano zei: "En Myron? Kan die ook lezen."

"Natuurlijk kan hij lezen, en waarschijnlijk beter dan u. Myron, wees eens lief en lees eens wat voor."

Myron hield zijn hoofd nadenkend schuin maar zei niets.

"Nou, laat me dan maar een dier zien dat je mooi vindt."

Het leek of Myron de vraag langs zich heen had laten gaan, maar opeens sloeg hij een paar bladzijden om en liet een plaatje zien van een hert tegen een achtergrond van bergen.

"Dat is zeker een fraai beest," zei Olivano. Wayness sloeg haar arm om Myrons magere schouders en knuffelde hem stevig. "Heel knap, Myron."

Bij wijze van antwoord zoog Myron zijn mondhoeken naar binnen.

Lydia keek ook naar het plaatje. "Dat is een hert."

"Precies. Wat kan je nog meer lezen?"

"Alles wat ik wil."

"Echt waar?"

Lydia sloeg een boek open en las: "Het verhaal van stoute Rodney."

"Heel goed," zei Wayness. "Lees nu maar het verhaaltje voor."

Lydia boog zich over het boek en begon te lezen.

> Er was eens een jongen die Rodney heette en die een heel lelijke gewoonte had: hij kraste altijd in plaatjesboeken. Op een dag zette hij allemaal domme zwarte strepen, dwars over het gezicht van een trotse sabeltandtijger. Dat was een ernstige vergissing, want het boek was eigendom van een fee. Ze zei: "Dat was heel ondeugend, Rodney, en daarom moet je voortaan maar rondlopen met de tanden van de arme tijger die jij zo lelijk hebt gemaakt."
>
> En meteen begonnen er twee lange, zware tanden uit Rodney's mond te groeien; zo lang werden ze, dat de punten op zijn borst rustten als hij zijn hoofd boog. Rodney's vader en

moeder waren erg nijdig, maar de tandarts zei dat het gezonde tanden waren zonder gaatjes en dat ze zich geen zorgen hoefden te maken, want dat Rodney waarschijnlijk geen beugel hoefde. Hij moest ze goed poetsen, dat was het belangrijkste, en ze afvegen met zijn servet als hij zat te eten.

Lydia legde het boek weg. "Nu is het genoeg."

"Heel interessant, hoor," zei Wayness. "Rodney zal waarschijnlijk nooit meer zoiets doms doen." Lydia knikte en begon weer de bladzijden van het dierenboek om te slaan.

Olivano zei tegen Wayness: "Ik sta versteld. Wat heb je met ze gedaan?"

"Niets. Het was er allemaal al. Ik heb het alleen de kans gegeven om te gebeuren en daarbij heb ik ze veel geknuffeld, wat ze wel fijn schijnen te vinden."

"Ja, natuurlijk," zei Olivano. "Wie niet?"

"Misschien konden ze al eerder lezen. Myron, kon jij allang lezen en heb je het geheim gehouden voor ons?"

Myron had zitten tekenen op een vel papier. Hij keek naar Wayness vanuit zijn ooghoeken en wijdde zich toen weer aan zijn tekening.

"Als je geen zin hebt om te praten, kun je het misschien opschrijven, op dit mooie groene papier." Wayness legde het vel voor hem neer.

Opnieuw keek Myron haar schuins aan vanuit zijn ooghoek. Toen hij zag dat Wayness tegen hem glimlachte, pakte hij zijn potlood en schreef: "We hebben nooit eerder gelezen. Het is makkelijker dan schaken. Maar er zijn veel woorden die ik niet ken."

"Daar zullen we dan gauw wat aan doen, misschien vandaag nog wel. Laat dokter Olivano nu eens zien hoe goed je kan tekenen."

Myron begon zonder veel enthousiasme te tekenen. Eerst met zijn kleurpotloden; toen pakte hij zijn inktstiften en bracht her en der kleurvegen aan. Op het papier verscheen een groot hert met een machtig gewei. Het stond in een landschap dat veel weghad van de achtergrond in het prentenboek, maar heel anders was uitgewerkt. Ja, de tekening was waarheidsgetrouwer en de kleuren waren sprekender dan op het plaatje in het boek.

"Dat is ronduit fantastisch," zei Olivano. "Myron, mijn compliment!"

"Ik kan ook tekenen," zei Lydia.

"Natuurlijk kan jij tekenen," zei Wayness. "En je bent ook een schatje."

Wayness wierp een blik op het huis en zag dat Irena vanachter het raam stond te kijken. "We worden gadegeslagen," zei ze tegen Olivano.

"Dat had ik gemerkt. We moeten deze zaken onder haar aandacht brengen."

Lydia liet haar schoudertjes hangen. "Ik wil geen medicijn."

"Wat voor medicijn?" vroeg Olivano.

Lydia keek naar de dreigende bergen in de verte. "Soms, als de wind waait, wil ik over de vlakte draven en dan geven ze ons medicijn zodat alles donker wordt en dan worden we zo moe."

Olivano zei: "Ik zal ervoor zorgen dat ze jullie geen medicijn meer geven. Maar je moet niet over de vlakte gaan draven wanneer de wind waait."

"Wolken zeilen op de wind en de vogels vliegen zijwaarts. Dotten rolgras buitelen en stuiteren en rollebollen over de pampa's."

"Lydia denkt dat ze mee moet doen met de wolken en de vogels en het rolgras," zei Wayness.

Daar moest Lydia om lachen. "Nee, Marin! Nou doe je dwaas!"

"Waarom wil je dan over de pampa's draven?"

Langzaam zei Lydia: "Eerst komt de wind en dan weet ik dat het gaat gebeuren. Dan begin ik stemmen te horen in de verte. Ze roepen me." Lydia zette een lage, schorre stem op. "Ze zeggen: 'Wieroeoeoeo! Wieroeoeoe! Ben je daar? Wieroeoeo!' Ze roepen me van hoog achter in de bergen en dan voel ik me zo raar en dan hol ik naar buiten, het donker in."

"Weet je wie het zijn die je roepen?" vroeg Wayness.

"Misschien de oude mannen met de gele ogen," zei Lydia weifelend.

"Hoort Myron de stemmen ook?"

"Myron wordt boos."

"Rondhollen in het donker is een slechte gewoonte, die je moet afleren," zei Olivano. "Wanneer de nacht duister is en de wind hard en koud blaast, zul je vast en zeker verdwalen en tussen de rotsen en de doornstruiken vallen en dan ga je dood. Dan is er geen Lydia meer en dan zijn alle mensen die van je houden heel verdrietig."

"En ik ook," zei Lydia.

"Goed gezien. Beloof je dus dat je niet meer in het wilde weg gaat hollen?"

Lydia kreeg het te kwaad. "Maar ze blijven me roepen!"

"Ik kom ook niet meteen aanhollen, zodra iemand me roept," zei Wayness.

"Dat is de manier waarop je je behoort te gedragen," zei Olivano. "En dat moet jij nu ook doen."

Lydia knikte langzaam, alsof ze de zaak wel in overweging wilde nemen.

Olivano wendde zich tot Wayness. "Het wordt tijd voor ons gesprek met Irena. Vandaag hebben we een paar ernstige kwesties te bespreken."

"Met betrekking tot het haar?"

Olivano knikte. "Het kan zijn dat ik binnen afzienbare tijd gedwongen ben harde beslissingen te nemen. Dat valt me altijd zwaar."

Wayness kreeg een angstig voorgevoel. "Wat voor beslissingen?"

"Dat weet ik nog niet precies. Ik wacht nog op de uitslag van een paar tests." Hij ging haar voor naar de deur waar Irena hen zwijgend binnenliet.

Dokter Olivano zette zijn zakelijkste doktersgezicht. "Tot mijn plezier kan ik u meedelen dat het virus niet langer een bedreiging vormt. Er hebben zich geen nieuwe gevallen voorgedaan."

Irena nam het nieuws met een nors knikje in ontvangst. "Ik heb het vandaag nogal druk, dus als dat alles is..."

"Niet helemaal. Ik heb in feite een aantal kwesties die we dienen te bespreken. Zullen we erbij gaan zitten?"

Irena draaide zich woordeloos om en liep de woonkamer in. Olivano en Wayness volgden haar en namen behoedzaam plaats op de divan. Irena bleef staan.

Olivano begon, zijn woorden met overleg kiezend. "Wat de kinderen betreft, ik kan hun vooruitgang niet anders dan fenomenaal noemen. Door wie of wat dat veroorzaakt is, valt moeilijk vast te stellen, maar het is duidelijk dat de kinderen op Marin gesteld zijn en op haar reageren en dat ze erin geslaagd is door hun afzondering heen te breken."

Irena zei vinnig. "Dat kan natuurlijk goed voor hen zijn, maar men heeft mij gewaarschuwd dat de kinderen een manische inslag hebben en dat ze niet te zeer mogen worden geprikkeld."

"Dat is volkomen onjuist," zei Olivano kil. "Lydia en Myron zijn twee hoogst intelligente persoontjes die wanhopig graag normale kinderen willen worden. Ik had dit alles niet onderkend, maar Marin verschafte mij het nodige inzicht. En toen kwamen de problemen om de hoek kijken."

Irena wierp Wayness een fonkelende, duistere blik toe. "Er waren helemaal geen problemen. Ze leidden een kalm en gelukkig leven tot die Marin op het toneel verscheen. Vanaf dat moment werd hun gedrag onvoorspelbaar, ja zelfs eigenaardig."

"Dat is waar," zei Olivano. "Ze beginnen blijk te geven van buitengewone talenten die verre uitstijgen boven hetgeen men 'normaal' noemt. Met een paar jaar zullen deze talenten op minder dramatische wijze aan de dag treden of zelfs verdwijnen, hetgeen de gebruikelijke gang van zaken is. Maar voorlopig is de verbetering in hun persoonlijkheidsstructuur zo opmerkelijk, dat we ons uiterste best moeten doen de vaart erin te houden, vindt u ook niet?"

"Ja, natuurlijk, maar wel onder zeker voorbehoud."

Olivano veegde Irena's voorbehoud met een weids gebaar van tafel. "Vorige week heb ik twee haarmonsters genomen. Die hebben me gegevens verschaft die ik, ronduit gezegd, bijna ongelofelijk vind. Laat ik u één ding vragen: hebt u de kinderen ooit enigerlei medicijn of tonicum toegediend?"

Irena kneep haar ogen half dicht en wachtte een paar seconden voor ze antwoord gaf. "De laatste tijd niet." Ze trachtte een luchtige toon aan te slaan. "Hoe komt u op dat idee? Toch zeker niet aan de hand van hun haar?"

Olivano knikte somber. "Het haar van beide kinderen vertoont een streperig afzettingspatroon met een wekelijks ritme. De afzettingen hebben geen identificeerbare elementen opgeleverd, hetgeen wil zeggen dat het toegediende medicijn een complexe organische substantie moet zijn, ofwel een mengeling van stoffen, die te zeer verdund zijn om herkenbare sporen na te laten, buiten het feit dat ze zijn toegediend. Ik vraag u dus nogmaals, wat voor medicijn hebt u de kinderen gegeven?"

Irena trachtte het met een luchtig antwoord af te doen. "Alleen hun gebruikelijke tonicum waardoor ze er, naar mijn bescheiden mening, zo goed bij zitten als u vandaag kon zien."

"Waarom hebt u me niets over dat zogeheten tonicum verteld?"

Irena haalde haar schouders op. "Het was niets van belang. De dokter die het voorschreef legde uit dat het de zenuwen versterkt en ook goed is voor de spijsvertering."

"Mag ik dat tonicum eens zien?"

"Het is op," zei Irena. "Een tijdje geleden heb ik het laatste beetje gebruikt en toen heb ik de fles weggegooid."

"En u hebt er niet meer van?"

Irena aarzelde heel even. "Nee."

Olivano knikte. "Dan geef ik u de navolgende instructies. U dient de kinderen geen medicijn of tonicum meer toe, van welke aard dan ook. Hebt u dat begrepen?"

"Natuurlijk. Maar de kinderen zijn soms erg moeilijk. Wanneer het hard waait, is Lydia onhandelbaar en wil de deur uit om over de pampa te draven. Op zulke ogenblikken is een kalmerend middel noodzakelijk."

Olivano knikte. "Ik begrijp dat dat moeilijkheden oplevert. Ik zal een veilig kalmerend middel voorschrijven, maar dat mag u alleen in uiterste nood toepassen."

"Net zo u wilt."

"Ik herhaal, om alle misverstanden uit te sluiten, dat ik niet wil dat u de kinderen enig medicijn geeft, zonder voorafgaande toestemming van mijn kant. U zou hen daarmee grote schade kunnen toebrengen. En denkt u eraan dat ik het zeker te weten kom en dat mij dan geen andere keus openstaat dan hen onder te brengen in een omgeving waar ze beter beschermd zijn."

Irena stond hem aan te kijken met een gezicht, vertrokken van smart en verslagenheid. Ze wilde iets zeggen, maar hield het ten slotte voor zich.

Olivano stond op. "Ik ga nog even een praatje maken met de kinderen en dan ga ik." Hij knikte Irena toe en vertrok. Irena draaide zich om naar Wayness. Met lage, schorre stem zei ze: "Ik begrijp jou niet. Waarom heb je me dit aangedaan?"

Wayness wist volstrekt niet wat ze daarop zeggen moest. Irena's wanhoop prikkelde haar altijd aanwezige schuldgevoelens over het feit dat ze onder valse voorwendsels in dit huis verkeerde. Ten slotte zei ze slapjes: "Ik wilde u echt geen kwaad berokkenen."

"M'n leven is niet meer van mij!" Irena's mond vertrok krampachtig; ze stootte de woorden uit in een onbeheerst, rauw gefluister. "Nog maar een jaar! Een vervloekt jaar! Dan was het voorbij geweest! Dan had ik kunnen vluchten... Ik kan nu vluchten, maar voor mij is er niets meer, niets, geen soelaas, geen toevluchtsoord! Ik ben zo ellendig en ik ben nog niet eens dood. En als ik dood ben, wat dan? Wat dan? Daarom ben ik zo bang!"

"Madame Irena, bedaar toch alstublieft. Het is vast allemaal niet zo erg als u denkt!"

"Ha! Jij hebt er geen benul van. Jij kan alleen maar slijmen en simpen en nu weet ik niet meer wat ik doen moet."

"Waarom bent u zo bang? Heeft het te maken met professor Solomon?"

Irena's gezicht verstarde op slag. "Ik heb niets gezegd, hoor je? Niets!"

"Natuurlijk niet. Maar als u zou willen praten, dan wil ik graag luisteren."

Maar Irena draaide zich met een ruk om en stormde met grote stappen de kamer uit.

Somber liep Wayness de tuin weer in, waar ze zichzelf weer tot de orde riep. Ze kon het zich niet veroorloven sentimenteel te worden; als bedrog en gehuichel de ergste vergrijpen waren waarover ze het met haar geweten op een akkoordje moest gooien, dan mocht ze zich gelukkig prijzen. Bovendien, ze moest ook aan Myron en Lydia denken. Irena had het gehad over "nog een jaar". Wat stond er over een jaar te gebeuren? Wayness was ervan overtuigd dat het voor de kinderen niet veel goeds zou inhouden.

Dokter Olivano was vertrokken. Even later riep Madame Clara de kinderen binnen voor het middageten. Wayness ging op de rand van de zandbak zitten en at de boterhammen op die ze uit het hotel had meegebracht.

In de loop van de middag vroeg ze schuchter permissie om een eindje met de kinderen te gaan wandelen. Irena gaf bot te kennen dat ze het best vond, en Wayness nam haar twee pupillen mee naar de suikerbakker op het plein, waar Lydia en Myron met ernstige gezichtjes warme chocolademelk dronken en vruchtenvlaaitjes verorberden met een hoge toeter slagroom. Wayness vroeg zich af wat er van hen zou worden als zij eenmaal weer weg was. Dokter Olivano zou toezien op hun lichamelijk welzijn, maar hun gevoelsleven — Wayness slaakte een zucht. Ze moest haar hart verharden en dergelijke gevoelens uitbannen. Wat haar eigen zaken betrof, die schoten in het geheel niet op. Ze was nog geen stap dichterbij de ontdekking van Moncurio's verblijfplaats dan toen ze in de stad aankwam. Ze had geen gelegenheid gehad het huis te doorzoeken — hoewel ze er geen flauw idee van had wat ze daar dan zou kunnen aantreffen. Alleen de hoop hield haar nog overeind, want iets anders dan wat ze nu deed kon ze niet bedenken. Ze nam Myron en Lydia eens op en ontdekte dat die haar zaten op te nemen. Wayness zag wel dat ze tot de laatste kruimel van de traktatie hadden genoten. Vervolgens nam ze hen mee naar de boekhandel die het stadje rijk was en kocht daar een atlas van de Aarde voor ze, een platenboek met planten en dieren, een woordenboek en een sterrenatlas.

Het drietal keerde terug naar Casa Lucasta. Irena zag best dat ze aankopen had gedaan, maar zei er niets over. Het zou Wayness ook verbaasd hebben als ze wel iets had gezegd.

Toen Wayness de volgende ochtend aankwam, waren Myron en Lydia al druk bezig een vlieger te maken naar eigen ontwerp, van gespleten bamboe staafjes en donkerblauwe plasticfolie die met reepjes plakband werd vastgezet. Het was een ingewikkelde constructie van anderhalve meter, met een buitensporige batterij wieken, draagvlakken, geleiders, stroomlijnvanen en kelkvormige windbuizen. Wayness vond de vlieger fascinerend om te zien, maar betwijfelde of het ding de lucht in zou willen.

De vlieger was pas halverwege de middag klaar, juist toen de wind onberekenbaar werd, met plotselinge vlagen, gevolgd door volledige windstilte. Myron en Lydia maakten zich desondanks op om hun vlieger op te laten. Na enige aarzeling besloot Wayness niet tussenbeide te komen, hoewel ze ervan overtuigd was dat het slecht met de vlieger zou aflopen.

Het tweetal stak, met de vlieger tussen zich in, de Calle Maduro over en liep behoedzaam het kale, her en der met stenen en struiken bezaaide land op, dat zich naar het zuiden uitstrekte. Wayness kwam erachteraan.

Lydia hield het touw vast, terwijl Myron met de vlieger voor de wind uit liep; het folie klepperde tegen het raamwerk en de vanen en geleiders wapperden om het hardst. Myron draaide zich om. De wind greep de vlieger en voerde hem, tegen Wayness' pessimistische verwachtingen in, de lucht in — hoger, steeds hoger, terwijl Lydia het touw liet vieren. Ze wierp Wayness een snelle glimlach toe over haar schouder. Myron sloeg de opstijging gade zonder verrassing of geestdrift, maar met een ernst die bijna streng leek. Steeds hoger steeg de vlieger, heerser van de wind; al Myrons merkwaardige vanen en draagvlakken werkten perfect. Wayness stond er vol verwondering bij te kijken.

De wind zwol aan en nam weer af en de vlieger reageerde op elke verandering met kleine beweginkjes, dook of zwenkte soms een klein eindje, maar besteedde verder geen aandacht aan de grillen der natuur. Myrons vlieger was de koning van de lucht!

Een windvlaag, die krachtiger was dan de voorgaande, sloeg toe vanuit de bergen. Het vliegertouw brak en kwam langzaam omlaag gekronkeld. De vlieger, van zijn kluisters bevrijd, zeilde majestueus weg op de wind, zijn eigen bestemming achterna; waar hij uiteindelijk neerkwam was niet meer te zien.

Myron en Lydia stonden er roerloos bij en keken de vlieger nog een hele tijd na, met open mond, maar zonder verder enige emotie te vertonen. Wayness dacht dat de vlucht wel succesvol was geweest. Lydia en Myron waren er ook wel tevreden over, geloofde ze. Myron draaide zich om en schonk Wayness een van zijn meest ondoorgrondelijke blikken. Lydia begon plichtsgetrouw het touw op te rollen. Toen dat gedaan was, liepen ze met hun drieën terug naar het huis, Myron en Lydia niet zozeer teleurgesteld als wel nadenkend.

Een poosje zaten ze met hun drieën op de bank de nieuwe boeken te bekijken. Wayness ontdekte enigszins onthutst dat Myron in het woordenboek zat te lezen, waarbij hij de bladzijden in hoog tempo van boven tot onder bekeek en dan weer omsloeg, zij het zonder enig vertoon van plezier of interesse. "Dat is ook heel natuurlijk," hield Wayness zichzelf voor. "Het is niet zo'n erg leuk boek."

Irena kwam thuis van haar werk, vermoeider en aangeslagener dan ooit. Ze liep regelrecht naar haar kamer zonder iemand een woord waardig te keuren. Kort daarop vertrok Wayness en keerde terug naar haar hotel.

In de loop van de avond belde Olivano. "En hoe was je dag?" informeerde hij.

"Ging wel. Lydia en Myron hebben een prachtige vlieger gebouwd die ook fantastisch vloog. Maar toen brak het touw; wie weet zweeft het ding nu nog ergens boven de pampa's. Toen ik vertrok, zat Lydia een plaatje van een stegosaurus te bekijken terwijl Myron een kaart van het Gaiaanse Bereik bestudeerde. Het woordenboek had hij al uit. Clara was nors en Irena negeerde me."

"Kortom, een dag als alle andere in Casa Lucasta," zei Olivano. "Wat mij betreft, ik heb vandaag de volledige analyse van Irena's bloed binnengekregen en het is dus zoals ik al een poosje vermoedde: ze is verslaafd aan een of ander middel dat de laborant niet kan identificeren; hij opperde alleen dat het waarschijnlijk van buitenwereldse oorsprong is."

"Ja, ik had me dat ook al afgevraagd," zei Wayness. "Als ze 's morgens naar haar werk gaat, ziet ze er best netjes uit en heeft ze zichzelf in de hand, maar 's middags kan ze niet wachten tot ze thuis is en komt ze binnenstuiven als een vogelverschrikker."

Olivano vervolgde op volstrekt vlakke toon: "Al met al is het me heel duidelijk geworden dat Irena geen geschikte verzorgster is voor Lydia en Myron. Ik ben voornemens ze zo spoedig mogelijk over te plaatsen naar een geschiktere leefomgeving."

Wayness moest even wennen aan het nieuws, dat voor haar meer dan kwalijk was. "En hoe spoedig is dat?"

"De legale procedures zullen een dag of twee, drie vergen, dat hangt ervan af of de oude Bernard last van zijn been heeft of niet. Daarna zou er geen reden moeten zijn de zaak verder uit te stellen, hoewel zich altijd wel wat voordoet. Het zou voor alle betrokkenen beter zijn, als jij op dat ogenblik niet in de buurt was."

"Wanneer moet ik dan weg?"

"Liefst zo spoedig mogelijk, vrees ik."

"Over twee dagen, drie dagen?"

"Drie dagen op zijn allerhoogst; dat schat ik, tenminste. Ik zal blij zijn als die zaak in kannen en kruiken is, want ik begin me heel ongerust te maken. De situatie in Casa Lucasta is verre van stabiel." Wayness liet zich slap in haar stoel vallen en staarde verdoofd in het niets. De tijd verstreek; langzaam stroomde de overmaat aan emotie uit haar weg; alleen wrok bleef, jegens alles en iedereen, inclusief dokter Olivano en zijn eeuwige rechtschapenheid.

Ten slotte wist Wayness een beverig, wrang lachje op te brengen. Dokter Olivano's eerste verantwoordelijkheid lag bij de kinderen; het gevoel dat hij haar had verraden, was volkomen irrationeel. Dokter Olivano was per slot van rekening geen lid van het Genootschap van Natuurkenners.

Wayness stond op en liep naar het raam. De kansen zagen er somber uit. Ze was geen stap dichter bij Moncurio gekomen sinds ze in Pombareales aankwam — ze was misschien zelfs verder achteropgeraakt, omdat ze Irena Portils, de enige verbinding die er met Moncurio bestond, tegen zich had ingenomen.

Drie dagen had ze nog maar, op z'n hoogst, en nog kon ze niets beters bedenken om achter het geheim te komen dan een huiszoeking bij Irena. Tot nog toe had ze er steeds niet de kans toe gekregen; altijd waren Madame Clara of Irena in de buurt. En zelfs als ze het huis had kunnen doorzoeken, betwijfelde Wayness of haar pogingen iets zouden hebben opgeleverd, behalve een onverkwikkelijke scène als ze zou zijn betrapt.

Ze keek somber peinzend uit over het plein dat vrijwel verlaten was. Er stond deze nacht een straffe wind, die rond het hotel huilde en de bladeren in drukke beweging bracht. Het was te hopen dat Lydia geen stemmen zou horen die riepen van: "Wieroeoeo! Kom! Kom naar ons toe!" en dat ze niet zou besluiten de pampa op te draven.

Wayness voelde zich te rusteloos om te slapen. Ze trok haar grijze mantel aan, verliet het hotel en liep snel door de stille straten naar de Calle Maduro. Hoog aan de zwarte hemel stonden de sterren hard en schitterend te fonkelen; laag in het westen zweefde het Zuiderkruis.

De stad was heel stil, deze nacht. Er waren maar weinig mensen op straat. De cantina's waren vrijwel leeg, hoewel de rode en gele lampjes, waarmee de gevels versierd waren, dapper twinkelden in het donker. In de Cantina de las Hermosas hief een stem een lied aan. Misschien de stem van Leon Casinde, de varkensslachter, dacht Wayness.

De wind stoof door de Calle Maduro en voer suizelend door de heesters en grassen van de pampa. Wayness bleef staan om te luisteren en meende een zachte, treurige roep te horen die uit de hogere regionen omlaag kwam, maar kon geen stemmen onderscheiden. Ze liep verder de Calle Maduro in. De kleine huizen stonden bleek onder het sterrenlicht. Casa Lucasta was donker. Iedereen was al naar bed en sliep, of lag misschien ook wel wakker, na te denken.

Wayness stond in de schaduwen van het leegstaande huis. Er viel niets te zien, niets te horen buiten de wind.

Tien minuten lang stond ze daar te wachten, terwijl de wind haar mantel deed wapperen. Ze wist niet eens goed waarom ze hier was, al zou het haar niet hebben verbaasd als een kleine, magere gestalte uit Casa Lucasta tevoorschijn was gekomen en was weggedraafd over de pampa.

Maar er gebeurde niets van dien aard. Het huis bleef donker. Ten slotte draaide Wayness zich om en liep langzaam de Calle Maduro uit en ging terug naar Hotel Monopole.

De volgende morgen werd ze wakker, nog in de stemming die haar de vorige nacht bevangen had. Buiten was het bewolkt en de wind was gaan liggen, zodat het wel leek of het wolkendek een vreemd, zwaar, drukkend gevoel veroorzaakte.

Terwijl Wayness aan het ontbijt zat, sloeg haar stemming echter om. Ze begon zichzelf streng de waarheid te zeggen. "Ik ben Wayness Tamm van Rivierstate! Men acht mij een zeer begaafd persoontje, en intelligent op de koop toe. Dan moest ik al die kwaliteiten maar eens gauw waarmaken, anders voel ik me knap dom, de eerste de beste keer dat ik weer in de spiegel kijk. Ik ben tot nog toe veel te schuchter geweest; ik heb zitten wachten tot wat ik weten wilde voorbij zou komen zweven op een zilveren presenteerblaadje! Dat is een strategie van niets! Ik moet iets ingrijpenders doen! Bijvoorbeeld..."

Wayness dacht diep na. "Kon ik Irena er nu maar van overtuigen dat ik geen kwaad jegens Moncurio in de zin heb. Misschien dat ze me dan zou willen helpen — vooral als ik haar geld aanbied." Wayness dacht nog dieper na. "Ik durf het onderwerp niet te berde te brengen — dat is de droeve waarheid. Ik ben gewoon bang voor Irena."

Desondanks ging Wayness met een vastberaden gemoed op weg naar Casa Lucasta. Toen ze aankwam, vertrok Irena juist naar haar werk. "Goedemorgen," zei Wayness beleefd. "Het lijkt wel of we regen krijgen, vindt u niet?"

"Goedemorgen," zei Irena. Ze keek naar de lucht alsof ze die niet eerder had opgemerkt. "Regen is ongebruikelijk in deze streken." Ze schonk Wayness een vage glimlach en liep weg door de Calle Maduro.

Wayness keek haar hoofdschuddend van verbijstering na. Irena was een merkwaardig mens, dat was een ding dat zeker was.

Wayness liep naar de deur en drukte op de bel. Ze wachtte. Na een tijdsverloop dat tot op de seconde was uitgekiend om een maximum aan minachting en wrok over te brengen, werd de deur geopend door Clara, die zich meteen weer omdraaide en terugbeende naar de keuken, met een vermanende blik achterom. "Dat is duidelijk," zei Wayness bij zichzelf. "Ik ben bij Clara ook niet populair."

De kinderen zaten te ontbijten in de eetkamer. Wayness begroette ze en ging toen zitten aan het uiteinde van de tafel terwijl ze hun pap opaten. Zoals gewoonlijk stond Myrons gezicht streng en ging hij helemaal op in zijn gedachten. Lydia leek een beetje pips.

"Gisteravond heeft het hard gewaaid," zei Wayness. "Hebben jullie het gehoord?"

"Ik heb het gehoord," zei Lydia en braaf voegde ze eraan toe: "Maar ik ben niet weggelopen."

"Heel verstandig! Heb je nog stemmen gehoord?"

Lydia schoof onbehaaglijk op haar stoel heen en weer. "Myron zegt dat de stemmen niet echt bestaan."

"Myron heeft gelijk, zoals kennelijk altijd."

Lydia wijdde zich weer aan haar pap. Wayness maakte van de gelegenheid gebruik de kamer eens goed te bekijken. Waar kon ze nu redelijkerwijs verwachten nadere gegevens omtrent Adrian Moncurio te vinden, vooropgesteld dat die bestonden? Het zou sterk afhangen van de manier waarop Irena die informatie beschouwde. Als ze meende dat die niet van groot belang was, kon ze hem overal hebben weggestopt — misschien zelfs in de laden van het buffet, waar Irena allerhande huishoudelijke papieren bewaarde.

Clara liep de achterveranda op. Wayness sprong overeind, holde naar het buffet, trok de laden open, zocht links en rechts, in de hoop dat de naam 'Moncurio' of 'professor Solomon' zich aan haar blik zou voordoen.

Niets.

Lydia en Myron zaten haar zonder verbazing of bezorgdheid gade te slaan. Clara kwam de keuken weer in. Wayness ging gauw zitten. Lydia vroeg: "Waarom deed je dat?"

Half fluisterend antwoordde Wayness: "Ik zocht iets: dat vertel ik je straks wel als Clara het niet kan horen."

Lydia knikte en vond het kennelijk uitermate redelijk. Ze dempte ook haar stem en zei: "Je moet het aan Myron vragen. Die kan altijd alles vinden, want hij voelt waar dingen zijn."

Een rilling van opwinding trok over Wayness' huid. Ze keek naar Myron; zou het echt? Het stelde haar goedgelovigheid wel zwaar op de proef. Aarzelend vroeg ze: "Myron ... kun je echt dingen vinden?"

Myron rimpelde zijn neus, als om de hem toegedichte vaardigheid te vergoelijken. Lydia zei: "Myron weet alles. Of bijna alles. Ik vind dat hij maar moest beginnen met praten, zodat je kan horen wat hij allemaal te zeggen heeft."

Myron sloeg er geen acht op en schoof de rest van zijn pap van zich af.

Lydia nam hem ernstig op en zei toen tegen Wayness: "Ik denk dat hij zal gaan praten wanneer er iets is dat hij zeggen wil."

"Of wanneer hij ons kan helpen om iets te vinden," zei Wayness.

Bewegingen in de keuken verrieden dat Clara's aandacht was gewekt door het onderwerp van hun gesprek.

"Goed," zei Wayness ernstig. "Wat zullen we vandaag eens doen? Het is triest weer maar het is niet te koud, dus we kunnen wel naar de tuin gaan." Waar, zoals Wayness grimmig bedacht, ze vrijuit konden praten zonder de angst dat Clara hen stond af te luisteren.

Het begon echter net op dat moment te regenen, zodat ze maar in de woonkamer bleven en de atlas van de aarde gingen bekijken.

Wayness legde hen uit wat een kaartprojectie was. "Op dit platte stuk papier zien jullie dus het hele oppervlak van de Oude Aarde afgebeeld, die eigenlijk een bol is. Deze blauwe stukken zijn de oceanen en die anders gekleurde stukken zijn de continenten. Weet een van jullie waar wij nu zijn op de kaart?"

Lydia schudde haar hoofd. "Niemand heeft ons dat ooit verteld."

Myron wierp een blik op de kaart en legde zijn vinger op Patagonië.

"Helemaal goed!" zei Wayness. Ze bladerde de atlas door. "Elk land is weer anders en elke plaats heeft zijn eigen heel bijzondere sfeer. Het is reuzeleuk om te reizen, van de ene oude stad naar de andere te gaan of mooie ongerepte plekjes te verkennen — en zelfs op de Oude Aarde zijn er nog ongerepte plekjes."

Lydia bekeek de landkaarten een beetje dubieus. "Het zal wel waar zijn wat je zegt, maar ik vind die kaarten zo verwarrend en ik krijg er een raar gevoel van. Ik weet niet of ik dat wel prettig vind."

Wayness lachte. "Ik ken dat gevoel maar al te goed. Dat heet 'reislust'. Toen ik zo oud was als jij, kreeg ik van iemand een boek met gedichtjes van vroeger. Een van die gedichtjes greep me heel erg aan en bleef nog dagenlang in mijn hoofd spoken, zodat ik het boek verder links liet liggen. Wil je het horen? Het is heel kort en het gaat zo:

Voort en voort, zo reden wij
Over de bergen zo blauw en wijd,
Langs de Zilverrivier en het Gouden Strand
En het struikroverwoud van Tartarenland.

"Dat is mooi," zei Lydia. Ze keek Myron aan, die zijn hoofd schuin hield. "Myron vind het heel aardig, vooral hoe de woorden samen klinken. Ken je er nog meer?"

"Eens even denken. Ik kan nooit zo goed gedichtjes onthouden, maar ik weet er nog een. Het heet: 'Het meer van het Droeve Moeras'. Het is heel triest en griezelig.

Haar graf was veel te koud en te dras
Voor een ziel, zo dapper en trouw,
En op het Meer van het Droeve Moeras,
Waar het vuurvliegje vonkt op de stille plas,
Vaart nog immer de dode vrouw.

Na een ogenblik zei Lydia: "Dat gedicht is ook heel mooi."

Lydia keek Myron aan en wendde zich toen tot Wayness met een uitdrukking van opperste verbazing op haar gezicht.

"Myron heeft besloten je te schrijven!"

Kaarsrecht aan tafel gezeten pakte Myron pen en papier. Met keurige, strakke blokletters zette hij een boodschap voor haar neer. "Het gedicht is heel mooi en de woorden zijn heel mooi. Zeg het nog eens."

Wayness glimlachte en schudde haar hoofd. "De tweede keer klinkt het lang zo goed niet."

Myron wierp haar echter zo'n treurige blik toe, dat Wayness zich liet vermurwen.

"Goed dan, een keertje nog, maar dan niet meer." En opnieuw zei ze het gedichtje op.

Myron luisterde aandachtig en schreef toen: "Ik vind dat gedicht fijn. De woorden passen goed aan elkaar. Ik zal een gedicht schrijven zodra ik tijd heb."

"Dan hoop dat je het mij laat zien," zei Wayness. "Of het misschien zelfs hardop voorleest."

Myron kneep zijn lippen opeen. Dat ging hem vooreerst te ver.

Lydia vroeg: "Ken je nog meer gedichten?"

Wayness dacht even na. "Ja, een gedichtje dat ik geleerd heb toen ik heel klein was, en aardig is het ook. Ik denk dat het je wel zal bevallen." Ze keek de kinderen aan, hun gezichtjes waren vol van aandacht en verwachting. "Het gaat zo:

> *Poesje Mauw sprong over een stokje*
> *En haalde een scheur in haar zondagse rokje.*
> *Nu zit ze te huilen, ze krijgt er geen melk*
> *Voordat haar gescheurde rok is versteld.*

Lydia was blij met het gedichtje. "Al is het natuurlijk wel erg droevig."

"Misschien wel," zei Wayness. "Maar ik denk zo dat poesje heel rap aan het werk is gegaan om haar rokje te maken, zodat ze gauw weer melk kreeg. Dat zou ik tenminste hebben gedaan."

"En ik ook. Ken je nog meer gedichtjes?"

"Op het ogenblik niet. Misschien moest je zelf maar eens proberen om een gedichtje te maken, en Myron ook."

Lydia knikte nadenkend. "Ik ga een gedichtje schrijven over de wind."

"Dat is een goed idee. En jij, Myron?"

Myron schreef: “Ik moet nog besluiten waar ik over ga schrijven. Het gedicht moet klinken als Het Meer van het Droeve Moeras, omdat me dat een goede manier lijkt om gedichten te maken.”

“Het klinkt allebei erg interessant,” zei Wayness. Ze keek achterom en luisterde. Clara was weer de veranda op gelopen. Wayness keek de woonkamer rond. Er stond geen bureautje of kast waar Irena haar particuliere papieren in zou kunnen bewaren.

Opnieuw vroeg Lydia: “Wat zoek je?”

“Een papier met het adres van een man die Adrian Moncurio wordt genoemd. Of een papier met het adres van een zekere professor Solomon; dat is dezelfde man.”

Clara kwam de keuken weer in. Ze keek om de hoek van de deur en nam met een snelle blik de situatie in zich op. Toen draaide ze zich weer om. Myron en Lydia hadden niets gezegd.

Myron graaide naar zijn potlood en schreef: “Zo’n papier is niet hier in huis.”

Wayness leunde achterover in haar stoel en staarde naar het plafond.

De dag verstreek. Buiten bleef de regen gestaag vallen, in grote dikke droppels die niet veel uitrichtten en alleen de geur van vochtig beton en natte aarde losweekten. Irena kwam thuis en Wayness vertrok. Mismoedig liep ze door de regen terug naar haar hotel.

De volgende dag drukte het wolkendek als een klamme hand op het landschap. Toen Wayness bij Casa Lucasta aankwam, ontdekte ze dat Irena niet naar haar werk was gegaan. Een verklaring werd er niet voor gegeven, maar kennelijk voelde ze zich niet lekker. Na een mompelende samenspraak met Clara ging ze naar boven, naar haar kamer. Een halfuur later drapeerde Clara een zwarte sjaal om haar hoofd, trok haar overjas aan, greep haar boodschappentas en sjokte de deur uit.

Er viel nu een lichte regen, die Wayness en de kinderen dwong in de woonkamer te blijven.

Clara was weg. Wayness luisterde scherp, maar hoorde geen enkel geluid van boven. Op zachte toon zei ze: “Ik zal jullie iets over mijzelf vertellen. Ik heb het al die tijd voor iedereen geheim gehouden. Maar ik heb jullie hulp nodig en daarom zal ik jullie mijn geheim vertellen.

“Ik ben geboren op een wereld die heel woest is. Er woont bijna niemand, behalve een heleboel verschillende soorten dieren en een paar mensen die op die wereld moeten passen. Maar nu zijn er andere mensen, die de wilde dieren willen doden en grote steden willen bouwen en al het moois van mijn wereld kapot willen maken."

Myron schreef: "Dat zijn dwaze mensen."

"Dat vind ik ook," zei Wayness. "Maar sommige van die mensen zijn ook heel slecht en hebben al eens geprobeerd om mij te vermoorden."

Lydia keek Wayness met grote ogen aan. "Wie zou er nou zoiets vreselijks doen?"

"Dat weet ik niet. Maar ik doe mijn best om ze tegen te houden en om mijn mooie wereld te redden. Er is een man die me helpen kan. Ik denk dat jullie hem kennen. Hij heet —" Wayness zweeg. Ze hief haar hoofd op en luisterde. Wat had ze gehoord? Maar wat het ook voor geluid mocht zijn geweest, het werd niet herhaald. Ze dempte haar stem nog verder. "Hij heet Adrian Moncurio." Ze sprak heel zacht, bijna ademloos van spanning. Opnieuw hield ze haar hoofd schuin om te luisteren. Toen zei ze: "Moncurio noemt zich ook professor Solomon. Misschien kennen jullie hem onder die naam. Hij kwam hier in Pombareales en kreeg toen moeilijkheden. Hij zei dat hij een schatkist met gouden dubloenen had gevonden in een geheime grot. Maar dat was niet waar. De grot was een verzinsel en de gouden dubloenen waren voor het grootste deel van lood. Hij verkocht er zo veel van als hij kwijt kon raken en toen zijn bedrog werd ontdekt, vluchtte hij weg van de Aarde. Ik moet hem vinden. Weet een van jullie waar hij is?"

Het tweetal had haar in onbehaaglijk zwijgen aangehoord. Lydia zei: "Myron weet het natuurlijk. Myron weet alles."

Wayness keek Myron aan en wilde iets zeggen, maar werd onderbroken. Irena kwam de kamer in zetten, met haar haren verward om haar hoofd en haar huid geel als bedorven mosterd. Schor riep ze: "Waar praat je over? Ik hoor dat sluwe gemompel alsmaar doorgaan en dat verdraag ik niet. Wat is er aan de hand!"

Wayness begon te hakkelen, zoekend naar woorden. En toen zei Myron met heldere, zelfverzekerde stem: "Ik heb een gedicht gecomponeerd. Wil je het horen?"

Irena staarde hem aan. Haar mond viel open, waardoor de groeven in haar uitgeteerde gezicht nog dieper leken te worden. "Je kan praten!"

"Ik zal nu mijn gedicht opzeggen."

Irena begon iets te zeggen met een vreemde, verstikte stem. Lydia riep op scherpe toon: "Luister naar Myron! Hij heeft besloten te spreken!"

"Dit is het gedicht. Het heet 'De wereld van de negentien manen'."

"Afgelopen met die onzin!" schreeuwde Irena. Ze stond Wayness aan te kijken. "Wie ben jij? Wat moet je hier? Jij bent geen maatschappelijk werkster! Verlaat mijn huis op staande voet! Je hebt hier niets dan schade aangericht!"

Woedend riep Wayness terug: "Als er schade is aangericht, dan niet door mij! Bent u niet blij dat Myron eindelijk praat? Dat hij geestelijk gezond blijkt te zijn? Wat bent u een afschuwelijk mens!"

"Dit is het gedicht," zei Myron. "Ik heb het nu net gecomponeerd." Hij zette een lage stem op:

Uit spelonken die niet bestaan
Verkocht hij dubloenen van lood.
Nu leeft hij onder de negentien manen
In de woestijn der stenen die staan, en
Plundert er de dood.

Lydia zei: "Dat is een prachtig gedicht, Myron."

Irena wilde er iets uitflappen maar hield zich toen ineens in en zei op beheerste toon: "Ja, ja, daar moeten we ons over beraden. Het is prachtig dat Myron zo goed vooruit gaat. Een ogenblikje, dan wil ik je nog wat meer horen praten." Irena draaide zich en verdween in de keuken.

Wayness sprong overeind. "Snel!" fluisterde ze. "We moeten zo vlug mogelijk de deur uit. Kom mee." Ze wilde naar de hal lopen, naar de voordeur.

Irena stormde de woonkamer binnen met een enorm keukenmes. "En nu is het afgelopen!" Ze deed een uitval naar Wayness, het mes kwam omlaag. Wayness sprong achteruit maar het mes haalde haar schouder open. Ze wankelde en viel achterover en meteen stond Irena boven haar, het mes hoog opgeheven.

Lydia schreeuwde: "Nee! Nee!" Ze greep Irena's arm beet en het mes viel Irena uit de hand, op de vloer.

Wayness krabbelde op en rende naar de deur. "Kom!" riep ze. "Lydia, Myron! Kom!"

Irena had het mes weer opgeraapt en kwam nu op haar toe. Wayness schreeuwde: "Ga de achterdeur uit! Gauw, gauw, gauw!" Ze bleef in de deuropening staan. "Irena, je mag niet —"

Irena slaakte een luid gekrijs en sprong op haar toe; struikelend schoot Wayness achterwaarts de veranda op. Over Irena's schouder zag ze Clara, kennelijk terug van boodschappen doen, haar gezicht vertrokken in die wolfachtige grijns. Toen knalde de deur dicht. Luid gegil klonk uit het huis, gegil dat maar niet ophield. Wayness draaide zich om en holde de straat op, op zoek naar het dichtstbijzijnde bewoonde huis. Ze stormde naar binnen en draafde voor de ogen van een verbijsterde oude dame naar de telefoon en belde de politie. En ze zei erbij dat er waarschijnlijk ook behoefte zou zijn aan een ambulance.

10

Het was laat in de middag. De bewolking was uiteengevallen en de zon verlichtte het stadsplein van Pombareales met een bleek en vreugdeloos schijnsel. De wind joeg kolkjes van stof en afval over de stenen.

Wayness lag op bed in haar kamer in Hotel Monopole. Haar wond was verbonden en men had haar gezegd dat ze, buiten een heel licht litteken, geen blijvende gevolgen van de aanval zou ondervinden.

Ze had een kalmerend middel gekregen en was nog maar net uit haar halve verdoving ontwaakt. Na een tijdje ging ze overeind zitten en keek op de klok. De telefoongong weergalmde. Het gezicht van dokter Olivano verscheen op het scherm. Hij nam haar eens goed op. "Voel je je alweer goed genoeg om bezoek te ontvangen?"

"Zeker."

"Ik zal vragen of ze een pot thee bovenbrengen."

"Dat zou fijn zijn."

Een paar minuten later zaten ze met hun tweeën aan de tafel in de hoek van de kamer. Olivano zei: "Irena is dood. Ze heeft zich het mes in de keel gestoken. Eerst heeft ze nog geprobeerd Myron en Lydia te vermoorden. Clara heeft ze gered. Ze hield Irena met een bezem van zich af tot de politie kwam. Een taaie ouwe tante. Toen stormde

Irena de eetkamer in, ging op tafel liggen en verrichtte haar bloederige werk."

Zwakjes vroeg Wayness: "En hoe is het met de kinderen?"

"Ze hebben allebei wat snij- en steekwonden, maar het is niet ernstig. Ze maken het goed. Ze willen jou spreken."

Wayness keek uit het raam. "Ik weet niet of dat zo'n goed idee is."

"Hoe dat zo?"

"Ik ben erg op ze gesteld geraakt. Als ik een eigen huis had, zou ik ze meenemen en bij me houden. Maar ik heb op het ogenblik geen thuis. Wat gaat er nu met ze gebeuren? Als het iets ergs is, dan zou ik ze hoe dan ook meenemen en ze een tijdje bij mijn oom laten logeren."

Olivano lachte een beetje scheef. "Er zal goed voor ze worden gezorgd. Eerlijk gezegd ben ik zelf ook erg op ze gesteld geraakt, in weerwil van mijn beroepsethiek."

"Zo, zo."

Olivano leunde achterover. "Ik heb een lang gesprek gehad met Clara. Ze is een ijskouwe, heel praktisch ingesteld, en ze vertelde me dat ze wist dat er een tragedie in de lucht hing. Ze dwaalde nu en dan een beetje af en het duurde een uur voor ik uit haar had wat ik jou nu ga vertellen — in iets minder dan een uur naar ik hoop.

"Om te beginnen, Irena was een schoonheid toen ze jong was, maar erg grillig en ongedurig. Ze was ook erg gesteld op geld en koesterde wrok over het feit dat ze uit een arme familie kwam. Ze werd danseres en sloot zich aan bij een groep harlequino's die een buitenwereldse tournee gingen maken. Ergens in een ver oord — Clara is wat vaag waar het plaatsnamen aangaat — ontmoette ze Moncurio en legde het met hem aan. Na verloop van tijd keerden ze terug naar Pombareales, waar professor Solomon zijn valse dubloenen van de hand deed tot het bedrog werd ontdekt en ze moesten vluchten om het vege lijf te redden.

"De jaren verstreken en toen kwam Irena terug naar Pombareales met een stel ogenschijnlijk zwakbegaafde kinderen. Irena vertelde aan wie het horen wilde dat ze in de steek was gelaten en dat ze niets van het bedrog had afgeweten en daarna liet men haar min of meer met rust. Irena vertrouwde Clara toe dat de kinderen niet van haar waren maar dat ze ze moest grootbrengen volgens een star programma, tot vlak voor de puberteit; dan zouden zekere mentale vermogens die ze bezaten hun hoogtepunt bereiken. Als het zover was, zouden de kinderen volgens Irena kunnen helpen bij het zoeken naar verborgen of begraven juwelen. Moncurio en Irena geloofden allebei dat ze er heel rijk van zouden kunnen worden. Nu en dan stuurde Moncurio kleine sommen gelds op en ook voorzag hij Irena van de benodigde 'medicijnen' voor de kinderen en voor haarzelf."

"Nou, verslaafd of niet, maar ze was een door en door slechte vrouw."

"Ontegenzeggelijk. Wel, en dat is het dan. Het is jammer dat je niet de informatie hebt kunnen bemachtigen die je nodig had, maar je bent een inventieve jongedame en je zult er ongetwijfeld wel uit komen."

"Ja, waarschijnlijk wel," zei Wayness koel, want ze had het dokter Olivano nog steeds niet vergeven.

"De kinderen slapen op het ogenblik. Je hebt uiteraard alle vrijheid om ze op te zoeken als je dat wilt." Hij stond op. "Maar ik kan ze natuurlijk vertellen dat je langs bent geweest om ze op te zoeken maar dat je halsoverkop werd weggeroepen voor belangrijke aangelegenheden."

Wayness knikte troosteloos. "Ja, dat is waarschijnlijk wel het beste."

Hoofdstuk VIII

1

Op Voordewind was Agnes vertrokken voor een vakantie van twee weken aan de stranden van Tidnor. In die tijd zou haar nichtje Tassy, een springerige, energieke meid van achttien, de zorg voor Pirie Tamm en diens welzijn op zich nemen.

Pirie Tamm stemde zonder veel enthousiasme in deze regeling toe. Tassy was aanminnig en mollig, met een vrolijk rond gezicht, kuiltjes in haar wangen, blonde krullen, onschuldige blauwe ogen en een ongebreideld zelfvertrouwen. Voor Agnes vertrok had ze Pirie Tamm verzekerd dat Tassy weliswaar levendig en uitgelaten kon zijn, maar dat ze volstrekt plichtsgetrouw was en haar uiterste best zou doen om het hem naar de zin te maken.

En dat was ook zo. Tassy stelde ogenblikkelijk haar diagnose: Pirie Tamm was het tragische geval van een eenzame oude heer die de laatste uren van zijn leven in sombere gepeinzen sleet. Ze besloot dat ze toch in elk geval een klein beetje kleur en avontuur in Pirie Tamms dagelijkse sleur moest brengen. Wanneer hij zijn ontbijt verorberde, stond Tassy aan zijn zijde klaar met de vers gemaakte marmelade. Ze reikte hem enthousiast warme toast aan en herinnerde hem eraan dat hij die lekkere pruimedanten — die hij verfoeide — toch maar moest opeten. Voorts raadde zij hem het gebruik van zout en peper volstrekt af, op grond van overwegingen die haar heel duidelijk voor ogen hadden gestaan na lezing van een tijdschriftartikel, maar die ze nu even kwijt was. Ze deed verslag van de weersgesteldheid en de schandaaltjes rondom haar favoriete beroemdheden en beschreef hem de intrige van een cinematografische productie die ze onlangs had bijgewoond. Ze maakte gewag van de nieuwste dansrage, de Knipperknieën, die werd uitgevoerd op harde, schelle muziek, bestaande uit gehoest, gepiep en geknor. Het was een fascinerende vorm van lichaamsbeweging, zei Tassy. Handen, knieën en bekken werden erbij betrokken; zou meneer Pirie misschien lust hebben die dans te leren?

Pirie Tamm zei dat het voorstel weliswaar intrigerend was, maar dat zijn arts er zeker bezwaar tegen zou aantekenen en waar voor den drommel was het peper-en-zoutstel? Een mens kon toch geen eieren consumeren zonder zout en peper!

"O jawel, dat kan best en dat moet ook," zei Tassy. "Het is toch zo gezond voor u. Dat is de nieuwe stroming in het medische denken!"

Pirie Tamm sloeg zijn ogen ten hemel en vroeg zich af of Agnes zich amuseerde op het strand van Tidnor.

Op zekere middag laat, toen Pirie Tamm zijn sherry nipte, kwam Tassy zeggen dat hij aan de telefoon werd verlangd. Hij trok een lang gezicht en mompelde een verwensing. "Dit is geen beschaafd tijdstip om mensen te bellen en ze te storen onder hun sherry! Wie is het?"

"Hij heeft zijn naam niet gezegd en ik ben vergeten ernaar te vragen. Maar het is best een knappe jongeman, hoewel, een beetje streng en grimmig zou ik zelf zeggen. Maar in de grond leek hij wel netjes en daarom besloot ik dat hij u wel mocht spreken."

Pirie Tamm staarde haar aan met open mond. Ten slotte zei hij: "Je helderziende gaven zijn echt opmerkelijk."

Tassy knikte zelfvoldaan. "Ja, dat is een van mijn grote talenten. Altijd al geweest."

Pirie Tamm stond op. "Dan moest ik die kerel maar even te woord gaan staan."

Het gezicht dat hem aankeek vanuit het scherm was, zoals Tassy al had gezegd, aantrekkelijk en somber tegelijk. Uit een aantal nauwelijks waarneembare elementen maakte Pirie Tamm op dat het hier om een buitenwerelder ging. "Met Pirie Tamm. Ik geloof niet dat ik u ken."

"Wayness heeft mogelijk mijn naam genoemd: Glawen Clattuc."

"Werkelijk? Werkelijk?" riep Pirie Tamm uit. "Waar ben je nu?"

"Op de ruimtehaven van Shillawy. Is Wayness nog bij u op Voordewind?"

"Op het ogenblik niet, helaas. Ze is vertrokken naar Bangalore en ik heb sindsdien niets meer van haar gehoord. Maar je komt toch naar Voordewind, mag ik hopen?"

"Ja, maar alleen als het u uitkomt."

"Welzeker!" Pirie Tamm gaf hem de nodige aanwijzingen. "Dan verwacht ik je over een uur of twee."

Glawen arriveerde op Voordewind en werd hartelijk welkom geheten door Pirie Tamm. Ze dineerden samen in de betimmerde eetzaal. Pirie Tamm vertelde Glawen alles wat hij wist over Wayness' wedervaren. "Haar laatste telefoontje kwam uit Triëst. Ze vertelde me niet al te veel, omdat ze aanleiding had te vrezen dat onze gesprekken werden afgeluisterd. Ik heb daarna nog eens een ploeg deskundigen laten komen en die vonden drie gluurcellen en een afluisterapparaat op mijn telefoon. Ik ben ervan overtuigd dat ze zijn geïnstalleerd door Julian Bohost. Die ken je?"

"Maar al te goed."

"Het huis is sindsdien beveiligd tegen afluisteren en we kunnen dus vrijuit spreken, hoewel ik me nog steeds wat geremd voel, als ik eerlijk moet zijn."

"U weet niet of Wayness iets heeft ontdekt, en zo ja wat?"

"Helaas niet. Simonetta is ons bij de Galerie Gohoon te slim af geweest en heeft alle gegevens over de koop verwijderd. Wayness was dus verplicht een andere benadering te zoeken. Ze vergeleek de zaak met een ladder, waarbij het Handvest en de Akte op de middelste sport lagen. Simonetta, die wist wie het materiaal had gekocht, kon de ladder van onder naar boven verkennen. Wij van onze kant troffen materialen van het Genootschap aan en daalden van daaruit de ladder af om zo de oorspronkelijke koper te vinden."

"Dat was zonde van de moeite," zei Glawen. "Ik weet wie de eerste koper was. Hij heette Floyd Swaner en hij woonde in Idola, in Big Prairie. Simonetta ontdekte — kennelijk via de Galerie Gohoon, zoals u zei — wie hij was en heeft vanaf dat ogenblik al haar aandacht op Floyd Swaner toegespitst. Ze schijnt nog steeds te geloven dat het Handvest en de Akte zich ergens in het huis van Swaner moeten bevinden, want ze heeft er al een paar maal ingebroken en heeft geprobeerd zijn kleinzoon te trouwen."

Pirie Tamm gromde mismoedig. "En waar staat Julian Bohost in dit geheel? Spant hij samen met Simonetta?"

"Ik vermoed dat ze elk voor zich de ander trachten te gebruiken en dat ze allebei een paar akelige plannetjes achter de hand hebben voor mogelijke noodgevallen. Ik vrees dat we bittere tijden tegemoet gaan."

"En wat zijn jouw plannen?"

"Ik vertrek vanhier rechtstreeks naar Idola en als het Handvest en de Akte daar niet te vinden zijn, ga ik de ladder op, op zoek naar die middelste sport."

2

Glawen vloog over de oceaan naar Oud-Tran, tegenwoordig Divisie geheten, in het hartje van het continent. Met een plaatselijke maatschappij vloog hij verder naar Largo aan de Sippewissa, tweehonderdvijftig kilometer verder naar het westen. Hij kwam daar tegen de avond aan en nam een kamer in een oude herberg aan de oever van de rivier. Hij belde Pirie Tamm maar werd niets wijzer; Wayness had zich niet gemeld.

De volgende morgen huurde Glawen een zwever en vloog noordwaarts over de prairie naar Idola, waar hij een uur later arriveerde. Idola was een klein stadje dat, zoals zovele stadjes op de Oude Aarde, haar huidig aanzien duizenden jaren lang onveranderd had bewaard.*

Glawen landde en vroeg de weg naar de boerderij van de Chilkes. Hij kreeg de volgende aanwijzingen: "Je vliegt naar het noorden tot aan de Foscokreek, da's een kilometer of acht. Al gauw maakt de Foscokreek een grote bocht, eerst een heel stuk naar het oosten en dan terug naar het westen. Als je pal naar beneden kijkt zie je daar een schuur met een groen dak en een huis, bij een bosje eikenbomen. Dat is het huis van de Chilkes."

---

* Uittreksel uit 'Gedachten over de morfologie van bewoonde gebieden' — *Leven*, deel II, door Unspiek, Baron Bodissey:

Steden gedragen zich in vele opzichten als levende organismen die zich in de loop der tijd ontwikkelen en zich zo volmaakt plooien naar het landschap, de weersgesteldheid en de behoeften van de bewoners, dat er geringe aandrang bestaat om tot verandering te komen. De macht der traditie versterkt deze tendens en oefent eveneens zijn invloed uit op het karakter van de stad; men ziet dan ook dat hoe ouder een stad is, des te strakker ze tendeert naar onveranderlijkheid.

Glawen steeg weer op en vloog door de fonkelende ochtend over wijde akkers vol rijpend graan tot hij de Foscokreek bereikte. Hij volgde het lint van wilgen en populieren en kwam al spoedig aan de bocht. Beneden zich zag hij de zo dikwijls beroofde schuur en het huis waar Eustace Chilke zijn jeugd had doorgebracht.

Glawen zette de zwever op het erf aan de grond en werd begroet door een paar onooglijke honden en drie vlasharige kinderen die in het zand zaten te spelen met speelgoedvrachtwagentjes en vreemd gevormde brokken groene steen.

Glawen sprong op de grond. Het oudste kind zei beleefd: "Goedemorgen meneer."

"Goedemorgen," zei Glawen. "Ben jij een Chilke?"

"Ik ben Clarence graaf Chilke."

"Tjongejonge!" zei Glawen. "Dan ken ik jouw oom Eustace."

"O ja? En waar is die nu?"

"Heel ver weg, voorbij de sterren, op een plaats genaamd Station Araminta. Nou, ik moest me maar eens aandienen bij het huis. Wie is er thuis op het ogenblik?"

"Alleen grootma. Vader en moeder zijn naar Largo."

Glawen liep naar de voordeur waar een vrouw van gevorderde middelbare leeftijd hem al opwachtte. Ze was stevig en vierkant gebouwd met een goedgehumeurd rond gezicht, waarin Glawen onmiskenbare trekken van Eustace Chilke ontwaarde. "Ik ben Glawen Clattuc," zei hij. "Ik heb hier een brief voor u van Eustace, ter introductie."

Ma Chilke las de brief hardop voor.

Lieve Ma:

Hiermee introduceer ik mijn goede vriend Glawen Clattuc, die een prima kerel is, in tegenstelling tot sommige van mijn vrienden. We zijn nog steeds op zoek naar spullen van grootpa die nooit boven water zijn gekomen. Hij zal u het een en ander vragen, neem ik aan, en misschien wil hij ook in de schuur kijken. Laat hem maar zijn gang gaan. Ik weet niet wanneer ik weer eens thuis kom, maar ik kan u wel vertellen dat ik knap heimwee heb, vooral als ik naar het leven word gestaan door Simonetta Clattuc. Als u haar ziet, geef haar dan een stomp op haar neus namens mij. En maak dan dat u wegkomt, want ze is een mannetjesputster. Een dezer dagen ziet u me wel weer verschijnen. Laat de honden vooral niet op mijn bed liggen. Veel liefs voor u en alle anderen, behalve Andrew. Die weet zelf wel waarom.

Uw liefhebbende zoon,
EUSTACE

Ma Chilke knipperde met haar ogen en streek erlangs met haar mouw. "Ik snap niet dat ik daar sentimenteel van word. Die kwajongen heeft al zo lang zijn gezicht niet laten zien. 'Liefhebbende zoon', wat een grap!"

"Eustace is een eigenzinnige figuur, dat lijdt geen twijfel," zei Glawen. "Maar op Station Araminta wordt hij als een belangrijk personage beschouwd."

"In dat geval kan hij d'r maar beter blijven en zijn handen dichtknijpen, aangezien hij bijkans overal elders te scha en te schand is weggejaagd. Ik daas maar een beetje, natuurlijk. Eustace is in de grond een beste jongen, alleen een beetje rusteloos. Hij zal je wel verteld hebben over zijn grootpa Swaner?"

"Ja, zeker."

"Dat was mijn vader; een vreemde vogel kan ik wel zeggen. Maar ga toch zitten, ga toch zitten! Laat ik je eerst een bakje inschenken. Zou je wat te eten lusten?"

"Nee, dank u, nu even niet." Glawen ging aan de keukentafel zitten. Ma Chilke schonk de koffie in, zette een schaal met koekjes op tafel en trok toen zelf een stoel bij. "Pa was me er eentje, met zijn paarse uilen en zijn opgezette beesten en al die gekke oude sierdingen. We wisten nooit goed wat we aan hem hadden; aan Eustace ook niet, als het daarop aankomt. Op een of andere manier heeft die malligheid gewoon een generatie overgeslagen en is allemaal bij Eustace terechtgekomen. Ik weet niet of me dat nou moet spijten of niet; altijd maar dat holle gezwets over afgelegen oorden en verre werelden en grote schatten en wonderbaarlijke edelstenen. Eustace lustte er wel pap van; hij kon er nooit genoeg van krijgen. Pa was soms wel een beetje gemeen. Hij had Eustace een prachtig ruimtejacht beloofd voor zijn twaalfde verjaardag en die arme Eustace was er zo opgewonden van, hij kon nergens anders meer over praten. Ik heb hem nog gewaarschuwd dat-ie niet moest gaan lopen oppijpen op school dat-ie een ruimtejacht zou krijgen, omdat ze hem toch niet zouden geloven en hoogstens zouden zeggen dat er een steekje aan hem los zat. Maar ik geloof niet dat dat Eustace erg veel kon schelen. Zijn grootvader had hem een grote atlas van het Gaiaanse Bereik gegeven en Eustace zat er urenlang in te studeren om te besluiten waar hij allemaal heen zou vliegen met zijn nieuwe ruimtejacht. Hij stelde zich voor hoe hij op eenzame, verlaten werelden zou landen, waar nog nooit een mens voet had gezet, en dat hij dan bordjes zou neerzetten met: 'Eustace Chilke was hier — maar nou niet meer.'

"Grootpa Swaner heeft natuurlijk nooit dat ruimtejacht gekocht voor Eustace, maar hij heeft hem wel een keer meegenomen op een ruimtereis en dat was al genoeg om die arme jongen de zwerfkoorts te bezorgen; we hebben hem al die jaren verdraaid weinig gezien." Ma Chilke zuchtte en sloeg met haar vlakke hand op tafel. "Zo, en nou kom jij om in grootpa Swaners bullen te rommelen, net als al die anderen. Ik zou eigenlijk kaartjes moeten verkopen!"

Glawen vroeg: "Zijn er veel mensen geweest die wilden kijken?"

"O ja. En ik vraag ze altijd: 'Wat zoekt u nou eigenlijk? Als ik wist wat het was zou ik u misschien kunnen helpen.' Maar bij mezelf zeg ik natuurlijk: 'Als ik wist wat het was zou ik wel zorgen dat ik het zelf te pakken kreeg'."

"En niemand heeft het u ooit verteld?"

"Geen mens. En jij zal het ook wel weer niet willen zeggen."

"Ik wil u het best vertellen, als u het maar niet doorbrieft."

"Da's mij best."

"Het gaat om het Handvest van Cadwal. Dat is zoekgeraakt. Degene die het vindt heeft daarmee de macht over de planeet Cadwal in handen. Er zijn goede mensen die ernaar op zoek zijn, en kwade. Eustace en ik horen bij de goeden. Uiteraard heb ik het nu even heel simpel voorgesteld."

"Dus vandaar dat ik zoveel ellende heb gehad met die schuur! Er is tot drie keer toe ingebroken, op z'n minst. Zo'n jaar of tien geleden kwam hier een grote, gezette vrouw op bezoek. Ze droeg piekfijne kleren en een hoed van belang, dus ik zag haar voor een of andere beroemdheid aan of een adellijke dame of zo. Ze stelde zich voor als madame Zigonie en zei dat ze de opgezette eland wilde kopen. Ik zei dat die eland niet van mij was, maar dat de eigenaar het ding ongetwijfeld wel voor duizend sol van de hand zou willen doen.

"Ze snoof en zei dat ze zelf ook wel het een ander had dat ze voor duizend sol van de hand zou willen doen.

"Ik vroeg haar toen of ze een bod wilde doen, maar ze wilde de eland eerst bekijken. Ik zei dat het een doodgewone eland was, met een gewei en een lelijk lang gezicht en dat ik eventjes geen tijd had om met haar naar de schuur te gaan. Toen was ze op haar teentjes getrapt; we kregen woorden en ze ging er op hoge poten vandoor. Een week later werd er ingebroken in de schuur en toen we gingen kijken, bleek de eland te zijn vernield. De hele vulling lag eruit. Ik heb het arme ding maar weer dichtgestikt."

"Hebben ze nog iets meegenomen?"

"Voor zover ik kon zien niet. Ze hadden aan de dozen met paperassen gezeten. Eerlijk gezegd kon ik maar moeilijk geloven dat een vrouw als Madame Zigonie zich in het zweet zou werken om een boerenschuur te beroven. Ik wijt het dus maar aan pure kwaadaardigheid."

"Ik geloof niet dat het iets met kwaadaardigheid te maken had," zei Glawen. "Ze was op zoek naar het Handvest. Floyd Swaner had het namelijk opgekocht en niemand weet wat hij er daarna mee heeft gedaan. Hetgeen me brengt op mijn volgende vraag: met welke mensen deed hij zaken?"

Ma Chilke maakte een schampere hoofdbeweging. "Als ik er nou aan terugdenk sta ik nog versteld! Sjacheraars, handelsagenten, vervalsers en een paar gewone geschiftelingen. Ik had ze op een kilometer afstand al in de peiling. Ze lopen allemaal alsof ze pijn aan hun voeten hebben en voordat ze naar iets toegaan dat ze willen hebben, kijken ze je zo van opzij aan om te zien of je ze in de gaten hebt. Tegen het eind deed pa voornamelijk nog zaken met ene Melvish Keebles. Zijn adres? Geen flauw idee. Een paar dagen geleden kwam er nog een heer naar vragen; daar heb ik precies hetzelfde tegen gezegd."

"Wie was die heer?"

Ma Chilke keek met gefronst voorhoofd naar het plafond. "Bolt?

Bolster? Ik heb er niet zo op gelet. Wel een gladde prater, met een stem als een zalfpot. Boster? iets dergelijks."

"Julian Bohost?"

"Dat was het. Is dat een vriend van je?"

"Nee. Wat hebt u hem verteld?"

"Over Keebles? Alles wat ik weet en dat is vrijwel niks, behalve dat Keebles commissionair scheen te zijn geweest voor een handelaar in Divisie."

"Heeft hij ook in de schuur gekeken?"

"Ja. Ik heb hem er twee sol voor laten betalen en toen ben ik met hem meegelopen, hetgeen hem helemaal niet lekker zat. Hij scharrelde wat rond en keek grootpa Swaners boekhouding in, van veertig jaar geleden, maar hij verloor al gauw zijn belangstelling en bekeek de eland ook maar amper. Hij vroeg of er nog andere papieren en documenten waren en zei dat hij er een aardige prijs voor zou betalen als hij iets vond dat hem interesseerde. Had grootpa Swaner bijvoorbeeld ooit ergens documenten verstopt? En toen zei hij neerbuigend: 'Waarom brengt u die papieren niet tevoorschijn, beste vrouw, misschien dat er dan nog eens twee sol voor u aanzit.'

"Ik zei dat er niet van dat soort papieren waren, dat grootpa Swaner, als hij boeken of documenten opdeed, ze altijd meteen doorverkocht aan Melvish Keebles. Hij wilde het adres van Keebles hebben, natuurlijk. Ik zei dat ik in geen jaren meer aan Keebles had gedacht; en voor wat voor een soort vrouw zag hij me wel aan, dat ik privéadressen bezat van allerhande ongure types? Hij keek knap beduusd en zei dat hij het zo niet bedoeld had. Ik zei dat ik het zou waarderen als-ie voortaan beleefd wilde blijven en daar snapte-ie nog minder van, maar hij maakte wel zijn verontschuldigingen. Nou, en toen heb ik hem verteld dat ik absoluut niets van die meneer Melvish Keebles afwist, behalve dat-ie een beetje duister was. Meneer Bohost bedankte me vriendelijk en ging ervandoor, en toen begon ik na te denken over vroeger en herinnerde me opeens 'Shoup'."

"Wie is 'Shoup'?"

"Dat weet ik niet precies, maar waarschijnlijk was het ook een van grootpa's ouwe makkers, of misschien ook een handelaar in Divisie, want als grootpa en Keebles zaten te praten was het Shoup voor en

Shoup na." Ma Chilke haalde haar neus op en knipperde met haar ogen. "Ik denk niet graag aan vroeger, ik word er altijd sikkeneurig van. Toen pa nog leefde was er altijd wel wat. Die purperen pullen waren nog van hem en die groene sierdingetjes ook. Die heeft hij trouwens via Keebles gekocht. Grootpa was er heel erg op gesteld en toen ik zag dat de kinderen aan de dozen hadden gezeten en ermee aan het spelen waren, heb ik ze maar afgepakt en op de schoorsteenmantel gezet, zoals je ziet. Er zijn er nog meer in de schuur en ook allemaal vazen en dat soort spullen. En natuurlijk de eland."

Glawen keerde terug naar Divisie en vond onderdak in een van de hotels bij het vliegveld. Die avond bestudeerde hij de beroepengids en vrijwel meteen trof hij de volgende advertentie aan:

SHOUP EN CO.

Alle benodigdheden voor de kunstenaar!
Import en export
Tevens inkoop en verkoop van curiosa en exotica.
— Gespecialiseerd in buitenwereldse verzending —
5000 WHIPSNADE PARK, BOLTON

De volgende morgen ging Glawen met de transito naar Bolton, een voorstad met nogal wat industrie aan de noordrand van de plaats, waar hij zonder moeite Whipsnade Park en nummer 5000 wist te vinden. Het pand, een log, vierkant bouwsel van gasbeton, dat vijf verdiepingen telde, was geheel in gebruik bij Shoup en Co.

Glawen ging naar binnen en bevond zich in een ruime toonzaal, die de hele benedenverdieping in beslag nam. Kasten, tafels, bakken en rekken torsten een keur van kunstenaarsbenodigdheden van de meest uiteenlopende aard, voor de groothandel zowel als voor particulieren, met levering en verscheping door heel het Gaiaanse Bereik. Links in de zaal bevond zich een kassiershokje met daarnaast een verzendbalie.

Glawen liep naar een verkoper toe die kennelijk het Shoupuniform droeg. Op een vignet onder het borstzakje van zijn grijze tuniek stond:

D. MULSH
Geheel tot uw dienst!

D. Mulsh, een stevige jongeman met een roze engeltjesgezicht en blond haar, die er tevreden en goedgehumeurd uitzag, was bezig bij een rek met artikelen waarvan Glawen het doel in de verste verte niet raden kon. Naar de vorm leken ze nog het meest op kleine pistolen; ze zagen er ook echt dreigend uit met een kolf, een trekker, een kamer en een metalen loop.

"Wat is dat voor wapen?" vroeg Glawen. "Ik dacht dat Shoup benodigdheden voor kunstenaars verkocht."

Mulsh glimlachte beleefd. "Een reële vraag: waarom verkopen wij pistolen als kunstenaarsbenodigdheden? Sommige mensen denken dat ze bedoeld zijn om zondagsschilders dood te schieten. Anderen verdenken de kunstenaars ervan, dat ze ze gebruiken om het publiek geld af te zetten, als alle andere methoden hebben gefaald."

"En welke theorie is nu de juiste?"

"Geen van beide. Met deze pistolen kan eenieder de prachtigste gekleurde glaspanelen vervaardigen. Het is een heel eenvoudig procedé. Kijkt u maar! Ik schuif deze groene capsule in de kamer en ik zet een doelwit klaar van gewoon helder glas. Wanneer ik nu de trekker overhaal, spuit er uit de loop een stoot gesmolten glas, die zich blijvend op het blanke glas hecht. De gebruiker kan capsules kiezen in alle kleuren die hij maar wil en panelen vervaardigen in de meest ingewikkelde patronen, met fonkelende kleuren, die het mooiste zijn wat u zich voor kunt stellen. Kan ik u misschien van een setje voorzien?"

"Het is een aanlokkelijk idee," zei Glawen. "Maar op het ogenblik ben ik naar iets anders op zoek."

"Als het bestaat, dan hebben we het. Dat is het motto van Shoup en Co. Een ogenblikje, ik moet dit setje even laten verzenden. Mulsh liep met een doos naar de balie en zei tegen de bediende: "Wil je dit adresseren aan Iovanes Farey op Anacutra en direct verzenden?" Toen wendde hij zich weer tot Glawen. "Zo meneer, en wat kan ik voor u doen? Een paar gros van die smeltglassetjes? Een dozijn schetsmodellen? Een blok Canovamarmer van tien ton? Driehonderdvijftig gram motmeel? Een borstbeeld van Leon Beiderbecke? Allemaal in de aanbieding vandaag!"

"Op dit moment zoek ik iets veel minder gecompliceerds."

"En dat is?"

"Een brokje informatie. Een van uw cliënten is een zekere Melvish Keebles. Ik moet hem een pakje sturen, maar ik ben zijn adres kwijtgeraakt. Ik zou graag willen dat u het voor me opzocht; hier hebt u een sol voor de moeite."

Mulsh nam Glawen van terzijde op en wuifde het aangeboden bankbiljet weg.

"Hoogst merkwaardig! Gisteren nog werd ik benaderd door een heer met hetzelfde verzoek. Het enige wat ik hem kon vertellen is dat mij niets van deze 'Keebles' bekend was, en dat hij zich boven bij 'Facturering' of 'Debiteuren' diende te vervoegen. En met de beste wil van de wereld kan ik u niet meer vertellen."

Glawen fronste zijn voorhoofd. "Die heer die hier gisteren is geweest, hoe zag die eruit?"

"Och, niet opvallend of zo. Hij was iets langer dan u, ongeveer van uw leeftijd zou ik zeggen. Zag er best goed uit, welbespraakt. Beetje met zichzelf ingenomen als u het mij vraagt."

Glawen knikte. "En waar zei u ook weer dat ik moest gaan vragen?"

"Bij de afdeling Debiteuren op de vijfde; of u kunt het aan juffrouw Shoup zelf vragen. Dat is onze baas."

"Maar toch niet de grondlegster van het bedrijf?"

"Zeker niet! Zes Shoups zijn haar in de loop der jaren voorgegaan, hoewel zij mogelijk de laatste van het geslacht zal blijken te zijn, als de huidige aanwijzingen ons niet bedriegen." Mulsh keek snel achterom. "Ik zal u een tip geven. Als u met juffrouw Shoup spreekt, glimlach dan niet tegen haar, noem haar geen 'Flavia', tracht niet gemeenzaam te worden, want dan wordt ze meteen onheus."

"Ik zal uw advies ter harte nemen," zei Glawen. "Tussen twee haakjes, die heer die hier gisteren was — heeft hij het adres van Keebles ook gekregen?"

"Dat weet ik niet. Toen hij wegging, zat mijn dienst er al op."

Glawen ging met de lift naar de vijfde verdieping, die net als de parterre uit één grote ruimte bestond. Er was geen enkele poging gedaan de kale structuur van het bouwwerk te verdoezelen. De betonnen dakbalken waren wit geschilderd en een naadloze, verende sponslaag bedekte de vloer. Tegen de rechterwand stond een lange balie; erboven hingen bordjes met 'Facturering', 'Crediteuren', 'Personeelszaken' en dergelijke. In de rest van de ruimte stond een tiental bureaus schijnbaar lukraak opgesteld. Overal waren mannen en vrouwen in het keurige Shoupuniform toegewijd en voor het overgrote deel in stilte aan het werk. Wanneer conversatie onvermijdelijk was, sprak men met gedempte stem en werd de mededeling kort gehouden, zodat het er griezelig stil was.

Glawen rechtte zijn schouders, trok zijn zakelijkste gezicht, beende energiek de zaal door naar de balie en stelde zich op bij het bordje 'Debiteuren'. Bijna meteen werd hij aangesproken door een jongedame, genaamd T. Mirmar, blijkens het vignet op haar tuniek. Op half fluisterende toon zei ze: "Kan ik u helpen, meneer?"

Glawen haalde een kaartje tevoorschijn en schreef erop: 'Melvish Keebles'. Hij legde het kaartje voor T. Mirmar neer. Toen dempte hij zijn stem zo goed hij kon en zei: "Ik dien wat boeken te versturen aan deze heer. Wilt u zo goed zijn, zijn volledige adres voor me op te schrijven?"

T. Mirmar keek hem aan en schudde haar hoofd. "Wat is er met deze persoon? U bent al de tweede die naar Keebles komt vragen sinds gisteren."

"Hebt u die meneer gisteren het adres gegeven?"

"Nee. Ik heb hem doorgestuurd naar juffrouw Shoup, die een dergelijk verzoek beslist zelf wil afhandelen. Ik weet niet wat zij gedaan heeft, maar als u het weten wilt, kunt u zich het beste eveneens tot juffrouw Shoup wenden."

Glawen zuchtte. "Ik had gehoopt mijn naspeuringen wat te kunnen vereenvoudigen. Zou een bedrag van tien sol me dat adres opleveren?"

"Door mijn toedoen? Het idee alleen al! Nee, dank u zeer."

Glawen zuchtte opnieuw. "Goed dan, waar vind ik juffrouw Shoup?"

"Daarginds." T. Mirmar wees hem een bureau aan het andere eind van de zaal, waaraan een magere vrouw gezeten was die haar eerste jeugd al ietwat achter zich had liggen.

Glawen nam juffrouw Shoup eens op. "Ze ziet er anders uit dan ik me had voorgesteld," zei hij tegen T. Mirmar. "Vergis ik me, of is ze ergens nijdig over?"

T. Mirmar wierp een korte blik naar de overkant. Op vlakke toon zei ze: "Het zou niet gepast zijn als ik daar commentaar op gaf, meneer."

Glawen zette zijn heimelijke inspectie van juffrouw Shoup voort.

Ze was bepaald niet met uiterlijk schoon gezegend en Glawen begreep grif waarom de zesde generatie Shoup de laatste dreigde te worden. Ze droeg de Shouptuniek met de korte mouwtjes, ofschoon die haar aamborstigheid en magere witte armen nog benadrukte. Haar hoge witte voorhoofd werd bekroond door een paar trieste krulletjes muisgrijs haar. Daaronder zag hij bolle grijze ogen, een kleine, magere neus, een smalle bleke mond en een bobbelkin. Ze zat stijf rechtop en haar gezichtsuitdrukking was, zo te zien, streng, koel en afstandelijk. Misschien dat ze niet nijdig was, dacht Glawen, maar ze liep ook niet bepaald over van levenslust en opgewektheid.

Er viel niets aan te verhelpen. Hij moest juffrouw Shoup benaderen en wel met de grootst mogelijke spoed. Hij wendde zich weer tot T. Mirmar. "Kan ik gewoon naar haar bureau toe lopen?"

"Natuurlijk! Hoe moet u er anders komen?"

"Ik dacht aan de formaliteiten die in acht dienen te worden genomen."

"Die kennen we niet bij Shoup en Co.; alleen goede manieren."

"Juist ja. Ik zal mijn best doen." Hij liep de zaal door. Juffrouw Shoup keek pas op toen hij pal voor haar bureau bleef staan. "Mejuffrouw Flavia Shoup?"

"Ja?"

"Mijn naam is Glawen Clattuc. Mag ik even gaan zitten?" Hij keek om zich heen, maar de dichtstbijzijnde stoel stond bij een bureau, twaalf meter verderop.

Juffrouw Shoup nam hem een ogenblik op met ogen die even bol en onpersoonlijk waren als die van een schelvis. "Wanneer bezoekers geen stoel bij mijn bureau aantreffen, vatten ze mijn bedoeling doorgaans wel."

Glawen wist met enige moeite een gespannen glimlachje tevoorschijn te toveren. Een rare opmerking, bedacht hij. Een die helemaal niet strookte met de voorkomendheid waarvan Shoup en Co. de naam hadden. Misschien had juffrouw Shoup geestig willen zijn. "Ik vat het! Ik zal het zo kort mogelijk houden. Maar als u liever hebt dat ik blijf staan, dan blijf ik staan."

Juffrouw Shoup perste er een klein lachje uit. "Je doet maar naar je goed dunkt."

Glawen ging de stoel halen en zette hem naast het bureau. Hij nam plaats na een keurige kleine buiging die, naar hij hoopte, juffrouw Shoup wat gunstiger zou stemmen, maar ze zei, op bitsere toon dan daareven: "Ik ben niet gesteld op spotternij, hoe onbewust ook tot uitdrukking gebracht."

"Ik ben dezelfde mening toegedaan," zei Glawen. "Helaas komt dit verschijnsel allerwegen voor en daarom negeer ik het, alsof het eenvoudig niet bestaat."

Juffrouw Shoup trok haar bijna kleurloze wenkbrauwen een fractie van een millimeter op, maar gaf geen antwoord. Glawen herinnerde zich de waarschuwing van Mulsh, dat hij niet moest trachten gemeenzaam te worden met juffrouw Shoup. Die waarschuwing, zo dacht hij, was volkomen overbodig. De stilte begon te drukken. Glawen zei beleefd: "Ik ben buitenwerelder, zoals u misschien wel geraden zult hebben."

"Uiteraard." Het werd gezegd zonder enige nadruk, maar toch klonk er iets van afkeer in door.

"Ik ben een van de Natuurbehoeders van Station Araminta op Cadwal, een planeet die als geheel een natuurreservaat is, zoals u misschien weet."

Juffrouw Shoup zei zonder een spoor van belangstelling: "Dan ben je erg ver van huis."

"Zeker. Ik stel een poging in het werk om een aantal documenten te achterhalen die zijn ontvreemd bij het Genootschap van Natuurkenners."

"Dan ben je niet aan het juiste adres. Dergelijke artikelen hebben wij niet in ons assortiment."

"Dat vermoedde ik ook niet," zei Glawen. "Maar een van uw cliënten is misschien in staat me te helpen. Zijn naam is Melvish Keebles, ik bezit alleen niet zijn tegenwoordige adres en daarom ben ik naar u toe gekomen."

De mond van juffrouw Shoup vertrok in een mager glimlachje. "Wij kunnen dergelijke gegevens niet bekend maken zonder uitdrukkelijke toestemming van de cliënt."

"Dat is een goed gebruik in de zakenwereld," zei Glawen. "Ik had echter gehoopt dat u zich, gegeven de omstandigheden, wat soepeler zou willen opstellen. Ik geef u tussen twee haakjes de verzekering, dat ik jegens Melvish Keebles volstrekt geen kwaad in de zin heb; ik wil alleen informeren wat er geworden is van zekere documenten, die van groot belang zijn voor het reservaat."

Juffrouw Shoup leunde achterover. "Ik ben volkomen soepel. Ik ben de verpersoonlijking van Shoup en Co. Mijn beleid is het bedrijfsbeleid. Ik kan het wel tien keer per dag veranderen als mij dat goeddunkt. Ik ben trots op mijn wispelturigheid. Wat Keebles aangaat — of je hem nu al dan niet kwaad wenst te berokkenen, je zou toch gezegd hebben wat je daareven hebt gezegd. Je woorden leggen dus geen gewicht in de schaal."

"Ja, ik vrees dat u daar gelijk in hebt," beaamde Glawen. "U hebt de kwestie zeer logisch uiteengezet."

"Ik weet wel het een en ander van Keebles. Het is een schelm. Er zijn heel wat lieden die hem graag zouden opsporen, waaronder vijf ex-echtgenotes die hij nooit verwittigd heeft van elkaars bestaan, terwijl hij ook niet de moeite heeft genomen om van hen te scheiden. Het volledige ledenbestand van de Shoto-bond zou volgaarne de hand op hem leggen. Van al mijn cliënten zou Keebles het luidst protesteren als ik het adres prijsgaf."

Glawen begon zich af te vragen of juffrouw Shoup niet stilletjes zat te genieten van zijn frustratie. Hij zei somber: "Als feiten u van gedachten zouden kunnen doen veranderen —"

Juffrouw Shoup boog zich voorover en vouwde haar handen samen. "Ik maal niet om feiten."

Glawen wendde onschuldige belangstelling voor terwijl hij zich inwendig verachtte om zijn huichelarij. "En wat zou u dan wel van gedachten kunnen doen veranderen?"

"Een gerede benadering bestaat niet. Je zou een beroep kunnen doen op mijn hartelijkheid. Ik zou je vierkant uitlachen. Vleierij? Je kunt het proberen en ik zal je met de grootste belangstelling aanhoren. Voortekenen en voorspellingen? Ik vrees niets. Dreigementen? Een woord, en ik zou mijn bedienden opdracht geven je stevig af te rammelen. En dat zouden ze, en je vervolgens in alle kleuren van de regenboog beschilderen met onuitwisbare verf. Steekpenningen? Ik heb nu al meer geld dan ik in duizend jaar kan uitgeven. Wat blijft er dan nog over?"

"Gewoon wat medemenselijkheid misschien?"

"Maar ik ben helemaal niet gewoon, of was dat nog niet tot je doorgedrongen? Dat ik een mens ben heb ik zelf niet uitdrukkelijk gewild. En medemenselijkheid — dat woord is bedacht zonder dat ik erin gekend werd. Ik voel me daaraan dus volstrekt niet gebonden."

Glawen dacht een ogenblik na. "Ik heb gehoord dat er gisteren ook al iemand is geweest om u naar het adres van Keebles te vragen. Hebt u hem die informatie verstrekt?"

Juffrouw Shoup zat ineens doodstil. Haar vingers verstarden. De spieren in haar hals zwollen op en ze zei: "Ja. Inderdaad."

Glawen keek haar verbaasd aan. "En welke naam gaf hij u op?"

Juffrouw Shoup balde haar vingers tot kleine bottige vuistjes. "Een valse naam. Ik heb het nagetrokken bij zijn hotel. Hij was daar niet bekend. Hij heeft me voor gek gezet. Dat zal nooit weer gebeuren."

"U weet niet waar ik hem vinden kan?"

"Nee." Haar stem klonk kalm en ijskoud. "Hij zat daar waar jij nu zit en vertelde dat hij van buitenwereldse afkomst was en dat zijn vader een bedrijf in kunstenaarsbenodigdheden wilde beginnen en hem naar de Aarde had gestuurd om de activiteiten van Shoup en Co. te bestuderen. Hij zei dat hij had verwacht dat het taai werk zou zijn, totdat hij mij ontmoette en begreep dat hij het mis had. Hij zei dat intellect de meest fascinerende eigenschap was die een vrouw kon bezitten en dat we eens samen moesten gaan dineren. Ik zei dat me dat heerlijk leek en dat hij, aangezien hij de stad niet kende, maar bij mij thuis moest komen. Daar scheen hij wel oren naar te hebben. Toen hij op het punt stond om weg te gaan zei hij nog, dat zijn vader een zekere Melvish Keebles als vertegenwoordiger wilde aanstellen, maar dat hij niet wist hoe hij hem moest vinden en of ik misschien iets kon voorstellen. Ik zei dat Keebles heel toevallig een van mijn cliënten was en dat ik zijn probleem ter plaatse kon oplossen, hetgeen ik deed. Hij bedankte me en vertrok. Ik ging naar huis en bereidde een rustig dinertje voor twee, met smakelijke gerechten en fraaie wijnen. Ik trok een zwartfluwelen japon aan die ik nog nooit eerder had gedragen en bracht een paar kleine wijzigingen aan, hier en daar. Toen ging ik zitten wachten op zijn komst. Ik wachtte lange tijd en ten slotte ontstak ik de kaarsen, zette de muziek aan, dronk de wijn op en dineerde alleen."

"Dat moet een onplezierige ervaring zijn geweest."

"Alleen in het begin. Halverwege de tweede fles wijn kon ik erom lachen. Vandaag ben ik weer terug in mijn eigen, normale wereld. Ik heb echter een afschuw ontwikkeld van knappe jongemannen, jou niet uitgezonderd. Ik zie jullie nu heel duidelijk. Als groep zijn jullie een horde roofdieren, stinkend en bronstig, trots op de majesteit van jullie geslachtsorganen. Sommige mensen hebben een onberedeneerde afschuw van spinnen, andere van slangen, en ik van jonge mannen."

Glawen kwam overeind. "Mejuffrouw Shoup, ik zou u wel honderd dingen willen zeggen, maar ze zouden u geen van alle bevallen en dus wens ik u hierbij een goede dag, verder."

Juffrouw Shoup gaf er geen antwoord op.

Glawen liep de zaal uit. Hij ging met de lift terug naar de toonzaal op de parterre en liep naar de tafel waar de smeltglaspistolen lagen uitgestald. Hij werd vrijwel direct aangeschoten door D. Mulsh die hem vroeg: "En hoe is het onderhoud verlopen?"

"Redelijk wel," zei Glawen. "Juffrouw Shoup is een opmerkelijk iemand."

"Dat is ze zeker. Ik zie dat u nog steeds belangstelling hebt voor de smeltglaspistolen. Kan ik er toch niet eentje aan u kwijt?"

"Ja," zei Glawen. "Het lijken me zeer nuttige apparaten."

"O, u zult er veel plezier van hebben," zei Mulsh hartelijk. "Er zijn zo verbazend veel toepassingen denkbaar."

"Ik wilde dit setje cadeau doen aan een vriend van me en het rechtstreeks hiervandaan opsturen."

"Dat is geen enkel probleem, alleen moet ik u dan wel expeditiekosten in rekening brengen."

"Dat is prima."

Mulsh liep met het pakje naar de verzendbalie. "U kunt het meisje de gegevens voor het verzendadres geven," zei hij. Hij nam het geld van Glawen aan en liep ermee naar de kassa. Glawen zei tegen het meisje: "Ik wil het pakje verzonden hebben aan Melvish Keebles. U hebt het adres hier in uw archief."

Het meisje toetste een paar woorden in en de printer spuwde een etiket uit, dat het meisje op het pakje bevestigde. "Bij nader inzien denk ik dat ik het toch maar zelf meeneem," zei Glawen.

"Net zo u wilt, meneer."

Glawen verliet het pand van Shoup en Co. Buiten op het trottoir bekeek hij het etiket. Er stond:

> Melvish Keebles
> Argonaut Kunstenaarsbenodigdheden
> Crippetsteeg, Tanjaree, Nion
> Pharisse VI, ARGO NAVIS 14-AR-366

Glawen keerde terug naar zijn hotel op de luchthaven van Divisie. Vanuit zijn kamer belde hij Voordewind, maar er was nog steeds geen nieuws van Wayness.

"Ik kan me niet voorstellen waar dat kind uithangt!" riep Pirie Tamm zorgelijk. "Geen bericht is goed bericht zeggen ze, maar het kan ook een heel slecht bericht betekenen."

"Dat ben ik met u eens," zei Glawen. "En wat erger is, ik heb de tijd niet om haar te gaan zoeken; de omstandigheden laten het eenvoudig niet toe. Ik moet de Aarde op stel en sprong verlaten."

"Ja, en ik kan niets anders doen dan maar wachten," zei Pirie Tamm somber.

"Iemand moet er toch thuis blijven," zei Glawen. "Als Wayness belt, zegt u haar dan dat ik buitenwerelds ben en dat ik weer een sportje hoger op de ladder ben geklommen. En ook, dat ik zo spoedig mogelijk terugkom."

3

Op de ruimtehaven Tammeola, even buiten Divisie, baande het integratieprogramma van het reisagentschap zich een weg door een doolhof van routes, dienstregelingen, wachttijden en aansluitingen en berekende de snelste manier waarop Glawen de planeet Nion zou kunnen bereiken. De uitdraai was slechts gedurende de periode van een uur geldig, aangezien de omstandigheden daarna mogelijk (of mogelijk ook niet) gewijzigd konden blijken. Ook was er sprake van een voorbehoud ten aanzien van het vervoer tussen twee stations of havens. Als de aangegeven dienstregeling was gewijzigd of geannuleerd, of als het vervoermiddel te laat arriveerde, moest de zorgvuldig gecomponeerde route worden aangepast. Kortom, het toeval beheerste nog immer de omstandigheden. Glawens tegenstander had een volle dag voorsprong, hetgeen veel kon betekenen of helemaal niets. Glawen weigerde te gaan gissen naar alle denkbare mogelijkheden.

Glawen ging aan boord van de *Madelle Azenour*, die hem zou brengen naar het overstappunt Sterrenheim op Aspidiske IV, aan het begin van de sector Argo Navis. Vanaf Sterrenheim zou hij verder reizen per plaatselijke lijndienst naar Mersey op Anthony Pringle's Wereld, waar hij zou overstappen op weer een andere lokale vrachtlijn die nog verder buitenwaarts ging en hem via de Jingles naar de meest afgelegen uithoeken van het Gaiaanse Bereik zou brengen, om hem ten slotte af te zetten bij de stad Tanjaree op Nion, bij de geelwitte zon Pharisse.

Aan boord van de *Madelle Azenour* verstreek de tijd gelijkmatig en aangenaam; hij had niets anders te doen dan te eten, te slapen, te kijken naar de sterren die voorbijgleden en gebruik te maken van de diverse faciliteiten tot verpozing die voorhanden waren. Glawen bestudeerde zijn medepassagiers met grote zorg, aangezien het heel wel mogelijk was dat zijn tegenstander zich aan boord bevond. Ten slotte kwam hij tot de conclusie dat de jongeman die juffrouw Shoup zo harteloos had bedrogen, ofwel een andere route had gekozen, ofwel een ander reisschema.

In het *Handboek van de bewoonde werelden* las Glawen dat Nion voor de eerste maal was verkend in het zeer verre verleden, in de tijd dat de eerste golf aardbewoners de ruimte in trok. Het menselijk getij was daarna afgenomen en had zich teruggetrokken, met name van het gebied voorbij de Jingles, waardoor Nion duizenden jaren lang in vrijwel volledige afzondering kwam te verkeren.

Nion was, volgens het *Handboek*, een middelgrote planeet (middellijn 20.800 kilometer, zwaartekracht: 1,03 Aardnormaal, siderische dag: 37,26 uur), vergezeld van een ware stoet van satellieten. Hoewel het klimaat over het algemeen mild werd genoemd, was de topografie zeer gevarieerd en werden de bewoonbare streken van elkaar gescheiden door woestijnen, steile rotsplateaus, uitgestrekte, merkwaardige maar prachtige wouden, en de zogeheten 'waterakkers'. Deze laatste waren ontstaan doordat stuifmeel, afkomstig uit de wouden en de bloemenvelden, terecht was gekomen in wat oorspronkelijk meren en zeeën waren geweest. Daar had zich een suspensie gevormd die zich later weer had afgezet. Dit sediment kende men nu als 'pold'. De fauna, voornamelijk gevormd door insecten, was van weinig belang.

Het *Handboek* verklaarde: "Teneinde het maatschappelijk leven op Nion in al zijn verwikkelingen te verstaan, dient men het begrip 'pold' te doorgronden. Er zijn honderden soorten pold, maar in principe zijn deze ofwel 'droog', dat wil zeggen afkomstig uit lössachtige afzettingen van stuifmeel en sporen, die door de wind zijn meegevoerd en afgezet en nadien zijn ingeklonken, ofwel 'nat', afkomstig uit het sediment van oude meren en zeeën. De subvariëteiten van pold ontstaan op grond van ouderdom, en als gevolg van mengen, roken en drogen, de werking van morfotische middelen en wel duizend geheime procedés. Pold is alomtegenwoordig. De teelaarde bestaat uit pold. Bier wordt gebrouwen van pold. Natuurlijke, rauwe pold is dikwijls voedzaam maar niet altijd; sommige afzettingen zijn giftig, hallucinogeen of walgverwekkend. De Gangrils van de Lankster Melancholieken zijn grote deskundigen; zij hebben een zeer complexe samenleving weten op te bouwen gebaseerd op hun vaardigheid in het manipuleren van pold. Andere volkeren zijn niet van die fijnproevers en eten pold in de vorm van brood of pap, of als vervangingsmiddel voor vlees. De smaak van pold hangt uiteraard van vele factoren af. Dikwijls is pold echter flauw van smaak, ietwat nootachtig, of zelfs zurig, als verse kaas.

"Dankzij het overal beschikbare pold is honger op Nion onbekend. Toch is de bevolking om een aantal redenen altijd schaars gebleven.

"Bezoekers van Nion zullen merken dat het moeilijk is de consumptie van pold te vermijden, onverschillig of ze dineren in een uitgelezen restaurant, of voor een minder voornaam etablissement hebben gekozen, en wel om de eenvoudige reden dat er pold is in overvloed en dat het makkelijk te bereiden is. Klagen zal de toerist tevergeefs.

"Een waarschuwing lijkt op dit punt op zijn plaats. Mogelijk als gevolg van de overvloed aan pold, valt er op Nion van arbeidsethos weinig te merken, zodat de toerist voorbereid dient te zijn op een nonchalant te noemen dienstverlening, zelfs in de beste hotels. 'De makkelijkste manier is de beste manier', dat is de grondslag van de samenleving van Tanjaree. Wees hierop voorbereid en houd uw humeur in toom! De bewoners van Tanjaree zijn zeker minzaam, zij het een weinig ijdel en zelfvoldaan. Maatschappelijke status is van allesoverheersend belang, maar deze wordt afgeleid van subtiliteiten en voorwaarden die voor de bezoeker volslagen ondoorzichtig zijn. Zeer grof generaliserend kan men zeggen dat status wordt ontleend aan het omzeilen van werk, waarbij men met onuitstaanbare, arrogante zwier een ander zo ver krijgt dat deze de taak op zich neemt. Zo kan men op een restaurantterras aan de Maliebaan zien hoe een klant zijn bestelling tracht op te geven aan een van de drie kelners die dienst hebben en die alle drie demonstratief de andere kant op kijken, tot de patroon hen tot de orde roept en misschien zelfs een scène begint te maken. Deelname aan een onwaardige woordenwisseling betekent reusachtig gezichtsverlies. De dichtstbijzijnde kelner zal zich dus met grote tegenzin verwaardigen de bestelling op te nemen, maar de bediening blijft traag en het bestelde zal uiteindelijk worden aangedragen door een keukenknechtje, terwijl de kelner erbij staat met zijn handen op zijn rug en in status groeit, ten koste van de woedende klant, de andere kelners en de nederige keukenknecht.

"Een tweede en nog dringender waarschuwing is hier aan de orde: Tanjaree is het enige kosmopolitische centrum op Nion. In andere plaatsen heersen lokale conventies die de toerist zal ervaren als vreemd, soms onaangenaam en niet zelden levensgevaarlijk, mocht hij zo dwaas zijn te trachten zijn eigen filosofie op te dringen aan de plaatselijke bevolking. Op Nion is een mensenleven — en zeker dat van een buitenwerelder — niet heilig. De toerist zij dus gewaarschuwd: ga niet alleen op trektocht in het achterland, zonder advies en assistentie van ter plaatse bekende lieden. Vele honderden bezoekers die deze waarschuwing in de wind sloegen zijn op uiterst bizarre wijze aan hun eind gekomen.

"Als gevolg van de natuurlijke omgeving hebben de vroegste bewoners zich ontwikkeld zonder veel onderling contact of samenhang. Daardoor konden zich samenlevingen vormen van aanmerkelijke verscheidenheid. Onder de eerste bewoners van Tanjaree bevond zich een groep biologen die zich gewijd had aan de schepping van een superras door middel van genetische manipulatie.

"De afstammelingen van deze zogeheten 'bovenmensen' wisten te overleven in het grote woud van Tangting waar ze waren verworden tot rariteiten en monsters, met een barbaars soort intelligentie en afschuwwekkende gewoonten."

Het *Handboek* vervolgde: "Op het ogenblik staan deze beestmensen in het middelpunt van de toeristische belangstelling, zodat ze niet langer gevaar lopen te worden uitgeroeid. Een buis van helder glas omsluit een weg van vijfentwintig kilometer lengte die door het Tangtingwoud loopt. Met de janplezier worden groepen toeristen veilig door het woud gevoerd terwijl de monsterlijke 'bovenmensen' krijsend en kwijlend aanvallen doen op het glas en schunnige capriolen vertonen, tot prikkeling en vermaak van de dagjesmensen.

"Elders hielden diverse bevolkingsgroepen van Nion hun oeroude gebruiken in ere, zonder acht te slaan op de vreemde buitenwerelders die zich aan hen kwamen vergapen en die pogingen in het werk stelden hun ambachtelijke producten en heilige voorwerpen te kopen, ontvreemden, met geweld of anderszins in bezit te krijgen. Zekere bevolkingsgroepen zijn daardoor gemelijk en zelfs vijandig gezind geraakt jegens vreemden en zijn dat tot op de dag van vandaag toe. Sommige groepen zijn daadwerkelijk gevaarlijk, met name de rotshouwers van Eladre, die hun ijle, verfijnd ingewikkelde stad uit een complete berg hebben gehouwen. Gedurende zekere standen van de manen veranderen de schaduwlieden in kille moordenaars. De Gangrils leven niet alleen uitsluitend van pold, ze weten het pold te transmuteren tot nieuwe, geheimzinnige substanties met onvoorspelbare psychische bijwerkingen. Vele eeuwen lang hebben de Gangrils een onderkaste in stand gehouden, bestaand uit ontvoerde buitenwerelders, toeristen en dergelijke. Hun functie was de roesmiddelen die uit pold worden bereid uit te proberen. Het was onder andere deze hebbelijkheid die hen een onverkwikkelijke reputatie heeft bezorgd. In weerwil van hun ogenschijnlijk goedaardig optreden beziet men hen nog immer met achterdocht; toeristen wordt aangeraden zich nooit zonder geleide in de omgeving van een Gangrilnederzetting te wagen. Al te dikwijls is gemeld dat naïeve buitenwereldsen, in de mening gastvrij te worden onthaald door nietszeggend glimlachende Gangrils, ontdekten dat ze een experimenteel medicijn hadden binnengekregen en dat ze nauwlettend werden geobserveerd om te zien welke uitwerking het middel op hen had.

"Er zijn nog andere lieden die als even pittoresk worden beschouwd, doch die geen enkele bedreiging vormen, met name de clans van zwervende potsenmakers, die de wereld rondtrekken in bont beschilderde woonwagens en onderweg excentrieke dansen, kluchten en burlesken opvoeren, alsmede hoogstandjes van muzikale virtuositeit, komische ballades, operettes en wat hen nog meer mag invallen."

Het *Handboek* besloot met een samenvatting die erop neerkwam dat Nion een wereld was met een unieke toeristische bekoring, ofschoon ze sterk tekort schoot in comfort, en de toerist bereid diende te zijn tot concessies, vooral met betrekking tot pold.

Tanjaree, de ruimtehaven en het centrum van de toeristenindustrie, was een kleine, niet bijzonder aanzienlijke stad, waar Gaiaanse wetten en zeden opgeld deden; elders waren de lieden dermate vreemd en was hun gedrag zo onbegrijpelijk, dat men zou menen van doen te hebben met vertegenwoordigers van inheemse of buitenmenselijke rassen. Aldus de informatie in het Handboek.

Te gelegener tijd landde de *Madelle Azenour* te Sterrenheim op Aspidiske IV. Dit was de eerste en meest belangrijke overstapplaats en meteen werd het reisschema, zo smetteloos in elkaar gepast op Tammeola, al in de war gestuurd door het omleggen van een vrachtlijn. Twee dagen later echter wist Glawen passage te bemachtigen op een vrachtschip met bestemming Mersey op Anthony Pringle's Wereld, aan de rand van de Jingles. Hier trof hij een goede verbinding. Hij ging aan boord van de *Argoloods* die hem door de Jingles voerde, een gebied met heldere en zwakke sterren, gasbollen, donkere, doorploegde sterrenwrakken, onherbergzame sferoïden van neutronenmetaal, verweesde planeten en verweesde manen, om hem in het uiterste uithoekje van de sector, op de haven van Tanjaree op Nion, af te zetten.

De ruimtehaven besloeg een strook land langs de rand van een laag plateau, aan de voet waarvan Tanjaree lag, rondom een klein meer.

Glawen kreeg de douaneformaliteiten te verduren, inclusief het slikken van middelen tegen verschillende infecties, virussen en schimmels, alsmede buffers tegen de uitwerking van de giftige proteïnen die ter plaatse voorkwamen. Ook werden hij en zijn reistas aan een ongebruikelijk grondig onderzoek onderworpen, hetgeen resulteerde in de confiscatie van zijn energiepistool.

"Dergelijke wapens zijn op Nion niet toegelaten," werd hem meegedeeld. "Er zijn zoveel situaties die in een oogwenk kunnen escaleren en de messen en kukri's van Nion zijn al erg genoeg."

"Des te meer reden om mij mijn pistool te laten houden om me te kunnen verweren."

Op zijn klacht werd geen acht geslagen. Hij ontving een reçuutje. "Bij vertrek kunt u uw wapen weer ophalen."

Glawen verliet het stationsgebouw en stond in de felle gloed van Pharisse. De hemel, een wolkeloos uitspansel van paarsig blauw, leek zeer weids dankzij de verre horizon. Hij liep naar de balustrade aan de rand van het plateau en keek uit over Tanjaree. Het was een stad van bescheiden omvang, met twee uitlopers, die gescheiden werden door een rond meer. In het westen lag de oude stad, of de inheemse wijk: een lukraak strooisel van lage witte koepeltjes en slanke torenspitsen, die bijna nietig leken naast de tien tot twaalf wonderbaarlijke dendrons die tussen de gebouwen stonden. Ze waren, zo schatte Glawen, meer dan zestig meter hoog en bestonden uit massieve zwarte tronken die zich vertakten tot een massa zware takken die aan het eind doorbogen onder het gewicht van de blauwe vruchtbollen wel drie meter in doorsnee.

De nieuwe stad, ten oosten van het meer, vertoonde een stratenplan dat maar weinig rationeler oogde dan de regelrechte chaos van de oude stad. Een bomenlaan liep langs het meer. Op de plaats waar de grote hotels en andere toeristenvoorzieningen lagen, verbreedde de laan zich en heette de Maliebaan. Smalle straatjes en steegjes liepen schots en scheef door de sjofele wijken die niet aan het meer lagen. Alle gebouwen, groot en klein, waren opgetrokken van klonterig leem. Kennelijk was alles handwerk en waren alle afmetingen en verhoudingen zo op het oog bepaald. Er kwamen geen scherpe hoeken voor of verticale lijnen, behalve nu en dan bij toeval. Het geheel wekte een indruk van organische groei, wat — in het begin althans — niet onaangenaam aandeed. De meeste gebouwen waren twee verdiepingen hoog, hoewel de toeristenhotels aan het meer dikwijls drie of zelfs vier verdiepingen telden.

Glawen keerde het uitzicht de rug toe. Een gebouwtje vlakbij droeg een bord:

TOERISTENBUREAU

Glawen liep erheen en ging naar binnen. Het kantoor was voorzien van een lange tafel, stoelen en een rek met foldertjes. Achter de tafel zaten twee jonge vrouwen, gekleed in mouwloze rechte witte jurkjes en sandalen. Het waren aantrekkelijke schepseltjes, dacht Glawen, die opvallend sterk op elkaar leken, met bleke gezichtjes, fijne gelaatstrekken, kastanjebruine krullen en een tengere bouw zonder veel boezem. Ze droegen allebei een lint in hun haar: de linker een roze en de rechter een blauw. Ze begroetten Glawens binnenkomst met precies dezelfde vragend beleefde uitdrukking. Het meisje met het blauwe lint zei: "Hoe kunnen we u het best van dienst zijn, meneer?"

"Om te beginnen," zei Glawen, "heb ik een hotelkamer nodig. Kunt u me een hotel aanbevelen en — zo mogelijk — een kamer voor me reserveren?"

"Natuurlijk, dat is onze taak immers!" De meisjes glimlachten elkaar toe als gold het een grapje tussen hen beiden. Roze lint zei: "Er zijn twintig hotels in Tanjaree. Zes behoren er tot de eerste klasse en vijf tot de tweede klasse. De overige zijn iets minder geriefelijk. En dan zijn er nog logementen die onderdak bieden aan behoeftigen."

Blauw lint zei: "Voor we u exact naar uw smaak kunnen onderbrengen, moeten we weten wat uw voorkeuren zijn. Welke categorie verkiest u?"

"De beste uiteraard," zei Glawen. "De vraag is alleen: kan ik me dat veroorloven?"

Blauw lint reikte hem een vel papier aan. "Hierop vindt u de diverse hotels en de tarieven."

Glawen keek de lijst door. "Ik zie hier niets om van te schrikken. Wat is het beste hotel?"

Roze en Blauw wisselden weer glimlachjes uit. "Dat is moeilijk te beantwoorden," zei Blauw. "Vertrekkende toeristen hebben veeleer een uitgesproken mening over welk hotel het slechtst is."

"Hm," zei Glawen. "Misschien moet ik dan vragen: welk hotel lokt het geringste aantal nijdige klachten uit?"

Roze en Blauwe dachten een ogenblik na en begonnen toen elkaar te raadplegen. "Het Cansaspara misschien?" opperde Roze. "Ja, ik zou ook denken het Cansaspara," zei Blauw. "Helaas zijn er de afgelopen drie dagen drie schepen gearriveerd en nog niet vertrokken. Het Cansaspara is helemaal volgeboekt."

"Jammer," zuchtte Roze. "Ik ben erg op de Cansaspara Arcade gesteld."

"Ja, die is heel aardig," beaamde Blauw.

Glawen keek van de een naar de ander. Het waren bekoorlijke meisjes, dacht hij, maar wel wat loom en omslachtig als het op werken aankwam. Hij zei: "Ik heb zaken die ik zo spoedig mogelijk dien af te wikkelen, dus boekt u maar waar er plaats is."

"Het Superbo en de Hazkrijger zijn gelijkwaardig in comfort," zei Roze. "Hebt u een voorkeur?"

"Niet echt, maar Superbo klinkt wat vriendelijker dan Hazkrijger."

"U bent iemand die nadenkt," zei Blauw. "Kennelijk weet u iets over de Haz. Heb ik gelijk of niet?"

"Ik vrees van niet. Maar op het ogenblik—"

"De Haz zijn vrijwel uitgestorven. Er leven er nog een paar onder de Croo Melancholieken, maar ze reizen niet meer in hun woestijnschepen. Heel vroeger hadden ze de gewoonte toeristen te vangen en te dwingen tot een tweekamp."

Blauw huiverde. "Dat is allemaal verleden tijd; de middernachtelijke kampementen, de muziek, de woeste dansen, het buitenissig eergevoel van de Haz!"

"Heel pittoresk," zei Glawen. "Maar het zal het toerisme niet hebben bevorderd."

Roze en Blauw lachten. "O, jawel! De toerist *behoefde* immers niet te vechten! De krijger bespotte hem en trok hem aan z'n neus en bood aan geblinddoekt tegen hem te strijden, of met gebonden handen. Als de toerist dan nog bleef weigeren, werd hij uitgemaakt voor hond en dief en toerist. De vrouwen spuwden hem dan op de voeten en sneden hem het zitvlak uit de broek—maar verder kon hij levend en wel naar Tanjaree terugkeren, met een schat aan materiaal in de vorm van reisherinneringen."

"Interessant," zei Glawen. "Maar als ik nu moet kiezen tussen het Superbo en de Hazkrijger—"

"Er is weinig verschil tussen beide," zei Blauw. "In de Hazkrijger spelen ze Hazmuziek en wenden ze voor de toerist te verachten, maar geweld wordt hem niet aangedaan."

Glawen zei: "Ik geloof dat ik toch het Superbo verkies. Wees dus zo vriendelijk mij daar—"

"Het Superbo en de Hazkrijger zijn allebei volgeboekt," zei Roze. "We zullen een kamer voor u reserveren in het Novial."

"Waar u maar wilt, want ik heb enigszins haast."

"Een ogenblikje slechts!" zei Blauw. "Wij zijn befaamd om de snelheid van onze spoedboekingen."

"Het Novial dus, ofschoon hun pold verre van klassiek is."

"Voor mij is dat goed genoeg," zei Glawen. "Ik ben nog geen connaisseur. Reserveer maar een kamer in het Novial."

"Precies," zei Blauw. "Als u echt goede pold behoeft, ga dan naar een van de kiosken. De Gangrilrecepten zijn de beste."

Roze stak haar tong uit. Op het puntje lag een kleine zwarte pastille. Ze zei: "Op dit eigenste ogenblik zuig ik op een wafel van tikki-tikki, ook een Gangrilrecept. De smaak is bijtend maar fijn en deze samenstelling werkt zeer kalmerend."

Blauw verklaarde: "Tikki-tikki geeft dikwijls verlichting van de ergernissen die ik in mijn werk tegenkom."

Glawen zei vastberaden: "Ik moet nu weg, voor ook ik een ergernis word."

"Maar u bent geen ergernis!" verklaarde Roze. "We vinden het leuk om met u te praten en we hebben toch niets beters te doen."

Blauw zei: "Hier hebt u een plattegrond van Tanjaree." Ze zette een paar kruisjes. "En hier wonen wij. Als u zich mocht vervelen, komt u dan eens langs om onze oprechte pold te proeven."

Roze opperde: "Of we zouden kunnen gaan wandelen langs het meer en de manen tellen en de passende gedichten opzeggen."

Blauw zei: "Of we zouden het serail kunnen bezoeken en de malle harlekijns bekijken, die dansen en op hun trekharmonica's spelen."

"Het hoofd loopt mij om bij zoveel keuzemogelijkheden," zei Glawen. "Ik zal echter eerst mijn zaken moeten afhandelen want die hebben dringende haast."

"Als u wilt, kan ik u een nging-pastille geven," zei Roze. "Het effect daarvan is dat het gewicht van ernstige zaken wordt geminimaliseerd. Dat schept ruimte om zonder zorg of spanningen te leven."

Glawen schudde glimlachend zijn hoofd. "Nee, maar nogmaals bedankt." Hij keek op de plattegrond. "En waar is hotel Novial?"

Blauw zette een kruisje. "Maar eerst moeten we een kamer voor u boeken, anders is alles voor niets geweest."

“Ik zal het nu direct doen,” zei Roze. “Ik was meneers behoefte helemaal vergeten.”

Glawen wachtte terwijl Roze telefoneerde en toen knikte. “Uw kamer is gereserveerd, maar u dient zich wel direct in het hotel te melden, anders geven ze de kamer aan een ander. Zoals u ziet gebeurt alles in Tanjaree met gezwinde spoed.”

“Dat hebt u me duidelijk gemaakt, ja,” zei Glawen. “Wilt u dan alstublieft nog de Crippetsteeg op de plattegrond aangeven en ook de zaak van Argonaut Kunstenaarsbenodigdheden.”

Blauw zette met grote zorg kruisjes op de plattegrond, die Roze nog eens nazag en bekrachtigde. Glawen bedankte hen opnieuw en vertrok.

4

Via een lange, gammele roltrap daalde hij af naar de laan langs het meer. Hij keek omhoog naar de zon Pharisse. Te oordelen naar haar plaats aan de hemel was het ongeveer een uur na de middag. Maar misschien was die stand misleidend, aangezien Nions siderische dag meer dan zevenendertig uur lang was.

Glawen toog op weg door de laan en stond een paar minuten later voor hotel Novial. Hij ging de hal binnen, een nietszeggend zaaltje dat noch ruim, noch elegant was. Hij liep naar de receptie, waar een fatterige jonge receptionist in een geanimeerd telefoongesprek was verwikkeld. Hij was een jaar of twee tot drie ouder dan Glawen en bezat mollige schouders, volle wangen, glad zwart haar en klare bruine ogen onder fraaie, expressieve wenkbrauwen. Hij droeg een donkergroene pantalon en een gele bloes, versierd met twee panelen met een druk dessin in zwart en rood. Op zijn hoofd droeg hij een zwierige zwarte toque — kennelijk het allerlaatste op modegebied. Na een enkele snelle blik op Glawen, vanuit zijn ooghoek, draaide hij zich om, met zijn rug naar de balie, en zette zijn gesprek voort. Op het scherm zag Glawen het gezicht van een tweede jonge modepop, met zo’n zelfde toque, die eveneens schalks schuin stond.

Er verstreken een paar tellen. Glawen wachtte, maar zijn geduld begon langzaam op te raken. De receptionist zette zijn gesprek voort, nu en dan gelardeerd met een kort gegniffel. Glawen werd ongedurig.

Hij begon met zijn vingers op de balie te trommelen. De tijd verstreek maar; elke minuut kon van belang zijn! De receptionist fronste geërgerd zijn wenkbrauwen, keek achterom en maakte een eind aan het gesprek. Toen draaide hij zich met een zwaai om op de kruk en vroeg: "Ja, meneer! U wenst?"

Glawen hield zijn stem zorgvuldig in bedwang. "Een kamer, vanzelfsprekend."

"Helaas, meneer, zijn we geheel volgeboekt. U zult zich elders moeten vervoegen."

"Wat! Het toeristenbureau heeft zojuist een reservering voor me gemaakt!"

"Werkelijk?" De receptionist schudde zijn hoofd. "Waarom vertelt niemand mij ooit iets? Dan zullen ze ergens anders heen gebeld hebben. Hebt u het al bij het Bon Felice geprobeerd?"

"Natuurlijk niet. Er is een kamer voor me geboekt in hotel Novial; ik vervoeg me bij hotel Novial. Kunt u daar iets onredelijks in ontdekken?"

"Ik ben niet degene die onredelijk is," zei de receptionist. "Die term past beter bij de persoon die, wanneer hij verneemt dat er geen accommodatie beschikbaar is, doorgaat met zeuren en argumenteren. Dat is het soort gedrag dat ik als onredelijk bestempel."

"Zo zo," zei Glawen. "Wanneer het Toeristenbureau u belt om een reservering te maken, wat is dan de gebruikelijke procedure?"

"Heel eenvoudig. Degene die dienst heeft, dat wil zeggen ikzelf, schrijft met zorg de naam op dit bord, zodat er geen vergissing mogelijk is."

Glawen wees naar het bord. "Wat is dat voor naam in dat blauwe vakje opzij?"

De receptionist stond vermoeid op. "In dit vakje? Daar staat 'Glawen Clattuc'. En nu?"

"Ik ben Glawen Clattuc."

De receptionist bleef een paar seconden zwijgend staan kijken. Toen zei hij: "U boft. Dat is onze 'Grote Suite'. In het vervolg zou u toch de moeite moeten nemen zorgvuldiger uiteen te zetten wat u hebt afgesproken; wanneer de feiten ontbreken kunnen wij ons werk niet doen."

"Ja, natuurlijk," zei Glawen. "U bent een toonbeeld van doelmatigheid. Brengt u me nu dan maar naar de 'Grote Suite'."

De receptionist wierp Glawen een vlammende blik toe van verbijsterde verontwaardiging. “Daarvoor is mijn rang veel te hoog! Ik ben bureauchef en assistent-vicevoorzittende bedrijfsleider! Ik leid geen kostgangers rond door het hotel!”

“Als u het niet doet, wie dan wel?”

“Niemand, op het ogenblik. De portier is nog niet gearriveerd en ik weet niet hoe de dames van de huishouding hun werkroosters hebben ingericht. U kunt kiezen, hier wachten tot de juiste employé zich meldt, of gindse gang uitlopen en de laatste deur links nemen. De slotcode is ta-ta ta.”

Glawen liep de gang af naar de aangeduide deur en klopte ta-ta ta op het slotpaneel. De deur gleed opzij en Glawen stapte door de opening. Hij stond in een kamer van onbeduidende afmetingen, met rechts een tafel en links tegen de muur een bed. De badkamer besloeg een kleine alkoof. Glawen keek verwonderd de kamer rond. Was er een vergissing gemaakt? Zou dit werkelijk de ‘Grote Suite’ zijn?

Voorlopig moest hij het er maar mee doen; andere zaken hadden meer haast. Het eind van de reis was in zicht en het noodlot wachtte hem ergens in de Crippetsteeg. Hij gooide zijn reistas op het bed en verliet de kamer.

In de hal zag de receptionist hem vanuit zijn ooghoek naderen. Hij trok zijn fraaie zwarte wenkbrauwen op en draaide zich demonstratief van de balie af zodat hij, wanneer Glawen met de gebruikelijke klachten kwam, zou kunnen omkijken met het air van onverschilligheid dat buitenwereldse bezoekers razend maakte, hetgeen zijn gevoel van eigenwaarde weer zou doen toenemen.

Glawen sloeg helemaal geen acht op hem. Zonder op of om te kijken liep hij de hal door en verliet het hotel. De receptionist keek hem sip na; zijn gevoel van eigenwaarde was weer ingezakt tot het oorspronkelijke peil.

Buiten op de laan nam Glawen zijn omgeving eens goed op. Pharisse was niet veel verder gevorderd op haar weg langs de hemel; er resteerden naar schatting nog zo’n acht uren daglicht, voor de ongetwijfeld lange, trage schemering inviel. Laag aan de hemel zweefden bleke geestverschijningen: een aantal van Nions talrijke satellieten, in allerlei fasen, van ijle sikkel tot halfrond. Op het ogenblik was de lucht stil en helder en weerspiegelde het meer de lage witte koepels en minaretten van Oud-Tanjaree op de andere oever.

Glawen toog op weg. Zijn missie was van wereldomvattend gewicht en hij trachtte zijn geest af te schermen tegen hooggespannen hoop en angstige voorgevoelens, een taak die nog lastiger werd gemaakt door onbehaaglijke gissingen naar de man die juffrouw Shoup om de tuin had geleid. Waar zou die op dit moment zijn?

Glawen bereikte de Crippetsteeg en sloeg linksaf; van het ene ogenblik op het andere belandde hij van de buitenwereldse enclave in een omgeving waar de plaatselijke bevolking haar eigen kalme besognes nastreefde. Een bedaard, zachtaardig volkje leek het, dat leefde in een loom tempo, mogelijk ook beïnvloed door de lange, zevenendertigurige dag van Tanjaree. Ze waren net als Roze en Blauw niet erg fors van postuur, met kastanjebruin haar, fijne gelaatstrekken en grijze ogen. Het steegje zelf was bochtig en onregelmatig; soms was het smal, overhuifd door de vooruitstekende bovenverdiepingen van de huizen; dan weer verbreedde het zich tot een kleine, onregelmatig aangelegde plaza, met soms een forse dendron middenin.

Allengs drong het tot Glawen door, dat er iets eigenaardigs was aan de Crippetsteeg; het was er onnatuurlijk stil. Geen luide stemmen, geen muziek, geen gerammel; alleen het sloffen van zachte voetstappen en een gedempt gefluister in winkeltjes en kraampjes.

Glawen arriveerde bij de winkel van Argonaut Kunstenaarsbenodigdheden; een gebouwtje van twee verdiepingen, dat iets indrukwekkender oogde dan de rest van de huizen in de steeg. Het bezat twee etalages aan weerszijden van de deur. Links stond een collectie klein mechanisch speelgoed uitgestald en rechts een proeve van de kunstenaarsbenodigdheden die de winkel te koop had: boetseergereedschap, was, gips en klei; een uitrusting voor het bedrukken van textiel, met de geëigende verven en etsstoffen; pigmenten, beitsen, oplosmiddelen en dozen met andromorfen in oplopende maten. De artikelen leken vergroeid met de etalage, alsof ze al een hele tijd niet van hun plaats waren geweest.

Glawen ging de winkel binnen, een schemerig, rommelig vertrek met een hoog plafond en bruin gebeitste wanden. Het was er heel stil. Glawen zag dat hij de enige aanwezige was, afgezien van een vrouw van middelbare leeftijd met grijsblond haar, die achter de toonbank een tijdschrift zat te lezen. Ze had een fris gezicht en droeg een nette blauwe kiel.

Glawen liep naar de toonbank toe; de vrouw keek op van haar lectuur met een vriendelijke uitdrukking maar zonder enige nieuwsgierigheid. "Kan ik u helpen, meneer?"

Glawen merkte dat zijn mond helemaal droog was. Het grote ogenblik was daar en hij voelde zich erg zenuwachtig. Met moeite herkreeg hij de beheersing over zijn stem. "Kan ik meneer Keebles spreken?"

De vrouw keek de winkel rond en fronste haar voorhoofd, als moest ze over de vraag nadenken. Toen besloot ze antwoord te geven. "Meneer Keebles is niet hier."

Glawens hart zonk hem in de schoenen. De vrouw voegde eraan toe. "Op dit moment niet, tenminste." Glawen liet zijn ingehouden adem ontsnappen.

Nu ze antwoord had gegeven op zijn vraag, wilde de vrouw zich weer aan haar tijdschrift wijden. Glawen vroeg geduldig: "En wanneer komt hij terug?"

De vrouw keek opnieuw op. "Spoedig. Dat vermoed ik tenminste wel."

"Over een paar minuten? Uren? Dagen? Maanden?"

De vrouw glimlachte plichtmatig. "Nu ja, wat een malle vraag! Meneer Keebles is alleen maar even naar het toilet."

"Dan spreken we dus over minuten," zei Glawen. "Zie ik dat juist?"

"Nou, in elk geval niet over dagen of maanden," zei de vrouw pinnig. "Zelfs niet over uren."

"In dat geval wacht ik wel."

De vrouw knikte en ging weer door met lezen. Glawen draaide zich om en bekeek de winkel wat aandachtiger. Achterin bevond zich een wankele trap en daarnaast een verzendbalie, waar zijn blik werd getrokken door iets stralend groens. Hij liep naar de toonbank toe en zag een plateau met een stuk of zes groene jaden gespen, van een centimeter of zeven in doorsnee, die sterk leken op de ornamenten die hij in de zitkamer van Ma Chilke had gezien — alleen waren van deze voorwerpen scherfjes af, of waren ze gebarsten of anderszins beschadigd. Merkwaardig, dacht Glawen. Hij keek om naar de vrouw en vroeg: "Wat zijn die jade stukken eigenlijk?"

De vrouw hief haar hoofd op en keek. Ze dacht een ogenblik na.

"O ja! De jaden spangen! Dat zijn 'tangletten' van de Vlakte van de Staande Stenen aan de andere kant van de wereld."

"Zijn ze kostbaar?"

"O ja! Maar het is heel gevaarlijk om ze te zoeken, tenzij men een expert is."

"Is meneer Keebles een expert?"

De vrouw schudde glimlachend haar hoofd. "Meneer Keebles niet! Hij krijgt ze geleverd door een vriend, maar ze worden steeds schaarser en dat is jammer, want ze brengen goed geld op." Ze keek om. "En daar is meneer Keebles."

Een kleine man met een kransje wit haar kwam de trap af. Hij had een hobbezakkerig bovenlijf en zijn hoofd stond tussen zijn kromme schouders weggedoken op een korte nek. Hij nam Glawen achterdochtig op met zijn ronde, fletsblauwe ogen. "Wel, meneer, wat zal het zijn?"

"U bent Melvish Keebles?"

De fletse blauwe ogen bekeken Glawen zonder een spoor van minzaamheid. "Als u verkoper of vertegenwoordiger bent, dan verspilt u uw tijd; en wat belangrijker is: de mijne."

"Ik ben geen verkoper en ook geen vertegenwoordiger. Mijn naam is Glawen Clattuc en ik had u graag even willen spreken."

"In verband waarmee?"

"Dat kan ik u pas uitleggen als ik u een paar vragen heb gesteld."

Keebles' smalle lippen vertrokken schamper. "Ik maak daaruit op dat u iets van me wilt, maar niet bereid bent ervoor te betalen."

Glawen glimlachte en schudde zijn hoofd. "Ik denk dat onze transactie u in elk geval een kleine winst zal opleveren."

Keebles huiverde en kreunde. "Wanneer zal ik eens cliënten krijgen die geen krentenkakkers zijn?" Hij maakte een handgebaar in Glawens richting. "Kom. Ik ben bereid u aan te horen, een paar minuten althans." Hij draaide zich om en ging Glawen voor door een gang naar een kamer waarvan alle afmetingen ongelijk waren en die even schemerig en muf was als de winkel. Een rijtje vensters die allemaal schots en scheef stonden en waarvan er geen twee hetzelfde waren, bood uitzicht op een troosteloos plaatsje. "Dit is mijn kantoor," zei Keebles. "Hier kunnen we praten."

Glawen keek de kamer rond. Het meubilair was schamel: een bureau, vier stakerige rotanstoelen met hoge, rechte rug, een rood met zwart karpetje, een rijtje archiefkasten en een tafeltje met allerhande. Op een plank stond een twaalftal beeldjes van keramiek van een centimeter of veertig hoog, die de monsters van het Tangtingwoud verbeeldden. Glawen vond ze fascinerend, vanwege de superbe uitvoering maar ook vanwege wat ze voorstelden, want het waren de meest afschuwelijke en onsmakelijke afbeeldingen die hij ooit had gezien.

Keebles ging achter zijn bureau zitten. "Aardige dingetjes, wat?"

Glawen draaide zich om. "Hoe kunt u die aanblik verdragen?"

"Ik moet wel," zei Keebles. "Ik kan ze niet verkopen."

"De toeristen zullen ze toch wel kopen," zei Glawen. "Die kopen alles, hoe lelijker hoe beter."

Keebles snoof. "Tegen honderdduizend sol voor het hele stel?"

"Dat is wel aan de prijs."

"Nee, nee. Een van de Tangtingmonsters heeft een afwijking, in die zin, dat hij zijn kameraden uitbeeldt in klei; voor zijn genoegen. Ik denk dat ik ze meeneem naar de Aarde en ze omschrijf als fascinerende kunstwerken die wel honderd psychologische raadselen opwerpen, en ze dan aan een museum verkoop." Hij gebaarde met zijn duim naar een stoel. "Ga zitten en vertel me wat u komt doen. En houd het kort, alstublieft, want ik heb zo dadelijk een afspraak."

Glawen nam plaats. Zijn vader Scharde had een keer opgemerkt dat men de waarheid niet uit de weg behoefde te gaan, alleen omdat ze waar was. In het onderhavige geval zou Keebles toch nergens iets van geloven, zodat oprechtheid hier even goed dienst kon doen als leugens. Nu ja, niet de volle waarheid, natuurlijk. Die zou Keebles waarschijnlijk te zwaar op de maag vallen.

"Ik ben zojuist aangekomen van de Aarde, om een aantal transacties te regelen ten behoeve van een cliënt. Dat heeft niets met u van doen, moet ik er direct bij zeggen. Maar toen ik de lijst van handelsagenten doorkeek, kwam ik uw naam tegen. Nu zullen er niet zoveel mensen in uw beroep zijn die Melvish Keebles heten en om een lang verhaal kort te maken: ik besloot u een bezoekje te brengen."

Keebles hoorde hem zonder veel belangstelling aan. "Gaat u verder."

"U bent toch de Melvish Keebles die in het verleden veel zaken heeft gedaan met Floyd Swaner?"

Keebles knikte. "Dat was in de goede oude tijd, ik betwijfel of die ooit nog terugkomt." Hij leunde achterover in zijn stoel. "Van wie hebt u gehoord dat wij connecties hadden?"

"Van Swaners dochter. Ze woont nog steeds in Big Prairie."

Keebles richtte zijn blik op het plafond en scheen het verleden te overpeinzen. "Ik herinner me haar wel, hoewel haar naam me even ontschoten is."

"Mevrouw Chilke. Ik geloof niet dat ik haar voornaam ooit gehoord heb."

" 'Chilke', ja, dat was het. En vanwaar was u in Big Prairie?"

"Dat is heel eenvoudig. Ik ben in zekere zin commissionair, net als u, en een van mijn cliënten is het Genootschap van Natuurkenners. Juister gezegd is wat ik voor ze doe meer een vorm van liefdewerk, want er zit bitter weinig winst aan vast. Bent u toevallig lid?"

"Van het Genootschap van Natuurkenners?" Keebles schudde zijn hoofd. "Ik dacht dat het overleden was."

"Nog niet helemaal. Maar staat u wel achter de doelstellingen van het Genootschap?"

Keebles glimlachte dunnetjes. "Iedereen is gekant tegen de zonde. Wie zou het dus met de Natuurkenners oneens durven zijn?"

"Niemand — tenzij er natuurlijk winst te behalen valt."

Keebles lachte geluidloos, met korte, hijgende stootjes. "Dat is de klip waarop het schip strandt."

"Hoe dan ook, het Genootschap is bezig te proberen zichzelf nieuw leven in te blazen. Nu meen ik dat het volgende u al bekend is: een hele tijd geleden heeft een secretaris genaamd Frons Nisfit de complete archieven van het Genootschap van de hand gedaan en het geld in eigen zak gestoken. Het Genootschap probeert nu zo veel mogelijk de ontbrekende documenten terug te bekomen en als ik dus ergens ben, houd ik mijn ogen open. Toen ik ontdekte dat u hier gevestigd was, dacht ik dat ik meteen wel even inlichtingen kon inwinnen."

Keebles zei onverschillig: "Dat is allemaal zo lang geleden en zo ver weg."

"Volgens mevrouw Chilke heeft Floyd Swaner een partij documenten aan u overgedaan. Hebt u die nog in uw bezit?"

"Na al die jaren?" Keebles slaakte opnieuw zijn zachte, hijgerige lachje. "Kan je net denken!"

Glawen voelde even een steek van teleurstelling; hij had ondanks alles de hoop gekoesterd dat Keebles het Handvest en de Eigendomsakte nog in zijn bezit zou hebben. "U hebt daar niets meer van?"

"Geen snipper. Ik doe niet in boeken en documenten."

"Wat is er met die documenten gebeurd, dan?"

"Die heb ik lang geleden al van de hand gedaan."

"Weet u waar ze nu zijn?"

Keebles schudde zijn hoofd. "Ik weet aan wie ik ze verkocht heb. Wat er daarna mee gebeurd is — daar wil ik zelfs niet naar raden."

"Is het mogelijk dat de koper ze nog in zijn bezit heeft?"

"Alles is mogelijk."

"Wel, aan wie hebt u ze dan verkocht?"

Keebles leunde nog verder achterover en legde zijn voeten op het bureau. "Nu begeven we ons binnen het stille gebied waar spreken goud is. Dit is het punt waarop we onze schoenen uitdoen en op kousenvoeten verder gaan."

"Ik heb dergelijke spelletjes wel meer gespeeld," zei Glawen. "En altijd was er wel iemand die er met mijn schoenen vandoor ging."

Keebles sloeg geen acht op zijn opmerking. "Ik ben niet welgesteld en kennis is mijn handelswaar. Als u iets wilt weten, moet u ervoor betalen."

"Woorden zijn goedkoop genoeg," zei Glawen. "Is uw kennis geld waard? Kortom, wat weet u?"

"Ik weet aan wie ik de documenten van het Genootschap verkocht heb en ik weet ook waar ik hem vinden kan. Dat is wat u weten wilt, waar of niet? Dus wat is die kennis u waard? Heel wat, zou ik zo denken."

Glawen schudde zijn hoofd. "Nu bent u niet reëel. Het Genootschap kan zich geen grote bedragen veroorloven en ik kan niet op de gok geld uitgeven. Misschien heeft die persoon het materiaal allang weer verkocht."

"Het leven is onvoorspelbaar, meneer Clattuc. Wie niet waagt, die niet wint."

"Maar een verstandig mens bekijkt eerst hoe de kansen ervoor staan. In dit geval niet zo best. Die vriend van u kan het materiaal al lang geleden weer van de hand hebben gedaan. Of als hij het nog wel bezit, kan het zijn dat hij het niet wil afstaan, om allerlei redenen. Kortom, uw informatie kan me mogelijkerwijs een kleine commissie opleveren, maar tien tegen een ben ik m'n kostbare tijd kwijt aan een dwaalspoor."

"Bah!" mompelde Keebles. "U piekert te veel." Hij haalde zijn voeten van het bureau en ging overeind zitten. "Laten we spijkers met koppen slaan. Wat hebt u voor mijn informatie over?"

"Welke informatie?" wilde Glawen weten. "Ik kan u niets aanbieden tot ik weet wat ik ervoor krijg. Bel uw vriend op, vraag hem of hij nog alles bezit wat u hem verkocht hebt, of hij misschien een gedeelte van het materiaal heeft doorverkocht, en zo ja, wat. Ik geef u vijf sol voor dat gesprek en ik wacht hier op antwoord."

Keebles brulde van verontwaardiging. "De tijd die ik verdoe met dat gesjacher met u, is op zich al twee keer zo veel waard!"

"Ja, als u iemand zo gek kon krijgen u daarvoor te betalen!" Glawen legde vijf sol op het bureau. "Bel uw vriend op, zorg dat ik de feiten krijg, dan zien we wel verder. Wilt u dat ik in de winkel wacht?"

"Ik kan nu niet bellen," mopperde Keebles. "Het is niet de goede tijd." Hij wierp een blik op de klok aan de muur. "Bovendien heb ik nog een andere afspraak. Kom vanavond terug, met zonsondergang of wat later. Het zal dan nog wel niet gelegen komen dat ik bel, maar op deze verwenste wereld komt het nooit gelegen en aan die zevenendertigurige dag wen ik nooit!"

5

Glawen liep terug door de Crippetsteeg en dacht na over zijn onderhoud met Melvish Keebles. Het was alles bij elkaar naar omstandigheden redelijk wel verlopen, ook al had Keebles hem in een toestand van zenuwslopende onzekerheid laten vertrekken.

Nee, ondanks alles had hij wel vorderingen gemaakt. Keebles had ermee ingestemd de wederpartij in de transactie op te bellen, waarmee hij stilzwijgend toegaf dat deze persoon zich op Nion bevond. Glawen vroeg zich af of dat een verspreking was, die Keebles inmiddels betreurde. Zo ja, dan was het een onachtzaamheid die helemaal niet kenmerkend was voor Keebles. Zo nee, dan kon het alleen maar betekenen dat Keebles de zaak van ondergeschikt belang vond, met weinig kans om er voor zichzelf een slaatje uit te slaan — dat leek de meest voor de hand liggende verklaring. Wat de wederpartij betrof, dat kon welhaast niemand anders zijn dan die oude vriend van Keebles die tangletten verzamelde op de Vlakte der Staande Stenen — een gevaarlijke bezigheid volgens de dame die Keebles' winkelbediende was; hoewel ze natuurlijk ook een van de vele echtgenotes kon zijn die Keebles zo achteloos her en der trouwde.

De Crippetsteeg verbreedde zich tot een pleintje en werd toen weer smaller. Er waren nu meer mensen op de been dan daarstraks — voornamelijk de tengere Tanjaree's met hun fijnbesneden trekken, met hier en daar een man of vrouw uit de buitenprovincies met opvallend afwijkende gelaatstrekken en kledij, die in Tanjaree was voor marktbezoek. Niemand besteedde ook maar de geringste aandacht aan Glawen; hij had net zo goed onzichtbaar kunnen zijn, zo weinig opzien baarde hij.

Heel de lange middag lag nog voor hem. Glawen liep terug naar hotel Novial. In de hal boog de receptionist zich over de balie. "De eetzaal is thans gereed voor het halfmiddagmaal. Kan ik doorgeven dat u binnen afzienbare tijd verschijnt om uw pold te verorberen?"

Glawen bleef staan. Het halfmiddagmaal? Ja, hoeveel maaltijden consumeerde men eigenlijk in de loop van een zevenendertigurige dag? Op z'n minst ontbijt, lunch, avondeten, halfochtendmaal en halfmiddagmaal. Wat gebeurde er gedurende de lange hongerige uren van de negentienurige nacht?* Glawen zette die vraag voorlopig uit zijn hoofd. Hij had op dit moment honger. "Ik betwijfel of ik al zover ben dat ik pold wens," zei hij tegen de receptionist. "Zijn er ook standaardgerechten te verkrijgen?"

"Vanzelfsprekend! Een zekere klasse toeristen blieft niets anders. Hetgeen jammer is, want pold vult, schenkt kracht en smeert het organisme. Het is gezond en onovertroffen. Maar ja, eet u maar wat u wilt, hoor!"

"In dat geval waag ik het erop."

---

* Voetnoot: In zekere samenlevingen op Nion, onder meer in de sector Tanjaree, werden nachtelijke maaltijden qua inhoud, omvang en bewerkelijkheid afgestemd op de fasen en schijngestaltes van de manen. Iemand die de verkeerde soort pold verorberde op het ogenblik dat, laat ons zeggen, de maan Zosmei in het zenit stond, beging daarmee iets zo spotverwekkends, ordinairs en onbetamelijks, dat hij nadien immer te boek stond als een kinkel.

In het restaurant kreeg Glawen de toeristenkaart aangeboden waaruit hij een keus maakte. Ongevraagd werd hem als bijgerecht een plak bleke, roomgele pold geserveerd die, toen hij ervan proefde, een flauwe, ietwat nootachtige smaak bleef te hebben. Glawen zag geen enkele aanleiding lang in het restaurant te blijven zitten en stond zo gauw hij kon weer buiten op de Maliebaan. Het was nog steeds vroeg in de middag. Pharisse leek wel aan de hemel vastgesoldeerd te zitten. In het oosten en westen schoven bleke dagmaantjes onopvallend voort in hun banen. Aan de overkant van het meer weerspiegelden de koepels en torens van de Oude Stad zich lichtend in het wateroppervlak.

Glawen ging op een bankje zitten. De Vlakte der Staande Stenen bevond zich volgens Keebles' winkelbediende aan de andere kant van de wereld. Midderdag in Tanjaree betekende middernacht op de Vlakte der Staande Stenen, en de avondschemering hier moest dus overeenkomen met de vroege ochtend daarginds; het was duidelijk waarom Keebles zich genoodzaakt voelde zijn telefoontje een paar uur uit te stellen.

Glawen haalde het pakket folders tevoorschijn dat hij op het Toeristenbureau had gekregen en viste er een kaart van Nion uit, in een passende projectie en uitgevoerd in allemaal verschillende kleuren. Met verticale banen waren de zevenendertig tijdzones aangegeven die overeenkwamen met de zevenendertig uur en vijftien minuten van de siderische dag op Nion. De nulmeridiaan liep door Tanjaree.

Het oppervlak van Nion was ruwweg viermaal groter dan dat van de Oude Aarde, een verschil dat nog eens benadrukt werd door de afwezigheid van oceanen en grote zeeën. Geografische bijzonderheden werden met diverse kleurtjes aangegeven: grijs betekende een drooggevallen zee en olijfgroen waterakkers, blauw was open water en de uitgestrekte steppen waren roze. De bevolking had zich voornamelijk gevestigd in en rond de drie belangrijkste steden: Tanjaree, Sirmegosto, achtduizend kilometer naar het zuidoosten, en Tyl Toc, zesduizend kilometer naar het westen. Bovendien was er nog een tien- tot vijftiental kleinere geïsoleerde steden, verspreid over de hele planeet, waaronder vele toeristische bestemmingen: Haakstad bij het Tangtingwoud, Maanweg op de Vlakte der Staande Stenen en Whipple's Kamp aan de voet van de Scinticpiek. En verder was er nog een handvol kleinere dorpen. Zwarte lijnen die de bewoonde gebieden met elkaar verbonden, stonden te boek als 'nomadenroutes'.

Glawen vond de Vlakte der Staande Stenen in segment nummer 18, precies aan de andere kant van de wereld. Daar lag het stadje Maanweg met in het noorden de William Schulz Hoogten en in het zuiden de Gerhart Pastellen.

Glawen bestudeerde de kaart een poosje, vouwde hem toen op en stak hem in zijn zak. Hij stond op en liep de laan af tot hij een boekhandel had gevonden, in de buurt van hotel Cansaspara. Daar kocht hij een reisgids, getiteld:

Nion: wat u absoluut moet zien en doen! Alsmede wat u absoluut niet moet doen, als u hecht aan uw leven en uw geestelijke gezondheid (Ja, ja! Zie het hoofdstuk betreffende de Gangrils en pold).

Vlak bij de winkel zag Glawen een terrasje. Hij koos een tafeltje aan de zijkant en nam plaats. De andere gasten waren voor het overgrote deel ook buitenwerelders, kwetterende toeristen die luidkeels commentaar leverden op de tegenstrijdigheden van Tanjaree, dat in hun ogen een troosteloos en armoedig oord was, maar wel echt exotisch en uiteraard onbegrijpelijk. Sommigen vertelden over hun ervaringen met pold, anderen verhaalden opgewonden over hun uitstapje naar het Tangtingwoud en de werkelijk zeer merkwaardige bosbewoners. Aan de hemel leek Pharisse stil te staan te midden van haar stoet van maantjes.

Glawen sloeg het gidsje open en begon te lezen, maar werd gestoord door de komst van een kelner in een bruinrood uniform en een wapperende zwarte strikdas. "U wenst te bestellen, meneer?"

Glawen keek op van zijn boek. "Wat hebt u?"

"Een uitgebreid aanbod van dranken, meneer, zoals u hier op de kaart ziet." Hij gebaarde naar de kaart en wilde weglopen.

"Wacht!" riep Glawen. "Wat is bijvoorbeeld 'Tympanese Tonic'?"

"Dat is een plaatselijke drank, mijnheer, met een licht stimulerende werking."

"En bereid uit pold?"

"Ja meneer."

"Wat is 'Meteorenbrandstof'?"

"Ook een licht stimulerend middel, meneer, dat nogal eens wordt ingenomen voor men een wedloop aangaat."

"En ook bereid uit —"

"Uit een geheel andere soort pold, meneer."

"En die dame daar; wat drinkt die?"

"Dat is onze 'Dodenopwekker'. Het is een geheim recept van de Gangrils en nogal populair bij toeristen met modernistische ideeën."

"Juist ja. En deze 'Geïmporteerde Aardse theesoorten'? Is dat ook pold?"

"Bij mijn weten niet, meneer."

"Brengt u me dan maar een potje groene thee."

Glawen nam het reisgidsje weer ter hand en zocht het hoofdstuk 'De Vlakte der Staande Stenen' op. Hij las:

> Men kan de Staande Stenen niet beschouwen zonder daarbij de Schaduwlieden te betrekken die tot op de dag van vandaag in de omgeving huizen. De benaming is zeer toepasselijk, want zij zijn niet veel meer dan schimmen van hun opmerkelijke voorouders, die onophoudelijk streefden naar meerdere eer, en heel hun leven wijdden aan het volvoeren van machtige daden. De Schaduwlieden van vandaag zijn somber, zwijgzaam, intens bijgelovig en zo in zichzelf gekeerd dat ze onbenaderbaar zijn. Een straffe etiquette beheerst elke levensfase, zodat het schijnt of de Schaduwlieden in een keurslijf geperst zijn van zinloze plichtplegingen en hun gedrag volstrekt voorspelbaar is. De terloopse bezoeker van Maanweg die toevallig een van de Schaduwlieden tegenkomt in de loop van zijn uitstapje, ziet een persoon die onwrikbaar is gelijk een rots en volkomen onverstoorbaar lijkt. Maar laat de toerist zich niet vergissen! Deze zo afstandelijke figuur zal hem zonder bedenkingen de keel afsnijden, mocht hij de bezoeker erop betrappen dat deze zich vergrijpt aan zijn heilige zaken. Laat u echter niet afhouden van een bezoek aan de Staande Stenen; ze zijn het aanzien meer dan waard en u bent volkomen veilig, zolang u zich houdt aan de voorschriften.
>
> De Schaduwlieden van vandaag de dag dienen te worden beschouwd in het licht van hun voorgeschiedenis. Het is een melancholiek verhaal, een voorbeeld bij uitstek van geïsoleerde Gaiaanse kolonisten, die in de loop der eeuwen een unieke

samenleving hebben ontwikkeld met een verfijnd stelsel van zeden en gewoonten. Deze laatste groeien steeds overdadiger uit en brengen een steeds fijnere verwikkeldheid teweeg, tot ze na verloop van tijd de samenleving waaruit ze zijn voortgekomen beheersen, domineren en ten slotte wurgen, waarna een stervensproces inzet. Dit verloop roept altijd weer verbijstering op bij de toevallige waarnemer, die de Gouden Eeuw van deze samenleving afzet tegen haar miserabele staat van thans. Dikwijls ziet men dit proces in samenhang met een krachtige godsdienst en een van rede gespeende priesterkaste; in het geval van de Schaduwlieden lag het dwangmatige element in de glorie die men kon verwerven door uit te blinken bij het grote Spel.

Tweeduizend jaar geleden bereikte deze samenleving haar hoogtepunt. De bevolking was verdeeld in vier septen: Noord, Oost, Zuid en West. Vier- tot vijfduizend stenen waren inmiddels opgericht door de kampioenen om de latere plaats van hun graf aan te duiden. Welke er het eerste waren, de Stenen of de Spelen, blijft in raadselen gehuld en is hoe dan ook irrelevant. De Spelen begonnen als vertoningen van lenigheid en snelvoetigheid; jonge mannen hielden een gevaarlijke wedloop over de bovenkant van de stenen. Na verloop van tijd kwam het bij de wedstrijden tot lichamelijk contact tussen de mededingers — duwen, beentjelichten en worstelen werden aanvaardbare tactieken om een loop te winnen. Daarna volgden de IJzeren Spelen, waar niet meer zozeer om het hardst gelopen werd, maar waarbij het ging om ingewikkelde strategieën, waarbij springen, snelheid en vaardigheid met het zwaard te pas kwamen. Bedrevenheid in de wapenhandel kreeg een even groot gewicht als snelvoetigheid. De Spelen hadden altijd al de gemoederen in beweging gebracht; nu raakten de vier septen betrokken bij bloedvetes en vendetta's die een groot deel van hun energie vergden.

Zij het nog niet geheel en al. De regels van het Spel waren hoogst gecompliceerd. Bij het bereiken van de leeftijd van veertien jaar liet een jongeman zijn haar groeien en sneed zich een haarspang uit een knol fijne jade. Deze spangen — 'tangletten', zoals ze werden genoemd — werden allengs meer dan slechts ornamenten, ze werden de kern waar het mana van de eigenaar huisde en vertegenwoordigden als zodanig zijn mannelijkheid; ze werden zijn dierbaarste bezit. Zodra de jongeman zijn eerste tanglet had gesneden en het aan de oudsten ter goedkeuring had voorgelegd, was hij gereed om aan de Spelen deel te nemen.

Eerst diende hij echter de juiste opeenvolging van manen af te wachten; dit was van het allergrootste belang. De manen, hun cycli, hun schijngestalten en posities beheersten heel het bestaan van de Schaduwlieden. Wanneer de manen dan eindelijk in een gunstige conjunctie bijeen stonden, beklom de jongeman voor het eerst de Stenen. Was hij behoedzaam van aard, dan legde hij zijn eerste proeven af tegen andere jongeren met een eerste tanglet. Doorgaans werd hij in het ongunstigste geval neergeworpen of gedwongen te springen, zonder dodelijke gevolgen, ofschoon hij dan wel verplicht was zijn tanglet aan de overwinnaar af te staan — een belangrijk ritueel met een maximum aan ceremonieel vertoon, waarbij de overwinnaar werd geprezen en de verliezer beschimpt. De verliezer moest vervolgens, ziedend van bittere vernedering, een nieuw tanglet beginnen te snijden.

Na verloop van tijd werd hij dan sneller en bedrevener en begon zelf tangletten te bemachtigen, die hij allemaal onder elkaar droeg aan de schedelstreng, de vlecht die van zijn achterhoofd afhing. Werd hij overwonnen of neergeworpen of gedood, dan raakte hij al zijn tangletten plus zijn schedelstreng kwijt. Werd hij zelf de overwinnaar of zelfs een kampioen, dan was het hem op twintigjarige leeftijd vergund een groep van tien kornuiten te vormen. Gezamenlijk hakten deze tien grote stenen uit de kwartsietrotsen, honderdvijftig kilometer verder naar het zuiden. De stenen werden over de vlakte teruggesleept, van een inschrift voorzien en opgesteld. Door dit ritueel werd een jongen officieel een man; te zijner tijd zou hij dan aan de voet van zijn eigen steen worden begraven, met zijn tangletten.

Zo ontwikkelden zich dus de Spelen: aanvankelijk waren het wedlopen over de stenen, maar ten slotte ontaardden zij in hartstochtelijk wedijver, slachtpartijen en wraak, die ten leste de viriliteit van de Schaduwlieden ondermijnden en hun aantal deden slinken tot er amper een paar honderd over waren.

De Schaduwlieden van tegenwoordig dragen geen tangletten meer; ze snijden echter nog wel imitaties, die ze aan de toeristen verkopen, met de bewering dat ze zijn opgedolven uit een geheim graf, waarvan de ligging alleen aan hen bekend is. Weest gewaarschuwd! Deze voorwerpen zijn namaak! Authentieke tangletten zijn buitengewoon kostbaar, een feit dat talloze ondernemende rooflustigen van elders heeft aangetrokken. Doorgaans — men mag wel zeggen: altijd — treft men deze lieden dan dood tussen de Stenen aan, met afgesneden keel.

Aan de westelijke zoom van de Vlakte der Staande Stenen ligt de nederzetting Maanweg, zo genoemd vanwege het bijgeloof dat nog immer het bestaan van de Schaduwlieden beheerst. Maanweg is niet zozeer een stad als wel een combinatie van handelsfactorij, toeristencentrum en dorpskern. De drie hotels — Hotel Maanweg, Het Jaden Tanglet en hotel De Wenende Maan — zijn ongeveer van gelijke klasse. Het Maanweg heeft de naam grotere voorzichtigheid op het stuk van zandvlooien te betrachten, doch bij alle drie is onachtzaamheid te vrezen. Breng een verdelgingsmiddel mee en bespuit uw bed alvorens u te ruste te leggen, anders zult u ruimschoots worden gebeten.

VOETNOOT: De Schaduwlieden zijn op het oog zachtaardig en geduldig. Dit is slechts ten dele het geval, zoals u spoedig zult ervaren wanneer u een kale vrouw lastigvalt, aanraakt, of bespot, of zelfs wanneer u alleen maar naar haar kijkt. Onverwijld zal u de keel worden afgesneden; de vrouw heeft namelijk haar haren gewijd aan een bepaalde opeenvolging van de manen, voor een doel dat haar belangrijk voorkomt. Glimlach nooit tegen een Schaduwman; hij zal uw glimlach beantwoorden en u met een snelle armbeweging van een tweede mond voorzien, opdat u dubbel kunt glimlachen, zij het niet met verdubbelde vreugde. Ten slotte: niemand zal u in bescherming nemen of trachten een Schaduwman te straffen, aangezien u tevoren ruimschoots gewaarschuwd bent tegen onwelvoeglijkheden — hetgeen bij deze is geschied.

• • •

Dat moet ik goed onthouden, dacht Glawen. Hij leunde lui achterover op zijn stoel en sloeg de passanten gade op de laan: buitenwerelders uit nabijgelegen hotels, slanke bewoners van Tanjaree met hun kastanjebruine krullen, slaperig ogende Gangrils, eveneens tenger van bouw maar met haren die eerder koperrood oogden dan kastanjebruin. De Gangrilmannen droegen losse zwarte kniebroeken en gekleurde hemden, de vrouwen witte pantalons van overdreven omvang, zwarte blouses en malle groene hoedjes.

Glawen realiseerde zich ineens dat ze hem zijn thee nog steeds niet hadden gebracht. De kelner die de bestelling had opgenomen stond vlak in de buurt in zalig nietsdoen over het meer te staren. Glawen vroeg zich af of hij boos zijn beklag zou doen, maar dan, zo besefte hij, zou de kelner zich afwenden met een air van onuitsprekelijke minachting en vermoeidheid. En het eind van het liedje zou zijn dat Glawen voor rood aangelopen protesterende lomperik stond. Hij overwoog welke keuzemogelijkheden hij bezat; het allermakkelijkste was wel, om te besluiten dat hij eigenlijk helemaal geen thee wilde. Deze denkwijze maakte hij zich dus maar met een zucht van gelatenheid eigen, om te ontdekken dat net op dat moment zijn thee werd geserveerd door een keukenhulpje. "Wacht even," zei Glawen. Hij lichtte het deksel van de pot en rook aan de inhoud. Thee of pold? Het rook naar thee, van de een of andere soort. "Goed," zei Glawen tegen het hulpje. "Het schijnt thee te zijn."

"Ziet het wel naar uit," zei de jongen.

Glawen keek hem scherp aan, maar de opmerking scheen in alle onschuld te zijn gemaakt. "Goed," zei Glawen streng. "Dan kun je nu gaan." Als puntje bij paaltje kwam, zo hield hij zichzelf voor, kun je het nooit winnen van de keuken; ze doen naar het hun uitkomt en de gast heeft maar op te eten wat hij op z'n bord vindt, ongeacht zijn be- of verdenkingen.

Zijn aandacht werd getrokken door de nadering van een wrak vehikel over de Maliebaan. Een groot langwerpig gevaarte was het, beschilderd in schreeuwende kleuren en twaalf meter lang bij vijf meter hoog. Het bewoog zich voort op zes hoge wielen, die onafhankelijk van elkaar aan het onderstel waren bevestigd, zodat ze schots en scheef en zwabberend ronddraaiden en het vehikel hotsend en bolderend door de laan reed.

Het geheel werd bestuurd door een dikke man met bolle wangen, een borstelige zwarte snor en een breedgerande zwarte hoed, die op een bank boven op het voertuig was gezeten waar hij de stuurknoppen bediende. Iets lager werd het dak van het gevaarte omsloten door een lage omheining waarbinnen vijf of zes kleine kinderen zaten van onduidelijk geslacht, gekleed in voddige kieltjes die soms hun billen bloot lieten en soms ook niet. Uit de raampjes hingen mensen die druk wuifden en de toeschouwers groeten toeriepen. De dikke man met de zwarte snor trok aan een hendel; het vehikel kwam schuivend tot stilstand. Een zijpaneel klapte direct daarop uit en ontpopte zich als een toneeltje van drie en een halve meter diep en even breed als de lengte van de wagen. Vervolgens kwam een manneke het toneel op, klein, met een komiek gezicht, een brede platte neus, een trieste mond met hangwangen en grote melancholieke ogen: het gezicht van een ongelukkig mopshondje. Hij droeg een blauw kostuum versierd met wel honderd kwastjes en frutsels en een platte hoed met een smalle rand. Hij liep tot aan de voorste rand van het toneel en maakte zich op om te gaan zitten — op niets! Maar op het laatste moment schoot er een hand uit de wagen naar voren, die een krukje schoof onder het neerdalend achterste. Hij trok een paar grimassen tegen het publiek dat op het terras zat te kijken en stak zijn hand omhoog; in het wilde weg leek het, maar opnieuw kwam er een arm uit de wagen tevoorschijn, die hem nu een snaarinstrument toestopte. De clown sloeg een paar akkoorden aan, tokkelde een fragment van een deuntje in het hoogste register en zette toen een klaaglijke ballade in, die verhaalde over de beproevingen van het zwerversleven. Toen hij het slotrefrein speelde, stoven twee dikke vrouwen het toneeltje op, die prompt begonnen te dansen en te springen en te buitelen terwijl de clown een snel danswijsje speelde. Hij kreeg aan de andere kant van het toneel gezelschap van een jongere man met een trekharmonica. De vrouwen verdubbelden hun inspanningen, hun zware borsten hopsten op en neer, hun armen maaiden door de lucht. Ze wierpen hun benen zo hoog op, dat het leek of ze achterover zouden vallen, maar meteen zetten ze hun val om in verbazende achterwaartse salto's, waarbij telkens stukjes van hun vette dijen zichtbaar werden en het toneeltje in zijn voegen kraakte, elke keer dat ze neerkwamen. Ten slotte grepen ze de trieste clown beet en smeten hem het publiek in, dat gilde en wegdook; hij bleek echter met een staaldraad vast te zitten aan een lange paal, zodat hij hoog en wijd in de rondte zwierde, om weer keurig op het toneeltje te landen, zonder dat hij daarbij een noot had gemist.

De dikke dames maakten plaats voor drie meisjes met wijde zwarte rokken en goudbruine blouses, die gezelschap kregen van een stevig gebouwde jongeman met een masker, gekostumeerd als een razend geile demon. Hij zat de meisjes achterna over het toneeltje in een wervelwind van acrobatische toeren, waarbij hij trachtte hen te ontkleden en neer te sleuren op de grond. Toen het gedartel op een hoogtepunt was en twee van de meisjes al met blote borsten liepen, terwijl de demon aan de rok van de derde stond te rukken, voelde Glawen een minuscule aanraking. Hij keek snel om en greep de pols van een meisje, dat hoogstens acht of negen jaar kon zijn. Ze had haar handje al in zijn zak; haar gezicht was nog geen dertig centimeter van het zijne verwijderd. Hij keek haar strak in haar leigrijze ogen en kneep stevig in haar pols. Ze liet los wat ze had beetgepakt. Glawen zag dat ze op het punt stond hem in zijn gezicht te spuwen. Hij liet haar los en ze wandelde ongehaast weg, terwijl ze hem een enkele minachtende blik toewierp over haar schouder.

Op het toneel was intussen een jongleur bezig met een twaalftal grote ringen. Hij werd opgevolgd door een bejaarde vrouw die op een zware tuba blies, terwijl ze met haar blote voeten een plectron bespeelde: de tenen van de ene voet drukten de snaren aan, terwijl ze met de andere voet tokkelde. Even later kwam er een voddige clown bij zitten, die minstens even oud was als zij, en die op twee doedelzakken en een neusfluit drie verschillende partijen tegelijk ten gehore bracht. De finale werd gespeeld door een orkest van tien volwassenen terwijl zes kleine kinderen gigues en stampijen en rondedansen uitvoerden en ten slotte het publiek in draafden met bakjes om geld op te halen. Het meisje dat naar Glawen toeliep was dezelfde die daareven zijn zakken had willen rollen. Zonder iets te zeggen liet hij een paar muntjes in het bakje vallen; zonder iets te zeggen liep ze door. Even later bolderde het vehikel weer weg, om een voorstelling te houden bij een terrasje aan de andere kant van hotel Cansaspara.

Glawen keek eens naar Pharisse, die zowaar ietsje verder naar de horizon was opgeschoven. Hij nam zijn reisgids weer ter hand en las over de zwervende potsenmakers die rondtrokken op Nion in hun logge woonwagens. Er waren naar schatting tweehonderd van die vehikels, elk met zijn eigen traditie en zijn eigen repertoire.

"Deze lieden zijn bijna als dieren, zo instinctief is bij hen de neiging tot trekken," verklaarde de reisgids. "Niets kan hen ertoe brengen hun vrijheid in te perken. Hun aanzien is gering, andere lieden beschouwen hen als krankzinnig; zij minachten deze lieden, maar tolereren hun aanwezigheid. Zij zijn er zich schijnbaar niet van bewust dat sommige voorstellingen blijk geven van grote creativiteit, om van de hoge graad van virtuositeit nog maar niet te spreken.

"Uit het elan en de vitaliteit van hun optredens mag men niet concluderen dat het zwerversleven een romantische idylle is. Na een lange tocht arriveren ze uitgelaten op hun bestemming, maar binnen de kortste keren worden ze ongedurig en rusteloos en trekken dan opnieuw de wildernis in, op weg naar een volgende bestemming. Het is geen luchthartig volkje; veeleer schijnen ze gevolg te geven aan de universele traditie in dit vak en melancholiek van inslag te zijn. Als kind leren ze kunsten te maken zodra ze kunnen lopen. Hun volwassen bestaan wordt verzuurd door bekrompen afgunst en de drang om beter te zijn dan anderen. Hun oude dag is verre van rustig. Zodra een oude man of vrouw tekort schiet bij een optreden, of een valse noot aanslaat, raakt hij of zij de achting van de groep kwijt en krijgt voortaan slechts met tegenzin en onverschilligheid enige erkenning. Wanneer ze nu optreden, staat het publiek nog immer versteld van hun verbazingwekkende energie en hun abnormale lenigheid, terwijl ze zich opvijzelen tot steeds nieuwe en hogere niveaus, tot ze ten slotte toch de voet verkeerd zetten en ten val komen, of een beschamende overdaad aan valse klanken ten gehore brengen. Dan is alles voorbij en worden ze apathisch. Gedurende de eerstvolgende rit houdt het voertuig korte tijd stil, midden in de nacht, wanneer de manen door de donkere hemel zijn uitgestrooid. De oude wordt de wagen uitgezet en krijgt een fles wijn mee. Dan vertrekt de woonwagen weer en is de oude potsenmaker alleen. Hij zet zich op de grond; misschien slaat hij een tijdje de manen gade die voorbijvaren, of misschien zingt hij het lied dat hij voor deze gelegenheid al klaar had. Dan drinkt hij zijn wijn en legt zich te ruste — een slaap zonder eind, aangezien door de wijn een mild Gangrils vergif is gemengd."

Glawen duwde het boek van zich af. Hij was meer te weten gekomen dan hem lief was. Hij leunde achterover, keek eens naar Pharisse en vroeg zich af of hij een gebakje zou nemen van het karretje dat tussen de tafeltjes door kwam. Aan de andere zijde van het terras was een lange, goedgebouwde jongeman opgestaan van zijn tafeltje, met zijn rug half naar Glawen toe, die zijn vertrek met niet meer dan oppervlakkige interesse gadesloeg. Tegen de tijd dat Glawens belangstelling was gewekt, was de jongeman al weggelopen. Glawen slaagde er nog in vast te stellen dat hij een vrij strak gesneden donkergroene broek droeg, een kobaltblauwe cape en een kleine, slappe hoed zonder rand.

De gedaante liep weg langs de bomenlaan met een soepele, zelfverzekerde, ja, bijna hanige gang. Glawen trachtte zich voor de geest te halen wat hij precies gezien had en meende een beeld te hebben van een goed gevormd hoofd met kort, dik, donker haar, een smetteloze huid en regelmatige, klassieke trekken. Ondanks het ontbreken van enige misvorming of afwijking in het gezicht, was Glawen er half van overtuigd dat hij de man eerder had gezien.

Glawen leunde weer achterover. Hij keek op zijn horloge; hij had nog tijd voor een dutje voor zijn afspraak met Keebles. Hij stond dus op, verliet het terrasje en liep terug naar hotel Novial.

Een andere receptionist had nu dienst, een oudere man met dun peenhaar en een nuffig baardje. Glawen verzocht exact om 27.00 uur te worden gewekt omdat hij een belangrijke afspraak had. De receptionist knikte kortaf, maakte een notitie en hervatte de bestudering van zijn modeblad. Glawen liep naar zijn kamer, trok zijn bovenkleren uit, ging op bed liggen en viel al gauw in slaap.

De tijd verstreek. Glawen werd wakker door een pijnlijke steek in zijn heup. Hij knipte het licht aan en ontdekte dat hij zojuist was gestoken door een zwart insect. De hemel buiten was schemerig. En het was 28.00 uur. Hij sprong overeind, mepte her en der wat insecten dood die hem voor de hand kwamen, plensde koud water in zijn gezicht, kleedde zich aan en verliet zijn kamer. Toen hij door de hal beende, sprong de receptionist overeind en leunde over de balie heen. Op gegriefde toon riep hij: "Meneer Clattuc! Ik stond op het punt u te bellen, maar nu schijnt u de zaak in eigen hand te hebben genomen."

"Niet echt," zei Glawen. "Ik werd gewekt door een insect. De kamer krioelt ervan. Ik ga nu een paar uur weg, maar wees zo goed ervoor te zorgen dat de kamer intussen wordt gezuiverd."

De receptionist nam weer plaats. "De conciërge heeft kennelijk vergeten insectenpoeder te verstuiven toen hij uw kamer schoonmaakte. Ik zal ervoor zorgen dat uw klacht te bestemder plaatse terechtkomt."

"Dat vind ik niet voldoende. U dient ogenblikkelijk iets tegen die insecten te ondernemen."

De receptionist zei stijfjes: "Helaas is de conciërge op het ogenblik al naar huis. Ik kan u slechts verzekeren dat de aangelegenheid morgen tot volle tevredenheid zal worden opgelost."

Glawen zei, met strak ingehouden stem: "Wanneer ik terugkom van mijn zakelijke afspraak zal ik mijn kamer rondkijken. Als ik dan nog insecten aantref, zal ik ze vangen en bij u brengen. En wat ik er vervolgens mee doe, zal u niet bevallen."

"Dat is heftige taal, meneer Clattuc."

"Ik werd ook zeer heftig gewekt door dat insect. Denk dus aan wat ik gezegd heb!"

Glawen liep het hotel uit. Pharisse was van de hemel verdwenen en de schemering was over Tanjaree gevallen, waardoor zich een wonderbare gedaanteverwisseling aan haar had voltrokken. Aan de overkant van het meer leek de Oude Stad, verlicht door tere witte lampen, een beetje onwerkelijk, als een stad vol sprookjespaleizen. Twaalf manen zweefden aan de hemel in fijne kleurschakeringen: van romig grijs tot wit en zilverwit, het bleekste denkbare roze en een al even teer violet. En elke maan had zijn spiegelbeeld in het meer. Volgens het gidsje werd Nion dikwijls 'De wereld van de Negentien Manen' genoemd. Elke maan had een naam en iedere bewoner van Nion kende die namen net zo goed als die van hemzelf.

Glawen sloeg de Crippetsteeg in en ontdekte tot zijn verrassing dat het straatje dankzij de avondverlichting opeens heel bekoorlijk en vrolijk oogde. Kennelijk was elke huiseigenaar verplicht een lichtbol buiten zijn huis op te hangen — weliswaar naar eigen smaak, hetgeen resulteerde in een baaierd van kleurige bollen, alsof er een festival aan de gang was. Glawen begreep wel dat er niemand zelfs maar gepiekerd had over het esthetisch effect; de lampen waren zoals ze waren, omdat het zo gewoon makkelijker was dan overal dezelfde verlichting op te hangen.

Er waren nog heel wat mensen op straat, hoewel het niet meer zo druk was als eerder die dag. Er waren wat plaatselijke bewoners en ook toeristen, die op hun gemak voortkuierden, bleven staan om etalages te kijken of iets gebruikten in een cafeetje. Glawen, die een uur te laat was voor zijn afspraak met Keebles, drong zo snel hij kon tussen de andere voetgangers door. Maar ineens bleef hij staan. Een man met een blauwe cape was hem voorbijgelopen; Glawen had even een glimp opgevangen van een bleek, bezorgd gezicht, strak vertrokken als een masker. Glawen draaide zich om en keek de straat af, maar de donkerblauwe cape was al opgelost in de wirwar van lichtjes en slenterende gedaanten. Glawen liep verder de Crippetsteeg af en bereikte even later Argonaut Kunstenaarsbenodigdheden. Het licht was aan in de winkel en de deur was, net als eerder die dag, van het slot, hoewel de aangegeven sluitingstijd 27.00 uur was en de bediende niet meer achter de toonbank zat.

Glawen ging naar binnen en deed de deur achter zich dicht. Even stond hij om zich heen te kijken in de volgepropte winkel. Alles zag er net zo uit als tevoren. Hij hoorde niets en kon Keebles nergens bekennen.

Hij liep de gang in die naar Keebles' kantoortje leidde. Hij bleef staan, luisterde: geen enkel geluid. Hij riep: "Meneer Keebles, ik ben het... Glawen Clattuc!"

De stilte leek daarna nog dieper dan tevoren.

Glawen trok een lelijk gezicht. Hij keek achter zich, blikte langs de trap omhoog en waagde zich een paar stappen verder de gang in. Opnieuw riep hij: "Meneer Keebles?"

Alweer geen antwoord. Glawen keek om de hoek van het kantoortje. Op de vloer lag een dode. Het was Keebles. Zijn armen en enkels waren vastgebonden; er sijpelde traag nog wat bloed uit zijn mond. Zijn open ogen puilden uit zijn hoofd in een uitdrukking van afgrijzen. Zijn broek was opengesneden en het was duidelijk dat Keebles was gefolterd.

Glawen bukte zich en legde de rug van zijn vuist tegen Keebles' hals. Nog warm. Hij was dus nog maar net dood. Als de receptionist niet vergeten was Glawen te wekken, zou Keebles nu misschien nog in leven zijn.

Glawen keek ongelukkig neer op het lijk en op de mond die nu nooit meer de informatie zou verschaffen waarvoor hij zo'n verre tocht had ondernomen.

Waarom was Keebles vermoord? Er waren geen zichtbare sporen van roof. De bureauladen waren dicht en de kasten eveneens. In een hoekje achter in het kantoor was een deur, die uitkwam op een geïmproviseerde veranda op het achterplaatsje. Er zat een grendel op aan de binnenkant; kennelijk had de moordenaar niet van die deur gebruik gemaakt.

Glawen richtte zijn aandacht op het bureau. Hij zocht tevergeefs naar een notitieboekje, een adressenbestand of iets anders waarin hij de naam van Keebles' relatie zou kunnen vinden. Ervoor zorgend geen vingerafdrukken achter te laten, doorzocht Glawen de laden van het bureau. Hij vond niets van belang. Hij keek in de kast waar hij een kleine brandkast ontdekte, waarvan de deurtjes openstonden. Ook daarvan was de inhoud voor hem van geen enkel belang.

Glawen bleef staan en dacht na. Keebles was van plan geweest iemand op te bellen. Op het bureau stond het telefoonscherm met het toetsenbord. Met een potlood toetste Glawen 'Opties' in, en toen de code voor 'Opgave laatste tien gesprekken'.

Het meest recente gesprek was gevoerd met het Maanweghotel te Maanweg. De andere gesprekken waren allemaal lokaal, veel eerder die dag gevoerd en volstrekt niet te identificeren.

Voor in het pand hoorde hij een geluidje; het rammelen van de deur, die kennelijk uit zichzelf achter Glawen in het slot was gevallen. Glawen loerde behoedzaam om de hoek van het gangetje. Tegen het licht van de straatlantaarns zag hij heel duidelijk twee politieagenten, die bezig waren heel zachtjes de deur open te maken.

Een ogenblik lang stond Glawen als aan de grond genageld. Toen snelde hij met een paar lange passen naar de achterdeur. Hij schoof de grendel eraf, deed de deur open en stapte de veranda op. Hij deed de deur zachtjes dicht en bleef even staan luisteren; toen dook hij weg in de schaduw van een schuurtje. Even later kwam een tweetal politieagenten in volle vaart om de hoek van het schuurtje zetten. Ze keken snel het plaatsje rond en gingen toen via de achterdeur Keebles' kantoor binnen.

Het volgende ogenblik was Glawen over de schutting geklauterd. Bij het schijnsel van liefst twaalf manen zocht hij zich een weg tussen afval en puin en kuilen vol stinkend water.

Het landje kwam uit op een smal steegje met aan weerszijden lage, logge gebouwtjes. Dertig meter verderop wierp een taveerne een kleurig lichtschijnsel over straat. Van binnen klonk het geroezemoes van keelachtige stemmen, vreemde jankende muziek en nu en dan het hoge, hinnikende lachen van een beschonken vrouw.

Glawen liep er met snelle pas voorbij en bereikte, na een paar keer verkeerd te zijn gelopen, de bomenlaan langs het meer.

Onder het lopen dacht hij hard na. De komst van de agenten, zo kort nadat hij zelf was gearriveerd, leek geen toeval. Ze waren gewaarschuwd — en wel door iemand die wist dat Keebles dood was. Glawen werkte een mogelijke volgorde van de gebeurtenissen uit, die hem aanvaardbaar voorkwam, mits hij een aantal dingen voor waar mocht aannemen. Stel dat de jongeman in de blauwe cape dezelfde knappe jongeman was die juffrouw Flavia Shoup had bedrogen. Stel dat hij rond dezelfde tijd als Glawen in Tanjaree was aangekomen. Stel dat hij Glawen had opgemerkt en mogelijk herkend. Stel verder dat hij Keebles had benaderd en hetzelfde antwoord had gekregen als Glawen. Als hij van die punten mocht uitgaan, was het overduidelijk hoe alles was verlopen. De man was bij Argonaut aangekomen, had Keebles gedwongen hem te vertellen wat hij wist en had hem vervolgens vermoord, al was het maar om Glawen diezelfde informatie te ontzeggen. Na het verlaten van de winkel had de moordenaar Glawen zien lopen in de Crippetsteeg en had daarop de politie verwittigd van een afschuwelijke moord en het feit dat de moordenaar zich nog in het pand ophield.

Zelfs als de gebeurtenissen hier en daar anders op elkaar aansloten, was Glawen wel genoopt met de grootste spoed naar Maanweg te vertrekken.

Glawen keerde terug naar hotel Novial. De receptionist schonk hem een afstandelijk knikje, maar was kennelijk niet in een toeschietelijke stemming. Toen Glawen zijn kamer bereikte, ontdekte hij dat iemand er een geknoopte hangmat had opgehangen, kennelijk bedoeld om in te slapen als de insecten erg lastig werden.

Glawen verkleedde zich en liep terug naar de hal. De receptionist had zich wijselijk even verwijderd tot zijn gast veilig te bed zou zijn. Glawen liep naar de publieke telefooncel. Reis- en Passagebureau Halcyon in hotel Cansaspara was nog open en zou openblijven tot 32.00 uur.

Hoofdstuk IX

1

Reis- en Passagebureau Halcyon was gevestigd in een glazen kantoortje opzij in de hal van hotel Cansaspara. Op een bord stond te lezen:

REIS- EN PASSAGEBUREAU HALCYON

Voor al uw reizen!

DAGTOCHTEN, EXCURSIES, ONTDEKKINGSTOCHTEN

Bezoek de verre achterlanden, op veilige en comfortabele wijze. Leer het echte Nion kennen! Bestudeer de zeden van mysterieuze volkeren en woon hun orgierituelen bij! Dineer bij het licht van de voortsnellende manen op het

— *Feest van de Duizend Polds* —

Tevens rijke keus uit uw vertrouwde cuisine mogelijk!

DE KANS VAN UW LEVEN!

PASSAGEBILJETTEN • REISGIDSEN • INFORMATIE

Glawen ging het kantoortje binnen. Achter het bureau zat een lange donkerharige vrouw, knap, met een gestroomlijnd figuurtje en kennelijk van buitenwereldse afkomst. Op het bordje op haar bureau stond:

T. DYTZEN
Reisagent.

Ze zei: “Meneer, kan ik u helpen?”

“Dat hoop ik,” zei Glawen. Hij ging zitten op de stoel naast haar bureau. “Hoe kom ik het beste in Maanweg? Ik heb ontzettende haast, dus liefst zo gauw mogelijk, zo niet eerder.”

T. Dytzen glimlachte. “Bent u al lang op Nion?”

“Ik ben net vandaag aangekomen.”

T. Dytzen knikte. “Als er een week voorbij is, slijten woorden als ‘haast’ en ‘zo snel mogelijk’ en ‘onmiddellijk’ vanzelf wel.” Ze liet de gegevens opkomen op haar infoscherm. “Er zijn diverse vervoersmaatschappijen, maar er is er geen die op grote schaal opereert, en erg efficiënt zijn ze ook niet. Semi-Express is eigenlijk de enige die zich aan een soort dienstregeling houdt, maar de avondvlucht hebt u net gemist; die is om 29.20 vertrokken. Ze maken een tussenlanding te Port Frank Medich en zijn om 12.00 uur in Maanweg, dat wil zeggen tegen de avondschemer, plaatselijke tijd. Dat zeg ik om u een idee te geven van de reistijden.”

“Ik snap het. Wat is er verder beschikbaar?”

T. Dytzen raadpleegde haar scherm. “Om 32.40 gaat er van Tanjaree een reguliere vlucht van Blauwe Pijl naar Maanweg, maar die maakt zes tussenlandingen en komt pas morgen om 26.00 uur op Maanweg aan.”

“Wat hebt u verder nog?”

T. Dytzen opperde nog een aantal vluchten die allemaal, iets vroeger of iets later, op een gegeven moment Maanweg zouden aandoen. “Het zijn voor het overgrote deel niet al te snelle luchtbussen met een passagierscapaciteit van twintig of dertig plaatsen. Ze zijn goedkoop in het gebruik en de eigenaars halen er een redelijke omzet mee, maar er is in wezen niet voldoende verkeer om een snelle lijndienst naar dat soort afgelegen kampen en dorpjes te onderhouden. Men gebruikt dus wat er voorhanden is en noemt het ‘avontuur’. De toeristen klagen er zelden over.”

“Kan ik misschien een zwever huren, dan? Ik moet op de een of andere manier zo snel mogelijk in Maanweg zien te komen.”

T. Dytzen schudde dubieus haar hoofd. “Tja, wat zal ik daarop zeggen? Er valt weinig te kiezen tussen Murks Deluxe Verhuur en Hemelhoog. Ik kan ze geen van beide aanbevelen. De toestellen van Murk — ik heb ze horen uitmaken voor kavaljes — zijn niet erg betrouwbaar en die van Hemelhoog zijn niet veel beter; slechter misschien zelfs. Geen van twee is bereid een zwever te verhuren zonder piloot, omdat ze er zeker van willen zijn dat de toerist niet besluit een tochtje boven het Tangtingwoud te maken. Maar als u wilt zal ik Murk bellen om te zien wat ze beschikbaar hebben."

"Als u wilt, graag."

T. Dytzen tikte op de toetsen van de telefoon, hetgeen na enig wachten een knorrig antwoord opleverde. "Wat moet je? Ik lag net te slapen!"

"Dat is vreemd," zei T. Dytzen. "In uw advertentie staat nadrukkelijk: 'Dag en nacht service door experts; wij slapen nooit!' "

"Ja, maar dat is alleen als we zwevers te verhuren hebben."

"En die hebt u nu niet?"

"Ja, ik heb er twee, maar die zijn al weg."

"Volgens uw advertentie heeft Murk Deluxe een vloot van twaalf voertuigen van diverse types ter beschikking."

"Da's een ouwe advertentie. Bel een andere keer nog maar eens." Het telefoonscherm werd weer donker.

T. Dytzen zei: "Ik had ook niet anders verwacht. Maar laat ik voor de goede orde ook Hemelhoog nog even bellen." Ze toetste het nummer in. Er kwam helemaal geen antwoord.

"Hemelhoog schijnt hun kantoor alvast maar gesloten te hebben," zei T. Dytzen. "Morgen zal ik ze eens vragen waarom ze in hun advertentie hebben staan: 'BETROUWBAAR! ALERT! ELK UUR VAN DE DAG OF NACHT!' " Peinzend vervolgde ze: "Misschien kunt u nog het beste met de Provinciale Postlijn gaan, morgenochtend om 11.00 uur. Ze maken een aantal tussenstops, zeven of acht zelfs, en zijn in Maanweg om ongeveer midderdag plaatselijke tijd, dat wil zeggen rond 37.00 a 38.00 uur."

"Zijn er geen andere vliegtuigen? Particuliere zwevers? Vrachtdiensten? Er zal toch wel iemand vracht rondbrengen in het achterland?"

"Dat is waar," zei T. Dytzen. Ze keek een adreslijst in. "De meeste kantoren zullen intussen al wel gesloten zijn."

"Zou er niet een lijst met vertrektijden op de ruimtehaven liggen?"

T. Dytzen knikte terughoudend en toetste een telefoonnummer in.

Ze sprak met iemand, werd doorverwezen naar een ander, sprak daarmee, wachtte en kreeg een derde aan de lijn. Ze voerde een kort gesprek en wendde zich toen weer tot Glawen. "U boft. Wereldvracht heeft het een en ander af te leveren in de Maanwegsector. Het vrachtschip vertrekt over ongeveer een halfuur van de ruimtehaven, vanaf startplaats 14. Ik heb met de piloot gesproken; hij zegt dat hij u wel wil meenemen voor twintig sol. Is dat in orde? Het is ongeveer wat u kwijt zou zijn bij Semi-Expres."

"De prijs is prima, maar wanneer komt hij aan?"

T. Dytzen sprak weer even in de hoorn en draaide zich toen om. "Hij schat de aankomsttijd op een uurtje of wat na Semi-Expres."

"Regel het maar."

T. Dytzen maakte het gesprek af en legde toen de telefoon neer. "Ga meteen naar startplaats 14 en stel u op voor het schip. Probeer niet op te vallen en vertel aan niemand wat u komt doen. De piloot zal u zelf benaderen. Mijn commissie bedraagt vijf sol, overigens."

2

Glawen liep terug naar hotel Novial waar hij de receptionist weer op zijn post aantrof. Hij rekende af, tot 's mans grote verontwaardiging. "Zijn al onze zorgen en inspanningen dan voor niets geweest?"

"Ik heb de tijd niet om het allemaal uit te leggen," zei Glawen. "Maar twee dingen zijn zeker. Morgenochtend komt Pharisse weer op en mij zult u nooit meer terugzien."

Zo snel hij kon begaf Glawen zich naar de ruimtehaven. In de kantine kocht hij een paar pakjes crackers, kaas en gezouten vis, een potje tafelzuur en vier flessen importbier. Toen liep hij naar de vrachtschepen. Hij vond zonder moeite startplaats 14, waar een schip van gemiddelde omvang juist werd geladen en klaargemaakt voor het vertrek. Hij posteerde zich in de schaduw naast de stuurkoepel.

Vijf minuten later kwam een lange magere man in een overal met korte mouwen de startbaan aflopen met een soepele, losse gang, die volgens Glawen duidde op een al even soepel humeur. Hij leek van ongeveer dezelfde leeftijd te zijn als Glawen en had heel kort vlasblond haar, onschuldige blauwe ogen en een onopvallend gezicht. Hij bleef voor Glawen staan. "Ik ben Rak Wrinch en ik bestuur deze bak. Had je wat voor me?"

"Alleen wat geld."

"Dat komt toch prima uit?"

Glawen gaf hem de twintig sol.

Wrinch keek de startbaan eens langs. "Spring maar in de cabine en laat je niet zien."

Vijf minuten later steeg het vrachtschip op van de ruimtehaven en schoot schuin omhoog de nachtelijke hemel in, tot ze haar kruishoogte had bereikt. Boven hen zweefden de manen van Nion, lichtende bollen in vele tere tinten en vele afmetingen, elkaar soms verduisterend of nazittend, of samen dollend als blije kinderen.

Glawen bedacht dat het makkelijk genoeg zou zijn om een mystieke betekenis toe te kennen aan het manenspel.

Wrinch beaamde wat Glawen al had vermoed: hij was een buitenwerelder, uit Kyperstad op Sylvanus. Hij keek Glawen van opzij aan. "Ben je daar ooit geweest?"

"Nooit," zei Glawen. "Sylvanus is een van die vele werelden waar ik niets vanaf weet; behalve dan dat hij ergens in Virgo moet liggen."

"Klopt. Geen kwaaie wereld hoor, alles bij elkaar. Elk jaar trekt het Bangvogelfestival toeristen van heinde en ver. Daar zul je wel van gehoord hebben, van de Bangvogelwedstrijden."

"Ik vrees van niet."

"Dat ze die beesten 'vogel' noemen is ook meer een kwestie van beleefdheid, trouwens. Neem een draak, een struisvogel en een duivel, klop ze door elkaar en je hebt een bangvogel. Ze zijn vier meter hoog, lopen op twee poten, hebben lange halzen en hele grote hoofden, ze zijn vals als wat, tenzij ze heel zorgvuldig zijn opgekweekt van jongs af aan, en dom zijn ze niet. Maar ja, ze zijn niks nut, alleen als rijdier, en daarom lopen ze elk jaar in de Grote Kampioensren in Kyperstad. De ruiters behoren tot een speciale kaste en zijn heel godsdienstig, aangezien ze vrijwel altijd door de beesten worden gedood, uiteindelijk. Maar de ruiter die de Grote Kampioensren wint is een beroemdheid en krijgt veel geld en hoeft nooit meer te rijden."

"Dat moet wel een belevenis zijn, om dat te zien."

"Wat je zegt. Er worden altijd wel een stuk of twee, drie ruiters afgeworpen en dan krijg je grote opschudding, want de vogels blijven staan om de ruiters te vermoorden, omdat ze zo'n hekel aan ze hebben. De toeristen gaan altijd vol ontzag weer weg. En waar kom jij vandaan?"

"Van Station Araminta op Cadwal, achter in Perseus."

"En ik heb nog nooit van Cadwal gehoord." Hij sloeg Glawens aanbod om wat mee te eten af. "Ik heb net gegeten voor het vertrek."

"Hoe laat komen we in Maanweg?"

"Heb je zo'n haast?"

"Ik zou graag eerder aankomen dan de Semi-Expres, als dat mogelijk is."

"Absoluut niet. Ik moet eerst naar Klank om drie pompen af te leveren voor hun drinkwaterinstallatie. Na Klank zou ik feitelijk naar Gele Bloesem moeten en dan naar Maanweg, maar ik zou natuurlijk eerst naar Maanweg kunnen gaan en dan naar het noorden, naar Gele Bloesem. Dat zou een uur of twee schelen."

"En hoe laat zijn we er dan?"

"Rond 14.00 uur. Is dat naar je zin?"

"Het moet maar."

Wrinch keek Glawen nieuwsgierig aan. "Ben je er al eens eerder geweest?"

"Nee."

"Het is een fascinerend oord. Ze zeggen wel dat de Staande Stenen monumenten zijn voor helden van weleer, maar ze zijn veel meer; ze stellen de oude helden zelf voor: persoonlijkheden die nooit echt gestorven zijn. Bij bepaalde maanpatronen komen ze tevoorschijn en spelen hun oude Spel. Toeristen die op zo'n moment tussen de Stenen worden aangetroffen worden meteen afgemaakt, hoewel de Schaduwlieden zich normaal heel rustig houden en nooit veel te zeggen hebben. De manen beheersen hun emoties. Als toeristen zich niet houden aan de voorschriften die tevoren bekend zijn gemaakt, dan wordt ze de strot afgesneden."

Glawen merkten dat zijn oogleden zwaar werden. Hij had heel wat slaap overgeslagen. Achter in de cabine stonden een paar banken. Glawen ging op de ene liggen en na de automatische piloot te hebben gecontroleerd strekte Wrinch zijn lange lijf uit op de andere bank. Het tweetal viel in slaap en het schip vloog alleen verder door de nacht.

Glawen werd wakker van een bons en een schok; hij kwam overeind en ontdekte dat het buiten dag was en dat Pharisse al een paar uur boven de horizon stond. Het schip was neergestreken op het sponsachtige oppervlak van een klein plateau. Naar het westen, noorden en zuiden strekte zich aan de overkant van de voormalige zeebodem een weids landschap uit van soortgelijke plateaus die zich terrasgewijs verhieven. Ten oosten, vlak bij het schip, stond een tiental betonnen barakken op een rijtje en daarvoor lagen zo te zien proefakkertjes met buitenwereldse gewassen.

Wrinch was al uit de stuurkoepel gesprongen om te lossen. Met nog drie mannen liep hij om het schip heen naar achteren; de laadklep werd neergelaten en een aantal colli werd uitgeladen met behulp van een kleine vorkheftruck. Toen knalde de laadklep weer dicht en klom Wrinch, na een paar woorden gewisseld te hebben, weer in de stuurkoepel. Hij kruiste het een en ander af op zijn cargolijst, stelde de automatische piloot bij en toen koos het vrachtschip opnieuw het luchtruim.

"Dat was Port Klank," zei Wrinch. "Er zit daar een stel landbouwkundigen van de Aarde, die of idealisten zijn of gek. Ze proberen aardse gewassen te kweken op grond die in feite zuiver pold is. Ze beweren dat de chemische samenstelling prima is en dat er geen giftige metalen in zitten, alleen de macromoleculen van het omgezette pold. Dus nu gebruiken ze bacteriën om die moleculen af te breken, met een aantal Nionese virussen en experimentele grondverbeteringsproducten. Ze beweren dat de plateaus er over tien jaar bij zullen liggen als beboste eilandjes, in plaats van zoals ze er nu uitzien."

"Waar krijgen ze het water vandaan?"

"O, er zit voldoende water onder het oppervlak. Ik heb net drie hogedrukpompen aan ze afgeleverd. En er zit nog een grote waterreserve in het pold. Een paar van die wetenschappers hebben het al over regen en rivieren en dat de zeeën terug zullen komen, maar dat is verre toekomstmuziek; tenminste, dat hoop ik. Ik word doodnerveus van mensen die aan planeten sleutelen."

De dag verstreek. Pharisse bewoog gestaag naar het westen, sneller dan normaal, op het oog, doordat het vrachtschip zelf naar het oosten vloog. Om tien uur verdween Pharisse achter de horizon. De lange schemering vergleed in abrikoosgoud en pruimrood, en ten slotte trok alle kleur weg uit de hemel en werd de nacht prijsgegeven aan de manen. Eerst kwamen er drie op. Wrinch noemde ze op: "Lilimel, Garuun en

Seis. Ik ken ze allemaal. De Schaduwlieden zijn de echte kenners. Die staan te kijken en te wijzen en dan gebeurt er ineens iets — er verschijnt nog een maan, of de ene maan loopt onder de andere door, en dan beginnen ze allemaal te kreunen of te sissen, of vallen op hun knieën. Ik was er een keer om vracht af te leveren en toen gebeurde er iets met de manen en prompt vielen ze een dikke oude toerist aan, die niets had gedaan; hij was gewoon de veranda voor het hotel op gelopen. Hij vluchtte naar binnen en verschool zich in de hal. De Schaduwlieden zeiden toen tegen de bedrijfsleider dat de man in acht stukken zou worden gesneden als hij zich ooit nog liet zien. Die is natuurlijk meteen vertrokken. Het schijnt dat die oude man tijdens een rondleiding bij de Staande Stenen achter een van de stenen had gewaterd. Niemand had er iets van geweten, tot de manen de schuldige aanwezen."

De nacht vorderde. Nog drie manen verschenen aan de hemel: Zosmei, Maltasar en Yanaz, volgens Wrinch.

Glawen had er weinig oog voor. "Rustig, toch," zei Wrinch. "We liggen mooi op schema. Ik kan echt niet meer uit die ouwe brik halen. We zijn er trouwens al bijna."

Glawen keek naar het land beneden zich. "Is dat de Vlakte der Staande Stenen?"

"Nee, nog niet." Wrinch wees naar het oosten. "Daar heb je Sigil. De Schaduwlieden geloven dat als Sigil ooit Ninka verduistert, het universum op slag zal vergaan. Niet eens zo kwaad bekeken, aangezien Sigil veel verder weg staat dan Ninka."

De tijd verstreek. Glawen zat op het puntje van zijn stoel. Maar eindelijk zei Wrinch: "Nu vliegen we boven de Vlakte der Staande Stenen. Zie je die lichtjes, links? Dat is het kamp van de Westelijke sept. Over een minuutje moet je de lichtjes van Maanweg kunnen zien. Ze hebben daar drie hotels. Hotel Maanweg is het beste. Heb je al een kamer geboekt?"

"Nee."

"Het Maanweghotel loopt uiteraard het eerst vol. Maar je kunt het proberen. Nu kun je de lichtjes zien."

"En wat doe jij? Overnacht jij hier ook?"

"Geen ruimte voor in mijn vluchtschema. Ik steek van hier door naar Gele Bloesem en dan ga ik weer terug."

"Misschien zien we elkaar nog eens in Tanjaree."

"Ik hoop het. Je weet waar je me vinden kan."

Het vrachtschip zwenkte omlaag, op Maanweg aan. Wrinch wees. "Dat is hotel Maanweg. Dat grote gebouw in het midden. Die gekleurde lampen zijn van de woonwagens van de potsenmakers. Er staan altijd wel drie of vier gezelschappen in Maanweg. Ze maken capriolen en doen krankzinnige toeren en vermaken de hotelgasten, vandaar dat ze getolereerd worden."

Het vrachtschip landde. Zodra Wrinch de stuurkoepel open had, greep Glawen zijn reistas en sprong op de grond. "Nog bedankt en tot ziens!"

"Tot ziens; en veel succes."

3

Glawen liep, half hollend, naar hotel Maanweg, een massief bouwwerk van glas en beton, in een min of meer regelmatige uitwerking van de architectonische principes van Nion, die vlakken en scherpe hoeken verwierpen en verticale lijnen alleen accepteerden omdat gebouwen bij ontstentenis daarvan zouden omvallen. Naar rechts en naar links strekten zich de twee hotelvleugels uit en het hoofdgebouw werd bekroond door een daktuin, waar hotelgasten dineerden onder slingers groene en blauwe feestverlichting. Niet ver van de ingang van het hotel stonden drie nomadenwagens opgesteld, stuk voor stuk even bont en opzichtig beschilderd als de woonwagens die Glawen in Tanjaree had gezien. Naast de wagens namen de zwervers er hun gemak van en dronken poldbier uit hoge misbaksels van stenen kroezen, terwijl ijzeren kookpotten aan driepoten boven de kampvuurtjes hingen te borrelen. Toen ze Glawen zagen aankomen, draafde een groepje schoffies hem tegemoet. Menend dat zijn versnelde tempo duidde op een verlangen naar lichaamsbeweging, riepen ze hem toe: "Zullen we met u om het hardst lopen, meneer, voor geld? We hebben allemaal geld, kijk maar! We zullen u mooi partij geven!"

"Nee, dank je," zei Glawen. "Vandaag niet."

"Dan lopen we achterwaarts! Hoe kunt u dan nog verliezen? Kunt u hard lopen, meneer?"

"Nee, heel langzaam. Gaan jullie maar hardlopen met je vader of je grootmoeder."

"Haha! We kijken wel uit. Als we zouden winnen, krijgen we slaag!"

"Jammer," hijgde Glawen.

"Dan lopen we om het hardst tegen elkaar! Geef ons wat geld voor een prijs, meneer!"

"We zullen uw last verlichten!" De grootste probeerde Glawens reistas uit diens handen te grissen. Glawen hield zijn tas boven zijn hoofd. "Ik heb geen hulp nodig. En ga nu ergens anders spelen."

Maar de jongetjes sloegen zijn opmerkingen in de wind. Ze omstuwden hem, liepen achterwaarts voor hem uit, trokken aan zijn mouwen en jouwden hem uit. "Lafaard! Ben je bang om te verliezen?" "Hij loopt als een dikke oude dame!" "Hij heeft lange dunne tenen, daarom draagt-ie van die gekke schoenen." "O, wat een rare!"

Een forse man met bakkebaarden sprong op van een van de tafeltjes en kwam naar hen toe. "Laat af, klein ongedierte! Zie je niet dat die heer er niet om moet lachen?" Tot Glawen zei hij: "Verontschuldigingen meneer, dat ze u lastig hebben gevallen. Die kinderen hebben vandaag de dag ook geen manieren! Maar ze zijn ook weer gauw tevreden. Als u ze een paar muntjes toewerpt, zullen ze u nooit meer voor knijperd of schraaphans uitmaken!"

"Ik vind het niet erg," zei Glawen. "Excuseert u me; ik heb haast." Hij liep door naar het hotel. De vagebond haalde zijn schouders op, schopte de kinderen uit de weg en keerde terug naar zijn bier.

Glawen betrad hotel Maanweg en zag een ruime hal met een hoog plafond. Een verzorgde jonge receptionist, kennelijk een buitenwerelder, troonde achter de balie. Hij nam Glawens kale reistas in ogenschouw met opgetrokken wenkbrauwen en een misprijzend vertrokken mondje. De manier waarop hij hem aansprak was echter onberispelijk en correct. "Meneer, het spijt me, maar tenzij u al een reservering hebt, kan ik u geen accommodatie meer aanbieden. We zijn helemaal volgeboekt. Ik stel voor dat u het probeert bij Het Jaden Tanglet of De Wenende Maan, hoewel ik meen dat ook die al vol zijn."

"Accommodatie komt later wel," zei Glawen. "Wat ik het meest dringend nodig heb is informatie." Hij legde een sol op de balie. De receptionist deed net of hij het niet zag. "Misschien kunt u me helpen."

"Ik zal mijn best doen, meneer."

"Houdt u een lijst bij van binnenkomende telefoongesprekken, met name van een gesprek uit Tanjaree, dat vanmorgen vroeg moet zijn binnengekomen?"

"Nee, dat houden wij niet bij, meneer. Dat zou geen enkel nut hebben."

Glawen trok een lelijk gezicht. "Had u om 28.00 uur vanochtend ook dienst?"

"Nee, meneer. Mijn dienst begon vanmiddag om 10.00 uur."

"Wie had er dan dienst?"

"Dat zal meneer Stensel zijn geweest, meneer."

"Die zou ik dan graag even spreken, en wel nu meteen. De zaak is nogal urgent."

De receptionist ging naar de telefoon, sprak er zachtjes in, luisterde, en wendde zich weer tot Glawen. "Meneer Stensel is juist bezig met zijn avondmaal. Hij is bijna klaar. Als u ginder op de bank wilt gaan zitten, naast de klok, dan komt meneer Stensel zo bij u."

"Dank u wel." Glawen liep naar de aangewezen bank en nam plaats.

Het was een vrolijke, luchtige hal, ondanks de zwaar aandoende muren. Zwart, wit, rood, blauw en groen gestreepte kleedjes lagen op de vloer; het tien meter hoge plafond was versierd met motieven van de Schaduwlieden: patronen van een barbaarse uitgelatenheid en hartstocht, die toch op een of andere manier in toom werden gehouden. Op een paneel boven de receptie waren gekleurde schijven te zien die de manen uitbeeldden die op dat moment aan de hemel stonden. Ze kwamen links onderaan het paneel op, liepen omhoog naar het hoogste punt van hun baan en gleden dan weer omlaag, om aan de rechterkant te verdwijnen.

Drie minuten verstreken. Een mollig, energiek manneke, ietwat kalend en slechts iets minder vormelijk gekleed dan de receptionist, kwam op hem toe. "Mijn naam is Stensel. Ik heb begrepen dat u mij een paar vragen wilde stellen?"

"Dat klopt. Wilt u niet gaan zitten?"

Meneer Stensel nam plaats op de bank. "Goed, waarmee kan ik van dienst zijn, meneer?"

"U had vanochtend om 28.00 uur dienst?"

"Dat is juist, meneer; dat is mijn vaste dienst."

"Herinnert u zich een telefoontje uit Tanjaree omtrent die tijd?"

"Hm." Meneer Stensel scheen na te denken. "Dat is nu zo'n detail dat men snel weer kwijtraakt."

Glawen overhandigde hem twee sol en meneer Stensel glimlachte. "Vreemd, hoe geld toch het geheugen weet te smeren. Ja, ik herinner me dat telefoontje heel wel. Ik herkende degeen die ik aan de lijn kreeg ook, want hij belt ons dikwijls. Dat was meneer Melvish Keebles."

"Precies. En met wie heeft hij gesproken?"

"Met een van onze vaste gasten, meneer Adrian Moncurio, de archeoloog. Misschien hebt u van hem gehoord, want hij is erg bekend."

"U hebt niet meegeluisterd en gehoord waar het gesprek over ging?"

"Nee meneer. Dat zou onder alle omstandigheden onwelvoeglijk zijn. Er was een andere heer, die me precies dezelfde vragen heeft gesteld, amper een uurtje geleden. Ik heb hem exact hetzelfde antwoord gegeven."

Glawens moed zonk hem in de schoenen. "Heeft die andere heer ook gezegd hoe hij heette?"

"Nee, meneer."

"Hoe zag hij eruit?"

"Hij was behoorlijk gekleed, bezat een goed voorkomen en was buitengewoon aangenaam in de omgang, naar mijn mening."

Glawen haalde nog eens twee sol tevoorschijn. "U hebt me bijzonder goed geholpen. Waar kan ik meneer Moncurio vinden?"

"Meneer Moncurio bewoont Suite A, die uitkomt op de veranda aan de voorzijde. U loopt de hal uit en gaat naar rechts. Suite A bevindt zich aan het einde. Het is heel wel mogelijk dat u meneer Moncurio niet treft, aangezien hij er een buitenissige dagindeling op na houdt en soms op verkenning gaat tussen de Stenen, wanneer de manen gunstig staan. Hij is zeer deskundig op dat gebied en kan de stand van de manen tot op de seconde beoordelen. Anders zou hij allang zijn vermoord."

"Staan de manen op het ogenblik gunstig?"

Meneer Stensel wierp een blik op het paneel. "Daar kan ik niets over zeggen, aangezien ik het onderwerp nooit heb bestudeerd."

"Ik dank u in elk geval." Glawen liep de hal uit, sloeg rechtsaf en draafde naar het eind van de veranda waar hij Suite A aantrof. Licht kierde in smalle streepjes langs de blinden. Glawen vatte moed; kennelijk was er iemand thuis. Hij drukte op de bel.

Er verstreek een volle minuut terwijl bij Glawen de spanning steeg. Binnen hoorde hij trage voetstappen. De deur gleed open; in de deuropening stond een donkerharige, kleine, mollige vrouw. Ondanks de beproevingen van de middelbare leeftijd, had ze nog elementen van haar jeugdige charme behouden. Haar dikke haar was kort en bot afgeknipt ter hoogte van haar oren, in een model dat ofwel hoog mode was, ofwel door zuiver praktische overwegingen was ingegeven.

Ze nam Glawen op met glanzende donkere ogen. "Ja?"

"Is meneer Moncurio aanwezig?" Tot Glawens ergernis hoorde hij hoe zijn stem oversloeg van nervositeit.

De vrouw schudde haar hoofd en opnieuw zonk Glawen de moed in de schoenen. "Hij is op de vlakte voor zijn archeologisch werk." Ze kwam de veranda op, keek naar links en naar rechts en wendde zich toen weer tot Glawen. "Ik begrijp niet dat-ie plotseling zo populair is. Iedereen moet ineens professor Moncurio hebben en geen van allen kunnen ze wachten."

"Waar kan ik hem vinden? Het is echt heel belangrijk!"

"Hij is ergens tussen de Stenen bezig. De manen staan toevallig eens gunstig. Ik vermoed dat hij in Rij Veertien zit. Bent u ook al archeoloog?"

"Nee. Is er iemand die me zou kunnen helpen om hem te zoeken?"

De vrouw lachte bedroefd. "Ik al zeker niet, met mijn arme benen. Maar hij kan niet ver weg zijn gegaan, aangezien hij terug moet zijn voor Shan ondergaat en dat is in minder dan twee uur." De vrouw wees een lichtblauw maantje aan. "Wanneer Shan ondergaat, komen de Schaduwlieden naar buiten, op zoek naar strotten om af te snijden."

"Waar vind ik Rij Veertien?"

"Heel eenvoudig! U loopt Gelid Vijf in, dat is de gang die u ginds ziet, en dan telt u veertien rijen af. U slaat linksaf, loopt drie of vier Gelederen verder en daar moet u Adrian vinden. Zo niet, ga hem dan vooral niet zoeken! De Stenen zijn erg verwarrend in het maanlicht en u zou makkelijk kunnen verdwalen. Het pold is al zwart van vergoten bloed."

"Dank u, ik zal voorzichtig zijn." Glawen wilde al weglopen. De vrouw riep hem achterna: "Kijkt u ook uit naar de anderen! Laat ze de tijd niet uit het oog verliezen!"

Glawen liep op de Staande Stenen toe. Hoog boven hem torenden ze op, wel zes meter hoog of meer, zwaar en massief in het maanlicht. Hij ging Gelid Vijf binnen; aan weerszijden strekten de aaneengerijde Stenen zich uit tot ze opgingen in een wazige mengeling van maanlicht en duisternis.

Op een drafje liep Glawen Gelid Vijf af, terwijl hij de Rijen aftelde. Bij Rij Acht bleef hij staan en luisterde. Het enige wat hij hoorde was het ruisen van het bloed in zijn oren. Hij ging verder, een schaduw tussen schaduwen. Bij Rij Twaalf bleef hij opnieuw staan en luisterde scherp of hij geluiden kon opvangen die hem de weg konden wijzen.

Had zijn gehoor hem bedrogen? Had hij daar een stem gehoord? Zo ja, dan wel een heel zachte en beschroomde stem, alsof degene die sprak van zijn aanwezigheid blijk wilde geven maar bang was te worden afgeluisterd. Merkwaardig!

Glawen sloeg Rij Twaalf in en draafde met lange, geruisloze passen drie stenen verder, tot hij Gelid Acht had bereikt. Opnieuw bleef hij staan om te luisteren. Stilte! Een onheilspellend teken. Als het een vriend van Moncurio was, die zich bij hem had gevoegd, dan mocht hij toch verwachten dat hij ze met elkaar zou horen praten. Hij vervolgde zijn weg door Gelid Acht. Bijna meteen hoorde hij die stem weer roepen, even zacht en behoedzaam als daareven. De Stenen dempten het geluid enigszins; Glawen kon niet vaststellen uit welke richting de stem kwam of van hoe ver weg; maar erg ver kon het toch niet zijn.

Glawen liep de rij langs naar Gelid Negen en sloeg rechtsaf. Nog twee Rijen, dan was hij bij nummer Veertien. Hij moest zorgen dat hij niet de weg kwijtraakte tussen de Stenen! Stap voor stap liep hij nu verder. Hij voelde een aanwezigheid, als van kwaadaardige, waakzame geesten. Er kwam iets aansnellen door het donker, dat hem op de rug zou springen; hij draaide zich om met een ruk. Niets te zien. Zijn zenuwen hadden hem parten gespeeld. Hij stond stil en tuurde om zich heen, luisterde of hij de stem weer hoorde, of andere geluiden die hem de weg konden wijzen.

En toen klonk er geluid: een onverwachte lach, een onaangenaam geschater, spottend en triomfantelijk, dat van vlakbij kwam. Vervolgens stemmen die door elkaar spraken, een bons die iets sinisters leek te beduiden; en toen, na een paar ademloze seconden, een kreet van ontzaglijke woede.

Glawen liet alle voorzichtigheid varen en holde op het geluid af. Maar na een paar meter bleef hij weer staan om zich te oriënteren. Hij hoorde haastige voetstappen, keek het Gelid langs en zag een menselijke gedaante die naderbij kwam met een vreemd hobbelende gang. Opeens bleef de gedaante staan met een hijgende snik van ergernis, bukte zich, verschikte haastig het een en ander, zette er toen, bevrijd van de kennelijke hindernis de pas in en botste pardoes tegen Glawen op. Negen van de negentien manen beschenen een dodelijk beangst gezichtje. Glawen riep verbijsterd: "Wayness!"

Ze staarde naar hem op, geschokt eerst en toen vervuld van ongelovige vreugde. "Glawen! Ik kan niet geloven dat jij het bent!" Ze draaide zich om en keek achter zich. "Baro is daarginds; hij is een moordenaar! Hij heeft Moncurio in een graf gegooid en achtergelaten voor de Schaduwlieden. Hij wist me te vangen en hij zei dat ik levend voor hem interessanter was dan dood en toen begon hij me uit te kleden. Ik heb hem een klap op zijn kop gegeven met een spa en toen viel hij op de grond. Ik wilde weglopen, maar dat ging niet zo vlug met mijn broek rond mijn enkels." Ze wierp opnieuw een blik achterom. "We moeten naar het hotel, hulp halen! Baro is een duivel!"

Tussen twee Stenen bewoog iets, duisterder dan de schaduwen; het trad in het maanlicht. Glawen herkende de man die hij in de Crippetsteeg had gezien en op het terras bij hotel Cansaspara.

Wayness slaakte een zachte kreet van wanhoop. "Te laat!"

De man kwam langzaam naderbij. Drie meter van hen vandaan bleef hij staan. Misschien kwam het door zijn houding of misschien dat zijn verwaande grijns Glawens geheugen een zetje gaf, maar ineens wist hij wie de man was. "Dat is Benjamie de spion! Benjamie de verrader!"

Benjamie lachte. "Natuurlijk! En jij bent de nobele, onbevlekte Glawen Clattuc! Ik heb je vader naar de Shattorak ontvoerd. Nu zal je vast wel kwaad op me zijn."

"Inderdaad, en niet zo'n beetje."

Benjamie kwam nog een stap dichterbij. Glawen vroeg zich af wat de man achter zijn rug verborg. "Daar staan we dan eindelijk tegenover elkaar, jij en ik; nu zullen we eens zien wie het meeste waard is: de lieve brave Glawen of de verdorven Ben Barr! En onze knappe Wayness zal genietingen smaken met degene die het overleeft!"

Glawen nam Benjamie, die een duim groter was dan hijzelf en een kilo of tien zwaarder, somber op. Benjamie was snel en lichtvoetig en zijn zelfvertrouwen was fenomenaal.

"Gauw, loop terug naar het hotel!" zei Glawen tegen Wayness. "Zodra jij veilig uit de buurt bent, zorg ik dat ik die knaap kwijtraak en kom je achterna."

"Maar Glawen! Stel nu —" Ze kon de rest van de zin niet over haar lippen krijgen.

"Als je opschiet, is er nog tijd om Moncurio te redden voor Shan ondergaat. Wat Benjamie betreft, ik zal doen wat er gedaan dient te worden."

Benjamie lachte geringschattend. "Blijf hier!" beval hij Wayness. "Als je wegloopt haal ik je zo weer terug." Hij beende op Glawen toe en deze zag dat Benjamie een schop met een korte steel bij zich had. "Dit duurt niet zo lang." Hij deed een schijnuitval en liet toen de schop met een zwaai omlaagkomen, met de bedoeling Glawen in de hals te treffen. Glawen sprong opzij en drukte zich met zijn rug tegen een hoge Staande Steen. Benjamie deed een korte stotende uitval; Glawen sprong opnieuw opzij; galmend sloeg de schop op de steen. Glawen greep de steel vast en trachtte de schop los te rukken; naar links zwikte de steel door, naar rechts. Glawen voelde dat Benjamie een verrassing in petto had. Hij wrikte en sleurde aan de schop zodat Glawens romp niet meer gedekt was. Glawen liet hem begaan, met het doel de verrassing uit te lokken. En die kwam: een onverwachte trap naar zijn kruis. Glawen maakte een draai met zijn heupen en de trap miste hem. Meteen greep hij de voet beet en gaf een harde duw, zodat Benjamie achterwaarts wegwankelde, op een been. Glawen rukte hem de schop uit handen en liet het ding met volle kracht op Benjamie's schouder neerkomen. Benjamie siste van pijn. En toen kwam hij weer aanzetten, als een dolle stier, en sleurde Glawen achteruit zodat die met zijn hoofd tegen de Staande Steen sloeg. Glawen voelde zich wee en wazig worden. Benjamie's vuist boorde zich in Glawens wang. Glawen haalde uit naar Benjamie's buik; het was alsof hij een planken deur had geraakt.

Daarna heerste er korte tijd grote verwarring; een wirwar van grommende lijven, maaiende armen, vertrokken gezichten. Angst en pijn waren vergeten; allebei hadden ze maar een ding voor ogen: de vernietiging van de ander. Benjamie probeerde opnieuw Glawen in het kruis te schoppen. Glawen greep het been beet, trok, en gaf een zijwaarts ruk. Er klonk een knappend geluid en toen sloeg Benjamie achterover; zijn enkel was gebroken. Langzaam duwde hij zich op, op zijn handen en zijn ene voet, dook op Glawen af en sleurde hem mee op de grond. Hij hees zich op Glawens rug en haakte zijn onderarm om diens keel. Grijnzend van triomf spande hij zijn armspieren, zodat Glawens ogen begonnen uit te puilen en zijn borstkas vergeefs zwoegde om adem te krijgen.

Glawen stak zijn rechterhand naar achteren, kreeg Benjamie's haar te pakken en gaf er met zijn laatste krachten een achterwaartse ruk aan. Benjamie maakte geërgerde geluidjes en trachtte de hand af te schudden. Een onderdeel van een seconde liet hij de spieren van zijn arm verslappen. Glawen duwde zijn eigen hoofd schuin naar achteren. Met zijn linkerhand priemde hij Benjamie in de keel, op de plaats waar een gevoelige zenuw zat. Benjamie's greep verslapte. Glawen rukte zich los; hijgend draaide hij zich om en boorde met al zijn kracht zijn vuist in Benjamie's strottenhoofd. Hij voelde het kraakbeen versplinteren. Kreunend sloeg Benjamie achterover en bleef uitgezakt tegen een Staande Steen aan hangen, vanwaar hij Glawen aanstaarde met doffe, verbijsterde blik.

Nog nahijgend raapte Glawen de spade op. "Denk maar aan de Shattorak," zei hij tegen Benjamie.

Benjamie gleed verder onderuit tegen de Steen. Glawen zag dat hij nog maar half bij bewustzijn was.

Wayness kwam naar hen toe. Gefascineerd en vol afgrijzen keek ze op Benjamie neer. "Is hij dood?"

"Nog niet; waarschijnlijk verkeert hij in shock."

"Zou hij het overleven?"

"Ik denk het niet. Als ik dacht van wel, zou ik hem alsnog z'n kop inslaan met de schop. Misschien moest ik het maar doen ook."

Wayness greep zijn arm beet. "Nee, Glawen, niet doen!" Maar toen zei ze: "Nee, dat bedoelde ik natuurlijk niet. Zo iemand kun je niet in leven laten."

"Hij is al ten naaste bij dood. Bovendien kan hij niet meer lopen en zo dadelijk komen de Schaduwlieden. Waar is Moncurio?"

"Hier." Wayness liep naar een pas gegraven gat dat afgedekt werd door een stenen plaat. "Hij zit onder die steen. En die is erg zwaar."

Glawen zette de schop onder de steen en wist met inspanning van al zijn krachten de plaat een paar centimeter opzij te schuiven. Hij riep omlaag: "Moncurio?"

"Ja, ik ben hier! Haal me eruit! Ik dacht dat jullie Schaduwlieden waren."

"Die zijn er nog niet." Met hulp van Wayness wist Glawen de steen stukje bij beetje op te schuiven tot Moncurio in staat was zich door de opening te wurmen. "Ah! Ah! Lucht! Vrijheid! Wat een verrukkelijk gevoel! Ik meende dat het met me gedaan was!" Moncurio zweeg even om het zand van zijn kleren te kloppen. In het maanlicht zag Glawen een robuuste man van achter in de middelbare leeftijd, die nog maar nauwelijks begon uit te zetten in de maagstreek. Zijn dikke zilvergrijze haar had dezelfde kleur als zijn energieke snor. Een hoog voorhoofd, een lange rechte neus en een welgevormde kin verleenden waardigheid aan zijn gezicht; zijn ogen echter, onder de half geloken oogleden, waren groot en vochtig en donker: precies de ogen van een spaniël.

Moncurio had zijn kleren naar genoegen uitgeklopt en sprak nu vol emotie: "Een waar wonder is geschied! Ik had alle hoop reeds laten varen! Mijn leven trok in een flits aan mijn geestesoog voorbij! Jullie komst op dit moment was werkelijk een gelukkig toeval."

"Zo toevallig was het nu ook weer niet," zei Glawen.

Moncurio keek hem niet-begrijpend aan.

Wayness zei: "Ik kwam u zoeken. Ik zag hoe Benjamie u in het gat gooide; daarna viel hij mij aan. Glawen heeft ons allebei gered. Benjamie ligt nu daarginds; misschien is hij al dood."

"Maar goed ook!" verklaarde Moncurio hartgrondig. "Hij wilde informatie van me hebben; ik heb hem alles verteld wat ik wist en bij wijze van dank duwde hij me in de kuil. Een buitengemeen onhoffelijke kerel!"

"Dat lijdt geen twijfel."

Moncurio zocht de hemel af. "Shan nijgt al ter kimme!" Hij raadpleegde zijn horloge. "Nog vierentwintig minuten resten ons. Welaan!"

sprak hij, eensklaps vol energie. "Help me dat graf toedekken! Anders worden de Schaduwlieden misschien nijdig en dan zouden ze het drinkwater kunnen vergiftigen."

Het drietal toog aan het werk. Ten slotte was Moncurio voldaan. "Dit moet maar toereikend zijn, aangezien Shan bijna onder is en Res beneden Padan staat. De Schaduwlieden weten wat hier is gebeurd en zijn krankzinnig van woede. Het is zeven minuten lopen naar het hotel. Negen minuten resten ons nog voor Shan zal zijn verdwenen."

Het drietal draafde met gezwinde spoed tussen de Rijen door en de Gelederen af. Na een tijdje bereikten ze het open veld weer.

"We kunnen het ons niet veroorloven nu stil te staan," verklaarde Moncurio. "Shan zal pas over vijf minuten verdwenen zijn, maar een roekeloze jongere zou het in zijn hoofd kunnen krijgen eer te grijpen zonder uitstel en hier en nu alvast wat kelen door te snijden, om het te gelegener tijd met de manen in orde te maken."

"Een hachelijk omgeving om in te leven," merkte Glawen op.

"In vele opzichten wel, ja," zei Moncurio. "Maar de ware archeoloog maalt niet om ontberingen. Voor de wetenschap dient hij offers te brengen!"

Het drietal liep verder in de richting van het hotel en Moncurio vervolgde: "Het is niet alles romantiek en glorie, dat kan ik je verzekeren! Geen beroep is zo ondankbaar als dit! Een enkele vergissing en een levenslange reputatie wordt vermorzeld! In financieel opzicht is de beloning intussen minimaal."

"Een goede grafrover schijnt zich anders aardig te kunnen bedruipen," peinsde Wayness.

"Daar heb ik in het geheel geen mening over," zei Moncurio waardig.

Het drietal bereikte het veilige grondgebied van het hotelcomplex. Ver in het westen verdween de lichtblauwe maan Shan achter de rand van de vroegere zeebodem.

Tien seconden verstreken. Tussen de stenen klonk een woeste kreet op, van wraakzuchtige vreugde.

"Ze hebben Benjamie gevonden, of Ben Barr, of hoe hij ook heten mocht," zei Moncurio. "En als hij al niet dood was, dan is hij het nu beslist." Hij draaide zich om en liep naar Suite A. Bij de deur bleef hij staan en draaide zich om. "Ik dank jullie allebei nogmaals voor jullie hulp. Misschien dat we elkaar morgen nog spreken en dan genoeglijk een kopje thee kunnen drinken op de veranda. En verder wens ik jullie goedenacht!"

"Een ogenblikje," zei Wayness. "Ook wij moeten u een paar vragen stellen."

Moncurio zei stijfjes: "Ik ben bijzonder moe. Kunnen die vragen niet wachten?"

"En stel dat u in de loop van de nacht overlijdt?"

Moncurio lachte somber. "Dan zijn jullie vragen wel het laatste waar ik me het hoofd over zou breken."

"We zullen niet veel van uw tijd vergen," zei Wayness. "U kunt toch alvast uitrusten terwijl wij tegen u praten."

"Nu ja, vijf minuutjes heb ik nog wel voor jullie," mopperde Moncurio. Hij deed de deur open en het drietal ging de zitkamer binnen. Vanuit de slaapkamer klonk een vrouwenstem. "Adrian? Ben jij dat?"

"Ja, lieve! Ik heb twee vrienden hier, maar het is een zakelijke kwestie, dus je hoeft niet op te staan."

De stem zei, nu ietwat gebelgd: "Nu ja, ik zou een potje thee kunnen zetten."

"Dank je wel, lieve, maar ze blijven maar een ogenblikje."

"Net zo je wilt."

Moncurio wendde zich tot Glawen en Wayness. "Jullie zijn ongetwijfeld op de hoogte van het feit dat ik Adrian Moncurio ben, archeoloog en sociohistoricus. Maar ik vrees dat ik jullie namen niet goed gehoord heb."

"Ik ben Glawen Clattuc."

"Ik ben Wayness Tamm. Ik geloof dat u mijn oom Pirie Tamm wel kent. Hij woont op Voordewind bij Shillawy."

Moncurio was even beduusd; de zaak had hiermee een heel nieuwe dimensie gekregen. Hij wierp Wayness een snelle, zijdelingse blik toe, als trachtte hij naar haar motieven te raden. "Ja, uiteraard, ik ken Pirie Tamm heel goed. Maar wat hadden jullie voor vragen?"

Glawen zei: "Hebt u gisteren Melvish Keebles nog gesproken?"

Moncurio fronste zijn voorhoofd. "Waarom vraag je dat?"

"Misschien dat hij het heeft gehad over Benjamie, of Ben Barr, zoals hij zich tegenover u noemde."

Moncurio trok een lelijk gezicht. "Keebles heeft gebeld en een boodschap achtergelaten maar ik was met mijn veldwerk doende. Toen ik terugbelde, kreeg ik geen gehoor." Moncurio liet zich in een stoel vallen. "Misschien dat jullie me kunnen vertellen waar het nu om gaat."

"Natuurlijk. Een tijd geleden heeft Keebles u een pakket documenten van het Genootschap van Natuurkenners verkocht. Hij zei tegen mij dat u die mogelijk nog in uw bezit had."

Moncurio trok zijn fraaie grijze wenkbrauwen op. "Dat heeft Keebles mis. Ik heb dat pakket verhandeld aan Xantief in Triëst."

"Hebt u het pakket doorgelopen voor u het verkocht?"

"Uiteraard, ik ben een zorgvuldig iemand!"

"En u hebt niets achtergehouden?"

"Nog geen verscheurde foto."

"En Keebles? Heeft die misschien iets achtergehouden?"

Moncurio schudde zijn hoofd. "Het waren niet het soort artikelen waar hij zich normaal mee bezighoudt. Hij had het pakket overgenomen van een zekere Floyd Swaner, die nu overleden is. In ruil heeft Keebles Swaner een stel tangletten gegeven." Hij pakte een groen jaden medaillon van een plank en betastte het liefkozend. "Dit is een tanglet, voorwerpjes waarmee de Schaduwlieden in vroeger tijden de glorie van hun grote kampioenen waarmerkten. Tegenwoordig zijn tangletten zeer gewild bij verzamelaars." Hij legde het tanglet terug op de plank. "Helaas wordt het steeds moeilijker om eraan te komen."

Glawen vroeg: "En de documenten van het Genootschap, daar weet u niets van? Ook niet bijvoorbeeld, waar ze nu zijn?"

"Niets meer dan ik jullie al verteld heb."

Na een poosje slaakte Wayness een zucht. "Ik ben sport voor sport de ladder afgeklommen, van de Galerie Gohoon naar het Funusti Museum naar Mirky Porod naar Triëst naar Casa Lucasta, en ten slotte naar Maanweg."

"En ik ben de ladder opgeklommen, van Idola te Big Prairie naar Divisie naar Tanjaree naar Maanweg," zei Glawen.

"Maanweg is de middelste sport en daar zouden we hebben moeten vinden wat we zoeken, maar die sport is net zo leeg als de voorgaande."

Moncurio vroeg: "Wat zoeken jullie precies? Het Handvest en de Eigendomsakte van Cadwal misschien?"

Wayness knikte treurig. "Die zijn ineens weer van erg groot belang; van doorslaggevend belang zelfs, wil Cadwal een reservaat blijven."

"Hoe wist u dat ze zoek waren?" vroeg Glawen.

"Toen ik die documenten van het Genootschap onder ogen kreeg, zag ik direct dat het Handvest en de Eigendomsakte eraan ontbraken. Keebles heeft ze niet eens in handen gehad, daar ben ik van overtuigd. En dat betekent dat hij ze nooit van Floyd Swaner ontvangen heeft."

"Dat was ook bepaald de mening van Smonny Clattuc," zei Glawen. "Ze heeft ik weet niet hoeveel keer ingebroken in de schuur van de Chilkes en de arme opgezette eland opengesneden, maar ze heeft nooit wat kunnen vinden."

"Wat kan er dan toch met het Handvest en de Akte gebeurd zijn?" zei Moncurio.

"Dat is het raadsel dat wij proberen op te lossen," zei Wayness.

"Grootpa Swaner heeft alles wat hij bezat nagelaten aan zijn kleinzoon Eustace," zei Glawen. "Smonny heeft letterlijk alles geprobeerd wat ze kon bedenken om Chilke's bezittingen in handen te krijgen, inclusief een huwelijksaanzoek, waar Chilke natuurlijk niet op in is gegaan. Het leven was hem te kort, zei hij. Maar nu ziet het ernaar uit dat niemand — Chilke, Smonny, Wayness, u, ik — kortom geen mens weet wat er van het Handvest en de Akte is geworden."

"Een interessant probleem," zei Moncurio. "Ik kan helaas geen aanwijzingen verschaffen." Hij trok eens aan zijn snor en keek toen achterom naar de slaapkamer. De deur daarvan stond een klein eindje open. Moncurio liep geluidloos de kamer door en deed de deur heel zachtjes dicht. Toen liep hij terug naar zijn stoel. "We mogen Carlotta niet hinderen met ons gesprek. Ha. Hm. Jullie schijnen kosten noch moeite te hebben gespaard bij jullie naspeuringen." Hij keek Wayness aan. "Hoorde ik je daar 'Casa Lucasta' noemen?"

"Inderdaad."

Moncurio kleedde zijn volgende vraag behoedzaam in. "Interessant! We hebben het nu over Casa Lucasta in... de naam van de plaats is me even ontschoten."

"Pombareales."

"Ja, natuurlijk. En hoe staan de zaken in die merkwaardige, nietige uithoek van de Oude Aarde?"

Wayness dacht even na. "De mensen daar in Patagonië vergeten niet gauw. Ze zoeken nog steeds naar een zekere archeoloog, een 'professor Solomon'."

"Bah!" Moncurio slaakte een onbehaaglijk lachje. "Je doelt nu natuurlijk op mijn publiciteitsstunt die zo jammerlijk is afgelopen. De gedachte erachter was, reclame te maken voor een nieuw toeristisch complex, maar op het laatste moment trokken de initiatiefnemers zich terug, zodat ik het mikpunt werd van alle blaam. Ach, het is het oude liedje; ik ben er een stuk cynischer van geworden, dat kan ik je verzekeren."

Wayness lachte ongelovig. "Een toeristencomplex midden op de pampa, waar de wind het gras heen en weer zwiept?"

Moncurio knikte waardig. "Ik heb het plan meteen al afgeraden, maar toen de hele zaak ineenstortte, was ik degene tegen wie de hysterie zich richtte. Ze beschuldigden me van zwendel, bedrog, fraude, oplichterij en wat al niet. Ik mag me gelukkig prijzen dat ik heb kunnen ontkomen."

"Ja, dat denken ze daar ook," zei Wayness.

Moncurio sloeg er geen acht op. "Je hebt dus Casa Lucasta bezocht?"

"Dikwijls, ja."

"En hoe maakt Irena het?"

"Irena is dood."

De teleurstelling en schrik waren op Moncurio's gezicht te lezen. "Wat is er met haar gebeurd?"

"Ze heeft de hand aan zichzelf geslagen nadat ze geprobeerd had de kinderen te vermoorden."

Moncurio huiverde getroffen. "En de kinderen? Hoe staat het daarmee?"

"Die zijn veilig. Madame Clara heeft verteld dat u en Irena ze voortdurend onder de verdovende middelen hielden."

"Dat is een kwaadaardige verdraaiing van de feiten! Ik heb de kinderen een grote dienst bewezen door ze van de Gangrils af te nemen. Op Nion is een mensenleven niets waard!"

"Maar op de Oude Aarde waren die middelen toch helemaal niet nodig? Ik vind dat allesbehalve een grote dienst."

"Het was iets dat ons allemaal tot voordeel zou strekken! Ik kan het heel gemakkelijk verklaren, al zul jij daar minder gemakkelijk begrip voor kunnen opbrengen. Maar luister! Ik ben het een en ander te weten gekomen over de roesmiddelen die de Gangrils maken — niet veel, alleen wat losse brokjes kennis. Maar het is zo, dat hun producten zekere hersenfuncties kunnen versterken of onderdrukken. Helderziendheid is een eigenschap die daardoor aangescherpt kan worden.

"Welaan! Ik ben een archeoloog met een niet onaanzienlijke reputatie!" Moncurio's gezicht nam een uitdrukking aan van grote toewijding en standvastigheid. "Mijn hoogste verantwoordelijkheid geldt mijn vakgebied! Maar nu en dan ben ik in de gelegenheid verborgen schatten op te sporen, die mij in staat stellen mijn onderzoekingen te financieren."

"Oom Pirie noemde u een oude grafrover," zei Wayness.

"Dat is niet erg aardig," zei Moncurio. "Maar goed, ik ben een praktisch mens en daar wind ik geen doekjes om. De helden onder de Schaduwlieden van weleer werden begraven met hun tangletten. Zo'n streng tangletten is een fortuin waard. Maar slechts een graf op de zestig geeft er meer dan drie of vier prijs, en slechts een graf op de honderd is een heldengraf. Een graf openleggen is vermoeiend zowel als gevaarlijk; menigmaal ben ik op een haar na aan de dood ontsnapt. Als een helderziende zou kunnen aanwijzen welke graven een heldenstreng bevatten, dan konden we binnen het jaar Maanweg verlaten en de rest van ons bestaan in weelde baden. Dat is dus de verklaring voor Irena, de verdovende middelen en de kinderen. Irena was bovenal gebrand op geld; ik wist dat ze me fanatiek trouw zou blijven."

De deur naar de slaapkamer vloog open en Carlotta stormde de zitkamer binnen. "Ik heb genoeg gehoord! Denk je dat ik doof en blind en stom ben? Ik ben geen Gangril en geen grafrover en fanatiek trouw ben ik evenmin! Ik walg van wat ik allemaal heb gehoord! En als we alleen waren zou ik je terdege de oren wassen!"

"Carlotta, lieve! Laten we ons toch beheersen!"

"Ik ben uitermate beheerst. Ik zal je slechts uitmaken voor schurk, voor etterbuil en jakhals en het daarbij laten. Als dat geen zelfbeheersing is! Ik laat morgen mijn bezittingen wel ophalen." Carlotta marcheerde de voordeur uit, de nacht in. De deur knalde dicht.

Moncurio begon te ijsberen met gebogen hoofd, zijn armen op zijn rug. "Ik word achtervolgd door tegenslag; dat is kennelijk mijn noodlot!

Na zoveel moeite en eindeloos geduld, om van de kosten maar niet te spreken, liggen mijn plannen aan diggels." Hij keek Wayness onderzoekend aan. "Wie heeft je mijn adres gegeven? Clara soms? Die vrouw heb ik nooit vertrouwd."

"Myron heeft het me verteld."

"Myron?" Moncurio's mond viel open. "Hoe kon die dat weten?"

Wayness haalde haar schouders op. "Helderziendheid misschien?"

Moncurio begon weer te ijsberen. Glawen en Wayness stonden op, wensten Moncurio goedenacht en volgden Carlotta's voorbeeld.

Aan de balustrade die langs de veranda liep keken ze uit over de spookachtige Gelederen der Staande Stenen.

"Ik ben nog steeds bang," zei Wayness. "Ik was ervan overtuigd dat ik er geweest was."

"Het was op het kantje. Ik had je nooit in je eentje moeten laten weggaan," zei Glawen. Hij sloeg zijn armen om haar heen en ze kusten elkaar.

Na een hele tijd zei Wayness: "En wat doen we nu?"

"Op het ogenblik kan ik niets bedenken. Mijn hoofd lijkt wel een draaimolen. Ik zou graag een behoorlijke maaltijd voor ons tweetjes willen versieren met een flesje wijn. Ik heb de laatste paar dagen niets anders te eten gehad dan brood en kaas en een hap pold. Op het ogenblik heb ik niet eens een hotelkamer."

"Geen probleem," zei Wayness. "Ik heb een heel aardige kamer."

Hoofdstuk X

1

Van Tanjaree op Pharisse door de Jingles naar Mersey; vandaar naar Sterrenheim op Aspidiske IV en vandaar terug naar het hart van het Bereik — zo ging de reis, die zonder opwinding of incident verliep. Er was niet veel anders te doen dan te staren naar de voorbijglijdende sterren en te speculeren over de grote vraag: waar was het Handvest en waar was de Eigendomsakte?

Glawen en Wayness braken zich urenlang het hoofd en waagden zich aan allerlei gissingen, maar bleven altijd weer uitkomen bij een klein aantal vaststaande feiten. Het Handvest en de Eigendomsakte waren zonder enige twijfel ontvreemd door Frons Nisfit en verkocht in een pakket met andere documenten. Dit werd bewezen door Smonny's gedrag in de Galerie Gohoon. Ze had daar de aantekening gevonden dat het Handvest en de Akte aan Floyd Swaner waren verkocht, hetgeen haar ertoe had aangezet de betreffende bladzijde uit het boek te snijden en al haar aandacht te richten op de boerderij van de Chilkes en op Eustace Chilke zelf.

Dit was dus een vaststaand feit. Als tweede stond nu vast dat Floyd Swaner het Handvest en de Akte niet van de hand had gedaan. Er was geen enkele reden te twijfelen aan de beweringen van zowel Keebles als Moncurio, dat deze twee documenten zich niet hadden bevonden in het pakket documentatie van het Genootschap, dat Swaner met hen geruild had voor de tangletten. Het derde wat vaststond, was het feit dat Floyd Swaner al zijn bezittingen had vermaakt aan Eustace Chilke, zijn kleinzoon. Bij diverse gelegenheden had Chilke echter verklaard dat hij niets van de documenten afwist en dat een stel opgezette beesten en een verzameling paarse vazen de voornaamste onderdelen van zijn erfenis vormden.

"De conclusie is duidelijk," zei Wayness. "Ondanks al Smonny's pogingen om ze in handen te krijgen, bevinden het Handvest en de Akte zich nog steeds ergens in Floyd Swaners boedel — dat wil dus zeggen, de bezittingen die hij aan Eustace Chilke heeft nagelaten."

Het tweetal zat in de achterste salon te kijken naar de sterren die door de donkere hemel gleden. Glawen zei: "Dan zullen we dus nog een keer misbruik moeten maken van Ma Chilke's gastvrijheid. Ze zal de hele zaak ondertussen wel beu zijn."

"Nou, niet zo beu als we haar vertellen hoe waardevol de tangletten zijn."

"Misschien dat dat haar wat opmontert. De documenten liggen waarschijnlijk op een volkomen voor de hand liggende plaats, waar niemand ooit de moeite heeft genomen om te zoeken."

"Een aardige theorie, hoor, maar in dat huis van de Chilkes schijnen er geen voor de hand liggende bergplaatsen te zijn, behalve laden en kasten en dergelijke die voortdurend in gebruik zijn."

"Misschien liggen ze tussen Chilke's spullen van vroeger — oude brieven, jaarboeken van school en zo; wie weet vinden we ergens een onopvallende envelop waar 'Memorabilia' op staat of zoiets. Trouwens ..." Glawen zweeg ineens.

"Wat trouwens? Wat bedoel je?"

"Ik bedoel dat ik heb bedacht waar we kunnen zoeken. En ik heb het niet over de opgezette eland."

2

Glawen en Wayness verlieten de ruimtehaven van Tammeola bij het licht van de vroege ochtendzon. Ze namen ogenblikkelijk de gliptrein naar het noorden, naar Divisie, en vlogen vandaar per plaatselijke lijndienst naar Largo aan de Sippewissa. Net als de eerste keer huurde Glawen daar een zwever. Ze vlogen een noordwestelijke koers, over het hart van Big Prairie naar Idola en de Foscokreek, tot waar deze zijn grote bocht maakte; daar, beneden hen, lag de boerderij van de Chilkes.

Dit keer was Ma Chilke helemaal alleen thuis; zelfs de kinderen waren er niet. Glawen en Wayness stapten uit de zwever en liepen naar het woonhuis. Ma Chilke verscheen in de deuropening en stond hen op te wachten met haar handen in haar zij. Ze begroette Glawen vriendelijk maar afstandelijk en onderwierp Wayness aan een scherp onderzoek, dat deze zo kalm mogelijk trachtte te doorstaan. Toen wendde ze zich tot Glawen en zei, ietwat snibbig: "In plaats van je kop bij je zaken te houden en Mel Keebles op te sporen, schijn je een jongedame te hebben opgedaan."

Glawen grinnikte. "Ik wil u wel vertellen hoe dat zo gekomen is, als het u echt interesseert."

"Laat maar zitten," gaf Ma Chilke ten antwoord. "Ik kan er wel naar raden; het hangt er natuurlijk vanaf waar je op uit was, maar het is heel begrijpelijk. Zou je ons niet eens aan elkaar voorstellen?"

"Mevrouw Chilke, dit is Wayness Tamm."

"Aangenaam." Ma Chilke deed een stap achteruit. "Kom erin. Zolang ik die deur openhoud, maken de vliegen er misbruik van."

Ma Chilke nam haar gasten mee door de keuken naar de salon. Glawen nam plaats op de bank en Wayness ging naast hem zitten. Ma Chilke nam hen niet al te vriendelijk op. "En waar gaat het nou weer om? Heb je Mel Keebles nog gevonden?"

"Ja, al had dat heel wat voeten in de aarde. Hij zat op een afgelegen wereld, hier heel ver vandaan."

Ma Chilke schudde afkeurend haar hoofd. "Ik kan er maar niet bij; ze hebben daarginder toch niks dat zo goed is als bij ons? Meestal is het er een stuk erger! Ik heb gehoord van plaatsen waar d'r een zwarte slijmlaag over je heen komt, zodra je even gaat liggen om te slapen. Noem je dat nou prettig?"

"Nee!" zei Wayness. "Bepaald niet!"

Ma Chilke vervolgde: "Voor mij hoeft het niet, dat er een slang van twintig meter naar me zit te koekeloeren als ik uit m'n raam kijk. Daar heb ik echt geen aardigheid in."

"Het is niet te verklaren waarom mensen zo graag door het heelal willen reizen," zei Glawen. "Misschien is het nieuwgierigheid of zucht naar avontuur, of de hoop op een groot fortuin. En misschien ook zijn het mensen die op hun eigen manier willen kunnen leven. Soms zijn dat mensenhaters en soms ook lieden die de Oude Aarde te heet onder de voeten is geworden."

"Zoals Adrian Moncurio," opperde Wayness.

Ma Chilke fronste haar wenkbrauwen. "Adrian wie?"

"Moncurio. U zult vast wel van hem gehoord hebben, want hij was een vriend van Grootpa Swaner en Melvish Keebles."

"Ja, ik herinner me die naam nu weer," zei Ma Chilke. "Ik had hem in geen jaren meer gehoord. Die man had iets van doen met die paarse vazen en die groene jaden gespen."

"Dat is een van de redenen voor onze komst," zei Glawen. "Die purperen vazen zijn grafurnen; die zijn voor een verzamelaar heel wat waard."

Wayness zei: "En datzelfde geldt voor die jaden gespen. Ze heten tangletten. Voor we weggaan zal ik u de naam geven van iemand die u kan helpen die dingen voor een goede prijs van de hand te doen."

"Da's vriendelijk van je," zei Ma Chilke. "Feitelijk zijn die dingen natuurlijk van Eustace, maar ik denk dat die het wel niet zo erg zal vinden als ik er een paar verkoop. Ik kan het geld goed gebruiken, dat zeker."

"Om te beginnen zou u ze op een veiliger plaats moeten opbergen en ervoor moeten zorgen dat de kinderen er niet mee spelen."

"Da's een goeie raad!" Ma Chilke was aanmerkelijk vriendelijker geworden. "Blieven jullie misschien een kopje thee? Of een glas koude limonade?"

"Limonade lijkt me heerlijk," zei Wayness. "Kan ik u even helpen?"

"Nee, dank je wel. Het is zo gebeurd."

Glawen vroeg: "Mogen we dan intussen de *Atlas van de Verre Werelden* bekijken die uw vader aan Eustace cadeau heeft gedaan?"

Ma Chilke wees. "Daar ligt-ie, dat grote rode boek onder op die stapel." Ze liep naar de keuken.

Glawen trok het boek onder de stapel uit en liep ermee naar de bank. "Allereerst dus Cadwal." Hij keek in de index en zocht de bladzij op. De kaarten in de atlas waren voor het overgrote deel afgedrukt op een dubbele pagina. Aan de achterkant van elk kaartblad stond vervolgens belangrijke informatie over de planeet in kwestie: een kort historisch overzicht, natuurkundige gegevens, statistiekjes en vreemde, unieke of opmerkelijke wetenswaardigheden. Aan de meeste bladzijden had iemand — misschien de jonge Eustace, misschien ook zijn grootvader, met plakband en paperclips bijkomende informatie bevestigd.

Glawen opende de Cadwal-pagina. Achter op het linker kaartblad zat een grote bruine envelop met plakband vastgeplakt. Glawen keek snel op. Ma Chilke was nog in de keuken bezig. Hij maakte de envelop los, wipte de flap op, keek erin. Met een ondoorgrondelijke blik op Wayness stopte hij hem vervolgens in de binnenzak van zijn jack.

"Ja?" vroeg Wayness fluisterend.

"Ja," antwoordde Glawen met schorre stem.

Ma Chilke kwam terug uit de keuken met een blaadje met drie hoge glazen limonade. Ze hield Glawen en Wayness het blad voor, keek naar de atlas op hun schoot en vroeg: "Wat voor wereld is dat?"

"Cadwal," zei Glawen. "Heel ver hiervandaan." Hij wees naar een rood blokje op de oostkust van het continent Deucas. "Dat is Station Araminta, waar wij vandaan komen en waar Eustace nu woont. Hij is iemand van belang bij ons."

"Het is me toch wat," zei Ma Chilke. "Toen hij klein was, zei niemand ooit Eustace tegen hem; ze noemden hem allemaal 'Lastpak'. En het is waar, hij was een lastig kind; als iedereen naar het noorden ging, moest en zou hij naar het zuiden. Maar hij had een leuke eigenschap: hij kon me altijd aan het lachen maken! Hoewel ik hem vaak genoeg een oplawaai heb willen verkopen. Maar grootpa nam het altijd voor hem op en die twee waren dikke vrienden. Gek, hoe de dingen soms kunnen lopen! Die Eustace, een man van belang, en dat na al die jaren!"

Ma Chilke genoot er nog even van na en keek toen weer op de kaart. "En waar zijn de steden en de wegen en zo?"

"Die vindt u niet op Cadwal," zei Wayness. "De eerste ontdekkingsreizigers vonden onze wereld veel te mooi en veel te wonderbaarlijk om hem te laten bederven door een kolonie en toen hebben ze Cadwal tot natuurreservaat uitgeroepen. Mensen mogen dus wel op bezoek komen om van de natuur te genieten, maar het is verboden iets aan de natuurlijke omgeving te veranderen, of bijzondere gesteentes te delven of de inheemse dieren last te berokkenen, hoe woest of griezelig ze ook zijn."

"Nou, van mij mag je je wilde beesten houden!" verklaarde Ma Chilke. "Ik heb al problemen genoeg met de wangzakratten!"

Wayness stond op. "Ik zal in ieder geval Alvina bellen, dat is een vriendin van me in Triëst. Ze handelt in tangletten en zal zeker contact met u opnemen. Volgens mij is ze wel eerlijk, maar het kan nooit kwaad even mijn naam te laten vallen."

"Dat is erg aardig van je."

"We willen graag wat voor u doen."

"Ben je die andere meneer nog tegengekomen?"

"Julian Bohost?" vroeg Glawen. "Nee. Hij heeft ons een van zijn vrienden achterna gestuurd, en die was nog veel erger."

Glawen en Wayness namen afscheid. De zwever steeg op en de boerderij van de Chilkes verdween in de namiddagnevel.

Glawen haalde de bruine envelop tevoorschijn en stak hem aan Wayness toe. "Controleer jij hem maar. Ik durf niet te kijken."

Wayness maakte de envelop open en haalde er drie papieren uit. "Hier heb ik het Handvest," zei ze. "Het echte oorspronkelijke Handvest!"

"Goed nieuws dus, tot nog toe."

"Dit is de Eigendomsakte. Zo te zien de authentieke." Ze liep de akte snel door. " 'Eigendomsakte betreffende de planeet Cadwal, met de astrografische coördinaten. Eigenaar: het Genootschap van Natuurkenners; onvervreemdbaar eigendom zolang de registratietax tijdig wordt voldaan.' Overdracht van de eigendom schijnt heel eenvoudig mogelijk te zijn, althans zo te zien, maar Frons Nisfit heeft dat nooit gedaan — noch iemand anders, gelukkig."

"Dat is dubbel goed nieuws."

"Dat is waar — met een zeker voorbehoud, maar daar hebben we het straks wel over. Het derde document is een brief, gericht aan Eustace Chilke en ondertekend door Floyd Swaner. Hij luidt als volgt:

> Beste Eustace:
>
> Tot mijn intense verbazing trof ik bijgaande documenten aan in een partij paperassen die ik voor een krats op een veiling had opgedaan. Deze documenten zijn echter van onschatbare waarde — ze vertegenwoordigen namelijk het eigendomsrecht op de planeet Cadwal.
>
> De eigenaar in kwestie is het Genootschap van Natuurkenners en als dit een actieve instelling zou zijn geweest die blijk gaf van verantwoordelijkheidsgevoel, zou ik de documenten

ogenblikkelijk hebben terugbezorgd aan wat ik beschouw als de rechtmatige eigenaars. Ik heb echter inlichtingen ingewonnen en ontdekt dat dit buitengewoon onverstandig zou zijn. Het Genootschap is op sterven na dood; de meeste leden zijn kinds en de bestuursleden zijn onbekwaam, een of twee niet te na gesproken. Kortom, het Genootschap is stervende zo niet overleden en weet het alleen zelf nog niet.

Het reservaat Cadwal is een instelling die ik ten krachtigste steun. Terwijl ik dit schrijf, echter, bekruipt de dood mij even onafwendbaar als het Genootschap. Daarom draag ik jou op, deze documenten onder je hoede te nemen, tot het ogenblik dat ze kunnen worden overgedragen aan een hernieuwd, verjongd Genootschap, of zijn rechtsopvolger — immer met de onaantastbaarheid en bestendigheid van het natuurbehoud op Cadwal als oogmerk.

Mijn enige specifieke instructies in deze luiden als volgt: laat niet toe dat goedbedoelende maar onpraktische theoretici deze zaak van je overnemen. Zorg ervoor dat de mensen met wie je samenwerkt competent zijn, ervaren en verdraagzaam, en geen ideologische stokpaardjes berijden.

Mocht je het gevoel hebben dat de taak die ik je heb opgelegd boven je macht gaat, kies dan met grote zorg een gerijpt persoon uit, wiens toewijding aan de idealen van het natuurbehoud boven alle twijfel zijn verheven, en draag de taak aan hem of haar over.

Het komt erop neer dat je dit op je gevoel zult moeten doen — maar voor zover ik je ken zul je dat toch wel doen, al mijn plechtige instructies en ernstige waarschuwingen ten spijt.

Ik heb om diverse redenen de onderhavige methode gekozen om de documenten aan jou over te dragen. Ten eerste: wanneer ik sterf terwijl jij niet aanwezig bent, zal alles wat ik jou nalaat meteen worden ingepikt door broers, neven, nichten, ooms, tantes, vader en moeder. En anders slaan ze de zaak op in de schuur bij de opgezette dieren. Ik heb je een aantal brieven geschreven, naar diverse adressen die ik nog van je bezat, met de opdracht te zoeken op een plaats die jou bekend is, naar iets van grote waarde; een van die brieven zal je toch moeten bereiken en je, naar ik hoop, op het spoor van deze documenten zetten. Vaarwel, Eustace — ik vrees dat het geen 'tot ziens' zal worden. Ik ben niet bang voor de dood. Ik geloof alleen dat ik er niet erg veel aan zal vinden.

FLOYD SWANER

Wayness keek Glawen eens aan. "Dat was het."

"De ideeën van grootpa Swaner komen mooi overeen met die van ons; die hoeven we dus alvast niet te negeren."

"Hetgeen het voor iedereen een stuk makkelijker maakt," zei Wayness. "Ook voor Chilke, aangezien we met recht mogen rekenen op zijn medewerking in deze en van de veronderstelling mogen uitgaan dat hij de documenten ogenblikkelijk aan ons zou hebben gegeven."

"Het zal Chilke plezier doen dat zijn taak zo gemakkelijk is afgedaan. Maar misschien is het wel aardig om iets naar hem te vernoemen: een moeras of een vogel of een berg; of zelfs het nieuwe strafkamp op Kaap Journaal. Het 'Eustace B. Chilke Gedachtenisinstituut voor dwangarbeid'."

"Misschien dat Chilke het aardiger zou vinden zonder dat 'gedachtenis'."

"Dat kan, ja."

In Largo aangekomen nam het tweetal een kamer in De Oude Rivier, met uitzicht op de Sippewissa. Wayness belde meteen Pirie Tamm op Voordewind.

"Wayness!" riep Pirie Tamm. "Dat is een verrassing! Waar ben je nu?"

"Op de terugweg van Bangalore. Mijn studie verloopt heel voorspoedig; ik heb zeven nieuwe vibraties geleerd."

Behoedzaam zei Pirie Tamm: "Nu, dat zal je vast goed van pas komen."

"De Pandit is zeer tevreden en zegt dat ik goed vooruitga. Hij meent dat mijn voeten nu de juiste kant uit wijzen, en dat is al heel wat."

"De Pandit kennende, is dat zeker grote lof," zei Pirie Tamm droog. "Ben je nu onderweg naar Voordewind?"

"Ja, maar ik heb iemand bij me. Ik dacht dat ik u beter eerst even kon waarschuwen. Komt het u wel uit?"

"Natuurlijk. Wie heb je bij je?"

"Dat is een heel verhaal; dat hoort u wel als we u zien. En hoe staan de zaken op Voordewind?"

Pirie Tamm zweeg een ogenblik en scheen na te denken over de manier waarop hij zijn antwoord zou inkleden. Op behoedzame toon zei hij: "Met mijn gezondheid gaat het goed; mijn heup begint zich nu echt te herstellen. De rododendrons staan er spectaculair bij en Challis ziet groen van nijd, aangezien zij die van haar altijd als de mooiste heeft beschouwd. Van Julian Bohost heb ik niets gezien of gehoord, wat wel zo prettig is, want dat is een lastpak en ongenietbaar is hij ook. Wat is er verder allemaal gebeurd? Eens kijken... Ja, om de een of andere reden staat het Genootschap kennelijk ineens in de belangstelling; de afgelopen maand heb ik wel twintig nieuwe leden ingeschreven."

Wayness bekeek Pirie Tamms gezicht aandachtig. Toen zei ze enthousiast: "Dat is prachtig nieuws, oom Pirie! En nu maar hopen dat die lijn zich voortzet!"

"Wat je zegt," zei Pirie Tamm. "Het is allemaal erg merkwaardig en ik zal het huishoudelijk reglement op een paar puntjes moeten naslaan. Wanneer verwacht je op Voordewind aan te komen?"

"Een ogenblikje, oom Pirie. Ik moet even overleggen. We moeten namelijk onderweg nog het een en ander regelen." Wayness verdween van het scherm. Pirie hoorde gedempte stemmen. Hij wachtte. Wayness verscheen weer. "Oom Pirie, we hebben besloten een paar daagjes in Shillawy te blijven, maar we zouden heel graag willen dat u ons daar kwam opzoeken."

"Dat is geen probleem," zei Pirie Tamm. "Het lijkt me een aardig uitstapje. Waar treffen we elkaar, en wanneer?"

"We gaan morgen op weg, dus overmorgenochtend. We zijn van plan te logeren in uw favoriete hotel; ik ben de naam even vergeten maar dat geeft niet; ik kom er zo wel weer op. Tot overmorgenochtend dan!"

"Tot dan! Ik ben heel benieuwd naar wat je te vertellen hebt!"

3

Glawen en Wayness kwamen in de kleine uurtjes in Shillawy aan. Ze gingen regelrecht naar Hotel Sheldon en sliepen aan een stuk door tot negen uur, toen ze gewekt werden door een telefoontje van Pirie Tamm. "Misschien vind je het nog te vroeg; ik wist namelijk niet wat je in gedachten had. Maar ik ben nu eenmaal liever te vroeg dan te laat."

"Uitstekend, oom Pirie!" zei Wayness. "We hebben een heleboel te bepraten en een heleboel te doen. Maar voorlopig zult u wel willen weten dat onze tocht met succes is bekroond. We hebben alles waar we naar op zoek zijn gegaan."

"Dat is heel goed nieuws. Maar wie zijn 'wij'?"

"Glawen Clattuc is hier bij me."

"Aha! Waait de wind uit die hoek? Nu ja, het verbaast me ook niets, eigenlijk. Hoe dan ook, het zal me genoegen doen hem weer te zien."

"Wilt u op ons wachten in de hal? Over vijf minuutjes zijn we beneden."

Ze ontbeten gedrieën en toen volgde er een lang gesprek. Glawen en Wayness deden verslag van hun wedervaren en Pirie Tamm gaf uiting aan zijn bange vermoedens.

"Het is duidelijk dat Julian weer iets in zijn schild voert," zei Wayness. "We kunnen nog niet op onze lauweren rusten."

"Vooral niet aangezien hij samenspant met Smonny."

Wayness' mond viel open. "Maar dat is toch niet gezegd... of wel?"

"Het is Namour of Smonny geweest die Benjamie naar Station Araminta heeft gestuurd. Hier op Aarde kreeg Julian het adres van Shoup & Co van Ma Chilke, maar het was Benjamie die juffrouw Shoup het hof maakte en die vervolgens naar Nion vertrok. Dat wijst op een connectie tussen Julian en Smonny. Waarschijnlijk van tijdelijke aard, aangezien Smonny en de LVV allebei uiteindelijk een heel andere kant uit willen. Maar voorlopig proberen ze allebei van de ander gebruik te maken, vermoed ik."

Wayness sprong overeind. "Waarom zitten we hier dan nog? Laten we dit zo snel mogelijk afhandelen, voor er weer iemand roet in het eten probeert te gooien."

"Je maakt me nog zenuwachtig." Glawen kwam ook overeind. "Hoe eerder we deze zaak hebben afgerond, hoe liever."

"Goed," zei Pirie Tamm. "Vandaag zullen we getuige zijn van het einde van een tijdperk."

4

Pirie Tamm, Wayness en Glawen keerden op Voordewind terug in de late namiddag.

"Het is nu te laat om een groots feestbanket te organiseren," zei Pirie Tamm. "Hoewel de gelegenheid er eigenlijk wel om vraagt. Laten we ons daarom tevreden stellen met een diner met een feestelijk tintje."

"Dat is mij allang goed," zei Wayness. "Ik geloof dat ik de juiste jubelstemming nog niet echt kan opbrengen. Bovendien zou Glawen dan niet mogen mee-eten, aangezien hij niets heeft om aan te trekken; alleen de kleren die hij aan z'n lijf heeft."

Pirie Tamm liet Agnes komen. "Dit is Glawen Clattuc," zei hij. "Hebben we nog ergens wat fatsoenlijke kleren in een kast hangen?"

"O, zeker, meneer. Als meneer met mij mee wil komen, dan gaan we even kijken."

"En zeg tegen kokkie dat ze op drie moet rekenen voor het avondeten. Misschien kan ze een paar sappige gebraden eendjes bereiden, met pruimensaus. Of een mooi braadstuk. Niets al te omslachtigs, uiteraard."

"Goed, meneer, ik zal het haar doorgeven."

Glawen en Wayness namen een bad en verkleedden zich. Toen gingen ze naar beneden waar Pirie Tamm hen al opwachtte in de salon. "Het is me wat te frisjes op de veranda en de zon is al een uur geleden ondergegaan. Daarom drinken we onze sherry vandaag maar binnenshuis. Wayness, als ik me goed herinner had je een voorliefde voor de Fino?"

"Ik vind het allemaal lekker, oom Pirie."

"Daar sluit ik me bij aan. Glawen, blief je sherry of geef je de voorkeur aan iets anders?"

"Nee, sherry is uitstekend, dank u wel."

Ze gingen zitten. Pirie Tamm hief zijn glas op. "Het lijkt me gepast dat we van de gelegenheid gebruik maken om een toast uit te brengen op het nobele Genootschap van Natuurkenners, dat vele eeuwen met gratie en waardigheid heeft gefunctioneerd en zovele briljante geesten en buitengewone lieden aan zich heeft weten te binden!" Pirie Tamm zweeg en dacht even na. "Misschien een ietwat lugubere toast maar desondanks houd ik eraan vast, in dezelfde geest als waarin de oude druithines hun louterende doodsliederen zongen."

"U zegt maar wanneer we mogen drinken," zei Wayness.

"Nu!" zei Pirie Tamm. "Op het Genootschap van Natuurkenners!"

Glawen stelde op zijn beurt een toast voor. "Op onze onverschrokken en onvergelijkelijke Wayness!"

"Misschien is het niet zoals het hoort," zei Wayness. "Maar ik drink toch mee. Op mezelf!"

Pirie Tamm vulde opnieuw de glazen. Wayness stelde nu een toast voor. "Op Glawen en oom Pirie van wie ik allebei heel veel houd en ook op Xantief, grootpa Swaner, Myron en Lydia, de gravin en haar hondjes en vele anderen!"

"Laat ik daar met name juffrouw Shoup en Melvish Keebles bij betrekken," zei Glawen. "Zomaar, zonder reden."

Opnieuw hief Pirie Tamm het glas. "We hebben nu eer bewezen aan het verleden, aan zijn grandeur en grote daden. Maar er wachten ons nieuwe uitdagingen, nieuwe raadselen om te worden opgelost en ja, nieuwe vijanden om tegen te strijden! De toekomst zal ons —"

"Alstublieft, oom Pirie!" protesteerde Wayness. "Ik ben nog slap van al dat verleden! Wat mij betreft kan de toekomst best even wachten tot we wat meer van dit zeer aangename, zeer ontspannende heden hebben opgesoupeerd."

Pirie Tamm keek beteuterd. "Natuurlijk! Net wat je wilt! Ik vrees dat ik me liet meeslepen door mijn eigen welsprekendheid. We zullen ons met de toekomst bezighouden wanneer ons dat beter uitkomt."

Agnes kwam de salon binnen. "Het diner kan worden opgediend."

De volgende ochtend ontbeet het drietal in alle rust. Glawen vroeg aan Pirie Tamm: "Zijn we u echt niet tot last? Want in dat geval —"

"Alsjeblieft, dat mag je niet denken. Wanneer jullie eenmaal weg zijn, ben ik weer alleen. Jullie moeten zo lang blijven als jullie kunnen."

"We hebben heel wat werk te verzetten," zei Wayness. "We moeten dringend een voorlopig Handvest en Huishoudelijk Reglement opstellen om het nieuwe Reservaat te beschermen, tot we alles naar behoren in kannen en kruiken hebben."

"Dat is goed gedacht," zei Pirie Tamm. "De kans bestaat immers nog dat het Reservaat jullie zo uit handen wordt gegrist — hoewel dat natuurlijk wel zou vergen dat ze jullie getuigenis ontkrachten of tenietdoen door jullie allebei te vermoorden."

"Als Benjamie nog in leven was, zou ik me een stuk kwetsbaarder voelen," zei Wayness. "Die kon moorden zonder enige scrupules. Ik geloof dat Julian nog nooit iemand vermoord heeft."

"Het is een aanlokkelijk idee om van hier uit te werken," zei Glawen. "Maar ik maak me ook zorgen over Cadwal en wat er daar gebeurt. Niet veel goeds, vrees ik."

De telefoon ging. Pirie Tamm liep naar het scherm. "Ja?"

"Met Julian Bohost," zei een stem.

"Zo Julian, wat is er?"

"Ik zou graag naar Voordewind komen om een zaak van groot belang met u te bespreken. Hoe laat zou het u schikken?"

"O, het is altijd goed."

"Dan ben ik er over een halfuurtje, met mijn medewerkers."

Een halfuur later arriveerde Julian Bohost met een gevolg van twee dames en twee heren op Voordewind. Julian droeg een lichtblauw kostuum met een wit streepje, een wit overhemd met een pauwblauwe kravat en een breedgerande witte hoed.

De vier anderen waren ongeveer van Julians leeftijd of iets ouder en onopvallend van voorkomen.

Pirie Tamm liet het groepje binnen in de salon, waar Wayness en Glawen op de bank waren gezeten. Julian wendde verrassing voor, maar speelde het weinig overtuigend. Hij stelde zijn metgezellen voor: "De heer en mevrouw Spangard, de heer Fath, juffrouw Trefethyn. En aan de andere kant de heer Pirie Tamm, en verder Wayness Tamm en Glawen Clattuc van Cadwal."

Pirie Tamm vroeg: "Kan ik u iets aanbieden? Koffie? Of thee?"

"Nee, dank u," zei Julian. "We komen geen visite afleggen, we zijn hier voor ernstige zakelijke aangelegenheden."

"Tot wederzijds profijt mag ik hopen."

"Daar kan ik geen uitspraak over doen. De heer en mevrouw Spangard zijn accountant. De heer Fath en juffrouw Trefethyn zijn beiden advocaat. Alle vier, kan ik daaraan toevoegen, zijn recente en volwaardige leden van het Genootschap van Natuurkenners, evenals ikzelf."

Pirie Tamm maakte een lichte buiging. "Mijn gelukwensen. Neemt u plaats of blijft u staan, net wat u wilt. Ik meen dat er voldoende stoelen zijn."

"Dank u." Julian koos een fauteuil uit en zette zich nonchalant, waarna hij het groepje even opnam. Toen begon hij te spreken, met ietwat nasale stem. "Laat ik u om te beginnen meedelen dat wij het Huishoudelijk Reglement van het Genootschap nauwlettend hebben bestudeerd."

"Voortreffelijk," zei Pirie Tamm joviaal. "Dat is een voorbeeld dat navolging verdient."

"Ongetwijfeld," zei Julian. "Hoe dan ook, ik meen dat u recentelijk een aantal nieuwe leden hebt ingeschreven."

"Zeker. Tweeëntwintig gedurende de afgelopen maand, naar ik meen. Het is een zeer verrassende ontwikkeling, die veel goeds voor de toekomst belooft."

"En het totale ledenbestand omvat nu?"

"Inclusief de geassocieerde leden en leden zonder stemrecht?"

"Neen, alleen de leden met stemrecht."

Pirie Tamm schudde melancholiek het hoofd. "Niet zoveel meer, tot mijn spijt. Wayness, ikzelf en nog twee leden. We hebben het afgelopen jaar wat sterfgevallen gehad. Tweeëntwintig plus uzelf plus vier... ik kom uit op zevenentwintig."

Julian knikte. "Daar kwam ik ook op uit. Ik heb hier machtigingen voor de leden die op dit ogenblik niet aanwezig konden zijn. Afgezien van die twee bejaarde leden die u noemde, is het voltallige ledenbestand dus in deze kamer vertegenwoordigd. Als u de machtigingen wilt bekijken?"

Pirie Tamm wuifde glimlachend de aangeboden envelop weg. "Ik ben ervan overtuigd dat ze in orde zijn."

"Zeer zeker zijn ze in orde," zei Julian. "Wij kunnen dus stellen dat er een quorum aanwezig is."

"Dat kunnen we wel stellen, ja. Wat wilde u voorstellen? Dat we de contributie verhogen? Daar zou ik niet voor zijn, althans voorlopig nog niet."

"De contributie is toereikend. Ik verzoek u, deze bijeenkomst uit te roepen tot een officiële vergadering van het Genootschap van Natuurkenners, zoals gestipuleerd in het Huishoudelijk Reglement."

"Uitstekend. Als secretaris en enig aanwezend bestuurslid, verklaar ik dit tot een officiële vergadering van het Genootschap van Natuurkenners. Nu moet u allemaal even wachten tot ik de notulen heb opgezocht van de vorige vergadering, die ik naar te doen gebruikelijk zal voorlezen. Laat eens kijken... wat heb ik ook alweer met de notulen gedaan?"

Julian stond op. "Motie van orde, meneer de voorzitter. Ik stel voor dat van het voorlezen van de notulen wordt afgezien."

"Ik steun de motie," zei meneer Spangard.

Pirie Tamm keek de kamer rond. "Wie is voor? Wie is tegen? Iedereen is voor; de notulen behoeven niet te worden voorgelezen, hetgeen een hele opluchting is, moet ik bekennen. Zijn er zaken van de vorige vergadering die op de agenda dienen te worden geplaatst?"

Het bleef stil.

"Zijn er nieuwe punten voor de agenda?"

"Ja," zei Julian.

"Meneer Bohost heeft het woord."

"Ik wil uw aandacht vestigen op artikel twaalf van het Huishoudelijk Reglement, waarin gesteld is dat een bestuurslid te allen tijde uit zijn functie ontzet kan worden door de leden, met een tweederdemeerderheid van stemmen."

"Dank u, meneer Bohost. Dat is een interessant punt. We zullen het onthouden. Meneer Fath heeft het woord."

"Ik heb een motie. Ik stel voor dat de heer Pirie Tamm ontzet wordt uit zijn functie van secretaris en dat de heer Julian Bohost in zijn plaats wordt aangesteld."

"Wie steunt de motie?"

"Ik steun de motie," zei juffrouw Trefethyn.

"We stemmen met handopsteken. Wie is voor?"

Julian en zijn vrienden staken hun hand op. Julian zei: "Namens degenen die ons gemachtigd hebben stemmen wij eveneens voor. Dat zijn nog eens achttien stemmen."

"Dan is de motie aangenomen. Meneer Bohost, bij deze bent u secretaris van het Genootschap van Natuurkenners. Als u de rest van de vergadering wilt voorzitten? Ik feliciteer u van harte en wens u een lange en voorspoedige bestuursperiode toe. Wat mijzelf betreft, ik ben oud en moe en het doet mij goed deze toevloed van nieuwe daadkracht in ons trotse oude Genootschap te mogen meemaken."

"Dank u," zei Julian. Hij wierp een achterdochtige blik op Glawen en Wayness. Waarom zaten die er zo gemoedelijk en kalm bij?

Pirie Tamm zei: "Het archief van het Genootschap bevindt zich in mijn werkkamer. Wees zo vriendelijk het op zo kort mogelijke termijn te laten weghalen. De baten van het Genootschap zijn zo ongeveer nihil. Doorgaans vul ik het tekort aan uit eigen zak. Meneer en mevrouw Spangard zullen ongetwijfeld de financiële stukken willen bestuderen, zodra u het archief in uw eigen kantoren hebt ondergebracht."

Julian schraapte zijn keel. "Goed dan. Er is nog een laatste puntje voor de agenda. Het voornaamste bezit van het genootschap is de eigendom van de planeet Cadwal. Zoals wij weten wordt de Eigendomsakte al sinds lange tijd vermist."

"Dat is waar. Om begrijpelijke redenen hebben wij daaraan geen ruchtbaarheid gegeven."

"Het zal u dan genoegen doen te vernemen dat het verlies kan worden rechtgezet. Meneer Fath en juffrouw Trefethyn hebben me meegedeeld dat het Genootschap een verzoek kan indienen bij het Gaiaanse Hof voor Planetaire Zaken, om de oude Eigendomsakte als onherroepelijk verdwenen aan te merken en ongeldig te doen verklaren, en een vervangende akte te doen uitreiken. Dit is een standaardprocedure, naar mij is verzekerd, die geen enkel probleem zal opleveren. Ik zeg dit met name ten gerieve van juffrouw Tamm en meneer Clattuc, aangezien zij zich lang openbaar gekant hebben tegen de Partij voor Leven, Vrede en Vrijheid, die vanaf nu een grondige herziening van het zogeheten Reservaat zal doorvoeren."

Glawen schudde langzaam zijn hoofd. "Alweer mispoes, Julian! Als de Lievers een planeet willen plunderen, gaan ze maar ergens anders heen."

"Noem ons toch geen Lievers!" bitste Julian. "Je hebt trouwens geen enkel recht van spreken meer. Zodra de nieuwe Eigendomsakte is geëffectueerd —"

"Maar die wordt niet geëffectueerd."

"O, en waarom dan niet?"

"Omdat wij de oorspronkelijke Akte hebben teruggevonden."

Julian keek hen met grote ogen aan en zijn onderlip begon te beven. Meneer Fath fluisterde hem iets in het oor. Julian zei op scherpe toon: "In dat geval maakt de Eigendomsakte deel uit van het bezit van het Genootschap. Dus waar is dat papier?"

Glawen draaide zich om naar de boekenkast achter zich, scharrelde even tussen de paperassen, pakte er een vel papier uit en wierp dat Julian toe. "Asjeblieft."

Julian, meneer Fath en juffrouw Trefethyn bogen zich over het document. Opeens riep meneer Fath, terwijl hij opgewonden in het papier prikte: "Dus dat voerden jullie in je schild!"

"Maar wat hebben ze dan gedaan?" vroeg Julian verbijsterd.

"Ze hebben Cadwal verkocht voor een sol, 'waarvoor hierbij kwijting wordt verleend'. Getekend Pirie Tamm en gedateerd op gisteren."

"U zult het bedrag naar behoren aantreffen onder de rubriek 'Inkomsten' in de financiële stukken," zei Pirie Tamm.

"Dat is zwendel!" schreeuwde Julian. Hij griste de anderen het document uit handen. " 'Verkocht aan de genoemde stichting Reservaat Cadwal, voor de somma van één sol.' " Julian wendde zich tot meneer Fath. "Kunnen ze dat zomaar doen?"

"Onomwonden gezegd: ja. Ze hebben het gedaan, wat meer is. De Eigendomsakte draagt nu een stempel, ziet u wel: Ongeldig Wegens Eigendomsoverdracht."

Julian draaide zich met een ruk om naar Glawen. "Waar is de nieuwe Eigendomsakte?"

"Hier heb je een kopie. De akte is naar behoren geregistreerd. Het origineel bevindt zich in een bankkluis."

"Maar je bent nog steeds secretaris van het Genootschap van Natuurkenners," zei Wayness. "Dat is toch een mooie nieuwe carrière voor je!"

"Ik treed af!" riep Julian schel. Hij draaide zich om naar zijn vrienden. "We hebben hier niets meer te zoeken; we zijn hier in een broeinest van natuurbeschermers; ze steken als wespen en bijten als serpenten! Ga mee!" Hij zette met een pats de hoed op zijn hoofd en beende de salon uit, op de voet gevolgd door zijn vier vrienden.

Wayness zei tegen Pirie Tamm: "En wie is er dan nu secretaris van het Genootschap?"

"Ik alvast niet," zei Pirie Tamm. "Ik vrees dat het met het Genootschap van Natuurkenners gedaan is. Het is afgelopen en voorbij."

Over de Schrijver

Jack Vance werd in 1916 geboren in een welgesteld Californisch gezin dat tegen het einde van zijn kindertijd moeilijke tijden doormaakte. Als jonge man probeerde hij een aantal onbevredigende baantjes uit alvorens aan de Universiteit van Californië in Berkeley mijnbouwkunde, natuurkunde, journalistiek en Engels te gaan studeren. Hij ging van school toen de oorlog uitbrak en werd matroos op de koopvaardij. Later werkte hij als rolbrugmachinist, landmeter, keramist en timmerman, voordat hij zich door het produceren van een gestage stroom aan SF, mysterieromans en korte verhalen als voltijds schrijver vestigde.

Hij was meer dan zestig jaar actief als schrijver, en voor zijn werk ontving hij onder andere drie *Hugo Awards*, een *Nebula Award*, een *World Fantasy Award* œuvreprijs, en een *Edgar* van de *Mystery Writers of America*. De *Science Fiction & Fantasy Writers of America* kroonden hem tot Grootmeester, en hij werd opgenomen in de roemruchte *Science Fiction Hall of Fame*.

In zijn werk overschreed Jack Vance vaak de grenzen van het genre: van weemoedige fantastiek (de zeer invloedrijke *Stervende Aarde* verhalen) tot interstellaire space opera (de vijfdelige *Duivelsprinsen* reeks), van heldhaftige fantasy (de *Lyonesse* trilogie) tot de mysterieuze moorden die een sheriff in landelijk Californië moet oplossen (de *Joe Bain* boeken).

Toen hij reeds op leeftijd was, vormde zich een internationale groep van Vance-fans die zich tot doel stelde om het complete œuvre van Vance in de oorspronkelijke staat te herstellen, daarbij tientallen jaren van redactionele ingrepen en ongewenste wijzigingen ongedaan makend. Dit resulteerde in de toonaangevende Engelse *Vance Integral Edition* die als 44 hardcover delen in een beperkte oplage verscheen.

In 2013, kort nadat hij zijn eerste jazz-album had opgenomen, overleed Jack Vance op 96-jarige leeftijd in het huis dat hij eigenhandig had gebouwd in de beboste heuvels buiten Oakland. In het jaar van zijn honderdste geboortedag begint Spatterlight met het uitgeven van een nieuwe Nederlandse editie. In 62 paperbacks verschijnen zowel alle Vance verhalen die al eerder zijn uitgegeven, alsook alle titels die nog niet eerder in het Nederlands verkrijgbaar waren.

Colofon

Dit boek is gezet uit 11,5 pt Adobe Arno Pro.

Deze uitgave kwam tot stand met de hulp van Wil Ceron, Patrick van Efferen en Evert Jan de Groot.

Omslagontwerp: Howard Kistler

Typografisch ontwerp: Joel Anderson

Zetwerk: Joel Anderson

Management: John Vance, Koen Vyverman

www.ingramcontent.com/pod-product-compliance
Lightning Source LLC
Chambersburg PA
CBHW020503020726
47493CB00001B/160

* 9 7 8 1 6 1 9 4 7 2 8 6 0 *